异度侠科幻
探案笔记
Ⅴ

异度侠 著

超脑迷踪

The founders of Atlantis

北京理工大学出版社
BEIJING INSTITUTE OF TECHNOLOGY PRESS

图书在版编目（CIP）数据

超脑迷踪/异度侠著.—北京:北京理工大学出版社,2017.6
（异度侠科幻探案笔记）
ISBN 978-7-5682-3861-8

Ⅰ.①超… Ⅱ.①异… Ⅲ.①科学幻想小说—中国—当代 Ⅳ.①I247.5

中国版本图书馆CIP数据核字(2017)第063591号

出版发行 / 北京理工大学出版社有限责任公司
社　　址 / 北京市海淀区中关村南大街5号
邮　　编 / 100081
电　　话 / （010）68914775（总编室）
（010）82562903（教材售后服务热线）
（010）68948351（其他图书服务热线）
网　　址 / http: //www. bitpress. com. cn
经　　销 / 全国各地新华书店
印　　刷 / 北京欣睿虹彩印刷有限公司
开　　本 / 710毫米×1000毫米　1/16
印　　张 / 21.75
字　　数 / 375千字
版　　次 / 2017年6月第1版　2017年6月第1次印刷
定　　价 / 36.00元

责任编辑 / 高　坤
文案编辑 / 高　坤
责任校对 / 周瑞红
责任印制 / 李志强

目　录

第一章

恐怖的展览

一

2010年11月3日，我和白枫如期赶到了美国旧金山。下飞机后，我们打了个车，直奔哥伦布大酒店。

司机是一位黑人男子。他一路上用英语喋喋不休地向我们介绍旧金山的旅游景点，带着我们绕来绕去，一个多小时后才在一家酒店门口停下来，然后收了五十美元扬长而去。

天空中有许多发出隆隆轰鸣的客机接连飞过，像是一只只大蜻蜓，在高耸的摩天大楼顶端一掠而过，看得我提心吊胆，生怕它们会不小心掉下来。

白枫转头看了我一眼，露出微微的苦笑。虽然身在异国他乡，但出租车宰客的方式却如出一辙，也不知道谁是原创，谁在抄袭。

我和白枫辨认清楚了酒店名，刚要抬脚往里走，却被两名迎宾伸手拦住了。

“Why？”白枫问道。

其中一名白人向我们彬彬有礼地鞠了一躬：“对不起，我们这里已经被客人包下了，最近三天不再接受任何客人入住，给两位带来不便敬请谅解！离这里不远有一所苏黎世酒店，价位和房间设施和这里差不多，两位可以到那里下榻。如果需要我可以帮两位叫计程车，费用由我们来承担。”他说的当然也是英语。

“可我们是被邀请来的。”白枫笑吟吟地回答。

“哦？”白人上下打量着我们，手臂却并没有收回去的意思，“那请两位出示通行证。”

我们当然没有通行证，我根本就不知道他所说的通行证长什么样子，因为陆华在信中并未向我们提过这个东西。

身在异国他乡，我们不能硬闯，只好默默地退回来商量办法。我还特意把那封信拿出来仔细看了一遍。没错，信上写得很清楚，是旧金山的哥伦布大酒店。

尊敬的异度侠先生：

我早就知道您是一位对神秘事件拥有强烈好奇心的人，而且您的经历我也看过，现在我告诉你一个消息，我想你一定会感兴趣的。

2010 年 11 月 5 日，一艘由旧金山启程的航船将要驶往太平洋深处。这艘船上的客人都是各国最顶尖的侦探和探险家，他们将踏上一段据说足以让整个世界发生十二级大地震的探险之旅。这次旅程有着举足轻重的伟大意义，甚至于说它将会改变世界的现有格局也丝毫不过分。

我接到了这个邀请。现在我郑重地邀请您一起参加。如果您感兴趣的话，请在 11 月 3 日抵达美国旧金山的哥伦布大酒店，所有人都会在那里集合。

我期待着您的到来！

为了进一步确认我们没有弄错地方，我只好用蹩脚的英语问那个白人小伙：“旧金山还有另外一家哥伦布酒店吗？”

白人小伙依然保持着礼貌性的微笑，但眼神却分明不耐烦了，他只用了一个英文单词打发我：“NO！”

看着他冷漠的表情，我识趣地退回来。我想，如果我现在没有在白枫身边，这两个看起来高大白净的“骆驼”不知道会如何向她献殷勤呢！

“这该怎么办？”白枫皱着眉头问我。

我笑着摇了摇头：“但愿陆华能感应到我们已经到了。”

白枫苦笑着叹了口气，却没有说话。

其实这次美国之行我本不想将白枫带在身边的,因为自从上次大西洋之旅后，我对海洋已经产生了极大的畏惧。在无垠的海上存在着太多的未知凶险。上一次一只史前巨兽差一点要了我的命，而这一次，我对自己的命运更不乐观。太平洋是地球上最大的海洋，面积几乎占地球总面积的三分之一，在这么广阔的空间里闯荡，生命安危只能交由上帝保管，实在没必要让白枫跟着犯险。

况且我还有自己的私心。白枫曾经和陆华有过一段似有似无的微妙感情，虽然此白枫非彼白枫，这个陆华是不是那个我曾经认识的陆华也很难说，但到手的老婆我可不想失去，能够彻底杜绝他们交往的办法就是让他们永远不要见面。如果他们因此相识，并得到进一步发展，那我可真是赔了夫人又折兵了。

但白枫执意要来，而且提前好几天就向李刚请了假，为自己大肆采购了许多衣服，并主动订好了两张飞机票，搞得跟度蜜月一样。那句不带着她的话我实在无法出口。如果这次我真的不带她来，可能她这辈子都不会再理我。

其实自从接到陆华这封信之后，我没有再得到过关于他的任何消息，信上也没有写联系地址，我只能稀里糊涂地来这里和他碰头，但没想到却扑了个空。

白枫只好又去跟那个白人小伙交涉，这一次她抛出了陆华做“诱饵”，但却没有获得进入的许可，好像里面也没有一个叫陆华的客人。

正当这两个家伙贪婪的目光在白枫身上扫来扫去时，一阵扑鼻的香气从我身后传了过来。他们就像嗅到骨头香味的猎犬，齐刷刷地转过了头，双眼放光地向我身后瞧去。当然，我也将头转了过去，目光不由自主地停留在那股香气的源头。

那是一名美女，金发碧眼，身高接近一米八，穿着高跟鞋，从一辆豪华的加长车里款款走出。

这实在是一名标准的西方美女，皮肤白皙，一头金发在阳光的照射下散发着黄色的光晕，身材丰腴而健美，该圆的地方圆，该扁的地方扁，尤其是胸部，高挺却又绝不臃肿，并随着她款款的行走动作轻轻打着颤。更吸引人的是那双幽蓝色的眼睛，幽深得像迷离的深海。

香气就是从她身上散发出来的，强烈却并不刺鼻。我无法分辨，这到底是一种高级香水的味道，还是她身体中带有的特殊体香。

香艳，我想这个词可能就是专门为她发明的。

美女大体可以分成两种：一种是骨子里透出来的，就像 X 机构的黄瑶，就算穿着再普通，这种气息也无法掩饰；一种是装扮出来的。这名西方女子就属于后者，浓妆艳抹。但很多这类美女打扮得都太过了，近妖非人，像她这种美艳却不落俗套，让人眼前为之一亮的还真不多。

她的风头立即将不施粉黛的白枫盖了下去。那两个迎宾也不再理会白枫，一起热情地向这位后来者献着殷勤，把白枫晾在了一边。

白枫气鼓鼓地翻着白眼珠瞪了“敌人”一眼，慢慢踩回我身边，把所有的怨气都发泄到我身上：“看什么看，没见过妖精吗？眼珠都快掉下来了！”

我伸出手臂圈住了她的蛮腰，嬉皮笑脸地小声说：“我在检验我的火眼金睛是不是好使，想看看她是什么妖精变化的。”

白枫噘着小嘴横了我一眼，问：“瞧出来了吗？”

“狐狸精，而且是西方的狐狸精，妖气更重！”我低声调笑。

白枫又看了一眼那名女子，噗嗤一声笑了。

爱攀比是女人的天性，结婚之前她们攀比的是相貌，结婚之后攀比的就是自己的老公，所以讨她们欢心的最好方法就是赞美，就算她自己知道这都是谎话也无所谓。女人喜欢谎言，就像男人喜欢美女一样。

我们刚才的这些话都是用汉语小声说的，我可不想招来没必要的麻烦，但这名西方美女在我们说完这些话之后突然回过了头，而且微笑着向我们走来。

这下麻烦了！我心里暗自苦笑，但脸上却依然保持着平静，但愿西方女人不像西方男人那样崇尚暴力吧！

站在我面前的她几乎高出我半个头，比白枫更是高出了一个头，我们只能仰视着她。

美女依然微笑着，用一口极为怪异的语调问道：“异、度、侠？”

我心里暗自吁了口气，看来美国的“狐狸精”并不大懂中文，我没有说话，只是点了点头。

女子向我伸出一只细长白皙的大手，长长的指甲盖上涂着殷红的亮油：“玛亚·琼斯。”

我刚要伸手，却被白枫抢先了一步，她轻轻地抓住了琼斯的大手：“白枫，异度侠。”声音冷冷的，透着极不友善的味道。

琼斯笑吟吟地在我们脸上扫过，突然呵呵笑了起来，用英文调侃道：“放心，白小姐，我不会让你的异度侠跟我上床的！”

西方人的开放我曾经在丹尼身上领教过，但那是一个同性，他说的话再肉麻，我都不会产生什么感觉——换做异性就不同了，而且还是一个如此美艳的“狐狸精”。

我有点尴尬，不知道如何应答才好。白枫更是窘迫，脸上飞起了一层红霞。但琼斯却并没有任何异样，依然笑着邀请我们：“来吧，跟我走，我带两位进去！”

白枫挽着我的胳膊一脸的不高兴，我轻声安慰了两句，就硬拉着她紧跟在琼斯后面。

琼斯在进门的时候拿出一张手掌大小的硬纸片，上面写着许多英文，好像还盖着章，这可能就是那位白人小伙嘴里的通行证吧！我们跟在她后面堂皇而入，没有再受到阻拦。

二

宽敞的大厅亮如白昼，墙壁上挂满了一幅幅图画。我只扫了一眼，就觉得心里一沉，感觉连明亮的灯光都黯然失色了。

这几乎是一个小型的展览，不过展览的不是美丽和艺术，而是死亡与血腥。墙上的这些图画有的是绘画作品，有的是摄影，都是现实题材，而且都统统与海洋有关系。

琼斯回头对我们笑了笑：“两位先看一下我们的展览，我去给你们安排房间。”

不等她缓步走去，我就叫住了她："琼斯……小姐，请问你是怎么知道我们的身份的？"

也许是我的蹩脚英语她没有听清楚。琼斯微微一愣，继而笑了笑，说："哦，异先生的大名无论是在探险界还是在侦探界都如雷贯耳，我当然知道了！"

她说得言不由衷，通过她深蓝色的眼眸可以看出，那里面明明藏着更多的戏谑成分。

她并没有向我解释的意思，而是转身一扭一扭地走远了。

我目送她渐渐远去，消失在大厅的一个拐角处。等我回头时，又看到气鼓鼓含着无比幽怨的两道目光，我只好对白枫无辜地笑笑，自言自语道："或者是陆华告诉她的吧！"

白枫撇了撇小嘴："这次我真不该跟你来！"

"为什么？"我明知故问。

"哼！"白枫没有回答我，而是将头转向了一边，不再看我。

我叹了一口气，安慰说："行了，这种没头没脑的醋吃个什么劲？我不会对她产生什么兴趣的……她长得太高了，而且让人不放心。"

白枫转回头，眼中的神色突然变得复杂起来，有点松了口气的意思，但更多的却是愠怒。我突然意识到好像哪句话说得不对了。

我怕越描越黑，只好将目光转到满墙的挂图上，岔开了话题："这到底是个什么展览？"

幸好白枫不再纠缠这个问题，也跟着我的目光看去，并缓缓地走向了一面墙壁："好像是关于海难的。"

她说得没错，虽然这些图画中并非全部都包括海洋，但上面的东西却都能和海洋扯上关系。

我看到的第一张图画是一幅油画，上面画了一架飞机在乌云四合的大海上坠落的情景。阴暗的天空和墨染的大海形成鲜明的呼应，给人一种强烈的压迫感。飞机好像穿行在一条无边的隧道里。海面上有波浪形的曲线向上射出，而飞机的一个窗户已经打开了，有一名戴着头盔的飞行员瞪大了眼睛看着海上，露出惊恐的神色。飞机已经失去平衡，头朝下向海面俯冲。

整幅画看起来很潦草，显然不是出自名家之手，不过人物的面部表情却画得惟妙惟肖。我向飞行员目光投射的地方看去，但那里只是一片乌沉沉的大海，没有任何异状。

画面下边有些英文的说明文字，翻译过来是：1945 年 3 月 7 日，美空军某部队飞行员驾驶 P38 战机执行轰炸任务。在位于太平洋东经 172.25° 北纬 21.12°

的位置遭遇空难，机毁人亡，只留下一段求救信号：天啊！那是什么……

这幅图画让我想起了发生在百慕大海域第十九中队飞机失踪的事件。两者如出一辙，都是留下一个大大的惊叹号之后就坠入了深海，谁也不知道这个惊叹号后面隐藏着什么。唯一的不同在于那是在大西洋中的魔鬼三角，而这却是在太平洋。

第二幅是一张照片，拍摄得很清晰，但颜色有点泛黄，估计有了些年月。画面中是一艘大型游轮，上面插着狗皮膏药旗，岸上站着许多人，他们向空中抛掷各种物品表示欢庆。人群里还打出了一条横幅，依稀能辨认的是几个似是而非的中文。游轮显然是一艘远洋客轮，穿着各式衣装的日本人，包括身穿和服的女人，黑压压地站满了整个甲板。通过它表面的光亮程度来看，这艘船应该是首次航行。

下面的说明文字是：1952 年 10 月 5 日，由日本横滨开往美国檀香山的“樱花号”游轮拔锚试航，在经过东经 180.05° 北纬 23.47° 时，与陆地失去联络。美、日双方均派出救援队前去搜救，但一直没有发现航船的任何踪迹。船上包括船员在内的 1000 名乘客全部遇难，出事原因至今不详。

第三幅图画依然是一幅照片，和第二幅大同小异。一艘游轮，从韩国仁川起航，目的地是美国洛杉矶，中途遭遇海难，全船 520 人全部罹难，失事原因不详。我特别留意了一下经纬度，但和“樱花号”沉没的地方相差了约有 10°，经纬中的 1° 在实际中相差 10 海里，两个地点离得足够远了。

我现在看的地方是西面的墙壁。整面墙都是关于海难的，有船只也有飞机，而且失事原因都是不详，遇难的总人数应该超过了 1 万人，而且遭遇海难的位置也各不相同，但可以确定全都在太平洋的深海，没有位于近海的。

从一边浏览到另一边时，我的心情已经变得很郁闷。我想如果我们的这次旅程和这些海难有关系的话，等待我们的就实在不是一件值得期待的事情。可是，既然召集者将这些图画挂在了大厅，又怎么可能没有关系呢？

白枫的神情也发生了很大变化，刚才还是一个醋坛子，现在已经变成了一个悲天悯人的菩萨了，她不停地叹着气，似乎要借此来排遣心里的压抑情绪一样。

东面墙上的图画里全是一些海洋生物，既有油画也有照片。但说实话，我一幅幅地看过去，却没有看到一种我认识的生物。我仿佛置身于好莱坞那种带有强烈幻想色彩的电影场景中，感到心惊胆战。

其中一幅画了一只长颈怪兽，像是我们曾经在大西洋中见到过的上龙，但又有明显的不同，因为它没有尖利的牙齿，和史前的长颈龙颇为相似，只不过它头上像蜗牛一样生着两根触角，画家将它们调皮地折了两个弯，像是探测器一样，估计是要表现它们的灵敏度。一双眼睛更是被画家极为幽默地画成了两团向内环绕的曲线。与它一同出现在画面中央的是一艘中型油轮，上面的人类都成了一个个小黑点，连它的眼睛都赶不上。可以想象如果它把全部身体都暴露出来的话，是何等的庞然巨物！

下面的说明文字是这样写的：1943年5月2日，美国一艘捕鲸船在马里亚纳海沟附近遭遇不明海怪，所有船员都目睹了它的出现，幸好海怪似乎惧怕人类，只露出了一个头颅就潜回海中。经过对船员进行催眠调查后发现，这段记忆是真实的。

令我觉得最震撼的是另外一幅照片。那是一个水母的照片，从拍摄角度来看，拍照者应该是在深海中仰拍的，可以依稀看到海面上散发出来的模糊光亮。那只水母通体呈乳白色，散发出来的淡蓝色光晕令人心醉，它像一只飘荡在天空中的巨型降落伞，只不过这个降落伞能够发光。令我感到震惊的是它的两条触手中卷着的东西，竟然是一条鲨鱼！从鲨鱼的体型花纹来看，应该是一条成年大白鲨，水母的两条触手就缠绕在它身上，鲨鱼已经死了，直挺挺的像一截枯木。

成年大白鲨体长能够达到五米，一条身长五米的鲨鱼，却被操纵在一个低等的腔肠动物手上！

这带给我的不但是震惊，更是恐惧，可以想象，如果换作我们人类，那将是多么恐怖的一件事情。

下面的说明文字写道：1994年，一张由美国某退役海军上尉发来的照片显示，太平洋中生活着体型巨大的奇异水母。经专业人士检测分析，这张照片实际上是拍摄于1973年，没有经过后期加工。

另外还有一张引起我特别注意的照片，那是拍摄于1992年的，背景不是大海，而是阴霾的天空，乌云四合，看来拍摄于一场暴雨的前夕。就在天空一个闪电倏然而现的顷刻，拍摄者按下了快门，保存了那张诡异的照片。

是的，在闪电的亮光里有别的东西出现，那应该是一条尾巴，磷光闪耀，和周围的环境及阴暗变化契合得十分自然，只不过那只是一条尾巴，身体的其他部分都隐藏在了乌云中。看到这幅照片，我突然想到了我们中国流传下来的关于龙的画作。史学家言之凿凿地告诉我们，龙是不存在的，只是我们中华民族的祖先想象出来的产物，是结合了多种动物弄出来的“四不像”。我本来就对史学家的这种结论很不以为然，如果这幅照片不是因为光线原因产生了幻影的话，那就可以肯定到底是谁在扯淡了！

这面墙上的照片都是关于一些海洋生物的，但又都不是我们平常所见到的物种，身体不是过大，就是过小，还有一些叫不上名字来的奇异生物。看来世界并不是像我们平时想象的那样，人类对大自然的认识还很有限，远远没有强大到可以自吹自擂的地步。

南面墙上挂着的是所谓的幽灵船、幽灵飞机的油画和照片，都黑乌乌的，带着森森鬼气在蔚蓝色中静静地徜徉着。给我震撼最大的是一幅标记为X-27的画，画中是一艘小渔船，不知道是什么时代的，破破烂烂，好像吹口气就能散架的样子。白枫只看了一眼，就吓得哆嗦了一下，身体不由自主地退了两步，一下抓住了我的手，攥得紧紧的。因为上面可以清晰地看到有个男人的身影，像个英国绅士，睁着一双忧郁阴冷的眼睛。他躲在船舱里的黑影中，身体模模糊糊的看不太清楚，像一个透明人，但他的那张脸却探了出来，脸孔煞白，没有一丝血色，尤其是嘴角的那丝冷笑，能让人从头顶凉到脚底。

我盯着这幅图画看了好一会儿，恍惚觉得这个男人正在从画里向外走，怪不得白枫会这么害怕。

下面的文字表明这幅作品拍摄于2001年，是在太平洋的深海中。如果召集者不是有意吓唬我们的话，要说这是人，打死我也不会相信。

这面墙上挂满了这种阴森森的图片，我只是大略浏览了一下，就赶紧移开了目光。其实即便这样浮光掠影地一扫而过，我都觉得自己浑身冰凉，心里好像长出了森森白毛。

剩下的那面墙上也挂着一张巨幅油画，但却和其他三面墙完全不同。那是一个被钉在十字架上的裸体男人，脸孔低垂，鲜血从手掌和双脚上渗出来。画面的背景依然阴森可怖，只不过在这个受难者的头颅周围，有一圈圣洁的光晕隐隐呈现。在画面的一角，有一个满脸悲怆的男人露出了半个身子，他抬到胸前的两只手上，托着一条黑乌乌的布裹。虽然我对《圣经》故事不是很了解，但还是一眼就认出了这幅画。这是《耶稣受难图》。据说耶稣被罗马帝国犹太行省的执政官丢彼拉多以“自称为犹太人的王”的罪名钉死在了十字架上。刚刚踏上去往耶路撒冷的路，他就曾对自己的十二门徒预言过自己的命运：看呐，我们上耶路撒冷去，人子要被交给祭司长和文士。他们要定他死罪，又交给外邦人，将他戏弄、鞭打、钉在十字架上，第三日他要复活。果然，他在被钉死在十字架上的第三天真的复活了。

我想召集者之所以要将这幅《耶稣受难图》悬挂在这里，并且选择放在另外三面恐怖的图画后面，应该有着另外一层含义，是激励，也或许是安抚，正如释迦牟尼说过的话：我不入地狱谁入地狱！确实，至少我心理上不像刚才那样低沉了。

白枫转头看着我：“他们到底什么意思？难道是想要我们去探索太平洋上这些恐怖事件的原因？”

我苦笑了一下，摇了摇头：“我也不知道，或许是在激发我们的斗志。能够被邀请到这里的人在性格上肯定都比较争强好胜，激发他们斗志的最好办法不是鼓励，而是告诉他们危险，只有危险才能让这些人破釜沉舟地行动起来。”

“行动起来？”白枫皱着眉头说，“去干什么？去太平洋上拿生命冒险？”

“去开始一场足以引起世界十二级大地震的探险之旅！”我用陆华信中的话回答道。

“是的！”不知道什么时候，琼斯已经站在了我们身后，笑着接口说，“这确实是一次惊世骇俗的探险之旅，所有的参与者都会被载入史册。但不用讳言，这更是一次生命的大冒险，我们这些人中可能会有很多人丢掉生命。我们之所以将这些恐怖的图画挂在这里，就是想让参与者做好心理准备，这一次有可能会丢了性命，最好再仔细考虑考虑，舍不舍得拿自己的性命去进行这么一次冒险旅行。”她幽蓝色的眼眸在我和白枫身上来回扫了两遍，微笑后面透出不屑和轻蔑。

我扬起头，笑道：“既来之，则安之，既然我们决定踏上了这段旅程，就没有想过生命安不安全。”任何男人都不愿意让别人看到他的胆怯，我当然也不例外，虽然我内心确实在为这次贸然举动感到后悔。

“但我们应该有权利知道这次的目标是哪里，”白枫插嘴道，“你总不会让我们在太平洋中漫无目的地航行吧？”

琼斯点了点头，解释道：“不会的，我们当然有目标，而且还有足够的证据证明这个目标是切实存在的。我们虽然热爱冒险，但还不至于狂热到拿自己的性命开玩笑……明天晚上，我们将会有一个晚宴，到那时你们就知道了。当然，任何人都有选择自己命运的权利，是为了载入史册的虚名拿生命做赌注，还是退回到自己的平静生活，悉听尊便。现在，请两位跟我去房间吧！旅途劳顿，应该好好泡个澡，休息一下。”

她说着话，就有两个服务生过来帮着我们将放在大厅里的行李提上了楼。我和白枫跟在琼斯后面也走了上去。

她为我们安排的房间在二楼，房间布置得很豪华。琼斯将我们送到门口就站住了：“两位先洗个热水澡，服务生马上会送来晚餐。”

三

我们轮流冲了个热水澡，就坐下来吃起了晚餐，还好，并非全是半生不熟的牛排，至少还有一个用鱼做的汤。

白枫低着头不说话，似乎有什么心事。我三两口将一块牛排塞进嘴里，喝了口白兰地，开口问道：“你还在为我们接下来的旅程担忧？”

她抬头看了我一眼，笑着说：“不全是，我只是在想，为什么那个邀请我们的人没有出现？”

“或者是有什么事情给耽搁了吧！”我随口回答。

白枫皱了一下眉头，继续问：“这么重要的事情，他怎么会耽搁呢？”

“那我就不知道了。”我挠了挠头，又喝了一口酒，终于还是忍不住点上了一支烟。

白枫只是横了我一眼，并未夺过去掐灭它：“你说这个人到底是做什么的？”

“谁？琼斯还是陆华？”我抬头问道。

“陆华，琼斯很明显就是组织者。”

我笑着摇了摇头，道：“我记忆中的陆华是一名刑警队长，因为内疚离职出走了，至于这个陆华嘛……只有老天爷才晓得是不是同一个人！”

白枫轻轻嗯了一声，低下头吃了一小块牛排，终于犹犹豫豫地问道：“他真的曾经……伤害过我吗？”

我瞄了她一眼，心里突然咯噔了一下子，没启程之前的那种担忧再一次从心底泛了上来。这是一种不好的预兆，我想他们这次相遇不会像陌路人一样过去。

白枫看我没说话，也低下头继续吃饭，气氛开始变得异样起来。

正在这时，门铃突然响了，白枫借这个机会打破了沉闷，抢先站起来：“我去开门。”

我将烟压熄在烟灰缸里的时候，就听到了门口的对话。

“您找哪位？”

一个男人低沉厚重的声音在门口响了起来，有点口吃的样子：“请问异度侠先生住在这个房间吗？”

“您是……”

“在下陆华，那封邀请信是我写的。”

我赶紧站起来迎了上去，说：“陆先生请进！”

站在门口的这个中年男人和我记忆中的那张面孔有很大不同，他头发好像好久没修理了，只用一根草绳扎在脑后，额头有几缕长发耷拉着，脸孔瘦削，上面蒙上了一层沧桑，稀疏的胡须更是杂草一样在脸上蔓延着，身上的穿戴也很不讲究，一身耐磨宽松的牛仔裤好像很久没有洗过，满是一块块的污斑。整个人看起来不修边幅，显得很邋遢。我还没有走到他身边，就嗅到了他身上那股强烈的怪味道。

这个人和我曾经认识的陆华简直判若两人，那个是仪表堂堂的刑警队长，而这个却活像一名乞丐。但两张脸孔却又存在着惊人的相似，同样犀利的眼神，同样透着一股刚毅，而且位于脸部中央的那根笔挺的鼻梁几乎一模一样。

我一边让他进来坐，一边和记忆中的那个人做着比较，最后我得出了一个结论，他就是那个陆华！只不过和白枫一样，自从我上次神农架之行后，他的人生就发生了根本性的变化。

“对不起，对不起！”陆华一进门就开始道歉，“本来已经计算好日程，但因为天气的原因，飞机晚点了，所以没能赶过来。”

白枫为他倒了一杯茶，就坐在我旁边，转头带着疑问看着我。

我明白她的意思，她是在用目光询问，这个人是不是我们刚才讨论的那个陆华。我没有回答她，而是冲陆华笑了笑，说：“这没有什么，我们不可能做老天爷的主，而且我们也没有露宿街头。”

陆华瞥了一眼白枫，不好意思地笑了笑：“我在墨西哥格拉巴斯的时候知道自己赶不过来了，只好跟爱德华打了个电话……哦，爱德华是琼斯的男朋友，幸好他还算给我点面子，我还以为琼斯不会放你们进来呢！”

“你和琼斯很熟吗？”我好奇地问。

陆华道：“其实我跟她也是第一次见面，但和爱德华有过一面之缘。她是一名富家小姐，而且也是一位成功的女商业家，对探险事业无比狂热，曾经是爱德华的一个铁杆粉丝，并跟随爱德华一起穿越过美洲丛林。这次探险活动之所以能如此快速地组织起来完全得益于这位美丽的小富婆的支持。”

“你是一位探险家？”白枫轻声问。

陆华嘿嘿讪笑了两声，将垂到额头上的头发撩到了耳朵后面，谦逊地说：“探险家谈不上，只是对探索地球的秘密感兴趣罢了……就像是异先生对探索神秘事件感兴趣一样，只不过没他那么出色而已。”

我知道陆华只是在故意恭维我，也许是为了补偿自己的爽约，或者是要获取我们的好感，我想他在探险界的声望一定很高，不然不可能受邀参加这次行动，而我却不在受邀之列。要不是陆华告诉我这件事，我恐怕直到现在还不知道有人正在网罗全世界的冒险精英，马上要开始一次可能会被载入史册的发现之旅。

“陆先生是刚从美洲丛林回来吧？”我问道。

陆华点了点头，声音也带着倦意：“是的，我想试试凭借一个人的力量是否能跨越美洲丛林……还好，丛林中的食人族并没将我当成美味点心吃掉。”

虽然他只是轻描淡写，却还是令我大吃一惊。谁都知道美洲丛林是地球上仅存的几座未被人类染指的原始森林，那里不但生活着与世隔绝的食人族部落，还有许多人类难以想象的凶险，使人闻之色变的噬人蚁只是其中不算太恐怖的一种生物而已，比这种生物恐怖百倍的东西是普通人根本无法想象的，别说一个人，就是一群武装精良的部队，要想在那种环境中生存下来都极为困难。

“只是为了体验一下丛林生活吗？”白枫满脸惊讶地继续问道。

陆华瞥了一眼白枫，讪笑道：“是这样的。我是在一个半月前接到的邀请，当时我就向对方提出想邀请一位传奇人士加入进来，对方也同意了，所以当时我就向异先生写了那封信，由于这次海洋探险会遭遇到许多难以预料的危险，所以我才去了一趟美洲丛林……”

“哦，为什么？”我好奇地打断他的话。

陆华盯着我的眼睛问道：“请问两位知道我们这次探险的意图吗？”

我微笑着用调侃的语气回答道：“不是要去发现一个会令世界发生十二级大地震的天大秘密嘛！”

陆华嘿嘿笑了两声，脸上微微一红，好像在为自己这句颇具诱惑性的用语感到不好意思，搓着手说：“哦……也许我说得有点夸大其词，但我确实是这么认为的。如果这次发现真能像爱德华告诉我的那样，这确实当得起这句话，因为我们要去发现一块据说比南极洲还要辽阔的大陆……”

“什么？”白枫张大了嘴巴，满脸的不信，“你是说在太平洋中还存在着一块未被人类发现的新大陆？”

陆华郑重地点了点头，他的神色丝毫不像是在开玩笑：“是的，爱德华是这么告诉我的。说实话，我当时听到这个消息也很惊讶。试想，现在的科技水平已经可以将全世界每一个地方联络起来，通讯卫星可以将我们每一个人清晰地拍摄下来，怎么可能会遗漏掉一片能称为大陆的陆地？这简直是一件令人无法想象的事情。但爱德华却无比认真地告诉我，他不是在跟我开玩笑，太平洋中确实存在着一块未被人类发现的陆地，并且还说有人曾经亲眼目睹过它的样子，也正是这个人找到了爱德华，他才决定组织这么一次探险……”

“这块大陆在什么地方？”我又好奇地打断他的话。

陆华苦笑着摇了摇头，略带歉意地说道：“很抱歉，当时他在电话中并没有告诉我具体细节，只是邀请我一起参加。你也知道，作为一名探险者，能够发现一个未曾被人类发现的神奇之处是多么地具有诱惑性，我想地球上没有人能抵挡这种诱惑，正如异先生，如果一个神秘事件没有找到答案就会寝食难安一样。”

“那么下面大厅里的那些图画说明什么？难道那些恐怖生物和灾难都是那块大陆引起的吗？”白枫又问道。

陆华向我们满含深意地眨了眨眼睛，笑道：“这是一种人为的联系，就好像我们往往把 UFO 与外星生物联系到一块一样，当某种不可解的事件或生物出现在我们面前时，我们需要一种听起来可以让人接受的解释。当然，对于探险者来说，往往越危险越神秘的地方越让人欲罢不能，这或许也是爱德华这样安排的一种意图。”

我点了点头，将话题转回到陆华身上：“那么这块大陆和玛雅文明有关系吗？”

我想在接到爱德华的邀请之后，他应该为自己这次探险行动做充分准备才对，因为这次旅行显然要耗费巨大的体力和心神，没理由再去做一次仓促的美洲丛林之行，这显得很令人费解。我想这或许能和丛林中的那个神秘文明扯上什么关系。

陆华点了点头，道：“我觉得玛雅文明似乎和这块突然出现的神奇大陆存在一些联系。”

这句话更吊起了我的胃口，令我不由自主地向前探了探身子：“说说看！”

“根据生活在美洲丛林中的原始部落库库尔族流传下来的歌谣记载，玛雅民族是经过长途跋涉，从遥远的地方迁徙到美洲丛林的。虽然我们不可能通过那些简单隐晦的歌词找到他们最初发源地的具体位置，但还是可以判断，那个发源地是一片常年沐浴着温煦阳光下的白色陆地，由于战乱才迫使玛雅人背井离乡远赴莽莽丛林，并在那里定居下来。而巧合的是我们要寻找的那块大陆也存在着同样的情景，白色的土地、圣洁的丛林、白色的城堡……而且这块大陆是可以随波漂流的。据那位目击者说，那块大陆不但会随波移动，还会突然出现，突然消失。那是否意味着，这块大陆由于某种未知的原因，可以在海中自由升降，时而浮出水面，时而沉入大海？我现在在想，玛雅文明是不是就来源于这块漂流大陆？也许在上万年以前，这块大陆曾经漂移到离美洲大陆很近的一个位置，也正是在那时，玛雅人离开了饱经战乱困扰的故土，开始了新的生活。如果是那样的话，那搞清楚玛雅文明留给我们的一些遗迹，或许对我们的这次行动有所帮助。”说到这里，陆华冲我嘿嘿一笑，续道，“当然，仅凭这一点点蛛丝马迹，就断言玛雅文明来源于这块奇异的大陆有些武断，但既然产生了这种想法，我想就有必要去一趟美洲丛林，或许能找到一点线索。”

关于玛雅文明的起源有许多说法，有的说他们来源于非洲，也有人说他们来源于亚洲大陆，更有人凭借着玛雅文明迥异于其他人类文明的特征和与埃及金字塔颇为相似的建筑特点，将他们归为外星后裔的范畴。陆华说的这种可能性当然也不是丝毫不存在，相对于玛雅人是外星遗民的猜测，这种新大陆移民说可能更为靠谱一点。

也许在很久以前，太平洋中确实曾经存在过一块美丽的大陆，并且孕育了发达的文明，由于天灾或者人祸，这块美丽的大陆沉入了深不可测的大海中，玛雅人只好通过海上冰层跋山涉水来到美洲丛林，开始新的生活。可问题是，这块沉没的大陆，为什么会在这时候重新浮出海面，并能在海面上漂浮？一片陆地要想漂浮在海面上，必须有足够的浮力，可是有比海水还轻的岩石吗？如果真的具有比水还轻的岩石，那么它又是为什么沉入大海的？

这一切，或许只有见到那位目击者才能得到一种解释。

“有没有什么新发现？”白枫抢在我前面问道。

陆华无奈地摇了摇头，说：“我深入到了丛林内部，也记录了许多玛雅人的歌谣，还进入那些金字塔中看过，虽然发现了很多东西，但我现在不敢说那有没有用，因为至少从现在来看，两者好像还搭不上边，也许只能到了那地方才能做出判断。”

我们又聊了一些关于陆华自己的事情，等他站起来告辞的时候，时间已经过去了三个多小时。

我们把他送到门口，陆华突然问道：“两位完婚了吗？”

我微微一愣，不知道他问这句话是什么意思，但还是如实回答：“正有这个打算。”说完这句话，我瞄了一眼白枫。她傲然地扬了扬下巴，似乎在告诉我，我还不够她托付终身的资格。

陆华微微一笑，道：“那先祝福两位，晚安！”说完就转身走了。

第二章

大洋来客

一

晚宴是在次日傍晚19时开始的，我依然穿着平日的便装，但白枫却着实好好打扮了一番，并难得地化了妆，不但穿上了长裙，还描了眉，涂了淡淡的口红，这一打扮，顿时让我对她有点不太放心起来。

自从昨晚见面之后，整整一天我都没有见到陆华的身影，不知道他又在搞什么名堂，直到受邀者全部到场半个小时以后，陆华才急冲冲地跑了进来。

一见陆华，我立即感到眼前一亮，深印在我脑海中的那个形象再次跳了出来。

陆华完全换了一个人，从一个不修边幅的邋遢鬼，变成了一个干净利索的英俊小伙，虽然穿得依然很随便，但平直的短发，干净的脸颊立即勾起了我的那段回忆。

我现在可以确定陆华曾经看过我的书，并且应该记忆深刻，不然他不会将自己收拾得令我如此倍感亲切，如果现在他再穿上一身笔挺的警服，我真的会觉得自己又到了S市，他依然是那个为人正直、雷厉风行的刑警队长。

陆华像是一个羞赧的少女一样匆匆穿过人群，来到我和白枫面前，左手不自然地摸着短短的头发，为自己的迟来而道歉。

我瞄了一眼白枫，她正似笑非笑地看着我，满脸洋溢着骄傲的笑容。这令我再一次为将她带到这里感到后悔。

这时，一位戴着黑边眼镜的东方人携着一位小鸟依人般的小美女走到我们面前，从这位长相温顺的东方美女相貌特征可以判断，他们两人应该来自日本。

果然那名男子刚走到我们面前，就来了一个标准的鞠躬，并向陆华伸出手：“陆华君，好久不见！”

陆华也赶紧伸出手跟他握了握，并向我和白枫做着介绍：“这位是介川嘉男先生，是日本探险界的第一勇士！独自一人乘一叶孤舟横渡太平洋的壮举在探险界广为流传。”

介川生得一副书生相，脸皮白净，西装笔挺，尤其是配上那副金丝眼镜，更透着一股文质彬彬的书生气。他听陆华当面夸奖自己，显得有些拘束，身子更是几乎弯成了九十度连连谦逊：“少年轻狂，不值一提，不值一提……还请多多指教！”

我向来对日本人没有多少好感，越是见到他们恭敬的样子，心里越是不以为然，当下避开了他和我握手的举动，向他轻轻抱了抱拳，微微一笑：“久仰，久仰！”连自报家门的兴趣都没有了。

陆华倒是很有热心，拍着我的肩膀道：“介川君，这位就是我上次跟你提起的异度侠先生，他身边的这位小姐名叫白枫，也是一位了不起的奇女子！”

介川立即抬起了头，在我脸上左右打量了几眼，说道：“这次能见到异先生这样的传奇人物，实在是三生有幸，今后还请多多关照！”说着他指了指自己旁边的女子介绍道，“这位是惠子，鄙人的贱内。”

没想到他会用“贱内”这个词来介绍自己的妻子，这个词属于“封建糟粕”，就是在中国，也已经很少有人敢当面这样称呼自己的妻子了。

我向惠子微笑着点了点头，换来的却是更加恭敬的鞠躬，不过看日本女人鞠躬却并未让我感到多么不舒服。

惠子的声音和她的长相十分相符，像拂过面颊的微风一样轻柔，这种女人在中国恐怕早已经绝迹了。

“介川先生，您曾经横渡过太平洋？”白枫好奇地问。

介川微微恭了恭身子，道：“是的，那已经是十年前的事了。那时我刚从早稻田大学毕业，很想检验一下自己的勇气……不过现在想来，真的有点后怕，如果运气再差一点的话，自己恐怕早就葬身大海了。少年人总会做这种孩子气的无聊举动，让两位见笑了。”

“那你有没有碰到什么奇怪的事情？”白枫继续追问。

介川呆了呆，明白过来白枫话里的意思后，笑了笑：“很可惜，在下既没有遇到怪兽，也没有遇到幽灵船，更没有看到什么奇异大陆。要说起来，这真是一次很失败的冒险，我为此感到遗憾。”

我插嘴说：“介川先生应该感到欣慰才对，如果真遇到大厅里展示出来的哪怕任何一种生物，恐怕你已经不可能站在这里了。”

介川又讪笑着点了点头：“异先生说得很有道理，虽然我不害怕死亡，但无谓地丢掉性命还是很不值得的。”

我一边和他们闲聊，一边往大厅里打量。客人并不多，只有二十几个人，从他们的肤色和着装来看，这区区的二十几个人真可算来自五湖四海，虽然里面以西方人居多，但也不乏许多穿着各异的其他人种，有头戴白纱的中东人，也有光着脑袋的印度人——应该是个佛教徒，这里面除了我们五个东方面孔之外，还有一个黄皮肤黑头发的青年男子，他高举酒杯在人群中像赶路似的乱转，应该是一个韩国人。

“他叫韩成殊，来自韩国，也是一位很有名气的探险家。”介川跟随我的目光看去，热情地介绍道。

这群人里有两个西方人引起了我的注意，一个是叼着烟斗的中年男子，很绅士地坐在椅子上，深邃冷静的眸子在人群中缓缓地扫来扫去，好像要从这二十几个人中发现隐藏在里面的嫌疑犯一样——当然，我想你们也看出来了，我之所以对他产生了特别兴趣，是因为他和我们熟悉的一个文学人物形象十分接近，如果他再戴上绅士帽的话，每个人都会一下将那个名字叫出来，虽然那不是他的名字。

另一个也是西方面孔，但很年轻，不到三十岁的样子，双眉虽然没有紧皱，但眉宇间总好像笼罩着一层深深的忧虑，再加上他那双深眼窝里的蓝色瞳孔，更显得格外忧郁。虽然他也微笑着和走过他身边的人碰着杯子，脸上洋溢着热情的微笑，但那股忧郁却始终无法驱散，也许他本来的性格中就带着忧郁气质。人们常说忧郁的男人更招女人喜欢，现在看来不是没有来由的，因为琼斯已经站在他身边和他聊了很长时间，好像白枫和惠子的目光在他身上也比在别人身上停留的时间长。

我转头低声问陆华：“你认识他吗？”

陆华摇了摇头：“从来没见过，但我敢断言，他并非是一位探险家，至少不是一位资深的探险家。”

“他叫罗西·莫科，来自墨西哥，但他的来历我却不知道。”惠子柔声说道，声音小得像是在自言自语。

惠子这句话令我重新向她看去。这个女人温顺柔弱的外表下面藏着一个聪敏细致的内心，但不知道在聪敏细致下面还藏着什么。

惠子被我直愣愣的目光看得有点不好意思，羞赧地低下了头。

白枫在后面狠狠地掐了我一下，我赶紧回过了头，回以无辜的苦笑。可能她误以为我已经被惠子温顺可人的模样给迷住了。

“陆华。”我转头问道，“能不能指给我，这里面哪位是这次探险活动的组织者——爱德华？”

陆华笑了笑，道：“这里面没有他。我也感到很奇怪，自从昨天我来到这里之后，就一直没见过他。”

介川将身子向我们探过来，压低了声音说：“爱德华应该一直和那位神秘的大洋来客待在一起。而且据说那人还带回来一份非常奇怪的证据，证明那个地方的存在，或许，过会他们就来了。”

他刚说完这些，就见到琼斯缓缓地走到了位于大厅北边的高台上，清脆地拍了两下手掌，朗声说道：“各位请静一静。现在，我们用热烈的掌声欢迎这次伟大的探险活动的领航员大卫·科诺迪尔先生，他曾经亲眼见到了我们要寻找的这块奇异大陆。当然，和他一同到来的还有我们活动的发起人，伟大的探险家亲爱的劳尔·爱德华先生！”

二

我想象中的爱德华应该是一位英俊潇洒，身体高大强壮，散发着独特魅力的成熟男人。作为一名出色的探险家，如果没有强健的体魄将很难在恶劣的自然环境中生存，更不可能去发现深藏在地球“夹缝中”的秘密之处，而要想获得美艳动人的琼斯小姐的芳心，至少应该是一位不比布拉德·皮特逊色的俊男才对。

令我大跌眼镜的是，在众人热烈的掌声中匆匆步入大厅的居然是两个邋遢的老头，他们的形象比昨晚陆华给我的印象还要糟糕。我甚至于不能将两人的形象区别开，直到琼斯和其中一个拥吻了一下之后，我才知道，原来走在后面那个满脸胡子的黑头发老者就是劳尔·爱德华。

爱德华的年龄至少应该在五十岁以上，满脸都是风霜磨砺留下的痕迹，长长的头发不伦不类地束在脑后，有一小半长发垂到了脸上，和脸颊上的胡须纠缠在一起，活像一个疯疯癫癫的神经病。他虽然也穿了名贵的西装，可是却没有系领结，衬衫的领口裂开的缝隙，将半个毛茸茸的胸膛露了出来，铮亮的皮鞋上面是挽起的裤脚，看着特别别扭。

大卫·科诺迪尔也好不到哪里去，这位仁兄只松松垮垮地穿着一件T恤衫，上面破了好几个洞，杂乱蓬松的头发像是一个鸡窝。唯一令我感到舒服的是那双幽蓝色的深邃眼睛，陷在深深的眼窝中，透过额前乱糟糟的白头发俯视着大厅里的所有人。

这实在是一双很奇特的眼睛，深邃得让人难以琢磨，却又透着一股天真的色彩。

我回头看了一眼陆华。他心领神会地微微一笑，看来他早就预料到我会感到惊讶。大厅里的所有人都将目光投向了这两个人。英国绅士已经将烟斗从嘴巴上拿了下来，那位叫罗西的年轻人眉头皱了一下，用难以琢磨的眼神来回打量着两人。

大卫站在台子中央，并没有让琼斯给自己作介绍，就大着嗓门嚷了起来：“都回去吧，从哪来的回哪去！”

谁也没想到他开场的第一句话竟然是逐客令。大家面面相觑，不知道这个老头这么说是什么意思。

大卫撸起自己的袖子，露出两条粗壮的手臂，给大家展示上面两条足有两公分深的裂痕：“大家看到了吗？这些就是那里留给我的东西，除了伤害没有别的。不要以为就凭你们这区区二十几个人就能找到新大陆，那是不可能的，如果你们不是活得不耐烦的话，就统统回去吧！”

有人开始高声提问起来，是那位韩成殊，他用标准的英语问道：“大卫先生，请问你手臂上的这两条伤口是怎么弄的？”

大卫向他横了一眼：“所有的美丽后面都隐藏着危险，越美丽的地方越是地狱，不要以为天堂和地狱离得很远，其实耶稣和撒旦就是邻居！”

很多人为他风趣的谈吐笑出了声，但立即被他打断了：“大家不要以为我在开玩笑，我说的句句是真。那块大陆确实有着天堂里所有的一切，洁白无瑕的陆地，翠绿梦幻的高山，飞翔的天使在空中忽闪着翅膀，美丽的斑马在一望无际的草原上驰骋……哦，那是只能在《圣经》上找到的伊甸园，但没有人能到达那里。它好像在躲避着肮脏的人类，当我企图泅渡过去的时候，一块从悬崖上坠下的石块割到了我，于是我的两条手臂就变成了这个样子！”他屈伸了两下手臂，只能做一个不足 120° 的弯曲，活像一只笨拙的大猩猩。

“而且！”他继续说着自己的恫吓之词，“那只是一块石头而已，你们在大厅里看到的那些怪物和幽灵并没有向我发起攻击，我就变成了这个样子，如果它们其中的一个想要我的命，我现在已经死过一百回了……”

“哦……”那位长得很像侦探的绅士轻轻地哦了一声，缓缓地打断他的话，问道，“您的意思是说，那些怪物都是来源于那块大陆吗？”

“你认为呢？”大卫反问道，“反正在它周围围绕着比牛奶还浓的大雾，你所见到的那些恶魔就藏身在那里。”

侦探又哦了一声，继续缓慢地问道：“有一个疑问，在如此浓重的大雾里，您是怎么看清楚那上面的景象的？”

大卫被他的质疑弄得有点恼怒，连满头的银发好像都竖了起来。他摇晃着脑袋大声叫道：“谁告诉你大雾里就不能看到东西？我告诉过你那块大陆上面有雾吗？没有，一点都没有，那是晴空万里，清澈得比一个小孩的眼睛还要迷人。我曾经试图登上它，当然能看清楚上面的景象……你是在怀疑我的话吗？这位……”

“艾维洛兹！”那人接口报出了自己的名字。

白枫回头向我看了一眼，用弯曲的眉毛发出一个笑意。

我明白她的意思，艾维洛兹这个名字在探险界可能没多少人知道，但他在侦探界却是无人不知。据我所知，在福尔摩斯的无数粉丝中，他是最成功的一个。他在英国警界的地位甚至于比文学作品中的那个形象还要深入人心，因为福尔摩斯并未在现实中帮助过任何人，而艾维洛兹却有着完美侦破两百宗大案的辉煌战绩。英国媒体说他就是福尔摩斯的真人版本，世界上只有他不想破的案子，没有他破不了的。

我也冲白枫笑了笑，看来我这次旅程并不孤单，至少不光我一个侦探误入探险的领域中来了。

大卫就好像在训斥自己不懂事的孩子，大声训斥着："艾维洛兹，我说的就是你，你是在质疑我的人格，还是在质疑我的大脑？我现在就证明给你看，让你收回自己的不逊，我要好好地教训教训你这个狂妄的小子！"

其实艾维洛兹年龄已经超过四十岁，就算比大卫小一些，这个差距也不会超过二十岁，所以他称艾维洛兹为小子并不贴切。

艾维洛兹依然保持着自己的坐姿，敏锐的眼眸平静地盯着大卫，连一丝惊慌的意思都没有，甚至于他还将烟斗重新叼在嘴上，作势要打火点燃。

大卫狠狠地瞪了他一眼，突然将手伸进了T恤衫里，手臂十分笨拙地弯曲着，粗壮丑陋的大手贴着胸前的皮肤伸了进去。

谁也不知道他到底要掏什么，爱德华与琼斯只是对视了一眼，爱德华耸了耸肩膀，琼斯却发出一阵轻笑。

等大卫再拿出手来的时候，五根手指已经紧紧地攥住了什么东西，他张开手臂给大家看了一眼，突然一扬手，一块足有鹅卵石大小的东西向艾维洛兹当头掷去。

这次大家都看清楚了，那是一块有着尖利棱角的石块。

谁也没想到他会突然动粗，坐在艾维洛兹旁边的人全部惊呼着站起来躲到一边，但这位侦探却一直平静地坐在原地。

他就坐在第一排，所以没有人能救他，除了他自己。

但他好像并未打算自救，依然平静地点着了烟斗，狠狠地抽了一口，然后对着静静地飞到面前的石块喷出了一口烟。

烟雾缭绕中，我仿佛看到那块顽石在烟雾中停滞了一下，尔后竟然在空中折了个弯，重新返回了大卫的手中。

我以为自己看错了，忙揉了揉眼睛，睁开眼再看时，所有人都发出一声惊呼。没错，石块确实又飞回了大卫的手里，不知道艾维洛兹是怎么做到的。

大卫突然呵呵大笑起来，笑得满头银发都在晃动，只见他再一次抛起了那枚石块，不过，这一次不是砸向任何人，而是抛向了空中，并仰着头盯着它，癫狂地大笑起来。

石块无声无息地升到了2米左右的高度，然后势头一转，又重新坠落了下来，轻飘飘的，如同一片鹅毛。

所有人都被这块奇特的石块吸引了目光，目不转睛地盯着它，包括我在内。

“就像这样，看啊，就像这样！”大卫大声嚷叫着，招呼大家看自己要把戏，“当时它就这样慢慢地飘到了我的身上，我彻底被这种奇异的景象惊住了，根本就没有将它当回事，结果就变成了现在这个样子！”他说完这些，才好整以暇地伸出右手，将它接在手中。

但令谁也没想到的是，他接住石头的时候，突然惊叫了一声，鲜红的液体就从手掌上滴了下来。

一块轻如鸿毛的石块，却能将一个人的手掌割破，恐怕所有的人都是第一次见到，我也是。

大卫只是轻轻惊叫了一声，就又恢复了刚才的得意神色，好像现在流血的不是自己。他砰的一声将石块放在桌上，眼眸中满是炫耀：“看到了吗？各位，这就是那块大陆上偶然掉下的一块石头，哦，它恐怕比卢格手枪的子弹还要厉害吧？”

他略微顿了顿，扫视全场，最后又把目光凝聚到艾维洛兹身上，但那目光中却没有了怒色，反而洋溢着兴奋和疑惑的光芒：“不过，你是怎么知道它伤不了你的？”

艾维洛兹微笑着解释道：“这很简单，我有三个理由可以断定只需吹一口气，它就会乖乖地退回去。第一，当你将手伸进衣服里的时候，我看到爱德华先生耸了耸肩膀，而且表情滑稽尴尬，如果你会掏出一支手枪的话，他一定会阻止，而不是露出这种玩笑的表情；第二，你所说的那块大陆如果真的存在的话，要想漂浮在海面上，质量一定会很轻，不然早就沉入海底了；第三，这块石头在空中飞行的速度不对，如果你身体健康的话，以你的力气，这块石头根本就不用等到我点燃烟斗，就会将我的鼻子砸歪。另外还有一点，它在空中没有发出任何声音，这是违背常理的。所以我判断，这块石头要么很轻，要么只是一块类似于石头的恫吓道具而已。”

白枫向我看了一眼，眼神中满是赞赏和惊讶，自然是在称赞艾维洛兹无懈可击的分析能力。我冲他笑了笑，以我听到的关于艾维洛兹破案的传闻来看，这些推理对他来说简直就是小儿科。如果他们听到他曾经由一粒未完全煮熟的米粒推断出凶杀案的全过程的案例，那才真会瞠目结舌吧？

看着那枚躺在桌面上涂满鲜红血液的石块，我突然想到一个问题：既然组成这座大陆的岩石都是质量如此轻的石块，它又怎么突然沉入海底的呢？

所有人都围上去看那块古怪的石块，我没有动，因为我验证真伪的能力并不比别人强。白枫回来后向我点了点头，惠子却和介川一边走一边低声讨论着什么。等大家都重新坐回自己的位置，那块神奇大陆真实存在的信念已经在大家心里坚定了起来。

台上的人已经换成了爱德华。他站在台上就像是一个不修边幅的艺术家，目光冷峻，神情傲慢。他等大家不再互相窃窃低语后才开口说话，但他的声音明显有些沙哑，听起来十分刺耳："正如各位现在所想的，我完全相信太平洋中确实有一片未被我们人类发现的奇异陆地。通过大卫先生的讲述，我有理由推断那里应该就是我们人类发源的地方，正是由于亚当和夏娃偷吃了禁果，才被从那里驱逐了出来，于是才有了我们人类。所以我们这次探险意义重大，我希望大家不要抱有发一笔横财的心理，更不要抱着好奇心前往，因为正是因为好奇心，我们人类才从天堂坠入了人间……摩纳法师，请问我们应该用什么心态前往那里？"

在问出这句话的时候，他冷峻的目光瞧向了那位印度僧人。

摩纳法师大概有六十多岁了，身材瘦削，但脸上的每一块平静的皮肤似乎都隐藏着力量，它们好像都可以逐个活动。他刚才一直微闭双目，这时才缓缓睁开，柔和的目光中透着慈悲，也隐藏着锐利。他缓缓地扫了一眼全场，轻声回答："魔由心生，心魔既除，即为彼岸！"

他的话虽然富有禅理，但却好像答非所问，爱德华问他心态，他却说了一句哲理，不过爱德华却点了点头："大师说得对，我们要将所有的好奇心收起来，用一种朝圣的心态去寻找我们的伊甸园，那是所有人类都向往的地方。而且正如大卫所说，撒旦已经将自己的恶魔释放了出来，它不想让我们人类找到回家的路，我们要想战胜它们，必须驱除能令它们乘虚而入的心魔……"

如果大卫刚才不是在描述自己的梦境的话，那块神奇的大陆，如果不用"伊甸园"或者"彼岸"这种宗教的象征称谓来形容，还能找到什么更贴切的词语呢？

昨天我还在为自己贸然前来而后悔，现在却突然有点庆幸了。如果那里真是一块人类发源的乐土的话——想到这里，我突然想到了陆华的美洲丛林之行，他不是说玛雅文明可能就是从这块大陆上迁徙过来的吗？难道，我们的这次探险之旅，竟然会发现天堂？

爱德华肃然的声音依然在空中飘荡："……不用隐瞒，我们这次朝圣之旅将会遇到很多危险，我们当中可能有很多人到不了那里，或者倒毙在变幻莫测的深海中，或者被猛兽妖魔杀死。所以在这里，我必须提醒大家考虑清楚，你们舍不舍得用自己的生命去寻找我们人类的伊甸园？大家还有一晚上的考虑时间，我请大家认真仔细地想清楚。待会琼斯将会发给大家每人一个信封，里面装着一张明天上午的返程机票和十万美金的支票，如果要退出的话，悉听尊便，而且这也不是因为你胆小，毕竟在座每一位的生命都不仅仅属于你一个人。”

他说这句话的时间里，已经有人开始分发信封了，这笔钱来得很容易，但我想不会有多少人因此离开的。

信封送到我面前，我干脆直接摇了摇头，拒绝伸手去拿，因为我主意已定，这次探险，我是不可能退出了。但当信封送到白枫面前时，她犹豫了一下，还是将两个信封拿了起来，苦笑着看着我。我也向她笑了笑。是的，这次白枫还是不参与的好。陆华也没有伸手，微笑着拒绝了。

介川也拿起了送到他面前的两个属于他和惠子的信封，但看都没看就从中间撕开了，一分两半，包括里面代表生命和金钱的两张纸片。他撕得很坚决，而且并没有征询惠子的意见，直接将两个信封都撕掉了。

最令我感到好笑的是韩成殊。他拿起了信封，并且打开了，将其中的一张小心翼翼地贴身放好，就将信封又还给了服务员，面色如常地咧嘴笑笑。

晚宴进行到晚上十一点多。大家都在开怀畅饮，我当然也不例外，和陆华你一杯我一杯地喝得红光满面，最后才在天旋地转中搂着白枫返回房间。

每个人都有放纵的权利，尤其是在这种时候，因为你不知道这次旅行会遭遇什么，也许我们真的能找到“天堂”，但更有可能下地狱。这种放纵的机会恐怕会是某些人最后的狂欢。

这其中只有三个人没有喝上一口酒，他们是艾维洛兹、摩纳法师和那名叫作罗西的年轻人。前两个人不喝酒很好理解，因为一个是侦探一个是僧人，一个为了保持头脑的冷静，一个秉持信仰的戒律，但我实在想不明白罗西为什么没喝。

我躺倒在床上，任凭白枫为我脱着外衣和鞋袜，这种感觉真好，原来幸福并不复杂，只需要有一个爱人在你身边，可以在你喝醉的时候为你脱掉肮脏的衣服，让你睡得更舒服一点就足够了。

耳边传来敲门声，有人在小声地告诉白枫，明天上午十点，所有决定参加这次“朝圣之旅”的人都到港口集合。我想他们这样安排主要是为了避免某些人的尴尬，我暗自提醒自己，明天八点之前一定起床，至少应该把白枫送到机场，看着她上了飞机才能安心回来。

三

第二天我确实起得很早，还不到八点就睁开了蒙眬的睡眼。感觉头有点疼，可能是昨天的放纵使我久违酒精的大脑一时适应不过来。

我揉着太阳穴，有点打晃地走出自己的房间，就看到白枫正在往行李箱里叠放衣服。此时的她又恢复了往日的素面朝天，昨晚的长裙也换了下来，身着干净利索的牛仔装来回忙活着。

我讪笑着打了个招呼："早啊！"

白枫回头瞪了我一眼："睡得还好吗？"

我嘿嘿一笑算作回答。

"我真不明白，你们男人怎么见了酒都像没命似的？你倒是睡踏实了，可我一晚上几乎都没合眼！"

这时候我才发她眼圈有点发乌，只好歉意地笑了笑。看来昨晚她都在为我操心了："也不能全怪我，大家不都在喝吗？再说了，如果一个男人从来都没有喝醉过，你才真应该小心才对，这种男人是不值得托付终身的……"

我的狡辩被打断了："你还有理了是不是？"

我又讪笑两声，说道："本来应该带你在旧金山好好转转，可时间太急了，这次只好作罢，等我回来之后一定专门带你再来一次。"

"你真的决定要跟着那两个疯子去找什么伊甸园？"白枫停下手里的工作，认真问我。

我愣了一下，冲她点了点头。

白枫眼中掠过一丝无奈，长长地叹了口气，道："既然你决定好了，那就赶快洗刷一下，咱们吃点早餐，别耽误了行程。"

我点了点头，说："你自己一个人坐飞机害怕吗？"

白枫白了我一眼，脸上带着一股轻微的愠怒，噘着小嘴质问我："你又想撇下我自己去吗？"

"这次太危险了，而且我不相信真的存在什么大陆，说不定这是某些人设的圈套，我不想让你去冒险。"

白枫没有说话，而是用眼睛回答了我的问题：那你为什么还要去？

我微微一愣。是啊，既然明明知道这次探险会存在各种能致人死命的可能，我为什么还非要去蹚这浑水？但我无法回答这个问题，也许是因为自己的好奇心，也许是那块可能根本就不存在的白色大陆太充满诱惑力，也许人类确实需要一个干净的地方来洗涤自己的灵魂……

白枫叹了一口气，收回质疑的目光，声音也变得温柔了许多："快去洗个热水澡吧，我去下面叫早点。"

我本来想劝她打消和我一起行动的念头，但不知道为什么还是不由自主地向卫生间走去。

卫生间里有一股刺鼻的味道，不用说，这肯定是我昨天晚上的杰作，酒精已经将我胃里的所有东西都翻出来了。

身体经过温水一刺激，大脑也活跃了许多，我突然明白了自己没有继续劝阻白枫的原因了。记得在S市，她曾悄悄地跟踪我上了前往蔡峰家乡的火车。如果这一次我将她送上飞机，可能还不等我们离岸，她就会再次带着一脸调皮的笑容出现在我面前。别看她表面上很随和，其实她一旦打定了的主意，恐怕谁也无法改变。

冲完热水澡，换上白枫为我准备好的干净衣服，精神才再一次回到了我身上。我想自己已经做好了迎接各种危险的准备。

我们离开的时候，将那两个信封原封不动地留在了房间里。

酒店里静悄悄的，昨晚的宴会好像是一个梦，所有刚刚认识的新朋友都没有遇到，就连布置在酒店大厅的那个恐怖展览也撤掉了。看着洋溢着奢华气氛的大厅，我真的有点恍如隔世的感觉。

我本来想等陆华过来叫我们，但等我们打算离开，并敲响了他的房门时，早已经人去屋空了。

出了酒店，我们都有点着急，我还特意问了白枫约定的离岸时间，白枫十分肯定地告诉我是在十点，我看了一下表，刚刚九点多一点，怎么人全走光了？

打上车，让司机一路疾驰，二十分钟后，我们就赶到了码头。那里静静地泊着一条中型游轮，陆华正在岸上不停地来回踱步。

他看到我们从出租车上跑了下来，眉头顿时舒展开来，快步迎过来并大声叫道："就等你们了！"

白枫看了他一眼，埋怨道："你为什么不来叫我们？"

陆华尴尬地笑了笑。

我从他这个笑容中看出了两层意思：第一，他可能还无法判断我们是否决定参加，为了避免大家的尴尬，所以没来打扰；第二，他可能想在离开陆地的最后一个晚上，我和白枫一定会疯狂地亲密一场，如果一大早来吵我们，会显得自己很不知趣。另外还有我无法确定的一点，陆华对我们的"同居"可能怀着一种淡淡的排斥。起初我没有意识到这一点，但看着他见到白枫，兴奋的眼睛中流光溢彩的模样，我想这一点应该包含在内。

"好吧，快上船吧，马上就要拔锚起航了。"陆华一边过来帮白枫拎着箱子，一边催促道。

没有一点起航的仪式，更没有欢送的人群，船上更是冷冷清清。我踏上梯子的那一刻，突然莫名其妙地紧张了起来。踏上甲板，我情不自禁地回头向岸上看了一眼。我从来没有过这种恋恋不舍的感觉，这使我对这次探险产生了不好的预感，我的预感一向很准，但我祈祷这次会成为一个例外。

昨晚参加晚宴的那些人并未全部出现在船上，加上陆华、白枫和我，船上一共有十四名正式乘客，除了爱德华、琼斯和大卫·科诺迪尔以及我上文曾经提到过名字的六位之外，剩下的五个我都叫不上名字，但还是能大概判断出他们的身份，其中四个应该是被邀请来的探险者，剩下的一位应该是个航海专家，他是一名高大的中年白人，身子有点瘦削，戴着一副金丝眼镜。等航船发出一声响亮的呜鸣，他就走进了驾驶舱，和那名很明显是船长的黑人老者一块消失在我们眼前。

加上十三位船员和五名侍者，这艘一共载着三十二个人的轮船起航了，向太平洋的深处进发，去寻找那个据说存在的白色大陆。

祝我们好运吧，上帝！

第三章

从天而降

一

海洋上的漂泊生活十分无趣，尤其是这种无法预测时限的“旅行”。好在这一次和上次不同。上次大西洋之行只有我和丹尼、凝雪三名乘客，这一次却有十四个人，加上那两男三女的服务人员，一路上还不算太寂寞。

第一天晚上我们是在甲板上度过的。大家吹着凉爽的海风，一边听爱德华分析那座大陆可能的大体位置，一边喝着威士忌欣赏海景。

陆地的轮廓已经消失在茫茫夜色中，天空中的点点繁星映着海面上的波光，令人浮想联翩。

“根据大卫先生的讲述，那块大陆曾经在马里亚纳海沟附近海域出现过，而且当时它是向西漂移的，所以我和古洛博士在启程之前研究了很多天，最后终于搞明白了它的移动规律。”爱德华还是那副邋遢而兴奋的模样，大大咧咧地坐在椅子上，手臂不停挥动，像是有许多蚊子在他面前绕来绕去一样。

我这是第一次听到“古洛”这个名字，当爱德华提到它时，嘴巴向那名戴金丝眼镜的瘦削白人歪了歪。

古洛博士微笑着站了起来，一丝不乱的头发在轻柔的海风吹拂下微微摆动着。他向大伙点了点头，自我介绍道：“我叫古洛·弗兰西斯，是纽约大学的海洋学教授，和爱德华是多年好友。如果不是他的盛情邀请，我是真不敢进行这次远洋探险的。虽然我对神秘的太平洋和你们一样充满好奇……”

他稍显单薄的声音略微停顿了一下，脸孔也稍稍抬起了一些，越过我们的头顶，向我们身后看去。

大家都被他的动作吸引了注意力，纷纷将头转了回去，

远方的天空中有个亮点在缓缓移动，可能是一颗正坠向地球的流星。

古洛的声音再次把大家的注意力吸引了回来：“其实关于太平洋中存在大陆的说法，古已有之。在许多民族的神话传说中就曾经多次提到过。比如复活节岛

上就有这么一则传说：‘首领发现他的土地正在慢慢地沉入海中，就把自己的仆役集中起来，让他们分乘两条大船。当他们航行到天涯时，首领看到除了叫作毛利的那一小块土地外，整个大地都沉到了海底。’”

“夏威夷的一些古老传说更是将这块大陆的版图都标示了出来，说它北起夏威夷，南到新西兰，西至斐济群岛，东到复活节岛，叫做卡·霍乌波·卡涅，即卡涅太阳国（笔者注：“卡涅”是“波利尼西亚伟大的生命与光明的神塔涅”的夏威夷读法）。后来，发生了一场叫肯·阿卡·希涅阿列依（笔者注：即推翻领袖所统治的海洋）的大洪水，淹没了这个大陆，只剩下一些山峰还露在水面上，这就是现在的波利尼西亚群岛。卡涅太阳国的绝大多数臣民都淹死了，只有少数人在魔法师努乌的帮助下逃到了世界各地。”

“在土阿莫土群岛流传的一个传说中，曾讲到了豪岛居民祖先的故事：‘豪岛有三个神祇：瓦吉阿·努古、塔涅和顿加罗阿。瓦吉阿·努古创造了大地、天空和生物，塔涅把瓦吉阿创造的平坦大地抬了起来，而顿加罗阿造了一个叫齐基的男人，又用齐基的肋骨造了一个叫希娜的女人。齐基和希娜相亲相爱，生儿育女。没过多久，这块空旷的大地上就住满了他们的子孙。后来，这些人开始做恶捣乱，触怒了造物主瓦吉阿。他决心要狠狠惩罚这些不安分守己的人们，于是就吩咐一个叫拉塔的人造了一条大船，船名叫帕巴帕巴·依赫努阿（笔者注：意思为平坦的大地）。拉塔和他的妻子、儿媳和三个儿子上了船。突然间，瓦吉阿神雷霆大发，大雨从天宇的最高处倾盆而下，淹没了整个大地。瓦吉阿神愤怒地把天门柱击断，风把缚住它的铁链刮断，直向大地袭来。大雨变成了洪水，大地上汪洋一片，土地被淹没了。那些作恶多端的人们统统葬身在洪水之中，只有拉塔一家躲在船里，逃过了这场灾难。六百年后，大水退去了，拉塔从船中走了出来，同时得救的还有走兽和飞禽。随着时间的推移，拉塔的子孙又住满了这劫后的土地。’这同《圣经》中关于洪水的故事如出一辙。许多科学家异常肯定地说，波利尼西亚所有关于洪水的传说都有许多现代波利尼西亚人无法理解的单词，这些单词太古老了，早已不再使用，仅仅保留在这些传说中。而且，波利尼西亚土著居民也都异口同声地说，这些传说早在欧洲人到来之前就有了……”

他长篇累牍的神话罗列还没有结束，就被韩成殊开口打断了：“古洛博士，我们也完全相信太平洋中曾经存在过一片极为辽阔的陆地……但是，这和我们这次探险有什么关系呢？或者说，您怎么能够证明，您所说的这些神话传说和我们正在寻找的目的地有联系呢？”

古洛博士略显苍白的脸颊微微泛红，接口道：“是的，我们不可能靠神话传说来证明什么，那么下面就来看看科学证据吧！”

他突然又住了口，目光再次越过我们的头顶向上看去。

大家有些不耐烦地跟着他转过了头。在比刚才那个亮点更近一些的天空中，依然有个亮点在不停闪烁。我们刚才都以为那是流星，但现在看来显然不是，因为流星通常都会一闪即逝，不可能停留那么长时间，要不要说还会离我们越来越近。

我侧耳听了听，也没有轰隆隆的声音，应该不是一架飞机。

“飞碟吗？”韩成殊呵呵笑着，阴阳怪气地问道。

介川皱了皱眉头，用阴冷的目光盯了他一眼。

琼斯也发出一阵悦耳的笑声，嚷道：“如果是一艘外星人的飞碟，那真是上帝保佑！”

她语气中带着调侃的味道。我真不知道如果那真的是一艘飞碟的话，我们有什么值得高兴的——那只能说我们的运气真的不是一般“好”，刚一出海就被外星人给盯上了！

古洛博士继续说道：“根据科学家的研究发现，太平洋中的动物构成存在着结构性的矛盾。我们曾从美国军方获得一条可靠消息，他们曾经在深海中发现过美洲狮的尸体。当然，那和我们平时看到的美洲狮不大一样，它们个头很大，体型和洞狮（笔者注：洞狮也叫欧洲洞狮。是一种已灭绝的猫科动物。身体较现代狮强壮许多，四肢粗壮，体长平均3.5米，体重比现代狮大出25%，在270公斤与350公斤之间。生活于距今10万年到30万前更新世第四纪）差不多，牙齿外露，尤其是两门犬齿，伸出颌外足有二十几公分，跟刃齿虎（笔者注：刃齿虎，旧译名美洲剑齿虎，出现于上新世晚期，是当年巨颏虎进入美洲之后演化出的新类型。它们长有非常夸张而尖锐的匕首牙，体型巨大，而且灭绝晚、出土化石很多，又主要发现在古生物学最发达的美国，因而尽管它们在三百万年间从来没有走出新大陆一步，但常常被当作是最正宗和标准的剑齿猫科动物，但狭义科学上的剑齿虎指短剑剑齿虎，而并非刃齿虎）有着惊人的相似性，皮毛是银白色的，所以虽然我们可以确定它属于猫科动物，但却无法确定它到底隶属于哪个亚科类属。科学界比较一致的看法是，它应该属于最原始的猫科动物，是在狮虎还未真正分家的时候产生的物种，如果追溯起来的话，它应该生活在距今二百万年以前，但这具尸体被发现时还没有腐烂，也就是说刚溺水不久，大家想想，它会来自哪里？”

这个问题再明显不过，因为他的答案已经在提出这个问题之前就告诉我们了。

“还曾经有人在深海中见到过中华鲟，而且数量惊人。只要稍懂海洋知识的人都知道，中华鲟属于淡水鱼，不可能在深海中生存，而且中华鲟由于生活在中国的长江流域才得名，怎么可能在太平洋中出现如此庞大的种群数量？像这么庞大的鱼群，至少需要一个像三分之一个安大略湖那样的淡水环境才能使它们繁衍下来。而据我所知，在那片发现这群中华鲟的海域并没有足以使它们存活的大面积海岛，淡水就更没有了，它们又是从何而来？”

这个问题也无需回答，就好像第一个一样，他这样说，无非就是想证明那块大陆确实是真实存在的。而且从他的叙述中可以看出，他确实倾向于认为这块漂浮的陆地就是所有生命发源的伊甸园。

“那么……”那位名叫罗西的年轻人终于很难得地开了一次口，他的声音有些低沉，“为什么我们在那个展览中未曾看到过这方面的资料？”

爱德华接过这个问题，替古洛博士回答道：“很简单，因为这些只是推测，我们未曾收集到这方面的任何图片资料，也无法百分之百确认其真实性。另外，我们也不想让更多的人过早知道我们此行的目的地，有一些秘密只能属于精英！”

他的口气非常傲慢，当然，我想他的潜台词应该是指他自己。

古洛博士喝了一口威士忌，接着为我们寻找的目标提供着证据：“1995 年获得的太平洋洋流资料显示，南赤道暖流曾经出现过 25 天的逆向；而在 1999 年，东澳大利亚暖流也发生过为期 13 天的异常逆流；与此类似，这种洋流逆向曾经分别于 2006 年、2009 年发生在千岛寒流与北太平洋暖流上，异常时间分别是 15 天和 9 天。”

“也就是说，是某个巨大的物体阻挡了太平洋中洋流的流动方向，使它们偏离了方向？”艾维洛兹这时候也开了口，他从嘴里拿出烟斗，语速缓慢。

古洛博士点了点头，补充说：“能使洋流发生偏离的物体，它的体积将是无法估量的，除非是面积特别巨大的陆地，否则不会产生这么明显的异常。这个猜测我在 1996 年就提出来过，但当时没人相信我的推断，大家都说我是在痴人说梦。但现在不同了，我不再是孤身一个人，至少有在座的各位勇士跟我站在了一起。通过大卫先生的亲眼目睹和他遭遇海域的分析，再加上我这些年来的观察，我有百分之六十的把握确定这块陆地会在十五天后到达某个位置，我们的目标就是那里！”

“哪里？”大家几乎异口同声。

古洛博士很满意我们的表现，他的笑容变得更加开心，但就在他要给我们一个确定答案的时候，却突然目瞪口呆地愣在了那里。和他坐在一起面朝我们的爱德华和琼斯也从椅子上站了起来，满脸疑惑地向我们背后伸出了手臂。

所有人都猛然转过头，看到了令大家都目瞪口呆的一幕。

一团熊熊燃烧的火球在离我们数百米的地方从空中缓缓坠下，燃起的火光几乎将我们身后的辽阔海域全部照亮了。

那个火球像一个可以凭风漂浮的幽灵，一边疯狂地燃烧着，一边发出吱吱的奇异声响，慢慢坠入了大海。

二

“那是什么？”韩成殊脸上变了颜色，口齿有些不灵地惊叫起来。

爱德华用嘲讽的口吻回答道：“你不是说那是飞碟吗？”随后，他转头向驾驶舱跑去，边跑边挥舞着手臂兴奋地叫起来，“罗伯，罗伯，快转舵靠过去！”罗伯是船长的名字，他的全名叫做罗伯·希尔纳。

其实不用他下命令，我们脚下的船已经快速收住了乘风破浪的前进势头，幸好船沿都有齐胸高的护栏，不然肯定有人会失足落水。

我虽然没有亲眼见过飞碟，但在一些视频资料上也曾经目睹过它们鬼魅般的身影。它们通常都是神出鬼没，倏闪即逝，像这种缓缓下坠的“飞碟”我还是头一次看到。再说一只飞碟为什么恰巧在离我们仅有几百米的地方失事呢？这实在难以想象，而且我也不相信我们真有这么好的运气，刚一出海就和它们遭遇。

罗西眉头紧锁，忧郁的眼眸中闪过一丝慌乱。艾维洛兹却从始至终未发一言，只是停止了吸吮烟斗的动作，凝神看着不远处海面上慢慢变弱的火光。

等我们靠近那团东西的时候，火光已经完全熄灭了，海面上漂浮着一些黑乌乌的碎片，碎片中间有个东西在海水中浮上沉下。空气中弥漫着一股浓烈的焦煳味。

船上的探照灯打开了，明亮的光束笔直地射进幽深的海水中，立即被幽暗的海水吞没了，那个东西依然若隐若现，在我们眼前飘荡。

可以看得出来，那是一个人体躯干的形状，有着壮硕的身躯和粗长的四肢，在探照灯隐约的映衬下，显着说不出的诡异。他身上并没有衣服，但整个体表却看不出一点皮肤的颜色，黑乌乌的像是一截木炭，也许是被火焰烧灼的结果吧，但也很有可能那本来就不是一具人类的躯壳。

不知道什么时候，所有人都站到了甲板上，凝视着那个东西，有人充满了好奇，可大多数人更多的是紧张。

爱德华满脸暴戾地盯着罗伯船长，几乎是趴在他的脸上大声命令：“你这个蠢货还愣在这里干什么？还不赶紧将那个东西打捞上来！”

黑人老者脸色变紫了，似乎马上就要挥拳打过去，不过他只是狠狠地瞪了探险家一眼，就回头向船员吼起来：“放下舢板，派两个人过去看看，别忘了带上武器。狗娘养的！”

小舢板被放了下去，爱德华也随着两名船员一块向那个东西划去。他一边用恶狠狠的话命令那两名船员拼命划桨，一边趴在船头用两条手臂不停地在水中拨动着。

“真是一个疯狂的家伙！”白枫凑到我耳边低声说道。

我向陆华瞥了一眼，他无奈地向我笑笑。对爱德华这种近乎疯狂的好奇心和暴戾的性格，恐怕他早就司空见惯了。

一分钟后，小舢板驶进了那片散浮着杂乱碎片的区域。爱德华伸手将一块碎片捡了起来，仔细看了看，又狠狠地扔了出去。那块碎片在空中翻折了两下，无声无息地落在海面上。

艾维洛兹的嘴巴又开始动了，这是他自见到那团火光落水后第一次动作，只见他吸吮了一口烟斗，烟雾从嘴角和鼻孔中喷出来，并在大家还在好奇张望的时候，第一个扭过了头，可能他注意到我正在观察他，冲我友好地笑了笑。

我也微笑着向他点点头，然后又把目光转回了那条小舢板。我知道，这位鼎鼎大名的侦探，已经晓得了到底是怎样一回事。当然，从他的目光中，我也猜出了一个大概。

爱德华他们已经将那个人形躯壳拖到了船上，爱德华正在进行紧急施救，身子笨拙地趴着，为这个黑乎乎的家伙做着人工呼吸。等小舢板往回划了一半时，他仰起头来，向我们做了个“OK”的手势，全然没有顾及自己嘴巴上那圈发黑的乌斑。

看来艾维洛兹估计得没错，直挺挺地躺在小舢板里的躯体确实是一个和我们同样的生命。我轻轻嘘了一口气，还好，飞碟只是一个传说。

大家纷纷离开了甲板，向船舱走去。艾维洛兹走在最前面，一副不慌不忙的样子，其他人离他大约三四步远的地方，蜂拥着跟在他后面。我走在最后，心里在琢磨，这个以如此奇异的方式降落在我们身边的客人，到底是什么来历?

他自称名叫科恩·弥尔顿，是一名热气球运动的痴迷爱好者，美国人。他本来是打算横渡太平洋的，但刚刚出海，热气球就出了故障自燃起来，若不是当时因为被这艘乘风破浪前进的轮船吸引而下降了飞行高度，大火可能在半空中就要了他的命。

即便是如此，他所受的伤也不轻，全身有接近四分之一的皮肤都被烧伤了，幸运的是，他脸上的皮肤还算完整，没有破相。

在场的探险家几乎都能算半个医生，所以不一会儿，他身上的伤口就被消了毒，绑好了绷带。

我总觉得这个人有点古怪，虽然他身体虚弱，精神萎靡，但他那双半闭着的眼睛却使我感觉不舒服，尤其是他环视四周并扫过我的脸孔时，我的心脏莫名其妙地加快了跳动。这双眼睛给我一种似曾相识的感觉，而且在他犀利的眼神中好像隐藏着什么，所以他说的这番话，我只能半信半疑。

有这种感觉的人应该不只我一个，介川和罗西也睁着疑惑的眼睛在他身上扫来扫去，尽管他身上除了绷带，并没有什么特别。而艾维洛兹更是站在了人群外面，好像一点也不关心，但他分明在竖着耳朵倾听这个人说出的每一句话。

琼斯很热心地为他将熏得黑乌乌的脸孔擦拭干净，让我们看清了他的本来面目。这是一个标准的美国白种男子，也就不到四十岁的样子，仪表堂堂，强壮的身体上肌肉兀结，可能专门练过健美。

爱德华皱着眉头为他分析着他现在面临的两难境地：“疯狂的科恩，我想这个称呼非常适合你。我很欣赏你的勇气，但我必须告诉你，你不能留在我们这里，如果你的伤还没有严重到不能活动手臂的地步，我想你现在就得离开这艘船。我们会送给你一条小舢板。我想以你的勇气和力量完全可以安全地返回旧金山，如果没有鲨鱼对你感兴趣的话。”

科恩面露难色，举起瘫软的手臂展示给我们看，有气无力地说：“我现在连站起来的力气都没有了，我就是跟你说话都是硬撑着，像我这样，你们怎么放心我独自返回，难道你们跟鲨鱼是亲戚吗？”

“但你跟着我们非常危险，我们也不想让一个外人跟着我们去送命，毕竟我们没有决定你命运的权力。”琼斯温柔地向他解释道。

“哦？”科恩翻了翻眼皮，自嘲地笑了笑，说，“难道还有比我这次更危险的旅程吗？”

“比你这次要危险一百倍！”琼斯肯定地点点头，“可能我们所有人都会有去无回，所以……你自己选择吧！”

科恩看上去确实在思考，过了好一会儿，他的两条浓眉才舒展了开来：“我想这是上帝的安排，不然我怎么会偏偏坠落在你们旁边？就算是送命，有这么多人一块，我想上帝也会眷顾我们的……而且，你们明明知道这是一件会丢掉性命的事情，还有这么多人参加，那应该是一件非常有趣的事情，如果你们不嫌弃我的话，我很想和你们在一起，我保证自己会有用的，上帝可以作证。”

爱德华和大卫这两个疯老头互相对视一眼，都没有说话，但两人的眼神表明，他们正在进行着激烈的讨论。科恩眼巴巴地看着他们，围在这里的大部分人也都眼巴巴地看着他们。这种寂静的气氛保持了大约两分钟的时间，两人最后终于达成了一致意见，爱德华开口道：“好吧，但愿我们的这个决定不是愚蠢的，如果上帝让你跟我们一块送命的话，我们只能无条件服从。但我提醒你，你最好再想一想，不要到了那里又突然后悔，那时候没有一个人可以救你，包括上帝。”

“科恩做事情从来不会后悔，不然也不会空降到这里，但我是否可以问一下，我们的目的地是哪里？”科恩忍着疼痛，露出一个别扭的微笑。

爱德华再次扫视着我们，嘴里蹦出了一个地名：“卡罗维斯！”

卡罗维斯是一块位于太平洋中心的深水海域，很少有人类能够到达，那就是我们的目的地，或许半个月后，上帝和撒旦就会微笑着迎接我们的到来，但不知道我们会首先见到谁。

四

接下来的几天里，我们没有再遇到什么状况，海上也没有出现太恶劣的天气，航船算得上顺风顺水。

大家的心情都挺不错，除了吃饭睡觉之外，大家就在甲板上闲聊，或者到船舱里喝酒玩牌，过得也算惬意。在百无聊赖中，这也是一种打发时光的很好方式。

令我感到奇怪的是摩纳法师，自从刚上船时见过他一面之后，在接下来的数天里，他一直没有再露面，科恩从天而降的那天晚上他也没有出现，甚至于连到了吃饭的时间，我也一直没见过他。他突然从我们的视野中消失了，好像一直没有存在过一样。

关于这件事，我曾向琼斯询问过，但她只是冲我神秘地笑了笑，告诉我，在没有到达那块大陆之前，他是不会出现的。我问她为什么，她却摇了摇头，拒绝告诉我，我也只能在心里画上一个大大的问号。

科恩恢复得很快，在第三天的早晨已经可以一瘸一拐地加入到我们的行列中了。他很喜欢玩牌，而且是无钱不欢。刚开始我怀疑他可能是拉斯维加斯的常客，但几番交手之后我发现，他的牌技非常一般，只用了两天时间，他已经将自己的房子和车子一起输掉了（只是不知道他嘴里的劳斯莱斯是否真的存在），毕竟都是为了消遣，没人当真让他写欠条。不久，他就成为了大家的一个开心果，不过他也乐于别人拿他开心。

但我们的这次旅行注定不可能一帆风顺。不久后，一件恐怖的事情还是发生了。

那是在我们出发后的第九天里。当时天空阴沉得十分可怕，放眼望去，整个天穹都好像蒙上了一块黑布，无边无界。乌沉沉的大海给人一种压抑的感觉，好像海天马上就要合拢到一起，将我们这群被抛掷在海上的人类挤成一张张肉饼，而且还伴着淅淅沥沥的小雨落下来。

这使我想起了那次大西洋之行。我总感觉在乌沉沉的大海中正隐藏着某种怪兽，它可能就跟在我们航船的水下，也许过不了多久，它就会突然冒出来，将我们全部掀翻在海水中。

船舱里很憋闷，大家在下边玩了一会儿纸牌，就都没心情再玩下去了，于是我们冒着小雨走到了甲板上，惶恐不安地极目远眺。每个人都嗅到了混杂在淫雨腥风中的特殊气息。

韩成殊最先受不了这种压抑的氛围，一走到甲板上就大声叫起来："我怎么感觉好像有什么不对劲啊？"

他仰头看着阴霾的天空，有点仰天长叹的味道，可能只是一种发泄。

"也许是那个地方要出现的缘故吧！"科恩咧咧嘴巴，笑着回答道。

大卫发出一阵冷冷的嘲讽，嚷道："还远着呢，如果那块陆地现在出现的话，周围的环境会比这恶劣得多。"

"我也觉得有点不对头。"介川转头看了一眼大卫，询问道，"这么阴沉的云层好像不大可能只下这么小的雨，天气的转变会不会有另外的原因？"

大卫哼了一声，说道："这个你不要问我，你得去问古洛，他是海洋专家。"

大家都转着头寻找古洛博士的身影，但他并未站到甲板上来。我在转了一圈之后，目光突然被舱口走出来的一个身影吸引了。

那是一个披着土黄色露胸长袍的老人，瘦削的头颅上光秃秃的发着亮光。正是摩纳法师！

他怎么这时候出现了？我心里感到一沉。

摩纳法师无声无息地走到船头，目光远眺着渐渐挤到一起的海天交界处，幽幽地说道："他来了！"

所有人的注意力都被他吸引了过去，虽然没有人能听懂他说的话，但我看到人家的脸色都变得阴暗起来。

琼斯曾经告诉我，摩纳法师在那块大陆出现之前是不会出现的，那么，他现在突然回到了我们身边，是不是意味着，我们寻找的目标就在前面了？

我再次转回了头，顺着他的目光看去，但阴沉的前方并没有任何陆地的影子。

我刚想询问他嘴里的"他"是指谁的时候，就听到韩成殊惊恐地大叫起来："一条船，前面出现了一条船！"

第四章

漂浮在海面上的灵柩

一

我眯起眼睛极力远望，可只能看到一个小黑点，随着大海的颤动若隐若现，好像随时都会被海水吞噬掉一样。海面上的黑点并不一定就是一条船，也可能是一座小岛或者一只动物。这令我想到了曾经在大西洋遇到的鲨鱼军团，我们不会又碰到它们的同类了吧？

我转头向摩纳法师看了一眼。他的脸色异常凝重，一向平和的脸孔罩上了一层黑气，晦暗得能看出悲哀的味道。韩成殊的脸孔已经变得煞白，抓住栏杆的双手在微微战栗，我真害怕他会在这时候撒腿跑回下面的船舱，或者直接瘫软在地。他也在转头用祈求的目光看着摩纳法师，好像在望着救世主一样：“是那艘幽灵船吗？”

摩纳法师没有立即回答他的话，可能他这时候也没有看清那个小黑点的具体形状，过了好一会儿，他才说了一句：“好像不是……它比那幅画中的船要大，可是……可是，为什么我能感觉到浓重的血腥气？”

我再次将目光转移到那个黑点上。虽然它在逐渐变大，可我依然看不出那是不是一条船的形状。我相信某些心灵的修炼能够提升一个人感知的灵敏度，尤其是那种虔诚的宗教徒，他们往往拥有令人咋舌的第六感。

就在大家聚精会神地凝视那个黑点的时候，我似乎听到有人低声嘀咕了一句：“奇怪，这条船为什么这么眼熟？”

听声音好像是那个疯老头大卫·科诺迪尔，可等我转过身的时候，那个声音已经消失了，大卫和其他人一样目不转睛地盯着前方。

我们的航船慢慢地收住了前进的势头。背后响起了脚步声，爱德华首先急冲冲地跑了上来，跟在后面的是他的漂亮女友琼斯，再后面是满脸惊恐的古洛博士和黑人船长，水手们则远远地跟在他们身后。

爱德华满脸兴奋，几乎要蹦了起来。他飞奔到船头，粗暴地推开挤在一起的我们，上半身都快全部探出了栏杆。他一边用望远镜向前张望，一边不住口地大声叫嚷："哦，天啊！你们快看，你看我们发现了什么……我简直不敢相信自己的眼睛，这实在不可思议！是的，如果我将这东西的照片拿回去，一定能将那些只会信口开河的历史学家驳得哑口无言……天哪，就这一个发现都值得我们送命……"

我听他不住口地发着感叹，却依然摸不着半点头脑，因为他一直没说出这个能将历史学家反驳得哑口无言的黑点到底是个什么东西。

韩成殊就站在爱德华旁边，他一边紧张地向前远眺，一边好奇地向爱德华询问："爱德华先生，你看到了什么？那到底是不是一艘鬼船……你能不能将望远镜借我用用？"

爱德华被他吵得恼怒起来，口无遮拦地大声骂道："滚开，你这个蠢货，再在我耳边吵闹，我就一把揪下你的生殖器，丢到海里去喂鲨鱼！"

韩成殊被他骂得脸上一阵白一阵红，生气也不是，苦笑也不是，双手抖得更厉害了。

琼斯站在爱人身边，两手死死地抓着爱德华的腰带，轻声提醒他小心，这时看到韩成殊表情难堪，忙向他道歉："你别生气，爱德华就是这样，这个时候就算是他父亲来烦他，他也会毫不客气地痛骂起来。"

"那到底是什么东西？"一直沉默的罗西这时皱着眉头问。

琼斯向他微微一笑，道："罗西，你是澳大利亚人，我想你应该知道莫里斯（笔者注：Mores 音译）吧？"

罗西眼中闪过一丝异样的光彩，但随即又被震惊所掩盖。他大张着嘴问道："你说什么？"

琼斯很满意罗西看似夸张的表情，微笑着点点头："是的，爱德华已经看得清清楚楚了，那确实是一艘莫里斯！"

我的好奇心也被他们像是哑谜一样的对话吊了起来，不禁提高嗓门问道："请问什么叫莫里斯？"

琼斯看了我一眼，一脸的坏笑，好像这样消遣对她来说是种乐趣。

摩纳法师将这个问题接了过去，他叹了口气，声音中带着一丝惶恐的味道："莫里斯是古土利语，现在已经不常用了。它代表一种归宿，也代表一种安详，如果确切地用汉语来形容，应该叫船柩！"

自从我来到旧金山以后，一直在用自己蹩脚的英语和大家交流，所以不是很必要的话，我就尽量保持沉默。但这一段话，摩纳法师却是用汉语跟我说的，而且字正腔圆。这让我不由得对他多看了两眼。

凡是生活在海边的民族，大多都有海葬的习俗，就像生活在草原上的民族实行天葬一样。在古代，人类都保持着原始的自然信仰，蒙古人在获取草原上的生命来供给自己生存所需的同时，也会在死后将自己的肉体贡献给那里的生命，任凭鹰隼狼狗取食。海葬与此有异曲同工之处。

海葬传统在刚开始，只是将人的尸体直接抛入大海，延续到后来，随着人类文明的发展，这种方式也渐渐变得复杂起来，不但要为死者陪葬许多贵重物品，也渐渐开始采用船只。先将船柩拖入深海，然后将船凿破，沉入海底。在中国，还要结合堪舆之术，在海中选择一片吉利的海域下葬。

我不知道在西方这种方式和中国有什么不同，但既然是海葬，任凭死者的尸体在海中随波漂流似乎说不过去。

如果真是这样，发现一艘盛敛尸体的灵柩船，爱德华不应该这么兴奋才对。

我疑惑地再次看了一眼摩纳法师。他皱着眉头凝望远方，似乎已经陷入了沉思。

罗西依然满脸的惊异。爱德华还在絮絮叨叨地发着感慨。我的目光在转过一圈之后和艾维洛兹碰到了一起，他冲我露出一个很绅士的笑容，然后伸出了左手，五根手指都展开了。

我想他看出了我心里的疑问，但我不敢确定他给我的答案是五百年还是五十年。不过，随便哪个数字都让我感到吃惊。一条五十年前的灵柩船，现在依然漂浮在太平洋的深海区域，这个答案你能接受吗？反正我不能，更别说是五百年了。

那个黑点已经渐渐显出了它的轮廓，像是一艘乌篷船一样，在海中缓缓靠近我们。不一会儿，我已经能辨认它的大体模样了。

这艘船远看起来确实很像搭起篷子的一叶孤舟，但那是远看的感觉，其实它比乌篷船要大许多，差不多得有两间房子大小，整体呈长方形，只是两头往上翘了起来，更像是一副很大的棺材。

它通体都呈黑色，这种黑色不是油光可鉴的漆黑，而是乌沉沉的，非常古旧的样子。这是风霜岁月给它留下的印记，而且整条船斑驳得十分厉害，有些地方已经出现了黑洞洞的窟窿，一道道裂纹像是某种怪兽裂开的嘴巴，似乎只要轻轻一颠，这艘船就会马上散架一样。

但它依然迎着我们漂了过来，在风雨飘摇中，在海水颠簸里，向我们静静地驶来。直到这时，我才突然发现，我们的船是在顺风行驶的，也就是说，这条不知道有五百年还是五十年历史的灵柩船是逆风向我们漂来的，那驾驭它的“人”又会是谁呢？

摩纳法师望着那艘船慢慢驶近，不禁长长地叹了口气。

二

所有人都被这股森森鬼气俘虏，变得噤若寒蝉，连呼吸的声音似乎也停止了，包括一直兴奋地大声叫嚷的爱德华。现在我们已经可以凭借自然视力一览这艘船的大概，但他还举着望远镜，不知道是忘了拿下来，还是看呆了。

我们呆若木鸡地看着它在细雨斜风中破浪而来，没有人移动身体，依然摆着刚才的姿势，大家好像都忘了慌乱，没有人去想下一步我们应该怎么办，直到一声轻轻的撞击声传来。

它抵在了我们船头，发出笃的一声闷响。

我们的航船比这堆朽木大了不知道多少倍，它虽然撞上了我们，我却一点也没有感觉出来震动。

但随着这声撞击，大家都情不自禁地向后退去，爱德华也从栏杆上退了下来，琼斯拉扯着他向后退了两步，只留下左边一个孤零零的身影。那是摩纳法师，自从这个鬼气森森的“灵柩”出现，他就一直站在那里，一动不动，只有越来越凝重的脸孔显示着内心的变化。

爱德华终于将望远镜取了下来，回头扫视了我们一眼，咽了一口唾沫，笑道：“我敢打保票，这艘船至少有六百年的历史。”

没有人对他的话进行质疑，或者说没有人有心情跟他赌上一把，连赌徒科恩也失去了这种兴致。

虽然我怀疑他的说法未必准确，但从这条船的腐朽程度来看，它绝非只有五十年这么短的时间。这实在不是一个令人值得高兴的发现。

白枫一直紧紧攥着我的手，身子也贴在我的胸脯上，我能感觉到她的恐惧。

爱德华突然甩开琼斯的拉扯，一把将望远镜扔到甲板上，发出一阵嘲讽似的哈哈大笑，然后用手指在我们每个人身上一一点过：“哦！这就是我们无所畏惧的探险家，瞧瞧你们的脸，为什么一个个都像受惊的羊羔？”

爱德华从一出现就惹人讨厌，至少我是这种感觉，这不仅仅要归罪于他狂傲不羁的性格，还在于他说话的态度，就好像世界上只有他是一位勇士。我不知道这是美国人的民族性格，还是他独有的气质，如果他真觉得自己不需要任何人的帮助，为啥把大家召集到这里来?

介川盯着他看了一会儿，向前走了两步，站在爱德华的面前，说道：“如果你敢上去的话，我陪你一起。”

爱德华向他笑了笑，脸上露出赞赏的表情。

一直沉默不语的罗西犹豫了一下，竟然也向前走了两步：“算上我吧！”

我和陆华对视一眼，他刚要抬腿走出来，我却抢先一步拉住了他，低声说：“咱俩得有一个人留下来。”

陆华刚想说什么，我已经走了出来，默默地站在爱德华身边。

艾维洛兹一直叼着烟斗不声不响，我看了他一眼，他只是轻轻吐出一口烟，没有抬腿的意思。

“OK！”科恩叫了一声，表情轻松地加入我们的阵列。

“好了！”爱德华做了个停止的手势，道，“不能所有人都去送命，毕竟这只是一个小插曲，我们的目标不是它。”

于是，爱德华、罗西、介川、科恩，再加上我，一共五个人，都转过了身，在爱德华的带领下，向死死地抵在我们船头的那艘灵柩船走去。哦，我少算了一个，还有摩纳法师，他在我们遴选登船“勇士”的时候，已经翻过栏杆，站在那条船的船头了。

我很疑惑大卫为什么没参加，以他发现白色大陆的经历来看，他不但好奇心强，应该也是一个胆量过人的家伙。

我回头向他看了一眼，他正缩在人群后面满脸惶恐地盯着那艘船，表情古怪，不知道在想什么。

在我扫过艾维洛兹时，他向我使了个眼色。我明白他的意思，他是让我细心留意上面的蛛丝马迹，但我却不知道他让我留意这些是为了什么。

我最后向白枫看了一眼，冲她轻松地笑了笑。说实话，我心里并不惧怕，也没有不祥的预感，所以不用跟她来一个生离死别的告别仪式。我想，我们不会遇到什么太大的危险。但之后我才知道自己错了，我们的贸然踏入已经惊动了恶灵，如果我们不上船，接下来的事情可能就不会发生。

三

这条散发着腐朽气味的灵柩船约有十二三米长，横宽三米左右，整体形状像一个长方形的盒子，或者说像一个盛装巨大尸体的棺材，尤其是两边微微翘起的部分，再加上剥落得断断续续的古怪花纹和分辨不清的弯曲字母，就更给人一种森冷可怖的感觉。我双脚一踏到它的船头，心跳立即加速了。

“各位勇士，这种船虽然看起来很小，但里面可能藏着古怪，大家千万不要乱翻里面的东西，如果你不想被不干净的东西掳去灵魂的话。”爱德华用自己惯有的高傲口吻提醒大家。

摩纳法师自从站到船头，就一直像木雕似的站在那里。我发现他正闭着眼睛，只有秃秃的眉峰会时不时轻轻挑动一下。

爱德华走到他身边，轻声问道："法师，有什么不对吗？"

直到这时候，我才发觉爱德华对这位印度僧人说话的语气跟对我们完全不同，他收起了戏谑和讽刺，变得十分尊敬。

就在摩纳法师轻轻睁开眼睛的同时，我听到一阵咔咔的声响，好像有一扇尘封了数百年的朽门被打开了。

有人惊异地哦了一声，我一扭头，发现面前铁板一块的大棺材竟然露出了一个黑漆漆的窟窿，真的有一扇门出现在了我们面前。

摩纳法师眼中精光闪烁了一下，紧皱着眉头打量了我们一眼，说道："我看大家还是退回去吧！"

爱德华首先不同意，他几乎是叫了起来："为什么？"

"因为我'看到'有一双冰冷的眼睛正在盯着我们！"摩纳法师缓缓说道。

"在哪？"爱德华紧追着问。

摩纳法师摇了摇头，叹了口气："唉，如果我能知道他在什么地方，就不会产生这种恐惧了。"

爱德华怔怔地盯着这双深邃的眼睛，停了一会儿，突然挥了挥手，恢复了自己一贯的说话风格："那大师就回去吧，等我们被那双眼睛盯死之后，别忘了帮我们做个超度法会。嘿嘿……"在这阵讥笑声中，他已经义无反顾地低头迈进了那个向外散发着恶臭的洞口，消失在黑暗中。

摩纳法师看着他的身影摇了摇头，只好缓步跟在他后面，也被吞噬在黑暗中了。

也许是为了表现自己的勇敢，其他人也开始移动脚步。我走在倒数第二的位置，罗西跟在我后面。他的脚步一直有些拖沓，好像极不情愿一样。我回头向他扫了一眼，他正目不转睛地盯着那些弯曲的像蚯蚓一样的字母发呆。

虽然只隔了一层不足两指厚的木板，一从明亮的天光下走进这个木头"棺材"，我立即觉得浑身发冷，不知道是自己的心理作用，还是这块薄薄的木板确实将这里和人间隔断了联系。

介川打亮了一只手电筒，里面的景象一览无余地呈现在我们面前。

其实里面的空间并不算大，尤其是中间有一块比平常棺木大了许多的四方形灵柩，更挤占了这狭小的空间，这使四边只留下了一条窄窄的过道，只能容一个人斜着身子挤过去。

科恩走在我前面，不知道是出于好奇还是要表现一下自己的孔武有力，他突然向上面跳了起来，两个拳头狠狠捅了上去。

说这艘船有了些年月绝非无缘无故，他这一下立即为这个推断提供了证据，因为这个有两指厚的木头匣子竟然破开了两个洞，饱含水分的朽木立即向上鼓开了两条裂缝，恍惚的光亮伴着丝丝细雨洒了下来。

我听到身后罗西不知道嘀咕了一句什么，回头看他时，见他两根浓眉微微皱着。

“爱德华！”摩纳法师轻声叫了一句。

“怎么了？”科恩被夹在我和摩纳法师中间，看不到前面发生了什么状况。

摩纳法师没有回答他的问题，只是又提高了声音喊了一声爱德华，可是沉闷的黑暗中没有任何人答应。

人群向前移动的势头被阻止了，应该是摩纳法师停了下来：“罗西，你和异度侠从后面绕过去！”他有些着急地命令道。

我感到奇怪，就这么屁大的一点地方，一个大活人怎么会无声无息地没了踪迹，别是这个狂妄的疯子在和我们搞什么恶作剧吧？

我和罗西转回了身子，绕着中央那个大棺材向另一边走去。

罗西这时候也点亮了火机，极其小心地斜着身子从缝隙里往一边挤。他走得很慢，而且火光一直贴着中间的“棺材”。能够看到，上面密密麻麻地写着许多奇形怪状的古怪字母，我无法知道它们组合成的是什么内容。

“上面写着什么？”我轻声问罗西。

他低低地嗯了一声，转过一个拐角才回答道：“这是祭奠亡灵的咒语，不过现在已经没人能认得了。”

“它们会记录什么内容？”我又问道。

灯光恍惚中，我看到罗西轻轻摇了摇头。

“主要记载死者在世间的生平功绩，并超度死者的灵魂超脱地狱，飞升天堂。”摩纳法师的声音清晰地传进我耳朵里。

“你认识吗？”科恩好奇地问道。

法师苦笑一声，道：“如果不是古利人，没有人知道讲什么，而且古利民族在澳大利亚已经完全被外来文化同化了。这种古老的古利语言也早在二百年前就被废弃不用了。”

“也就是说，这条灵柩船至少有两百年的历史？”介川满是不信的语气。

“应该在五百年以上，我想爱德华关于六百年的断言并非全无根据，因为在八百年前这种丧葬传统曾盛行一时，然而由于新移民的到来，这种传统渐渐消亡了，至少从历史记载来看，这种丧葬方式应该绝迹于五百年前。”摩纳法师进一步解释道。

这里面只有罗西是澳大利亚人，所以在摩纳法师说完这些时，科恩便大声问他：“是这样吗，罗西？”

罗西又低低地嗯了一声。

从一边绕到另一边只用了不到两分钟的时间，等我们和摩纳法师碰头的时候，依然没有发现爱德华的影子，这个讨厌的美国佬不知道猫到哪里去了。

在我们碰头之后，所有人的目光都投射到位于中央的那个大棺材上，难道爱德华已经钻到了这里面？

“快看，这里有一个洞！”跟在法师后面的科恩突然惊叫起来。

果然，在他脚下有一个不足一尺宽的洞口，形状很不规则，不像是本来就有的，更像是后来被什么东西挖开的一样。缺口四周参差不齐，有的地方竟然像被某种兽类的牙齿啃噬出来的。

难道爱德华竟然已经钻进了这个大棺材里？我们前后进来的时间相差不超过一分钟，在这么短的时间内，他是用什么工具开凿出这个洞口的？为什么我们没有听到一点动静？

我突然想到摩纳法师说的那双眼睛，回头再看这个洞口，莫名其妙地感到一阵恐惧。

四

其实谁都能看得出来，这个洞口不是刚刚破开的。因为周围横张的木块并不新鲜，颜色发乌，已经有些腐朽，上面还凝聚着浑浊的水珠，这是在潮湿的环境中慢慢凝聚起来的结果。

“爱德华！”科恩将脑袋低下去，凑近黑黢黢的洞口叫起来，“你这老头儿到底在不在里面？现在可不是搞恶作剧的时候。”

里面还是静悄悄的，没有回应。

通过他声音发出后的变化来看，里面的空间并不大，他的声音显得很响，但那种沉闷的响声正好跟我们现在所处的氛围契合。我听着他的声音，心里开始焦躁起来。

“嗵！”不知道是谁又敲开了一条裂缝，使天光夹杂着带有腥味的空气一起透进来。

科恩又踢了几下，将洞口弄得更大一些，然后趴下身子艰难地钻了进去。

摩纳法师紧紧地跟在他后面，然后是介川和我，罗西最后也跟了进来。

在爬过去之后，我突然想到一个问题：以我们刚发现这个洞口的大小来看，一个人根本不可能钻进去，两只脚并排放进去都显得很拥挤，爱德华是怎么趴下他那壮硕身躯的？

我刚刚站起身，就听到罗西大声的咒骂：“噢，可恶的爱德华，原来你真在这里？吓了我们一跳，为什么不回答我们的话？”

是的，爱德华就站在这个狭小的空间里，一动不动地背对着我们，好像失去了生命一样。

我嗅到了一股浓烈的腥臭气，借着介川手里的灯光向四周扫视，除了腐朽的烂木头和它上面不知道名字的虫子蠕动的黄色身体之外，这里空荡荡的。

当然，空荡荡的并不是指没有任何东西，在爱德华面前——也是这个空间的中央——还有一个箱子，不过已经打开了。我凑近一看，这个才是真正的棺木，里面的碎骨头说明了它的用途。

棺木已经腐烂得不成样子，里面的陪葬物除了浸着灰黄色乌斑的金属物之外，连尸体身上的衣物都已经朽烂成碎布。

更令我感到诧异的是，这个棺材里已经浸满了水，正在漫过棺沿，向外溢流出来。整个棺木里都装满了海水。

棺木中的遗骨还在，只是经过海水的浸泡和腐蚀，不是原来的颜色了，而且比正常的要松软和粗大许多，看起来完全不像骨头。

这些散乱的遗骨显然是属于我们的同类，可是它们却是折断的，好像也不完整。

“这是人的骨头吗？”科恩讶异地问道。

爱德华依然不声不响地站在原地，望着这些骨头发呆，对科恩的问话置若罔闻，或许他认为这个问题很可笑，根本不需要回答。

“可是头颅呢？”科恩再次出声询问，并皱着眉头环视着我们。

“可能这家伙根本就没有头。”爱德华终于开口说话了，他平静地说道，“自从我进来，就没有看到头骨。”

摩纳法师怔怔地看着爱德华，问道：“是你打开的棺盖？”

爱德华回头盯了一眼法师，点了点头。

罗西瞧了一眼翻在一边的棺盖，略微犹豫了一下，就走过去将它翻了过来，打量了一番，又砰的一声，将它放回原处。

我借着黯淡的手电余光扫了一眼那个棺盖，上面也是污浊不堪，都长出了一层瘆人的白毛。不过罗西要寻找的目标我还是能看出来，那是一串字母，镂刻在上面，但由于木材朽烂得太过厉害，已经分辨不出是字母的形状了。

介川向里面瞧了一眼，疑惑地问：“里面为什么只破了几个小孔？”

我也凑上去看了一下，没错，在棺材的底部，这堆散骨的下面，只有拇指粗细的三四个小孔在汩汩地向上渗着海水，不知道是怎么搞出来的。

摩纳法师终于长舒了一口气，表情舒展了一些，他招呼道：“好了，咱们还是回去吧，这条船撑不了多久，这里上百年没人来过，咱们别染上什么传染病。”

罗西显然有点失望。科恩也是，他叹了口气，抱怨着：“真没劲，刚开始我们还害怕得不得了，原来就是一条破船和一堆烂骨头，真是扫兴！”

爱德华微笑着看了一眼科恩，问道：“你想看到什么？”

科恩耸了耸肩膀，突然张牙舞爪地扑到爱德华面前，并停在离他只有几厘米的地方：“僵尸，吸血鬼，或者幽灵，随便什么都比这刺激。”

爱德华哼了一声转过身，大步向外走去，在俯身钻过那个窟窿的时候，才冷冷地甩过来一句话：“哼，如果真的有魔鬼走到你面前，只怕有人要吓出尿来。”

科恩也哼了一声，不屑地反唇相讥：“放心，我才不会吓得随便找个窟窿就钻进去的。”

大家都很失望地往回走，只有摩纳法师在钻出洞口时又回头看了一眼，眼中的警惕和茫然令我刚刚放松的神经又蓦然绷紧了。

罗西好像有点意犹未尽，他是最后一个离开灵柩船的。我一直觉得这个年轻人有一些古怪，他好像对我们隐藏着什么秘密，其实不光是他，船上的所有人可能都知道得比我和白枫多。这次旅程恐怕只有我们是不经意间撞进来的。

留在船上的人早就有点不耐烦了，尤其是琼斯和白枫，她俩站在人群最前面翘首等待着。琼斯见到爱德华走上来，便毫不顾忌地扑上去，和这位老情人展开了一场久久的热吻，好像久别重逢一样。

白枫没有扑上来，只是满脸担心地打量着我，好像是在检查我身上有没有丢掉什么零件。我冲她微笑着摇了摇头，攥住了她伸过来的小手。

我一直以为爱德华属于那种一心扑在探险事业上，不谙风情的老男人，但现在看来，我还是低估他了。能将一位美艳的小富婆迷得神魂颠倒的邋遢男人，说什么也不可能是我想象中的样子。

他亲吻得很忘情，甚至于有点疯狂，在长达数分钟的热吻后，他更是丝毫无所顾忌地将琼斯抱了起来，在她幸福的呵呵大笑声中，爱德华急不可待地向舱里跑去。

大家都没有说话，目送着这对疯狂的恋人消失在我们的视线里。白枫脸上有点发红，被我握住的柔软小手跟着缩了一下。

科恩耸了耸肩膀，对着舱口叫道：“这疯老头儿又去发疯了……真没劲，当着我们这些光棍亲热是最不道德的行为……来吧，我们也赶紧干点正事吧，这次要赌大一点，谁跟我玩？”

这时候小雨已经渐渐停了下来，天空也亮了许多，于是我们把玩牌的场地挪到了甲板上，一边看着那条灵柩船在我们的视线里渐行渐远，慢慢沉没，一边继续赢着科恩的另一栋别墅和其他的豪车。

摩纳法师依然站在甲板上，看着通向船舱的扶梯发呆，他眉头紧锁，不知道在想些什么。

科恩在玩牌中不时瞥着法师，并向我们挤眉弄眼，那意思再明显不过：这个老僧人动凡心了。

我对这个玩笑丝毫不以为然，因为摩纳法师怎么看都不像那种抵挡不住诱惑的人，可能这对他来说，根本就算不上一种诱惑，他好像在为别的事情担忧，难道是在为爱德华吗？我不敢肯定。

第五章

连环凶杀

一

我们在甲板上一直待到夕阳西沉，并再次将科恩的两处豪宅瓜分干净，才恋恋不舍地回到船舱。虽然大家还在谈笑，但从每个人的脸色可以看出，那条灵柩船的阴影并没有完全被大海吞噬，它已经驶入了大家的内心。

在走过爱德华与琼斯房间门口时，我故意将脚步放轻了一些，并侧耳倾听里面的动静。透过紧闭的房门，我好像听到了一个女子的呻吟声，一想到琼斯瘫软在爱德华身下的场景，我就感到身上有点发热，不禁向白枫瞄了一眼。她哼了一声，将小手从我紧握的手掌中挣脱出来，将我扔在后面自己走了。我只好紧走几步撵上去。

服务员已经将晚餐送到了我们的房间，一进门就能嗅到勾人食欲的香味。我一边招呼坐到一边翻着白眼珠的白枫吃饭，一边挽起袖子，打算直接用两只手向桌上那只还冒着热气的烤鸡发起疯狂进攻。

还没等我将一条鸡腿撕下来，房门就轻轻地响了两下，是有节奏的敲击声。

我以为是陆华，打开房门后却发现是艾维洛兹。

我微微怔了一下，真没想到他会此时到访。

艾维洛兹依然是那副样子，烟斗叼在嘴巴上，双眼冷淡地盯视着我："没有耽搁两位的晚餐时间吧？"

我拉开门请他进来，将两只油哄哄的手掌在餐巾上抹着，笑道："没有没有，请进。"

他朝白枫点了点头，就坐在离餐桌最远的一张椅子上，说道："虽然打扰了两位的用餐，但我实在待不住，所以过来跟异先生交换一下意见。"

"是关于那艘船吧？"

"嗯！"他向空中吐出一口烟，"是的，我想请你将今天下午踏上那艘灵柩船之后的事情向我说一遍，最好不要遗漏任何细节。"

尽管他说话的口吻像是在审讯一名嫌疑犯，这让我感到十分不舒服，但我还是尽量克制住了自己的情绪，将今天下午在那艘船上看到的情景细描细绘地讲给他听。

其实大体的情节他都知道了，科恩在甲板上已经加油添醋地说了半天。我想他是感觉我作为他的“同行”，应该有着不一样的看法。

艾维洛兹是一位很优秀的倾听者，在我讲述的过程中，他的眉头皱了至少有三次。等我住了嘴，他才开始发问：“你是说罗西对刻在灵柩上的字母很感兴趣？”

我点了点头，脑海中再次浮现出那个年轻人给我留下的古怪印象：“我个人认为，他对这艘灵柩船的来历可能并不像我那样一无所知，至少他应该能辨认出那些字母书写的内容。”

“但他却并未告诉你。”

“是的。”

艾维洛兹沉吟了片刻，静静地吸吮着烟斗，喷出一股呛人的烟雾，将问题转向了另外的地方：“你能确定这艘船有多少年的历史吗？”

我苦笑着摇了摇头，老实回答道：“我不是历史学家，也无法辨认那些字母的内容，所以我无法肯定它在太平洋中漂了多久，但单凭那些木料的腐烂程度可以判断，这段时间应该不少于一百年……或许爱德华的说法是正确的，它已经存在了六百年。”

他又沉吟着点了点头：“所以你也无法确认那堆白骨的身份。”

“唯一能确定的是，那肯定是一具人类的骨骸。”我笑着回答。

“按照古澳大利亚土著人的殉葬传统，棺盖上应该篆刻着死者的名讳，如果那是一位酋长或者在部落中有名望的人，应该也镶嵌着死者的刻相，材质根据身份不同分为金、银、铜、铁四个等级……但可惜你没看到。”艾维洛兹略带惋惜地摇了摇头，目光突然变得有些严峻。

我微笑了一下，语意双关地说道：“没有人是完美的，胆量和细心的优良品质并没有同时存在于我的身上，但我对此并不感到遗憾。”实际上我这句话已经透出了些许不悦，因为尽管艾维洛兹名声响亮，但我并不是他的下属，他没有理由责备我，而且我也并不认为自己当时粗心大意。罗西专门去查看棺盖的时候，我已经很仔细地看了，上面并没有镶嵌任何东西，如果要追究粗心的责任，罗西要承担更多的责备，因为是他只检查了一端。

艾维洛兹看着我摇了摇头，再次转移到下一个话题上：“里面确实没有头颅吗？连棺材外面的任何角落都没有？”

“反正我没有瞧见。”我有点不耐烦地回答说。

“一个殉葬亡者的灵柩船内，怎么可能遗漏掉一个人身体上最重要的部分？难道说这个死者是一名战死沙场的战士？他的头颅遗落在战场上，在他下葬时没有找到？”艾维洛兹可能看出了我脸上的不悦，说话的口吻稍微平缓了一些，低得好像在自言自语。

他的这个解释我也不赞同。在世界的任何地方，除了最低贱的奴隶或者俘虏之外，还没有发现将残缺不全的尸体下葬的风俗。可是，能够把这么大的一艘船抛掷在太平洋中作为灵柩，里面盛殓的会是一名奴隶或者俘虏吗？于是我反问道：“如果这是战死的英雄的话，就算找不到头颅，也会用其他贵重材质雕刻一颗和他的尸体一块下葬，没有头颅如何看清阴世的幽暗小道？”

艾维洛兹又吸了一口烟，缓缓地点头说：“你说得没错，据我对澳大利亚土著部落的了解，确实没有出现过这种先例。那么就只有一种解释，这个头颅很不幸地被一条海洋食肉动物作为点心吃掉了。”

他的这个猜测还有几分可信度，因为在第二层木棺旁边的那个小洞起初很可能就是一个什么动物咬穿的，如果是人为开凿的不会那么不规则，而且那个洞很显然已经存在了很长一段时间。很有可能在灵柩船刚刚拖进深海的时候，里面所散发出来的尸臭成为了某种海洋食腐动物的诱饵。它（或它们）爬上来将这个还未完全腐烂的头颅叼进了茫茫大海中。

这个想法使我的食欲大大降低，正在散发着香气的烤鸡竟然开始令我有点想呕吐的感觉。

艾维洛兹瞥了我一眼，笑道：“好了，咱们不聊这个让人恶心的话题了。我想请问异先生，对这次探险有什么看法？”

我刚开始没听明白他指什么，但立即就从他眼神里看出了他所想知道的内容：“您怎么看？”

他避开我的目光，眼睛转移到自己的烟斗上面，并将烟斗凑到嘴边吹了一下：“我觉得这次探险可能要遇到许多不可思议的事情。”

他这句话等于没说，难道还有比一块漂浮在海洋中的大陆更加不可思议的事情吗？看来他并不想告诉我他的真实想法，于是我也模棱两可地顺着他的话说道：“是的，我也这么认为。”

艾维洛兹又微笑着打量了我一眼，突然探过头，压低声音说道：“置身在如此危险的境地，一定要时刻注意周围哪怕一丁点儿的变化，包括船上的所有人。”

我看着他神秘兮兮的样子，心里一沉，脱口而出：“你认为这是一次阴谋？”

他摇了摇头，道：“这个我也说不上来，可是我觉得这船上的每一个人都隐藏着自己的秘密……”

“也包括你？”我盯着他的眼睛打断他的话反问道。

艾维洛兹第一次发出一阵嘿嘿的笑声。他笑着站起身往外走，我赶紧追问道：“能不能将你知道的事情告诉我？”

他已经走到了门口，听到我的请求，他身子微微顿了一下，但却没有回头：“等到了合适的时候，每个人的秘密都会暴露出来，我也不例外，但我首先要确定的是人。”

我没有继续追问下去，因为我明白他话里的意思。他是在委婉地告诉我，到现在为止，我还不配成为分享他秘密的同伴。我早就知道他是一位生性高傲的传奇人物，如果你没有能令他刮目相看的地方，他是永远不会和你分享某些东西的，尤其是秘密。

在他走出门时，突然又问了我一个问题：“是陆华先生邀请你参加这次探险的？”

我点了点头，他说了声言不由衷的谢谢，就转头向一边走去。我目送他离开，直到关上房门还搞不清楚，陆华有什么值得怀疑的。

我走回桌前，招呼白枫过来吃饭。她已经被我们刚才那番谈话吸引了注意力，忘了适才那顿毫无来由的醋意。她走到餐桌前坐下来，蹙着两道秀眉担忧地说：“我怎么感觉这件事越来越复杂了呢！”

我向她挥了挥手，郑重地说：“兵来将挡，水来土掩，现在不是操心这些事的时候，我们当前的主要任务是……”

白枫看我停了下来，好奇地问：“什么？”

我嘿嘿一笑，撕下一条鸡腿放到她面前的盘子里：“吃饭。”

白枫无可奈何地瞪了我一眼。

但我们这顿温馨的晚餐并没有吃到肚里，正在我将一条鸡腿塞进嘴里，打算大快朵颐的时候，外面突然响起一声惊恐的尖叫！

二

不等白枫询问怎么回事，我已经飞快地蹿了出去。

这声尖叫是船上的一名女服务员发出的。我见到她时，她正蜷缩在走廊里，身子瘫软得像是一堆烂泥。托盘整个扣到了地上，饭菜撒了一地。她就瘫缩在一堆汤汁上面，白色的裙子沾污得一塌糊涂。如果她的上半身没有靠在走廊的墙壁上，整个身子恐怕已经躺在地上了。

我是第二个赶过来的，第一个是陆华，我离得老远就看到他飞奔着在我前面到达了那个女人面前，并顺着她手指的方向瞧了一眼，不由自主地倒退了两步。能让陆华感到惊恐的事情，恐怕也足以令我难以自禁！

这名女服务员就瘫软在一个房间的门口，她正面就是那扇洞开的房门，可能是这个门里面的恐怖景象令她软瘫在地。

还没有瞧见门里面的景象，我已经嗅到了一股浓烈的腥气，那是冲鼻的血腥味。

我向打开的房门里瞧了一眼，不禁倒吸了一口凉气。

殷红的血液已经将木地板全部铺满了，正在缓慢地溢向门口，在我站到陆华身边的时候，鲜血已经漫出了门洞，向我们脚下流淌。

顺着满地的鲜血看去，我找到了源头。被染得通红的被褥垂到地上，像是一块裹尸布，黏糊糊得令人作呕。它的一端就覆盖着那个喷涌血液的源头，但只能看到鼓鼓囊囊的一片血红，却看不到这个隆起的“小土丘”下面是什么东西。

所有人都聚集到了这里，白枫和惠子在经过短暂的惊恐后，一起将那个几乎瘫痪的女服务员架走了。

“这是爱德华与琼斯的房间！”古洛博士惊叫了一声。

“肯定有人被撕开了，这么多的鲜血恐怕不止一个人身体的全部血液。”艾维洛兹拿下他叼在嘴上的烟斗，平静的后面却露着一丝轻微的颤音。

“快去拿木板垫起来，我们得去看看！”不知道是谁大声命令道。

木板很快被拿了过来，并铺在这条“血河”里，像是一座座“孤岛”，将我们的脚步引向那个隆起的红色“丘陵”。

介川扫了大家一眼，褪下外套包裹在手上，将这块恐怖的布包揭了开来。

那恐怖的画面无法形容！简单地说，被子下面是一堆残缺的躯体，内脏和四肢都被分解开了，唯一缺少的是能表明死者身份的那部分。是的，这确实是一具支离破碎的残缺躯体，因为这里面没有头颅！

这些“零件”应该属于一位女性，但我无法将眼前看到的这些碎片和风姿绰约、美艳迷人的琼斯联系到一块。可是，我不得不很遗憾地承认，这些令人作呕的残片很可能正是被肢解开来的琼斯。

还记得第一次见到她时，自己被她风流迷人的气质所迷倒的瞬间，也记得就在今天下午，她在爱德华怀里那种令人眼热心跳的天生尤物的形象。可是，一转眼，她就被肢解得一塌糊涂了！

我和艾维洛兹交换了一下眼色，彼此都皱起了眉头，还记得刚才我们关于那具无头骨骸的猜测，但没想到现在就活生生地出现在我们面前。

是的，灵柩船已经倾覆在太平洋中了，但隐藏在里面的那个恶魔却没有随它一起葬身海底，而是偷偷地跟着我们来到了这艘船上。

可是，它要一颗头颅做什么？

另外，它又是怎么跟过来的？

“爱德华呢？”韩成殊大声问道。

没有人能回答他的问题，舱底的每个房间都不大，里面除了一张床之外，就只能放一张餐桌和几把椅子，没有任何活物能藏身其间。

“魔鬼已经跟着爱德华来到了我们这里。”摩纳法师幽幽地说道，“而且爱德华已经在踏上那艘灵柩船的时候就不再是他自己了。”

这位老僧人脸上罩了一层土灰色，眼神变得无比黯淡。

大家顺着那些“孤岛”退出了房间，每个人都小心翼翼的，生怕稍有不慎，就“沉入”那条血河中，永不超生。

摩纳法师是最后走出房间的，好像在这一瞬间，他成了一具毫无灵魂的躯壳，直挺挺地走了出来。在他走过我身边时，我仿佛听到他低声说了句什么，不知道是在自己嘀咕，还是在提醒我们：“恶魔已经来临，鲜血还将继续流淌。”

我转头看他时，却没见到他嘴唇嚅动，我不敢确定这句话是不是从他嘴里发出来的。

三

大家退出来后并没有返回自己的房间。古洛博士本来招呼大家到他的房间商议对策，但偌大一个船舱中到处弥漫着令人作呕的血腥气，大家只好走上了甲板。

尽管爱德华冲动易怒，性情乖戾，又总摆出一副高高在上的架势，但他无可争议的是这次行动的领袖。当我们站到了甲板上，并在昏暗的夜色中向无垠的大海极目远眺时，每个人都茫然若失。我想在大家心中，我们失去的不仅仅是一个令人讨厌的领袖，还失去了更重要的东西。

大家摆着各种姿势愣在甲板上，沉闷的气氛并未因为我们能呼吸到新鲜空气而得到任何缓解，令人心情烦躁的沉默延续了好几分钟，海面上哗哗的水声从每个人的耳孔流淌进心里，不停地翻波涌浪。

“我们下一步该怎么办？我很后悔参加这次探险，如果是在纽约，现在正是我搂着弗兰西斯讲安徒生童话的时间，我很想念我的小宝贝……但愿我还有机会再见到他。”也许是刚才强烈的血腥气把古洛博士的精神击垮了，他无力地靠在栏杆上，沮丧地自言自语。

科恩瞥了他一眼，暴躁地嚷起来：“去你妈的安徒生童话吧！你这个只会纸上谈兵的老混蛋要是再说这种丧气话，我就直接把你丢进太平洋，让你永远也见不到你的弗兰西斯。”

科恩自从来到这艘船上一直是大家的开心果，我们都拿他取笑，他也从来没因此和谁红过脸，真没想到他能说出这种恶毒的话。看来艾维洛兹说的一点都不错，这艘船上的每一个人都隐藏着自己的秘密，每个人都带着一副面具。但愿恶魔没有来参加我们的假面舞会。

大卫也大叫起来：“我早就说过只凭你们这群自以为了不起的懦夫根本就不可能找到天堂，回去吧，都夹着尾巴回去吧，你们只要给我留下一艘小舢板就可以。”

“好了。”艾维洛兹清了清嗓子，开口阻止大家做这种没有任何意义的争吵和抱怨，将话题引回到我们应该关注的事情上，“现在还没有到灰心泄气的时候，虽然琼斯死了，爱德华被魔鬼附体，但我们大家都还活着。我们现在最应该做的是把那个偷偷爬上我们这条船的魔鬼揪出来，把它钉在十字架上活活烧死……这才是我们应该做的。”

介川也冷静地附和道：“是的，艾维洛兹说的对。我们现在最应该做的就是找到被恶魔附体的爱德华，不然在场的诸位都有可能步琼斯小姐的后尘。”

“那好吧！”科恩大声招呼道，“既然这样我们为什么还站在这里浪费时间？大家马上行动起来，到下面去找这位魔鬼先生吧！”

“等一等！我想现在我们不应该盲目行事，而是应该仔细分析一下，这个杀死琼斯的东西到底是什么？”陆华环视了大家一眼，开口提出了自己的看法。

“问题是，爱德华还是不是爱德华？”艾维洛兹顺着陆华的话说道。

这实在是一个棘手的问题，因为爱德华没有在场，我们无法检验他的真伪。或许能回答这个问题的只有摩纳法师，因为是他最先发现那条灵柩船的，也是他最先预见到了现在的恐怖场面。

韩成殊转头礼貌地询问摩纳法师：“法师，您是怎么在那条灵柩船还没有出现之前，就感知到它的？这或许能对我们找到凶手提供一些帮助。”

科恩也改变了立即行动的决定，转头向法师嚷道：“是啊，您是怎么预料到的？难道我们竟然很幸运地和一位先知待在了一起？”

摩纳法师缓缓睁开了微闭的双目，那双眼睛已经平静得好像一潭死水，他问了另外一个问题：“请问诸位对入定怎么看？”

“入定？”大卫撇了撇嘴，显然对这个新名词感到很陌生，“入什么定？”

“就是冥想。”我替摩纳法师解释了这个新名词。因为入定是东方化的一种名词，在西方词汇里，冥想要比入定更加容易理解，因为基督教中也有类似关于某位圣人通过冥想预知未来的记载。他的这句话突然让我意识到一点，这位印度僧人修习的应该是从中国回流的佛教功法，因为大家一直在用英文交谈，如果不是精通汉语的人，是不可能理解“ru ding”这个名词的。

“通俗一点说，入定就是极大地放松人的身体，让精神完全解放出来，和周围的环境最大限度地融合在一起，这样就能感知到一些普通人无法感知的事情。或者说，通过冥想可以最大限度地提高一个人的第六感。”我进一步对这个名词加上自己的注解。

在中国汉语中，我们经常用“老僧入定”来形容一个人发呆时的情景，其实入定绝非发呆那么简单，它要求达到的境界是物我两忘，用道家的话说就是神游太虚，修为高深的行功者通常可以在数月里不言不动不吃不喝，等醒来时依然精神矍铄。

摩纳法师对我给出的解释点头表示赞同，并继续说着自己的感觉：“当我进入冥想状态，突然感觉到有一片冷森森的血红从一个模糊的黑影中弥漫过来。我甚至能嗅到一股冲鼻的血腥气。要知道，当一个人进入冥想状态的时候，他周围所发生的变化通常都不会被感知到，能够感知到的东西就绝非是平常的事物……也可以说是这股血腥气的凶兆将我带回了现实！”

我现在终于明白琼斯那天跟我说的话，她说在发现那块大陆之前，摩纳法师是不会回来的。既然一个“恶魔”能使冥想中的老僧人回到现实，那块神奇的大陆就更可以了。

科恩与大卫对视一眼，两人都怪模怪样地咧嘴笑了笑。可能在这对深受实证科学熏陶的西方人看来，像冥想这种听起来玄之又玄的事情，简直荒唐至极。

我和陆华都能理解法师的说法，介川和韩成殊也对视着点了点头，如果要划分阵营的话，现在我们东方人属于一个战壕。

“然后呢？”一直站在远处置身事外的罗西这时插嘴问道，“还有什么发现？”

“在我踏上那艘灵柩船的时候，这种感觉尤为强烈，这也是我要阻止大家登船的原因。爱德华与我们失散后再次出现在我们面前的时候，我感觉到那已经是一个陌生的人，我丝毫感觉不到他身上所带有的独特气息。但我想不明白是什么原因给了我这种感觉，所以我一直在思考这个问题，但却没想到它行动得这么快。”法师说完这些深深叹了口气，两只手合并在胸前，念了一句阿弥陀佛。

他的这个动作更使我觉得无比亲切，恍然感觉这位长相与东方脸孔颇为不同的印度僧人很像一个精通佛理，德高望重的熟悉身影，我曾经既敬又畏的老熟人。

“那我们是否可以认为，在爱德华与你们失散的那一段极短暂的时间里，爱德华其实已经遭遇到了不测，那个将琼斯抱进船舱的人根本就不是他。”艾维洛兹握着烟斗沉吟道。

我接口说："至少已经不是原来的爱德华了。"

古洛博士突然一拍脑袋叫了起来："是的，我想起来了，爱德华是一个一心扑在探险事业上的疯子，除了极度的危险能调动他身体里的兴奋神经之外，其他的东西对他都不会具有诱惑力。"

"你的意思是说……"那三位冒险家中的一位开口问道。这三个人一个叫托易·巴斯维亚，法国人；一个叫摩卡斯洛维奇，俄国人；最后一个名叫博卡·斯蒂夫，爱尔兰人。

古洛博士本来就没打算让这位"陪衬"抢了自己的"台词"，不等他的话说完，就接口说道："我的意思是说，爱德华不可能和琼斯热吻那么长时间，更不可能抱着琼斯走进船舱干那种事，他应该和琼斯来一个礼貌性的接吻，然后就和我们待在一起，讨论我们大家都感兴趣的话题。"

"如果我们不是遇到了一个会变化的妖魔鬼怪，那就是我正在和一群疯子待在一起。"大卫发出一阵讥笑声。

"可那到底是什么东西？"韩成殊大声问道。

"而且，它为什么偷走了琼斯的头颅？"陆华也皱着眉头问道。

艾维洛兹将烟斗再次叼到嘴巴上，补充道："不止琼斯的头颅。"

我又向艾维洛兹看了一眼，他这时也正盯着我，看来我们取得一致意见的猜测要修改了，这个恐怖的东西并非是以头颅作为食物那么简单。

其实我们的这番讨论并未取得任何有实际意义的结果，反而使疑问更多了。我们唯一可以确定的是，爱德华已经不是爱德华，而且那个东西还藏在我们下面的船舱里。

正在这个时候，舱底传来另一声惊恐的尖叫，沉闷得好像从地狱中传过来的。介川脸上立即变了颜色，他一转身撇开大家，向船舱飞奔而去。

其实我也听出了这个声音的主人是谁，那种温软的像是弱风拂柳的声音在这艘船上只有一个女人能发出来。是的，那是惠子的声音。

介川刚奔到入口，就有一个身影如同飞鹰一样地抢到了他的前面，土灰色的长袍裹起一阵风响，一眨眼间，就消失在船舱入口处，那是摩纳法师！

四

这是第二个死者，同样是一名年轻女子，不过并不是惠子，惠子只是目睹了她被肢解后的惨状。

这名死者其实我们都曾见到过，就在刚才，她被琼斯房间里的惨相吓得差点瘫痪掉。可是现在她就成了这幕惨剧的女主角，我想她直到死应该都没有从惊恐中恢复过来。

我们在她淌满鲜血的床铺上也没有找到她的头颅，只有沾满血污的支离破碎的残肢断臂和散成一片的内脏。

惠子的表现比这名女服务员要好很多，探险家的老婆不可能是一名弱不禁风的小女子，她的自控能力远远超过一个女服务员。她在见到这幕惨剧的时候，只是发出了一声情不自禁的尖叫，然后就伫立在门口，呆呆地看着里面的恐怖景象等待我们赶过来。

“怎么回事？”介川看到惠子没事，脸上的表情从惊慌变成了责备，好像惠子没有看好这名女服务员，是她的责任一样。

惠子转头看了一眼大家，双目无神，但我能看出来她脸上隐约的惊恐。我顺着她的目光瞧去，越过挤在一起的人头，后面是空荡荡的走廊，那里虽然有顶灯的照射，却依然有些黯淡朦胧，她是否在这个走廊里看到了什么不该看到的东西？

我转回头，急促地轻声问道：“惠子小姐，白枫呢？”

惠子抿着嘴摇了摇自己的脑袋，我知道她是想将脑海中看到的景象甩出来。继而她长长吐出一口气，声音发颤地说道：“白小姐……她说不舒服，回房间了。”

我哦了一声，向介川说道：“先带惠子回房间吧，等她镇定下来再说。”转身向走廊另一头跑去，这个走廊通向我们的房间。

大家都焦躁不安地大声叫嚷着，问惠子到底看没看到那个披着爱德华外皮的魔鬼去了哪里，可惠子受到了很大的惊吓，在摩纳法师的劝导下，大家还是先放介川将惠子搀扶回了他们的房间。

艾维洛兹在我身后向我叫道：“带上白小姐，马上走出房间来找我们。”他的声音依然生硬得好像在命令自己的下属，但我却没有再冒出那种不舒服的感觉。

快步走进我和白枫的房间，一眼就看到白枫正躺在洁白的床铺上蜷缩成一团。我舒了一口气，突然觉得洁白的床单真是这世界上最美丽的一道风景。

我倒了一杯水，轻轻靠近她。她正皱着眉头强忍着身体的不适反应，看我走近了，冲我勉强笑了笑，秀眉有了一些舒展。她伸手接过水杯，像是干渴了很久的样子，仰头将一大杯白开水都灌了下去。

“好点了吗？”我轻声问。

白枫向我微微点了点头：“外面又怎么了？”

我没敢将刚刚发生的另一幕惨剧告诉她，只是说：“是惠子不小心摔了一跤。”

“吓我一跳，我以为又……”

“你不该自己回来，一个人待在房间里太危险了。”

白枫挤出一丝笑容，道：“我一见到那个小姑娘脸上的表情，脑子里就抹不掉那副惨象，只好自己先回来了。”

我苦笑了一声，心里说，现在你就是想再见到那张脸都不可能了。

“那小姑娘好点了吗？”白枫又问。

我点了点头，岔开话题说；“待会你跟我出去，不要自己留在这里了。”

白枫嗯了一声，又慢慢地躺了下来，两条手臂抱紧被子，重新蜷缩成一团。

餐桌上的饭菜还在冒着微微的热气，我本来想坐下来再吃一点，但拿起鸡腿就没有了胃口，只好重新丢到一边，倒了一杯白开水，像白枫一样，咕咕地灌了下去。

这时候，外面有人轻轻地敲了两下房门。

我走过去打开，陆华站在门口，轻声问我：“她怎么样了？”

我苦笑了一下，回答道：“没事，只是受了一点惊吓。”

我让陆华进来坐，但他摇了摇手：“介川请你过去一下。”

看到他神色凝重，我知道可能又发生了什么事情，不过我没有细问，这样的话，白枫就会知道她一直惦记的那个小姑娘已经步了琼斯的后尘。

白枫这时候也从床上走了下来道：“走吧，我没事了。”

跟着陆华，我和白枫走到了介川的房间门口，大家都聚在那里，科恩和大卫满脸的忿忿不平，不知道在为什么事情恼怒。

我奇怪他们为什么没进去，刚想询问，房门吱呀一声打开了，介川站在门口向我摆了摆手，示意我进去。我回头看了一眼陆华，他冲我笑了笑，告诉我放心，他会照顾白枫的。

我只好迈步走进房间，房门在我身后被介川紧紧地关死了，还特意插上了门栓。房间里包括我只有四个人，除了介川和惠子以外，另一个是艾维洛兹。

看着惠子警惕的目光在我脸上缓缓扫过，我突然明白了科恩他们忿忿不平的原因。可是介川和惠子为什么单单让我和艾维洛兹进来呢？

第六章

寻找失落的头颅

一

我在艾维洛兹旁边找了条椅子坐下来，慢慢点上一支烟，等待介川他们说话。在这个极不平静的夜晚，他们单独将我和艾维洛兹叫过来，一定有很重要的事情要告诉我们，而这又一定和今晚发生的两起血案有关系，甚至于和被一片门板隔在外面的其他人有着重大关联。

不一会儿，介川向惠子点了点头，惠子很有礼貌地开口说道：“把异先生请到这里来实在有些唐突，但事关重大，如果有冒犯的地方，还请异先生不要见怪。”

我微微一笑，示意她继续说下去。

但没想到惠子转了话题，问了一个令我有点哭笑不得的问题：“请问异先生贵庚了？”

这实在出乎我的预料，一时间竟然怔愣了一下，其他三个人这时都把目光聚集到我脸上。艾维洛兹还好一些，介川和惠子脸上的表情却明显警惕起来。

我只好咧嘴笑笑：“我生肖属鸡，虚岁三十一，周岁二十九，天蝎座。”

惠子明显松了口气，但继续问着无关痛痒的问题：“请问异先生在少林寺做俗家弟子的那六年，哪位大师担任方丈？”

“……德正法师，他法号德正，俗家姓李，生于书香门第，在二十五岁的时候，已经在俗世中成为一代文化大家，五十五岁看破红尘，遁入空门。”

“请问您第一次遇到神秘事件是在哪一年？是什么事情？您又是怎么处理的？”

“那是在我六岁的时候，那一年是公历 1987 年 11 月，我很‘幸运’地被一个纸人引到了一个不知道什么所在的空间里，若非当时被我的祖母所救，恐怕现在连我的坟头都找不到了。要不是因为那次险象环生的经历，我父亲也不会舍得将我送到少林寺托庇佛祖保命。”

听到这里，惠子再次跟介川交换了一下眼色，两人同时点了点头，脸上的警惕表情慢慢隐去了。艾维洛兹也将目光从我脸上移开，习惯性地捣鼓他那个一切正常的烟斗。

介川站起身，向我鞠了一躬，抬起头郑重地说："请异先生不要见怪，由于惠子看到了令人难以置信的景象，我们必须确定异先生的身份。"

"这没有什么。"我嘿嘿一笑，道，"我也好久没有正儿八经地回忆一下自己不幸的童年时光了……不过，你这些问题倒使我想到了惠子小姐可能遭遇的离奇事件，我想科恩真是一张乌鸦嘴，他的话十分不幸地应验了。"

"是的。"介川点头承认道，"异先生猜得没错，这实在很难想象……"

"惠子到底看到了什么？"我打断他的感慨问道。

惠子怔怔地看着前方的虚空，思绪开始回到自己脑海那幅骇人的画面中，声音幽幽地述说起来："我当时和白小姐一块将那名几乎吓死的女孩搀扶到她的房间里。她的身体真沉，我们两个人架着她十分吃力，不知道这是不是因为我们也被琼斯房间里的惨象吓到了。等将她搀扶到床上，我们浑身也没有了一点力气，几乎要虚脱了。

"她吓得真是不轻，连怎么躺下好像都忘了。我们只好将她抱到床上，并替她将满是血污的衣裙脱下来，为她盖好了被子。"

"她嘴里一直在不停地念叨着什么，神经好像也出现了问题。"

"我看白小姐脸色很难看，一直紧紧地皱着眉头，像是在强忍着不让自己吐出来，就让她先回去休息一下，自己留下来照顾那个姑娘。"

"我给她倒了一杯水，但她根本就张不开嘴去喝，洒了许多到被子上。这时候，关着的房门突然被人敲了两下，我以为是白小姐怕我一个人害怕，转了一圈又回来了，但打开门一看，却根本不是她……"

她说到这里，停顿了一下，端起水杯想喝一口，可是不知道是不是因为心不在焉，她竟然把自己呛了一下，开始大口地咳嗽起来，喝到嘴里的清水又顺着嘴角流到下巴上，竟忘了去擦："那个人就站在门口，还是那副慈眉善目，和蔼可亲的长者样子，但他的眼睛好像有点……轻飘飘的，显得一点也不稳重，和他的身份十分不符。"

惠子好像很忌讳说这个人的名字，这使我微感诧异，心里一直在琢磨，我们这行人中，哪一个的外貌会和"慈眉善目，和蔼可亲"这八个字挂上钩。当然不会是爱德华，就他那幅恶狠狠的疯子像，这八个字跟他根本就不沾边。

"……我问他有什么事，他一直瞪着阴郁古怪的眼睛在我身上打量，还不停地向床上的那个女孩儿瞄着，问我她怎么样了。我告诉他，这个姑娘精神受了很大的刺激，恐怕一时半会恢复不过来。"

“他皱着眉头告诉我，大家都很想知道她在琼斯屋里到底看到了什么，最好能在今天晚上就将那个肢解琼斯的恶魔抓住，所以他只好过来用其他办法试试。”

“我问他要怎么办。他说很简单，他曾经修习过一种特殊的功法，能够用自己的精神感知到另外一个人的思想，但必须在没有外人打扰的情况下，和这个人四手相握。我明白他的意思，于是就毫不怀疑地走了出来，并将门从外面替他带上了……当然，这都怪我粗心大意，可是他的样貌实在太逼真了，除了那双眼睛让我感到陌生之外，我实在瞧不出一点异样。”

根据惠子的叙述，我已经能将这个人的轮廓清晰地还原过来。可一想到这个心如止水的老人睁着一双色迷迷的眼睛贪婪地在惠子身上扫来扫去的情景，我就感到汗毛直竖。

惠子继续描述着更加恐怖的画面：“我出门之后就感到有点奇怪，为什么走廊里空荡荡的，你们都不在。我安慰自己说，可能是怕打扰他行功，你们都没有跟过来……刚开始房间里没有任何动静，我在门口待了一会儿，本来打算去甲板上找你们，又怕待会儿没人照顾这个可怜的姑娘，正在犹豫的时候，里面却有了动静。

“先是有一声低沉的闷哼，是个女人的声音，好像还带着很大的痛苦，然后就是压抑的呻吟声，这个呻吟声时断时续，并渐渐提高了。我有点疑惑，实在想不明白只是握住了两只手，这还能够有多痛？”

惠子说到这里，头缓缓地低了下去，脸颊居然飘过一层红晕。我和艾维洛兹对视一眼，两人都很清楚她此时心里的感触，却都不好意思说出来。

停了几秒钟后，惠子再次说话了：“……可是，这个声音太熟悉，也太古怪了，每一个正常的成年人都能够听出来这呻吟声所表达的意思。我在门口犹豫了一下，终于抬脚将门踹开了！”

我暗暗伸了伸舌头，要知道这艘航船设施非常考究，船舱中的木制品基本上都是用非常结实的木料做成的，十分牢固，看来这个看似柔弱至极的姑娘并不那么简单。

惠子这次停顿的时间比前几次都要长，几乎持续了两三分钟，静谧的房间里只有四个人此起彼伏的喘息声。过了好一会儿，她才将自己的话续了下去：“那真是一个再恐怖不过的画面了，我看到……我看到……有一个骷髅就趴在那个可怜的小姑娘身上，在……在做那种事。可是他身上几乎没有一点肉，就是一具皮包骨头的骷髅。鲜血已经染红了整张床，那个可怜的小姑娘梦魇般的呻吟着，鲜血就从她的身体内汩汩地冒出来……在我闯进房间的时候，那个骷髅正低着头啃噬……小姑娘的胸部……天啊！那两只雪白的乳房已经被它咬掉了，露着白森森的肋骨。它听到声音，突然转过了头，满嘴的鲜血，深深陷进眼窝中的眼睛放射着野兽才有的兴奋光芒。它看到我站在门口，突然冲我咧嘴笑笑，那张满是血污的大嘴吓得我差一点瘫软在地上。

“也不知道它是怎么跑过来的，我还没有反应过来，它就已经站在了我面前，伸出两只恶心的枯手就来抓我。我被它一拉，情不自禁地叫了起来。它本想来堵我的嘴，可这时候走廊里已经传来脚步声，那个东西嘿嘿一笑，赤着身子向旁边一纵身，就……消失在一堵墙壁上，然后……你们就赶过来了。”

她很吃力地说完这些，又端起杯子来喝水，可是杯子已经见底了，她却好像没意识到，还是仰着头做出一副大口灌下的姿势。

介川看她这么紧张，伸出手臂将她轻轻揽进怀里，面对着我们苦笑了一下，可是眼睛里的凝重和担忧又加重了几分。

我和艾维洛兹都没有说话，直到几分钟后惠子从刚才似乎要精神崩溃的状态中恢复了过来，才听到艾维洛兹的声音缓慢地响起来：“看来我们真的遇到了一个撒旦释放出来的恶魔。”

“而且还是一个凶残的色魔！”我不无忧虑地补充道。我现在开始为白枫感到庆幸了，如果惠子没有看花眼，这个像骷髅一样精瘦的魔鬼不但能变化成任何人的模样，还能轻而易举地穿过墙壁，那刚才白枫待在屋里简直太凶险了。

“可是，世界上真的有魔鬼吗？”艾维洛兹皱着眉头问道。我知道像他这种整天和凶杀案打交道的人，是不会相信只有宗教信徒才笃信的东西的，如果他相信的话，也就不会有那么高的成就了。

其实我也不完全相信魔鬼的存在，可是这一次我的天平开始倾斜了。

“地狱天堂，魔鬼天使”的说法普遍存在于东西方的古文明中，虽然叫法不同，但指向的都是这种怪诞到极点的东西。但到现代科学飞速发展的今天，这些从古至今流传下来的东西已经越来越没有了生存空间，连灵魂都能用现代理论进行解释，那还有什么不能被科学诠释的呢？可是这一次不同，我实在想不出哪种理论可以解释惠子所看到的恐怖景象。或者只有幻影能勉强支吾过去，可是两个活生生的女人就被肢解在我们面前，这又怎么可能是幻影？

“但这个魔鬼为什么要将受害者的头颅带走呢？”介川也忧心忡忡地问道。

我苦笑着回答：“或许它就有这种怪癖，就好像有的人爱搜集女人的内衣一样。”说完我嘿嘿讪笑了两声。惠子在听到我这句话的时候，身子突然抖动了一下。

介川郑重地说：“我请两位过来，是因为两位都是思维缜密的著名侦探，希望借助两位的聪明才智帮我们想出解决的办法。虽然摩纳法师也许会有一些不同的见解，可我现在无法判断他的真假。”

“可以验证一下！”我提议道，因为我也觉得如果这件事摩纳法师能参与进来，或许远比我们两个所谓的侦探更有用。

听我们说到这里，介川的眉头皱得更紧了：“可是惠子不知道他的任何信息。”

我看了一眼介川，不明白他这句话什么意思。

介川解释说：“惠子天生具有超出常人的记忆力，她的大脑远比一台计算机记忆得更准确。在我们到达旧金山的那两天里，为了确保这次探险活动的安全性，我们对被邀请的所有客人进行了很详细的调查工作，但却有两个人我们查不到任何资料。”

摩纳法师当然是其中的一个，这个老僧人显然在此之前一直没做出过任何有影响的事情，可能他一直蜗居在某个地方冥想吧！但我关心的是另一个人：“另一个人是罗西吗？”

惠子点了点头：“他也一样，好像是从地球上突然冒出来的，关于他的身世经历，完全是个空白。”

我和艾维洛兹都沉默了。当人类沉默的时候，有时是因为胜利，但更多的是因为一筹莫展，这次我们正好属于后者。

过了好一会儿，艾维洛兹才开口说：“既然现在无法确认其他人的真假，那就先将这个问题放在一边，我们现在应该做的，也是唯一可以做的就是将这艘船全部翻过来。只要找到那两颗丢失的头颅，这个恶魔就无处遁身。我不相信他能够把不属于自己的东西也完全藏匿得无影无踪。”

“而且，他带走这两颗头颅不会毫无原因，更不可能是一种嗜好。”我补充道。

艾维洛兹点点头：“我还怕他会用这两颗头颅做更恐怖的事情，无论如何，我们要尽快找到它们。”

既然没有更好的办法，只能先这么做。我看了看手表，已经是凌晨一点多了，于是站起身：“那咱们就马上行动起来吧！先通知船上的每一个人，绝不能让大家一个人单独待着，尤其是女士。”

当我打开房门时，看到大家正不耐烦地在门口徘徊。白枫一脸悲戚，看来她已经知道了另一幕惨剧的发生。我在人群中扫了一圈，寻找摩纳法师的身影，但他不在人群中，而是置身于一边的走廊上，正静静地盘膝打坐，木雕一般。不知道他这时候在想什么。

二

艾维洛兹冲我向摩纳法师努了努嘴，意思很明白，他是要让我去发动这位远离人群的老人。

爱德华被魔鬼俘虏之后，我们这行人中领袖的头衔，已经十分自然地落到摩纳法师身上。是啊，大卫比爱德华还要疯狂，而且在见到他所说的那块白色大陆之前，没几个人会真正相信他的话，古洛博士又太文弱，其他的人都是受邀者，大家所处的位置完全相同，没人能当这群怪人的首领。摩纳法师不同，首先他年龄大，又是佛门弟子，而且有常人难以比拟的超常能力，加之他外表慈祥敦厚，处事谨慎，理所当然会成为我们的领袖。但在我转身向他打坐的地方走去的时候突然想到，是不是正是因为这个原因，那个恶魔才要变化成他的样貌去做那件邪恶的事情?

我一面想着说辞一面缓缓走到他面前，法师也感觉到了我的靠近，在我半蹲下身子的时候睁开了眼睛。

“大师……”

摩纳法师转头看了我一眼，目光平静。

“我们遇到棘手问题了……”我皱着眉头说。

他依然平静地看着我，既没有出声询问，更没有丝毫的慌乱神色。

我缓缓地说：“惠子见到了他的样子，很可怕的一个魔鬼，更像是一具骷髅，而且据惠子亲眼所见，这个魔鬼不但能随意改变自己的相貌，还能穿过墙壁……”

“哦？”摩纳法师终于有了反应，秃秃的眉峰微微挑动了一下。

“所以，我们得赶快找到他，不然后果不堪设想……我想我们是不是应该在船上搜一下？就算它能够遁形，那两个被他偷走的头颅应该不会不留下一点蛛丝马迹吧？”

他不置可否地愣了一会儿，然后长身而起，缓缓地道：“可以找找看。”

于是他向人群走了几步，开始将我刚才跟他说过的话重复一遍，最后用不容质疑的口吻下了命令：“大家分成四组，在上下船舱里分开左右同时展开搜索，但须记住的是，无论在任何情况下，都不要单独行动。”

由于惠子和白枫也受到了不同程度的惊吓，所以两人暂时和其他女服务员一起被送到了驾驶舱里，和一群船员待在一块。船长和几名船员也加入到我们搜索的队伍中来。

我被安排在了第二组，和罗西、科恩、大卫一起，向底舱的左半边。

对这次搜查，我其实并没有抱多少希望，因为这艘航船算得上是一艘中型游轮，上面搭乘二百人绰绰有余，而且船舱也分为上下两层，我们都住在第一层靠近甲板的客舱里，在我们下面还有一层。并且这种在海上作业的船只，都有着数层的隔离空隙，以防万一。如果它不幸与礁石之类的硬物相撞，在最外面的一层船板破裂之后，海水会被隔离在这些间隙中，不会轻易灌进来。船长曾向我们介绍过，这艘船拥有四层这样的隔离空隙。如果那个恶魔真能够随意在实物间穿行，那我们搜寻到他的可能性几乎不存在。

我们和艾维洛兹那一组划分了各自的搜寻区域之后，就开始行动了起来。

在这艘船驶入太平洋航行的这几天里，船上大部分空间都属于闲置状态，船舱的电灯也只有我们聚集的那段区域被打开了。今天我们终于将它们全部打开了，整个船舱像开生日宴会一样明亮。尽管如此，我们的心情却并未因此而舒展开，每个人都脸色凝重。

搜寻进行了半个小时，我看气氛有点沉闷，于是和大家闲聊起来："看来大卫先生的话是对的，这样的探险行动真不是一般人能参加的。"

"我早就说过单凭你们这些人根本就不行，差远了！"大卫阴阳怪气地说。

我嘿嘿笑了一声，道："是啊，要是咱们听从大师的劝告，不踏上那条邪门的灵柩船就好了。"

大卫哼了一声，冷冷地驳斥我的观点："假如不冒出这么一条鬼船，也一定会冒出更危险的东西，那里是上帝居住的地方，怎么可能让我们轻易就找到呢？"

科恩听了大卫的话，很不以为然地插嘴道："愚蠢的人总是这样……"

他这半句话令我和大卫同时感到不舒服，我问："你是说我吗？"大卫却针锋相对地给他没说完的半句话续了出来："愚蠢的人总是这样自以为是。"

我看科恩伸长了脖子一副要和大卫唇枪舌战的架势，赶紧岔开话题说："大卫先生，你上次来的时候，有没有在海面上见过这种灵柩船？"

大卫摇了摇头，道："好像没有。"

"为什么说好像，那是很久以前的事情吗？"

"我哪里还记得？我连自己怎么从那块大陆上跌到海里，又怎么被救起来的都不记得了。"大卫烦躁地回应我。

"当时你们几个人？"

"三个。"

"另外两个人呢？"

"在一个多月的大海漂泊中，一个人患了疟疾死了，另一个被吓破了胆子，再也不敢走这条路了。"

"您既然没遇到过这样的船，今天下午为什么不跟我们一起上去？我看您脸色都变了，您害怕什么？"罗西插嘴问道。

他说得没错，在上那条灵柩船的时候，我曾看到过大卫脸上的害怕表情。他站在那里，好像随时都会转身逃走一样。我也想不明白他为何会对这条船如此恐惧。

“鬼才知道呢！“大卫突然厉声咆哮了起来，“你们问我，我还不知道去问谁呢！我当时明明不害怕，并对自己下着前进的命令，可是这个狗娘养的身体就是不听我的话，好像在那一会儿，它并不受我控制一样。”

科恩突然呵呵笑了起来，好像听到了最可笑的一个笑话。

“你笑什么？”大卫转身挥舞着拳头。

科恩赶紧收敛了讥笑，摇了摇头，说：“你说得很对，有时候狗娘养的身体确实不听自己的话，是不是梦魇这种状态并不一定存在于睡梦当中……哦，这倒是一个很新颖的研究课题。”

我明白科恩发笑的原因，但却无意说破，于是赶紧带过去——怕大卫反应过来之后，找他的麻烦：“这有一种可能，你上次那次探险活动一定留给你很可怕的记忆，所以潜意识迫使你遗忘了一些东西，好像还有一个新名词，叫作什么选择性遗忘。”

“或者你的这段记忆被抹去了。”罗西也郑重地提出了自己的看法。

大卫茫然地在我和罗西脸上扫了两眼，才叹了口气道：“谁知道呢？或许正像你们说的，我上次确实见过它，只不过被迫选择性忘掉了。”

“您是哪国人？”罗西也转开话题问道。

“德国人，但我不是日耳曼民族，也不是犹太民族。”

罗西转过来又看了一眼大卫的脸：“可我怎么觉得你长得不像德国人呢？”

“德国人有什么特点吗？除非你将所有德国人都当成希特勒的拥护者。”科恩接口道。

大卫没有说话，而是将头转向了另一边，我无法判断他的政治立场，他脸色非常平静，好像对“希特勒”这个名字一点都不感冒一样。他伸头向前看了一眼，问我：“前面还有多少个房间？”

我摇了摇头：“我也不知道，我们好像找了一半了吧！”

科恩撇了撇嘴，道：“早着呢，这艘船上下船舱大约有两百间小客舱。”

“也就是说我们只找了不到一半？”大卫有些厌烦地问道。从他蓬乱的胡须和头发中间的脸孔渗出的细小汗珠来看，他确实有点累了，“要不咱们歇一会儿吧？”

“要歇你自己歇着，反正我们不等着你……看你这体力，我真无法相信你孤舟远涉大洋，发现新大陆的事情。”科恩不无讥讽地说道。

罗西夸张地看了一下自己腕上那块十分特别的手表，瞥了一眼大卫，道：“还是继续吧，我们只忙活了一个半小时呢！”

“但却是最无聊的一个半小时。”大卫抱怨道，“相比于这么漫无目的的寻找，我真希望能和他面对面来一场决斗。”

“说到了这个恶魔……罗西，你真的不认识那条灵柩船上刻画的字母？”我接口问罗西。

罗西微微一愣：“这两者有什么关系吗？”

“当然。”我点了点头，“一个出现在有数百年历史的灵柩船上的魔鬼，怎么会和这条船上的死者没有关系呢？”

“可是，那名死者的头颅不是也不见了吗？”罗西反问道。

“或许……”大卫冷冷地说，“之所以他要偷窃别人的头颅，就是因为他自己的头颅不见了！”

三

我们三个人都被大卫这句话吓了一跳，纷纷转过头去看他，直到发现他脸上的平静表情，才知道他这句话只是在跟我们开玩笑。

可是，就在他这句话出口的当儿，我们脚底下突然猛地摇晃了一下，走廊里的灯随着这阵摇晃闪了几闪，接着就熄灭了。

因为我们没有预料到会出现这种情况，大家都没有带照明设备，我眼前的世界突然之间变得一片漆黑，连离我最近的三个同伴也湮没在怕人的黑暗中。

“Shit！”科恩大声咒骂了一句，“这该死的烂船，为什么在这时候断电了？”

“刚才的晃动是怎么回事？”罗西的声音从另一边的黑暗中传来。

我略感奇怪，现在最应该大发雷霆的大卫却没有发出声音，在我们刚才交谈的这段时间里，大卫已经超过了我，走到了队伍的最前面。于是我轻声问道：“大卫，你还在吗？”

我居然没有听到回应，侧耳听了一下，好像前面有嚓嚓的脚步声响起，但声音却是极其微弱。

我不敢贸然移动，本来这个大卫就透着十足的古怪，现在在漆黑一片中，我更不敢靠他太近。

“大……”

前方好像传来一声长长的嘘声，我使劲揉了两下眼睛，再睁开时，才看到前面六七米处有个半蹲着的黑影在向我们轻轻地招手，很神秘的样子。

我转头向后看去，后面有四点微弱的亮光闪烁着和我一样疑惑的光彩。

我们蹑手蹑脚地走到那个黑影旁边。我在离他一米左右站住了身子，不敢靠他太近，轻声问道：“怎么了？”

恍惚中，他又向我们做了个噤声的手势，示意我们靠过去瞧。

我只好又向前移动了一些，学着他的样子半蹲下身子向前探出了头，左右肩头也有两颗脑袋压过来，咻咻的喘息声直接喷到了我的耳朵眼里。

大卫蹲着的地方是一个拐角，大约我们已经走到了船舱一边的尾部，转过这个弯，就是对称的另外一边的舱室。

“看到了吗？”大卫悄声问道，说话时呼出的气息吹到我脸上，痒痒得令人很不舒服。

其实前面还是一片黑暗，只不过眼睛适应了一些，看出去不再像刚才那样漆黑一团，但视野依然是模糊的。我一时也分辨不出他让我们看的东西在哪里。

我瞧了一会儿，仍然不明所以，只好再次压低了声音问：“你说的……”

我这句话还没有说完，就被我左耳边的科恩压低了的尖叫声打断了：“他动了！”

是的，这时候我也看到了，在黑暗中，另外一团更加漆黑的东西果然在移动着。要不是他身体的轮廓比周围的黑色更重一些，我真的就瞧不出来这黑暗中还有另外的活物和我们同处。

这个会不会就是我们要找的那个恶魔？

大家都开始紧张起来，搭在我肩头的两颗脑袋呼吸比刚才急促了许多。

是不是应该这时候悄悄接近它，趁它不注意的时候突然动手将它拿下？

可是，想到被肢解得一塌糊涂的琼斯两人和惠子向我们描述的那个可怖形象，心里不免有些发怵。就算我们突然发难，就一定能擒住它吗？我没有这个信心，或者说连一丁点这种希望都感到渺茫。

黑暗中的那团黑影缓缓地向我们这边走来，沉稳悠闲的脚步声也渐渐清晰了。在这种昏暗的可视条件下，它在狭窄的走廊里，好像在海边漫步一样悠闲，那轻松的脚步声使我心情沉重。或许，它对黑暗已经习以为常了。

当它走到离我们有十几米的位置时，我的神经也跟着绷紧了。

它还在继续向前走，我们已经可以隐约辨认出那是一个人体的轮廓，它手里好像还提着一个四方形的盒子样的东西。

那里面装的会不会是人头？

我心里开始有点发冷，真害怕这时候突然灯光大亮，我眼前会出现一具精瘦的骷髅架子，它手里正提着一颗血淋淋的美女头颅。

它还在继续向前走，不知道它有没有发现我们，是否正是冲我们来的！如果是那样的话，这个恶魔会用什么恶毒的办法来对付我们？

我感觉到一直在冷言冷语地嘲讽我们懦弱的大卫先生，这时候身体也好像微微打起了冷颤，不知道这个自诩为天不怕地不怕的古怪老头此时在打什么主意。

可是，这个令我们心惊胆战的东西并没有走到我们跟前，而是在离我们五六米的地方停了下来，然后在那里愣了一下，接着走廊里传出轻轻地敲门声。

那敲门声在静谧昏暗的走廊中显得异常刺耳，可对我们来说，这却是一阵令紧张的神经略微放松一下的声音。

因为，如果这个黑影就是那个恶魔的话，这阵敲门声意味着它并不是冲我们来的。

可问题在于，它在敲响谁的房门？而且在漆黑的走廊里，它拎着的这个四方形东西又会是什么？

恍惚间，我觉得自己不是在那艘只搭乘了十几名客人航行在太平洋深海中的船上，而是到了一个陌生的世界。我甚至觉得，这黑漆漆的走廊里的所有门后面，都居住着另外的身影，就好像阴阳两隔的一所房子，在白天它属于人类，到了晚上，它就属于另外的居民。

敲门声很轻，也很缓慢，这个站在外面的黑影好像一点也不心急一样，就这么静静地等在门外。

过了半分多钟，那间舱门居然轻轻地开了一条缝，里面没有灯光传出来，大约住在里面的客人也嗜好黑暗。

黑影缓缓踱了进去，房门又轻轻地被关上了。

我们都同时松了口气，往后退了几步，凑在一起轻声商量对策。

“怎么办？咱们进去吧！”这是科恩的声音。

“我觉得还是慎重一点好。”罗西不无担忧地说。

“那我们干什么来了？”科恩反问他。

大卫也开口道：“我想这两个人并非是杀人的凶手，只不过是偷偷跟我们上船的不速之客而已，就像是科恩你。”

“那他们为什么一直不露面？”

“也许人家怕我们。”

“你说呢？异先生，怎么办？”罗西看大家达不成一致意见，便要拉我做他的同盟。

我沉吟了一下，道：“这个显然不是那个杀人恶魔，可是也绝非普通的不速之客，或者说，这两个人——或者更多，我不能确定——是故意偷偷藏在下面的，而且目的也绝不会是正大光明的，所以……”

科恩已经听得有点不耐烦了，他不等我把话说完，就站了起来，我听到拉动枪栓的声音，这小子果然是有备而来。他一边抬脚向前走，一边接着我的话说：

“所以对他们不必客气，只要不是来无踪去无影的恶魔，我们就不必惧怕他们。”

我没有阻拦他的鲁莽动作，其实我也十分想看看这个房间里到底隐藏的是什么人，尤其是很想看看那个盒子里装的是什么。

所以我跟在他们三个人的后面，向那个黑暗中的房门蹑手蹑脚地走了过去。

四

我们在黑暗中摸索到那间舱室门口，科恩双手端端正正地举着枪，像是一个找到贼穴要破门而入抓捕凶犯的国际刑警。

我见他向我转了转头，知道是示意我将房门打开。为了找到我手里这串钥匙中哪一枚是属于这个房间的，我只好伸手到兜里掏出火机，紧紧捂着将它打着了。

舱室门楣上有一个标记，是B—51，我找到那枚标着这个数字的钥匙，伸到钥匙孔前面，向另外三人看了一眼。他们向我点了点头。

我轻轻吁了口气，将钥匙插进锁孔，轻轻一扭，房门便向内打开了。

我很怕在自己推开房门的时候，就发现一只黑洞洞的枪管正好顶在了自己的脑门上，所以一打开门先侧了侧身子，才缓缓用一只手将门推开。

想象中的枪管没有出现，甚至连亮光也没有出现，房间里漆黑一团，和走廊里并无两样。

“砰！”可恶的科恩居然毫无征兆地冲着天空扣响了扳机，把我们三个都吓了一跳。

就在这电光石火的一闪之中，那个目标也出现在我们眼前。科恩非常娴熟地弯了弯手臂，将枪口对准了他，并大声喝道：“举起手来，最好不要有任何反抗企图！”

在刚才一闪而逝的亮光中，我也看到了眼前的目标，看到他，我不禁暗自舒了口气。

我没有看错，那个目标虽然十分瘦小孱弱，但绝非惠子形容的那个形象，而是一个五官还算端正的小伙儿。

我怕科恩再扣动扳机，赶紧将打火机点着了，黑暗中鬼才知道他会将枪口朝向哪里。

可我刚将打火机点燃，屋里突然灯光大亮，不知道什么原因，中断的电路又重新连通了起来。

这是一个黑头发黄皮肤的小伙子，也就不到三十岁的样子，穿一身很旧的牛仔装，膝盖的部分打着补丁——不知道是追求时尚还是生活窘迫。他此时正抱着一只烤鸡在贪婪地大口咀嚼着，也许是被刚才的枪声吓到了，一块没有嚼烂的肉块还在嘴里含着，连说话的声音也变得支支吾吾。

“你的同伙呢？”科恩又厉声问道。

小伙儿咳了两下，将沾满油腻的双手老实地抱在头上，抖抖索索地坐在椅子上，用娴熟的英语回答：“我不动，我听你们的话，请不要开枪！”声音听起来透着一股可怜样。

“我问你，你的那个同伙呢？”科恩又问。

小伙儿抬起头来，满脸迷茫：“什么同伙？我……只是一个人。”

看着他无辜的眼神，我差一点就相信了他的话，可是刚才我们明明看到有个身影走进了这间舱室，如果那个黑影就是他，那为他打开房门的又是谁？

“砰！”科恩好像很享受这种恫吓弱者的感觉，不等他将话说完，又射出一枚子弹，在距离那个小伙儿左脚三四厘米的地方打出了一个小洞。

“不要开枪！”身后有人出声阻止他。我回头一看，是摩纳法师、艾维洛兹和韩成殊。发出阻止声的正是摩纳法师。

“先将他绑起来吧！”艾维洛兹沉吟着说。

韩成殊与大卫两个人冲过去将这名可怜巴巴的小伙子放倒在地，用绳索捆了起来。

摩纳法师在房间里扫了一圈，眉头紧紧拧了起来，轻声命令道：“大家搜一搜。”

我带着疑惑瞧了法师他一眼，他摇了摇头：“我也说不准那是什么，反正感觉有点异样。”

房间很小，在一阵翻箱倒柜中，终于找到了那个令我感到十分好奇的东西。

三个四四方方的盒子，我拿起一个掂了掂，盒子有些重量，不知道里面装着什么。

艾维洛兹将自己手里的盒子交到法师手上，摩纳法师端详了一会儿，伸手揭开了。

一股刺鼻的血腥气立即从盒子里散发出来，并很快弥漫到空气中。我探头瞧了一眼，是一个脸孔被擦拭得干干净净的头颅，静静地躺在一团金黄色的发丝中。她陶醉的绯红脸颊和微微闭起的双目，以及半张开的小嘴，跟活着的时候一样。

我心里的一个疑团突然解开了，因为我能想象这个变态的恶魔是在什么时候将琼斯的头颅从脖子上摘下来的。

第二个盒子里也是一颗头颅，脸孔同样擦拭得干干净净，只不过她的神情，并不如琼斯那样看起来让人“赏心悦目”，恐惧几乎布满了那张脸的所有细小部位。这正是那个女服务员的头颅。

第三个不用猜也知道是属于谁的，不过不同的是，爱德华的头颅并没有经过擦拭，满脸的血污，尤其是那双圆睁的眼睛，看得我不寒而栗。

法师一向平静的脸孔这时也浮现出一层恼怒，他盯着那个蜷缩在大卫和韩成殊中间颤颤发抖的人好一会儿，终于叹了口气，说："带他到甲板上去。"

那个小伙儿被押出了门，在他走过我身边时，我突然听到他用字正腔圆的中文说了一句："弗兰克船长，你可害死我了！"

我微微一怔，突然意识到两件事情，第一，这个小伙儿很明显是一个拥有东方血统的华人——我无法确定他的国籍；第二，我们的船长叫罗伯，罗伯·希尔纳，不叫弗兰克！

第七章

鬼绅士

一

我们将这名嫌疑犯押到甲板上。所有的人也都簇拥着跟了上来——船上发生了如此可怕的变故，大家的心思都用在寻找恶魔上面，船并没有继续向前航行，而是泊在了这里。直到我们站到甲板上，才发现刚才突然断电是什么原因。

很不幸，我们又撞上了一艘船，在大家把全部精力用在满船搜索的时候，一艘破烂得几乎马上就要倾覆的小船撞上了我们。不过值得庆幸的是，这个小船体积不足我们的七分之一，而且朽烂不堪，并未对我们的航船造成任何伤害，唯一给我们带来的麻烦就是刚才短暂的电线短路。

大家都把目光聚焦在这个孱弱的“恶魔”身上，没有人去注意在我们前方慢慢下沉的那条烂船。

“用十字架钉死他！”

“扒了他的皮，看看这个恶魔长着什么样的灵魂！”

“烧死他，像当年烧死异教徒一样将他活活烧死！”

……

大家远远地将他围在中间，向他吐口水，争论着处置他的各种恶毒办法。

他无力地跪在甲板上，脸孔低垂，双肩沮丧地耷拉着，可能他已经预料到自己的悲惨结局，跪在那里一动不动，像是一只绝望的待宰羔羊。

可能在押解的路上，他已经遭受了“酷刑”。他的额头有股红的鲜血向外渗出，已经流淌到了下巴，一滴滴地落在甲板上。

摩纳法师抬手阻止了大家的争吵，转头问惠子：“是他吗？”

惠子依偎在介川肩头，打量了他两眼，眉头慢慢皱了起来：“我想，当时看到的并非他的真实样子，或者现在不是他的真实相貌。”

“会不会搞错了？”我问道。

惠子摇了摇头，转头向那三个打开的盒子看了一眼，那里面端端正正地放着三颗人头。

介川已经冲到了最前面，看他那冷冰冰的目光，如果不是摩纳法师挡住了他，他很可能会冲过去暴打那人一顿。因为他已经盯上了惠子，如果不将他马上处死的话，介川是不会安心的。

想到了惠子，我也想到了白枫。这个魔鬼显然对漂亮女性有着变态的摧残欲望。为了白枫的安全，我的天平也开始慢慢倾斜着。我想在某些时候，错杀一个嫌疑犯，总比放过一个可疑者更安全。

可就在这时他抬起了头，用隐藏在血渍中的绝望眼神在人群中扫了一圈。当他的目光从我身上扫过的时候，我突然想到，这个恶魔长着黑色的头发和黄色的皮肤。

我心里不禁微微一动，想到了自己不久前在尼罗河上的遭遇，那时候的我比现在的他也好不到哪里去。于是我挤了过去，向涌动的人群叫道："大家请安静一下，至于如何处置这个家伙，咱们待会再商量，首先应该确定一件事，那就是这个人是不是我们要找的恶魔！"

大家开始安静了一些，但情绪又立即被科恩的话给鼓动了起来："就算他不是那个恶魔，也一定是和那个家伙一起的，不然头颅怎么会在他房间里找到？而且就算他是无辜的，但他鬼鬼祟祟地藏在我们船上，一定不怀好意，所以……"

我截住他的话，大声道："如果没有受到邀请的人不能出现在这条船上的话，第一个应该接受惩罚的人是你科恩·弥尔顿。"

科恩后面的话被我的反驳噎了回去，但他依然不依不饶："好啊，只要你能证明，这个和你一样肤色的家伙是我们的同类的话，我们可以免他一死。"

这谈何容易！一个人是不是好人都难以分辨，更不要说一个可以任意变化成人类模样的恶魔了。虽然这很难，我还是想做些努力，于是转头向那个等死的黄种人说道："说说你的来历吧，如果你不是恶魔，又不想被大家活活烧死的话，就将你的来历原原本本地说出来，只有你能救自己的命。"

那个小伙子大约被激怒的人群吓坏了。我给了他一次申辩的机会，但他好像并没打算抓住，依然哆嗦着委顿在甲板上。直到我再一次提高声音重复了一遍刚才的话，他才有了反应。

他抬头看了我一眼，流进眼睑的鲜血令他眯着眼睛。我想他这时的视野应该也变成了一团鲜艳的红色。

白枫远远地丢给我一条手帕，我接过来替他抹了抹脸上的血渍，声音缓和了一些："说吧，我能帮你的只有这些，一切都得靠你自己。"

他终于开口了，声音和自己羸弱的身体一样，软软地透着沙哑："我叫……刘天杰，英文名字叫杰克·刘，是来自中国的一名留学生，在加利福尼亚大学的洛杉矶分校学习西方文学……”

他说到这里停顿了一下，可能是为了证明自己的身份，他示意我将他衣服右兜里的东西掏出来。我照做了，并将那个东西高高举起展示给大家看。他继续说道：“这是加利福尼亚大学发给我的学生证……”

“杰克·刘，24岁，男，西方现代文学系，学生编号21021257，国籍：China！”我接过他的话，大声将证件上有用的信息读给大家听。

在场的人都沉默着。我想他们已经开始怀疑自己刚才的判断了，可没想到这时一直给我可笑印象的韩成殊突然开口质疑起来：“或许这个学生证确实能证明这个身体的身份，但却不能够证明你。”

他的话很具有鼓动性，而且也无可反驳。是的，一张纸能证明什么？那只是一张纸而已。

“你为什么跑到我们这条船上来？”我开口询问道。

刘天杰苦笑了一声，脸上居然泛起一丝窘态，神情也变得忸怩起来，不过他还是回答了我的问题：“我家境并不好，父母能送我来美国留学已经使我家的状况十分拮据了，所以我只能靠自己打零工来赚些生活费，哥伦布大酒店服务生的工作是我许多工作中的一种……”

我打断他冗长的解释：“告诉我们，你是怎么来到这艘船上的？”

“你们在酒店里聚会的时候，正是我工作的时间，所以那个展览我看到了。从那个展览中我知道你们将要进行的是一次远洋探险，虽然我不知道目的是什么，但我却知道你们要做什么……我是一名文学爱好者，尤其热爱探险文学，所以我控制不住自己的欲望，就趁着船员不注意的时候，提前一天藏在了下面。我本想等出海之后，自己跑出来，到时候顶多被训斥一顿，总不至于被丢进大海里。可是，我没想到下面那一层并没有乘客，也没想到我会被锁在里面……”

“你撒谎！”科恩大声叫起来，并回头向人群继续嚷着，“他在撒谎，大家都听到了，他说自己被锁在那个房间里，可是我们都看到他能自由地打开那个房间，是吗？异先生，当时你是不是也看到了？”

我点了点头，因为当时我确实看到那个房间是被人从里面推开的。

“……而且，那三个头颅是怎么回事？你不要告诉我们你根本就不知道，别当我们是一群傻瓜！”科恩好像对处死这个可怜的黄种人极感兴趣，脸上洋溢着兴奋的光芒。

刘天杰抿了抿嘴，等大家重新恢复了安静后，才无奈地辩解道：“可是……我确实不知道盒子里装着的是人头。”

众人一片哗然，再次鼓噪起来，有几个黑人船员竟然有冲过来暴打他一顿的架势。

这句话说的真不是时候，虽然他不知道盒子里装的是什么可能就是事实。

我看局面马上要失控，只好瞥了一眼摩纳法师向他求助。

老僧人举起右手安抚大家汹涌的情绪，开口问道："告诉我们，这三个盒子来自于哪里？这是你唯一能脱清干系的办法。"

他的声音并不高，可却在嘈杂的人声中异常清楚，而且他镇定的声音透着某种魔力。鼓动的人群竟然慢慢安静了下来，大家都在听这个杰克·刘下面的话。

他突然沉默了，在最不该沉默的时候沉默了下来，他脸上的表情有点像是在做痛苦的挣扎。我心里暗暗一惊。

果然，他说出了我最不想听的那三个字："不知道！"

大家的忍耐终于无法遏制，所有的男人都在向前涌动。科恩手里的枪口在试图绕开我的遮挡。大家都举起了拳头，还有那些硬邦邦的铁器。

这个愚蠢的家伙！我在心里暗自咒骂了一句。但事不宜迟，再过一会儿，等大家从我和摩纳法师两人势单力孤的阻挡中冲过去的时候，他就是想收回这句话也晚了。这时候我只能采取一种极端的办法。

所以我冲了上去，一只手抓住他的衣襟将他拎了起来，并且狠狠地在他脸上打了一拳，大声吼道："你这个蠢蛋，快醒醒吧，你以为这是逞英雄的时候吗？你被人利用了！说，弗兰克是谁？"

大家都怔在了原地，尤其是被拎起的这个糊涂蛋。趁着大家都安静的空当，我厉声质问道："我告诉你，我们这艘船上根本就没有一个叫弗兰克的客人，更加没有一个叫弗兰克的船长，快告诉我们，弗兰克是谁？"

有两个人从人群里走了出来，一个是黑人船长罗伯·希尔纳，一个是艾维洛兹。

罗伯船长表情严肃地纠正道："我是这艘船唯一的船长，我叫罗伯，罗伯·希尔纳。"

艾维洛兹却走到了我身边，直直地盯着刘天杰的眼睛问："你知道他？弗兰克，卡尔·弗兰克？"

刘天杰的瞳孔突然睁大了，满脸讶异："你怎么知道他的名字？"

艾维洛兹冷冷地回答道："我当然知道他，因为我这次就是因为他才来的！"

二

这件事要从十年前说起。虽然当时艾维洛兹只有三十出头，却已经是英国蜚声警界的私家侦探，有很多棘手的案子，都是这位年轻小伙子协助警方侦破的。

每一个能够取得不凡成就的人都有着古怪的性格，艾维洛兹也不例外。他是那种自我意识很强的人。他不愿意依从任何人，更不愿意成为任何人的附庸。在那几年里，他确实跟警方打得火热，或者更精确一点说，和那位当时任警察署长的暴躁老头拉得·思迪卡森打得火热。因为当时他正在追求这位署长的千金梅尔·思迪卡森。

这位刚刚过完二十三岁生日的少女在艾维洛兹眼中简直就是一位圣洁的仙女。她漂亮的脸蛋和顽皮的性格都像磁石一样深深吸引着艾维洛兹。追求梅尔也成为了痴迷地研究案情之外，唯一一件令他感兴趣的事情。

但这位姑娘生性骄傲，性情奔放，她向往时尚，讨厌古板，当然也讨厌像艾维洛兹这样古板的侦探。

为了尽可能争取到更多和这位梦中情人见面的机会，他只有紧紧跟在老思迪卡森后面，甘愿做他的附庸和陪衬，为的就是在夜深人静的时候，能到他的家里去。尽管名义上是和暴躁无趣的老头儿探讨案情，但这样至少能见到梅尔的面。

时光如梭，这种美好的时光一转眼就过去了，因为梅尔开始谈恋爱了。

她的男朋友是一位英俊的白人小伙。挺拔的身材，俊朗的外表，尤其是他那种绅士特有的言谈举止，总是让艾维洛兹自愧不如，恨不得冲上去打掉他两颗牙齿。

是的，这位英俊小伙的名字就叫卡尔·弗兰克，是英国贵族的后裔，或许是因为贵族血统的遗传，他身上总散发着一种令无数少女着迷的气质。艾维洛兹无法用语言形容这种气质，但他能感觉到每次梅尔看弗兰克的时候，眼睛总在熠熠生辉。而梅尔和艾维洛兹之间总是隔着一层东西，无法亲近起来。

他曾试图放弃过，可每当想到一旦自己放弃了这种毫无意义的追求，可能就意味着永远也见不到梅尔，就让他心痛不已，彻夜难眠。

可是，要来的总会到来，要走的也无法留住！

那是一个阴霾的清晨，伦敦的上空像往常一样飘着白雾，只是那一天的雾气比平时厚重许多。

那段时间他正和梅尔的父亲侦办一起密室杀人案，已经到了破案的关键时刻，只要再努力一步，那个凶手就会浮出水面，得到应有的惩罚。所以那天他起得很早，前一天晚上他刚刚想出一条被忽略的线索，而且他已经预料到了这条线索将会把他们带到一直在寻找的那个目标，现在只需要证实这一点就大功告成了。他很兴奋，这是他当侦探以来将要破获的最不可思议的一件杀人案（当然，比起他以后的成就，这件案子根本算不上什么）。

当他兴冲冲地按响梅尔家门铃的时候，脑海里已经浮现出梅尔趿拉着拖鞋一脸调皮地过来开门的情景。

但门铃响了好几声，才听到一个拖沓的声音走了过来。艾维洛兹感到有点失落，或者是梅尔已经厌烦了他这种毫无新意的到访了吧！

开门的果然是拉得，他睡眼惺忪地和艾维洛兹打着招呼，一副无精打采的样子。

艾维洛兹进屋后却没有发现梅尔的身影："梅尔呢，还没起床？"他坐下后像闲聊一样问拉得。

老家伙没有像往常一样开自己女儿的玩笑，而是沮丧地说："她恐怕不会回来了。"

艾维洛兹心里一沉，赶紧问："去哪了？"

老拉得粗声咒骂道："都是那个小杂种，我早就知道那小子没安什么好心，我一看到他那张皮笑肉不笑的脸就想狠狠揍他一顿！"

"到底怎么了？"艾维洛兹急切地问。

拉得站起来走进一个房间——那是梅尔的闺房，经常出现在艾维洛兹的美梦里的地方，拿出来一封信递给艾维洛兹，苦笑着说："看看吧，那个混账贵族将梅尔拐跑了。"

信是这样写的：

亲爱的拉得·思迪卡森先生：

当你看到这封信的时候，我和亲爱的弗兰克已经徜徉在太平洋梦幻般的世界里了。我们已经买了两张横渡太平洋的船票，并在那里完成我们神圣的婚礼。

我知道你一直看不上弗兰克，而且你也不止一次在我面前说他的坏话，说他假惺惺，是一个带着伪装的面具引诱单纯少女的恶棍。可是我却觉得他是那样的彬彬有礼，神秘迷人。如果说他戴着面具的话，那世界上的每一个人不是都带着一副面具吗？只不过，有的人的面具比较粗糙，掩饰不了自己丑陋的本来面目，而有的人却比较精致。很不幸，弗兰克就是我所遇到的最精致的一个，我喜欢他的面具。

您知道我并不喜欢艾维洛兹，虽然你一再强调他会成为一个大名鼎鼎的侦探，会成为让无数少女痴迷的明星。我如果嫁给他，就会成为一个无数人艳羡的名人太太。但我早就向您表明过我的态度，我不喜欢名人，更不愿意做名人的太太，我只想过一种浪漫的生活，这一点，艾维洛兹不会给我。他像您一样古板，我不想跟另一个父亲过一辈子。

祝福我们吧，亲爱的拉得。也许等我们蜜月回来的时候，你已经可以做外公了！

你的刁蛮公主

梅尔·思迪卡森

这封信对艾维洛兹来说无异于当头一棒。他连每天见到梅尔的小小侥幸也失去了。他开始讨厌这所比自己家还熟悉的房子，现在这里只有一个老头，不再有自己魂牵梦萦的少女。她身上的香味还在这所房子的空气中飘荡，但那个迷人的少女却已经不在了。就像梅尔说的，也许下一次见到她，她已经是孩子的母亲了，可惜，父亲却不是自己。

自那以后的两个月里，他再没有跨进过这所房子一步，尽管他还在帮助警局调查各种案件，但研究案情的工作地点已经被挪到了警局，拉得的办公室。他也再未向拉得打听过梅尔的消息，好像这个名字已经从他的脑海里被彻底掘除了，但只有他自己知道，被掘除的脑袋里又种下了什么东西。

但事情还没有结束，更加不幸的噩耗正在不远的将来等着他。在梅尔宣布度蜜月的三个月后，拉得接到一个如同惊天霹雳的消息：梅尔失踪了！

是的，那个消息是从美国发过来的——在这艘满载着许多心怀浪漫理想的恋人们到达美国旧金山的时候，这个消息用正式讣告的方式送到了拉得的手中。

事情大致是这样的。在这艘航船远离大陆，到达太平洋深海的时候，可恶的弗兰克突然想出一个异想天开的冒险主意。那是在一个异常静谧的夜晚，星光璀璨，一轮满月高挂中天，波光粼粼的海面呼应着天空中一闪一闪的星光，宛如仙境。

不知道是不是被恶魔附体了，弗兰克带着梅尔偷偷盗取了一条小舢板，向十海里外的一座孤岛划去。他们乘坐的是一条游轮，大家乘坐这艘船只是为了体验浪漫诡谲的大海，行止完全凭乘客的兴致，这艘船已经备足了半年的食物和清水，船舱里储存的油料也完全够半年的航行，只要海上不起大的风浪，这艘船就可以毫无限制地在海上徜徉。

当时大家都在船舱的酒吧里喝酒跳舞，没人注意这一对胆大包天的恋人。

其实他们本来不应该出意外的，因为那个小岛是一座有着港口的人类聚居地，当时船长已经确定了次日要登岛，去观赏据说是太平洋中最大的一座珊瑚礁。

也许两人想先睹为快，也许两个年轻人想体验一下月夜孤舟的浪漫时光……反正无论出于何种目的，这两个年轻人划着一条小舢板脱离了大部队，消失在美丽的月色中。

等船长发现这个小插曲的时候，已经是次日清晨。他立即意识到两人的去向，于是赶紧起航寻找，可一路上既没有见到任何舢板的残骸，也没有在那座小岛上找到丢失的两个人。

茫茫大海中可能遭遇的凶险太多了，而每一种可能都会导致悲剧的发生，使两人葬身海底。

这件事之后，艾维洛兹脾气变得更加古怪，而且疑心也更重了。十年来，他一心扑在侦破各种凶杀案中，从未再对任何女性表达过爱意。

故事到此并未结束。三年前，像我们遭遇的这种凶杀案再度发生，而且当时连续有十五名女性遭遇了被肢解的噩运，艾维洛兹受邀参加到调查中来。

虽然凶手没有留下名字，但根据目击者的描述，那个凶犯是一个可以凭空穿墙而过的恶魔，而且他的相貌正是我们前文描述的那位弗兰克。这个形象太令艾维洛兹记忆深刻了，恐怕他一辈子都不会忘记的。

当然，那宗案件最后不了了之，被英国警方作为一个神秘悬案写在了卷宗里，而且这个凶手也有了一个阴森森的新名字——鬼绅士！

艾维洛兹一直想继续三年前的那个调查，也正是因此，他才加入到我们这群人中，但我想他要调查的绝不仅仅是那个悬案，而是要揭开心底那块隐藏了十年的伤疤。

三

这段往事是在这次事件草草收场后的某个晚上，我们在酒吧里喝酒闲聊时，他趁着酒劲讲给我听的。所以，现在还是回到甲板上，继续讲述我们接下来的故事吧！

刘天杰没想到艾维洛兹竟然认识卡尔·弗拉克，更没想到他一直信任的这位英国绅士并非这艘船的船长，所以他心里的疑惑，一点不比我们少，从他那双圆鼓鼓的眼睛在我们脸上扫来扫去的动作就可以看出来。

我于是将他重新放回到甲板上，正色道：“我的小同胞，不要再挑战大家的耐性了，那样对你来说很危险，而且弗兰克欺骗了你，他把你当成了一个傻瓜，让你替他承受应该属于他的惩罚……把你知道的说出来吧，不要再有任何隐瞒。”

他盯着我看了一会儿，又瞄了艾维洛兹一眼。此时的侦探先生，已经变成了一条马上就要择人而噬的毒蛇，被遮在帽檐阴影中的眼睛放射出两道冷森森的寒芒。我想如果刘天杰再继续支吾下去的话，艾维洛兹一旦冲动起来，那将是一件极为恐怖的事情。

刘天杰低着头沉吟了一会，终于妥协了。他低沉着声音说：“好吧，我说！”

人群再一次静了下来，大家都竖起耳朵听刘天杰讲，所有人的目光都聚集到他那张略显稚嫩的脸上。没有人注意到此时在人群后面正在发生的事情，我当然也没有，所以等我们发现时，已经晚了。

“我是在你们聚集在哥伦布大酒店开晚宴的那天晚上偷偷溜上船的。我本来想向组织者提出请求，恳请他带我一起出发，但一想到那个让人害怕的老头——我知道他叫爱德华，就知道根本没有戏。我只好冒险试一试，如果没有机会溜上船，那我也就认了。

“没想到一切很顺利，在你们举行晚宴的时候，那群船员也在举行一个小型的宴会，就在离船不远的海滩上，他们又唱又跳，喝了不少酒。我看到还有几名妓女在那里为他们助兴。

“这真是一个难得的好机会。我偷偷地溜上了甲板，没有任何人注意我，就连那两条拴在甲板上的看护犬都只是冲着我呜咽了两声，就又重新趴到地上嚼骨头去了。看来老天爷开始眷顾我了……”

听到这里，我心里暗自苦笑一声，真不知道成功溜上船对他来说是一种幸运，还是一个噩梦的开始，至少他现在应该不会再为自己的小小成功感到沾沾自喜了吧？

“……为泊靠在这座港口的船只清洁甲板也是我诸多工作中的一种，所以对这种轮船我并不陌生。我知道你们会选择在靠近甲板的那一层舱室里下榻，所以我从厨房偷了一些面包和清水，直接到了下面的那一层，因为第二天就要起航，舱室都已经收拾完毕了，于是我捡了一个处于走廊末尾的舱室住下来。

“我知道在船舶起航前会有人过来检查，为了不被人发现，我连晚饭都没有吃，怕船员嗅到面包的气味，进屋后就抱着面包和清水藏进了床底下。

“当时我害怕得厉害，又很兴奋，能够跟着一群探险家到大海上探险可不是每个人都能碰到的。我想自己快成鲁宾逊了。我越想越兴奋，直到后半夜才慢慢地睡着了。”

他跪在甲板上可能膝盖被硌得很不舒服，说到这里时停顿了一下，试图站起来，但立即又被科恩大声喝止住了。我只好伸出手帮他翻了个身，使他坐在那里。

他轻松了不少，叙述时的语速也加快了：“等我睁开眼的时候，发现已经是次日下午一点多钟了，轮船已经起航，我感到船身在轻微摇晃，我知道现在已经安全了，于是就从床底下爬出来，开始吃第一顿早餐。直到我吃了几片面包之后，我才发现自己的处境并不乐观，舱室的门居然被人在外面锁上了！我本来打算过上两三天，凑个机会出来和你们见面，就算会遭到一场责骂也不在乎了，你们总不至于把我一个大活人狠心地丢进海里喂鲨鱼吧？我试图找到一个哪怕是窗户的出口，可是没有，除了舱门上那个遮着窗帘的只有柚子大小的小窗户之外，剩下的就是面朝大海的另一个同样大小的窗户，我根本钻不出去。但我当时并不是很着急，因为我身边的面包足够我吃五六天的，而且在这五六天里，我不相信会没有一个人到下面来。我闲着无事可做，吃饱了就躺下睡觉，或者是透过那个小窗户看大海，过得倒也舒服惬意。”

想想他这七八天里被锁在一间不足十五平方米的小舱室过“囚徒”生活，我实在理解不了“舒服惬意”这四个字是怎么得来的。或者爱好文学的人都属于那种好静恶动的奇人吧！

“在下面过了三天之后，我才发现情况不妙。因为这三天里，我从来没在走廊里见到过一个人影。我突然意识到自己可能的悲惨结局，恐怕我会被活活饿死在这个小房间里吧！到那时候我才真正急了。接下来的两三天里，我尽量节省面包和清水，从三顿减到了两顿，再到这两天的每天一顿，我也不敢再蒙头睡觉了，每隔十分钟就会拍打几下门，可是依然没有人能听到……其实今天下午你们跨上那条黑乎乎的怪船的时候，我都看到了。我不停地拍着窗户，却只有一个人听到了我的声音。也就是在这里，我第一次见到了那个人。”

“谁？”我疑惑地问道，因为当时我也跳上了灵柩船，并没有发现我们其中多了一个人。

“弗兰克船长。”

罗伯船长很不痛快地大声提醒道：“我早就说过我是这艘船的唯一船长，我叫罗伯·希尔纳。”

刘天杰马上改口道：“对不起，我说习惯了。”

“你等等！”艾维洛兹伸手阻止他继续说下去，开口问道：“你在哪里见到的弗兰克？”

“就是那个面对大海的小窗户，当时那条船就出现在那个窗户里。”

“我的意思是问，你看到的弗兰克在什么地方？他所在的位置。”艾维洛兹进一步问道。

“就站在那条怪船的甲板上，戴着和您一样的……长筒帽，身穿燕尾服，手里握着一根拐杖，很绅士地站在那里，脸上微笑着，还在向我招手呢！”

我感到一阵脊背发凉，如果刘天杰真的看到了他所说的情景，而我们都没有看到，那意味着什么？我想只有在某些恐怖电影中才能看到这种情景：一群人旁若无事地在一个地方走过，却看不到其实在他们面前还有一个身影正迎面走来，和他们相撞之后，那个身影像是透明的一样，所有人从他身上穿了过去。

果然，刘大杰向我们描述了类似的情景：“我看到……这位大师首先跳到了船上，但他立即就站住了，好像害怕什么一样，弗兰克……当时就站在他面前，我看到他在盯着那位大师看了一会之后，笑容变得很僵硬，然后转身向怪船的船舱走去！”

看来摩纳法师的感应是正确的，虽然他还没有达到能看到某些不干净东西的境界，但却有着比常人敏锐得多的第六感，他已经感觉到危险就在眼前。

“这时候爱德华先生也跳上了船，我看到他回头讥笑的样子，心里还觉得纳闷，不知道你们在说什么。但他只是在大师身边停了一下，就跟着弗兰克走进了船舱的暗影里……”

“我们回来的时候，你看到弗兰克的身影了吗？”我打断他的话问道。

刘天杰摇了摇头。

艾维洛兹接过我的问题，继续问道：“那你没对弗兰克那个家伙产生怀疑吗？他既然没跟着上船，你为什么会在船上见到他？”

刘天杰又茫然地摇了摇头：“或许你们回来的时候人太多，我当时没有看清楚吧！”

“你难道没想过弗兰克根本就不是人？”

刘天杰怔怔地盯着艾维洛兹的脸，突然打了个冷颤，说道：“你是说……你是说……”

艾维洛兹没有正面回答他，而是岔开话题：“然后呢？”

“然后……”他有点心不在焉地说道，“然后，傍晚的时候，弗……他突然来敲我的房门，并给我带来了一只烤鸡，还将两个盒子交给我，说他是这艘船的船长，一天前乘坐那艘船去一个小岛上寻找自己遗落的东西，现在终于找到了。

“我要向他解释自己的来历，他很和蔼地阻止我说下去，说他早就知道我偷偷地溜上了船，他认为我是一个勇敢的人，如果不是其他人都太自以为是，早就应该把我接出来……”

我听他说着这些无关痛痒的话，不禁也打断他问道：“他没有告诉你那盒子里装的是什么东西？”

刘天杰苦笑着摇摇头：“我问他了，但他只是说这些东西对他很重要，没有它们，他就不可能获得生还的希望。他让我替他好好保管，既不能打开，也不要让任何人知道。而且他还说，还有其他两个被人藏了起来，他必须设法找回来。”

我和艾维洛兹对视了一眼，都皱起了眉头，因为我们参不透弗兰克这些话到底是谎言还是另有所指。并且，他说的被人偷偷藏起来的两个又在哪里？

这时人群中突然有人发出了一声尖叫。我赶紧转头向白枫看去，因为这声音太熟悉了。

尖叫确实是白枫发出来的，而且她此时的目光也游离了我们所围住的这个焦点，越过拥挤的人群看向另一个方向。

我顺着她的目光看去，突然发现甲板的进舱口的黑影中好像有个身影站在那里，不过是背对着我们的，而且看样子他正在向里面走。

白枫的尖叫声使他停下了行走的步伐，慢慢转过身来，右手的食指在嘴唇上竖着，做了一个噤声的动作。

可这时候大家转过了头，所有人都看到了他，那人向大家微微一笑，居然脱下帽子，做了一个彬彬有礼的弯腰动作，然后就转身消失在黑暗中了。

我终于见到这个被叫作弗兰克的恶魔了，但这张脸孔却并不陌生，因为在我们第一天到达洛杉矶的时候就见过，就是在哥伦布大酒店的那个展览上，他隐身在一条阴森森的鬼船上，怀着诡异的冷笑。当时白枫被吓了一大跳。

我终于明白到底发生了什么事，不禁向那条撞在我们船头的马上就要沉入海中的小船看了一眼，也许他本该属于这条小船，惨案也应该延后几小时发生……

更令我吃惊的是甲板上的东西，就在我们听刘天杰讲述自己经历的时间里，被放置在甲板上的东西发生了一些变化，这种变化很小，但却令人心里异常不安。

因为甲板上盒子的数目发生了变化，原来的三个依然静静地放在那里，可在它们的旁边又多出来两个，那两个盒子都是紧紧扣上的，不知道里面装着的是什么东西。

四

一时间，甲板上静得很可怕，连一直声色俱厉训斥刘天杰的科恩也怔怔地待在原地。

我转头问刘天杰："是他吗？"

"是他！"艾维洛兹咬着烟斗瞪着入舱口空荡荡的楼梯坚定地说道，"他就是化成灰我也记得！"

刘天杰向我点点头，目光从我脸上扫过，落在那两个紧紧扣着的盒子上。

那里面装的会是什么？两颗血淋淋的头颅，还是……

陆华和介川同时转身走了过去，科恩跟在他们身后。三人走到那些盒子中间，盯着其中两个看了一会儿，科恩向前伸了伸下巴，示意打开看看。于是陆华和介川蹲了下来，一人一个，警惕地打开了。

"嘘——"科恩将在陆华两人身上游移的枪口挪开，舒了一口气，"原来是空的。"

几乎所有人都跟着他长舒了一口气，我向艾维洛兹瞧了一眼。他和我交换了一下眼色。我们想到的是同一个问题：这两个空盒子是为谁准备的？

有了前面两次恐怖的经历，我能猜到这个恶魔的目标会指向哪些人。现在船上还有包括服务员在内的五名女性，这两个盒子或许就是为她们其中的两个准备的。

白枫和惠子的脸色很难看，也许她们也想到了这个问题。这真是一种可怕的等待。当一个人知道死亡可能会降临到自己头上，而自己却无能为力时，那种令人窒息的等待才是最令人恐惧的，也是最难熬的。

我能做的事情只有守在白枫身边，一秒钟也不离开，可是其他人呢？那几个女服务员怎么办？

“法师……”我走到摩纳法师身边，向他求教办法。

老僧人也陷入了沉思之中，双眼微闭，眉头紧锁，像是被定住了一样，可是我知道在他平静的外表下，内心一定像我一样忧虑。

“它想要做什么？”法师幽幽地自言自语，“当它集合到五颗人头的时候，它会做什么？”

没有人能回答这个问题，连一个精通佛理的老僧人都勘不破其中的秘密，还有谁能说明白？

艾维洛兹向空中吐了一口烟雾，这是他自登上甲板后第一次做这个动作：“如果我们不能阻止它继续杀人，那就让它永远也集不齐五颗头颅。”

这好像是一个好办法，也是我们能保证做到的唯一一个途径。

法师无奈地摇了摇头，道：“它完全可以在我们发现它之前将这些东西偷走藏起来……可是，它们依然还被放在甲板上，等待我们处置。”

是啊，这是很蹊跷的一件事情。刘天杰明明说弗兰克曾告诉他说还差两个，它就有了生还的希望，可是它为什么要将自己好不容易获得的东西留在这里呢？

科恩最沉不住气，他已经推开陆华和介川，抬脚将琼斯三人的脑袋像踢皮球一样踢飞出去。砰砰几声轻响，我们曾经的三位盟友就这样永远离开了我们。

海风中好像有人在嘿嘿冷笑，我不知道是压抑的氛围给了我这种错觉，还是真的有某个看不见的东西在向我们发出嘲笑。可是这几声似有似无的冷笑却恰好提醒了我，因为这样一来，我们这群人中的死亡名额突然增加了。如果五个是它的目标的话，我们毁掉三个，那不正意味着我们这群人又会多出来三名死者吗？

但现在有一点已经可以确定了，那就是这个跪在甲板上，将要被钉在十字架上的我的同胞是无辜的。我走过去将他身上的绳索解开，帮他颤巍巍地站直了身子。

现在已经到了凌晨四点多钟，正是一天里气温最低的时候，海风也比前半夜大了许多。大家都瑟缩着拥挤在一起取暖，可是却没有一个人愿意走回船舱，尽管那里有着舒适的房间和令人忘记恐惧的白兰地，因为大家都知道，那个魔鬼就在下面等着我们。

大家都在苦苦思索解决的办法，但却没有一个人站出来为人们支招。

“依我看……”作为我们的新领袖，法师终于开口说话了，“大家还是回到船舱里吧，相互替换着休息一下，事情总会有办法解决的。”

他的提议虽然不能解决问题，却也是现在唯一的方法，至少在这种大家一筹莫展的时候，徒然耗费有限的精力实在不是明智之举。我们每多耗费一分精力，就等于说我们胜利的希望减小了一分。我们在明处，弗兰克在暗处，如果我们精神集体涣散，它就可能突然蹿出来，打我们一个措手不及。

“大家还是先退回船舱，所有人都不要回自己的房间，驾驶舱中有着足够宽敞的空间供大家休息。只要我们待在一起，并时刻保持警惕，那个魔鬼就不能把咱们怎么样！”那个叫罗伯的老黑人船长向大家挥了挥手，用命令的口吻说出了自己的建议。

事已至此，我们也只能先这么办。大家都耷拉着脑袋，像一群僵尸一样跟着罗伯船长无精打采地向下走去。

但是，今夜能有人睡得着吗？

第八章

十字架上的真相

一

“我觉得咱们最好能想个办法将它引出来。与其这样消极等待，还不如主动出击。”手枪在科恩手里被弄得咔咔作响。

“怎么引？引出来之后我们又如何对付它？再说这个家伙并不一定比你傻，它会这么乖乖地让我们牵着鼻子走？”大卫首先质疑道。

“关键是这个局要做得巧妙，不能让他看出破绽。”艾维洛兹也提出了自己的看法。

“有没有人知道它怕什么？”韩成殊也加入了讨论的行列，挠着头问。

介川瞪了他一眼，面带不屑地说：“你这句话就等于没说。如果我们知道它惧怕什么，就等于说知道它到底是个什么东西了……”

“那很明显就是一个鬼魂，一个丧生在太平洋中的孤魂野鬼，现在是向我们索命来了！”科恩再度下着结论。

“我们伤害过它吗？是它的仇人吗？它凭什么向我们索命？”艾维洛兹用质疑的口吻问道。

……

像这种毫无意义的讨论自从我们聚集到驾驶舱里就一直在继续，但都毫无例外地以集体沉默而告终，要想在短时间内想出一个完美的解决办法实在太困难了。大家都知道，这不是在开玩笑，更不是在进行一场头脑风暴。如果一旦确定了某种方案，可能就意味着有人要为此承担丢掉性命的风险。

白枫等几名女士已经在一边相互依靠着闭上了眼睛，但不知道她们是否已经进入梦乡。

我的目光在这些女性身上缓缓扫过，心里微微一动，一个极其冒险的主意从脑海里冒了出来，但又被我赶紧压了下去。

“我倒是有一个办法！”科恩信心十足地向大家探过了头，神秘兮兮地悄声说道。

“什么办法？”好几个人异口同声。

科恩的面孔由于得意而扭曲得有些狰狞，他几乎将脑袋伸到了我们的耳朵边上，压低了声音说：“方法很简单，不过我们这些人中必须有一个人甘愿去当这个诱饵才行……”

“只要能抓到这个家伙，我想我们每一个人都有勇气做出相应的牺牲。”罗西首先表态。

科恩瞥了他一眼，眼神中藏着一种坏笑：“不过这种牺牲不是每一个人都有资格去做的。”

我听到这里已经明白他想出的办法，于是立即说道：“你还是想个其他的办法吧，这个主意真够馊的，我坚决不同意！”

其实他说的这种办法我刚才已经想到了，之所以没有说出来，就是因为这个办法不仅是个馊主意，而且十分残酷，简直是在草菅人命。

我想，大家看到这里也一定想到了。没错，就是那样，既然这个不知道是鬼魂还是怪物的弗兰克对漂亮女性有着疯狂的摧残欲望，那么要想引它露面其实很简单，只要给它想要的就可以了。可是问题在于，这个被抛出去的诱饵是否能完好无损地收回来？我更加自私地想到，如果这个诱饵是白枫的话怎么办？推己及人，谁又愿意担任这么悲壮的一个角色？

醒着的这些人也大都明白了科恩所说的办法，也都毫无例外地沉默下来。

如果胜利要靠欺骗和泯灭人性来实现的话，我想没有多少普通人愿意要这个胜利。

但现在凑在一起讨论的人并不是普通人，所以这个邪恶的办法也并没有立即招来所有人的一致反对。甚至于有几个人已经开始表示了赞同。

科恩是倡议者，韩成殊成了第一个帮凶，罗西保持了沉默，大卫勉强点头答应，艾维洛兹抽着烟没有表态……

我看着自己同盟在逐渐减少，立即拉起介川来表明立场：“介川君，你总不会也想这样做吧？”

介川僵硬的脸上抽搐了几下，目光犹疑地看着我：“如果有其他办法当然更好……”

“陆先生，你说呢？”我在心里暗骂了一声，转头向我的同胞求助。

陆华的脸色很不好看，应该对这种残忍的方法也很反感，但他的话却令我大为失望：“我想如果没有其他办法，我们就一定要将这件事筹划得更为稳妥一点，保证这个人万无一失……”

“放屁！”我终于忍不住跳了起来，第一次对这个自己一直信赖的人骂了一句脏话，“你们怎么保证这个人万无一失？如果我们能保证她万无一失的话，琼斯和那位可怜的小姑娘至于身首异处吗……你说呢，大师？”

到这个时候我才意识到这群人的身份，他们不是感情丰富的小说家，更不是拖泥带水的普通人，他们是一群为了探险愿意将性命交付给上帝的狂人，在这群人里要找到一个同盟，实在非常困难。

“我坚决不同意！”我的同盟者终于站了出来，他大声表示着自己的愤慨，这多多少少给了我一些欣慰，虽然只是欣慰，“这种拿别人性命去做诱饵的事情，只有那些心术不正的坏人才做的出来，如果要是非那样不可的话，我倒是更愿意等着他过来……”

不过他的话很快就被人驳斥了回去，而且是用一种很不友好的方式：“在这里你没有表态的权力，别忘了你还是一个和那个魔鬼脱不了干系的嫌疑犯，我们随时能将你抛进大海里喂鲨鱼。”科恩厉声打断了刘天杰的话，手里的枪发出更大的咔咔声。

“我也觉得这件事有损阴德，大家还是想一个更稳妥一点的办法吧！”一直静静地坐在一边听大家讨论的摩纳法师终于开口说话了，“而且，面对一个可以随意变化成任何模样，并能穿墙入室的……我们一般人能想到的防范手段可能对它来说形同虚设，到那时候，我们可能会白白牺牲一位朋友。”

“可是，除了这个办法之外，我实在想不出别的方法了。”科恩双手一摊，竟然向我们露出了一个调皮的笑容。

我瞪了他一眼，真想狠狠地给他一拳。

不知道是我们的激烈争吵使五位女性睡不踏实，还是她们预感到我们这群“歹毒”的男人正在算计她们，只见睡在两边的白枫和惠子翻了个身。这些细微的动作使中间的另外三个女孩吓了一跳，她们同时惊恐地睁开了眼睛，白枫和惠子也跟着醒了过来。

我们只好暂时结束了这个话题，互相看了一眼，将目光从她们身上逃开了。

白枫和惠子交头低语了几句，五个人一起站起了身向外走去，惠子走在前面，白枫跟在最后。她向前走了两步后，回头向我招了招手。

我起身走过去，道：“你们去干吗？”

好像是在说什么秘密，她附在我耳边说了几句话，然后就低着头跟了出去。

我心里暗暗一笑，然后招呼介川一声，跟在了她们后面。

她们是要集体去洗手间，这种事对女孩子来说多少有些难为情，但今晚是个例外。面对那么一个恐怖的魔鬼，她们也只好放开少女的矜持，找两个男人壮胆。

我和介川跟在五人的身后，离开五六米的距离，不紧不慢地走着，直到把她们送到洗手间门口，我们才站住了，静等她们出来。

二

我和介川分别站在洗手间门口的两边，他两只手插在裤兜里，我将手臂抱在胸前，都没有说话，活像两个素昧平生各司其职的门神。

洗手间里哗哗的冲水声很清楚地传进我们耳中。

介川张了张嘴，刚想要说什么的时候，里面突然传来一声低低的惊呼声。我和他对视一眼，就再也顾不得男女之防了，同时一转身蹿了进去。

我刚刚跑进里面，迎面就和一个红色的身影撞在了一起。那个身影的力气很大，一下将我顶得向后趔趄了好几步，等我凝神想要看清这个人模样的时候，它已经在门口消失了。

介川转身冲了出去，我想要叫住他，但他已经跑出了我的视线，走廊里传来一阵嘭嘭的脚步声。

我犹豫了一下，还是没有跟过去，至少这里的五个姑娘比介川面临的境地更要危险。并且我更怕这是一个调虎离山之计，等我和介川一起追出去之后，那个魔鬼会乘虚而入加害她们，这里不正好聚齐了五个人吗？

五名姑娘都已经从隔间中冲了出来，一个个花容失色，面如白纸，幸好，她们都在。

那声尖叫是惠子发出来的。这个洗手间位于一层酒吧旁边，是船舱的中间位置，里面共有六个隔间，白枫和惠子一人一边将那三个女孩夹在了中间，惠子的另一边就是那个空出来的隔间。

经过了接连的惨剧之后，惠子变得更加小心。在进入隔间之前，她曾专门拉开那个隔间的木门查看了一下，里面当然空空如也。

可是就在她蹲下来的时候，突然看到旁边隔间下面的空隙中有一只脚的阴影透过来。她吓了一跳，不过当时并没有声张，因为她知道我和介川就守在门口。

于是她不声不响地整理好衣服，探头向那条缝隙瞄了一眼。这一次看清楚了，里面确实有人蹲着。她以为是某个隔间出了故障，有人换到了这里，所以也没有很在意，只是轻轻扣了几下中间的隔板，询问对方是谁。

旁边果然传出来了回应，听起来有点耳熟，但那个尖细的声音吐出来的声音很小，她没有听清楚这个人说什么。

她想既然有回应，应该是其他四人中的一个，于是就放了心。

等她走出隔间的时候，突然发现除了自己刚刚出来的那个隔间开着门之外，其他的五个都紧紧关闭着。

她再一次起了疑心，开始挨个在其他四个隔间的木板上敲了敲，询问里面是谁，那四个人都报了自己的名字。

那第六个隔间里的人是谁?

这时候惠子有点害怕了，她本来想走出来招呼我们进去查看，但就在这时候，第六个隔间里的门又突然有了响动，门被从里面拉开了，慢慢裂开一条小缝。

她越加好奇，再加上有站在门口的我们（主要是介川）壮胆，于是蹑手蹑脚地走过去。她在距离门板很远的地方小心翼翼地伸手抓住拉手，呼的一下将门拉开了，并飞快地后退了几步。

她本想着里面或许会是自己曾经见到的那个骷髅般的恐怖男人，但她万万没想到里面居然是一名穿红衣服的女子。

而且她身上的衣衫是由于沾染了鲜血才变成这种颜色的。

更加恐怖的是，这名女子衣衫不整，被撕裂成一条一条耷拉在身上，那沾满鲜血的脖子上光秃秃的没有头颅!

那是琼斯的身体，一具没有头颅的身体!

没有头颅的琼斯不知道从哪里发出的声音，她张着两条露出森森白骨的手臂向惠子扑了过来，而且还清楚地叫了一声：“你看到我的头了吗？”

惠子紧张的神经快要崩断了,她便不由自主地叫了起来。于是我们就冲了进去。

我仔细查看了那个隔间，里面没有血渍，但刚才将我撞出老远的身影却是实实在在的。我知道，这绝非琼斯的冤魂在捣鬼，一定又是那个邪恶的弗兰克搞的恶作剧。

可是我想到的更坏的可能是：惠子已经被那个魔鬼给盯上了！。

听到这边的动静，其他人也都跑了过来，我赶紧向摩纳法师说道：“快去几个人，介川去追那个家伙了！”

三

簇拥着瑟瑟发抖的五名女孩回到驾驶舱，我们又等待了十几分钟，科恩、罗西与满脸愁容的介川才一起回来了。看着他们失望的表情，我知道他们肯定扑了空。

“她跳进海里去了。”介川说话的声音有些发蔫，显得无精打采的，“我追到甲板上，那个无头的身体就直接扎进了汪洋大海。”

大家又沉默了，只有艾维洛兹吧嗒吧嗒吸烟的声音清晰地在空气中飘荡。

“我们不能再等了！”科恩有点暴躁，他大声向我们咆哮着，“我们必须采取行动，赶紧将它解决掉，不然的话，这个家伙一定会再来的！”

介川走到惠子面前，将爱侣揽进怀里轻声抚慰着。这时候的惠子最需要安慰了，因为她自己可能也已经意识到了那个更坏的可能。

“我能不能带她回房间去？”介川用征询的目光扫了我们一眼，问。

“为什么？”科恩替大家问道。

“惠子心脏不太好，我看她需要吃一些药了，最好能在房间里安静地休息一下。”介川抚摸着惠子煞白的脸颊，满含怜惜地说。

惠子就像傻了一样瘫软在那里，要不是白枫一直用手臂环住她的肩头，她恐怕连坐的力气都没有。她的脸得就像一张白纸，没有一点血色。

“好吧。”摩纳法师微微点了点头。

于是介川将惠子半抱起来，带着她离开了我们的视线。

“惠子好像丢掉魂了！”陆华不无忧虑地自言自语道。

“还是去几个人在门口守着，现在不能再出意外了。”法师轻声说着站起了身，跟在介川两人后面走了出去。

一直表现得十分谨慎的艾维洛兹这次居然积极起来，不等其他人有什么动作，他已经按灭烟斗，跟了上去。

接着是我和科恩。陆华与其他几个人留在了驾驶舱，虽然古洛博士和罗伯船长正在隔壁指挥船员加速行驶，但两室之间的墙壁隔音效果很好，如果这里发生了什么变故，尽管只有一步之遥，他们也不会立即赶过来，这里还需要留几位男人守着。

摩纳法师和艾维洛兹走得靠前一些，我和科恩与他们离着四五米跟在后面。我看他两手空空，手里的枪不知去了哪里，于是调侃道：“你的宝贝呢？”

科恩摊了摊手，一副无可奈何的样子，但我却不知道令他感到无奈的是什么。他没有回答我的问题，而是趴在我耳朵上低声说：“咱们不要跟着他们了，我带你去一个地方，但你必须保证一切听我的才行。”

“你要搞什么鬼？”

“这你不要管，你必须向我保证。当然，我也可以向你保证，我们做的事情绝对比守在门口要有趣得多。”

“你是指抓到那个家伙？”

科恩自信地向我点点头，神色变得异常神秘：“咱们这次十有八九能抓到它，只要你保证听我的，而且还要无条件地服从才行！”

我不害怕冒险，这个危险最好是直接冲我来的，而不是我更在乎的其他人。所以，科恩的“邀请”我没理由拒绝。

“只要你没有发神经，我愿意接受这个条件。”

“好的！”科恩向我做了个 OK 的手势，带着我向另一个方向走去，“现在闭上你的嘴，不要问为什么，也不要发出任何声音，就当自己是一条只带着耳朵和眼睛的警犬就可以了。”

他这些话多少有点侮辱的意思，我听着心里很不痛快，但还是忍住了。

跟着这个趾高气扬的白人冒险家，我们不一会儿就找到了一个上下舱的通道口。他连停都没停就直接钻了下去，我只好亦步亦趋地跟着。

这是两层船舱的下面一层，也就是我们发现刘天杰的那一层。科恩心里好像已经完全盘算好了，在走下楼梯之后，毫不犹豫地顺着走廊向一边走去。

我不知道他要带我去哪里，也不知道他的方法是什么，心里疑云重重，只是默不作声地跟着。

向前走了几分钟，这个家伙终于停下了脚步，附在我耳边告诫：“我知道你是一个很难缠的家伙，但一定要记住你刚才的许诺！”

我厌烦地瞪了他一眼，科恩再次做了个 OK 的手势：“好的，好的，我也闭嘴，我知道自己挺招人烦，可也是为了我们大家……”

在自言自语的同时，科恩伸手将走廊一边的一扇门轻轻推开了。

这是一间普通的舱室，和我们所居住的一般大小，但里面一片漆黑，尤其是在科恩将门轻轻关上之后，这里更是伸手不见五指。

我想摸索到墙边将灯打开，却被科恩中途拽住了：“记住你说的话！”他的声音压得很低。

不知道他从哪里捣鼓出一条荧光棒，轻轻晃亮了，湛蓝色的光晕把我们的脸孔都映照成了蓝色，像是两个半夜里出来捉鬼的钟馗。

科恩示意我和他一起爬到桌子上，然后我们就蹲了下来，静静地对视着。

因为船舱的空间有限，又分成了上下两层，每一层的高度不足三米，我们站在桌子上之后，只能蹲下来才不至于撞到天花板。

我疑惑不解地用眼睛向他询问，这个可恶的美国人一副搞怪的样子，冲我神经兮兮地傻笑着。

我只好转回目光，去查看离自己脑袋很近的天花板，竟然发现位于我们头顶正中央的天花板，不知道什么原因有一条细小的空隙，隔开了一个一米见方的四方形，看那木屑的痕迹，好像是刚刚被切割出来的。

再回头想想我们刚刚走过的路线，我突然明白了科恩的目的，不禁向他伸手指了指。

科恩做了个悄声的手势，然后指指头顶，示意我不要声张。果然，不一会儿，头顶就传出细微的声音，那是两个人的对话声。

四

“三片够吗？”介川的声音很轻地传过来，隔着一层木板，听起来有点发闷。

“……嗯。”惠子的声音也在十几秒后有了响应，却只是死气沉沉地嗯了一声。

“我给你倒杯水？”

“嗯……”

然后是咯咯吱吱的脚步声闷声闷气地传过来。

过了一会儿，介川的声音再次响起：“现在我在你身边，你不用害怕它了。你睡一会吧！我就守在你身边，半步也不离开。”

“我怕我一躺下就再也醒不过来了。”惠子的声音有点打颤，而且还带着一种绝望的味道。听在耳中，我感觉到心里有点发酸。

“怎么会？我发誓不会离开你半步的……”

“你还爱我吗？”

“当然，我一直都爱着你。”介川信誓旦旦地回答。

“还记得我们第一次见面时的情景吗？”

“那是很久以前的事了……”

“那时，我刚刚过了十九岁生日，在吉野山的樱花谷中和几个同学观赏樱花。那是多么漂亮的樱花啊！迎着阳光，像是一个个舞动身姿的仙女。当时我们沉醉在烂漫的樱花中，都忘记了自己的存在。我都觉得自己马上就要变成一朵随风飘飞的樱花了……还记得我当时穿着什么衣服吗？”

“当然，当时……”

“那是我妈妈特意为我定做的一身白色的长裙……你说我穿上那条长裙比樱花还要美丽。”

惠子完全陷入了自己甜蜜而伤感的回忆中，重温着他们相识到结婚的经历。她接着说：“你是一个有远大抱负的人，我的介川嘉男将来会成为一个世人瞩目的大探险家。作为你的女人，我愿意默默地守在你身边，无论什么时候，无论什么情况，我都听你的。可是……可是……我恐怕等不到那一天了！”

“惠子，不要说了，我们还没到绝望的时候，我会不惜一切代价保护你的……”

听着这对恋人如同生离死别的悲戚交谈，我早已经待不住了，心里更是不止一次地后悔跟着科恩来干这种无聊的事情。偷听情人之间的私密话本来就不是一个堂堂正正的男人应该干的事情，尤其是在这种危机四伏的情势下，我怀疑科恩心理有点不正常。

看来惠子真的被内心的恐惧压得有点精神失常，她就这样不停地述说着自己和介川的甜蜜往事，直到说累了，困意袭来，才慢慢没有了声息。

惠子的声音消失的时候已经是我们蹲在桌子上一个小时之后了。我心里烦躁到了极点，几次向科恩使眼色离开这个尴尬的地方，都被他粗暴地拒绝了。我都想自己走回去，又怕不小心弄出响声让介川发觉后彼此尴尬。

上面只有笃笃的脚步声敲击着我们的头颅，又过了半个多小时，介川终于停止了来回踱步，一声沉闷的叹息声传了过来。

这声叹息有点奇怪，因为这声音中不但有不舍和怜惜，好像还有一种莫名的愧疚。他在愧疚什么？难道是因为自己没能保护好自己的女人而感到愧疚吗？

接下来有窸窸窣窣的声音传来，然后是惠子轻轻的呻吟和啜泣声。我听到这熟悉的呻吟声，心里突然猛地一沉。

我想我的脸色也起了骤然的变化，因为科恩十分警觉地向我做了个悄声的动作，看着他严肃的面孔，我突然意识到我最不想看到的事情正在上演。

或许，那个带着惠子离开的介川并不是介川，刚才在和惠子情意绵绵地说情话的人就是我们一直在千方百计躲避唯恐不及的弗兰克！

可是，科恩是怎么瞧出来的？我头顶的那块被切分开的正方形很显然是刚刚弄出来的，是否正是科恩在寻找介川的间隙里的杰作？要是那样的话，科恩肯定早就知道了这个介川的假冒身份，那么我面前的这位长相有点可笑的家伙心里的阴毒可想而知！

想到这里我脊背上冒出了一层冷汗。和一个这样的家伙一起行动，我们每个人的安危都成了极大的问题。可是，介川呢，他去了那里？难道他已经被弗兰克轻而易举地解决掉了？

我必须马上行动起来，如果刚才的估计没错的话，惠子的下场完全可以预料。我不能眼看着一个柔弱的生命就这样在我面前葬送掉。

科恩可能看出了我的想法，所以他不等我站起身，就已经用两只粗壮有力的大手紧紧箍在我两条手臂上，恶狠狠地瞪着我。

他的这个举动更加固了我刚才的猜测，他果然早就看出了介川有问题了！

于是我挣扎着要站起来，科恩也探出了身子，几乎将全部力量都压在我身上，两条钢索一样的手臂更是紧紧地环住了我。

我恼怒到了极点，对这种卑鄙的奸诈小人，我也没必要信守什么狗屁诺言，所以我使出了全身的力气，艰难地伸出一条腿，狠狠地顶在他小腹下面，然后趁着他浑身一哆嗦，一拳打在他脸上。

科恩被我两下重击，再也站不住了，身子一翻摔了下去。发出哐当一声响，整个身子结结实实地摔在地板上。

响声肯定惊扰了上面的那个家伙，耳边传来一阵急迫的窸窣声，我狠狠地挥动拳头，一下子将那块未完全割断的正方形木板撞开了。

就在这时，一声清晰的枪声在我耳边响了起来！

五

我以为是恼怒的科恩对我下了黑手，但枪声响过之后，我却没有感到身上那个地方被打中了，只站在当地呆了呆，突然意识到枪声是从我头顶上传过来的。

我往上一跳，双手撑住破洞周围的木板，身子纵了上去。

眼前依然是我最不愿意见到的鲜血，从床上流淌到地板上。

血泊中躺着一个不停扭曲的身体。我瞄了一眼，那不是惠子的，而是一个男人，从它痛苦的扭曲到一块的脸孔和几乎缩在一起的蓝色瞳孔来看，这个家伙应该是那个叫弗兰克的恶魔。

在它身边站着一个表情严肃的青年，他手里拿着一支手枪，冰冷的瞳孔中发射出死神般的光芒，他对着还在地上扭曲的身体又射了四抢，弗兰克的手脚就痉挛成了古怪的形状。

那人缓缓抬起头来，冰冷看着我的眼神，像是两只随时都会射出子弹的枪口——是介川嘉男！

科恩从我身后冒了出来，还有撞门而入的摩纳法师和艾维洛兹。

介川冰冷的目光在呆若木鸡的几个人脸上缓缓扫过，然后把枪丢在了血泊中，声音变得极其无力：“将这个魔鬼带走吧，一切都结束了。”

然后他回头看向躺在床上一动不动的惠子，平静地说道：“请帮我们将门带上，我想和惠子单独待一会儿。”

科恩首先行动起来，然后艾维洛兹也加入进去，两人将倒在血泊中不停抖动的弗兰克押出了房间。摩纳法师轻轻拍了一下我的肩头，叹了口气，神色悒悒地走了出去。

虽然我不该向床上再看一眼，因为惠子正一动不动地躺在那里，沾染了许多血污的白皙身体上一丝不挂，但我还是禁不住转过了头，因为我多么希望惠子还活着。可床上的惠子显然已经死了，四肢伸得笔直，本来无比漂亮的眼睛睁得圆鼓鼓的，透着彻骨的绝望。

我叹了口气，无力地走出了这个令人伤心的房间，并轻轻为他们关好了房门。

身中五枪的弗兰克并没有变成一具尸体，它还能发出呻吟声，身体也在不停地抖动着。

科恩和艾维洛兹在大家的帮助下很快钉好了一副十字架，然后洞穿它的两只手掌，把它赤条条地钉在了十字架上。

所有人都恐惧地站在它面前，看着这个可恶的男人，只有我和摩纳法师站在人群外面，默然不语。

“这到底是怎么一回事？”我向法师看去，不解地问。

摩纳法师的脸上挂着一丝十分难看的苦笑，他摇了摇头：“这件事怎么发生的我也不知道，其实我比你知道得更少……不过，我估计这个恶魔落入一些人为它设下的陷阱里了。”

“科恩肯定是这个阴谋的一分子！”我咬牙切齿地说。

法师转头看了我一眼，问：“你恨他？”

“我恨所有用别人的生命来达到自己目的的人！”

“别忘了，介川也是其中之一。”他叹了口气。

“我实在想不到他会拿自己的爱人去做诱饵。”我惋惜地叹了口气。我实在无法想象，介川是如何做到藏在暗处安心的听自己的爱人在恶魔的蹂躏下发出痛苦呻吟的。如果换作我，我会不顾一切地冲出去和那个魔鬼拼命，但介川却忍住了。

想到这里，我也突然明白了惠子临死时说的那些动情话的含义了，当时我以为惠子神经错乱了，但这时我终于明白了，其实惠子比任何人都更清醒。作为一心爱着介川的温顺女孩，她比任何人都更早地知道了那个介川的真伪，她也立即意识到自己将要到来的命运，甚至于她可能已经发觉了介川的藏身之地。她那些听起来让人感动的回忆与其说是在追忆自己甜蜜的感情，不如说是在无力地抗争。她想以此打动那个藏在屋子里自己深爱着的男人。可令她失望的是，那个男人并没有出来救她，而是等待着她在奄奄一息的时候冲出来当一位英雄。

现在，我完全理解惠子脸上凝固的绝望了！

我无意于去评论别人行为的善恶，但我却为惠子感到惋惜，她爱上了一个有远大理想的男人，可是这个男人却把她当成了一块实现理想的垫脚石。

虽然这很让惠子伤心绝望，但她却无怨无悔地接受了这种命运。我想她死的时候一定是心甘情愿的，因为她自始至终都没有点破假介川的身份，为了成就爱人的理想，她宁愿牺牲自己。

惶恐了一晚上的人们终于可以安安心心地吃上一顿饭，舒舒服服地睡上一觉了。大家将宴会搬到了甲板上，就在那个被钉在十字架上的弗兰克脚下开怀畅饮。

白枫心情很低落，她一个人坐在远离人群的地方，望着茫茫大海发呆。我好几次过去安慰她，都被她驱赶到了一边。她说自己想一个人好好静一会儿，我只好退到一边，和摩纳法师坐在一块望着大海发呆。

科恩脸上还留着我那一拳的印记，但他好像并没有记我的仇，酒气熏熏地走过来拉我去跟他喝一杯，但都被我冷声拒绝了。如果他再来烦我的话，我会在他另一边脸上补一拳。

就在大家欢庆这场与魔鬼的战争取得胜利的时候，介川抱着惠子的尸体从船舱里缓缓地走了出来。

大家都停止了自己的动作，向这位为了大家甘愿牺牲自己爱人的英雄默默地表达着敬意。

介川对大家的目光视若无睹，他像是行尸走肉一样，迈着僵硬缓慢的步伐，从人群中走过。大家为他让出了一条路，一条通向大海的笔直大道。

惠子像是睡着了一样依偎在介川怀里，扑散开来的秀发在海风中微微飘荡，身上洁白的长裙盖住了她迷人的身体。

这时的她是这条船上最美丽的女人，也是最让人黯然神伤的一个。

白枫默默地站起来，几乎快抽泣出声了。

介川抱着惠子柔软的身体走到了船头，低头在惠子毫无血色的嘴唇上吻了一下，又用细长的手指将拂到她洁白脸颊上的散乱秀发撩到脑后。他怔怔地看着这张秀美的脸颊足有两三分钟，终于一抬手臂。惠子的长裙在风中飘舞得像是美丽的樱花，但却只是一闪而逝，然后咚的一声轻响，她和我们永远分别了！

科恩歪歪扭扭地迈着螃蟹步走过去，看来是想去安慰介川几句，但却被对方一甩手推到了一边，差点摔了个大跟头。

介川好像一头愤怒的猎豹一样，亮出他致命的武器——一柄雪亮的匕首，向自己的猎物冲去。

十字架上的那个恶魔正在目送着惠子的身影不停地颤抖着，像是在伤心地哭泣，完全没有注意到介川正恶狠狠地向它冲来。当然，就算它看到了也没有用，十字架已经将它的灵魂禁锢在了审判柱上，它只能听天由命。

六

其实就在大家把酒狂欢的时候，有一个人却一直叼着烟斗站在弗兰克面前，和他对视着。我想面对昔日的情敌，艾维洛兹一定有许多话要说，但他只是默默地站在弗兰克面前，目不转睛地盯着对方的眼睛，可能有些话，单用眼神就能表达明白。

这时候介川红着眼睛冲了过去，艾维洛兹犹豫了一下，还是为这个暴怒的男人让出一条道路。

介川冲到弗兰克身边，匕首在甲板上的明亮灯光下划过一条弧线，十字架上的恶魔身体猛然一颤，发出一声人类的惨叫。它右边的大腿上立即迸出一片血花，有什么东西掉落在甲板上，黏糊糊的。

“这一刀是爱德华给你的！”介川恶狠狠地说道。

“介川君……”

艾维洛兹在旁边轻轻叫了一声，但却又被一声更凄惨的叫声掩盖了下去。弗兰克左边大腿上也同时出现一块血淋淋的缺口。

“这个是琼斯的！”介川神经质般喃喃自语。

科恩与大卫同时扑到了介川身边，将这个暴怒的矮小男人拉到了一边。

“介川君，我知道惠子死了你很伤心，其实我们大家都很伤心。但是，你要冷静一下，我们还有很多疑问没有搞明白，它现在还不能去向它的主人撒旦报到，OK？一切交给我，我会处理好的！”科恩拍着介川的肩膀，像在安慰自己任性的孩子。

他转过头，将酒杯里剩下的半杯白兰地泼在了恶魔大腿上，得意洋洋地叫道：“看到了吗？我们人类有很多种办法来惩治魔鬼。现在，你有两个选择，第一，与我们合作，如实的回答我们的问题；第二，继续顽固到底，如果你想见识一下我们的手段的话。”

十字架上的弗兰克俯视着科恩，突然咧开嘴，露出一个迷人的微笑——那真是一个迷人的微笑，如果它的脸没有被血污蒙住，它金黄色的头发依然柔顺地被梳理在脑后，那么这个微笑恐怕要迷倒所有清纯少女。

“笑什么？你以为我们会同情你吗？你以为你的主人会来拯救你吗……我们现在考虑的，是让你痛痛快快地死掉，还是让你受千刀万剐的酷刑……对了，这种酷形还被东方人赋予了一个很诗意的名字——凌迟，哦，多么富有想象力的称呼！”

这时候我和摩纳法师也已经站在了弗兰克的面前，我确实想知道关于这个恶魔的一些事情。

“你们想知道什么？”弗兰克用平静的眼神盯着我们问。

“你的名字？”科恩搬过一把椅子坐下，一边拿着酒瓶往杯子里倒着酒，一边开始了自己的拷问。

“他没有告诉你吗？”弗兰克向艾维洛兹转了转头反问道。

一杯白色的液体再次被泼到了弗兰克另一条受伤的大腿上。科恩的声音变得更加得意：“我现在是问你！”

弗兰克被大腿上火辣辣的疼痛刺激得扭成一团，连说话的声音也变得断断续续起来：“卡尔……弗……弗兰克……”

“国籍！”

“英国……”

“年龄！”

“32岁……”

“慢着！”艾维洛兹突然插话问道，“你多大？”

弗兰克转头向艾维洛兹瞥了一眼，脸上露出苦笑：“艾维洛兹，难道你不知道我的年龄吗？我们在梅尔家第一次见面的时候，我曾经自我介绍过。”

“可是，那已经是十年前的事情了！”

“十年前？”这次换成弗兰克满脸的疑惑了。它怔怔地看着艾维洛兹，“这怎么可能？”

“你和梅尔已经消失了整整十年了……”

“不可能！”弗兰克断然大叫起来，“你在骗我，现在不是1999年吗？这个晚上我记得清清楚楚，我们只是刚刚离开那艘游轮……”

“可是，梅尔呢？”艾维洛兹紧追着问道。自我见到他以来，第一次见到他脸上露出如此紧张的表情。

弗兰克被问住了，脸上的神色显得无比茫然，它小声地喃喃自语：“梅尔，梅尔，我亲爱的梅尔去了哪里呢？”

科恩回头向大家做了个鬼脸，然后滑稽地耸了耸肩头：“这个谁知道，或者被你送给你的主人做玩偶了吧！”

艾维洛兹并没有对科恩发作，只是冷冷地扫了他一眼，转头继续着自己的问题：“当时到底发生了什么事？”

弗兰克眉头紧皱，一脸茫然，声音中也蕴含着无比的失落和不解：“当时……当时，我和梅尔打算冒险去那座小岛，想提前见识一下那座美丽的珊瑚礁，据说它精致得比空中楼阁还要叫人心醉。我们都等不了了，于是就划着小船向那里进发。可是我们一直这样划着，划着，不知过了多久，等我回头的时候，突然发现梅尔不见了……”

“突然发现？”艾维洛兹诧异地打断了他的话。

"是的，突然发现的。因为我们一直在说着话，没有停过。可有一会儿，她突然没有了声音，也就半分钟的时间，等我回头看时，船上就剩下了我一个人，我以为她在跟我开玩笑，你知道她一向这样顽皮。可是我找遍了船上的所有地方，却没有发现她的身影，直到这个时候，我才醒悟过来，因为我们所乘坐的那条小舢板也不见了，我独自一个人坐在一条比小舢板大好几倍的木帆船上……"

"胡说八道！"科恩大喝起来，"你认为我们都是一群傻瓜，被你三两句话就能骗过去？看来你真的是不想合作了，介川君，你可以继续为你的惠子报仇了。"

介川就站在科恩旁边，但却好像没听见他的话，只是阴沉着脸，狠狠地盯着弗兰克，像是要将它生吞活剥了一样。

其实我对弗兰克的话也感到无法理解。按照它的这个说法，它在太平洋上整整漂浮了十年，而且在它的意识里根本就没有这十年的概念，它一直认为这时还是那个它和梅尔孤帆夜行的晚上，这怎么可能？还有那条无缘无故消失的小舢板，一个人怎么可能没有任何知觉地被从一个地方转移到另一个地方？

如果是这样的话，那么弗兰克可能真的是一个灵魂，因为灵媒界有一种观点，灵魂是没有时间概念的，它们总是生活在自己死亡的那个时刻。

可问题是，如果说这个被钉在十字架上的东西是溺死在太平洋中的弗兰克的灵魂，那现在我们眼前这具活生生的躯体就不是真实的存在。可是我们都看到了这具躯体，它正被赤条条地钉在十字架上，流淌的鲜血是那样真实，冲鼻的血腥气是那样令人作呕，而且，鬼魂有痛苦吗？

科恩讨了个没趣。只见他从腰间拔出匕首，怒叫道："看来介川君送给你的两个窟窿并不管用，那么我再送给你一个，这次我要在你肚子上扎上一刀，然后扯出你的肠子……"

我看他真的站起来向前走，不禁有点恼怒起来，将他手里的匕首夹手夺过来，这个笨拙的家伙在东方灵巧的"空手夺白刃"搏击术面前，只能无可奈何，然后轻轻一甩，将匕首端端正正地钉在了弗兰克头顶三四公分的十字架上。我看着科恩涨得通红的脸孔冷冷地说："科恩先生，我看你是喝醉了，好好休息一下吧！"

"你……"

我趴在他耳边轻声威胁道："如果你再胡搅蛮缠随便打岔的话，我就将匕首钉在你最要命的地方。"

科恩领教过我的身手，他显然不是我的对手，所以他忿忿地瞪了我一眼，气呼呼地坐回到椅子上，对着瓶子喝起了白兰地。

拷问就此中断，不是因为科恩的捣乱，而是艾维洛兹陷入了沉思。可能他和我一样，无法想象出弗兰克为我们描述的情景，而且我想他更忧心的是梅尔的下落。他可能早在十年前听到那个噩耗时，就说服自己相信梅尔已经葬身大海，但当他亲耳听到弗兰克的讲述之后，一个侦探不该有的侥幸心理可能正在动摇他的这种信念。

“那么，你表现出的这些超能力是谁赋予你的？”一直在默默倾听的摩纳法师打破了沉寂，缓缓地问道。

也许这家伙确实把我们当成了一群傻瓜，因为它在听到法师这个问题之后，脸上的疑惑比刚才还要夸张，张大了嘴巴反问：“超能力，什么超能力？”

“就是你刚才摧残那位漂亮小姐的生命时所表现出来的超能力，还有你的‘易容术’和‘穿墙术’。”我代替摩纳法师向它解释说。

弗兰克保持着自己的夸张表情，迷茫的眼神从我们脸上缓缓扫过，可能他对我所说的这些感到难以置信，它想要在大家脸上证实我不是在讲谎话。最后它将目光转到了我脸上，用无比虚弱的声音喃喃说道：“这是真的？”

“是的，在场的所有人都亲眼目睹了你的超常本领，不然我们也不会把你钉在这里。”我点了点头，直视着它的眼睛。从这两只迷人的瞳孔里，我看到了绝望和失落，但却没有谎话得逞的得意——如果它的掩饰技巧不是深不可测的话。

弗兰克一直强打的精神顿时散了，像是一只泄了气的皮球，绝望地和我对视着，声音更是沮丧到了极点：“我明白了！”

“什么？”

“我一直以为自己还是一个活人，只是在大海中失去了自己的恋人，我一直在寻找她，可是现在我终于知道我寻找的是什么了。”

它的话越来越古怪，我越来越听不明白了，但还是继续问出了那两个字：“什么？”

“真相！”弗兰克被血污沾染的略显狰狞的面孔挂着一丝苦笑，绝望的苦笑，“我一直在寻找的只是一个真相，我想现在我该回到自己应该回到的地方去了。”

他说完，头就无力地耷拉了下去，如同真正的一具尸体，当然，他现在还有生命，可是却没有了支持生命鲜活下去的理由。

“重生是什么意思？聚齐五颗头颅又能做什么？”科恩大声问道，这个问题是他今天晚上说得最靠谱的一句话。

弗兰克只是一动不动地悬挂在空中，将直挺挺赤条条的身体展现在我们面前。

“他已经死了。”摩纳法师叹了口气，缓缓地说。

“不要装傻！”暴怒的科恩将所有的怨愤都发泄到了这个十恶不赦的杀人恶魔身上。他倒出一杯接一杯的白兰地洒到弗兰克的伤口上，甚至于他将瓶子打碎在甲板上，用钝拙的玻璃碴子去切割弗兰克身体上更敏感的部位，但这具尸体还是一动不动地悬挂在我们面前，像风干的一块腊肠。

“结束吧！”法师语重心长地说道，声音中带着无尽的怜悯。

在摩纳法师说完这句话的时候，执行这项任务的介川已经走了出来，紧紧攥着雪亮的匕首向他的仇人缓缓行去。

我看到法师已经从人群中神情黯然地退出去了。他站到靠近船头栏杆的甲板上，目视东方，那里正有一丝朦胧的曙光升起。血腥而恐怖的夜晚终于要到头了，可是我分明感受到他心头的沉重并未缓解，反而更加沉重。

残酷而血腥的审判时刻终于来临了，介川是那个刽子手，科恩成了帮凶，他们确实履行了自己的诺言，在法律没有覆盖的大海上，用两只闪着寒光的匕首在弗兰克身上不停地划来划去，虽然不是凌迟处死的酷刑，但却也毫不逊色，他们正在往下剥一张人皮！

弗兰克没有发出痛苦的呻吟声，只是身体在条件反射地收缩颤抖着，这多少让两位刽子手失去了某些乐趣。这个猎物没有发出声嘶力竭的凄惨呼叫，这和剥一只兔子没有任何区别。

很多人都离开了甲板，只有几个乐于欣赏残酷之美的奇人留了下来，当然这不包括我和摩纳法师，也不包括艾维洛兹，因为他正拧着眉头想自己的心事。等到他意识到自己的昔日情敌正在被人用匕首向下扒皮的时候，不知道是出于报复还是怜悯，他将好几瓶醇香的白兰地都浇在了弗兰克血淋淋黏糊糊的身体上，然后将一根火柴扔了上去。发着滋滋声响的火焰立即将东方海天交界的那抹曙光掩盖了下去。

焦煳的味道令我不由自主转过头去看火焰中的这个恶魔。它的生命力很顽强，因为它从腰际往上的部分都变得一塌糊涂，可它还没有断气，在滋滋响的火焰中微微颤抖。

可就在这个时候，它的身体突然出现了某种急速的变化，刚开始我以为是火焰蒸发掉它身体的水分造成的，可一转念就发现不对，因为它本来鼓鼓囊囊的身体突然一下子收缩了进去，焦黑的身体瞬时间变成了一具骷髅架子。更令我感到震惊的是，这具骷髅架子突然在这时有了某种猛然的反应，我看到它抬起了头，干瘪的眼眶中那两颗如同玻璃球一样的眼珠突然闪现出一抹恍然大悟的光彩。

这无疑是回光返照，在这弥留之际，它似乎想到了什么！

我心里猛然一动，刚想要去做些补救措施的时候，摩纳法师已经飞身扑了过去，一张鼓满空气的长袍瞬时盖在了那具焦尸上。

但混杂着酒精和人体油脂的火焰哪是那么容易就被扑灭的？不一会儿，火舌就从长袍里探出了头，然后很快蔓延开来，重新恢复了燃烧，连同法师的长袍，一起烧成了灰烬。

在火焰缓缓熄灭的时候，黑夜也完全过去了，海天之间托出一轮红彤彤的圆球。太阳重新将光明带回人间，希望它能驱散弗兰克残留在我们心里的阴霾吧！

我暗自祈祷着，可是在我走下甲板，打算下去安安稳稳睡一觉的时候，却突然意识到，在这个刚刚过去的恐怖夜晚，我们失去了四位战友，而现在，我们离要寻找的狗屁大陆还有七天左右的行程！

我在胸前恭恭敬敬地画了一个十字。啊！我从不信仰的上帝，这一次，但愿你无上的慈悲之心保佑我们在接下来的七天里能平安度过吧，阿门！

第九章

地狱幽光

一

我躺下来之后没能如愿入睡，老是迷迷糊糊地处于半梦半醒之间，刚一闭上眼睛，脑海中就浮现出那一幕幕惊心动魄的血腥画面，而且比现实中所见到的更加恐怖。我甚至梦到弗兰克从灰烬中爬了起来，变成惠子所形容的那个样子，露出森森牙齿的大嘴附在我耳边说着什么，可那声音太小了，好像蛆虫蠕动一样，我无法听清楚他说的是什么。

只迷糊了不到四个小时，我就突然醒了过来，白枫正黑着眼圈冲我勉强微笑。

在我和白枫重逢之后，经过这几个月的相处，我们的关系已经非常亲密——甚至比在另一个世界里还要亲密。我不知道这是不是恋爱期间荷尔蒙分泌旺盛的结果，但我们确实达到了无话不谈的地步。在我们之间没有秘密，也不需要秘密。

但当我头痛欲裂地从床上爬起来的时候，我突然觉得我们之间变得有些陌生。我失去了在她脸颊上亲吻一下的冲动，白枫也一样，她没有过来捏着我的鼻子骂我是一只嗜睡如命的懒虫。甚至于在我们坐下来开始吃饭的时候，我不晓得这算是早餐还是午餐，只一晚上的时间，我们平素的生活规律就被打破了，气氛依然保持着这种沉闷压抑。

我只好草草吃了饭，走到甲板上去透透气。

很多人起得比我还早。科恩他们正在甲板上吹着海风玩牌，介川和摩纳法师相隔十几米的距离，站在栏杆边向大海中眺望。

我踱到牌局旁边看大家游戏。几个人还像以前一样谈笑风生，拿科恩取笑，但我看了一会儿就觉得兴味索然了，因为这种谈笑风生背后没有了昔日的轻松诙谐，每个人好像都假惺惺的，看不出一点真诚。

弗兰克的尸体已经化为一堆灰烬，随着海风飘进茫茫大海，但它种下的邪恶种子却在飞速地生根发芽，从每个人的心里探出了头。

刘天杰站在摩纳法师和介川中间，木雕一样望着大海发呆。

“早啊！”我轻轻地走到他身边跟他打招呼。

“早！”刘天杰转头看了我一眼，带着一丝大男孩的羞赧冲我笑笑。

他又向我笑了笑，伸手指了指面前的大海：“你看大海多漂亮！”

此时太阳已经升了起来，一望无际的太平洋泛着点点金光。我们像是置身于一座恢弘磅礴的聚宝盆里，在我们的脚下，是无穷无尽的金银财宝：“美丽的东西背后通常都隐藏着很多危险，也正是这无处不在的危险，才更显示出了它的美丽。”

“你说得真好，像是哲理一样！”刘天杰由衷地称赞道。

“这可不是我说的，我只是拾人牙慧罢了。”

“我知道你，还没有出国之前就听说过。”

“我是一个作家！”我用调笑的口吻给自己贴着标签。

“但却是一位用身体写作的奇人！”

我有点哑然失笑：“这个褒奖我可担当不起，我甚至不知道你是在称赞我还是在挖苦我呢！”

“当然是称赞，就算想挖苦我也不够资格……现在的文学实在很令人失望，大部分作家都在异想天开地编织着不着边际的故事，以愚弄读者为最大的乐趣，有许多小说，我看了之后几乎要将它们付之一炬！”

“所以你才到美国研究西方文学？”

“这是一个原因，另外我觉得中国文学太封闭了，缺少世界因素。我们的作品和其他民族的文学作品完全是两种概念，我认为这也是中国文学之所以无法跻身于世界文学之林的一个原因。”

关于文学的话题我们聊了很久，在这条气氛越来越压抑的航船上，这次无聊的空谈却使我感到轻松了一些。

接下来的几天里，我基本上都是在站在甲板上和他闲扯中度过的。白枫和我有了些疏远，我知道症结所在，但我不想去打扰她，让她自己一个人安安静静地好好想想。其实隔阂不止在我和白枫之间存在，我和一直十分信任的陆华之间也产生了这种可怕的阴影，至于其他人就更不用说了，而且这其中还有两个人是我连看一眼都觉得浪费的。在此期间，和我关系得到进一步加深的只有艾维洛兹和刘天杰，前一个因为向我讲述了心底的秘密；后一个因为与这件事八竿子打不着的文学。

但这种无聊而美好的时光并没有维持多久，在我们把弗兰克烧为灰烬的第四天，另外一件意想不到的事情发生了。

二

那是一个天气晴朗的午后，当时我们正围在一起钓鱼。科恩是我们这些人中最活跃的一个，所以执杆垂钓的任务就落到了他的身上。他也很乐意接受这项任务，这对于在爱德华遭遇不幸后，一心想代替他领导地位的科恩来说，多多少少能得到一点遐想的空间。

从深海中钓鱼不比在淡水湖中垂钓，这里不但广阔得一眼望不到边，而且深邃得令人恐惧，别说鲨鱼，只要我们的钓竿足够结实，就算有一条鲸鱼援线而上也丝毫不稀奇。

大家的兴致都很高，多日不见的兴奋光彩在每个人脸上绽放，大家围在科恩身边，盯着海水中不停抖动的鱼漂发挥着各自的想象。

第一杆我们如愿以偿地钓上来一条鲐鱼，它被科恩像甩炸弹一样啪的一声扔到甲板上。它在大伙儿兴奋的欢呼声中做着垂死挣扎，发出一阵噼噼啪啪的响声。

得意洋洋的科恩垂下了第二杆，但很不幸，这一杆钓上来的是一只奇丑无比的黑色怪鱼，比那条鲐鱼大了足有一倍。它从我们头顶“飞”了过去，宽大的侧鳍展开来，像是一只硕大的蝙蝠，睁着一对阴森森的空洞眼球，同时瞧着我们每一个人。

这条怪家伙被丢在离那条鲐鱼两米开外的地方，在甲板上哧溜一下滑了出去，并在撞上那条鲐鱼的时候，张开一张长满稀疏“铁钉”的嘴巴，一下就把鲐鱼吞进了自己肚里，然后在甲板上不停地打着转，仿佛在向我们炫耀一般。

这可惹恼了一直不停流口水的韩成殊。他三两步跑过去，抬脚就向这条可恶的“强盗”踹去。但这家伙灵活地在甲板上滴溜溜一转，就躲开了韩成殊的致命一脚，并趁机跳起来咬住了他的小腿，疼得这个韩国小子啊的一声叫了起来。

科恩再一次向我们展示了他引以为傲的射击技艺。只见他一转身，用左手持枪射出了一发子弹，干脆利落地将那个丑陋的家伙打爆了。一片黏糊糊的黑色汁液四溅开来，我脸上也被溅上了一滴，赶紧伸手抹了下来，它糊在手掌上像是一把鼻涕，看得我完全失去了食欲。

科恩吹了吹枪管，将枪插回腰间，然后继续钓鱼。

可是老天爷好像专门要跟我们开玩笑，在鱼漂第三次沉下去之后，科恩拖上来的居然是一只接近一尺长的大海龟。

那又是一只异种。它的贝壳凸凹不平，上面好像雕刻着一些若隐若现的怪异纹路，看起来像是佛教的“卍”字符号，但并不规则，也不是很清晰。如果你不运用自己的想象力，很难辨认出它们歪七扭八组合成的是这个图案。

这个图案绝对是天生的，没有人为雕刻的痕迹，如果是人为雕琢的话，那才真正令人震惊呢！而且这个家伙和刚刚被打爆的那条鱼好像有亲缘关系，因为它的小脑袋像是生了癞子，疮口不停地往外渗着白乎乎的液体，看得我直犯恶心。

“快将它丢回去！”不知道是谁厌恶地叫了起来。

那只海龟咬着鱼钩在空中画了一个圆圈，被甩了回去。科恩不失时机地在它那颗奇丑无比的小脑袋上补了一枪。那家伙来不及缩头，就溅起一阵血花，落回海中，迅速地沉了下去。

“我们是不是闯进什么不该来的地方了？”罗西蹙着眉头自言自语道，“这里的动物怎么看着都那么古怪，我可从来没见过。”

“那你见过什么？”大卫带着几分讥讽反问道。

“我是说，这片海域好像被污染了，这里的动物都出现了变异。”

“嘿嘿……”大卫咧嘴一笑，“不要以为只有人类才能控制其他生命，其实我们也是被控制的一种。”

“看来上帝有恋丑癖！”科恩耸着肩膀调侃道。

大卫好像很讨厌科恩这种全无敬畏的调侃态度，他恼怒地瞪着科恩大叫起来：“不要信口胡说，上帝会生气的。现在我就来告诉你们，我们遇到这些稀奇古怪的生物是什么。”

他说得极其认真，我不由得产生了好奇，紧跟着问道：“什么？”

大卫转过头来瞧着我，眼中泛起一股冰冷的笑意，一字一句地说：“我们已经进入了撒旦的领地。”

“你是说那块大陆已经离我们不远了？”艾维洛兹吐出一口白烟，问道。

大卫点了点头：“真正的危险才刚刚开始，我们只是刚刚进入撒旦的疆界，接下来的几天里，我们每一个人都要接受考验，要么成为撒旦的仆人，要么从它的领地穿过去到达天堂，没有其他的选择。”

“怎么考验？”韩成殊一边往自己挽起裤脚的小腿上擦着白色药末，一边惊魂未定地问。

大卫又露出一丝阴冷的笑容，轻蔑地说：“像现在一样，不过要比这凶险不知道多少倍。”他说着伸出自己的手臂，在空中划了一个圈，几乎将我们面前广阔的海面全部囊括其中，“在我们前方的水下，生活着撒旦的恶魔军团，它们将会伺机向我们发起进攻，那条怪鱼只能算小到不能再小的一个马前卒！”

我听着大卫神神叨叨的话，眼睛却死死地注视着韩成殊的小腿，因为在他擦过伤药的粗壮小腿上，一层瘆人的紫色已经渐渐泛了上来。

看来这条怪鱼长成这种丑陋的样子并非只是为了吓唬我们一下，它的邪恶与自己的外貌是相应而生的。如果这种身带毒素的小生物只是一种可以忽略不计的危险，那大卫所称的危险将会是怎样的呢？

摩纳法师也注意到了韩成殊腿上的异样，赶紧走过去帮着他做一些驱毒救护的处理。

此时，科恩正在进行第四次垂钓，而且已经有了发现：“哦，大家快来看，我钓到一个大家伙！”

所有人再一次将目光聚集到这个美国佬身上，只见他双手死死地拽着快弯成半圆形的鱼竿，吃力地向上拉着。

“肯定是一只比刚才那只海龟大上好几倍的东西！”科恩见双手把持不住，已经转过身子改成了背拖式，一边弓着腰向前吃力地迈着双脚，一边招呼大伙过去帮忙，“喂，别傻站着了，快来几个人帮我一把！”

有三个人立即加入了助战的阵列。四个人使出了吃奶的力气和那个隐藏在海中的大家伙较着劲。

插不上手的其他人都站到了船头，扶着栏杆向水里张望。

被鱼钩挂住的确实应该是一个大家伙，先不用计算能和四个强壮男人较力的对手到底会拥有多大的力量，单从海面上急速翻腾起的浪花就能判断这个家伙的体积。

“下面到底是什么东西？”韩成殊也忘记了自己小腿上的伤，发出疑问。

“大家还是先停一下吧，我觉得还是不惹它比较妥当。”艾维洛兹提醒大家。

但涨红了脸的四个男人没理会他的话，他们已经被惹恼了，就算钓竿那头挂住的就是撒旦本人，他们也会不顾一切地将他先拖上来再说。

大卫几乎将半个身子都探到空中，同样在兴奋地大叫大喊：“哦，快一点，瞧你们这狼狈样，四个大男人居然连一条鱼都拉不上来……再使点劲，我好像能看到那个家伙的样子了！”

浪花翻滚中，我好像也隐约看到那个庞然大物的大体形状。它好像是一条鱼，但却有着盘曲的身体，体长至少在十米以上。而且它的身体看起来十分灵活，因为这些曲线在幽深灰暗的海水中不停变换着弯曲形状。

我一边盯着这些模糊曲线，一边在脑中把它还原成一个自己能够想到的水生生物。

当我在一次次的猜测与否定中愣神的时候，突然听到大卫的惊叫声：“天哪，那居然是一条……”

可惜的是他后面这句话没能继续下去，因为那四个竭尽全力拖拽的男人在这时候发出一阵整齐的惊叫，相互碰撞着摔在甲板上。与此同时，那个身长在十米以上的家伙，突然冲开水面，送给我们一阵扑面的水花，一下扑到了大卫身边。

摩纳法师最先意识到情况不妙，他大喝一声飞身扑到大卫身后，一伸手，像提一只小鸡仔一样，将大卫壮硕的身躯拉着向后倒退了五六米，并把他结结实实的摔在了甲板上。

大卫没有叫喊，更没有丝毫反抗的动作，这不是因为他被吓呆了，而是因为他已经没有了这种力量。在他倒在甲板上一动不动的身体上裂开了一条大口子，他的内脏还有身体中的血液一下子都浇到了甲板上，散发着扑鼻的腥气流淌开来。

大卫·科诺迪尔，这位从那块大陆上侥幸逃脱的幸运儿，我们的领航员，胸部以上的部分已经被咬开了一条无法缝合的大口子，他的头颅和双臂也跟随另一半成了那个怪物的腹中之物。

我终于见到了那些线条组成的生物的真面目。它从海中飞腾而起，将乌黑发亮的身体完全展露在我眼前，黑黢黢的鳞片几乎将日光遮掩得黯然失色。它从海水中蹿出来，一下子跃到了半空中，并发出一阵凄厉的嚎叫声，越升越高，最后消失在云层里了。

不要以为我在编造一个充满幻想色彩的神话，我现在要说的是，开头那个展览中的照片都是真实的。幽灵船上的鬼绅士在杀了我们四名同伴之后被烧为灰烬；那条只能看到一条尾巴的奇异生物被我们拖出了水面，并将大卫撕裂开来，消失在了空中。

是的，我真的见到了一条龙，一条能真正吞云吐雾的飞龙。它身上闪动的黝黑鳞片告诉我，这种生物并不只存在于传说中，它和上帝一样是真实的。

所有人都怔在了当地，木雕一样，大家都被吓住了。

说实话，我没能看清楚这条龙和我们中华民族视为祖先的圣灵有多少相似之处，因为它在一阵瓢泼一样的水花溅到所有人脸上的时候，已经飞腾成一条直线，并很快藏进了天空中那片高高的云朵中。我能确定的只是它身上的鳞片和身体的形状，而至于它的长相，我只能按照记忆为它添加上去。

但它确实并非我们祖先绘出的那种图腾的样子，更像是西方传说中那种令人恐惧的恶龙。

鱼钩上还挂着一片带着血丝的鳞片，有成人手掌般大小，锋利得像一柄匕首。

我们为大卫举行了一个简单的遗体告别仪式，然后像对待其他死者一样，将他残缺的身体丢进了大海里——连同他带给我们的许多谜团。

这位同伴的离去和爱德华的死一样令我们手足无措。接下来的凶险旅程，我们只能靠自己去摸索。一群失去了首领和领航员的孱弱人类，在无边无际的太平洋，继续向不知道在何方的白色大陆孤独地挺进。

但更令我们心生恐惧的是，随着夜幕的降临，海上开始升起了浓雾，直到次日清晨依然没有消散。我不知道这是那条恶龙吐出来的蜃气，还是大卫临终前告诫我们的，这里已经是撒旦的领地了！

三

艾维洛兹先生第二次到我所居住的舱室造访，那时已经到了夜里十点多钟了。

当时白枫正和衣躺在床上辗转反侧，我则坐在椅子上喝闷酒。我们之间的关系在不可遏止地继续恶化着，我们甚至都没有了交谈的兴致，男女的感情说起来真的很让人琢磨不透。这不是我的错，而是介川的那个英雄举动令白枫对爱情失去了信心。我不知道自己如何才能挽回这种局面。

当然，令我感到郁闷的还不仅仅是我和白枫的关系，更令我坐立不安的是关于我们未来的前途命运。接连的死亡事件让我对前途没有了半点信心，除了借酒买醉换取片刻轻松之外，我不知道自己还能做什么。

人在心情郁闷的时候最容易喝醉，尤其是像我这种情绪化严重的人，所以在艾维洛兹敲响房门的时候，我已经有了熏熏醉意，头重脚轻了。

我蹒跚着过去拉开房门，就看到这位经典的侦探形象叼着烟斗站在门口。

“哈喽，夏洛克·福尔摩斯先生，晚上好！”我满嘴酒气，有点阴阳怪气地说。

艾维洛兹冰冷的目光在我脸上扫了一眼，平静地说：“看来我来得很不是时候……”

“不，不……”我有点结巴地打断他的话，搂着他的肩膀将他拉进房间，“你来得正是时候，我都快憋炸了，正想找个人好好聊一聊，可是这艘船上能够跟我推心置腹的人越来越少了。”我说着话向躺在床上的白枫扫了一眼，她好像没什么反应，只是将被子扯过去盖在自己身上。

“要不到我房间去谈吧？”艾维洛兹试探着问我。

在这短短的数天里，我和白枫从一对亲密恋人变成两个越来越疏远的陌路人。这让我心情烦躁到了极点，再加上大脑被酒精麻醉得昏昏沉沉，我开始有些发泄地大叫起来：“不需要，福尔摩斯先生！你可以当这个房间里就我们两个人，只有我们两个人。咱们可以畅所欲言，拍桌子骂人都可以！”

艾维洛兹皱着眉头盯着我的脸孔，站在那里咬着烟斗发怔。

我将他按坐在椅子上，给他倒了一点威士忌，笑着道：“我现在终于知道美酒的好处了，尤其是在你快要疯了的时候，那简直是灵丹妙药，比任何东西都能让你舒服起来……”

艾维洛兹没有去端桌上的酒杯，而是严肃地对我说："我本来是想和你说一件重要的事情，但现在可能不是时候……等明天你清醒了再说吧！"

我赶紧阻止了他："对不起，艾维洛兹，我只是……在跟你开玩笑，其实我只喝了一小杯，这些天来气氛实在太压抑了，我想放松一下紧绷的神经……好了，现在让这个讨厌的瓶子去见鬼吧！"我说着将酒瓶拎起来丢进了垃圾桶，"OK，我们现在可以说正事了。"

艾维洛兹从兜里掏出一盒精致的火柴，十分娴熟地擦着了，去点他嘴上并未完全熄灭的烟斗。在他吐出两口烟雾之后，终于开口问道："你认为大卫这个人如何？"

"你是指哪方面？"我也点燃一支烟，用来平抑自己有些过热的大脑。

"随便说说你的看法，任何方面都可以。"

"一个疯狂的老头儿，和爱德华就像一对亲兄弟，并不讨人喜欢。"我简单地说了自己对这个人的看法。

艾维洛兹看我没有继续说下去的意思，就接口道："那么，你认为关于他所说的事情有多少可信的成分？"

"你是指他所说的那块白色大陆？还是关于上帝天堂和撒旦军团的事？"我用调侃的口吻问。

"全部！"

"哦……我是这么认为的。大卫虽然有些神经质，也有些疯狂得不着边际，但关于白色大陆的事情可能是真实的，只不过他臆想出来的上帝和撒旦并不存在。"

"那么我们白天见到的那条将他撕开的生物如何解释呢？"艾维洛兹追问道。

我用拳头轻轻捶了一下自己的额头，酒精已经妨碍了大脑的正常运转，它在隐隐作痛："地球上存在着许多我们人类未曾认知的秘密，这里面当然也包括某些生物。我们人类总是以自我为中心来看待世界，正如哥白尼没有出现以前，我们认为地球是宇宙的中心；爱因斯坦没有出现以前，我们认为时间是不可逆转的一样。可能在未来的某个时候，我们还会发现爱因斯坦的理论纯属无稽之谈，宇宙远比我们想象的要复杂得多，地球也并非我们现在所认为的那样，上帝偶尔掷错了一枚骰子，我们只不过是这种偶然中产生的不该产生的物种……"

艾维洛兹毫不客气地打断了我的话："我对宇宙并不感兴趣，我想要问的是大卫·科诺迪尔的事情，就是想听一听你认为他是谁，来自哪里。"

我有些尴尬地说道："对不起，我对此一无所知。"

"你知道我为什么会加入到这次疯狂的探险中来吗？"

“不是因为梅尔小姐吗？”

艾维洛兹抿了一下嘴唇，道：“这只是其中一个原因，这是一个秘密，我本来想将它永远藏在自己心里，不告诉任何人，除非我查清楚事情的真相。”

我越听越觉得糊涂，关于一名成功人士极为失败的恋爱经历就已经算得上是最秘密的一件事情了，难道还有比这个更需要保守的秘密吗？

“你可知道，在我们这次探险之前的数十年中，就曾经有过许多次这种探险活动……”

我被他的话刺激得几乎要跳起来了，不禁失声叫道：“你说什么？”

艾维洛兹郑重地向我点了点头，然后从兜里掏出一叠带着岁月痕迹的暗黄色照片。我赶紧接过来，迫不及待地看了下去。

这十几张照片拍摄于不同时期，近的是在两三年以前，远的足有二三十年的历史，照片的颜色也从彩色到黑白不停变换着。这与其说是一叠岁月久远的照片，倒不如说是一叠关于某个传说的历史。

照片上的人物也依照年代的不同身着各式各样的衣装，唯一一个相同点就是，这些照片都是某种重大事件的留念合影。更准确一点说，这些照片记录的就是一次次探险活动，虽然上面没有标明他们因什么重大事件而留下了这些合影，但就算是傻瓜也能猜出来他们的目标和我们是一致的。

我抬起头用难以置信的目光盯着艾维洛兹：“这些东西你是从哪里得到的？”

艾维洛兹叹了口气，目光有些空洞，声音也变得幽远起来：“自从梅尔在太平洋中无缘无故地失踪之后，我就一直没有放弃过追查，这些照片只是我这十年里收集的资料中的很少一部分。我越是深入其中发现疑点越多，这使我不再相信梅尔的失踪是偶然事故，而且更令我疑惑的是这些照片中的一个疑点……”

“大卫。”我木然说道。

艾维洛兹点了点头：“虽然这些照片由于拍摄的年月过久，里面的人物面貌显得有些模糊，但有一个形象却无论如何不能让人不产生疑心。”

我再次低头木然地翻看着这叠照片，最后将它们全部平铺在桌子上。这次看得更清楚了，这十几张合影中始终有一个似曾相识的形象出现，虽然衣着和身材胖瘦有一些差别，但面貌还是能清楚地显示他们之间的共同点：同样的深邃目光，脸上同样生着杂乱的胡须，同样粗犷的外貌和傲慢的神色……我无法将他们精确地区分开来。

这实在是一个很恐怖的发现。在跨越数十年拍摄的不同照片上，大卫·科诺迪尔都绝无二至地出现在上面。

这个发现令我有点脊背发凉，一股阴森森的感觉让我不由自主地打了个寒战。

如果说弗兰克的恐怖之处在于他的残暴和百变，那大卫的恐怖之处就在于他的不老形象和不死之身。

“这些探险队最后都遭遇了不幸？”我用毫无生气的声音问道。

艾维洛兹点了点头：“没有例外，他们都像梅尔一样，活不见人死不见尸。”

这令我又一次想到了那个展览，记得那里有整整一面墙上都悬挂着失踪在太平洋中的船只照片，不知道是爱德华已经窥破了它们之间的联系，还是碰巧放在了一起，我现在越来越不能相信后者了。就算爱德华当时没有意识到这一点，但他们的失踪却显然用艾维洛兹的观点更容易解释。

“你怀疑大卫这个人并不是人类？”

这次轮到他摇头了：“我无法回答你这个问题，但我实在想不到一个活人怎么可能在数次险境中安然脱身，而且他为什么看不出来老，又为什么进行一次次的引导？”

“你相信鬼魂吗？”我问了一个可笑的问题。

“以前不信……”艾维洛兹苦笑着回答。

“所以大卫的话并非完全不可信。”我凝重地说道。

他瞄了我一眼，立即明白了我这句话的意思：“可能他也是撒旦的一个仆人，他的使命就是引导更多的人前赴后继地赶到这里。”

“他想要干什么？”我有些心虚地问道。

用天堂般的陆地引诱凡人踏入这片撒旦控制的海域，然后俘虏更多的奴仆。隐藏在大卫身后的这个真正的魔鬼到底要干什么？

我感到了彻骨的恐惧，因为我以前从未见过所谓的魔鬼，更没有见过魔鬼的主人，但这一次，我恐怕要和它正面遭遇了。

可问题是，如果这个魔鬼想要控制我们的灵魂，又为什么派弗兰克在半路上对我们进行残忍的杀戮呢？难道在人体消亡之后，他的灵魂就已经被撒旦俘虏了？那么弗兰克又为什么只对女人感兴趣……这实在太诡异了。

在艾维洛兹离开之后，我呆坐在椅子上，从垃圾桶里将那瓶所剩无几的威士忌捡出来，拧开盖子，将里面辛辣的液体统统灌进了喉咙。很快，我的身子就不由自主地倒了下去。

迷迷糊糊中我被两条柔软的手臂搀了起来，我想到了是白枫，很想转过身抱住她寻求一点安慰，但身子已经不听使唤了，我只觉得天旋地转，身子不由自主地倒了下去，下面是软软的床垫，意识很快就模糊了。

四

次日清晨，我醒得很晚，一睁开眼就觉得头疼欲裂，浑身酸软。从舱室留有的那扇小窗里能够看到海面上的弥漫大雾，我们的航船好像行驶在一片混沌中。这让我顿时失去了对时空的概念，我想盘古开天辟地之前的世界恐怕也就是这种状态吧。

白枫不在舱室里，桌上放着的饭菜已经冰凉了，这说明现在大约已经是上午十点多钟了，因为我们例行的早餐时间一向很准时，是在每日的上午八点。

饭菜静静地放在桌上，没有用碗碟盖住。要是搁以前，白枫一定会为我细心盖起来，以前她曾告诫过我，吃多了冷菜凉饭会对肠胃造成伤害。我想今晚我最好换一个房间住，那样不会再让彼此感觉别扭。

我简单吃了几块面包，将一杯冰凉的牛奶灌进了肚里，抹了抹嘴就向甲板上走去。

上面的空气和船舱里一样沉闷，不知道这样浓密的雾气是否已经将我们和真实的世界完全隔开了，反正我看不到一丝阳光，连对船下面的海面好像也失去了应有的感觉。我恍惚觉得我们不是在太平洋中航行，而是在稠密的雾气中悬浮着。

船身的轻微晃动告诉我它确实还在移动，但站在甲板上，我分辨不出东南西北，更不知道我们在向何方前进。

大卫的话是对的，如果我们航行的方向没错的话，再需要两天的路程，我们就能遇到那块白色的大陆，而这片浓雾笼罩的地方，就是撒旦的领地。

其实有很多人在甲板上站着，只不过雾气遮掩住了他们的身影，时断时续的喟叹和间或的咳嗽声显示了他们的存在。

空气中响起低沉的音乐，是埙发出的那种伤感曲调。我不知道谁会有这种雅兴，也没有兴趣知道。声音在浓雾中显得极其幽远，那种苍凉的声音令我心情低落。这次探险注定充满伤感色彩。渐渐疏远的爱人，接连发生的血腥死亡，越来越令人心惊胆战的妖魔鬼怪和怪异生物……这些因素都加重了这种伤感。

头顶上传来隆隆的雷声，我抬头望去，浓雾中好像有一座火山在喷发，一闪一闪的亮光像是从地狱发出来的。

这里确实应该是撒旦的领地，因为人间不可能有这种凄凉的景象。

但更令我感到吃惊的是，这阵隆隆的雷声不一会儿就有了回应，在我们前方不远的地方，也有阵阵的水声和它遥相呼应。

现在风平浪静，站在船头感觉不到一点颠簸，四周也没有凛冽的寒风，这阵清晰的水声让我不明所以。

甲板上其他人也听到了，有人惊呼起来，更有人用惊恐的声音不知道向谁询问发生了什么事情。

水声在我们前方不断传来，而且始终保持着相同的距离，我低头看着飞速涌来的海面，心里估算着航船的速度，它在全速前进，可是声音依然不远不近地在我们前方飘忽。

这种令人抓狂的怪事持续了两三个小时。我呆呆地站在甲板上，目光呆滞，我没指望能看到声音的来源，只是除了这样做之外我无所事事，现在对我们来说，无所事事比任何危险都令人抓狂。

声音在响过一段时间后终于消失了，可怪异的事情并没有结束。在我们下方突然出现了一束奇异的光亮。

我抬头向天空看，只见头顶依然是浓重得化不开的雾气，别说太阳，就是一丝萤火虫般的光亮都没有出现。

我再次低下了头，仔细看这束亮光。在我目力所及的范围内，它几乎无处不在，从远至近有微小的强弱变化。据此我推测这股光亮的源头在不远处的深海中，应该在数百米之外。它不像太阳光一样刺眼，看起来十分柔和，有点微微发红，其中好像还夹杂着一丝微弱的紫色。

因为看不到源头，我更加感觉奇怪，就好像在我们的前方数百米的深海里有一颗奇异的太阳正在冉冉升起。整个海面都被照亮了，大海像是被引燃了，发出一片火红，连同它上面的浓雾也形成了一种奇异的光晕，宛若置身仙境。

红色的光亮在我们前方持续了一天一夜还没有消散，后来我们甚至都对此习以为常了。

那种弥漫整个海面的奇异光亮确实足够震撼，尤其在晚上，红色的光晕笼罩在我们周围，显得那么磅礴恣肆。我甚至都不愿意走回舱室休息，不愿意舍弃这次一饱眼福的机会。

但事情的发展，正如曾经对刘天杰说过的那句毫无新意的话，我们在此之后的遭遇完全验证了它实在是一句真理。

记住，越美丽的东西背后是越凶险的真相！

第十章

白色大陆

一

在此之后的一天一夜里，我们除了站在甲板上看着这种异彩和浓雾发呆之外，就是缩回船舱吃饭睡觉。可我敢说，这二十四小时对船上的每一个人来说比其他任何时候都要难熬。虽然我们的身体获得了短暂的休息，可大家的精神却绷得很紧。这种煎熬更令人难以忍受。

在这段时间里，我几乎没怎么睡觉，即便躺在床上也是在迷迷糊糊半睡半醒中徘徊，脑子里不停浮现出一幕幕阴森可怖的幻象。世界好像完全颠倒了，本来睡觉是为了休息，可现在每次躺到床上都好像在进行一场战斗，而且还是一场毫无胜算，惨烈无比的绝望之战。更可笑的是，我根本不知道敌人是谁。

这把大家折腾得够呛，弄得每个人都无精打采面容憔悴，仅剩的那几个女服务员甚至于有点精神恍惚了。如果这种情况再持续几天，就算没有危险发生，我们也会被全部折磨疯掉。

好在这种状况只维持了一天一夜，到了第二天中午，骇人的亮光和弥天的大雾一起消散得无影无踪。上帝好像吸了一口气，将它们全部收了回去。于是，那块我们苦苦寻找的白色大陆就出现在大家面前。

它美轮美奂瑰丽无比，看起来一点也不真实，就像一个幻想家的梦境。当它突兀地出现在我们面前时，每个人都呆住了，如同石雕一样伫立船头。

其实当时它离我们还有很远的距离，因为接下来我们又经过了至少四个小时的航行，才终于来到了它身边。

可就是这远远的眺望，也足以令人感到无比震撼！

它周围像是罩着一层五彩的圣洁光环，使人不敢卒视。它上面有高耸入云的山峰，也有满目苍翠的峡谷，有明亮清澈的湖泊，也有银白色的河流。它的“肌肤”洁白无瑕，它的身姿曼妙无比……

我不知道用一个怎样的词语来形容它，因为我还从来没见过一块如此美丽的陆地。圣洁的喜马拉雅山和它比起来显得过于世俗；被现代科技修饰得无比耀眼的纽约和它比起来简直就是一座垃圾场；埃及的金字塔在它面前好像一座平庸的小石堆；中国的万里长城都不值得去瞧上一眼……

只有大自然的力量才能铸造这种奇迹，只有上帝才配居住在这个地方。天堂，是的，只有人类的终极梦想——天堂，才能和它相提并论。我以前一直认为大卫的这个说法十分可笑，可现在我才知道自己才是那个最可笑的人，只有无知的人才会讥笑大卫。

它是我们无法想象的美丽之地。

这块大陆确实不小，虽然我们离得很远，却根本看不到它的全貌，我们能窥到的也只是“冰山一角”而已。但据我对它海岸线的观测，这块大陆并不像大卫说的，比南极洲还要大。

我没想到我们会这么容易地看到它，而且撒旦也没有在自己的领地为难我们，我们只是在浓雾中担惊受怕地度过了一天一夜，就如愿以偿地见到了我们盲目寻找的目标。

几分钟的沉默之后，甲板上爆发出一阵疯狂的欢呼声，有的人又跑又叫地在甲板上绕圈子，还有人嚎啕大哭，甚至于有几个船员从甲板上直接跳进大海里去了……

并非所有人都兴奋得失去了理智，至少摩纳法师和介川没有表现出异常的庆贺举动。

法师只是朝圣一样匍匐在它面前，五体投地，脸上露出从未有过的虔诚；介川双手抓住栏杆，身子在剧烈地抖动着，泪流满面，他在无声地啜泣。

在经过半个小时的欢庆后，船再次向前挺进，乘风破浪，如同一个斗志昂扬的勇士。

大家也开始做起了登岸的准备，每个人都换上了崭新的衣装，好好地修饰着自己的仪表，像是去参加一场盛大的节日宴会。

白枫脸上的神情也好了许多，不像刚过去的几天里那样失魂落魄。她把我皮箱里的衣服全部翻腾出来，并从其中挑选了一套让我换上，像往常一样十分挑剔地为我打理着穿戴的细节。

我看着她开心的样子，憋了许久的一口闷气终于舒了出来，希望这个美丽的奇异大陆能让她重拾对生活的信心。

大家收拾停当以后又重新聚集到甲板上，一面贪婪地欣赏着渐渐靠近的迷人景色，一面合力整理早就为大家登岸准备好的各种装备。

没能亲身带领我们到达这里的爱德华已经为我们准备好了所有的装备。带着倒钩的攀岩索每人一条之外还余下了十几根，匕首每人一把，矿灯人手一个，压缩饼干和矿泉水在甲板上堆得像一座小山，他甚至想到了这块大陆上可能空气稀薄，为我们准备好了氧气袋。

等一切准备就绪，我们就在甲板上席地坐成一排，面朝着那块大陆，等待着登岸的时刻来临。

陆华就坐在我身边，自从那次关于是否用某个人做诱饵的表决之后，我和陆华很长时间都形同陌路，没有真正交流过几次。

这当然是因为我极端的性格造成的这种刻意疏远，现在就要登岸了，我想我们之间的芥蒂也应该搁置起来，毕竟他不是一个坏人。

我看他身上除了大家都有的装备之外，背上还多出来一个长筒一样的包裹，被他紧紧地绑在身上。于是我笑着打趣道："你带了什么秘密武器？"

陆华扭头冲我笑笑："还记得我跟你说过的美洲丛林之行吗？"

我点了点头。

陆华将头探过来，神秘兮兮地道："这些东西就是我从那里带回来的。"

"到底是什么，这么神秘？"

陆华将厚实的背部转向我："你摸摸看。"

触手很硬，虽然隔着一层厚实的包裹，我还是能感觉这个东西表面很光滑，但这到底是什么东西，我还真猜不出来，只好摇了摇头："别卖关子，这到底是什么？"

"其实就是一个铁桶。"

"你带它做什么？"

陆华洋洋得意地瞥了一眼白枫，道："到时候你就知道了！"

我也没再继续追问，而是转了一个话题："看到这片大陆，你那个关于玛雅文明起源的猜测得到证明了吗？"

"这才哪到哪？如果这么远远看上一眼，我就能下结论的话，那只有两种可能……"

"哦？"

"第一种，说明我是一个奇才，具有远比常人敏锐得多的观察能力；再一个说明我是一个蠢材，只配躺到床上去凭空想象……你说，我属于前者还是后者？"

我嘿嘿笑了两声算作回答。他显然不属于这其中的任何一种，其实我们这些人里，没有一个能归属到这两个行列中，不然，大家就不会经过九死一生才到达这里了。

我又向艾维洛兹扫了一眼。这个古板的侦探这一次竟十分难得地将自己的烟斗收了起来，手中改而握住了一柄和他并不相称的匕首，虽然他外表还像以前一样沉静，但眼神却告诉我，他此时的心情十分复杂。

刘天杰显得比任何人都要兴奋，身子挪来挪去的，坐立不安，脸上也因为兴奋而变得红通通的。

航船继续向前航行了两个多小时后，我们已经能远远眺望到大陆上的大致景象。在裸露在阳光下的那种从未见过的白色土壤上，覆盖着一层密密麻麻的参天大树，但树木的颜色却并非全部是绿色的，其中有很大比例是那种说不上颜色来的奇异物种——直到距离更近一些之后我才发现，原来这些植株竟是能自己变化颜色，就像动物中的变色龙。

这一点令我十分不解，因为它们颜色的变化显得毫无规则，一会儿成乌沉沉的黑色，过不了多久又变成了红彤彤的颜色，从能看清它们到我们登上陆地的这几个小时里，它们几乎变换了七八种颜色，但我却想不通到底是什么原因诱使它们不停地做着自身调整。另外在这些植株身上还缠绕着密密匝匝的粗藤，它们也不停地改变着自己的颜色，但颜色却并不与依附物保持一致，它们的色泽并不重，有点晶莹剔透的感觉，仿佛为这些树木披上了水晶装饰物。

航船又向前行驶了一个小时后，陆地上的一些动物也渐渐地显露了出来。虽然我能隐约叫出这些动物所属的大致纲属，却叫不出它们具体的名称。很明显，它们都不是我们在其他地方所能见到的生物种类，它们只属于自己的世界，和我们完全独立开来。

值得庆幸是，我没有见到像我们一样的直立动物。有一些在天空中飞翔的类人型生物——或者它们就是大卫所说的天使，但我不敢确定它们是智慧生物，更不敢确定是不是天使，因为我没有见过真正的天使到底长什么样子，如果拿西方神话中的天使形象来比较的话，它们显然有很大的出入。

在我们离那块大陆还有七八海里的时候，船居然搁浅了！

船长只好命令船员抛锚，然后放下小舢板，大家乘坐小舢板靠过去。

我和白枫、陆华、刘天杰四个人乘坐了一条舢板，由陆华和我担任舵手向那个大陆飞快地划去。

陆地越来越近，我们都很兴奋，卖力地向前划着。我们既然如愿以偿地和这块大陆遇到了一起，那古洛博士关于它随洋流漂浮的推论就应该是成立的。但问题是，在这几个小时内，我们并未目睹到它缓慢游移的景象，而且据古洛博士的推论，它现在应该是朝着东北方——也就是我们的左前方移动的，但我们用行速缓慢的小舢板靠近，依然没感觉到它在离我们远去。

它好像已经静止在了那里，等待着我们靠近登岸，这多多少少令我心里有点不安。

一个小时之后，我们终于陆续靠近了陆地，我仰头望着头顶十几米高的悬崖，心脏开始加速跳动。等所有舢板都到了悬崖下面之后，摩纳法师朗声说了一声：“登岸。”就首先抛出软索，第一个飞身往上爬去。

接着十几根软索争先恐后地抛了出去，大家开始登岸了！

二

我牢牢记得大卫手臂上那两条疤痕，所以在攀爬的时候加了十二分小心，陆华和我一人一边将白枫与刘天杰夹在中间，和他们保持着相同的攀爬速度以便保护。

刘天杰毕竟是年轻人，他拽住绳索，一蹬两滑地向上攀爬着，还不时瞥眼打量我和陆华，生怕自己落在了后面。可这样反而使他的攀登速度大打折扣，不久就累得满头大汗，但攀登速度依然是四个人中最慢的一个。白枫虽然是女流之辈，但比起刘天杰来要沉稳许多，她每向上攀登一步都有条不紊，让自己的每一脚都踩结实了才会开始向上移动，让我和陆华省心不少。

五分钟之后,我们四个人终于登上了悬崖,双脚踏在了这块白色大陆的地面上。

这块大陆上的石块都是白色的，像大理石一样，我伸手在上面摸了摸，石头在微微发着热气。

白枫也将双手按在石面上,停了十几秒钟后抬头看着我:“有没有什么感觉？”

“大卫的话是对的，大雾只在它的周围弥漫，这里一直是晴空万里，石头吸收了不少的热量。”

白枫皱着眉头沉吟了一会儿,突然向我摇了摇头,说:“你再仔细感觉一下。”

我看她表情有些异样，于是将双手都按在了石面上。

“发现什么没有？”白枫问。

她说得没错，双手除了能感觉到有点温热之外，好像还有其他不一样的动静，但我不敢确定这种异样来自何处，于是将耳朵也贴在了石面上。这次我听到了：“石头里好像有什么声音。”

“什么声音？”陆华也将耳朵贴在了石头上，警惕地问。

实际上这种声音很难形容，因为它十分细微，不知道是真的存在，还只是耳朵贴近某种物体之后产生的一种自然声响，那种声音就好像我们用双手堵住耳朵时产生的耳鸣一样，只不过没有那种呜呜的声音清晰，但脸颊的神经末梢确实能感觉到石面似有似无的颤动。

其他人看我们四个人稀奇古怪的动作都围了过来，科恩大大咧咧地调侃道：“怎么，你们还能跟天堂的石头交流吗？”

我站起了身，冲白枫笑了笑：“算了吧，或许这是很正常的反应，其他地方也有，只不过没有留意而已。”

陆华也站了起来，点了点头："你说得对，我也觉得这没有什么不正常的地方。"

"行了！"科恩向我们摆了摆手，道，"别疑神疑鬼的，你们看这块大陆多漂亮，我们得赶紧干点正事了。"

"什么正事？"我诧异地问。

他指了指不远处的丛林，说："看来必须穿过这片丛林才能到达大陆的内部，咱们可不要在这里浪费时间。"

其实在登上这块大陆之前我就注意到了，这块大陆的外围是一圈稠密的丛林，在这些丛林的内部，是峰峦叠嶂的高耸山峰，那些河流和湖泊都在高出地面很多的山区地带。正如科恩说的，我们必须穿过这片丛林才能到达大陆的中心地带，或许那里才是这片奇异大陆隐藏的秘密所在。

我看了一眼手表，此时正是下午四点多钟。现在是初冬季节，虽然在海洋季风的影响下，我们感觉不到冬日的寒冷，但天黑的时间却和同纬度的其他地方没什么两样。到了六点多钟，天色就会完全黑下来。所以如果我们此时开始进入丛林，可能要在里面过夜了。

"法师，你说呢？"我向摩纳法师看了一眼，征求他的意见。

老僧人盯着不停变换颜色的丛林，道："这里看起来，白天和晚上没有多少分别。"

他说得没错，丛林中的树木都长得十分高大，而且很浓密，就算是大白天，阳光也照射不进去，我们依然要靠自己携带的照明灯来探路。

"那就走吧！"科恩首先钻进了林中。

在场的人除了我、白枫、刘天杰、艾维洛兹以及摩纳法师五人属于门外汉，其他人都是经验丰富的探险家，既然他们都认为应该马上开始行动，我们也只能亦步亦趋地跟着。

于是我们拿出矿灯，拉成一条直线队列向丛林走去。

科恩与摩纳法师走在最前面探路，陆华和介川守在队伍的后面，我和艾维洛兹在中间，大家陆续钻进了五光十色的丛林。

其实根本不用操心白天和晚上的事情，因为走进去之后我们就发现，在没有了阳光的照射后，林中不断变化颜色的树木和粗藤竟然有着荧光棒的作用，甚至我们关闭了矿灯，依然能看到眼前的道路。

当然，丛林中根本就没有道路，大家只有跟在科恩与法师后面见缝插针地逶迤而行。

这里的树木都是乔木，每一颗粗壮笔直，树冠像巨型的伞盖，将天空遮蔽得密不透风。它们的叶子十分宽大，形状有点像人的手掌，五个分叉松散地向四面横张开来，每一个都有半平方米左右的面积，如同一张张魔鬼的手掌，在我们的头顶不停颤动，看得人心里发虚。

那些缠绕在树干上的藤萝看起来有些古怪。它们身上光溜溜的，没有一点枝叶，像是一条条能蠕动的光滑身体。我还特意用手摸了摸，有点软，好像里面包裹的是某种液体。

走在前面的科恩更是胆大，他居然用匕首插入了那些藤蔓的身体里，里面确实有浓稠的汁液冒出来，好在它们并没有突然弯折下来将他缠住。

丛林里光线充足，走了一段路之后，我突然感到眼睛有点花，要不是白枫拉了我一把，我就和一根树干撞到了一起。

丛林中散发着怪异的气味，初闻起来是一种浓郁的香味，好像某种劣质香水的味道，可仔细闻闻，就发觉这种香味后面是浓重的腐败气息，其中还夹杂着一股淡淡的腥气，可能是落下来的枯枝烂叶混杂腐烂后，再经过海水的浸泡，才产生了这种稀奇古怪的味道。一路走来，我感到有点晕晕乎乎想呕吐的感觉。

“你们估计这片丛林有多大面积？”艾维洛兹闷声闷气地问。

“起码得在一百平方英里以上，我们可能要在里面待一天一夜的时间。”走在前面的科恩粗声粗气地回答。

“如果在此期间，这块大陆重新沉入海底怎么办？”韩成殊有些担忧地问。

古洛博士嘿嘿一笑，胸有成竹地回答道：“这一点大家可以放心，我想它至少已经有上百年没有沉没了，因为这片丛林应该存在了一百年以上，不然树木不会长得这么粗大茂盛。”

“哦，这我就放心了。要是跟着它稀里糊涂地葬身大海，那可冤枉死了！”韩成殊讪笑了两声，轻轻松了口气。

“不要高兴得太早。”艾维洛兹不无担心地说，“我刚才经过一株从根部折断的树木时数了数它的年轮，或许你们不相信，只有五圈。”

“可能是一颗幼年夭折的小树吧！要知道，这里的树木的大小并不能以我们通常的标准来衡量。”古洛博士立即反驳道。

艾维洛兹嘿嘿笑了一声，颇为自信地说：“很不幸，它并不比直立的其他树木要细多少，另外我要提醒大家的是，可能这个丛林里并非像我们看到的那么缺少智慧。”

他后面的这句话有点令人费解，什么叫丛林不缺少智慧？艾维洛兹可能也想到了我们的疑惑，所以马上补充道：“那棵树木的断口十分整齐，就像有人用锯子锯断的一样。”

这可不是什么好消息。如果这片丛林中真的生活着能够发明铁器的生命，我们这群不请自来的闯入者很可能会被它们当成敌人，在不知不觉中被它们干掉。

听他说到这里，我突然也意识到一个奇怪的现象。我记得在我们从海上遥望这片陆地的时候，曾经看到过丛林中有生物活动的影子，可是我们在里面前进了一个多小时了，却没有看到哪怕是兔子的小生物，这里好像是一块由树林组成的墓地，死气沉沉。

古洛博士显然很怀疑这位英国佬的话，有点气愤地质问道："你可能太疲劳了，艾维洛兹先生。如果你不是产生了幻觉，为什么我没有看到你所说的断树，你是在哪里发现的？"

"你们都太注意周围的环境了，因此忽视了自己脚下枯叶当中隐藏的秘密，它就静静地待在枯叶下面，等待着某个人去发现。"

"为什么你刚才不说？"古洛博士有点气急败坏地叫起来，看来艾维洛兹的发现让这位久负盛名的博士出丑了。

"刚才在想其他事情，现在才突然想起来。"艾维洛兹一本正经地说。他的话里已经有调侃古洛博士的味道了。

古洛博士有点哭笑不得，但艾维洛兹的担忧还不仅于此，只听他继续说道："而且这个丛林中的味道有点古怪，我怀疑这种不知道叫香味还是臭味的气味可能不等我们走出去，就会将我们全部迷倒在丛林里。现在刚过去了一个多小时，我已经有点头脑不清了，再走下去恐怕……"

"我想丛林中不可能铁板一块。"一直跟在后面没有声息的介川接口说，"就连美洲丛林里还有空旷的地方，那里的气息应该会清爽许多。再说，就算这种可能性不存在，我们身上的绳索也足够大家爬到上面去，这一点倒不用太担心。"

艾维洛兹嘿嘿苦笑着说："如果真到了那个时候，恐怕也只能这样了。"

接下来的三个小时里，我们没有遇到任何奇怪的事情。为了打破丛林笼罩在我们头上的压抑感，大家你一句我一句地聊着天向前跋涉。

随着夜幕降临，丛林中的色彩变得更光怪陆离起来。那些高大的乔木好像也分成了几个阵营，往往这十几株是一种颜色，另十几株却是另外一种颜色。再加上缠绕在它们身上的发着不同荧光的藤蔓所展现的不同色彩，我们就好像进入了一个万花筒里，在五光十色晶莹剔透的玄妙世界里前进着。

眼前是不停变幻的颜色，鼻孔里嗅到的是混杂了不同气味的古怪气息，这样我们又向前跋涉了两个小时之后，终于有人受不了大口呕吐出来。第一个发生这种反应的是古洛博士。这个整天徜徉于故纸堆和实验室的老教授身子晃了晃，赶紧扶住一根粗藤，哇的一声将胃里的东西都倒了出来。

一旦这根引线拉开，呕吐就迅速在人群中蔓延开来。几乎所有人都弯腰低头，哇哇吐起来。

呕吐物刺鼻的味道混杂在这种古怪的香味里，变得更加怪异。当然，也不是所有人都没忍住，至少摩纳法师和介川还直立着。

吐过之后，脑子比刚才清醒了一些，我抹了抹嘴，说：“我看咱们还是找个地方休息一下吧！再这样下去，非虚脱了不可。”

我们所有人的背包里都带着足够维持自己生存一星期的口粮，尽管大家都是饥肠辘辘，但在这种环境和状态中，没人有胃口进食，如果真的这样下去，虚脱是早晚的事。

从树枝和藤蔓的缝隙中向前看去，前面和这里没什么两样，没有发现任何哪怕稍微稀疏一点的空地，所以我们只能按照介川所说的第二种方法去做，扔出攀岩索，到树顶上去透透气。

我试了好几下，但浑身提不起一点力气，索钩在我头顶六七米的地方就失去了力量，重新坠回地面，看来要想爬到树上去也不容易。

这时候多亏了摩纳法师，他好像并没有受到周围环境的影响，只见他轻舒长臂，攀岩索轻巧地飞了上去，并准确地在一棵大树的枝丫上绕了两圈。老僧人用左手抓着绳索退了几步，然后飞身荡起，灵巧地跳上了十米多高的一根枝丫，又三两下跃到了悬挂挂钩的那根树枝上，冲大家叫道：“把绳子拴在腰上，我拉你们上来。”

我看得有点咋舌，自己就算是在精力充沛的时候，要想像他那样在树枝间灵巧地辗转腾挪都办不到，更不要说在现在这种饥肠辘辘、头昏脑涨的状态下了。看来这位身形干瘦的老僧人才是真正的武林高手。

先将身体状态最不好的古洛博士和刘天杰送上去，然后是白枫等人，我和陆华、介川留在了最后。介川并没有借助法师的帮助，而是掷出绳子，靠自己的力量攀援而上，虽然他的动作有点笨拙，但这个家伙居然靠自己的力量爬上去了，看来他的忍耐力也不是一般人比得了的。

我和陆华都做不到介川那样，只好老老实实地让法师将我们拉上去。

站到树冠上，一丝清爽的海风从密密的枝叶间透进来，人们精神不禁为之一爽。

科恩还是我们其中最不安分的一个，他只在树枝上蹲了一会儿，就抱着那根碗口粗细的树枝向更高的地方爬去。随着这个身躯高大壮实的美国佬的动作，那根树枝开始晃荡起来，上面的树叶也在沙沙作响。

就在这时候，不知道从哪片树叶上掉下来一个东西，在枝叶间咔咔撞了几下，啪的一声掉在地上。

艾维洛兹赶紧捏亮矿灯照过去，大家的目光也随着这条光束看向地面，我还没看清楚那是什么东西，就听到白枫低声惊呼起来。

我仔细看去，也不禁大吃一惊，只见地上的那个东西圆鼓鼓的，光滑的表面泛着一层白色的光晕，竟然是一颗白森森的人头骷髅！

三

摩纳法师将攀岩索在空中甩了两圈，极其准确地射向那颗白森森的头骨，然后铁钩微微一颤，探进了它左边那个黑黢黢的眼洞里。法师手臂迅速收回，将它提了上去。

大家都凑过去瞧这颗足球一样大小的骷髅，并猜测着它的身份。从它的大小形状来看，这颗头骨的主人应该属于和人类非常相近的物种。它两个眼洞之间的距离和我们比较接近，加上它隆起的脑门和突出的下颌，可以判断这个拥有这种头颅的生物和人类基本上属于同一物种。

唯一不同的地方是，这个头骨的顶门中间有一些孔洞，像针孔一样纤细，极有规则地排列成一个两寸大小的椭圆形，密密麻麻的。我仔细数了一下，这些针孔一样的细孔有十七个，像是顶门上开的一只天眼。

我不相信这会是一个人类的头颅，因为这些细孔是我们所不具备的。虽然据现在科学研究发现，在人类的大脑中确实存在着一只已经退化了的眼睛，但那只是一个眼球状的腺体，头骨上并没有为它留出应有的位置，就算有，也应该在人的脑门上，就像神话传说中的二郎神杨戬一样，而且这些细孔每一条都笔直地洞穿头骨，用矿灯一照，可以看到小小的光点，说明这些孔洞并非这个生物尸体腐烂后由外力造成的。

一颗和人类极为相似的头盖骨上有着一个和人类完全不符的特征，这意味着什么？

“难道这片丛林中生活着和我们极为接近的智慧生物？”古洛博士有点惶恐地喃喃自语道。

“可这些细孔是做什么用的？它们比我们多出了什么功能？”艾维洛兹拧着眉头低声说。

“佛经记载，南海观音有千手千眼，东西方的古老民族中也都有关于三眼人的传说，难道世界上真的存在着三眼人？”法师也用疑惑的口吻问道。

介川摇了摇头，声音有点冰冷：“可是它们的第三只眼睛为什么长在头顶上，这样有什么用呢？难道这只眼睛不是用来看周围的事物，而只是为了看着天空？它们能看到什么？”

也许是受到这句话的引导，好几个人都抬起了头向上看去，但浓密的枝叶已经将天空全部遮掩了起来，影影绰绰的全是黑压压的巨大“手掌”。

科恩端详着那颗头颅，突然一拍脑袋哈哈大笑着叫道：“我知道了！”

“什么？”

科恩从摩纳法师手中将头骨接过来，一边摩挲着那块硬币大小的细孔区域，一边颇为自信地说：“它当然应该往头上看，如果不往头上看才是不正常。”

我没好气地说：“有话快说，别兜圈子！”

科恩冲我撇了撇嘴，缓缓说道：“这块陆地的面积虽然并不像大卫说的那么夸张，但也确实算得上是一片极为辽阔的神奇陆地了，就算它是随着洋流不停漂移的，但以它这么大的面积来看，我们直到今天都不知道它的存在——实际上，我们确实没有通过现代科技探测到它——那就只有一种可能了，也就是我们一直认为的，它曾经是陆沉海底的，而且只会在某个时间段浮出水面。如果是这样的话，这块陆地上理论上将不会存在任何陆生生物。但这个假设是不成立的，那么也就只有另外一种可能，那就是这上面的生物经过漫长的进化，已经繁衍成一支独特的物种。它们既可以适应陆地生活，又可以适应水下生活，而且可以独立地长时间生活在一种环境中……”

“你说这个头骨的主人是一个两栖类？”艾维洛兹截住了他冗长的推论。

科恩自信地点了点头：“据我推测应该是这样。而且这种两栖类生物经过漫长的进化，已经发展为一种和我们人类智力相当的智慧生物。他们头顶上的这些眼睛就是为了向海面上看的，因为在水下，上面的危险远比其他方向要多得多！”

他这个推论也算是合情合理，可是，有一个问题我还是想不明白：“为什么它们的第三只眼睛是针孔状的，而不是和其他两只一样？”

科恩撇了撇嘴，向我调侃道：“亏你还是一个侦探呢，连这一点常识都想不到，真不知道你那些案子是怎么解开的！这多简单的一个事情！因为海水的压力很大，如果是我们通常的样子，眼球恐怕早就给压碎了！”

我哦了一声，点了点头。是的，我得承认自己知识的欠缺，对海底的生存状况，我完全是一个门外汉。

“其实也不一定就是眼睛……”古洛博士沉吟了一下，说，“也许这里是一个呼吸系统的入口，为了避免海水中细小的沉淀物进入身体，它们必须进化出一个过滤系统，就像鱼鳃外面要裹上一层硬壳一样的道理。”

虽然他们两人的解释只是猜测，但无论是眼睛还是呼吸系统，只要能证明其对我们构不成威胁，如果我们突然和这种智慧生物遭遇，不会被这种特殊的器官造成致命伤害就足够了。

“可是我们走了这么久，为什么连一个这种生物都没有遇到？”罗西并不像科恩那样乐观，依然有些担忧。

“人家是智慧生物，它们当然会躲着我们了，再说了，你见过美洲丛林中的食人族有单独活动的吗？”

罗西盯着科恩继续问道：“你的意思是说，可能它们就藏在我们周围？”

“是啊！”科恩表情夸张地连连点头，“你最好不要闭上眼睛，它们可能会趁你熟睡之后将你抓住，然后扭下你的脑袋，为你也穿十几个这样的小孔……”

“好了，不要再开这种玩笑了。”摩纳法师打断了科恩的调侃，一本正经地说，“但我们确实应该小心一点，在这种地方，谁也说不准会遇到什么危险……我总感觉，四周静得有些不正常。”

其实我也有这种顾虑，虽然我没有去过美洲丛林，但我也在其他人迹罕至的莽莽林海中穿行过，就算是再稠密的远古森林，也不会寂静得如此死气沉沉。自从我们进入这片丛林之后，不但未曾发现一只活着的生物，就是连一两声能表明生命迹象的动物的叫声都没有听到，这显得很不正常。难道这座茂密的丛林中居然连一个生物都没有？如果没有生物，那这些我们假设是水陆两栖的智慧生物的食物来源于何处？

“还是轮流休息吧！”艾维洛兹说道，“一旦出现什么特殊情况，也好及时应对。”

我们从背包里将食物和清水拿出来，凑在一起吃了一顿不升炊烟却还算丰盛的晚餐，食物样数虽然不少，但基本上是一个味道。接下来我们简单地做了一下分工，轮流休息。

我被安排守下半夜，前半夜由摩纳法师和介川两人放哨，这两人应该是我们这些人中状态最好的。

在树上休息虽然是一件从未经历过的趣事，但却也实在是一件苦不堪言的事情。如果睡熟了翻个身可能就会掉到十几米以下的地面上，就算有枯叶垫着不会要命，但摔个筋断骨折还是难免的。出于安全考虑，大家只好各自找了几个树杈，并用攀岩索将自己反复缠在树枝上。

这种滋味实在不是人受的，身下是硬邦邦的树枝，身上是紧绷绷的绳索，连想翻个身都不可能，我们只能保持着一个僵硬的姿势强迫自己闭上眼睛。

好在我们已经很疲惫，没多长时间，大家居然慢慢地睡着了，四周响起了此起彼伏的打鼾声。

借着树木藤萝的奇异光晕，我瞥了一眼守夜的两人，他们正蹲坐在一根粗壮的树杈上，不知道在嘀嘀咕咕小声说着什么。

在死气沉沉的静谧环境中，我闭上眼睛，慢慢迷糊起来，不一会儿也进入了梦乡。

第十一章

撒　旦

一

迷迷糊糊中，听到有人呼唤我的名字，身体也被人来回推了几下。我睁开惺忪睡眼，就看到白枫和陆华微笑着蹲在我面前。

“怎么了？还没到换岗的时间你们怎么起来了？”我想用手臂支起酸疼的身子，却被缠在身上的绳索困住了。

“你倒是真能睡得着！”科恩十分不满地在下面嚷叫起来。我将头探到树枝空隙中向下看去，大家都已经溜回到地上，正收拾着背包，为继续前进做着准备。

我感到有点奇怪，不禁伸出手腕看了看表，表针在荧光下端端正正地指到了六点。

“怎么会是六点？”我喃喃自语了一句，搞不清楚这个六点是晚上还是清晨。因为我记得自己躺下的时候正好是深夜十一点左右。按照我们的约定，摩纳法师他们应该在三点半左右叫醒我才对。

陆华看我怔愣的样子，和白枫交换了一下眼色，笑着解释道：“法师看你睡得这么香，就没让我们叫醒你，他替你值了下半夜。”

我暗叫一声糟糕，让一位年过半百的老人替自己值班实在说不过去。我于是飞快地将身上的绳索解开，溜回地面，向气定神闲站在那里的摩纳法师道歉：“对不起，法师……其实您应该叫醒我，我睡觉一向很沉……”

摩纳法师微笑着冲我点了点头，脸上看不出一点疲倦的样子。他和蔼地说道：“我平常也不怎么躺下休息，我在打坐的时候，其实是在休息，所以我休息的时间比你们还要长呢！”

“今天晚上我值一整夜。”我回头冲着唠唠叨叨的科恩叫道。

大家收拾停当，开始继续向前摸索前进。我看到科恩用两根手指抠着那具骷髅头的眼窝在身边晃来晃去，心里觉得老大不痛快，说道：“你带着它干嘛？”

“多好的一件纪念品，我估计拿回美国一定能卖一个好价钱。再说了，它的价值可比所谓的水晶头骨宝贵多了。”科恩将头骨拎起来，颇为欣赏地和它“对视”着，继续说道，“你说是吧？”

“要是被它的同类看到这一幕，恐怕你后悔都来不及。”

介川走到我们身边，从科恩手中夺过那颗头骨，将它小心翼翼地塞进科恩的背包：“带着吧，它一定会对我们有用的。”

我刚要询问，介川已经走到了摩纳法师身边，冲大家摆手道：“走吧，别再耽搁了，早一点走出去也就能早一点找到我们的目标。”

从今天早上起来之后，介川好像又变回到惠子死亡之前的样子，脸色平静中带着微笑，做事情的态度也比前几天积极了许多。我记得昨天他还是默不作声地跟在我们后面，丢了魂一样，这会儿却已经成了我们这支队伍的领头羊了。也许是经过几天的痛苦挣扎之后，他心头的创伤慢慢愈合了，或者昨天夜里和摩纳法师的交流，让他的精神升华到了另外一个境界。

这次落在队伍最后的是白枫和陆华，罗西比他们稍微靠前一些。我回头瞥了他们一眼，见他们指手画脚地像是在讨论什么问题。我感到老大不痛快，犹豫了一下，还是打消了等他们赶上来听听他们说什么的打算。因为这样做似乎有点不大光明磊落，好像要刻意将他们隔开一样，虽然我确实在心里打着这个主意。

“你昨天晚上有没有听到什么声音？”和我并排前进的艾维洛兹转头问我。

我摇了摇头：“没有啊，你听到什么声音了？”

艾维洛兹也摇了摇头，说：“我也记不清了，不知道是自己想多了，还是确实听到了什么，我只记得自己迷迷糊糊中好像听到尖细的……哨声！”

“哨声？”

他点了点头，但又不是很确定地皱起了眉头：“听那尖细的调子应该是有人噘唇发出的声音……但我不能确定。”

“你听到了吗？罗西。”我向走在我身后的罗西问道，趁机又向他身后瞄了一眼。陆华和白枫依然离着罗西四五米远的距离不紧不慢地跟着，看样子聊得很投机。

罗西一副心不在焉的样子，听到我叫他的名字，诧异地抬起了头：“你说什么？”

“艾维洛兹说昨天夜里好像听到有人在吹口哨，你有没有听到？”

罗西茫然地摇了摇头：“我什么也没有听到，因为我一直在做一个噩梦，被魇住了，直到清晨才被叫醒。”

他眉头紧锁，脸上罩了一层很重的晦气，乌沉沉的。我问：“什么噩梦让你做了一个晚上？”

罗西苦笑了一声，道："说出来你们可能不信，我梦到那个头骨了，它在我对面不停地张合着下颌骨，好像有什么话要说，但我无论怎么靠近它，都听不到它发出的声音……"

"一个头盖骨能发出什么声音？"走在我们前面的科恩用讥讽的口吻问，"如果真能发出声音，那才真是一个噩梦。我想你一定是被这个骷髅头吓住了。"

"可是……"罗西突然抬起脸孔，忧郁的眼神中带着几分犹豫的神色，"可是，我突然想到，我们在海上遇到的那个灵柩船上的尸骨也没有头颅，如果把这两件事联系在一起，你不觉得很诡异吗？"

"而且，弗兰克也在不停地收集头颅。"艾维洛兹抿了抿嘴唇，补充道。

"那能说明什么？"科恩转回头，向我们嘿嘿冷笑着问。

罗西和艾维洛兹被他问住了，有点失望地对视一眼。艾维洛兹接口道："它们之间肯定会有联系，但我们现在还想不明白。"

科恩有点厌烦地向我们摆了摆手："行了吧，别胡乱猜测了，本来很简单的一件事，让你们两个人猜来猜去，变得越来越诡异恐怖了。要是按你们的说法，那个水晶头骨不应该放在大英博物馆里，而应该碾碎了直接丢到火星上去……不就是一个头骨吗？任何动物，包括我们人类，死后都会留下头骨，没什么大不了的。"

"我们是说这个头骨出现得太蹊跷了，而且你不觉得关于头颅的事情出现得太频繁了吗？"我反问他。

科恩哦了一声，却没接着反驳我，不知道是失去了讨论这个话题的兴趣，还是没找到反驳我们的理由。

"后来呢？"艾维洛兹回到原来的话题上，继续问罗西那个噩梦中的情景。

罗西咬着嘴唇沉默着，目光在我和艾维洛兹脸上扫来扫去，好像有什么话难以启齿一样。

我于是轻声安慰他："这没什么大不了的，不就是一个噩梦吗？有什么话不能说的？"

罗西好像终于下定了决心，将头向前探了探。我和艾维洛兹也不约而同地将耳朵凑到他的嘴巴前："我最后听到它说……"

"什么？"我和艾维洛兹异口同声地问。

"它说……撒旦已经潜入了我们这支队伍里，我们不能再向前走了，不然我们会被全部杀死的。"

我和艾维洛兹对视一眼，有些失望地移开了脑袋。

"看来你真是做了一场噩梦。如果撒旦真要杀死我们，不会等到我们登上这块大陆之后才动手，它完全可以在自己的领地将我们轻而易举地倾入汪洋大海。”艾维洛兹苦笑着摇了摇头。

罗西也有点失望地摇了摇头，不知道他是对我们的反应感到失望，还是对自己的这个难以索解的梦境感到迷茫。

就在我们进行完这场毫无结果的谈论之后，整个队伍突然停了下来。我看到艾维洛兹脸色蓦然间变得蜡黄——这种情景在我们相处的这段日子里并不多见。不过我也立即明白了他神色剧变的原因，因为就在他的话刚刚说完的瞬间，不知道从哪里传过来一阵急速而尖细的声音。

哨声，这明显是一种用口唇发出来的尖细声音，看来不是艾维洛兹昨晚产生了幻听，而是我们集体失聪了！

二

走在队伍最前面的摩纳法师和介川立即紧张起来，转着头四处搜寻声音的来源。科恩马上从腰间拔出手枪，黑洞洞的枪口慌乱地围着自己的身体指来指去。其他人也跟着将自己身上唯一的武器拿在了手中，亮晃晃的匕首映着丛林中诡异的光彩，发出森冷的光芒。

那阵尖细的哨声很急促，也很有威严，就像是一只头狼发出的那种用来召集狼群的嚎叫一样。我的心跳马上加快了，如果它的作用真是在召集属下，那我们可能已经中了埋伏。

我想不通的是，这群游荡在丛林中的幽灵为什么不选择我们大部分人熟睡的时候发起进攻，而偏偏挑选这个时候？

这个念头只在我脑子里闪了一下，因为在这种情况下，我必须打起十二分的精神去应对眼前的变故，没有时间去思考这个问题。

可怕的猜测变成了现实，因为就在那声悠扬尖细的哨声渐渐变得清晰起来的时候，我们周围开始此起彼伏地响起同样的声音。看来我们真的被它们包了饺子！

死气沉沉的原始丛林在这一瞬间好像突然被赋予了生命，除了哨声之外，我们四周也开始响起咔嚓咔嚓的声响，并越来越清晰。

摩纳法师一边大声招呼大家聚在一起，一边抛出攀岩索，身子像是武侠片中那些吊着威亚的武林高手一样飘飞起来，一荡之下就站到了一株明显比周围其他树木高出许多的树枝上，面色凝重地向远处眺望。

老僧人眺望了几秒钟，转头向我们大声叫道：“它们在树顶上正在向这里冲过来，现在大家往左边跑，快！”

面对这种突发状况，没有人再提出异议，连科恩也闭上了他那张专爱挑毛病的臭嘴，随着人群向左边溃退。法师抛出攀岩索在我们上空负责引导和断后。

我心里明白，实际上大家已经被包围了，摩纳法师之所以要我们向左边跑估计是看到这边敌人的力量比较薄弱一些。但一场遭遇战是在所难免的，我们必须和这群在树上生存的“两栖人”打一场关乎生死的遭遇战。

只过去了一分钟左右，这场战斗就开始了。摩纳法师先于我们冲到了最前面，十几米高的浓密枝叶间传来混乱的打斗声。

我很想上去帮忙，可六年的少林寺苦修并未赋予我这种高来高去的本事，就算我能勉强爬到树上，要想在虚实掩映的枝叶间站稳已经很不容易，更别说施展近身格斗的功夫了。而且对方好像也没有打算跟我们展开近身肉搏，随着头顶声音越来越嘈杂，形如梅花状的“子弹”如同雪花一样从头顶嗖嗖落下，我们根本就看不到对方长什么样子。

科恩的手枪这时候发挥了应有的威力，他朝着头顶上胡乱放了两枪，就有几声带着痛苦的尖细哨声传来，有“人”中枪了！

直到这个时候我才突然意识到，这种如同口哨一样的声音可能就是它们用来交流的语言，在我们听来没什么分别，可在它们同类听来，大约就和我们人类交谈一样。

“摩纳法师！”我面朝着头顶大声叫道。

法师的声音从离我十几米远的后方传过来，虽然掺杂在杂乱的几乎让人无法忍受的哨声中，但我听得却异常清楚：“我现在将它们引开，你立即带领大家继续向左边跑，千万别回头！”

向我们旋转着袭来的梅花越来越少，声音也开始远了一些，我想应该是法师过人的身手惹恼了这些两栖怪物，或者这位老僧人敏锐地发觉了这些怪物的弱点所在，使它们不得不被他牵着鼻子走。

我感到有点为难，让一位年过半百的老人独自去应对这些不知道长什么样子的怪物，而我们却趁机溜之大吉显得十分混账。这和介川牺牲惠子的性命做诱饵没什么两样，而且结果也毫无悬念，就算摩纳法师有独孤求败一样的无敌身手，要想在一群不知道是什么生物的围攻下逃掉性命，似乎也没有多少可能。

大家都眼巴巴地看着我，因为摩纳法师的一句话，我成了这群惊弓之鸟的领头羊，但我想这些向来桀骜不驯的家伙之所以突然变得服帖起来的原因，更大程度上是因为不想做仓皇逃命的第一个。

“走吧！”艾维洛兹这一次首先冲到了人群前面，越过我向左边跑去，“我们帮不上任何忙，留在这里只能白白等死。”

其他人也都转过了身，像跟着赶尸匠的一群死尸，无声无息地超过我，向左边仓皇逃去。

白枫和陆华走过我身边的时候，同时伸手扯住我的两条手臂，拉着我跟了上去。

我向来不是一个犹豫的人，但让别人顶雷而自己趁机逃命的事情，我真的不想去做。但我又不得不承认艾维洛兹的话一点也没错，我留在这里只能等死，别无他用。

随着我们不辨东西的疯狂逃窜，后面的杂乱声音越来越小。摩纳法师确实靠一个人的力量牵绊住了这些怪物，让我们暂时逃出了重围。

接下来的一个小时中，我们几乎忘了疲倦，更加顾不上让人头晕眼花的气味，只顾逃命，就如同一群恓惶的丧家之犬。

这样向前疯跑了半个多小时，前方出现了一块难得一见的空地，刺眼的阳光照射下来。我们终于能获得片刻的休整了。

这块空地面积大约有五十多平方米，呈一个鸡蛋状的椭圆形，地上歪歪斜斜地躺着粗大的树木。

我们大喘着粗气冲进了这片空地，然后将身子狠狠地摔在地上，直挺挺地仰面朝天，双眼紧闭，只有此起彼伏呼哈呼哈的喘气声在空气中飘荡，四周又恢复了死一般的寂静。

过了一会儿，陆华用有些沮丧的声音喃喃自语：“摩纳法师会跟上来吗？”

没有人回答他的这个问题，因为这种希望渺茫得几乎看不到。

“我们会记住他的，摩纳法师，一位伟大的印度僧人！”科恩的语调也收起了往日的轻佻和傲慢，“如果我们能活着回去的话，我一定为他立一座纪念碑，全部用汉白玉堆砌……”

我斜睨了一眼这个虚伪的白人，冷冷地提醒他：“别想得那么远了，你以为那些家伙会放过我们吗？别忘了我们还要在这片丛林里跋涉至少一天的时间。”

大家刚刚升上来的侥幸心理重新落了下去。韩成殊沮丧地问：“我们该怎么办？”

在这种我们完全无法把握的丛林中，我们又能怎么办?

“你们谁看到它们长什么样子了？”科恩扭动着硕大的脑袋问大家。

大家都摇了摇头，这个结果给我们本来就绝望的情绪又泼了一盆冷水。我们被敌人追杀，却根本不知道敌人是什么。这是多么可笑又让人绝望的一件事！

“我们还是先不要贸然进入丛林了，至少在这里，它们要想攻击我们，就必须下到地面上来。我想它们并不适宜在地面上行动！”艾维洛兹咬着自己一直未点燃的烟斗，喘着粗气分析道。

“总不能就在这里待着吧？还是要想点别的办法，不然等我们的食物吃光了，结果比现在更惨。”罗西道。

陆华也颇为忧虑地说：“我们已经损失了一个同伴，而且是我们这群人中最厉害的一个，不能再冒冒失失地去犯险了。”

“不止一个！”黑人船长罗伯声音低落地纠正着陆华刚才的话。

直到此时大家才注意到船长身边一直躺着没有起身的古洛博士。是的，我们失去的同伴不仅仅只有摩纳法师。

古洛博士躺在地上的身体在阳光下微微打着哆嗦，像是犯了寒热症。他脸色苍白，头发凌乱，一张满是皱纹的脸孔因为痛苦而变得几近扭曲。

他的胸口被一片黑色的梅花状物体打中了，鲜血已经浸湿了厚厚的衣衫。从伤口中向外渗流的鲜血，随着他心脏的跳动正在有节奏的流淌着。看来他的心脏已经被刺破了，就是华佗再世，恐怕也救不了他的命。

我们围拢在这位年老的教授身边，默默地看着他的生命慢慢消失。

当我们都围在他身边之后，老教授睁开了他那双无神的眼睛，像面对一群陌生人一样在我们脸上缓缓扫过。

“爱德华……爱德华真是一个不值得结交的朋友！”古洛博士缓缓地说道，“我早跟他说过，这件事太危险了，可这个不怕死的家伙硬把我拉来了……”

他说到这里停了下来，用干燥的嘴唇狠狠地喘了好一会儿，才接着说道：“我早就预料到了会是这种结果。从一开始决定加入进来，我就有一种预感，我们……我们这群人不会有一个人活着离开这片狗娘养的陆地。爱德华……爱德华死的时候，我就更加确定了这种预感……”

“人总会死的，我一点也不害怕死亡，只是没能搞清楚这片大陆的真实面目心有不甘，而……而且，我舍不得我的小弗兰西斯，真舍不得……”

我听着他絮絮叨叨的虚弱声音，心里黯然。确实，这种不祥的预感在我刚刚登船的时候也曾有过，可能这也是我们所有人都曾经产生过的一种感觉。而且，死亡从一开始就围绕在我们身边，到现在为止，我们已经快失去一半的同行者，可我们依然解不开任何谜团，它们没有减少，反而在渐渐增多。

古洛博士断断续续地向我们述说完一段与爱子的美好回忆之后，话锋一转，眼中突然绽放出一种异样的安详。我心里一动，这是回光返照吧！

他睁大了眼睛，瞳孔也在渐渐放大，几乎是咬着牙硬撑着继续说道：“我见到了那种生物，它们……根本就不是两栖类，因为它们完全不具备两栖类的特征，但我无法确切地描述这种生物的形象，它们太怪异了，世界上怎么可能存在这种生物？这违背自然法则，这是不可能的事情，而且……而且……”

他怔怔地盯着我。我不知道他是想告诉我点什么，还是有其他意味，老人的嗓音也变得僵硬起来。我想他马上就不用再忍受这种痛苦了："我还知道一件事，撒旦已经潜进了我们这群人中，他正冷冷地盯着我们在它眼前一个个地倒下去……"

我和艾维洛兹同时向前迈了一步，同声问道："你说什么？"

"我——"老人举起了手指，但却僵硬地停在了空中，声音也在缓缓低落中戛然而止。

他的手指指向了我，眼睛睁得大大的。我突然意识到了什么，蓦然转回了头，只觉得眼前一晃，身后好像有什么东西掠了过去，迅速消失在旁边散发着诡异光影的丛林中。

撒旦？还是追逐我们的那些生物？我不敢确定。

三

没有人打算去追它，也没有人敢去追它，无论它是撒旦还是那些古怪生物，我们只能任其自由来去。

古洛博士死了，眼球往外突出，僵硬的手臂向前伸着。我俯下身，费了很大力气才帮他把眼睛合上。

他死了，也解脱了，让一个醉心于实验的科学家和我们这群整天和死亡打交道的人混在一起，本来就是一种折磨，我想他也受够了。

可他的死亡却给我们又留下了两个疑问，那种本来已经可以下定论的生物的身份再次变得扑朔迷离起来。古洛博士断言它们不是两栖类肯定有他的依据，可惜他没有说明白它们是什么。

怪异、违背自然法则……这真是很让人哭笑不得的形容，恐怕连上帝都参悟不透这种哑谜。我们唯一可以断定的是，这种生物是任何人从未见过的，可能在地球的漫长生命史中，都找不到它们的身影。能够让一位知识渊博的生物学博士百思不得其解的生物，本身就透着十足的恐怖味道。

还有他那句和罗西如出一辙的话，更让人心惊胆战。古洛博士本来就不是一个爱开玩笑的人，在他生命结束的时候，就更加没有必要涮我们一把了。还有那个从我背后突然消失的黑影，一想起来我就感到脊背发凉。

大家默默地站立了几分钟，才从悲痛和惶恐不安中稍稍恢复了过来。我俯下身子将深陷入教授胸口的"凶器"抠出来，紧紧地攥在手心。

科恩轻声问大家："他的尸体怎么办？"

“烧掉吧，我们总不能让他曝尸荒野，而且我们也不知道那些不知道是什么东西的怪物以何为食。”艾维洛兹沉吟道。

于是大家帮古洛博士整理了遗容，收拾起一片空地，并将地上的干柴堆起来，将他的尸体点着了。

大家眼看着他的尸体渐渐变成焦煳煳的一截木炭。没有人退回到丛林中，面对死亡远比面临死亡更令人恐惧。

大家商量了一下，决定先在这里驻扎下来，至少在没有想出应对的办法之前，不再贸然进入丛林。

我简单地吃了点饼干，就在空地边缘开始练习抛掷攀岩索。我已经下定决心要跟这群怪物拼一拼，而且我想这也是唯一的办法，无论是生是死，我都要亲眼见见这群被古洛博士称为违背自然法则的生物到底长什么样子。当然，要想做到这一点，我必须熟练地掌握从地面到树冠自由上下的本领，不然我依然只能坐以待毙。

我的行动吸引了许多人的参与，先是陆华，后来罗西和艾维洛兹也加入了这个行列，令我感到奇怪的是介川没有参加进来，我想以他的忍耐力和自制力，可能会比我们任何人的进步速度都要快一些。

这种练习不但枯燥，而且十分危险，等到了这一天的傍晚时候，我已经被摔得浑身淤青，脸上也多了好几块血殷殷的伤疤。陆华和罗西跟我差不多，艾维洛兹最严重，他在一次荡起四五米高的时候，绳索的抓扣突然脱开了，他从空中翻着筋斗云栽了下来，把腰给闪了。从那往后直到我们和那群怪物决战，他都只能斜躺在地上发呆，要不是地上有一层厚厚的枯叶，恐怕会一下子将他的脑袋撞进胸腔里。

白枫在韩成殊的帮助下，为我们准备了一顿还算丰盛的晚餐。他们升起了篝火，将腊肉和火腿肠烤得香气四溢，再加上压缩饼干和科恩从船上偷偷揣回来的两瓶白兰地，我们总算吃上了一顿大餐。

虽然有酒，但大家只是点到为止地喝了一点，在这种情形下，如果再有人开怀畅饮的话，那真的是活够了。

吃完晚饭，我就坐在一株倒在空地上的粗大树干上，一边点燃一支烟，一边仔细端详那枚状如梅花的暗器。

其实说它是梅花状的并不准确，因为它分散在周围的五个角之间的间隙并不是很规则，其中有一个空隙比其他四个都要宽上许多。它很薄，尤其是五个角，锋利得只需轻轻一划就能割破手指。除去了鲜血的掩盖，它的颜色有些发乌，表面有许多状如筋络的细线将五个角和中心连接起来。

看到这里我才恍然大悟，原来这枚要了古洛博士性命的武器正是这片奇异丛林到处可见的东西——它是一枚还未长成的五指嫩叶（我不知道这些树木叫什么，只能这样称呼它）。可是令我想不明白的是，这些五指叶长成之后都很柔软，为什么这片嫩叶却如此坚硬锋利，居然能当武器致人死命呢？

或许这些生活在丛林中的生物有自己独特的方法来锻造它，这我就不得而知了。

"看什么呢？"艾维洛兹双手拄着腰走到我面前，然后艰难地坐在我身边，轻声问。

我将那枚五指叶托在掌心给他看。

艾维洛兹皱着眉头仔细看了一会儿，苦笑着说："我记得你们中国有句话，用来形容一个功夫高强的人，是怎么说来着？"

"摘叶飞花，皆可杀人！"

"哦！真不幸，我们遇到了一群武林高手。"

我也苦笑了一声，道："看来我们的运气不是一般的好。"

"你练得怎么样了？"艾维洛兹咧着嘴弯腰掏出烟斗，将它叼在嘴上，示意我借给他一个火。

我帮他点燃了，摇了摇头："要想达到摩纳法师的境界，没有一两个月的练习，恐怕难以做到。"

"可是我们的食物……"

"我们不可能等一两个月的时间，我想再过一两天，我们就要采取行动。"

"可是……"他说了一个可是，就住了口，将烟斗从嘴里拿出来，慢悠悠地向空中吐出一口烟。

"我这样做也是没有办法的无奈之举。就算我们这些人中有几个能练成法师高来高去的本事，也依然不可能是它们的对手，我只是想看看这些生物长什么样子，另外……"我回头瞥了一眼围坐在一起死气沉沉的人群，压低了声音说，"我觉得还有一件事最好能在这里解决掉！"

"你是说……"他瞄了我一眼，说。

我点了点头，续道："我相信罗西和古洛博士如出一辙的话里肯定是另有所指，因为我不相信世界上真有所谓的撒旦。"

"我也不信。"

"所以只有一种可能，我们这群人中有一个内奸。"

艾维洛兹点了点头，道："这个我也想过，可是问题在于，我们这些人从来没有分开过，一直待在一起，这个内奸是怎么混进来的？而且，如果有内奸的话，他为什么和我们一模一样？从古洛博士临死时所说的话判断，这些生活在丛林中的生物绝对不是人类，难道……”他说到这里再次停了下来，脸上掠过一丝恐惧。

我和艾维洛兹虽然是初交，但已经有好几次可以互相看透对方心事，我不知道这是因为什么，或者我们有极为相似的思维模式，所以看到他这种神色，我就郑重地点了点头：“我确实是这样认为的。”

“如果弗兰克没有死，那我们在船上烧死的那个人又是谁？”

我无奈地摇了摇头：“这个我可就猜不出来了。或者是和刘天杰一样偷偷跟着我们溜上船的另一个人，或许……谁知道呢！”

艾维洛兹低头抽着烟，在他头顶盘旋缭绕的烟雾告诉我，他陷入了沉思。

“或许……”过了一会儿，艾维洛兹抬起了头，用从来没有过的那种毫无把握的口吻轻声说，“刘天杰的身份也并非他告诉我们的那样，和弗兰克一起溜到我们船上的并非只有他自己。”

我点了点头：“在事情没有水落石出之前，这有许许多多的可能性，但直到现在令我感到无比疑惑的是，他们的目的是什么？”

是啊，这是最令人百思不得其解的地方。如果说弗兰克溜上我们的船是为了获得它所谓的头颅的话，那另一个的目的又是什么呢？它为什么眼睁睁地看着自己的同伴遭受火刑而无动于衷？又为什么不继续这个凶残的收集工作？或者像我刚才猜测的那样，我们烧死的并非弗兰克。不过，就算这种可能成立，上面的问题依然得不到解答。

想到这里，我只能摇了摇头，把手里的烟蒂丢在地上，并狠狠地将它踩熄了——我可不想在这种时候再倒霉地遭遇一场火灾。“行了，别想了，与其坐在这里苦想，我还不如去做点更实际的事情。艾维洛兹，你得时刻注意我们这群人中的每一个，留意他们的一举一动，如果能在危机到来之前将它找出来，我们就谢天谢地了！”我站起身来说道。

艾维洛兹若有所思地点了点头，目光从我脸上游离开来，并缓缓地从远处的每一个人脸上一一扫过，最后落在刘天杰脸上，目光竟然有点呆滞。

我一边甩着攀岩索往丛林边缘走，一边发着狐疑，像这种茫然的神色我可是第一次在这位大名鼎鼎的侦探脸上看到，不知道他心里此时在想些什么。

直到我走进丛林并将自己的身子在空中荡起来的时候才突然明白了，看来在这位内敛严肃的侦探内心，爱情的火苗并没有完全熄灭，如果另一个人是和弗兰克一起的话，那这个人最有可能就是梅尔小姐了。

实际上我此时的心里不但装满了一个个大大的问号，还有着一个不可忽视的感叹号，因为我明显感觉到，在进入丛林之后，白枫对我有了明显的疏远，虽然这种疏远在船上时已经露出了迹象，但这两种情况却有着天壤之别。在船上时，她不仅仅和我关系疏远，和其他人也一样，可是进入丛林之后，她很明显在向陆华靠拢，尤其是他们几乎一致的两次行动，我刚醒来时，他们两个人一起出现在我眼前；在强敌来袭，我拿不定主意是走是留的时候，他们极为默契拉住我手臂的动作，更使我觉得异常不舒服。

虽然我一直在安慰自己，白枫本来就是陆华的，如果不是因为S市那次瘟疫，我根本就不可能和白枫相识，恐怕这时候他们两人已经步入了婚姻殿堂，我才是一个真正的第三者。陆华才是白枫这个“宝贝”的原主人，他现在回来了，如果白枫同意，我理所当然的要将她物归原主……

正是为了暂时将这些问号和感叹号驱除脑海，我才在大家都休息的时间，只身来到丛林边缘，用身体的疲惫和疼痛来使自己忘记它们的苦苦纠缠。

在接下来的两天里，我都延续着这种状态，只有吃饭和睡觉的时候才回到人群中，剩下的时间，都将自己扔在了离空地十来米远近的丛林里，来回折腾。

很奇怪的是，在这两天里那群生物没有继续追杀我们。它们一直没有露面，不知道是就此撤离了还是正在编织更大的阴谋。这两天我们过得十分平静。

我们每天晚上都安排人轮流守夜，而且我们还制作了简单的弓箭，用多出来的攀岩索做了弓弦，用匕首把树枝削成箭矢，每个人都在勤练射箭技术，为未来的遭遇战积极做着准备。

平静的日子使得我们其中的一些人忘记了身处的危机，但在我心里，压力却越来越大。我想那些生物是不会善罢甘休的，我们等的时间越久，所要面临的危险可能更大。

果然，这场大战在第三天的深夜来临了，与它一同袭来的还有那个潜藏在我们这些人中的奸细，这令我们猝不及防，差一点全军覆没！

第十二章

恐怖的太初生物

一

当时我刚被换下岗来，迷迷糊糊地进入了梦乡，却又醒了过来。

其实我是被噩梦吓醒的。这个梦境是这样的，我亲爱的白枫——现在也只能在梦里这么称呼她了，正拿着一把刀笑嘻嘻地切割我身上的肉，而我当时就被钉在弗兰克曾经被钉死的十字架上。

梦境中比较清晰的形象就只有我们两个人，远处朦胧中好像还有一个身影，但他一直背对着我，我看不到他的脸孔，只是觉得他的背影似曾相识，不知道是陆华还是别人。

当时我被赤条条地钉在十字架上，两只手掌被洞穿了，从梅花状的血孔中涌出的鲜血顺着手臂流淌下来，疼痛和黏糊糊的感觉十分真实。

梦境中白枫一边割着我的肉，一边在向我窃窃低语，像是和情人话别一样。她的脸孔还有她微微蹙起的秀眉以及她散发着淡淡香味的秀发都是那么的真实，一缕垂下来的秀发随着她身体的动作在脸颊上很有节奏地晃动着。她的身体也随着匕首的划动在微微动着，发随身动，身随刀动，但那把刀却正在平稳地切割着我的皮肉。

我能感觉到身上的疼痛随着神经的传导直达大脑。我在大声地嚎叫着，呼唤着白枫的名字，可白枫像是根本没有听到一样，依然一丝不苟地切割我，像是在认真地给一只兔子剥皮。

我能真切地看到白枫微微翕动的两片薄唇，却听不到她在说什么。我能清晰地看到白枫那张熟悉的面孔上面洋溢的可爱笑容，却猜不到她紧蹙着眉头在想些什么。

这真是一个奇怪的梦，也是一个令我心痛不已的梦。我爱着的人正在拿一把刀割我身上的肉，没有一点伤感，像是在剥一只兔子身上的皮，那么认真，那么一丝不苟。

远处那个朦胧的背影一直背对着我们，脊背泥塑木雕一样笔直地挺立着，对我的嚎叫和刀刃切割皮肉的嗤啦声无动于衷。我恍惚中看到那个人转过了身子，那张脸孔属于陆华，但等我凝神再去看时，还是那个挺直的脊背，上面只有一丛黑乌乌的头发。

我身上的肉已经散落了一地，像是专门洒在地上为秃鹫准备的大餐。

最后我终于绝望了，像弗兰克一样沉静了下来，只是用直勾勾的眼睛盯着白枫那张令我多少次魂牵梦绕的清秀脸蛋。即便她在毫不怜惜地割我的肉，我依然觉得这张算不上美艳的脸孔是那样令我怦然心动，让我禁不住心生怜爱，禁不住要将她揽进怀里，用自己不算强壮的肩膀为她遮风挡雨。

大约过去了几个小时，也可能只有几分钟，更有可能有好几个世纪，我裸露在外面的肌肤几乎都被白枫手里那把锋利的匕首削成了碎片。她终于停止了机械的动作，用染满鲜血的纤细手指撩了撩自己的秀发，皱着眉头将刀刃刺入了我的心脏，然后将手伸进去，用两只手掌小心地将我的心脏捧了出来。我那颗还在不停搏动的心脏就被她轻易地带走了。

她毫不留恋地留给我一个美丽的背影，从我的视线里渐行渐远，慢慢消失……

等我醒来之后，竟然发现我的脸颊是湿润的，我可能对梦中的情景绝望到了极点，也伤心到了极点。我不知道自己为何会做这么一个梦，更不知道梦中的白枫怎么会是这么一种残酷无情的形象。

我伸手将脸颊上的泪痕抹去，慢慢地坐起了身子，仰头对着清冷的月亮舒了口气。

白枫正在我和陆华中间酣然入睡，身上裹着我和陆华的外衣，脸上露出一股甜甜的微笑，还是那副让我心生怜爱的样子。或许她也在做一个美梦，但我不知道她的梦境里会不会有我。

陆华双手抱着肩头睡得很沉，背对着我打着很有节奏的鼾声。我盯着他的后背，和刚才梦中的那个模糊背影做着比较，但我不敢确定那个背影是不是眼前的这个。

艾维洛兹和韩成殊正一人倚在一株树干上，离着三四米默默相对。韩成殊两条手臂抓着衣服紧紧地抱在胸前，眯着眼睛像是睡着了；艾维洛兹却僵硬地坐在那里，一缕缕轻烟将他的脸孔完全罩住了。

我又在地上横七竖八躺倒的人群中扫了一眼，刚想倒下来再睡一会儿的时候，突然觉得哪里不对，于是再次转过头在人群里扫了一眼。这次看清楚了，罗伯船长和科恩中间好像空出来一个人的空隙。我仔细数了一下人数，不包括我在内，现在地上躺着的人是五个，加上放哨的艾维洛兹和韩成殊，一共只有七个。

少了一个人！

正在这时，一阵尖细的令人心跳加速的声音突然在不远处的丛林中响了起来。

我心里一惊，一下就跳了起来，放哨的两人也像被电击了一下，全都站起了身。

这阵哨声很清晰，而且很明显是从我们的左边发出来的，我顾不上招呼其他人，一边将弓箭攥在手里，一边跳过白枫和陆华身体的遮挡，向左边飞奔而去。

当我一头扎进苍莽的丛林里，身后才响起了韩成殊惊恐的大叫："快起来，大家快起来！那些怪物打过来了……"

我跳进丛林后立即抛出攀岩索，身子在空中荡了两下，用两条腿夹住一根成人手臂粗细的树枝，翻身站了上去，然后仔细分辨了一下哨声传来的方向，在月影斑驳的枝叶间小心蹦跳着向那里悄悄掩近。

虽然我已经加了十二分小心，但自已尚不娴熟的蹩脚动作还是使身边的树枝发出咔嚓咔嚓的响动，就是离开七八米远也能听到。好在我的同伴们从熟睡中惊醒过来后发出嘈杂的叫嚷，在一定程度上起到了掩护我的作用。

我一边睁大了眼睛盯着前方斑驳婆娑的枝叶，一边从背上的简易箭壶里捏出一支光秃秃的尖细树枝搭在了箭弦上。我可不想猝不及防中被敌人在身体上纹上一朵漂亮的血梅花。

这次的哨声和我第一次听到的有很大不同。它的音调并不是十分高亢尖细，也没有那样急促，略显低沉的曲调婉转悠扬，和我们熟知的洞箫声有点类似，好像是有人在清冷的月夜里吹箫遣怀一样。

是谁在这种危机四伏的深夜里吹奏乐曲？他想要干什么？

我想到了人群中空出来的那个位置，但我无法判断这个人到底是罗西还是介川，因为两个人都让我心存疑忌，一个是因为一路上给我的神秘感觉，一个是因为过人的忍耐力，如果这个声音是他们中的任何一个故意发出的话，都不能让我心情轻松，相对于嚣张得有点可笑的科恩，他们其中的任何一个都要危险许多。

随着哨声渐渐清晰，我更加小心地移动身体，像惊弓之鸟一样向乌沉沉的枝叶间探头探脑地张望。

好在空气中只有这一声时高时低的声音在飘荡，没有应和的声音，这让我绷紧的神经得到了一丝小小的缓解。

我又前进了十几米，前方斑驳的暗影里好像有一团黑乎乎的东西。我不敢贸然冲上去，只好斜靠在一根横出的树杈间观察动静。这根树枝约有碗口粗细，勉强可以遮挡住我的身体。

我睁大了眼睛向七八米远的暗影中张望，不一会儿，那团黑乎乎的东西果然动了两下，这表明那确实是一个能活动的实体。

我提高了警惕藏在粗枝后面，打算一边静观其变，一边等等后面可能会跟过来的援手。

就在我蹲下不久，哨声却戛然而止。我正疑惑于自己是否被发现了，犹豫着是否应该先发制人的时候，苍莽的丛林深处又有一声哨声发了出来。

听到这个声音，我心里更是大吃一惊，因为这个哨声我曾经听到过，虽然我无法说明白哨声与哨声之间的差别，但却可以肯定，这个声音正是将摩纳法师带走并让我们失去了古洛博士的那个声音。

离我不远的那团黑乌乌的东西再一次做出了短促的回应，声音低沉，有点飘忽无力，并很快停止，然后远处的那个声音又奏出了更加高亢的音调，并且只有一声，接着也遽然停止了。

我不禁暗暗叫苦，因为我能真切地听出远处的那个哨声在第一次和第二次中间有着明显的变化，第二次远比第一次要清晰许多，但却不知道它要传达什么意思。

离我七八米远的那个黑影没有再发出任何声音作为回应，只是从一团圆乎乎的形状缓缓拉长，最后变成一条人体的形状。这个家伙马上要采取行动了！

嗤！黑影好像抛出了一条细线，身子也在转瞬间荡到了更高的地方，这使他的身体暴露在月光下。

我倒吸了一口凉气，果真是他！

从他轻松荡起身子并像猿猴一样灵巧地抓住树枝旋转的动作来看，他对这个动作的娴熟程度甚至比摩纳法师还有过之，看来这个戴着眼镜的家伙真是隐藏在我们身边最危险的一个内鬼。

可令我想不通的是，这个家伙到底要干什么？他召唤那些异类过来究竟是什么目的？

只过了三两分钟，我听到好像有什么东西迅速靠了过来，黑暗中响起一阵由远及近的喀嚓声，然后在这个内鬼身边，像是幽灵闪现一样，一个奇怪到了极点的身影突然出现了。

它刚出现的时候我吓得汗毛直竖，因为我看到了一团足有四五米大小的巨大阴影像伞盖一样突然张开。它不停抖动的身体很薄，甚至我能透过它的身体，看到月光投射到它身上的隐约光晕，还有这层光晕中树叶脉络一样的筋络血管。这团面积展开来足有四五平方米的怪物就是一只巨型的蝙蝠，但并非是蝙蝠全部，而是只相当于蝙蝠身体上的某个部件，是的，它就像一只蝙蝠的肉翼，或者说就是一张薄薄的肉片。

这张肉片看起来很均匀，身体的任何地方几乎都完全一样，它在用一个巨大的感叹号撑开我的嘴巴以后，身体迅速收缩，只用了不到一秒钟的时间，就变成了一个和人类差不多大小的形状，静静地和那个内鬼迎面相对。

虽然它们所在的地方比我的位置高出许多，但并非树木的最顶端。我能从头顶渐渐稀疏的树叶间隐约看清他们的形状，却无法瞧清楚那个由肉团卷曲而成的东西长什么样子。

尖细的哨声再次响了起来，我能看到那个内鬼嘴里正叼着一只食指长的哨子，刚才的声音一定就是由它发出来的。

一人一怪，用这种完全不可理解的交流方式你来我往交换着彼此的想法，可惜我却一句也听不懂。唯一可以断定的是，那个怪物的声音越来越高，越来越急促，而那个内鬼的声音却越来越低沉，越来越无力。

我尽力忍受着这种无聊的折磨，并打算撑到最后。我们的内鬼在和这群怪物中的首领谈条件，但明显是处于劣势。我现在倒不是很担心那群怪物会攻击我们，如果要攻击，恐怕早就开始了，倒是很担心被这两个家伙看到——就算这个内鬼再阴险狡猾，我们剩下的七个人也完全能制服他，只要这个叫不上名字来的怪物离开。

我耐心地等待着，听它们像吹唢呐一样不停地咿咿呀呀地交换意见。但令我完全没想到的是，就在我感觉它们快达成某种共识的时候，变故突然猝不及防地发生了。

因为我的后援到了，更因为这个由三人组成的后援团不止包括陆华和罗西，还包括那个最讨厌的科恩，而且此时刚好那把令他自大得有点忘乎所以的手枪正攥在他手里。

他跟着罗西与陆华吭哧吭哧地来到我身后，并不顾已经警觉并停止了交流的那两位仁兄，猛然打开了矿灯。一条明亮的光束霸道地射在了那个恐怖的怪物身上，并随之响起了一声惊人的爆响，他居然扣动了扳机！

怪物被那束明亮的光线一照，立即发出一阵惊慌的声音，身子在一瞬间像展开的黑布一样从树枝上飘了起来，嗖嗖的“梅花镖”在灯光照射下，像一枚枚飞迸而出的子弹一样向四面八方激射而出。

科恩的子弹确实打在了它身上，但也只是换来一声尖叫，并迫使它在我们面前倏然消失。

“介川，把手放在头上，转过身来！”一枪击退了怪物的科恩指着呆呆地站在那里的内鬼大声吆喝起来。

介川确实转过了身，但他只冷冷地瞄了我们一眼，露出一抹阴森森的微笑，随即就化成一片片碎块，从高高的树枝上散落到地上，变成支离破碎、血肉模糊的一堆碎肉。

“你这个蠢货！”一向不骂人的陆华这时也开口骂了句脏话，一拳狠狠地打在科恩脸上。

科恩先是被眼前的景象吓了一跳，接着又被陆华突如其来的一拳打懵了：“你……”

但错误已经铸成，随着一声悠长而急促的哨声在丛林中荡漾开来，在我们的周围，杂乱的哨声响成一片。

我们先前的猜测是正确的，那些怪物确实已经形成了一个更大的包围圈，在这片空地周围，将我们团团围住。现在，愚蠢的科恩那一枪正好刺激了它们，等待许久的进攻马上就要开始了！

二

没有人再去理会科恩，我们立即转身往回跑。

四周的哨声越来越嘈杂，丛林中树叶折断时发出的咔嚓声响成一片。我想，一场决定我们生死的惨烈对抗马上就要到来了，不知道我们最后剩下的这七个人中还能有几个可以见到明天的太阳。

还没等我们回到空地，进攻就已经开始了，嗖嗖的“飞镖”在我们身边雨点一样袭来，在宽大的叶子上打出一个个娇艳的花朵，并啪啪地钉在离我们身体很近的树干上。

直到此时，我才体会出摩纳法师所经历的窘困局面。我们这里虽然有四个人，手里还拿着一把枪和三张弓箭，却连还手的机会都没有。我很想停下来进行反击，可雨点一样在我身边嗖嗖飞过的“飞镖”令我连停一下的勇气都没有，更别说心平气和地张弓射箭了。

有几个敌人已经绕到了我们前面，像黑布一样阻住了我们的去路。我和陆华、罗西胡乱地朝它们射了几箭，但却被前面影影绰绰的树枝挡住了。

科恩是一个自大的混人，但混人也并非全无用处，在我们眼看就要撞在它们身上的时候，他手中的现代化武器终于第一次适时发挥了作用。火光闪动中，那些恐怖的身影纷纷中了弹，并迅速缩成一个圆球，在我们眼前倏然消失。

这是和它们第一次迎面相对，也是我第一次看清楚这种生物的长相。

古洛博士说得没错，这种生物绝对是地球生命史上的一个奇异物种，就算和侏罗纪时期的那些恐龙相比，它们也算得上是个异类。我想在丛林里，它们应该称得上绝对的霸主。

正如我刚才在远处看到的那样，这些生物就像是一片片薄薄的肉翼，上面分布着如同蛆虫一样的神经节，连接这些节点的是一根根拇指粗细的血管，这些节点都像是单独的个体一样能自己蠕动，那些飞迸而出的武器就是这些节点上的附着物。我猜想这些节点都应该具有口器一样的吸附功能，平时将这些硬化的树叶吸附在身体上，一旦出现状况，立即就能将它们激射而出。

在这片恐怖的身体上，我看不到它们的智慧中枢在哪里，所以我由此判断，我们前几天发现的那颗怪异的头骨并非是它们的同类，或者这些节点本身就具有各自的功能，而且又能相互连接在一起，发挥出类似于我们人类大脑一样的思考功能。

这种生物当然不能简单用地两栖类或者丛林生物来进行定义。看它们的身体形状，或者与深海中的生物有些接近，但我不敢肯定。

我们四个人慌慌张张地从丛林里冲出来，飞身跳到我们宿营的空地上。白枫他们已经都聚集到空地中央，手里拿着毯子或衣衫扑打着飞射过来的“飞镖”。

白枫看我们安全回来，松了口气，眼睛在我和陆华脸上扫了几下，忧心忡忡地问：“怎么回事？”

“有人勾结这些怪物，不过他已经为此付出了生命的代价。”罗西冷冷地替我们回答道。

“现在该怎么办？”韩成殊一边蹲在一株歪倒在地上的树干背后躲避着“飞镖”的袭击，一边惶急地大声嚷道。

“现在几点了？”我也大声问道。

“凌晨四点半。”罗伯船长郑重地回答。

如果这群生物真的惧怕阳光的话，那在东方露出曙光的时候，只要我们能坚持住，它们可能会退却。可这种希望也只能是建立在假设的基础上，如果它们并不惧怕阳光，我们连一点希望都没有。可现在是初冬季节，天亮得晚，就算第一种假设成立，我们也必须再坚持至少一个半小时才能等来不知道管不管用的曙光。

另外还有一点令我十分担心，介川到底在和这群生物的首领谈什么条件？他选在夜深人静的时候和那个首领联系，自然是为了避开我们，如果对我们大家来说是好事情的话，他为什么要避开呢？

显然，介川在来之前就怀有别的目的。他并非纯粹是为了探险，可人算不如天算，在和对方达成协议的时候却被我们发现了，冒失的科恩激怒了那位首领，介川落了个碎尸万段的下场。这对我们来说应该是一件好事，可正是因为他的猝然死亡，使得这个谜团再也无法解开。这使我不能不为自己的将来担心，因为我越来越觉得这其实是一个阴谋，我们这群人是被人故意骗到这里的，大卫和介川恐怕都是这个阴谋中的一枚棋子。可是，这个幕后黑手会是谁呢？

一想到介川临死前脸上的那抹阴险的笑容，就不得不使我想起他身体一片片掉落下来的血腥场面。这种场景我曾经在好莱坞的恐怖片中见到过，记得当时我差点吐出来，可现在真切地目睹了这种惨状之后，我才知道眼看着一个人瞬间化为碎片是多么恐怖！

可能这群生物真的惧怕光亮，它们只是躲在丛林边缘向我们不停地发射着飞镖，却没有一个敢于冲出来。这多少使我们的紧张情绪得到了一些缓解。

这种毫无趣味的战斗又进行了半个多小时，我们身边的地上已经落了一地的硬叶，踩在上面咯咯作响。

就在我们觉得这场无聊的对峙会一直延续到天亮的时候，那声高亢的哨声再一次响了起来。与此同时，持续向我们发射暗器的敌人也在顷刻间停止了下来，连半分钟的时间都不到，丛林中再次重归寂静，好像就在这短暂的时间里，我们的敌人全部撤离了。

“愚蠢的‘肉片’终于不再浪费子弹了！”科恩见四周没有了动静，放下弓箭，一边向自己的手枪里装填子弹，一边带着忿忿的表情扫了一眼陆华，“那么，陆先生，咱们的账也该算一算了。”

陆华瞥了他一眼，诧异地问：“什么账？”

“刚才你为什么骂我？还有那一拳，你认为随便一个人就能欺负我吗？”科恩一边说着，一边利索地拉动枪栓，枪口对着我停了停，转到了陆华身上。

陆华有些尴尬地苦笑一声：“对不起，科恩先生，我当时有点着急……”

“着急就可以随便打人吗？那我现在也很着急，是不是可以向你开一枪？”科恩黑着脸质问道。

陆华盯着科恩看了一会儿，叹了口气道：“打都打了，如果你觉得给我一枪就算扯平的话，随便你吧！”

科恩听到这句话一下子怔住了，可能他认为陆华会向自己道个歉，或者抬手给自己一拳，使他捡回一点面子，可没想到对方居然不卑不亢地把皮球踢了回来。科恩犹豫了一下，说：“好吧，那我就不客气了！”

“科恩先生……”白枫紧张地看了一眼科恩，随即拉了拉我的衣袖。

其实我一直在冷眼旁观，因为我不相信科恩真的会打出这一枪，另外，我更不相信敌人会这么轻易地撤走，我在想它们可能会采取的下一步行动。当然毫不讳言地讲，如果科恩真的扣动了扳机，我倒也没觉得有什么大不了的。自从发现白枫与陆华的关系逐渐拉近之后，无论我承不承认，我确实对陆华起了敌意，如果因为这次太平洋之行，居然让自己的准老婆跟别人跑了，这是打死我也不能接受的事情。我甚至于做好了“欣赏”那管黑洞洞的枪口中射出火舌来的奇妙一幕。

可既然白枫向我求助，我又不能不说两句。她很聪明，如果我再冷眼旁观下去，她恐怕立即就能想到我心中的小算盘，所以我只好开口说：“好了，科恩，别闹了，敌人还没走远我们就要火并，这未免也太让人寒心了吧！”

“住口！”科恩像是吃了火药，眼睛中射出两道毒光，将枪口转而对准了我，“还有你，你这个可恶的自以为是的家伙，你有什么了不起？什么时候轮到你教训我？你以为你说两句正大光明的话，就是堂堂正正的君子了？我是不会忘记你在船上给我的那一拳的，我迟早要找回来！”

科恩的表现很令我吃惊，大多数人也对此惊疑不定，但也有一两个在那里幸灾乐祸。

“那好啊！”我也有些暴躁起来，在这些人中我最讨厌的就是科恩，他既没有爱德华的勇敢和号召力，又没有摩纳法师的和蔼与镇定，更缺乏介川那种忍者神龟般的忍耐力，甚至于他连韩成殊都比不上。他一点自知之明都没有，还总是摆出一副高高在上颐指气使的架势。所以听到他恶狗一样的咆哮，我当即针锋相对地说，“那就试试看，是你的枪厉害，还是我的弓箭厉害？”说着，我也将弓箭拉开了，瞄准了他的眉心。

“你们这是在干什么？大家都冷静一下行不行？”白枫冲到了我和科恩的中间，带着哭腔大声问道，“我们十六个人一起来探险，可现在还剩下几个？都到了这种时候了，你们还自相残杀，大家到底怎么了？”

我看着白枫红红的眼睛，心里泛起一阵酸楚，手里的弓箭也缓缓地放了下来。

“我们应该精诚合作，不能起内讧，现在已经够危险的了，如果再内耗的话，谁也别想走出丛林！”艾维洛兹也走到了科恩身边,将他攥着手枪的手臂按了下去。

“天怎么黑了？”刘天杰抬头向天空看了一眼，带着惊恐的语调问道。这个冒死跟我们来到这里的年轻人现在已经被折磨得十分憔悴，头发蓬乱，衣衫不整，连眼圈也肿了起来。

大家也顺着他的目光向天空看去。果然，清冷的月亮已经钻进了厚厚的云层中，天空变得一团漆黑。在我们起了争执的这短暂的十几分钟里，上帝连最后一点微小的光芒也收走了。

“这是因为黎明快到了，亏你还是学文学的，连这一点都不知道？”韩成殊略点讥笑地冲我们努了努嘴，显然是在嘲笑这个文学青年。

可他的顾虑并非全无道理，天地间变得一团漆黑，那么……

“快打开矿灯！”艾维洛兹用极其少见的惊恐声音命令道。

但这好像有点晚了，在他喊出这句话的时候，我突然听到一阵微小的嗤嗤声响，心里知道不妙，急忙一个虎跳，扑到了白枫身上，并大声叫道：“快趴下！”因为我已经看到在我对面的空地上，有两团阴影像两只老鹰一样从空中俯冲而下，分成左右两边贴着丛林边缘迅速靠了过来。它们中间的间隙几乎包括了我们整个空地！

三

嗤嗤的细小声音转瞬即逝，那两团黑乌乌的东西也像两团薄薄的黑布一样无声无息地从我们两边远远掠过，一切又重新归于寂静。

“搞什么鬼？”科恩恼怒地叫了一声，身体轻巧地从地上站了起来，可是我们看得清清楚楚，他重新站起来的身体并不包括头颅！

刘天杰刚刚站起身，突然看到科恩的恐怖形象，叫了一声老天，又一跤重新摔在地上。

介川的惨剧再一次重演了！

科恩站在那里愣了片刻，和身体分离的头颅居然又叫了一声：“My god！”身体才直挺挺地倒了下去，一腔鲜血顿时喷了出来。

但遭此厄运的并非科恩自己，还有一个人也没能躲过去，他就是站在科恩背后的罗伯船长，因为他根本就没有来得及趴在地上，首当其冲的就是他！

这位老船长看到没头的科恩从地上站起来，先是惊讶地睁大了眼睛，然后才恍然意识到发生了什么事，并且低着头检查自己身上是否受伤，但他低下头后就没有再抬起来，因为他的半拉脑袋在他低头的时候，不小心掉在了地上。我看到他还仔细辨认了一会儿突然掉在地上的东西，刚想抬手摸摸自己的头颅，身子就直直地趴在了地上，再也没能站起来。

我大声叫了一声白枫，她在我身体下面嗯了一声，我甚至于都不敢站起来，深怕自己身上的某个部件也会因为自己的轻举妄动和身体分离。

过了半分钟左右，陆华也扑了过来，惶恐地拉起了我，将我身下的白枫扶了起来。

白枫从我身下面无血色地站起身，然后居然一下扑到了陆华的怀里！

我先是呆了一呆，心里也在顷刻间泛起一阵酸楚，但眼前的形势根本容不下我为自己心底的失落发呆，因为还有更加要命的事情必须去做。我于是飞奔着向科恩跑去，并气急败坏地骂道：“还活着的都他妈把灯给我打开！”

六盏明亮的光束像是招魂火一样横七竖八地射了出去。我也已经扑到了科恩身边，从他右手中抠出手枪，向四周打量着。

我知道有一种高科技物质叫作纳米纤维，这种物质极富韧性，只需要几微米的直径，就可以毫无阻碍地将任何东西一切两半。有人打了个比喻，如果有人驾驶两艘宇宙飞船，在地球的两边横飞而过，在它们中间只需要拉起一根纳米纤维，就可以轻而易举地将地球像切西瓜一样从中间切开。

刚才那两团黑乌乌的生物从高处俯冲而下，横在它们中间的恐怕就是和这种纳纤维线相类似的物质。而且我亲眼目睹过被切成许多块的介川，这种物质应该就是那些怪异生物自身生长出来的，为的是能让它们在丛林里任意飞驰，相当于我们使用的攀岩索，可是这种物质可比攀岩索恐怖多了。

在六盏矿灯同时打开的时候，第二轮进攻开始了，还是两个展开来如同黑幕的生物，它们从另一边缓缓地在十几米高的地方俯冲下来。

“所有矿灯都对准它们中间！”我大声命令道，并举起了手枪，凭感觉瞄准了那根看起来隐隐约约，纤细无比，在风中微微颤抖的细线，如果我不曾目睹过它的威力，一定以为这只不过是一根只需轻轻一吹，就能震断的东西。

我深吸一口气，将枪口瞄准了那根细线，然后扣动了扳机。

实际上在我扣动扳机的时候，它们只是刚刚从树顶俯冲下来，离地面还有七八米的高度，离我更有不下十五米的距离。在这么远的距离击中一根用微米来计量的细丝，这种难度连我自己都没有信心，当然更使我没有信心的是自己刚才发射出的这枚子弹，虽然它能轻易地钻破颅骨，但我无法确定它是否能够将这根细线崩断。

火光闪了一下，但那根细线却没有任何动静，这一枪打空了。

来不及惋惜，我已经第二次扣动了扳机，枪口再一次绽放出一丝火花。

“叮——！”子弹在两团黑乌乌的生物中间发出一声锐响，冒起一点火花，这次打中了！

可我的担心很不幸应验了，因为细线只是在空中被阻了一下，丝毫未损地继续向前飞来。我能想到，那个子弹已经被切成了两半，继续向前飞驰着射进了同一个目标。

冲过来的生物离我只有了七八米，并将高度迅速下降到不到三米了。

我想其余六个人在我身后一定在开始发抖，因为那六道射向同一个点的光束发生了微小的偏移，并在不停晃动着。或许他们在试图调整自己的焦点，但很可惜，力不从心。

其实这已经不重要了，就是再试一次，我也根本没有任何信心将它从中崩断，而且我也不想再做第二次努力。所以我抬起手就是两枪，分别向两边黑乌乌的生物射去。

既然不能将这根细线崩断，我只能试着去射杀控制它的这两个生物。

黑影发出两声低低的呻吟——当然也是哨子的声音，细线甚至连一点停顿的迹象都没有，继续横掠而来。

我彻底失去了信心，脑子几乎懵住了，一筹莫展，只是怔怔地站在当地，等着它离我越来越近。以往，我几乎总能在最危险的时候想出应对的办法，可这一次却没有。我想自己可能真的来错了！

就在这时候，突然听到刘天杰嘶哑着嗓子叫起来："分开照，分开照！"

我刚开始还没明白他这句话是什么意思，好在刘天杰虽然表达得不清楚，但行动却很快，只见眼前那团光束中已经有一条快速地分了出来，并很快移动到一边的生物上。

我顿时恍然大悟，自己的一时疏忽差点让大家全丢了性命。其实这个道理也很简单，这些生物怕光是我们早就知道的，现在到了这种危机时刻，我不去攻击敌人的弱点，反而硬往敌人最强的地方使劲，那不是傻瓜吗？！

六道光束顿时分成两组，直直地射到了这两个生物身上。

这种生物好像对光线有着天生的畏惧，在两组光线射到的数秒钟内，它们就有了反应，两片宽大的肉片顿时卷曲起来，像两个肉球一样落到地上，痛苦地扭曲着。

只过去了十几秒，这两个肉球就扭曲得一塌糊涂，身体变成了黏糊糊的一块，糊在地上。

这让我很吃惊，没想到灯光的威力如此强大，这甚至于让我将它们和西方盛传的吸血鬼联系起来，可能它们两者本就是近亲，因为吸血鬼不能见阳光，一见阳光就变成一团灰烬，而这种生物则是一见到稍微明亮一点的光线，就会缩成一团。这不禁让我对它们的来历有了更新颖的一种想法，或许这种生物来源于太初时期，也就是世界尚处于混沌状态中时，或许只有这样才能解释它们为何惧怕亮光。

但后来想想，又觉得可能并非那么回事，它们可能真的惧怕光，但扭曲成模糊的一团并非光线所致，很可能是把它们连接起来的纳米纤维（这个称呼比较接近，就这么叫吧）结了死扣，不能轻易地从中解开，所以它们在身体极度痛苦的情况下扭曲，使这些纳米纤维缠绕到了自己身上。虽然它们自己能生出这种纳米纤维，却不一定能够克制，所以也被自己吐出的丝给分解了。

又一次危机解除了，但我们所处的境地依然没有好到哪里去，因为在接二连三的交手之后，我们突然发现，头顶的天空这时连一点星光都没有了，而此时，已过了凌晨六点钟！

第十三章

复活的恶魔

一

六道明亮的光束在大家的惊疑声中射向了空中，射向了这时本该曙光微露，但却漆黑一团的天空。

随着光线的映照，头顶上的那片天幕像是突然活了过来，在我们眼前不停地扭曲着，扭曲成一条条波纹般的褶皱，以射出的那个点为中心，微微地颤动着。

我立即明白到底发生了什么事情，但为时已晚，因为随着不停荡漾的波纹，冰雹一样的杀人利器扑簌簌向我们射落下来，覆盖住空地的所有角落。

在我们紧张应对从一边横向另一边的杀人细线时，更大的危险已经将我们的后路堵死了。它们大约知道我们可以想出对付细线的办法，之前就为我们准备了更大的罗网，使得我们无处遁形。

惨叫声传来，第一个遭遇不幸的是韩成殊，这个一直缩在后面的家伙终于没能脱身，脸上插满了美丽的梅花，发出声嘶力竭的喊叫，在空地上乱跑了几步后仆倒在地，再也没能站起来。然后遭受荼毒的是刘天杰，这位怀揣远大文学梦想的年轻人被扎成了刺猬，一动不动地伏在地上，连一点求救的信号都没有发出。

剩余的四个人也没有好到哪里去，我肩膀上被刺得鲜血淋漓，陆华后背上快被插满了，艾维洛兹更是狼狈地丢了礼帽和烟斗，只有白枫受到的伤害最轻，只被割断了几缕秀发，这是因为我和陆华不顾一切将她护住的结果。

没人再去想反击的事情，我手里的枪也不知道在什么时候丢掉了。我们只有一个信念：快逃，不顾一切地逃离这片屠场。

陆华打头阵，白枫被我推着紧跟其后，我则在离她不足一米的地方紧跟不放，至于艾维洛兹，只能看他自己的造化了。

空地周围已经被敌人围住了，我也无心辨认方向，跟着陆华，将手里的矿灯作为武器，借助攀岩索在枝叶间跳来跳去，疯狂而胡乱地逃窜。

一切的准备都在慌乱中失去了作用，没有人再记得背上的弓箭，更没有想到这次逃窜可能会深入到更加凶险的地方。我们依靠着矿灯的指引，不顾一切地在丛林中跳来转去，从矿灯的威慑下纷纷遁去的生物旁边狼狈逃窜。

这一跑就是五六个小时，等我们再也跑不动的时候，丛林居然在我们前方敞开了囚笼，毫不惋惜地将我们几个人扔了出来。

我们窜出丛林，在白色的陆地上奔跑了半个多小时，然后一个个栽倒在耀眼的阳光下，丧家之犬一样伸出舌头喘着粗气。

但噩运并没有因为我们逃脱丛林而结束，我们其中的一个在惊心动魄疲劳不堪的逃命后，在暖洋洋的阳光下安详地闭上了眼睛。这个人就是艾维洛兹。

由于他没能像我和陆华一样坚持丛林锻炼，所以在这场仓皇逃命中，他远远地落在我们的后面。我们在炽热的雪白色的沙地上躺了二十几分钟后，他才一瘸一拐地从丛林里面逃出来，和我们躺在了一起。可是，当我们三人不得不站起身来的时候，这位闻名世界的侦探却永远站不起来了。

他几乎成了一个仙人棒，黑色的绅士服被割得一塌糊涂，鲜血几乎将衣服完全洇湿了，紧巴巴地糊在他瘦骨嶙峋的身上。

他的脸孔还算干净，只是苍白得怕人，眼神却是从未有过的清明，我能从这两只瞳孔中洞悉他的内心。这位一直沉默寡言的侦探终于可以卸下沉重的伪装，将真实的自己展露在我眼前——通过他那清水似的眼眸。

我掏出一支被挤压的弯弯曲曲的烟卷叼在自己嘴上，打火点燃，然后把它放在艾维洛兹干燥苍白的嘴唇上。

他狠狠地吸了一口，却被呛了一下，艰难地咳嗽着。

“结束了……”艾维洛兹微笑着看向我，声音低沉而平静，像是对自己的这个归宿颇为满意，“虽然我还没见到梅尔，但我已经感知到她了……”

他说着将满是血污的手掌抬了起来，他手中正死死抓着那颗原本应该躺在科恩背包里的头骨。

我疑惑地看着他，艾维洛兹没等我开口，继续说道：“我感觉这就是梅尔的头骨，但我却不知道她为什么会被留在丛林里。我唯一可以确定的是，这个头骨将至关重要……”

我咬着嘴唇点了点头，虽然我对他武断地判定这颗头骨的身份不是很信服，但却不愿意反驳，如果他真的认为自己找到寻觅了整整十年的爱人的话，虽然这个人未必爱他。我愿意帮他将这种想象延续下去。

艾维洛兹接着说：“带着她，直到找出所有疑问的答案，然后……”

后面就变成了一阵沉寂，艾维洛兹像平常一样微笑着停止了动作，那支香烟还在他嘴上紧紧地叼着，冒出一缕缕缭绕的轻烟。

然后怎么样呢?

我向他扩散开的瞳孔深望一眼，明白了他的意思。如果我在解开这些谜团之后还能安然无事——我对此一点信心也没有，那我一定会带着这颗艾维洛兹认定是梅尔的头骨回到这里，将她放入艾维洛兹的怀抱。虽然梅尔并不爱他，但我打算让这个可怜的男人如愿以偿。

丛林的边缘是一片沙漠，延续出很远的距离。在这片沙漠的边缘，是一座孤峰独起的山脉，像一根直直竖立的食指。眯着眼睛向那座山峰瞧去，我居然能看到在那根食指的顶端有看上去令人心情舒畅的光晕，如同指甲在阳光的照射下所投出的阴影一样。

我想，可能在这座高耸入云的山峰顶端是一所巍峨挺立的圣殿，就像缥缈的天宫一样。我不知道这座天宫里是否会有像玉皇大帝或者耶和华一样的神圣，但我却固执地认定，那里应该隐藏着这块大陆的所有秘密。

我帮艾维洛兹合上了他突兀的眼睛，并和陆华一起在沙地上扒开一个坟坑，将他埋葬了。我又返回了丛林，拿回一根粗树枝，在上面为他写上了墓志铭。

一个寻找爱情的探险者——艾维洛兹。

艾维洛兹要找的只是一个能真正爱他的女人，可惜，终其一生他都没有找到。

白枫默默地看着我做这一切，从她的眼神中，我能看出她此时的想法。艾维洛兹深爱的女人离他而去，而曾经和我情投意合的白枫却投入了别人的怀抱。我们孤独地守候着自己的爱情，但爱情却绕开了我们。

是的，我用悲怆的情绪写出了这行字，写给逝去的艾维洛兹，也写给无比失落的自己，更写给站在我身边却离我越来越远的白枫。

将艾维洛兹埋葬之后，我们三个人开始了另外一段艰难的跋涉。现在我们眼前只有一条路——穿过眼前的这片沙漠，向那座山峰继续挺进。因为这是我们来此的目的，更是对先于我们死在途中的同伴所能做的唯一告慰方式。

我们清点了自己身上所背负的食物和清水，如果节省一点的话，大约可以支持三天的行程。或许用不了三天，只要沙漠中不发生大的变故，我们可能仅需要两天就能够到达那座突兀高耸的山峰。

但我不相信经历了一路坎坷的我们会有如此的好运，这片沙漠里或许会有比那些丛林生物更加恐怖的东西在等着我们。

我简单打理了一下自己的行囊，迈开大步走在了前面，向沙漠深处毅然行去，完全不再顾及白枫和陆华是否跟上。

我在稀里糊涂中变成了一个孤独的人，但一个孤独的人却并非全无优势，至少我不用再顾及白枫，可以毫不犹豫地向自己的目标挺进，就算那里是更大的危险，就算那里有死神在等着我。这样也好，我苦笑着安慰自己。可是，我真能完全不再顾及白枫的存在吗？嘿嘿……

二

一场横穿沙漠的艰难跋涉开始了。我走在最前面，白枫和陆华离了五六米跟着我，一个不远不近、不即不离的距离。

我们都很沉默，至少在我和后面的这两人中间是这样的。其实我很想问问白枫为什么突然舍弃我投进陆华的怀抱，但我始终没有勇气问出来。

现在，他们已经亲密得好像一个人，陆华也像呵护自己的公主一样搂抱着她，白枫也颇为自然地蜷缩在陆华强壮的臂膀之下。

第一天的路程，我们还若即若离地前后同行，到了第二天时，我们几乎分道扬镳了，因为我睁开眼睛之后就早早地出发了，没有叫醒睡在十几米外的两人。

这一天一夜里，我几乎没怎么进食，因为一点胃口都没有。每每想到陆华和白枫在我面前相拥而眠的情景——当然他们也只是相拥而眠，愤怒和绝望就快要将我逼疯了。我真希望沙漠中能刮起一场大风沙，将我卷离他们的周围，或者突然冒出一只大恐龙来，一口将陆华囫囵吞掉。

但是，大风沙没有来，恐龙也没有出来凑热闹，这片干净得如同一张白纸的沙漠中除了闷热干燥之外，完全是一块死地。天空中甚至于连一片云彩都找不到，出奇的晴朗。我刚进入沙漠时的担心纯属多余，在接近两天的长途跋涉中，我没有遇到任何危险，甚至连一只蝎子都没来捣乱。

所以这两天中，我几乎被分成了两个人，一个属于身体，他正在行尸走肉一样踽踽独行；一个属于内心，他正陷入歇斯底里的绝望中无法自拔。

在这种无聊而绝望的行进中，我终于到达了目的地，在山下向高处仰望。

这座山峰估计海拔也就三四千米的样子，只是由于沙漠中只有这孤零零的一座山，才显得那样巍峨高耸，直插霄汉。当我站在山脚下的时候，突然明白了一件事情。

这两天我之所以在沙漠中没有遇到一点危险，正是由于它的存在，说得更清楚一点，它希望我们到达这里。

我不知道自己为什么会产生这种奇怪的念头，可是我却真的好像明白了它的意念。当我站到了它脚下时，我突然觉得它并非是由土石堆砌而成的，而是一个有思想能呼吸的生命体，它因为想要我们来到这里，所以沙漠就平静地放我们过来了。

在这座仿佛有生命的山峰顶端，正耸立着一座白色的宫殿，在阳光下散发着圣洁的光晕，像是在向我发出召唤。我闭上眼睛用心灵能聆听到它的声音。

我在山脚下席地而坐，勉强吃了几片又硬又干的面包，并痛痛快快地喝了一通清水，然后点燃一支烟，回望着沙漠中那个好像用浓墨点出的黑点发呆。它在慢慢变大，正在向我这里移动。我不会等着他们赶过来再一起攀登，我只是稍微休息一下，要一口气爬上去，等他们到达山顶的时候，或许那座圣殿中什么都没有了。

这种想法让我感到有些快意，无论是不是报复，我都要让白枫知道，陆华跟我比起来，差了很远，根本不值得她托付终身。

我嘿嘿地冷笑两声，丢掉烟蒂，然后转身毅然向山上爬去。

这座山峰确实很陡峻，很多地方都是笔直的悬崖峭壁，我只能借助攀岩索往上爬。在丛林中那几天的辛苦锻炼让我省力不少，看来我注定要爬上圣殿，揭开这块大陆所有的秘密。

我到达山脚下的时候已经接近傍晚，在落日洒下的金色余晖中，我开始自己的攀登，所以没过多长时间，天已经完全暗了下来。虽然夜晚攀登如此陡峭的山峰实在是一个愚蠢的决定，但我毫不犹豫，而是打开矿灯，继续着自己危险的攀登之旅。

第二天清晨，当我迎着晨露站在山顶呼呼的冷风中向下俯瞰的时候，才感觉到浑身被撕裂开的疼痛。我身上的衣服几乎变成了一条一条的碎片，满身血污，手脚和膝肘都磨没了皮，我已经跟个野人没什么两样了。

尽管这次攀登几乎耗损了我半条命，但我依然颇为自豪，至少我如愿以偿地在预料的时间内爬了上来，并将那两个讨厌的家伙抛得没了影。

我在寒风中发出一阵歇斯底里的大笑，笑声远远传了出去，随风飘出很远。

真希望我的笑声能被白枫听到，因为我已经证明了自己比陆华强大，我先于他们站到了山顶，他们只能仰视着我。

在站到山峰上的那一刻，我已经从一个沉默寡言、外表谦虚的人变成了另外一个科恩。我根本就没有意识到，我在得意地释放自己压抑情绪的同时，已经走到了一条可能无法回头的末路。

在山顶上吹了一阵寒风之后，我转过身，来来回回地扫视了几遍眼前这座白色的巨型建筑，然后从敞开的大门大步走了进去。

这座建筑很可能是用大理石堆砌而成的，每一块堆砌物都四四方方，在日光下反射着淡淡的光晕。不过，可能是因为年深日久风吹日晒的缘故，这些大理石的表面已经不是那么光滑，有点钙化了，伸手还能扣下一块块的碎片。据我的估计，这座建筑应该已经有千年以上的历史，只是不知道是谁把它堆砌起来的。

它的形状很奇怪，我还从来没见过一座这么不规则的建筑物。它高高低低的，像一排参差不齐的房子，有高有矮，高的能达到四五十米的高度，矮的却只高出地面一两米。更令我感到奇怪的是，这条成桶状的建筑在我面前只有一个黑黢黢的开口，我必须在延绵数里长的高矮建筑中一步步地丈量过去，才能够到达它的最里面，也就是那块明显高高耸立的大殿。

还有一点让我百思不得其解，这些建筑的用材取自何处？尽管整座山峰都是白色的，但它的材质和大理石明显不是同一类物质。这座山如此孤拔陡峭，这些“大理石”是怎么运上来的？

我一边在黑漆漆的通道里摸索着向前走，一边在脑子里盘旋着这些问号。昨天折腾了一夜，我身上的矿灯都已经坏掉了。

在向前摸索了十几分钟后，我突然停下了脚步，好像想到了这座建筑为何会建成这么稀奇古怪的样子，可是一怔愣之间，这个念头又不知道跑到哪里去了。这让我不禁暗自苦笑，但惊恐的情绪却并未随着这个念头一起溜走，我感到心里发冷，连脊背上都被冷汗刺激得火辣辣地疼痛。

一个恐怖的想法在我心里产生，但不知为什么，这个想法却自己溜走了，只将这种恐惧留给我。这简直……太恐怖了！

刚进入建筑的十几分钟里，我走得很慢，基本上是一步一停，两只手更是在前方胡乱地划拉着，跟一个盲人差不多。可走了一段之后，我就放心多了，虽然四下里依然是漆黑一团，但前面好像没有什么拐弯的地方，地上也没有任何高低不平的起伏，更没有诸如陷阱之类的东西，我只需将脚步放慢一点，别使自己撞到头就可以了。

过了一会儿，我干脆闭上眼睛向前走，因为在这种一团漆黑的地方，睁着眼睛反而不如闭上眼睛走得更放心。如果将眼睛丢弃不用，反而会将更多的精力用在身体的感觉和两只耳朵上。在这里，听觉和触觉远比视觉要管用得多。

不知道白枫和陆华爬上山了没有。如果他们也已经进入了这条伸手不见五指的通道里，不知道有没有勇气走进来。如果他们鼓着勇气走了进来，不知道能不能发现这种前进的小窍门。如果……

四周寂静得可怕，我甚至连耳朵的听觉都忽略了，就像是在熟睡中梦游一样，这给了我很多遐想的空间和时间。

正在我想到当他们看到黑洞的尽头没有任何谜底，只是一片空地，并为这个想法感到志得意满的时候，那种彻骨的恐惧感再一次从心底升起，并弥漫全身。但和上次一样，当我停下脚步，并惶急地睁开眼睛往四下里乱瞧的时候，这种感觉又突然消失了。

这实在不是一个好兆头，恐怕前面等着我的不是报复的快意，而是真正的恐怖。

我犹豫了一下，还是决定继续前进，如果这时候我和陆华两人中间没有白枫隔着，我一定会等他过来，可是白枫的见异思迁，使我对这个曾经的刑警大队长，现在的探险家充满仇恨。

令我万万没有想到的是，当我又向前走了半个小时之后，四周突然有了亮光，这种亮光我没看到来源于何处，但却真的能隐隐约约地看到东西了。

对这种亮光我感到有点熟悉，还有这种朦朦胧胧的感觉，使我印象深刻。我心里突然一沉，终于醒悟到这种熟悉感来源于何处。是的，这和我前几天做的那个噩梦是多么的相似啊！

我猛然睁大了眼睛，看着黯淡得如同梦幻一样的光影。在我面前不远的地方，有两个模糊的人影僵硬地直立在那里，或许是我的脚步声惊动了他们，这两个人影慢慢转过头来，向我嘿嘿地发着冷笑，而在他们围拢的中间位置，一根半米高的十字架直立着，发出阴森的光晕。

其中一个人惊奇地瞧着我，用阴恻恻的声音冷冷说道："你终于来了，我们已经等你很久了！"

三

说这句话的是个男人，他刚毅的脸上罩着一层死灰，两只眼睛直勾勾地盯着我，像两只死鱼眼一样。他的名字叫陆华！

而在陆华对面，也就是十字架的另一边站立的人当然就是白枫。她此时正低垂着头，用明晃晃的匕首刮着指甲。我看她刮得十分用心，眉头轻锁，连我站在她面前她好像都没有一点察觉，只是一下又一下地认真刮自己的指甲，从指甲上扑簌簌扬尘一样落下来的碎屑一片暗红，像是搁置了许久已经变质的血浆一样。

这种阴森的情景令我情不自禁地想起那个无比绝望的梦境，我感觉这个梦马上就要变成现实了。

"快来！"陆华向我摆了摆手，指着那个十字架热情地招呼我，"我们就等你了！"

我向后退了两步，右手伸向了后腰，但那把插着匕首的刀鞘不知道落在了哪里，我什么也没有摸到："你们怎么上来得这么快？"我硬压着心头的战栗，沉声问道。

陆华向白枫瞥了一眼，白枫嘴角浮起一丝轻笑，陆华却摇了摇头，阴冷地嘿嘿笑了两声："其实你走岔路了，你只看到了山峰陡峭的一面，却忘记了去另一边看看，那里十分平缓。"

我不大相信他的鬼话："如果从缓坡上上来的话，应该要多走很多路，你们为什么比我到得这么早？"

陆华仰天打了个哈哈，用意味深长的眼神盯着我说："因为我们是两个人！"

白枫抬起头冲陆华眨了眨眼睛，多么含情脉脉的眼神啊！

"快来吧！"白枫好像也不耐烦了，她吹了吹自己刚修饰过的指甲，像是吹起了一层血雾，转过头冷冷地瞥了我一眼，"快把你的头放在这里。"说着她指了指那根十字架的顶端，上面正好能挑起一颗成人的头颅。

"休想！"我声嘶力竭地叫道，"我早就知道你们想合伙谋杀我，但你们休想得逞，只要我还有一口气在，我就会和你们拼到底！"

"你说什么？"陆华和白枫同时抬起了头，惊讶地看着我。

我也冷冷地笑了两声，说："我已经知道你们想要干什么了。你们想把我绑在十字架上，像剥一只兔子皮一样将我凌迟处死，然后白枫还要把我的心从胸膛里挖出来，在它还怦怦跳动的时候，将它带走……"

白枫有点恼怒了，秀美紧锁，脸上带着十足的厌烦，说道："我看你是疯了吧？异哥，难道我在你心中就是这样的吗？"

我看着她那张秀美的脸颊，心仿佛真的被她挖走了，胸膛里一阵悸痛，道："我不会再被你这种假惺惺的可爱外表迷惑了，其实你最水性杨花了。在S市的时候，你离开了陆队长，现在你又背弃了我，我真不知道将来的哪一天，你还会做出什么事情来！"

我的情绪有点失控。是的，当我看到白枫和陆华已经布置好了刑场，正在静静等着我赶来的时候，我已经绝望到了顶点。此前，我从来没对白枫说过一句重话，更不用说用这种谩骂性质的诋毁了。但现在，伤心绝望的我终于爆发了出来。

"你真的疯了！"白枫眼中闪过一丝凶光，但一转眼又消失了，她默默地低下了头，望着自己手中的那把匕首不知道在想什么。

陆华咳嗽了一声，一本正经地向我说道："看来异先生一定受到了什么刺激……实际上，你完全误会了，我们所说的人头并不是说你的，而是你背包里的那个，还记得艾维洛兹先生临死前的遗愿吗？他希望我们将所有的秘密都解开。我们来到这里之后，就发现了这根十字架，所以，我们认为这根十字架或许就是那个头骨的身体！"

听到他这句话，我气愤得几乎要爆掉的大脑像是被浇了一盆冷水，慢慢冷却了下来。我又在两人脸上扫了几眼，将目光锁定在那根不足一米高的十字架上。

陆华说的这种可能也不是不存在，因为这根十字架与基督教流传下来的不是很相同，中间那个横柱显然比基督教的那种样式稍微低一些，看起来古里古怪的，而且从这根十字架的用材来看，显然不是铁制的或者木制的，更不是这种建筑使用的石材，实际上它呈暗红色，另外它的顶端有一个浑圆的凸起，是一个圆鼓鼓的球状物，它呈现的红色明显比其他部分鲜艳，更像是血的颜色。

虽然这样想，但我依然不敢靠近他们，只是伸手从背包里将那颗骷髅头拿了出来，把它丢向了陆华。

在这颗头骨跌入陆华手中的时候，他们两个人明显高兴了起来，像得到什么稀世珍宝一样，用四只手把它捧了起来。

两人的脸色泛起了一层潮红，用四只手牢牢抱着这颗头骨，十分小心地将它端端正正地放在了那个圆球上。十字架上就出现了一个白森森的头骨。

陆华冲着我阴险地笑了两声，从背上将那根圆筒拿了出来，并第一次在我面前打开了。只见他将圆筒倒过来，开口向下，一些蠕蠕而动的东西立即糊在了头骨上。

我只瞄了一眼那些白色的东西，就感觉到一阵恶心，虽然我叫不上它们的名字，但可以看出和我曾经在灵柩船上见到的蛆虫属于同一物种。

陆华和白枫倒背着手，阴恻恻地看着我微微发笑，一副奸计得逞的样子。

从他们的笑容里我看出自己上当了，又不由自主地倒退了两步，眼瞅着那根十字架，嘴巴越张越大，因为这实在是我平生见到过的最可怕最诡异的事情。

随着蛆虫的蠕动，那颗不知道丢弃了多久的头盖骨上竟然生出了肉芽！不一会儿工夫，那些肉芽像获得了什么激素一样，开始疯狂变厚。连那个十字架也随着头颅的生长，长出血肉来。

一颗血淋淋的头颅在疯狂地生长着，有什么东西开始复活了！

“你们……”我被这两个阴险小人气得暴跳如雷，虽然我不知道这个正在快速生长出血肉之躯的东西是什么，但我敢断定，这一定是个邪恶的魔鬼。但当我想要大声质问他们的时候，突然看到更加恐怖的一幕。

陆华和白枫已经在慢慢消散着自己的血肉，变成两个被十字架挑着的骷髅。

“复活了……复活了……”陆华所蜕变的那个骷髅上黑洞洞的嘴巴里蹦出断断续续的几个字，嘶哑的声音像是拉扯的一把破锯。

我知道自己犯了一个致命的错误，我在不知不觉中成全了两个魔鬼的奴仆，帮他们把一个魔鬼带回了人间。我知道接下来更恐怖的事情一定会降临到自己身上，所以我一转身，就向外面狂奔。

“跑不了了……跑不了了……”那个嘶哑的声音又在空中飘荡，我只向前迈出了五六步，脖子上就被一根纤细的东西缠住了，然后呼吸一紧，身子倒飞了回去，摔倒在坚硬的石面上。

我挣扎着站起身，就看到两个十字架顶着的骷髅之间，蹲着一个熟悉的身影，他背对着我，一动不动。

梦中的场景再次重现在我眼前，我战栗着爬起身，幸好脑袋并没跟身体分家。

我心胆俱裂地问道："你……是谁？"

那个背影并没像我梦中的情景那样一动不动地蹲在那里，他缓缓地转过了身，冲我阴恻恻地笑了笑。

我刚站起身来，脚下就一个踉跄，重新摔倒在地上，因为那张熟悉的面孔令我心胆俱裂，他是一个我再熟悉不过的人，他的名字叫异度侠！

第十四章

丛林复活

一

我感觉自己已经死了，在迷迷糊糊中拼命挣扎着。我不知道这是不是人在死亡的瞬间所产生的幻觉，如果是的话，这和我曾经听过的那些从死亡线上逃回性命的人的感受颇为不同，因为我既没有见到奇异的亮光，也没有飘浮在空中俯视自己的肉体，只是觉得自己在混沌中痛苦地挣扎着。

过了一会儿，灵魂好像重新回到了身体，我感到头痛欲裂，身体如同坠落在冰窖中，寒冷彻骨。在这种极度难忍的状态下，我缓缓睁开了眼睛。

眼前是一种带着诡异色调的冷光，在这种光亮中，有两张诡异的面孔出现在我的视野里。

我挣扎着想要挪动一下身体，但自己好像被绑住了，半点也动弹不得。

“你终于醒了！”左边那张熟悉的脸孔绽放出一丝欣慰，两只亮晶晶的大眼睛不停地扑闪着。

“你们想干什么？”我绝望地问道。

“你说什么？”那两片薄唇微微翕动，像是故意压低了声音问我。

我将目光从这张脸上挪开，投向了另一张虎眉紧皱的脸孔：“陆华，你们到底要把我怎么样？”

没错，这两个人就是陆华和白枫，那对企图将我千刀万剐的“狗男女”。

“先帮他松开绳子！”陆华语气沉重地说道，并伸手帮我解开绑在身上的绳索。

我用酸疼的双臂将疲累的身体撑了起来，向四周环视了一圈。

眼前的情景更加令我疑窦丛生，因为我正半躺在一根横伸出去的树枝上。这根树枝和一株粗大的乔木相连接，而在这株乔木的周围是许多和它大小相当的植株。我头顶是层层叠叠的五指形状的树叶，从这些树叶的间隙渗出来些许月光，我身体下边是一片高度达到二十多米的空间。那里植株笔立，粗蔓横行，空气中飘散着腐败的气味和诡异的光影。

等我惊诧不已地将目光重新聚到两人的脸上时，陆华开口道："现在明白怎么一回事了吧？"

我隐隐约约猜到了刚才发生的事情，但我无法相信那段漫长、血腥而且诡异的一幕幕场景只不过是一场噩梦。

"到底发生了什么事情？"我怔怔地问道。

"现在是 2010 年 11 月 15 日。"陆华沉吟着对我说。

"什么？！"他的这句话更令我吃惊地大叫起来，因为我记得很清楚，我们登岸的时间是 2010 年 11 月 11 日，如果不是我的脑袋出了问题，那就一定发生了什么事情。

白枫抿着小嘴盯着我，缓缓地点了点头，语气中带着难以排解的沮丧和伤感："是的，我们在这里睡了整整四天！"

"不是睡，是昏迷。"陆华纠正道。

我再一次闭上眼睛，将自己的梦境重新想了一遍，并仔细地算着时间，我在这个噩梦中所沉迷的时间居然恰好与现在的时间完全吻合。

"难道……"我喃喃地说了这两个字，但后面的话却实在没有勇气说出来。

陆华大约已经猜到了我在想什么，他点了点头，说："这片看起来死气沉沉的丛林透着古怪，我和你一样，我也是在一棵树杈上昏迷了四天四夜，而我也在梦里正好度过了和这个时间完全吻合的恐怖经历。要不是白枫将我叫醒，我恐怕还不会醒转过来。"

我又向白枫瞧了一眼，淡淡地问道："你是第一个醒过来的？"不知道为什么，我此时突然冒出一个非常不该有的念头：为什么白枫醒过来后，第一个叫醒的人不是我？

白枫的眼神有点黯淡，她叹了口气回答道："我也不知道自己为什么就醒过来了，当我醒来时非常害怕，因为我根本分不清梦境和现实，我还以为自己就在梦里呢。当时离我最近的只有陆……先生，所以，我就先叫醒了他，找了好几个地方才找到你。"

我点了点头，脱口问道："你们做了什么梦？"不过，这句话一出口我就后悔了，想想自己梦中的恐怖情景，我想自己是不愿意和别人分享的，因为这个梦不但恐怖，而且还牵扯到其他人，如果说出来，一定会伤害到彼此的感情。

果然，白枫只是苦笑了一声，就低下头没再说话，陆华却将这个问题接了过去，但却转移了话题："这个不重要，重要的是我们必须把大家先叫起来。"

于是，我们在斑驳的光影中小心翼翼地寻找起来。

我们找到的第一个人是罗西，他像一只树懒一样四肢环抱在一根粗大的枝丫上，睡得十分香甜。隐约中我好像听到了什么动静，赶紧从包里将矿灯拿出来照了过去，那里只有一株粗大的树干，树干上盘绕着滑溜溜的藤蔓，并没有其他东西。

任凭我们怎么叫喊罗西的名字，并不停地摇晃他的身体，这位老兄一点动静都没有，只有微微的鼾声表明他并没有死去。

这样折腾了好几分钟，罗西才缓缓睁开眼睛，像受了惊吓的兔子一样，惊疑不定地在我们脸上来回打量。

叫醒其他人的过程基本上也是如此，所以这番折腾足足用了两个小时。等我们这些昏迷了四天四夜的人全都苏醒过来后，天已经快亮了。

很不幸的是，这其中有两个人我们一直没有找到，一个是介川，一个是摩纳法师。在我们到达这片丛林的第一个夜晚，正是他们两人担任了前半夜放哨的工作，可他俩好像被丛林吞噬了，我们一直找到东方发亮，都没有找到他们的踪迹。

二

大家重新爬回地面，围成一圈倚在树干上发着呆。大家精神状态都很糟糕，眼圈通红，面容憔悴，不像是刚刚从四天四夜的睡眠中苏醒过来，倒像是刚刚长途跋涉，从极为凶险的地方逃回性命一样。艾维洛兹的状态更是糟糕到了极点，他已经没有了往日炯炯的眼神，坐在离人群较远的地方发愣，帽子也不知道丢在了哪里，有些秃顶的头皮露了出来，一副失魂落魄的模样，跟一个抑郁症患者差不多。

一向爱咋咋呼呼的科恩也没有了平日的嚣张气焰，他双手抱膝斜倚在树干上，盯着放在地上的那颗头骨紧锁眉头，嘴唇不停地翕动着，但却听不到他在说些什么。

我也向那颗在我的梦中扮演了恐怖角色的头骨看了一眼，又急忙将视线挪开了，因为梦里的景象太真切了，我一看到它，眼前就会浮现出那张和我长得一模一样的脸孔，还能看到在他的眼角不停蠕动的蛆虫，这使我一阵阵地犯恶心。

“这片丛林有问题。”首先说话的是我们这群人中最弱小的一个——刘天杰。他大声说道，“先不用说一夜之间变得无影无踪的摩纳法师和介川，就是我们每个人昏睡中产生的那种无比真切的梦境就很不正常。我到现在还感觉到自己的肩膀火烧火燎地发疼，而这种疼痛正是科恩先生那把手枪带给我的。”

“那么，你做了什么梦呢？”科恩终于将目光从那颗头骨上移开了，认真地看着刘天杰问。

刘天杰犹豫了一下，回答道：“这个梦非常长，也很可怕。在这个梦里，我梦见大家都死光了，只有我自己到达了这块陆地的中心，但你们谁也想不到这片陆地的中心是什么？那里只有一所房子，或者说，只有一座小木屋，有一个人正坐在那里写东西。我在窗户里向他看了一眼，那个人和我长得一模一样，并向我竖起一根食指做了个悄声的手势，于是，我发现周围的世界完全消失了，而我也随着这块大陆一起消失了……"

"那就是说这块大陆只是你这个'作家'想象中的产物，包括我们所有人都是虚拟的人物，根本就不存在？"科恩带着一丝阴笑看着刘天杰问道。

刘天杰点了点头："是的，包括我自己……"

但他的话没有说完，就哎哟一声叫起来，因为科恩已经将自己面前那颗硬邦邦的骷髅头向他踢了过去。我从来没见过科恩能这样准确地击中目标，而且还是用脚。等刘天杰捂着嘴重新直起腰的时候，两颗门牙已经和着鲜血一起掉在了地上。

科恩的这个行动明显是在欺负人，刘天杰并没有说他的坏话，只是提到在梦中自己被他的手枪打了一下，没想到就引起了这个野蛮人的暴力袭击，实在有点太过分了。但我发现，这些人中除了白枫皱了一下眉头之外，大家都在冷眼旁观，包括我在内。我根本没有想过去打抱不平，只是期望能看到刘天杰更加不要命地予以反击。

但刘天杰并没有打算反击，只是捂着自己不停流血的嘴巴，狠狠地瞪着科恩。

罗西这时候打破了沉寂，说："我想这片丛林并非是死的，这里面一定隐藏着我们想象不到的恐怖生物，我们已经坠入它的掌心里。而我们大家所做的这些梦都是它赋予我们的，我们不知不觉中跟着它的思想经历了各自的恐怖梦境，而这些梦也不是毫无来由的……"

"你什么意思？"科恩又带着挑衅向罗西看了一眼，瞧那架势，仿佛马上就会把罗西作为下一个攻击目标一样。

罗西将手臂伸进了自己的背包，那里面有属于他的武器——一把锋利的匕首："我的意思是说，这片丛林中可能生活着远比我们人类更智慧的生命。我们在睡觉的这段时间里，大脑已经被它控制了。"

"控制了又怎么样呢？"科恩笑嘻嘻地问道。

我觉得科恩已经变得不可理喻，他就像是一头发疯的公牛，在四处横冲直撞，不顾一切地要和每个人作对。更令我担忧的是，他好像很怕大家去讨论关于丛林的事情，难道一觉醒来之后，科恩已经不再和我们站在一起了，就像在我梦中始终出现的一个念头一样，撒旦已经混入了我们中间。

"别管它是什么了，咱们还是先逃出去再说吧！"一直满脸沮丧的古洛博士这时开口道，"只要一天不走出这片丛林，我就一天不安心。真不知道接下来还会发生什么事情。”

“可是摩纳法师和介川怎么办？”白枫担忧地问道。

“听天由命吧！”韩成殊口气轻松，拍拍屁股站了起来，看来是想马上行动。

就在这时，艾维洛兹突然神经质地开了口：“真正的危险已经开始了！”

我们都被他突如其来的这句话吓了一跳，大家茫然四顾，可是透着诡异光影的丛林中依然树影斑驳，死气沉沉。

“神经病！”韩成殊轻声嘟囔了一句，就招呼大家起身赶路。

我走过艾维洛兹身边的时候，伸手拽住他的衣服将他拉了起来。这位一直沉着冷静的侦探这时就像丢了魂一样，满脸茫然，双目呆滞。我们都走出了老远，我还能听到他在我身后不停地喃喃自语：“真正的危险已经开始了……”

三

走在光影斑驳的丛林中和四天前没什么两样，森蚺般的粗藤密密麻麻地横在我们身边，将所有的树木都连接了起来，不知名的高大乔木张着遮天蔽日的“手掌”，使人晕眩的香味刺激着我们尚不清醒的大脑……一切和四天前完全一样。哦，不，除了我们丢失了两个同伴。

韩成殊和罗西走在队伍的最前面，接下来是罗伯船长和性格越来越乖张暴戾的科恩，艾维洛兹走在我的身后，刘天杰捂着嘴紧紧地跟在他后面，落在最后的依然是陆华和白枫。两人离队伍有五六米的距离，低着头窃窃低语，不知道在说什么。

这幅景象使我心里不安，因为这和我曾经的梦境非常相似。在梦中，我们刚走出一段路，血腥的屠杀就开始了，这种似曾相识的情景使我似乎已经嗅到了浓烈的血腥味。

艾维洛兹依然在喃喃自语着刚才那句话，看来他的精神好像真的出了问题，不知道他做了一个怎样的梦，会使一个见惯了血腥恐怖的人精神失常。

我略微停了停，等着艾维洛兹跟上来，然后低声叫了他两声。

艾维洛兹木然地抬起头，终于停止了他无休无止的重复。

“你怎么了？”我低声问他。

艾维洛兹没有说话，只是嘿嘿地笑起来，神色诡异。

“你感觉到什么了？”

“……真正的危险已经开始了！”他异常坚定地回答。

“什么危险？谁带来的危险？”

艾维洛兹没有回答我的问题，而是扬起了头，看着头顶严严实实的枝叶，幽幽地问：“你看它们是什么？”

我跟着他的目光向上瞧了一眼：“什么？”

“别以为我们眼睛看到的才是真实的世界，实际上它们都是假的，当你闭上眼睛的时候才能看到它们真实的模样！”他这句话说得极其认真，甚至于还真的闭上了自己的眼睛，做了一下深呼吸。

“那你看到了什么？”我追问道。我向来不认为精神病是一种病，正如某些恐怖小说家向我们描述的那样，精神病人可能才真正能看清世界的真相。何况我不完全相信艾维洛兹的这种表现是精神失常，可能他的那个梦境比任何人都可怕，他还没有从梦境里走出来。

艾维洛兹闭着眼睛向一边侧了侧身子，像是在享受美妙的音乐一样。他竖起食指，做了一个悄声的动作，说道：“嘘！你听……”

我也跟着他停下脚步，支起耳朵听周围的动静。

“你听到了吗？”艾维洛兹神秘兮兮地问。

“……”

“你没有听到吗？”艾维洛兹睁开了眼睛，先前还有些呆滞的目光突然变得异乎寻常的锐利，他盯着我的脸一字一顿地说，“丛林活过来了！”

又是一句令人摸不着头脑的话，同样，这句话令我心底的不安更加强烈，却半点也参悟不透其中的玄机。

但接下来，这位一向沉着冷静的大侦探，突然发了疯一样大声叫起来：“丛林活了，丛林活了……”

所有人都停止了前进的步伐，惊慌失措地回头看他。此时的艾维洛兹像是真的疯掉了，因为他不光在大叫大喊，而且还在手舞足蹈，一边喊一边脱离我们这支队伍，跑向了丛林深处。

我知道事情不妙，来不及细想就追了过去，但是我刚刚跑出三四米远，就立即停了下来，因为一直死气沉沉的丛林中突然有什么声音响了起来。

丛林真的活过来了！

像是春蚕吃桑叶的声音！在我们四周的丛林深处，沙沙的响声不停地传来，并且越来越近。整个原始丛林像是突然被唤醒了一样，林中的斑驳光影在不停地变幻着颜色，而且频率越来越快，高大的乔木在颤抖着，成人身体一样大小的树叶扑簌簌地落下来。

大家惊慌失措，你看着我，我看着你，全都被这突如其来的变故震懵了。

也就不到一分钟的时间，那种沙沙的响声已经无比清晰，不过已经变成了一种类似于怪兽的嚎叫，声音依然沙哑，却无比响亮。这种嚎叫声在我们四周此起彼伏，响个不停。看来，这里面隐藏着不止一只“怪兽”，而是一群。

随之而来的是大地的剧烈颤抖，枝丫相互碰撞着发出咔咔的断裂声，树叶更是如雪花一样纷纷扬扬地飘落下来，阳光在这时候终于能透进来了。

“糟糕！”古洛博士大声叫道，“这块大陆不会是要陆沉了吧？！”

我们好不容易登上这块大陆,可它却要在转瞬之间沉入海底,真是倒霉到家了。

“不是，你们看那里！”依然保持着清醒头脑的罗西伸手给我们指了指。

在离我们不远的地方，那些本来老老实实缠绕在树干上的粗藤好像具有了生命，它们在不停地蠕动着，拉扯着被它们缠住的树木，发出咔咔的响声。地面也在它们的不停蠕动中颤抖着，松软的地面上出现一道道裂痕，咸涩的海水透过这些裂缝，嗤嗤地喷出来。

“快跑！”不知道是谁喊了一声。所有人像惊弓之鸟一样，四散逃窜。

我暗自叫苦，这下是真完了，在如此混乱的情形下逃命，我们这个本来就不是很齐心的队伍一定会被割裂开来，像孤魂野鬼一样被阴森恐怖的丛林一个个吞掉，或许没有人能再走出去。

我想要寻找白枫，但树木在倾倒，粗藤在肆虐，大地被撕裂开来，海水像岩浆一样喷薄而出……场面陷入了极度的混乱中。我只能跟着前面一个不知道是谁的身影一路狂奔。别说寻找白枫了，就是想稍微停一下都不可能。

跑吧，现在留给我们的只能是疯狂逃命，别的一切都顾不上了！

三

在忽明忽暗的丛林中逃窜，还要时刻留意不被从头顶掉下来的树枝砸中，更要提防那些不停蠕动的藤蔓，这场逃亡实在过于惊心动魄。我在起伏不定的土地上深一脚浅一脚地疲于奔命，数十米的高大乔木被拖拽着在我身边轰然倒地，它所带起的气浪几乎能将一个人掀翻，还有那些比腰还粗的藤蔓像触手一样上下舞动……

好几次我都快绝望了，想要放弃这种看起来徒然无功的逃命，但求生的本能迫使我无法停止自己的脚步。

这种炼狱般的逃亡持续了整整一个上午，等我终于累得再也抬不起双脚，一头栽倒在地的时候，世界突然寂静了下来。

我倒在地上之后曾经试图挣扎着爬起来，但身体已经疲累到了极点，我连动一下手指的力气都没有了。世界在我倒地的那一刻失声了。我能看到蠕动的藤蔓将一棵粗壮的乔木拉倒的景象，却已经完全听不到那种声音了。这种可怕的非正常反应持续了足足一两分钟，然后我的身体被大地裂开的缝隙吞噬，又被喷出的海水抛上了天空。我都记不清自己是怎么安然落地的，可能是下坠途中掉在了一根粗藤上，顺着它滑回到地面，更有可能是被宽大的树叶接住了，经过连番的阻挡，最后幸运地落回了地面……等我隐约知道自己重新落回地面，就又被翻起来的白色泥土盖在了下面，知觉再次远离我而去，我又昏了过去。

等我昏昏沉沉地再度有了知觉的时候，天已经完全黑了下来。我挣扎着从泥土中爬起来，在清冷的月光下，目睹了一片曾经繁茂无比的丛林被摧毁后的凄凉景象。

当时我几乎成了一个泥人，衣服变成了破布条，满头满脸都是白色的灰尘，就像是一个得了白化病的患者。

我把嘴里的泥土吐出来，游目四顾，面对着这片地狱般的土地呆呆出神。

大地已经归于平静，横七竖八倒在地上的树木有一大半被埋在了白色的泥土中，在月光下若隐若现地泛着凄惨的光影，剩下的大部分都被刚刚形成的湖泊吞噬了。许多树干像是一具具僵直的尸体一样在浑浊的污水中漂浮着，未被水渍浸过的部分覆盖了一层白色的尘土，像是尸体上长出的森森白毛。

如果说死寂的丛林是恶魔的领地的话，那现在的世界就变成了人间地狱。

我瘫坐在一株未被连根拔起的树干上，目光呆滞地环视着周围的一切，用干燥的舌头舔舐着更加干燥的嘴唇。一场浩劫不但彻底毁掉了这片丛林，也夺去了我背上能够让我存活下来的食物和淡水。

清冷的月光洒在我几乎赤身裸体的肌肤上，刺激着我麻木的大脑：这到底是怎么回事?

一场浩劫在我们清醒后的几个小时内就爆发了，而此前我们经过了四天四夜噩梦中的游弋。这场浩劫并没有使得这块陆地沉入海底，只是夺去了困住我们的丛林。

难道是老天爷帮忙?

如果老天爷真的怜悯我们这群死伤近半的人，就不会让大地来这么一下轻轻的翻身，因为对我们这些弱小的生命来说，这是一场要命的浩劫。

我想我们那段四天四夜的噩梦经历肯定和这场接踵而来的灾难存在着关系。另外，这次漫长的噩梦已经使大家心里发生了变化。艾维洛兹的疯癫和科恩愈加强烈的暴戾倾向恐怕不是特例,我想我们每一个人都已经发生了某些可怕的变化，包括我，虽然我现在还不能明确地说出自己什么地方发生了变化。

还有那些一直认为是普通藤蔓的东西，它们又是什么？

我知道世界上有许多藤蔓植物在受到刺激的时候能做出应激反应，可是这些藤蔓显然不属于此类，因为没有人刺激它们。就算我们的到来勉强算作一种刺激，那能够如此灵敏地做出这种翻天覆地的反应的生命也绝非普通植物那么简单。

我越想越糊涂，只好颓然叹了口气，借着月光的指引，辨明了陆地的中心方向，继续向前跋涉。老天爷既然没有在这场劫难中要了我的命，那我就有理由继续探寻下去，或者找到所有疑问的答案，或者在下一场劫难中丢掉性命。

我现在不知道其他人怎么样了，他们会不会像我一样能幸运地活下来？还有白枫，让我又爱又恨的白枫，我不愿意去想她的安危，我更愿意去想她现在在哪里。我一直执拗地认定，只要我活着，白枫就不会死。我现在想到的只是她身处何处，是否和陆华待在一起？一想到这两个人可能正在冰冷的夜里依偎在一起取暖，我心里又开始不舒服起来。

拖着僵直的身体，忍受着彻骨的寒意，我又向前跋涉了半个多小时，终于找到了一片暂且安身的地方。那是几株歪倒在一起的树木，彼此支撑着围成一个造型古怪的"小木屋"，可以暂时躲避不大却足以使人僵掉的海风。我蜷缩在那里，闭上疲惫的眼皮，在饥渴与寒冷中渐渐进入了梦乡。在梦中，我再一次被白枫叫醒了，她正穿着洁白的睡衣为我端来香气四溢的早点，并捏着我的鼻子埋怨我竟然睡了这么长的一大觉。我用蒙眬的眼睛看着四周熟悉的摆设。自己正置身于我那所地处J市西郊的小别墅里，落地窗中有暖洋洋的阳光射进来，我正无比惬意地沐浴在阳光下……

四

次日醒来时已经是艳阳高照，我睁开浮肿的眼皮，向外面瞥了一眼，心情低落至极。

从硬邦邦的地上弯着腰爬出了"小木屋"，终于能沐浴到真正的阳光了。

可是当我站在阳光下的时候，才知道完全没有梦中的惬意感觉，因为我的皮肤在混杂了海水和污泥的层层包裹之后十分干燥，再加上体内严重缺水，一站在太阳底下，就觉得浑身上下像裹了一层硬壳一样，难受极了，而且嘴唇浮肿得几乎合不到一起。

得找点吃的了，不然恐怕连今天晚上都撑不到，我就得倒毙在地。

我茫然四顾，发现在我左边二十米远的地方有一处看起来相对清澈的水滩，忙走了过去。人们常说，有水的地方就有鱼，如果运气好的话，说不定能找到一条小鱼“大吃一顿”。

这里显然也是昨天地面开裂的时候透进来的水滩，饮用是不行，但润润嘴唇还是可以的。我蹲在那片水滩边上，掬起一捧水，从头到脸都洗了一遍，虽然海水蒸发之后，盐分会留在皮肤上，感觉更不好受，但现在我只能先顾眼前了。

经过一整夜的沉淀，这里的水质比昨晚清澈了许多，发着幽幽的蓝色，可以看到三四米深的水下还透着翠色的叶子，层层叠叠铺满了滩底。

然而这片面积足有十六七平方米的水滩里，竟然一个活着的东西都看不到，别说鱼了，就是连一个小蝌蚪也没有。

我望着水面暗自苦笑，但看着看着，我突然意识到有些不对，忙转过头，向那些倾倒在地的树干瞧去。

多数倾倒在地的树干都被翻腾上来的白色泥土覆盖住了，离得稍远一点根本看不清楚，所以我赶紧跑了几步，扑到一株几乎是横躺着的乔木旁边，向它的根部看去。

我刚才的怀疑是对的，这棵倾覆在地上像干尸一样的乔木的根系确实很不发达，只有竖着的三条主根，而且每一条主根只有半尺长短，跟我的胳膊差不多粗细。看它们的样子，好像也没有折断过的痕迹，应该是被连根拔起的，更加令人难以置信的是，这三条主根表面十分光滑，上面只有很少的几条根须。

我又走到其他树干旁边逐一检查，并在一个树坑里往深处扒了几下。没错，土壤中并没有残留的根系，而且土质也比我想象的要松软许多。

我不禁倒抽了一口凉气，再次瘫坐在地上。

昨天的浩劫已经使我惊疑不定，现在的发现就更令我惶恐不安。

常识告诉我们，一株树木的粗壮程度取决于它的根系是否发达。一株五六米高的树木，它的根系往往比这个高度要长许多，不然不可能为它提供充足的养分。当然也有例外，比如我们作为景观盆栽的植物，它们的根系就远远不如自然界的同类发达，这当然有一个前提，那就是有人为它们提供了充足的养分。

这个发现的恐怖之处就在这里。是的，当我看到那个水滩只有五六米的深浅时，才感觉到这些乔木很不对劲，现在这种不对劲已经得到了证实。那么就只有一种解释了，这种白色的土壤中蕴含着远比中国东北的黑土地更丰沛的养分。

自然法则在这里被打破了，颜色最淡的白色土壤中居然有着远比任何土质都要丰饶的养分。在这里，两人合抱的参天大树只需要三条不足一米长的根系就能提供足够的养分，这实在令人瞠目结舌！

我抓起一把白色的泥土，将它在手掌中慢慢攥紧。它就像细沙一样从指间慢慢流泻出来。

更加令我不解的是：如此短的根系是如何支撑起它们粗壮躯干的？

唯一的解释，就是那些粗壮的藤蔓。它们就像一张无限纠结的渔网，把这些独立的植物连成一体，让它们从一只脚着地变成无数只脚着地。

可是，这种解释里面隐含着一个巨大的疑点，它们为什么要把这些植物盘绕成一片丛林？或者说，是藤蔓促使了丛林的形成，还是丛林为藤蔓提供了牵连的标本？

如果是前一种可能，那么藤蔓就是先于丛林而生的，它们并不依附于树木来提供养分，那它们的养分又是从何而来？如果是第二种可能，那么丛林就不需要藤萝来为它们站稳脚跟服务，这已经证明了是不可能的——这些藤萝也就失去了存在的意义。

更为可怕的是另外一种可能——这些树木并非永远直立着生长在土地上，它们就像是篱笆一样，每次用的时候，主人才会用藤萝将它们捆在一起！

而且自从今天早上起来之后，我就没见过一根粗藤的影子，它们好像被主人抽走了。这是否意味着这条篱笆已经没有了存在的意义？

能够将参天大树当作积木一样随意拆分，它们背后的主人会是什么样子？

带着这种困惑，我向远处眺望。在远处和丛林毗邻的是一片由白色土壤堆集而成的沙漠，远远看去，这片白色的沙漠表面像是圣女的肌肤一样平滑。在沙漠的尽头，矗立着一座高入云端的山峰，如同一个巨人伸直了的食指。在山峰顶端，太阳光芒透射出的金黄色光晕迷人眼目，仿佛屹立着一座圣洁的宫殿。

梦中的景象又一次出现在我面前，我的心脏不由自主地加快了跳动。

第十五章

胎　衣

一

我已经没有了退路，更没有打退堂鼓的理由，在望着远方那座山峰出了会神之后，我就迈开双脚，向那个目标进发。

我一边留意着所经过的沿途环境，寻找可能充当食物的东西，一边为自己的前途假设着各种各样的可能。

或许像梦中一样，我会在那座圣殿里见到一座专门为我准备的十字架。不过那颗头颅已经在天翻地覆中不知道被埋在了什么地方，噩梦中的恐怖景象大约不会出现，那么我的头颅或许会从脖子上飞出去，飞到十字架的顶端，去构建另外一个生命。我不知道在那里会不会见到和我跑丢了的白枫。

或许我会见到把丛林当作玩具的那个生命，它会长什么样子呢？

另外，我和其他人会不会在那里碰到一起？如果碰到一起，我们这群人会不会再起争端？谁又会成为最后的胜利者……

我一路走一路想，尽量用想象把自己的脑袋填满，因为此时我身体十分疲惫，饥肠辘辘，还要顶着白花花的太阳前进。一旦我的思维回到现实中，可能用不了多久，我就会一头栽倒在地，永远也别想爬起来。

许久之后，我终于走出了垃圾场一样的丛林区域，双脚踩到了温软的沙地上。这时候夕阳已经变得通红，又是一天，我终于挺了过来。

最可惜的是，这一路上我没有发现任何能充饥的东西。我试过用那种宽大的五指状树叶填充肚皮，但它们实在太难吃，不仅味道苦涩，还混着一种强烈的血腥气，差点让我把胃里的酸水吐出来。

如果说那次撒哈拉之行算是九死一生的话，那这次就只能算十死无生了。我彻底绝望了，倒毙途中只是早晚的事情。

我的同伴们好像都不幸遇难了。在一天的漫长跋涉中，我不止一次满怀希望地向远方眺望，整个沙漠中，或者说整个大陆上，只有我一个小黑点在移动，其他都是死的。被大卫形容成天堂的陆地上，原来比其他任何贫瘠之地都要荒凉。

夜色渐渐浓了起来，我抬头看了看，天空有些阴霾。我环视了一下四周，找了一块稍高点的地方作为露宿地，就算撑不过今天晚上，我也不想自己被埋在下面。

但当我一屁股瘫坐在地之后，却发现了很不平常的东西。

我身上的衣物已经近乎全丢光了，所以当我的屁股刚接触地面的时候，先是感觉被烫了一下，我也没力气站起来，但随着这种被烙的感觉慢慢麻木，我却一下子站了起来。

因为我好像坐到了什么硬的东西，细沙下面好像还有什么东西在蠕动。

我不得不站起来，没有感到害怕，只是有点兴奋。如果这种蠕动的东西是什么生物的话，就是一只蝎子，我也敢将它一口吞下。

所以我趁着天色还有些昏暗的亮光，赶紧蹲下来寻找。在我刚才坐出的两片半月形深坑里，有几粒小指盖大小的沙砾露了出来。

我很失望，捡起那几粒石子，在手中掂了掂，扔在了一边，又坐了下来。

刚一坐下，我突然又觉得不对，急忙挣扎着站起来将那些石子捡了回来，凑到眼前仔细查看。刚才掂着的时候，它们似乎远没有应有的重量，不像是实心的。

果然，这些石子真的不是普通的石子，或者说根本就不是石子。虽然它们非常坚硬，但表面像鹅卵石一样光滑。离近了可以看出，这些圆鼓鼓的东西有一个破开的小洞，里面是空心的。

这显然是某种生物褪下来的干壳！

我顾不上思考能在这种坚硬外壳中孕育并能破壳而出的生物会是多么的牙坚齿利，双手已经迫不及待地向沙土里扒了起来，就好像一只饿到了极点的癞皮狗，发现了一个兔子洞。

刚扒了几下，我的食指感觉到一阵钻心的疼痛，好像被什么东西死死地咬住了。

我啊地惊叫一声，忙从沙地里将双手抽出来，拼命地甩着，可手上的疼痛却丝毫没有减轻，反而越来越强烈了。

只见这根食指的指肚上挂着一个黑乎乎的小东西，它正不停地蠕动着，兢兢业业地工作呢！

我被它咬得龇牙咧嘴，用另一只手捏住它，想把它直接捏死。

但没想到这东西竟然十分坚硬，像是龟甲一样，任凭我两根手指如何使劲，这小东西像是没有半点知觉，依然在我的食指上奋力撕咬。

我也发了狠，忍着痛，猛地一拉。这个比小指甲盖还小的生物终于脱离了自己的猎物，在我两根指头之间挥舞着六根毛茸茸的长脚，蠕动着自己奇形怪状的口器。

鲜血从被它撕裂的地方涌出来，从指端迅速汇集成一条血线，并滴落到了沙地上，快速渗了下去。

我暗暗苦笑，自己本来想找个东西祭祭五脏庙，没想到自己先成了那个猎物的猎物。

这种生物有点像蚂蚁，但是外壳比蚂蚁要硬许多，而且体型也比普通蚂蚁大，全身长着黑乎乎的茸毛，尤其是它的口唇层层叠叠的，像是一堆满是褶皱的腐肉，别提多恶心了。

我扭断它那六条毛茸茸的节肢，将它丢出了老远。

没想到，当我吮吸着手指上的伤口打算换个地方坐下来的时候，在我滴落血珠的地方，有更多的这种生物从沙子里翻了出来。

我大吃一惊！要是有上百只这种生物把我缠住，可能等不到天亮，我就只剩下一堆白骨了。

我向旁边挪了几步，心有余悸地瞧着它们，想看看它们到底有多少数量，如果事情真的不妙，就是再疲惫不堪，我也只能赶紧逃命。

这些生物不停地从沙地上钻出来，不大会儿工夫，就聚集了五六只，不过它们好像并没有向我发起攻击的意思，只是围绕着我滴下血珠的地方翻来覆去地钻出钻进，看来是那里的血腥气招惹了它们。

离近了可以看到，这几个东西钻来钻去并不是因为血腥气，而是好像在争抢什么东西。在它们中间，有一片好似布匹的块状物将它们连接了起来，每一只的口器都在蠕动，这片块状物已经被撕咬得支离破碎。

我好奇心顿起，小心翼翼地扯起两只生物，然后将它们的口器对在一起。这两个小家伙果然蠕动着口器对咬起来。

用同样的方法，我将另外的几只都清理干净，拿起那块布块状的东西凑近了细看。

这块东西颜色有点发乌，像被晒干的羊皮，一面摸上去十分光滑，另一面摸上去微微有些丝状的凸起。为了看得更清楚一些，我将它几乎凑到了眼睛上。这下看清楚了，我也隐隐约约把它和我曾经见过的相类似的东西联系起来。

我不禁吃惊地叫了起来！天哪！这里怎么会出现这种玩意？

二

如果我没有猜错的话，这应该是一片某种动物产下幼崽时的胎衣！

在这里出现干瘪的胎衣实在是一件十分怪异的事情，什么动物会将自己的幼崽生在沙漠里？

而且这些形如蚂蚁的生物刚才隐藏在沙里显然就是在分食那个胎衣，只是被强烈的血腥气吸引才钻出了地面，那么这片胎衣的其他部分一定还被埋在沙子里。

看来，这片沙漠并非是一块毫无生机的死地，或许，在某个时期，这块大陆确实是一片生机盎然的富饶土地，只是某种天灾使大部分生物灭绝了，只剩下苍莽的丛林和以食腐为生的小生物。我决定挖开沙土一探究竟。

我将身上所剩无几的衣服撕下几条，将双手包裹起来，然后开始向下面挖。

只挖了不到半米，就遇到了实地，而且比丛林里还要坚硬许多。这些实地也并非全部都是由潮湿的白色土壤组成，其中夹杂着许多硬块，我无法辨认那些是什么物质。

又向下挖了十几公分，我刨出来一把锈迹斑斑的铁器。和人的一节臂骨差不多长短，很笔直的一根，但造型十分古怪，中间是凸起的主轴，两边是如同羽毛一样的波状分叉，呈弧线状排布得十分规则，不知道作何用途。

我揩去上面的泥土，发现主轴两面都凸印着歪歪扭扭的图案，不过只是一些歪七扭八的线条，看不出有什么意思。

看来这块大陆上确实存在过（现在还有没有我就不得而知了）高等生物，而且它们应该还创造过文明，至少达到了能够铸造铁器的程度。

这个东西让我想起了美洲丛林的玛雅文明，那些玛雅后裔不也是喜欢将羽毛插在头顶上吗？难道这两者真的存在着什么联系？

有了趁手的工具，我马上除去包裹手掌的布条，抓住铁器，用尖薄点的一端继续挖掘起来。

又向下挖了十几分钟后，这里已经形成了一个距离地面近两米的浅坑，就在这时，我手中的铁器好像碰到了什么比实地软许多的东西。

我心中一凛，看来那个胎衣找到了！

我开始用双手清理上面的土，很快，这个胎衣的一部分就露了出来。

我不禁吃惊得张大了嘴巴，这不但是一个未完全破开的胎衣，还是一个十分巨大的胎衣。

我的心跳渐渐加速。现在这个坑直径足有半米大小，但这个胎衣只露出了一部分。如此大的胎儿，我还真没有见到过。如果这个胎儿能够顺利产下，那么它长大之后将是一个恐怖的生物。

在我所知道的动物中，只有已经灭绝的恐龙能够在胎儿时期就具有如此大的体型，但恐龙是蛋生的，只有哺乳类的动物才会有胎衣留下来。可我想破脑袋，也想不出这可能是什么的哺乳动物。

咬了咬牙，我开始用那个铁器沿着一块破损的孔洞使劲划，那些牙坚嘴利的小生物虽然让我感到恶心，但它们却在无意中帮了我大忙，如果不是它们咬开的这个小洞，要想在干燥的胎衣上弄开一个口子，还真的十分困难。

我注意着这条不断变大的破口，老是担心从里面突然伸出一只长着森森白毛和殷红指甲的枯手，害怕里面藏着一具变成旱魃的僵尸。

费了九牛二虎之力，我终于划开了一条半米长的破口。为了安全起见，我先跳出坑外，弯下腰用这根铁器撩起一边，向里面打量。

第一个从破洞里露出来的东西是一根黑黢黢硬邦邦的树枝一样的东西，差不多有成人手臂一样粗细，在它探出破洞的顶端好像还生着一个枝丫状的分叉。

这令我大感奇怪，一个动物孕育的胚胎，怎么可能会是一株植物?

我用铁器的尖角扒拉了两下这根枝丫状的东西，它依然直挺挺地从破洞里戳出来，没有倒下或断开的意思，看来上面黑黢黢的污斑并没有将它完全腐蚀，只是覆盖了表面部分。

我又用铁器使劲刮了几下上面的污斑，使它的本来颜色逐渐暴露出来。

褪去了污斑，我发现这根硬邦邦的东西原来的颜色是白色的，那种极为熟悉的森森苍白，和我不久前在丛林中发现的那颗骷髅头如出一辙。

这很明显是某种动物肉体分解之后残留下来的骨头。我暗自吁了一口气，虽然白骨比树枝给人的视觉冲击更大，但相对于植物，我还是觉得白骨令人更舒服，因为胎衣中出现白骨很正常，如果出现树枝就太不正常了。

可是就在我松了一口气的时候，破洞中突然又穿出来一根相同模样的东西，无论是大小还是形状，比双胞胎还要相像。我又紧张起来。因为这两根白骨分开的宽度和形状看着有点眼熟。

它们就像一个倒着的八字一样，直突突地从里面戳了出来。

看来，我先前的猜测可能不对，因为这种造型可能是——一对角!

我用铁器在两根角骨上敲了两下，发出两声沉闷的笃笃声，好像隐藏在胎衣中的那种动物真的还没有腐烂掉。

世界上生有顶角的动物有很多，一些看起来很温顺的动物都生着尖利生猛的顶角，当它们感觉到危险的时候，就会用这两根多出来的东西攻击敌人，比如绵羊和牦牛。

不过像这种整个笔直，只在顶端分叉的顶角并不多见，我能想到的动物只有梅花鹿，但它们那对顶角几乎就是装饰物，如果被经常使用的话，不可能上下一般粗细，也不可能呈如此直立的形状，这样不利于攻击。

而这对顶角比梅花鹿的要粗壮很多，但形状和弊端基本差不多，看来这个动物并不依靠这对顶角来保护自己。

我趴在坑边探手下去，干脆将开口又向两边划开了一些，以便看清楚里面到底是一个什么动物的尸体。

就在我小心翼翼地探进去双手，想要使劲分开的时候，手背突然触到了软绵绵的东西，那个开口的地方也突然向上鼓胀了起来，一股凉飕飕的风一下子吹到我脸上。

我大吃一惊，慌忙收回双手，急速在地上翻了个身，退到离浅坑三四米的地方，心惊胆战地盯着这个洞口，随时准备撒丫子逃命。

胎衣中的这个生命好像还活着！

三

我盯着那个洞口看了几分钟，但里面没再发出什么动静，也没有什么恐怖的东西冒出来，只有沙漠中吹起的微风发出一种类似于口哨般的轻响，像是在嘲笑我。

又等了一会儿，当我确定里面不会有什么危险的时候，才慢慢挪动到坑前面，向下探头张望。

那个开口已经向两边分开了半尺多长的口子，但里面黑乎乎的。此刻应该到了晚上九点多钟，天色完全黑了下来，又没有月亮和星星，我离着两米多高向下看，只能看到黑漆漆的一片。

我于是蹲下身子，再次将脑袋探了下去。我将那根铁器横在了脸孔前面十公分左右的地方，如果里面真的有一个没死的食肉动物，它就算想咬我一口，也得先往这根铁器上使劲。

朦朦胧胧中，我看到了这只动物从破口里露出来的一部分。

那两根骨头确实是这个动物的顶角，就长在它大约位于顶门的位置，和这根顶角相连的是一颗似曾相识但又透着古怪的脑袋。这颗脑袋呈三角形，眼珠突出，舌头在嘴边盘绕着成一个圆环状，刚才我就是碰到了它的舌头才受了惊吓。为了看得更清楚些，我用铁器将那条舌头挑了起来，它软软地耷拉在铁器两边，应该有一尺多长，而且在舌头的前端有个分叉。它整个黑黢黢的，看着让人感到恶心。这形象太熟悉了，如果将它缩小比例，简直就是一条标准的眼镜蛇。加上那两根不伦不类的顶角，就显得怪异无比了。

它的身体也是长条状，在胎衣里蜷曲成一圈圈的弧线，只不过身上的鳞片很厚，我用手摸了一下，就像古代将军穿着的铠甲，冷森森硬邦邦的。

这条头生双角的眼镜蛇当然已经死了，任凭我用手中的铁器在它身上捣得咔咔响，它依然没有丝毫动弹的迹象。看来刚才那股阴风只是胎衣散出的空气。

我突然想到大卫死亡时的恐怖情景。他在船头被一条从水中突然蹿出的东西把半个身子咬掉了，因为它飞腾的速度很快，我并没有看清它的样子，现在想来，可能就是这个胎衣里的生物的同类。那可能真的不是我们平常所认为的龙，只是会飞翔的大蛇。

这是一块不属于我们人类的陆地，在没有人类的地方，总是会有许多意想不到的奇迹出现，何况这只是一条长着顶角的眼镜蛇而已。

我打算躺下来歇一会，本来就饿得浑身没劲，又经过这一番身体和心理的双重折腾，我都快晕过去了。我不知道这条眼镜蛇的肉体是否已经变质，但我想稍停片刻之后，就割一块尝尝。

可我刚一躺下，突然又觉得事情没有那么简单。我刚才只顾为这个长着顶角的眼镜蛇寻找合理的解释，却忘了一些很不合理的细节：第一，这条眼镜蛇的顶角是笔直竖立的；第二，这条眼镜蛇身上的鳞片是锐利而厚实的。

这两点显然不符合一个未出生就胎死腹中的幼小生命的特征。如果一个幼小生命还在腹中的时候，就将自己从头到脚武装起来，那么怀有这条生命的母体是如何生存的呢？

如此推断的话，会得出一个更为荒诞的结果——这条眼镜蛇并非是幼小的生命，这个包裹它的东西也不是胎衣。但如果不是胎衣，又会是什么呢？

我想有必要验证一下。

这样想着的时候，我已经爬了起来，毫不犹豫地跳进坑里，双手抓住那两个顶角，拼命将它拖出了地面。

这条眼镜蛇的身体有点僵硬，不像舌头一样软绵绵的，等我爬上了地面，倒背着它的脑袋向前拖拽的时候，它的身体弯成了一个拱形，盘曲着慢慢延伸，如果我现在松手的话，我想它的身体一定会像弹簧一样缩回去。

可以看出它身体之间有些粘连，虽然胎衣里没有了液体，但僵硬的身体之间像是用胶水粘过一样，随着我的拖动，发出嗤嗤的撕裂声。

费了九牛二虎之力，我终于将这个身长超过五米的“幼崽”拖到了地面上。

然后我返回坑边，伸手拽住开口的两边，将这个和周围粘连在一起的胎衣撕了下来，和它一起瘫倒在地上。

经过这一阵来回折腾，我已经有点头晕目眩眼冒金星了。我蹲在地上像狗一样喘了阵粗气，才摇摇晃晃地站起来。

这团干皮显然是一个胎衣，不但厚薄程度和里外表面的光滑程度十分一致，就是连胎衣所特有的脐带也有，不过已经干瘪褶皱成很短的一小截了。

我再次跳入那个沙坑中，试图找到母体留下来的骸骨，可惜的是我没有如愿以偿。

我在坑里十分小心地查看着，环顾一圈后，我感到更加惊骇，因为这个圆形的洞壁除了稍微松软一点的白色土壤之外，几乎全是用硬邦邦的东西围拢起来的。

我用手掌揩拭了一遍这些硬邦邦的围墙，尽量将所有松一点的土壤抠下来，于是，那些硬邦邦的墙壁的真面目就露了出来。

我几乎尖叫起来，因为此时在我周围出现了四五个硬邦邦呈圆弧状的突起。

居然是更多的胎衣！

这些胎衣里面，是不是也有未曾腐烂的生物？

我的喉头滚动了两下，却没有吞咽进一点唾沫，只是咕咕地响了两声，如同一只咯咯叫的癞蛤蟆。为了探明真相，我打算爬上去拿那个丢在上面的铁器，然后刨开这些硬皮一探究竟，于是我仰起头寻找比较容易爬上去的地方。

但就在这时，另外一件使我感到骇异的事情发生了。

当我抬头向上看的时候，在洞口的地方出现了一个高大的身影，他手里正拿着我需要的东西，俯视着我，一脸的高傲：“你是要这个东西吗？”

我倒吸了一口凉气，想张嘴说话，但嘴巴张开之后就合不上了，因为这个人我认识，他的名字叫作大卫，大卫·科诺迪尔！

第十六章

上帝的脸

一

那人手里拎着那根铁器，冷冰冰地俯视着我，问道：“你是要这个东西吗？”

我几乎吓得瘫在了地上，精神差点崩溃掉。我张了好几次嘴，才蹦出一个字：“你……”

那个生着一张大卫脸孔的家伙这时候蹲了下来，一张毛茸茸的脸似笑非笑地看着我：“哦，是不是吓你一跳？真抱歉，我不是故意的，只是路过这里的时候听到有动静才过来看看。”他说着伸出一只毛茸茸的右手，“看来你需要我帮一下，来吧，朋友！”

我犹豫了一下，还是拉住了他的手。

他将我拉出沙坑，重重地丢在沙地上。

“啧啧……”他一边用怜悯的眼神打量我，一边用数落丧家犬的口吻说，“唉，朋友，看看你都成一个什么模样了？恐怕连街头的乞丐都比你好看得多。看你的样子，估计已经饿了好几天了吧？”

在他打量我的同时，我也在盯着他看。没错，这个浑身上下毛茸茸的家伙和大卫·科诺迪尔有极其相像，唯一不同的是，他穿的是一套脏兮兮的燕尾服，只是没有系上领结，头发也短了许多。

“为什么这么看我，朋友？是不是觉得我突然在沙漠中出现很奇怪？哈哈……你完全不用怀疑我的身份，我的名字叫艾伦·伯纳乔森，你可以叫我艾伦，也可以叫我乔森先生，不过，我更喜欢别人叫我艾伦，这名字听起来不装腔作势，你说呢？”

我喉头又咕咕地响了两下，终于能断断续续地将一句话说完了：“艾伦……乔森先生，请问你从哪里来？”

艾伦翻了一下眼皮，怪声怪气地说：“这个问题可有点不好回答，说来话长，等一会儿再仔细跟你说吧！我现在想知道，你发现了什么？你叫什么名字？”

我苦笑了一下，向横躺在沙地上的怪物指了指：“你也看到了，就是它……我叫异度侠。”

艾伦围着那条怪物转了两圈，摇晃着脑袋啧啧称奇：“哦，这真是一条古怪的眼镜蛇，居然还长着两根角，这块古里古怪的大陆总是能有许多惊人发现。”

他说话的口吻与大卫有着本质的区别，大卫是那种目空一切的傲慢口吻，这个人虽然也能从脸上看到高傲的本性，但话明显比大卫多，而且也乐于承认别人的功劳。

“你也有什么特别的发现吗？”我顺着他的话问道。

“当然，我的发现可以装满像一艘泰坦尼克号这样的超级游轮，只不过这些发现不能带走，只能保存在我的记忆里。我想等我回去后，有必要写一部《艾伦的太平洋之旅》，我想一定会比《鲁滨逊漂流记》要火爆得多，没准还能因此获得什么狗屁文学奖呢！”

“能跟我说说吗？”我赶紧问道。

“当然！”艾伦满口应承道，“我乐于将自己的经历跟你分享，绝对不会收取任何报酬的，但现在你要做的是马上跟我走。”

“去哪？”

“我的船上，它和我同名，也叫艾伦号，那是一条豪华的轮船，上面的配备绝对是一流的，虽然我的所有舵手都不可能和我一起返航了，但我有信心将它开回去，刚才我还担心一个人没有办法将铁锚弄出来呢！现在好了，有了你这个帮手……哦，你叫什么来着？”

“异度侠。”

“哦，对，异度侠，很拗口的一个名字，不过挺好记，你们东方人的名字总是这么拗口，让人很费解。”

我感觉他有点像科恩，一张嘴就唠叨个没完，不过他比科恩看起来要顺眼多了。

“我想先等一下，我还需要验证一件事情。”我说着就去拿他手里的铁器，却被他巧妙的将铁器交到了另外一只手里。

艾伦摇晃着脑袋说道：“我真为你的敬业精神感动，不过，这显然不必了，这片沙漠的情况我已经了如指掌。你现在最需要做的是吃点面包喝杯威士忌压压惊，然后再洗个热水澡。说实话，你身上的味道真的有点让人受不了。”他说着就用两根手指堵住了鼻孔，眉头也跟着皱了起来。

我知道经过这几天的折腾，自己身上已经馊掉了，这种味道连我自己都不堪忍受。不过，经过这番谈话，我至少可以确定这个艾伦·伯纳乔森并非那个半路上被咬掉脑袋的大卫，虽然他们长着几乎完全一样的相貌。

我跟在他身后，重新向那个几乎被夷为平地的丛林走去，不过并非我来的方向。

“我们这是要去哪？”我好奇地问他。

艾伦回头看了我一眼，骄傲地道：“艾伦海峡！”

“艾伦海峡？”

“是的，离这里大约两个小时的路程，那里有一片美丽的港湾，和它的名字一样迷人。”看到我脸上的惊诧表情，他哈哈笑了一声，向我解释道，“其实那是一个隐藏在悬崖峭壁间的海峡。人类总喜欢用第一个探险家的名字为它命名，所以它叫艾伦海峡最合适了。”

我终于发现了他和大卫之间另一个极为相似的特征，那就是自恋情结，一个很多成功人士都会犯的低级错误。

“你能不能跟我讲讲那片你了如指掌的沙漠和你在这块大陆上的其他发现？”

“好啊！”艾伦非常痛快，“简单地说，这片沙漠是一片真正的死亡之地，因为地下埋藏着不可计数的尸体。就算将地球上所有被埋藏在地下的生物化石都摆在一起，也不会比这片沙漠地下的尸体多多少。而且，这片沙漠就是一座天然的尸体储藏室，我们可以得到最完整的史前动物的尸体，连一根毛发都不会缺少。”

“你这个形容倒是很新奇……”

“不是新奇，而是贴切！”艾伦立即打断我的话纠正道，“而且我给这块大陆下的定义更为贴切，它就是一个生命试验场。”

生命试验场！这个听起来很现代的名词和我来之前大卫和爱德华为它定义的更古老的名称有着异曲同工之处。天堂从某种意义上来说，其实就是一个生命试验场。

我问道：“有什么依据吗？”

“你问这个问题我很欣慰，我可不想和一个愚蠢的人一起返航。”

“……”

“这么说吧，这块大陆呈一个拱形！”他说着比划了一个手势给我看，“在它的外围是由密密匝匝的树木组成的丛林，往里就是一圈荒凉的沙漠，位于中心的是四季分明的高耸山峰，而这个山峰的顶端就是天堂一样的宫殿。

“这种组合大有文章，因为最外围的丛林区域是密不透风的，是没有生命存在的，而接近中心山峰的区域是埋葬尸体的沙漠，这难道不会让你想到点什么吗？”

我沉吟着点了点头：“你是说……”

“丛林就是铁栅栏，它的目的是不让某些生物逃出去……”

“那这种实验岂不是一种毫无意义的徒劳吗？”我问道。

艾伦脸上掠过一丝不快："我的意思是说并非所有的生物都穿越不了那片丛林，就像你我，不是一样过来了吗？"

我苦笑了一下。我想如果不是突如其来的那场地震将丛林转眼间夷为平地，我真没有信心能从丛林里走出来。

"不要以为我们只是侥幸，世界上不存在侥幸。你我之所以能够活着穿越进来，就说明我们是被成功的！"

"被成功的？"我对这个更新奇的词语同样感到无法理解。

"是的，被试验成功的。几百万年以前，我们的祖先从这片丛林中走了出去，于是才有了我们人类。但是人类的发展并非在向着永远前进的方向，我们其中的很大一部分都走了歧路，就好像《圣经》上说的那样，人类已经坠入了罪恶的地狱，这种人是不可能找到回家的路的。"

"那沙漠地下的尸体怎么解释呢？"我又问道。

"这太容易解释了，因为它们就是失败的试验品。成功者都穿过了丛林，在大陆还是一体的时候就在世间得以繁衍生息，而这些报废的试验品只能作为标本被永远封存在储藏室里……你有没有在其他地方见过长着双角的眼镜蛇？"

我虽然对他的这种谬论持保留意见，但还是无奈地摇了摇头。

"那与此相应的成功实验者是什么生物呢？"我又追问道。

"蝙蝠、鸟类，或者被你们东方民族作为图腾进行膜拜的龙。"

"那么，是谁安排了一场如此伟大的实验呢？"

艾伦嘿嘿笑了两声，耸了耸肩膀，他终于也有拿不准的时候了："这个我可就不知道了，因为我并没有登上陆地中心的那座山峰，不是我不想，只是在我辛苦地登了一半之后，我突然醒悟到，其实造物主并不想见到我。我知道如果再固执地攀登下去的话，自己就可能成为下一个被深埋在沙漠中的标本，所以我很明智地退了下来。不过我估计，这个造物主可能就是我们所一直认为的上帝，当然，它也可能是一个外星人，更有可能是一群人，是它们在这里为这个星球撒下了生命的种子，并源源不断地为这个世界输送更加适应自然的生命。"

"可是，丛林为什么在一夜之间土崩瓦解了呢？"我更加不解地问道。

艾伦停下了脚步，面色变得沉重起来，他一字一顿地反问我："你说呢？"

看到他的神色，我心里莫名其妙地打了个颤抖，蹦出一个念头：按照他的说法，如果把丛林看作一种阻截外界与这块陆地上的生物联系的屏障的话，它的突然消失，如果不是意味着这种试验已经结束，就是意味着这种屏障已经没有必要了。但无论是哪种可能，都不可能使人推演出乐观的结论。

艾伦突然趴在了我的耳朵上，用极为神秘的口吻尖声说道："不要以为那些尸体没有生命，它们很可能只是被催眠了！”

我禁不住浑身哆嗦了一下，脚步也不由自主地停住。我带着惊恐回头向身后那片死气沉沉的沙漠望去。浓重的夜色已经将它的全部身影都隐藏在了黑暗中，使人觉得那里正有许多生命开始慢慢苏醒。

“别愣着了，快走！”艾伦在前面大声叫我，“路还远着呢，你不想在这片沼泽地里过夜吧？”

我只好转过身，拖着疲惫的双脚继续跟着他走，虽然我对这个改名艾伦的大卫依然心存疑忌，但饥饿迫使我不得不跟着他。不论他的言论多么荒谬，我都必须先填饱肚子再说。

当我转身向他跟去的时候，似乎听到身后有什么异常的响动，我停下来侧耳去听，那响声又突然消失了。

二

被艾伦极力夸赞的“艾伦号”游轮只不过是一条锈迹斑斑的小船，它甚至连我们来时所乘坐的航船的三分之一大都不到。而所谓的艾伦海峡更是小得可怜，如果“艾伦号”再倾斜一点点，就会撞上两边的礁石，搁浅在那里。

从这里可以看出，艾伦不但有着科恩般的絮絮叨叨，还沾染了他的另一种不良嗜好：言过其实，夸夸其谈。他的话必须用筛子过滤一遍才行。

不过，他的话有一句是真实的——这里确实是深入陆地很长距离的峡谷，或者说河道。我们如果找到这个地方的话，完全可以避免在丛林里那段延续数日的噩梦遭遇，因为这条河道已经深入到丛林的深处，地势也比较平缓。我们走了十几分钟的下坡路之后，就发现了停靠在岸边的那条小船。

“哦，天啊，我可爱的小艾伦怎么被糟蹋成了这个样子？”艾伦一踏上甲板，就大叫起来。

我本想讥讽他几句，但不争气的肚子迫使我立即问道：“面包呢？你所说的面包在哪里？”

艾伦翻着白眼瞪了我一眼，说道：“跟我来。”

我跟着他顺着狭窄的梯子下到臭烘烘的船舱里，他不知道从哪里拿过来几块像是长了毛的面包放在我面前：“快吃吧，还热乎着呢！”

我气呼呼地盯了他一眼，艾伦冲我笑着耸了耸肩膀，表明刚才那句话只是在开玩笑。

我也不可能再犹豫了，虽然这些面包老远就闻到有一股馊味，铁定已经发霉了，但总比吃那条不知道埋藏了几千年的眼镜蛇的尸体要好得多。所以我闭着呼吸将面包塞进嘴里，胡乱搅拌了几下，就囫囵着吞咽了下去。

艾伦又拿来一瓶威士忌，我几乎是抢过来拧开盖子，咕咕地灌了几口。

艾伦看我狼吞虎咽的样子，微微皱着眉头不停地摇头。

吃了四五块面包，喝了半瓶威士忌之后，我的肚子终于停止了无休无止的嘶哑叫喊，我也终于可以平心静气地和艾伦商量下一步的行动计划。

“虽然两个人是少了一点，但我想我们可以将小艾伦航行回去，你说呢，我的新朋友？”艾伦笑嘻嘻地看着我，一副胜利在望的样子。

我郑重地说道：“艾伦，谢谢你的面包，它足以让我活命了，所以，我得非常真诚地对你表达谢意。但可能会令你失望的是，我无法与你一起返回人间了。”

“什么？”艾伦睁大了眼睛看着我叫起来，“你说什么？我怎么有点听不明白，你自己一个人留在这里有什么用……”

我抬起双手阻止他激动的情绪：“艾伦，请听我说，如果有许多同伴和你一起踏上一段旅程，其中有些人在未到达目的地之前，就不幸丧生，而另一些人却在到达目的地后和你失散了，生死不明，而这其中包括你的恋人……如果是这样的话，你会怎么做？”

艾伦停止了叫喊，怔怔地看了我一会儿，才小声嘀咕道：“如果明知道继续下去会丢掉性命，还不肯回头的话，就是个大傻瓜。”

“可能我就是个大傻瓜，并且，这种傻事我也不止做过一次了。”

“你能不能跟我详细讲讲你们途中遇到的事情？说不定我能帮你想想办法。”艾伦向我眨眨眼睛，问道。

他是想在我的叙述中找一些说服我的理由。就算这条破船真能经得起太平洋的颠簸，单靠一个人的力量想要在变幻莫测的海洋中驾驭它也不是一件容易的事情，艾伦确实太需要一个帮手了。

我向他讲述了我们沿途的遭遇和见闻，以及在丛林中度过的如梦似幻的那几天噩梦经历。我真希望这个“先驱”能给我一些有用的指引。

艾伦并没有立即来说服我，目光反而在听我叙述时变得呆滞起来，直勾勾地盯着漆黑得如同瞳孔一样的清澈水面。

“怎么了，艾伦？”我轻轻碰了他一下，问道。

艾伦朝我木然地看过来，问：“你们是在什么时候起航的？”

“2010 年 11 月 3 日。”

“哦……”

“怎么了？”我看他神情有些古怪，追问道。

艾伦用手掌敲了一下后脑勺，苦笑道：“我也不知道，只是觉得这个时间有点奇怪，至于为什么，我又说不清楚。”

“那你们是什么时候到达这里的？都发生了什么事？为什么现在只剩下了你自己？”

艾伦再次敲了一下自己的后脑勺：“5 月 21 日。”

“然后呢？”我看他欲言又止，只好继续问。

艾伦冲我苦笑了一下，道：“我们刚开始比你们幸运，在太平洋中并没有遇到什么特别的事情，也没有在丛林里待那么长时间，只不过……自从踏进那片沙漠之后，情形就变了。好多人都无缘无故地暴毙，最后只剩下三个人到达了位于沙漠中心的山峰，其中一个不幸从一千多米的地方失足掉了下来，我都不知道他的尸体掉在哪里去了，另外一个没有听从我的劝告，执意向山顶爬去，我更不知道他现在怎么样了！”

“那到底是什么原因让你放弃了继续前进呢？”

艾伦沉吟了一下，说出两个字：“死亡！”

任何人都会对死亡产生恐惧，但我搞不清楚艾伦恐惧的死亡里面包含的内容。

他继续解释道：“自从踏上这块大陆之后，连续的死亡就接踵而来，这不是一种告诫吗？告诫我们这些闯入者停止脚步。而且，在我们开始攀登那座山峰的时候，当第一个人在我头顶无声无息地坠下来几分钟后，四周的环境发生了巨大的变化，我们从夏天直接进入了冬天，寒风彻骨，呵气成冰！”

这种情形确实很不正常。这种四季分明的山峰并不少见。伴随着海拔的升高，气温也在逐渐变低，于是山峰在不同的高度就被天然地分成了春夏秋冬四季变化，只不过这种变化的顺序和我们平常认为的不同。如果这座山峰在气候炎热的地带，从下到上的变化顺序就是夏春秋冬，而这其中春秋的界限比较模糊，但夏冬的界限却很分明。或者换句话说，随着海拔的变化，山峰被划分为三大区域，冷、热和过渡区域。刚才艾伦说的不正常之处就在于，在冷热之间缺失了过渡，这实在是很不正常的一件事。

“而且，在我的同伴摔下去的时候，我的眼睛随着他的身体第一次向下面看了一眼，你也知道，在陡峭的悬崖上向下看是一种禁忌，这不但会动摇攀登者的信心，也代表着一种不祥，你猜，我看到了什么？”艾伦用惊奇的眼睛看着我。

我摇了摇头：“什么？”

“上帝的脸！”

“上帝的脸？”

“整个沙漠都在颤动，白色的沙粒在不停地起伏变化，就像一个生物被触动了敏感神经所做出的反应。或许‘上帝的脸’这个词并不准确，但我不知道应该用什么词语来形容更加贴切！”艾伦长出了一口气，仰起头，将手中的威士忌都灌了下去，然后将空瓶子抛出了老远，“现在，你还要继续走下去吗？”

我抿了抿嘴唇，苦笑道：“我别无选择。”

“你真是一个顽固的家伙，不过倒是很合我的口味。”他说着摇摇晃晃地站起来，就向旁边不远处锈迹斑斑的舱梯走去。

“你去干吗？”

“我们聊得很投机，我想应该再喝几瓶威士忌助助兴，再说了，你在人间所剩不多的时间也需要食物来填饱肚子，我可不想你饿死在这里……”

看着他壮硕的身躯慢慢变矮，消失在舱口。我不禁摇了摇头，这个家伙还真有些可爱！

就在这时，我突然听到水里哗啦响了一下，循声看去，只见黑漆漆的水中有什么东西迅速贴近了这艘小船。我盯着它，想等看到这是什么东西之后再做应付。

可是没等我看清楚它的样子，就听到有个急促的声音传过来：“快走，他不是人！”

三

我分辨不出这个声音是从哪里发出来的，更加不清楚这句话里的“他”指的是谁，不禁盯着水面上那个黑影怔住了。

“啪！”有什么东西掉在了我的脚下，我用脚踢了一下，是一个湿漉漉的手掌大小的长方形的东西。

“艾伦……”那个声音再次响了起来，这次我听清楚了，应该是从下面传过来的。但是这个声音却在此时戛然而止。黑影也快速潜近了小船旁边更加漆黑的暗影里。

我听到笃笃的脚步声，于是赶紧将那个长方形的东西捡了起来，快速把它塞进了自己的破衣服下面。

艾伦一只手抱着一团脏兮兮的衣服，另一只手拎着一个装着面包和威士忌的袋子晃晃悠悠地回到甲板上，然后将它们丢在我面前：“来吧，我的朋友，我能帮你的也只有这些了。”

我客气了两句，就从那堆散发着馊味的衣物中捡了几件看起来还比较合身的裹在身上。

“看起来还不错，虽然像个小丑。”艾伦又用牙齿咬开一瓶威士忌的塞子，一边往嘴里灌着酒一边睁着醉醺醺的眼睛上下打量着我，又咬开另一瓶酒递给我。

我伸手接过来，像他一样咕咕地喝了两口，苦笑道："在这种地方喝得酩酊大醉真是愚蠢的行为。"

"但在这里有酒喝也是值得庆幸的，不然，我们不被吓死，也可能疯掉。"

我一边佯装仰头狂饮，一边偷眼向他打量。如果刚才那个声音的提醒是针对艾伦的话，我真得小心。在我穷途末路的时候，该不会和魔鬼碰到一起吧？

艾伦看起来很正常，也很真实，看不出一点和正常人不一样的地方。

艾伦喝了几口酒之后，突然停了下来，脸孔也从刚才醉醺醺的神色中恢复了过来，平静地直视着我。

我心里咯噔一下，以为他看出了我在偷眼看他，但紧接着才反应过来，根本不是这个原因，因为此时我身下的小船开始了晃动。

"怎么了？"我诧异地问他。

艾伦略带歉意地说："我的朋友，我们的船好像已经开始拔锚起航了！"

我立即站了起来："你……"可是船身的摇晃令我站不稳，脚步胡乱地移动了两下，就不由自主地趴在了甲板上。

"而且我必须很抱歉地告诉你。"艾伦将手里的酒瓶丢向了黑暗中，"你已经不可能下去了，因为你现在需要好好睡一觉。"

我从来不晕船，可现在我瘫在地上，眼里的世界在不停晃动，而且幅度越来越大。艾伦肯定在这瓶酒里动了手脚。

"我需要一个帮手，而且这样也能救你 条命，你也不是无情无义，是被我逼的，你完全不需要有负罪感……"

没想到艾伦会在这时候向我下手，不知道是我被刚才那句突如其来的话扰乱了心神，还是他的慷慨施舍令我放松了警惕，我居然这么轻易地着了他的道。

我将希望寄托在刚才靠近小船的黑影，但这个黑影正在我慢慢溃散的视野里远去，虽然还能听到他发出的拍水声，可我依稀看到他正离我越来越远。

而在黯淡的水波下，我似乎看到了更恐怖的东西在迅速向我袭来，有一团更强大的力量在我们的船后面紧随而至。

这不是我昏昏沉沉的大脑产生的幻觉，因为站在不远处的艾伦也被这种声势吓到了，发出轻声的惊叫。

我感觉自己仿佛被什么东西托了起来，大脑在这一瞬间完全崩溃了。我的世界变得一片漆黑，一种天翻地覆的感觉令我完全失去了知觉。

可能正如艾伦说的，这里是生命的试验场，每个人都不可能轻易地走进来，更不可能轻易地走出去。

四

等我渐渐恢复知觉，已经是次日中午了。阳光煎烤着我的皮肤，也烙烫着我的神经。

我眯着眼睛想要挣扎着爬起来，却被身体上的剧痛压着重新躺下。我想要撑起身子，但左臂却紧绷绷地使不上一点力气。我只好用右手把左臂托到眼前，那上面正被四根比拇指还粗的树枝夹着，上面缠上了好几层绷带，发出刺鼻的馊味。

看来这条手臂是断掉了。

我艰难地用右手撑起身子，游目四顾，映入眼帘的依然是荒芜的丛林，到处都是倒伏在地的树木，其中夹杂着一滩滩蓝汪汪的沼泽。

我明明记得自己被艾伦麻倒了，为什么醒来时却不是在船上？

远处传来烤鱼的味道，这激起了我的食欲，令我不顾一切地挣扎起身，循着这股香味找了过去。

离我二十多米的地方架起一堆篝火，上面正烤着几条黑乎乎的长条状海鱼，发出一阵滋滋的响声。一个男人正背对着我坐在旁边，一边翻着手里的鱼，一边发呆。

可能是听到了我拖沓的脚步声，那个男人扭头看了我一眼。“醒了？”他冷冷地问道。

看到他的脸孔时，我不禁一怔：“介川君，怎么会是你？”

介川冲我苦笑了一声，招呼我坐下来。直到我坐到他旁边，才看到眼前那片低洼而狭窄的海峡——被艾伦叫作艾伦海峡的狭小水域。

“昨天在水里的那个人是你？”我诧异地问。

介川和我最后一次见到他的那个晚上没有多少变化，只有憔悴的脸颊和破烂的衣服表明这几天他的遭遇也好不到哪里去。

“其实我一直跟着你们！”介川递过来一条烤好的海鱼，“吃吧，这是鳕鱼，营养丰富，比那发霉的面包可口得多。”

我伸手接过来：“为什么你一直不露面？”

介川叹了口气，道：“因为我心里害怕……”

“害怕什么？”

介川扭头看了我一眼，眼中浮现的恐惧连我都不禁为之一颤：“那个自称是艾伦的家伙。”

我啃了一口鲜嫩的鱼肉，不用说，美味无比。

“你知道吗？我是跟着他一路走过来的。我知道他来自哪里，也知道他是什么目的，所以我更加感到恐惧，不仅仅是对这个人，更是对我们自己的命运。”

“你说给我听听！”

介川将目光从我身上移开，投向那片好似深不见底的发着幽蓝光彩的海峡，幽幽地问我：“你知道这座海峡下面有多深吗？”

我摇了摇头。

“你能猜出这水底下藏着多少秘密吗？”

我只能再次摇摇头。

介川凄然一笑，这种神色在惠子被肢解的时候，他都没有出现过：“其实我们不是一群突然撞进来的闯入者，而是一群被引入瓮中的猎物。”

他停顿了一下，将已经烤得有些焦煳的鳕鱼放在我身边，才道：“我们以为自己是在探险，但实际上我们却是中了别人的圈套。”

“谁的圈套？为什么设这个圈套？”我终于将一条鱼吞进了肚里，饥饿感略微减轻了一些。

介川皱着眉头摇了摇头，苦笑道：“不知道，如果我知道这些的话，就不用这么一筹莫展了。但这个设圈套的家伙绝对不是人类，这一点我可以完全肯定！”

“为什么？”

“因为已经死在大海中的大卫，和那个突然出现的艾伦，你不觉得他们的相貌出奇的相像吗？”

我点了点头。这两个人就像孪生兄弟一样，但他们显然没有关系，单从两个人迥然不同的名字中就能够看出来。

“你知道我是在什么地方发现艾伦的吗？”介川闷声闷气地问我。

在这种问题面前，我只能像个傻瓜一样不停地摇头。

介川伸手向我们左边的沙漠深处指了指，道：“离这里一百英里的地方，在沙漠的深处，有一个淡水湖，比这片海峡要宽许多，那里深不见底，深水中荡漾着光怪陆离的色彩，如梦似幻。艾伦就是从那里走过来的，而且我断定大卫也来自那里。”

“嗯？”

“我本来是想到那里去取一些淡水，好为自己接下来攀登沙漠中心的那座山峰做些准备，可是当我靠近那里的时候，就看到湖中心正在向外咕嘟嘟冒着的水泡，艾伦就是和水泡一起从水里冒出来的。”

我不禁皱起了眉头。按照这个说话，这个艾伦不止不是一个人类，甚至连一个魔鬼都不是，它应该是一种能在水中生活的生物，只不过长得像人而已。莫非，这片大陆上确实生活着具有高度智慧的两栖类，就像那个噩梦中所展示的？

“刚开始我以为是一具尸体，因为它漂浮在水面上，既不下沉，也没有任何生命迹象。但等我打算游过去将他捞起来的时候，这具酷似大卫的躯体却在水面中心缓缓地飘到了岸边，然后，它居然从水中站起来，头也不回地走出来，向沙漠深处行去。”

“于是，你就跟在它后面，一直跟到我挖掘怪蛇尸体的地方，又跟着我们来到了这里？”

介川点了点头：“还有昨天晚上那条船，可能你没有发现，在那条船的船舱里生有很重的海藻！”

“海藻？你是怎么发现的？”船舱里既然有海藻，那只有一种解释，就是这艘船曾经在海底沉没过很长一段时间。

“你们在甲板上闲聊的时候，我从另一边爬上去过，然后又溜进了水里。我抛给你的东西就是那时候从船舱里发现的。”

我摸了摸藏那个长方形硬板的地方，那个东西还在，于是我将它掏了出来：“这是什么？”

介川示意了我打开看看。

其实那是一个用硬牛皮包裹的笔记本，只是外面的牛皮已经板结老化，再经过海水的腐蚀，变得极为酥脆，我用手轻轻一折，牛皮就从中间断裂开来，里面那本笔记本的纸张已经完全粘在了一起，分都分不开，“看来这条船在水中泡了不止一两个月了。”我疑惑地说道。

“已经有十年了！”

“什么？”我有点惊骇，这实在不是一个好消息，“你是怎么看出来的？”

介川将我掰下来的半张硬牛皮拿起来，对着阳光倾斜了一下，“你看看这里。”他伸手指了指。

经过太阳光的照射，我隐隐约约看到那里写着一句英文，翻译成中文就是：

伯纳·肖克利的航海日志

下面一行写着日期：

1999年5月13日

现在我终于明白艾伦在听到我们起航时间时那种古怪表情的含义了，大约它当时的心情十分复杂，既有震惊，也有恐惧，恐怕还有某种顾虑。怪不得当我问它们航行的时间的时候，它只是说了一个5月13日，当时我想当然地认为是在我们出发之前的几个月，殊不知，这已经过去了十年的时间！

我叹了口气，觉得脑子有些糊涂。如果艾伦确实是十年前航行至此的话，那这十年间它到底经历了什么事情？为什么这段记忆在它那里是完全空白的？而且艾伦和大卫的相貌为什么又会如此相近？难道“两人”真的会有血缘关系？

“昨天晚上，在我昏迷的时候到底发生了什么事？”我将笔记本放在地上，问道。

介川又一次将目光凝聚到我们眼前的海峡上，眼神异常凝重：“黑暗中我没有看清楚，但水中确实有什么生物冲了出来，溅起了很高的水花，一个浪头打过来也将我掀翻到了水中……但我可以确认的是，那条小船又沉下去了，艾伦的尸体也没有再飘上来，好在你没事。”

我点了点头，说道：“谢谢你！”

介川向我苦笑了一下：“咱们这个团队已经变得七零八落，其他人更是生死未卜，幸好咱们遇上了。只不过，我不知道下面我们应该怎么做。”

我也沉默了，没有潜水的装备，我们想要下到这片不知道有多深的海峡中实在不容易办到，而且，假如这里面真的藏着什么生物的话，单凭我们两个人的力量，根本就无法应付。可是，我们难道就坐在这里干等着吗？

我无奈地拿起两条鱼，将一条递给介川：“先吃饱了再说吧！希望有其他人能找到这里，如果摩纳法师在的话，可能要好得多……对了，那天晚上到底发生了什么事？我们醒过来后，你和法师就不见了，他去哪了？”

介川望着天空愣了一会儿，长长地叹了一口气。

这声叹息中好像包含了太多的苦涩和疑惑。我怔怔地看着介川，知道眼前这个并不讨人喜欢的家伙，一定也经历了一段艰难的经历。我静静地等着，等他将这段经历讲出来。

第十七章

湖中的母体

一

那晚你们都躺下后，我和摩纳法师就坐在一起聊天来打发无聊的时光。你也知道，在惠子被那个魔鬼杀死之后，我的心情十分低落。我们两个相恋了十三年。慧子从十八岁开始就跟着我，一直对我言听计从，从来没做过一件违背我意愿的事情……我对不起她，是我亲手把她送上了黄泉路，我十分愧疚！（他讲到这里时，声音变得无比低沉，喉头也像被什么东西塞住了，有些哽咽。可是对于这个问题，我对他一直存在着深深的不满，所以在他一脸悲戚地瞄向我时，我故意装作挠痒，将脸转向了另一边。）

我知道自己这么做很伤惠子的心，也知道自己是个不可饶恕的罪人！（介川抹了两下眼睛，脸上重新恢复了目睹惠子遭遇惨祸后的那种刚毅和沉静）但我绝不后悔，我最大的理想就是成为世界上独一无二的探险家，超越哥伦布和威廉·史密斯（笔者注：发现南极洲的英国探险家），成为大和民族的骄傲，将自己的名字篆刻在人类探险史上。（介川又看了我一眼，见我没有说话，于是继续说了下去，但声音却变得无比落寞。）

可是就算我能达到这个目标，我的名字永远被后人记住，但惠子却不会跟我一起分享这份荣耀了。我知道她一定会在九泉之下为我感到骄傲，她一定会倒背着小手，歪着头说：“我早就知道，我的介川君一定能做到的，一定……”

（他眼神飘忽闪烁，脸上的神情也变得有些不对劲。看来惠子的惨死对他确实触动很大，再加上我们遭遇的诡异情景。我怕他再想下去精神会出问题，于是叫了一声：“介川君！”他向我露出一个自我解嘲似的笑容，将话题收了回来。）我和法师聊了很久，他为我讲了佛祖割肉喂鹰的典故，讲了涅槃，讲了轮回……我知道他是在开导我，如果不是那天晚上法师的开导，我可能根本就坚持不到现在。（佛祖的壮举除了自己之外，没有伤害到任何人。可介川不同，单是拿惠子来做诱饵，就与佛祖有着天壤之别。）

我和法师聊了很长时间，但实际上是他在说，我在听。就这样，渐渐地我们所坐的地方已经没有了月光，完全被下面散发出来的诡异光影覆盖了。

法师这时突然问我："介川君，你有没有觉得这片丛林有些不正常？"我说："大师，我觉得这片丛林中似乎隐藏着死亡的气息，有时候我甚至比踏上那艘灵柩船还要害怕。"

法师点了点头，道："我和你的感觉差不多。我能够感觉到这片丛林的腐败气息，那是一种难以用语言形容的气息。并且，我可以判断出，这种气息随着黑夜的来临，正在逐渐增强。"

我心里一惊，禁不住往四下里看了看。当时你们都睡熟了，没有发出一点声息，再加上不停变幻的诡异光影照射在粗大的树木和盘曲兀结的藤蔓上，虚虚实实的如同幻影。我有些恐惧地问他："大师，您说这种气息到底来自哪里？"

法师摇了摇头，脸上也是一副极为不解的模样，说道："这就是令我感到困惑的地方。以我这些年的修持来看，如果某个地方藏着不干净的东西，就算不能判断那是什么，也能感知到它的来源。可这一次却不同。虽然我感觉到它在增强，却不知道来自哪里，这更让我心里不安。"

我们曾经亲眼见识过法师第六感的准确性，从灵柩船的出现到最后事态的发展，都证明了这位老僧人修为的高深，所以连他都无法把握的事情，一定非同小可。我预感到一定会有可怕的事情发生，于是问法师："要不要叫醒他们？"

法师半闭着眼睛沉吟了一下，然后轻轻摇了摇头："再等一会儿吧！"

我看着他瘦削的脸孔在诡异的光影中不停地变化着颜色，一会儿面色枯槁，一会儿形如朱砂，一会儿又如同蓝靛，心里越来越感到不安。

我等了一会儿，再看摩纳法师时，见他额头上冷汗都冒了出来。我赶紧问道："法师，您怎么了？"

法师的声音透着一种深深的疲倦，他看似安安静静地在那里打坐，实则是在催动精神去探索这种气息的来源。

他微微睁开眼睛，怔怔地看了我几秒钟，才用一种拖沓的口吻郑重地跟我说道："快去叫醒他们！"

我赶紧站起来去叫你们。当时离我最近的是罗西。我跳到他仰躺着的枝丫上，树枝向下猛地一沉，我差点失足摔了下去。可就是这么大的动静，罗西依然直挺挺地躺在那里，连一丁点儿的反应都没有。

我去晃他的双脚，但他依然一动不动。我以为是因为过于疲劳，他身体的反应变得迟钝，就往他腿上重重地踢了两脚。可罗西依然毫无动静。

这下我感觉太不对劲了，急忙扳过他的脸孔来看。这一看，差点把我吓得从树上掉下来。

我看到罗西一脸的诡笑，正睁大双眼看着我！

我以为他在跟我开玩笑，但凝神看了一会儿，却发现他的瞳仁好像定住了，脸上的笑容也十分僵硬，很明显不正常。

我叫了一声法师，就伸手去探罗西的鼻息。他的喘息很正常，脸上也保持着应有的温度。我又叫着他的名字狠狠地晃了几下。

但他依然没有任何反应，我发觉他脑袋的动作也和平常不一样，只是很僵硬地抖动了两下，好像被什么东西固定住了。

我伸手向他后脑勺摸了一把，却摸到一条滑腻腻的东西，就像……就像有一条舌头，紧紧地和他的后脑勺粘在了一起。

这时树枝又沉了一下，法师已经跳了过来。我向他惊呼道："大师，罗西的脑袋被什么东西粘住了！"

法师的脸色阴晴不定，他低头看着一动不动的罗西，手腕一翻，手中已经多了一把寒光闪闪的匕首。

我想要伸手去接，法师却没有递给我，而是一抬手臂，在空中划出一道寒光，匕首就被挥动了起来。（说到这里，介川皱了皱眉头。）

我以为他的匕首会割向罗西的后脑，但我做梦也没想到，他的匕首一闪，就直直地冲着我的心脏，扎了过来。（介川停住口，掀开自己的衣服。在他肌肉兀结的胸膛上，绑着一条沾满血污的绷带。他咬着牙撕开绷带，下面有一个殷红的孔洞，就在胸膛偏右的一点。如果再往中心挪动几寸，就正好洞穿了心脏。）

要不是当时我下意识地往一边闪了闪，自己肯定就没命了。被他刺到后，我身子往后一翻，结结实实地从十几米高的树上摔到地下。

就在我落地的时候，隐约瞥见摩纳法师的后脑勺上结着一个球状物，它正在不停地变换着各种颜色。

我忍着剧痛从地上爬起来，来不及包扎伤口，就见法师溜着一根粗藤来到了我身边，铁青的脸上不停地扭曲着，满脸的汗水。

我看他神情诡异，自己又遭到如此重伤，知道就不是他的对手，于是爬起来向丛林深处疯狂逃命。

我在丛林中一阵疯跑，不一会儿就瘫倒在地上。于是我将衣服撕成长条，扎在伤口上阻止血液的流淌，接着又爬起来往前跑。

等我再次无力地躺倒在地上束手待毙的时候，法师并没有出现。

于是我在担惊受怕中昏迷了，等我有了知觉的时候，已经是第二天中午。凭借着这许多年野外探险的经验，我勉强活了过来。但我已经无法辨认方向，不可能再走回自己逃离的那片丛林，只好凭借太阳的指引，向丛林的更深处跋涉。

在第三天的中午，我终于走出了丛林，这条海峡就是在此期间发现的，但那时这里根本就没有船。我向沙漠深处继续前进。那个时候我想，你们可能都已经遇难了，摩纳法师看来是想要我的命，我想他也不会饶了你们的！

二

接下来，介川在沙漠深处接近中心山脉的位置见到一片湖泊。从那里，他亲眼目睹了那个名叫艾伦的怪物从湖中突然冒上来，并具有了生命，然后他尾随着艾伦折返回来……

根据介川的叙述，我们那四天四夜的噩梦显然是粘在我们脑袋上的那条黏糊糊的“舌头”所引起的，而摩纳法师突然变得行为诡异也是被什么东西控制了。

但问题在于这条舌头和控制法师的东西是不是同一种生物？为什么它们要赋予我们每个人（不包括介川和摩纳法师）一个不同一般的噩梦？它们的目的又是什么？

很显然，这种东西是有智慧的，单从能够控制人的思维这一点来看，它们就具有远比我们人类更强大的智慧，可是它们为什么要如此折腾我们？

还有艾伦和与艾伦生着几乎同一张面孔的大卫，它们应该来自同一个地方，并秉承着同一个目的，或者说，艾伦正在重复大卫的行为——返回人间，带回更多像我们一样充满好奇心的傻瓜。这群傻瓜一定也会像我们遭遇过的，一步步踏进这个巨大的陷阱，并被吞噬掉。

可悲的是，当他们像我现在一样面临绝境的时候，依然还不知道这个陷阱是什么生物设置的，更不知道它们的意图是什么！

我望了一眼如同镜面一样平静美丽的海峡，幽幽地问：“你猜这个海峡的下面藏着什么东西？”

介川转头看了我一眼，点了点头：“我和你想的一样，水下一定沉着很多船只。”

“这里确实是一个海峡，只不过不是供船只停靠的，而是为那些将我们引到陷阱中来的大卫们准备的，应该叫幽灵海峡更恰当！”

介川苦笑两声，道：“既然沉入水中的船只能够再次浮出水面，那这片水面下一定隐藏着某种机关，这个机关和沙漠深处的那片湖泊配合得天衣无缝。一个大卫走出来，就专门为他准备好了一条船……”

“我们如果没有醒过来，会不会也被行尸走肉一样控制起来，步大卫和艾伦的后尘？”

介川摇了摇头，他苦涩的神色分明在说：这恐怕就是我们被引进来的原因。

“可是，这应该只是一种手段，一种引诱更多好奇者到来的一种手段，在这种简单的循环后面，一定隐藏着一个更大的阴谋。”

介川目光闪了闪，问：“什么阴谋？”

我拍拍屁股站起来，转头去看沙漠深处那座在雾气中若隐若现的山峰，道：“如果这真是一个阴谋的话，正如你先前想到的，那个操纵者肯定是在那座山峰上面，现在我们就过去看看它是谁。”

“不下到水中看看了？”介川有些犹疑地缓缓站起身来。

我点了点头，道：“无论水下安排了多么精密奇巧的机关，都不值得我们再去拿生命冒险。我们要保存体力，就算不能揭开幕后操纵者的真面目，也应该用在值得的地方。”

当我们到达那个值得的地方时，已经是第三天的傍晚了。在沙漠中跋涉的这两天两夜中，我们没有遇到别的同伴，这令我心情更加糟糕，一路上都没有和介川说多少话，只是在闷头走路。

艾伦虽然身份诡异，但它的话却多多少少有一些是接近真实的，比如它告诉我的关于沙漠下面全是其他动物的尸体这一点就没错。在我们这两天两夜的行程中，我不止一次在沙坑里见到裸露的胎衣和从里面探出的某种奇异生物的部分躯体。

如果它们真的是被上帝抛弃的残次品，我不知道下面是不是也掩盖着某些和我们人类同宗同祖的生物的尸体。我更不知道，如果我们顺利爬上那座山脉，会见到怎样一个上帝？

第三天的傍晚，在落日洒下的金黄色余晖中，我们赶到了介川所说的那个湖泊，也是我认为值得我们好好探究一番的地方。

三

这个湖泊比我们之前见到的艾伦海峡要宽阔许多，湖面呈椭圆形。我绕着湖岸走了一圈，返回起点的时候，一共用去了两小时零二十五分钟。

这显然是一处淡水湖。湖面上生着许多浮游植物，跟一座座漂浮的岛屿很相像，一眼望去，绿油油的，很是赏心悦目。水藻静静地沐浴在金黄色的光线中，还时不时会颤动一下，说明有某些动物在水中游弋。

介川伸手为我指了指湖中心的一个位置：“看到了吗？我就是在那里看到艾

伦突然随着水花翻上来的。”

定睛看去，那里和湖面的其他水域没什么两样。

“我们要下去吗？”介川问道。

我向离自己不远的湖水看去，绿莹莹的水面只向下延伸了两三米，就陷入了一团模糊的漆黑中，根本瞧不到深水中的情景。于是我点了点头：“是的，我想我们有必要到水里去看看。”

“看什么？我们可以预料到这下面是什么。”

“哦？”

“水里肯定有一些诸如艾伦或者大卫一样的尸体。”

我点了点头：“然后呢？”

“然后？”介川诧异地问道，“什么然后？”

“我是说，这些尸体是什么样子的？它们还有没有生命？是如何在水中保存的？又是什么东西将它们控制了起来？”

介川沉默了几秒钟，然后说：“看来水很深，而且水下肯定有许多危险，我们最好事先做些准备。”

做些准备是必需的。如果这里的水很深，单凭我们的肺活量和身体的承受能力，根本就不可能下潜到水底。但一连数日的疲于奔命已经使我们身无长物，我甚至连一条手臂也成了半残废状态。

我环顾四周，湖岸边生着坚挺低矮的不知名植物。我走过去看了一下，跟芦苇有些相像，是空心的细管状植株。

“你想用它们当呼吸管吗？”介川远远地看着我问，眼神中满是诧异。

我伸手折下来一根，放在嘴上使劲吮吸了几口，还好，通透性还算不错：“虽然它们比较短，但或许能用得上。”我回头冲他笑了笑，说。

介川也走过来折断一根，翻来掉去地打量了一会儿，摇了摇头：“怎么用？”

我带着他爬上湖岸，在一片凹下去的沙坑中停了下来，指着在白色的沙丘中裸露出的胎衣说道：“现在就看它们是不是能用了。”

介川见我已经开始用一条手臂抠挖着那几只裸露在外的胎衣，就也过来帮忙。

当天色完全黑下来的时候，我们已经找到了一个体积不是很大的胎衣，并将它从沙坑中拖了出来，连同它里面那只根本就看不出任何形状的死胎。

“然后呢？”介川看着硬邦邦的干瘪胎衣问我。

我从一边找到一条看起来不是十分干瘪的脐带道：“老天保佑它没有粘在一起。”

介川终于明白了我的用意，他从腰间掏出折叠匕首，将那根脐带割下来一小截，犹豫了一下，还是用嘴吮吸了两口，然后吐了两口唾沫：“我敢说这是世界上最新奇的氧气瓶。”

“味道怎么样？”我笑着问他。

介川咧嘴苦笑道：“比夜壶好不到哪里去。”

不过现在没有其他办法。如果能一口气憋着潜入水底固然最好，如果不行，也只能用它将就一下了。

我们又从那些低矮的植物中折了几根管状细枝，费了不少力气，终于将它捅进了干瘪的脐带里。

等我们将干瘪的胎衣吹得微微鼓了起来的时候，天空中已经繁星点点，夜色渐渐浓了起来。

这时的湖泊和白天时不大一样，反射着闪闪星光的水面下面，似乎有许多黯淡的光亮闪耀。我蹲在岸边看了一会儿，那种光亮看上去像是从深渊中发出来的。单凭这一点就能判断这个湖泊的深度已经超出了我们的预料范畴。

“这种光亮怎么看着这么令人心惊胆战？”我抬头向介川看了一眼。

介川脸色凝重，声音也非常沉重：“这很像我们那晚在丛林中见到的光亮。”

我哦了一声，心情也跟着沉重起来——这次潜下去可能真的会遇到难以想象的危险。

四

就算湖底藏着撒旦本人，我们也只能潜下去。准备就绪后，我和介川坐在湖边的石头上休息了十几分钟，然后开始行动。

为了不至于在水中把力气全用在拖拽这个“氧气瓶”上面，我让介川搬起几块石头压在抛到水面上的胎衣上面，经过水的浸润，干瘪的胎衣慢慢浮软了一些，石块陷进了凹陷里。

接着我们脱下外套，分成左右两边一人抓住一根脐带，长吸一口气，扎进了水中。

湖水并没有我们想象的那样冰凉，可能是沙漠吸热性强的缘故，我们潜下去十几米后，水温一直保持在人体能够承受的程度，但水中的气氛让人压抑。在光线幽暗的水下，我没有感觉到一个活物从我面前游过去。整个水域死寂一片。

可是在上面时，我明明能看到水藻的晃动，如果没有动植物参与其中，这片水域怎么可能如此清澈呢?

我张开嘴吸吮了一点湖水，味道有些微微发甜，像是糖浆水的味道。

介川皱着眉头从胎衣里吸吮了一口氧气，向我挥了一下手臂。我明白他的意思，这个湖泊真的是很深，我们都下潜接近二十米了，底下依然乌沉沉的看不到底，不知道往下还有多深。

我向他指示了一下，我们再试着向下潜，如果感到身体不适的话，就停下来。于是我们又费力地拖着胎衣下潜了八九米，我感到胸腔被压迫得很难受，知道如果再继续下去的话，可能会被挤爆，只好停了下来。

下面依然是乌沉沉的看不到底。

我觉得事情有点蹊跷，因为在我们下潜的这段时间里，没有发现周围有什么东西，那是否意味着，在水面以下三十米的范围内是一条“生命真空带”，而艾伦的身体还在这片水域的下面？

如果艾伦的身体本来是在更深的地方，那它的身体是如何承受如此重压的？

介川向我示意了一下，想向周围的水域探查，我点头同意了。

于是我们开始漫无目的地在这个深度游荡起来，一直过去了接近半个小时，我们依然没有发现任何有价值的东西。而且更令我感到奇怪的是，自从我们潜入水中之后，在岸上曾经见到过的那种暗淡的光影消失了。

难道是湖水本身的缘故？这种微微发甜的水质本身就能发出一种微弱的光亮，而当我们置身其中之后，却又无法感知到这种光亮的存在？

我们游了很远后，一致停了下来，再这么寻找下去实在没什么意义。

我们再次用眼神交流了一下，达成了一个共识，那就是冒着被挤断肋骨的风险继续向下寻找。除了这样做，我们别无他法。更何况就算这种冒险会要了我们的命，也总比爱德华他们死得更畅快一些。

我和介川义无反顾地向下潜去。随着我们吸吮氧气的频率越来越高，我感到肺都快被挤爆了，眼前开始冒金星。我想介川也比我好不到哪里去。

我无心再去估量我们下潜的深度，只是抱了一个信念：无论如何，我们都要潜到湖底，我相信一切的秘密都隐藏在那里。

在我们的一再坚持下，双脚终于踩到了有些硬实的湖底。

我双脚一沾到实地，还来不及舒一口气，突然觉得那里有些不对。我游目四顾后把目光落在自己的双脚上，它们向下陷进去了五六厘米，我只能看到自己脚踝以上的部分。

我转头看了一眼介川，他好像也察觉到哪里不对，但通过他茫然的眼神，我知道他和我一样，只是知其然而不知道其所以然。

还没等我们反应过来到底是哪里出了问题，就立即被失望的情绪左右了。看起来一马平川滑如玉脂的湖底什么东西也没有。这里甚至比上面的沙漠还要干净——上面至少还有起伏变化的沙丘，而这里却只是一个平整的泥滩，在我们四周绵延开去，延伸很远，比沙漠更像沙漠。

我和介川对视了数秒钟，只好交换了一下眼神，极度失望地颓然点头，开始向上游去。既然下面没有东西，我们没有必要待在这里受罪，说不定就这几十秒钟的时间，我们的内脏器官已经受到很大的损伤了。

当我向上游了十几米之后，脑子好像被什么东西拨了一下，突然意识到刚才那种不对劲感觉的来源了！

这其中其实有两点很明显的破绽，直到此时我才意识到。第一，我的双脚只陷进淤泥里五六厘米就触到了实地。虽然细沙具有很好的隔水性，也不能只有这么浅的泥面，无论是水本身的压力还是常年的渗透，湖底都应该有远远大于五厘米的淤泥层才对。所以实际状况可能是，在淤泥覆盖的下面可能是一层绝对的隔水层。不过从我的触觉来看，石面的可能性并不大，那种实地并没有硬邦邦的冰冷感觉。第二，站在湖底，我能向四周看出去很远的一段距离，这和上面的水域很不一样。想到这里，我再次向下看去，黯淡的白色湖底的淤泥朦朦胧胧地呈现眼前，和抬头向上看时那种漆黑一团的情景有着很大的区别，或许，我们在岸上看到的黯淡光影就是这些白色的泥沙带来的。

我们重新下潜，站立在湖底之后，这两点感觉就更加明显了，我们好像站在了朦胧的月色里，空荡荡的湖底一览无余地呈现在我面前。

我抬起双脚将淤泥踢出一个凹陷，然后蹲下身子仔细察看了一会，并伸出右手摸了摸，触手温软，绝非地面那么简单。

这时，靠着我的胎衣突然砰砰响了两下，吓了我一跳，以为里面的那个生物活了过来，但介川却从一边探出了头，一脸的惊骇，他又砰砰地敲了两下被湖水浸泡之后慢慢变软的胎衣。

我立即明白了他的意思,他是在告诉我,我们脚下那层温软的东西,就是胎衣!

仔细想想，既然整个沙漠下面都埋藏着这种胎衣，那位于沙漠中的湖底有胎衣是再正常不过的事情。

当我再次用双脚去触碰淤泥下面光滑温软的地面时，就断定它是一个胎衣，那种未曾干瘪的胎衣。

我突然明白了艾伦之所以身处水下依然具有生命的原因了，因为它在水下是像婴儿一样浸泡在羊水中，不需要呼吸，更不需要承受水压的挤迫，它的生命已经被某个母体精心呵护了起来！

可是，这个推断却导出了一个更令我心惊不已的问题：这个具有生命的母体到底是什么生物?

我向介川使了一个眼色，示意他清理出一块地面出来，我倒要看看和这些胎衣连接的母体到底是怎样一个生物！

可是还没等我将这个意思明白地传达给介川，一件意想不到事情发生了。

五

在我向介川示意的时候，脚下突然颤动了一下。我感觉到自己的双脚好像被什么东西抓住了。

我被吓了一跳，我的双脚确实被什么东西抓住了。我扭动着身子向上游动，那双包裹在鲜嫩“皮囊”里的手状物也跟着露出了地面，像是两把铁钳一样，死死地扣在我两只脚的脚踝上。

介川顾不得去稳固我们的氧气瓶，赶紧过来帮忙。氧气瓶好像这时候也突然具有了生命，在水中翻了个跟头，将两块石头甩在污泥里，然后冒着气泡离我们而去，消失在头顶的一团漆黑中。

就在这时候，那个母体好像也复活了，我能明显感觉到水流的晃动，水底原本平滑得如同铁板一块的淤泥开始裂开了一条条的缝隙，像是缓缓张开的嘴巴一样，要将我们吞噬下去。

与此同时，清澈的湖水也开始变得浑浊起来，很快，我就看不到了介川的脸孔，泥沙也灌进眼睑，眼睛肿疼得难受，我不得不暂时闭上眼睛。

慌乱中，我感觉到有一双手死死地抓住我的头发向上拉扯，我只好用仅剩的一条尚能活动的手臂吃力地挥动着，拖着那沉重的胎衣向上游。

现在我成为了介川的累赘。没有氧气的补给，我们的力气也在慢慢枯竭，但那双手一直死死地抓着我的头发，拼命拖拽着。我也好几次试图摆脱下面那个胎衣中的东西，但任凭我如何蹬踢，它就是抓住不放。

在上升的过程中我喝了好几口水，差点被呛到，水的味道也发生了很大的变化，比海水还要咸涩难咽。

于是我放弃了挣扎，只是将身体放直，右手挥舞得更快更猛。我猜介川的力气也快用完了，如果他放开我的脑袋，我肯定会被这个胎衣中的怪物拉下去。

我勉强睁开眼睛，向下瞥了一眼，顿时被吓坏了。

我的双脚上好像长了一个硕大的脓包，里面鼓出的两个凸起物和我的双脚紧紧连在一起，可我无法辨认出这个“脓包”中隐藏的是什么生物。

更令我感到吃惊的是，湖底好像发生了一场大地震，泥沙翻滚，水流湍急。我模模糊糊地看到，下面好像裂开了一条黑洞，泥沙连同一个个胎衣都被快速地吸了进去。

那条黑洞会通向哪里？我根本就猜不到结果。

在介川的帮助下，我们终于露出了水面。重回地面的介川远比那个胎衣中的生物有力量，他将我和它一起拖出水面，重重地摔在沙地上。

我感到左臂一阵痉挛，钻心的疼痛差点让我晕过去。在我落地的那一刻，一直紧紧连在我双脚上的鼓鼓囊囊的胎衣终于滚到了一边，让我的双脚重获自由。

水流的咆哮声像是在打雷。我和介川一边委顿在岸边呼呼喘气，一边目睹着这片清澈的湖泊从大到小，从有到无。这个过程大约只持续了五六分钟，原本波光粼粼的湖泊就变成了一个深坑。一会儿工夫，一个深度超过四十米，方圆七八公里的巨大淡水湖就销声匿迹了。我和介川站在岸边呆呆地出神。

除了我俩之外，还有一个生物“目睹”了这场劫难的全过程，但它现在就像一个圆球一样静静地躺在离我们五六米的地方，一动不动，不知道到底什么情况了。

一个有意识抓住我双脚的生命，说明它已经可以脱离羊水而生存。那么在这种情况下，还让它泡在羊水里，就等于让它溺水身亡一样残忍。

当我和介川从震惊中反应过来，并想起它的时候，已经过去了约二十分钟。我们蹒跚地走过去，看到它就像一个圆球一样，静静地躺在沙地上，没有一点生气。这令我想起了那些沙漠下面的累累尸体，或许它们就是这样被母体抛弃的，从温暖的襁褓中直接甩到严酷的沙漠里，还没出生就已死亡。

我打算切开它，看看里面隐藏的到底是一种什么生物！

第十八章

胎衣中诞下的奇异生物

一

我把这个想法跟介川一说，他就从衣兜里拿出那柄锋利的匕首，凝重的眸子里闪过一丝寒光。

噗！反射着月光的匕首毫不迟疑地刺入那个胎衣。

随着刺鼻的腥味在空气中弥漫开来，我看到从割开的孔洞中溢出一股黑黄的汁液，顺着圆滚滑溜的胎衣表面缓慢地流淌下来，像是黏稠的血液一样。

介川皱了皱眉，两张薄唇紧紧地抿在一起，左手也加到刀柄上，一咬牙，把全身的力气都用在双臂上，空气中响起一阵嗤啦啦的响声，像是打开了一道闸门，黑黄的汁液哗啦一下汹涌而出，还有一个黏糊糊的东西随之翻滚出来。

泛滥开的腥气立即迫使我闭住了呼吸，向后退了两步，深怕粘上那些肮脏的东西。

不知道是因为紧张过度，还是怎么回事，介川先是呆了一下，然后才躲开了滚到他脚下的那个黏糊糊的东西。

那个东西在黏液中滚了一下，就静静地扑倒在地，一动也不动了。

从它摊开的形状来看，像是一个人，四肢摊开，摆成一个别扭的“大”字。由于它浑身沾满了黑黄的黏液，再加上月光暗淡，看不清长什么样子。

“死了。”介川镇定地对我说。

我有点尴尬，我刚才过于紧张了：“咳……这好像是一个人。”

介川点了点头：“我早就想到会是一个人，但令我意外的是，这个人居然死了。”

我靠近那个人，仔细打量着，惊奇地问道：“他穿着衣服？”

是的，虽然这个人面朝下趴在地上，无法看清长相，但他沾满浓汁的身上确实有着衣服的褶皱，他的脚上还穿着一双登山鞋。

介川不屑地盯着他看了一会儿，突然狠狠地踢了他一脚，那个死尸立即翻了过来。

这确实是一个人的尸体，因为他糊满黏液的脸孔现出的五官轮廓，和我们没有多大的差别。

“又一个艾伦。”介川向我撇了撇嘴。

我有些低沉地接口道：“也是另一个大卫！”

我盯着他脚上的那双登山鞋端详了一会儿，突然觉得这双鞋好像从哪里见过。

我伸手在那个尸体黏糊糊的脸上抹了一把。

他脸上皮肤并不凉，但我无法判断是因为刚刚断气的缘故，还是糊在他脸上那些温热的“羊水”赋予的。但有一点可以确定，这个家伙长得跟艾伦或者说跟大卫十分相似。

看来这片清澈的湖水就是用来“批量生产”大卫这类“人”的，而且目的也很明确，让这些大卫一次次地为这片大陆带来陌生人，我们只是很不幸的其中一批而已。

我相信这些大卫们也是受害者，利用他们的是我一直称为母体的那个“生命”，可是这个母体这么做的目的又是什么？

它当然不会是出于什么善良的目的，更不会心血来潮别出心裁地让我们来一次惊心动魄的奇异之旅。它这样做显然是出于一个重大的阴谋。从它放出弗兰克对我们其中的某些人进行残忍的杀戮，到它在自己的周围营造一场漫天大雾，再到那团延续数日的奇异光束，以及让我们昏睡三天三夜的噩梦……这一切的一切，我相信都是这个母体精心安排的。

可惜的是，我既窥不破这其中的联系，也猜不透它的目的！

更令我感到惊恐的是这个母体本身。它到底是一个像地球上其他生命一样的生命体？还是一种超出了人类认知范畴的东西？

也许是上帝吧，或者是和上帝有着共同血脉的外星人。像我们在许多好莱坞大片里看到的那样，外星生命正在地球上建立基地，想要代替我们统治地球。我们只是一群被可笑的好奇心吸引来的无知人类，很快就会变成一群可笑而孱弱的奴隶，外星人的奴隶！

就在我胡思乱想的时候，突然看到介川第三次抬起了右脚，并且干净利索地踩在那具尸体的胸膛上，并狠狠地跺了两脚。

我瞪了一眼介川，埋怨道：“你们日本人是不是对残虐尸体有瘾啊？他都死了，你还想干吗？”

还没等介川回答我，躺在地上的尸体突然动了动。只见他上身一阵颤动，喉咙里发出一连串咔咔的响声，接着从他嘴里涌出一股股黏稠的黑黄液体，像是胆汁一样恶心。

我向后退了一步，警惕地盯着他。

介川手中匕首一闪，飞快地指在了那个人的喉头，贴得很近，我真怕那人的喉头不小心被匕首划破了。

那个家伙大口吐出几口黏液，居然慢慢睁开了眼睛，他怔怔地向我和介川打量了几眼，突然嘶哑着嗓子说："异先生，介川君，这是在哪里？"

二

我和介川都吓了一跳。被一个陌生人突然亲切地叫上名字出来，本身就够人吃惊的，而且这个人还是刚刚脱离母体的"新生儿"。

我向介川示意了一下，他把匕首转而指着那人的后脑勺。

"你是谁？"我警惕地问。

那人坐起了身子，一边呸呸地向外吐了几口，一边抹着脸上的黏液，埋怨道："你们俩怎么了？刚走散这么短时间，你们就不认识我了？"

我仔细打量着他，突然有了一种可怕的想法，难道那个家伙复活了？"你是大卫，大卫·科诺迪尔？"

那人盯着我，若有所思地摸了摸自己的脸颊，眼中闪过一丝慌乱："你看我长得像他吗？"

我点了点头："你到底是谁？"

他站起来，瘦削而高挑的身躯几乎比我和介川高出半个头，他仰着脸孔说："罗西！"

"什么？"我和介川异口同声地叫起来，"你是罗西？"

他挽起右臂的袖子，露出他那条长着毛茸茸黑毛的手腕，将手腕上的东西举给我们看。

他手腕上确实戴着那块特别的手表，那种椭圆的形状和阴阳鱼一样的指针我记得很清楚。

介川将匕首收回去，苦笑道："罗西，到底发生了什么事？你怎么会到了这里？怎么又被困在湖底了？"

罗西摇了摇头，道："真是一言难尽，我都不知道怎么说，不过，被困着的这段时间里，我倒是明白了一些事情。"

于是我招呼他到一片干燥的地方坐下来。问他到底发生了什么事情。

原来在丛林覆灭的那天，罗西在慌乱中和我们走散了。像我一样，他在慌慌张张的疯跑中被埋在了地下。等一切归于平静，他从泥沼里重新站起来的时候，就剩孤身一人。他不知道我们去了哪里，也不知道自己该向哪里去，就在废墟中转悠了一天一夜，还好，他意外地找到了两位盟友，陆华和白枫。当时陆华正背着白枫往大陆的深处前行。原来在那场剧变中，白枫受了伤，右腿骨折了。真是同病相怜，我折断了一条胳膊，白枫断了一条腿。这令我很担心她的安危，但更令我感到不自在的是陆华和她在一起。看来我之前的担忧并非多余，在白枫和我渐渐疏远的时候，陆华果然乘虚而入了。

找到两个同伴，他们三人出了丛林废墟之后，本来白枫提出在沙漠边缘等一下，看看能不能和其他同伴会合在一起。

但据陆华分析，经过这场劫难之后，可能大多数人都走散了，要想在这片绵延数十里的结合带等人十分困难。再说三人的食物所剩无几，根本就不足以支持他们在这里等下去。于是他提出继续向前走。毕竟中心的山峰是沙漠中唯一的标志物，所有存活下来的人一定会向那里进发。

和我的遭遇大同小异，他们也没有找到食物，并且也发现了沙漠下面埋藏的胎衣。在走了一天之后，白枫由于伤口感染，生了一场大病，浑身起了一层疙瘩，还发起了持续的高烧，尤其到了晚上，她牙齿打颤的声音在十几米外都能清晰地听到，陆华只好用最原始的办法为她取暖（罗西说到这里的时候偷偷瞥了我一眼，可能是看到我脸色很难看，所以临时用隐晦的词语将取暖的事情一笔带过。听到这里，我觉得我和白枫的关系可能真的走到尽头了。）

幸运的是，在陆华的精心呵护下，白枫的病情慢慢有了好转。走进沙漠的第三天，他们也来到了湖泊旁边，在这里捕捞了一些鱼虾吃，并为下面的旅程准备了一些烤鱼。三人还各自洗了一个澡，并在湖边休息了一晚上。（听到这里，我的嘴唇都快咬破了，因为我清楚地记得他说白枫右腿骨折，那时离和我失散只过去了四天，而这个湖泊深度超过六十米。）

但就是这个晚上，罗西和他们两人再次失散了。更诡异的是罗西不知道他是怎么和两人失散的。他一直认为自己还在睡觉，直到我从湖里将他带上来时才重新清醒过来。

介川于是问他到底明白了什么事。罗西觉得在自己认为还在睡觉的这段时间里，他的记忆发生了偏差，一段不属于自己的记忆曾经试图侵入他的大脑。

我听得不是很明白，继续追问道："什么记忆？谁的记忆？"

罗西苦着脸说："我也说不清楚，我记得我在混混沌沌的时候这段记忆还非常清晰，但现在我已经记不住了，我只记得看到一片美丽大陆，看到了天使，也看到了上帝，而且它还给我说过一些话，但具体说的是什么，我记不住了。"

介川看了我一眼，问：“你觉得呢？”

我抹了两把脸，尽量迫使自己不去想陆华和白枫：“事情很明显，罗西的记忆被母体篡改了，为的就是让他做下一个大卫。”

“就像电脑程序一样，某种病毒侵入了我的大脑主机？”罗西心有余悸地问。

我点了点头：“我想你外貌的变化也和这有关系，等你完全改变了面貌之后，你可能就不是你自己了。”

“那为什么我现在不记得了？”

“因为你断网了。”介川难得地开了句玩笑，声音接着又凝重起来，“但令我想不通的是，那段不属于你的记忆来自何处？”

罗西沉吟着，摇了摇头。

我接口道：“可能那并不属于任何人，就好像电脑病毒一样，它们会根据某台主机的程序发生变异。就像艾伦和大卫，他们也获得了一段记忆，但两人的记忆并不完全一样。”

罗西吐了吐舌头，一脸的后怕：“这也太诡异了，它还能随着每个人的不同赋予不同的记忆？”

“很稀奇吗？”我反问道，“咱们那三天三夜的噩梦比这个要诡异得多，而且我相信事情的真相可能比我们想到的还要诡异。我现在最担心的是……”说着，我将目光再次投向了慢慢坍塌成一块平地的湖泊。

“什么？”罗西问道。

我摇着头苦笑一声，说：“没什么，咱们继续走吧！”

实际上我最担心的还是白枫，如果那天晚上不光是罗西被不知不觉地捕获了，那陆华和白枫呢？陆华遇难我并不感到可惜，说实话，我甚至会对他身遭厄运暗自窃喜，但白枫呢？如果让我在不做我的老婆和永远失去白枫之间做一个选择的话，我会毫不犹豫地选择前者。我希望她平安。

三

越往深处前行，我们脚下的沙漠越显得古怪。按照一般的惯性思维，在沙漠中心地带，应该是更细软的沙粒，它们应该温柔得如同一张软床，能将所有试图深入自己怀抱的生命吞噬掉，可我们的脚下的这片沙漠却完全不是那样，越往里走，沙粒越粗糙硬实，双脚踩在上面硌得生疼，一粒粒如同被水流雕琢过的鹅卵石。

透过这些沙砾的缝隙，可以看到下面一具具僵硬发黑的动物尸体，还有覆盖在它们身上的胎衣碎片。

我们每前行一步都胆战心惊，不仅因为这些干硬的尸体都是我们从未见过的奇怪生物，还因为它们的身体几乎都完好无损。好几次我被沙砾缝隙中射出的死光吓出一身冷汗。

空气中也开始弥漫起一股奇特的味道，跟尸体腐烂时的臭味不太相像，闻上去像是廉价香水的气息，不过，这种气息比臭味还要令人难以忍受。

踏着累累尸骨，我们又向前行走了两天两夜的时间，终于到达了我们一直渴望到达的目的地——中心山峰的脚下。

这两天两夜沿途的所见所闻令我感到十分不解。从这些尸体可以看出，这片大陆曾经是一座巨大的侏罗纪公园，一个生机勃勃的地方。这里虽然没有人类的涉足，但却是各种奇异生物的天堂。可是这一路上，我们没有见到一个能蹦能跳的生命，就连我曾经在望远镜中看到的那种“天使”都没有碰到一个，而且好像连食腐的微生物都不存在，不然的话，我们不可能看到一具具如此完整的尸体。也就是说，这片大陆已经成为了一片真正的死亡之地，可这是什么原因导致的呢？

但这里明明存在着生命，我在望远镜中看到过，为什么自从我们踏上大陆之后，这些生命就销声匿迹了呢？

我们停在山脚下，怔怔地望着那座高耸入云的山峰。那里有一朵五彩祥云缓缓变幻着形状，使我觉得那里应该藏着所有问题的答案，我们一定会在那里见到“上帝”。

“你在想什么？”罗西转头问我。

我冲他淡然一笑：“没什么，我在想我们如何渡过面前这条河。”

是的，在我们面前横亘着一条宽阔的大河，波光粼粼，清澈无比。

我低头向水中看去，清澈的水流一眼望不到底。

“应该是山上流下来的溪水汇聚而成的吧！”介川用手鞠起几捧水浇在脸上，“味道还不错，如果开发一下的话，绝对比那些贴着矿泉水商标的东西更受欢迎。”

我也有些渴了，于是蹲下来一边清洗着脸上的尘垢，一边喝了几口，清凉、舒软，让我的精神不禁一振。

“不知道这条河是不是围绕了这座山峰一圈？”罗西茫然地自言自语道。

无论它是不是将这座山峰绕了一圈，我们都必须泅渡过去，尽管它的宽度不下五百米。

隔着这条河可以清晰地看到那座山峰，可惜的是我们看到的只是郁郁苍苍的枝叶，仰头看去，只能看到枝叶颜色的改变，根本看不到一块土地裸露出来。这座约有两三千米高的孤峰，已经被一层花花绿绿的“衣裳”完全掩盖住了。

林中好像有什么动静，我能够听到某种生物发出的奇怪叫声，还能看到蓦然晃动的树枝。

这座山上明显有生命存在，不像我们刚踏入大陆时的那片死气沉沉的丛林。

我无法预料我们在这里会遇到怎样的凶险，但生机勃勃总比死气沉沉要强。

“可能艾伦说的是对的。”我呆呆地望着山峰喃喃自语。

“谁？”罗西皱着眉头问。

“一个大卫的孪生兄弟，他说这片大陆就是上帝创造生命的伊甸园，我们的祖先亚当和夏娃就是从这里逃向人间的。”

罗西好像一头雾水：“怎么解释？”

我伸手指了指河对岸：“那里就是伊甸园，而这条河就是把天堂和地狱隔开的分界线，沙漠中的尸体是被淘汰的残次品。”

罗西仔细琢磨了一遍我的话，嘿嘿笑道：“这倒也讲得通。”

“行了！”介川不耐烦地打断我们的对话，“还是看看怎么过去吧！”

“除了游过去之外，我想不出更好的方法。”罗西接口说。

介川有些犹疑地望着清澈的河水：“游过去倒是没有什么，但我总觉得这条河不太对。”

“哦？”我转头看了介川一眼。

介川苦笑道：“水太清了，清澈得让人心里没底。”

“你是说……”

介川摇了摇头，说：“别忘了两天前那个湖泊，也是这样的清澈。”

“你担心里面有什么古怪？”

介川点了点头：“如果河对岸的山林中真有生物的话，总不会全是陆生的吧？区区一条五百米宽的河流，为什么就能将它们困住？”

我向河面上望了几眼，如同缎带一样美丽平静的河面上看不到哪怕一个能活动的黑点。

“还有一个问题，我们要不要在这里等等同伴？”介川继续问。

我也有些踌躇，两天前在湖水中的那场遭遇还记忆犹新，如果不是我们跑得快，可能现在已经被湖底裂开的那个窟窿吞掉了，如果在这里也发生类似的状况，我们可能就没有那么幸运了。另外，我确实很担心白枫的安危，如果在这里不能和她会面的话，等钻进山里，再和她碰上的希望就更加渺茫。

“要不咱们再等等看，最好能生起一堆篝火，看看有没有人能找过来。”我征询道。

“我同意。”罗西立即表示赞同。

介川向我们看了一眼；“好吧，但愿我们能等来好消息。”

这时候已经快到傍晚了。我们三个人先坐在岸边稍事休息，然后就准备生起一堆篝火，一方面可以让其他幸存者看到，另外还可以防御某些猛兽的袭击。我和罗西的引火工具都不知道丢到了什么地方，介川的打火机也因为水浸的缘故报废了，我们只好挖出几具已经风干的动物尸体充作燃料，用钻木取火的原始办法引火，好在介川和罗西有着丰富的野外生存经验，两人轮番折腾了接近一个小时，终于蹦出一丝火苗，将尸体引燃了。

随着一股浓重的烟柱缓缓升上天空，我们又挖出来几具干尸备用，等一切安排妥当后，三个人才小心翼翼地下到河里清洗身上沾染的尸臭味。

浸在清凉舒爽的水中实在是一种很惬意的享受，连续数日的疲惫也随着清凉的感觉被一扫而空。我们就像孩子一样在水中打起了水仗，看着彼此的狼狈相开怀大笑。这一刻真是我们自从开始这段旅程以来最开心的时光，未来与生死都在这一瞬间被抛诸脑后，所有的烦心事都被水流涤荡干净。我们就像三个无忧无虑的天真少年，在水中尽情地放纵着。

我们也曾试图探寻河水的深度，但没有一个人能一口气潜到水底。水流的浮力使我们的身体不由自主地漂上来。我感觉这条河可能比那片淡水湖还要深，在深不可测的黑暗中，到底有没有未知的危险存在，我们不得而知，唯一能做的只有祈求上天的保佑了。

四

天刚入夜，我和介川就躺下了。也许是为了答谢我们的救命之恩，罗西自告奋勇地担当起了前半夜守夜的工作。

连日的疲惫使我一躺下就昏昏沉沉地进入了梦乡。不知道怎么了，自从踏上这块大陆伊始，我没能踏踏实实地睡上一觉，这一次也不例外。噩梦再次搅扰得我心神不宁，疲惫不堪。这一次的梦境没有什么新意，只是重演了一遍那个漫长噩梦的结局，唯一的例外是在这次的梦境中，我亲眼目睹了白枫和陆华相依相偎的亲密情景，这使我对陆华恨得牙痒痒。

就在眼看着两人化为两颗顶在十字架上的骷髅的时候，我被人摇醒了。

摇醒我的人是介川，他蹲在我面前，一张铁青色的脸孔在恍惚的篝火映照下十分可怕，我一睁开眼，禁不住抖了一下。

“做梦了？”介川很不友善地盯着我的眼睛问。

我吁了一口气，勉强挤出一点笑意，伸手摸了摸额头，满脑门子冷汗：“什么时候了？”

介川伸手指了指天空中半遮半掩的月亮，道：“估计已经过了午夜了吧！”

我左右扫视了一下，吃惊地问：“罗西呢？”

介川苦着脸摇了摇头，又伸手向我指了指：“你看那边。”

我顺着他的指引看去，在与我们的位置相对的河岸的另一边的黑暗中，无数只隐隐约约的目光在无声地闪烁着。

对岸的生物肯定是被我们的篝火吸引来的。但此时夜色很浓，河对岸完全陷入了黑暗中，再加上我们置身的地方点着篝火，从明亮的地方看向黑暗，除了一双双阴冷可怖的眼睛，看不到任何形体轮廓。

“那是什么东西？”我压低了声音问介川，好像害怕它们听到一样。

介川的脸色变得更加阴郁：“我也不知道，但我想眼睛能发光的恐怕不会是什么善类！”

“狼？”

“……”

那是什么东西暂时不去管它，至少有一条大河相隔，就算是一群野狼，我们暂时还不会遇到生命危险。于是我将注意力重新收了回来，问介川：“你一直没看到罗西吗？”

介川摇了摇头：“我跟你一样，被自己的噩梦吓醒了，可醒来后就发现罗西不见了，只发现这堆东西。”他说着向我指了指远处。

在离我们二十多米的地方，放着一堆黑乎乎的东西，要不是他指给我看，仅靠黯淡的月光，我很难发现。

那是罗西曾经穿在身上的衣服。

衣服被团成一团，放在一个小沙坑里，上面还压上了一层沙土，这很显然是为了不被人发现。可以看出，罗西是在不慌不忙中将衣服团好盖住的。

罗西一定是下到了河里，可是，深更半夜，他一个人鬼鬼祟祟地再次潜入河中，到底想干什么？

我和介川对视一眼，他眼中闪过一丝忧虑。恐怕这个我们救回的罗西，已经不是我们曾经认识的罗西了。

自从我第一次见到这个人，就觉得他很特别。当我们在一次次的惊奇发现后惊慌失措，手忙脚乱的时候，他却保持了出奇的镇定和沉默。这不应该是他这个年龄的人应有的表现。也许我的怀疑是正确的，他知道一些秘密，他此行的目的和我们完全不同。

“河里也没有什么异常。”介川向我探了探头，低声说。

从我醒来后，一直都没有放弃过对河面的搜寻。已经十几分钟了，我既没有看到河面上有什么黑点冒出来，也没有听到一点稍微大点的水流声。“要不他已经游过去了，要不他已经到了水底。”我咬了咬牙，说道。

“那些东西是不是他招来的？”介川又用下巴向我指了指对面河岸上那些闪闪烁烁的眼睛。

我没有回答他，因为我根本就回答不了。

我们又默默地坐回到篝火旁边，彼此苦着脸对视着，默然不语。

过了两三分钟，介川轻声问我：“等他回来怎么办？”

我沉吟了一下，道：“既然他躲着我们行动，那就是不想我们知道，就算问，他恐怕也不会说。”

介川眼中闪过一丝凶光，但很快又被沮丧所代替了。

“还是先装作不知道，看他下一步想做什么。”我也沮丧地说。

介川默默地点了点头。

正在这时候，对岸突然起了一阵骚动，可以听到对面发出咔嚓咔嚓枝叶断折的声音，像是有什么东西突然打乱了那里的平静。只过了不到一分钟，原先密密麻麻簇拥在一起的“亮点”转瞬熄灭了，就像一块巨大的幕布横在了我们和它们中间，再也看不到一个亮点了。

与此同时，一阵轻微的哗啦声传了过来。我和介川对视一眼，急忙飞快地躺下了身子。

哗啦哗啦的水声在越来越清晰地响了一阵之后，我们就听到双脚踩在沙地上发出的沙沙声，声音缓慢而微弱，就像有人踮着脚尖走路一样。

我故意装着睡熟的样子吧唧着嘴巴翻了个身，那阵沙沙的声音停了半秒钟后又重新响了起来。

我眯着眼睛看出去，就见到罗西蹑手蹑脚地来到我们身边，十分警惕地向我们打量了两眼，然后毫无声息地坐在了篝火旁边。他头发湿漉漉的，像一个狼狈的落汤鸡一样，坐下后就怔怔地盯着篝火发呆，不知道在想些什么。

我估计他这次下水并没达到自己的预期目的。他深邃忧郁的眼睛在篝火的映照下跳跃着灵动的光彩，像是一座随时都会爆发的火山。我提醒自己，从明天开始，我一定要将他作为头号危险人物进行防范。

接下来的后半夜，我几乎都没怎么睡好觉，虽然两人为了照顾我的伤情，并没安排我守夜，但在下半夜介川顶替罗西的这段时间里，我一直翻来覆去，睡不着觉。到了凌晨四五点钟的时候，我终于忍耐不住坐了起来，和介川并排坐在篝火边默然相对，直到太阳从海面上跳出来。

五

一天一夜的等待显然白费了，没有一个同伴来和我们会合，现在还是只有我们三个人。

海上的清晨无比美妙，极目远眺看到的是在雾气中如真似幻的海面，面前徜徉着一条清澈的大河，对面矗立着一座一半苍翠一半洁白的山峰，我想《桃花源记》中描述的世外桃源也不过如此吧！

“你们昨天晚上有没有听到异常的动静？”我喝了一口清水，开始了这个话题，并装作毫不在意地扫了一眼罗西。

“哦？”介川很配合地发出了一声疑问。但罗西却像是根本没听见我的话一样，不停地将鱼片塞进嘴里。

我继续着自己的话：“昨天半夜里，我在迷迷糊糊中好像听到了什么动物的叫声……”

“是的。”介川很快接过了我的话头，并且向我挤了挤眼睛，“昨天后半夜确实有什么生物出现在了河对岸，我只能看到无数双发出亮光的眼睛，像灯笼一样密密麻麻的。当时吓了我一跳，以为它们会游过来攻击我们呢。还好，它们只是盯着我们看了一会儿就消失了。”

“罗西，你有没有发觉？”我再一次将目标对准了罗西，想看看他什么反应。

罗西向我们两人瞥了一眼，将嘴里的碎鱼肉吞进肚里，面无表情地摇了摇头：“前半夜一切正常，后半夜我睡着了，没有听到。”

“不管怎么说，河对岸并不安全，我们应该提前准备一下，如果那些生物具有攻击性的话，恐怕我们要吃大亏。”介川再次将我的话接了过来。

我苦笑一声：“话是这么说，但我们现在能做什么准备？”

介川也苦笑着摇摇头。这是实情，在这种地方，就算我们有心准备，也没有趁手的家伙，除了河边拳头大小的鹅卵石之外。

“那就只能走一步看一步，各安天命了。”介川无奈地说。

罗西对我们的话好像根本不放在心上，在我和介川你一句我一句演戏的时候，他已经站起身，趴在河岸上，像一头野兽一样吸溜着喝水。

我向介川看了一眼感到很无趣。既然他对我的试探如此漠视，我也只能到此打住了。

简单地吃过早餐之后，我们打算立即行动，我让介川替我将吊住左臂的绷带从脖子上解下来，并重新固定了夹板的位置。这一方面是为了游水的方便，另一方面也为万一遇到突发状况做准备，至少我不想再成为别人的累赘了。

做好这个小小的调整，我们就先后跳入水中，向对岸游去。

我们十分小心，而且我和介川有意识地将罗西夹在了中间，以防他对我们其中一个突然发难而措手不及。

一切看起了都很平静，水面上依然波澜不惊，水下面也依然黑黢黢的看不到底。唯一令我感到紧张的是，随着河对岸的景物越来越清晰，我能更清楚地听到树枝折断时发出的咔嚓声。很显然，那些隐藏在繁枝茂叶中的生物已经注意到了我们。

一下到水中，罗西的神色就发生了明显的变化，不停地左顾右盼，还不时向面前的深水里瞧上两眼，一副心烦意乱的样子。

我终于忍不住了，问道："罗西，你怎么了？"

他嗯了一声，却没有回答我的问题，依然固执地左顾右盼。

"你在找什么？"我再次追问。

罗西又嗯了一声，依然没有说话。

我突然决定要和他开诚布公地谈一谈，虽然这里实在不是一个敞开心扉的好地方："罗西，既然我们走在了一起，就应该彼此信任，毕竟我们现在是拴在一起的……"

我话还没说完，只见罗西在水面上翻了一个水花，像一条滑溜的游鱼，哗啦一声潜进了水里。

我微微一愣，不禁向介川看去，想征询一下他的意见，可没想到的是，介川也随即打了一个漂亮的水花，跟着潜了下去。

这到底是怎么一回事儿？

我有点哭笑不得，但摆在面前的路只有一条，于是，我也只好跟着一猛子扎入水中。

昏暗的水底下模模糊糊的看不清楚，只能隐约看到在我的前方，有两条人影分成左右两边，像两枚鱼雷一前一后向深水中笔直地飞去。

我被他们搞糊涂了，如果说罗西如此决然地潜下来是有目的的话，那么介川为什么也会如此快速行动？难道他不怕中了罗西的圈套吗？

我跟着他们不停向深水中下潜，随着水下世界快速陷入黑暗中，我心里的疑惑与不安也在不断地增加着。

大约下潜了接近二十多米的距离，我隐隐约约地看到一条人影停住了，而另一条却不顾一切地继续向下潜进。

我靠近停住的人影，扯了扯他的手臂，他转过头，是介川。

我向他做了个手势，询问他为什么停了下来。介川伸出食指，指尖朝下缓缓地移动着。

在我们身下更加昏暗的地方，隐约有一个东西从右边缓缓游来，像是一只巨大的瞳孔一样，闪烁着灵动的光亮，只不过光亮时断时续的，也不是很明亮。

刚开始我以为是潜水艇一类的水下工具，但这是在荒无人烟的蛮荒之地呀！继而一个令我恐惧的念头从心底升了上来：那会不会是一只生物的眼睛？

这个念头很快得到了证实，因为那个亮光在水中笔直地从我眼前横掠而过之后，突然掉转了方向，在水中拐出一个大约三十度的尖角，并且迅速地“眨动”了一下，又向另一个方向游了过去，速度比刚才快了好几倍。

我对罗西的安危担忧起来，因为我刚才看到的另一条人影正是沉入了那个方向。

我又扯了扯介川，想和他一起再靠近一点，但介川却一脸凝重地向我摇了摇头。

我打算独自游过去看个究竟。刚向下游了三五米，前方突然爆绽出一阵几乎能晃瞎眼睛的巨大亮光，它从一个点中生发出来，并迅速弥漫，就像有一颗核弹在那里被引爆了。整个水下世界都在这一瞬间被一阵强烈的白光所覆盖，并一直延续了半分钟的时间。

在这阵白光缓缓消退，眼睛陷入完全黑暗中的时候，我突然意识到危险的临近，因为能够释放出如此高强度光芒的东西我能想到是什么，恐怕世界上也只有那种人类借以自虐的武器才有如此震撼的释放效果。

我愣在水中，连闭气都快忘了，直到大约十几秒以后，介川在后面拉了我一下，我才意识到自己居然还活着！

按照正常的逻辑来推测，在如此近的距离，如果那是一次核爆炸的话，在强烈的光线绽放出来的几秒钟内，那种摧毁一切的能量就会将我和介川以及水里的一切生物碾为齑粉。可过去了这么久后，我居然还好端端地悬浮在水中。

终于，我和介川重新浮到了水面上，开始大口地喘气。

“罗西在干什么？”我惊疑地喃喃自语。

介川摇摇头：“鬼才知道这个家伙在搞什么，不过这倒说明了一个问题，我终于明白河对岸山上的那些生物昨晚没过来袭击我们的原因了。”

“你是说它们害怕水里这种能发出耀眼白光的生物？”

介川点了点头，说：“我想这条河的底下一定藏着什么重要的东西，罗西昨晚偷偷地下来就是为了它，只不过他没能得逞。刚才他之所以心不在焉可能就是因为想通了某个关节，所以才会突然展开自己的行动。”

“看来这个东西对他来说至关重要，或者就是他来到这里的目的，只不过……”

介川发出一阵嘿嘿的冷笑，接着我的话续道：“只不过人算不如天算，在他就要找到那个东西的时候被看守者俘虏了！”

“俘虏？”我对他运用的这个词语感到有点奇怪。

介川再次嘿嘿笑起来，从刚才的冷笑变成一种憨笑：“按照你的说法，他又被母体收回了体内。”

不管罗西是被母体俘虏了，还是被其他生物消灭了，我们都不想重蹈他的覆辙，罗西不顾生死寻找的东西虽然很叫人好奇，但对于我们来说，对岸的山峰更有吸引力。

于是我们就向着山峰游去。进程非常顺利，没有再发生什么突发状况，十分钟后，我和介川就横渡过了这条河流，站在了昨夜那些密密麻麻的眼睛聚集的地方。

第十九章

会走的枯骨

一

河岸上印着许多杂乱的脚印，呈现出各种各样的形状。有的呈极不规则的圆形或者长条形，有的像是某种海洋生物鳍脚的样子，还有一些面积很大，三根脚趾连接在一个狭窄的三角形脚掌上，让人触目惊心。

顺着这些奇形怪状的脚印看去，前面是枝枝丫丫幽深昏暗的树林。那些脚印一直延伸到树林深处，被地上散乱的枝叶覆盖住了。

我们在河岸上好不容易捡了一些拳头大小的石块，它们带着棱角，比椭圆形的鹅卵石更具杀伤力。

有了前一次丛林中的凶险经历，我和介川前进时都加了十二分的小心，每走一步都会停下来向四周打量几眼，生怕有什么恐怖的生物从光影斑驳的林子里冲出来。

这里到处都是裸露着的乳白色石块，那些枝繁叶茂的粗壮树木就是从这些石块中生长出来的，反而是松软的白色泥土中光秃秃的没有一点生机。

我一不小心踢到了一块脚掌大小的石块，它被我的脚尖一碰，立即从地上飞了起来，轻飘飘地像纸片一样插入面前的一株树干上。树干的破损处开始涌出一股黏稠的汁液，鲜红得像人的血液。

介川用食指沾了一点汁液放在鼻端闻了闻，皱着眉头说：“有腥味。”

我也闻了一下，这种液体不仅味道很腥，连黏糊糊的感觉也和血液差不多。

联想到在沙漠中见到的那些怪兽的累累尸体，我就感到头皮发麻，这些枝繁叶茂的植物，不会是用鲜血培植出来的吧？

向前走了半个多小时，我们已经完全进入了这片树林，随着缓缓拱起的地面，我们算是正式开始了这场充满未知的攀登。

我们走了那么久，只有渐渐增多的脚印，却没有一个生物在我们面前突然冒出来，有几个远看起来像是某种怪兽的影子，但走近了一看，却是几株纠缠在一起的植株，又往前走了十几分钟，我们紧绷的神经才稍稍松懈了一些。

“难道那些生物只有晚上才会出来？”介川看了我一眼，问道。

我摇了摇头：“或许是吧，不过如果它们晚上才出来的话，对我们来说绝不是一件好事情。”

介川点了点头，道：“晚上出来活动的生物可不会是什么生性温顺的家伙，狼、蝙蝠或者蛇……它们要么生性凶残，要么会带来某种不祥！”

“还有一种东西喜欢深更半夜出来活动。”我故作轻松地说道，“吸血鬼！”

介川闻言，突然停了下来，抬起一只脚，将一块白色的石头踢飞出去。嚓的一声，石头插在了不远处的一株树干上，一股散发着腥气的黏稠液体立即冒出来，缓缓地向下流淌着。

我调侃道：“你是不是有点神经过敏了？”

介川一脸凝重地看着我说：“不是我敏感，能在血森林中存活的生物不是吸血鬼又是什么，而且你看——”

我顺着他的指引看去，在离我们不远的前方，有一个长方形的脚印印在了一块松软的白色泥土上，它弯曲成一个半月的形状，五根粗短的脚趾紧并着朝向一个方向，和人类的脚掌出奇的相似。

介川走过去将上面杂乱的枝叶清除干净，伸脚小心翼翼地踩上去：“你看，是不是差不多？”

下面的脚印只是比介川的右脚大了一圈，形状真的很像。

正在我们研究这个脚印的时候，不知道什么地方突然传出来一阵喀嚓声，使这片幽静的丛林中立即冒出一阵森森鬼气。

我们抬起头四处张望，但树林太密了，难以判断它来自何处。

怎么办？我和介川交换了一下眼色，同时发出这个疑问，不过等来的只是对方更加凝重的神色。

很令人奇怪的是，这个脚印只有这么孤零零的一只，在它周围十几米的范围内，我们没有发现一只同样形状的脚印。

我们商量了一下,决定继续向前走。走了五六里的距离,前方出现了一条河流!

这条河流和先前在山脚下看到的那条不一样，不但比那条要狭窄湍急很多，就连河水的颜色也有着极大的差别。前面那条水质清澈，深不见底，可这一条却完全像是一条臭水沟，透过黑黢黢的污水，居然能看到河底，也就不到三米深的样子。

两者唯一相似的地方是，它好像也是围绕了这座山峰整整一圈，像是一条围脖一样，将整座挺拔的山峰扎了起来。

在离我们十几米的地方，河岸两边分别歪下两株大树，呈八字形拱往一处，搭成了一座奇特的木桥。

两株树并没有死，一半的树根裸露出来，两团茂盛的树冠在河中心碰到了一起，像是两个蓬头垢面的乞丐在交头接耳商量事情一样。它们“纷乱”的头发纠缠在一起，搭成了一个黑乎乎的“窝棚”，里面黑黢黢的，几乎没有阳光能射进去。

根据两株树干的长度估量，这条河的宽度应该超过二十米，已经不能算是一条小河了。

我们一前一后走上去，在树干上保持着平衡往前走去。我心里犯着嘀咕：这两株树生得实在太古怪了，先不说两棵树歪倒后碰在一起的几率有多大，单就它们倒下就很不正常。因为无论从哪个角度来看，它们都没有理由倒伏下来。而且从它们依然枝繁叶茂的生命迹象来看，它们很可能已经倒伏了很久了，或者是从幼年开始的，这不太像是大自然偶然的赐予，更像是人为的，是有人（或者生物）为了搭建起一座小桥而故意这么做的。

还有这条河流的水质，黑乌乌的透着腐臭味。这种水质在工业文明高度发达的人类社会都不是很多见，在这种蛮荒的漂流大陆上，这条污水又是发源于何处呢？

我越想越觉得事情的蹊跷，越想越觉得不可思议，于是在我跟着介川快要走到两株树木接触的中间位置时，担心地停了下来。

而就此时，我听到介川突然叫了一声“不好”，刚想扭头往后跑的时候，我们脚下的这座树桥竟然猛地晃动了一下。我只感到脚下一滑，身子不由自主地向一边歪去。

与此同时，我看到从树冠的接触处——也就是看起来像窝棚一样的地方突然冲过来几个黑影。

我还没来得及瞧清楚那几个黑影是什么东西，身子就被返身回来的介川撞上了，一脚就踩空了，我顿时从树干上滑了下来！

树桥下面不足五米就是奔腾汹涌的污水，这一失足如果跌进黏稠的污水中，那深陷其中的滋味不堪设想！在我哧溜一下往下滑的时候，自己的双臂已经先于大脑做出了反应——不顾一切地抱住树干。

在我两只手掌扣住树干上的凸起时，左臂立即传来一阵撕心裂肺的疼痛，我甚至都看到了自己刚刚被树枝固定好的臂骨发生了明显的移位，一条手臂被分成了两截，在骨折的地方出现了弯曲。

于是我的左手就再也使不上力气，仅靠一条手臂难以承受我身体的重量，身体仍在向下滑落。

树干上有几只四足动物一掠而过。在死命挣扎中我瞥了一眼，只见那几只四足动物居然生着人类的面孔！

那几只人脸怪兽的速度极快，也就一眨眼的工夫，就从我眼前迅速消失了，继之而起的是森林中树枝断折的声音和极为凄厉怪异的锐响，像口哨一样。

等四周恢复了平静，我才咬着牙试图往上提拉身体，可未能成功。

为什么它们不下来捉我？我心里一边发着狐疑，一边改变了策略。

我一边用五根手指死死地抠着树干，一边缓缓地来回甩身体，刚开始的几下，我不敢用力太猛，怕力气使大了，把自己甩进下面的污水中，但到了后来，就是这种轻微的晃动，也令我五指发抖，恐怕用不了一分钟，我就会撑不住了。

那就只能赌一把了，我心里打定了主意，然后深吸一口气，就猛地向前甩了甩身子，然后借着回甩的力量，用几乎残废的左臂再次不顾一切地揽住了树干，连接手掌的那一截肯定是使不上力气，但尚和身体连在一起的那一截还可以用，虽然这个动作几乎使我疼得背过气去，好在我的双脚已经能在这勉强维持的数秒钟内翻转上来，用它们紧紧盘住了树干，像一只猴子一样，倒挂在树干上，来回荡着秋千。

略微喘了口气，我再一次用仅剩的那只右手抓住一个凸起，身子向上一摆，终于翻上了树干，一屁股瘫坐在地。

可我还来不及做丝毫喘息，又一下子跳了起来，因为在离我不到两米的地方，正有一双阴冷的眼睛半带嘲笑地盯着我——一只长着一张秀美脸颊的四足怪兽就蹲在我面前。

我倒吸了一口凉气，退了两步，满是惊惧地盯着它。

这回近距离地和它四目相对，我终于看清楚了这个东西的样子。它浑身上下生着浑然一体的紫毛，但一张脸却纤尘不染，洁白的如同一面刚刚粉刷过的白墙，再配一双绿油油的眼睛。

它的身形不像是一只动物，因为前肢明显比后面两条腿短了一截，我也没看到它后面拖着尾巴，唯一和动物比较接近的地方在于，它的脸型和人类有很大不同，下巴明显后缩，像是复原的山顶洞人头像，前肢相对于后面两条来说，并无明显的粗细差别，显然，它一直是用四条腿走路，而不是两条。

从它的眼睛中，我看不出一点混沌，甚至于比我们人类的还要清澈一些，这恍惚使我觉得自己面临的不是一只野兽，而是我的同类。

我惶恐地问："你想干什么？"

人脸怪兽摇晃了一下脑袋，像杂草一样的头发更加散乱。它那张煞白的脸孔总算比先前更多地露了出来，像是一个午夜显影的女鬼。

它好像听懂了我的话，居然向我眨了眨眼睛，歪着脑袋看着我。眼神中渐渐隐去了那种凌厉冷峻的凶光。

我稍作平复，声音也跟着平缓了下来："你是谁？你们在这做什么？"

它依然不回答我的话，只是优雅地迈动四肢向我走来，继续歪着头打量我，似乎藏着某种疑惑，眉头微皱。

"我们没有恶意，只是被人骗到了这里，你看！"我一边说着，一边忍着剧痛向它摊开了双手，展示自己并没有携带任何武器，"我什么都没带，如果你能听懂我的话，请你告诉我这里到底是什么地方，好吗？"

它脸上居然出现了一丝微笑，冲着我甩了甩满头的黑发，再然后，就突然不见了。

我吓了一大跳，连忙惊恐地转过了身，因为我感觉到有一阵风从我身边吹了过去。

它果然站在了我后面，一双弯弯的"秀眉"已经完全拧在了一起，眼眸中本来已经渐渐消退的冷厉凶光又重新浮了上来。

我看着它突变的神色和慢慢弓起的脊背，突然意识到马上就要发生的事情，心里一凛，便转身向另一边跑去。

但这个决定实在不是很明智，因为我忘记了它快逾闪电的速度和自己置身的地方——一座狭窄的独木桥上。

我刚刚跑出四五米，一股凌厉的风声就从后袭来，我还来不及转身，已经被这股风掀翻了，接着，身子腾空，向下面浑浊污秽的水流中飞跌而下。

在我入水的那一刻，我还能仰着头看到那只站在独木桥上四肢着地的孤独身影，它正在盯着我，冷漠的双眼中渐渐隐去了那股凶光。

二

我通的一声掉进污水中后很快就到了底，接着拼命挣扎着向上游出了水面。

这里水流湍急，当我从污水中冒出头来的时候，离那座树桥已经十几米远了。

桥上的那个人脸怪兽就这样静静地看着我，不一会儿它就变成了一个小黑点，然后很快地消失掉了。

我以为水中会潜伏着更恐怖的怪兽，不然它好像没有必要将我击落下来。但出乎我意料的是，当我随着湍急的水流漂出了一两里地之后，依然好端端地在污水中挣扎，没有东西来扯我的脚，更没有东西来揪我的头发。

谢天谢地，至少一两个小时内我还不会死掉！

但这个污水河水流之强劲还是大大超出了我的想象，我以为自己可以游到河岸边，没想到这里的水流简直比黄河壶口瀑布还要湍急。别说我已经折断了一条左臂，就是四肢健全，恐怕也无法左右自己的命运。我唯一能做的就是保证自己能够偶尔将嘴巴探出水面，苟延残喘。

我在浮浮沉沉中挨过了一个多小时，然后感觉河道转了个急弯，朦朦胧胧的视野也从明到暗，又很快变成了一团漆黑。

水流变得平缓了一些，可这时候我已经快喝饱了污水，身体也变得异常僵硬，想从污水中脱身已经不可能了。

我只能听天由命，像一只冻僵的癞蛤蟆一样，睁着大眼等着水流自己停下来。

估计我被带进了一个山洞，这里的臭味比之前更加浓烈，自己好像被抛到了世界上最肮脏的垃圾场。

又经过了接近一个小时的七拐八拐，我终于到达了终点站，被扔进了一个大池子里。在这里水流平缓地打着旋，转得我头晕目眩。

等快被泡浮肿的身体恢复了一点力气，我缓缓翻了个身，摸索着站了起来，这里的水已经很浅，也就刚刚漫到我的胸口。

这里的水中不像上游那样空空如也，水面上漂浮着黏糊糊的东西，我感觉自己像是陷进了原油池里。

我的右手在胡乱划拉中碰到了什么硬梆梆的东西，上面还附着软绵绵的物体，摸上去很凉，好像还有什么小东西在其中蠕动。

我的嗅觉已经变麻木了，往哪里闻都是臭烘烘的，根本判断不出这些东西是什么。

我挣扎着挪动了十几米，就看到了微弱的亮光，有一条由无数星星亮点组成的条状光晕从远处缓缓飘近，随它一起到来的是在杂乱的脚步声中逐渐靠近的黑影。

那条像无数萤火虫聚集的条状光晕很快靠了上来，并在离我十几米的地方停住了，整个光晕像是荡起的一层血雾。

这一下我完全搞清楚了自己置身的所在，因为红色雾气并非亮光自身的颜色，而是周围环境赋予的。也就是说，我现在正在一片血海中挣扎，我低头打量了一下，自己浑身上下糊上了一层厚厚的暗黑色血浆，像被层层包裹的木乃伊，而刚才我摸到的那些东西就是骨头和未完全腐烂的皮肉以及靠腐肉为食的微小生物。

我禁不住打了个趔趄，腿肚子一软，仰面朝后倒了下去。我到此时才明白，这里不仅仅是一座肮脏的垃圾场，还是一座极端血腥的化尸池！

在我一下子躺倒血水中时，那些聚集在一起的鬼影突然向四面散开，影影绰绰地开始了移动。

它们在一瞬间就全部隐入黑暗中，鬼火一样的亮点从四面八方向我聚拢过来，乱糟糟的踏水声也渐渐变得清晰起来。

我已经顾不得恐惧，求生的本能迫使我急切地从黏稠的血水中挣扎起身，瞅准一个亮点稍微稀疏些的方向拖动双脚逃命，估计这个方向堵截我的家伙会少一些。

四周虽有微弱的光线，但只是发散出星星点点的豆大一点，我根本无法靠它来瞧清楚这些家伙到底长什么样子，不过，在一片腐朽变质的尸山血海中生存的东西不可能是友善的物种，它们不是妖魔鬼怪，肯定就是靠尸体为食的食腐动物。

我想如果自己不抓紧时间，可能连变成腐尸的机会都不会有了。

它们的动作比我快，在我拼命向前地挪了三四米时，身后不足三米远的地方已经有东西靠了过来。这些家伙显然在这里生存了很长时间，已经掌握了在这种环境中快速移动身体的方法。

我又向前挪动了半米，刚打算折个弯躲避一下，左臂却被身后的那个家伙一把抓住了。

它力气很大，硬邦邦的手掌更是大得出奇，我的左臂被它抓住，像被一个冰凉的铐子紧紧箍住了一样。

我知道根本不可能和它硬拼，所以在它试图将我向后拉扯的时候，我借着这股力气曲起右臂，一个肘锤向后狠狠地捣了过去。

这个孔武有力的家伙反应明显慢了半拍，这一下肘锤准确地撞到了它身上。

可它并没有按照我预想的那样松开我的手臂，只是拉着我向后退了半步。

但我却在撞到它的时候听到咔的一声响，手肘传来一阵火辣辣的疼痛。

我回头一瞧，差点被吓得魂飞魄散。

首先映入我眼帘的是铁塔一样的身躯，比我足足高出了一个头。在这个身躯的最上面生长着一截仿佛是头颅的东西，那上面看不见五官，只有几个黑森森的洞口以及硬邦邦滑溜溜的暗黑色额头，只不过没有皮肉，只是光溜溜地沾染了黑血的骨头。

当然，这颗头颅也并非完全是一颗骷髅，它的耳朵还在，但只有缺了半块的一只，另一侧却是光秃秃的。

他的身躯也跟横陈在解剖室的骨架差不了多少，一半的骨头露在外面，另外一半就是血淋淋的肌肉组织。刚才我那一下就正好撞在了它胸口裸露在外的肋骨上，其中一截已经从颤动的肌肉中戳了出来。

我从来没跟骷髅打过架，这一次，也算是领教了！

可是腐烂成这个样子的一具尸体，怎么可能还有生命？这实在是太匪夷所思了。

看到它的真面目，我立即失去了跟它继续纠缠下去的勇气，只是盯着它那张极度丑陋而恐怖的脸孔发呆。

它下颌上仅剩的几块肌肉组织微微颤动了一下，最下面那个黑洞突然变大了，一张臭烘烘的大嘴向我咬了下来。

我在看到它满嘴的黑牙之后，才从惊骇中反应过来，只好咬了咬牙，一拳狠狠地击向它那仅剩的几片黑乌乌的腐肉上。

这家伙像是无知无觉一样，任凭我一拳打下去，然后一甩手臂，我只觉得自己的左臂马上就要跟身体分开了，身体被它提了起来，并一下子被丢到了一边的血水中。

但此时已经有三四个同样血肉模糊、白骨横张的家伙围了过来，不远处还有更多的亮点在向我快速涌来。

我来不及再次爬起身子，只好闭上眼睛在血河浑水中乱撞，我身体周围的水流告诉我，已经有几双大手在混乱中向我伸来。

混乱中，我的左脚踝被一只枯手抓住了，我只好用另一只脚狠命地蹬过去，那股力量在我的一蹬之下消失了，但那只硬邦邦的枯手依然死死地抓着我的脚踝，还没等我喘口气，脸颊上就被什么尖锐的东西划了一下，钻心地疼，估计皮肉划开了。我的脑门已经撞在了两条像铁杆一样硬的“柱子”上，在我刚一撞上，它就合并在一起，我的脑袋就像被枷锁禁锢住了一样。

事到如今，我只好拼命了，也不管这两条硬邦邦的“柱子”是真正的柱子还是两条连皮带肉的腿，脑袋猛然向一边撞去，同时用攥紧拳头向另一边的那根“柱子”狠狠砸去。

柱子终于从中断开，一个硕大的东西泰山压顶般轰然砸在我身上。

借着浑水的浮力，我勉强从它身下钻出来，并拼着一口气向前游出了五六米，才摇摇晃晃地从水里站了起来。回头一瞥，我刚才置身的地方已经乱作一团，五六条黑影正在弯着腰撕扯着什么。

我倒吸了一口凉气，要是再晚一步，自己恐怕已被肢解得支离破碎了。

不过，我现在的境况并不乐观，因为四周罩在暗红色光晕中的黑影还有很多。我刚冒出头，它们就发现了，纷纷改变方向，向我围了过来。

我只好扭头继续逃命。奔跑中脚下水流的阻力渐渐变小，双腿也渐渐露了出来，这使我暗自庆幸，误打误撞中我总算走对了一次。

当我跨出水面，发现离不远的地方有一个黑黢黢的洞口。我也顾不上它会通向哪里，便急急忙忙地跑了进去。

杂乱的脚步声从后面传来，我一路上不敢有丝毫松懈，咬着牙往前跑。

这个石洞刚开始有些湿滑，跑了一阵之后，地面渐渐干燥起来，地势却在向下倾斜，不知道通向何处。

就这样在恐惧中跑了大约十几分钟，后面的脚步声却越来越清晰，不知道这群靠腐肉和枯骨堆集起来的生物哪里生出来的这种持续不绝的力气。

在我又向前跑了二十几米之后，在我身体左上方的黑暗中，突然有一股风声传来，好像有一个很大的物体正从我头顶掠过。

我来不及细想，身子已经不由自主地趴了下来，但还是没能躲过厄运的降临，那个物体一下子撞在我身上，随之我的身体离开了地面，像一只被老鹰叼起的小鸡一样，我被它俘虏了。

三

我是被什么东西用两条黏糊糊的腿夹住提起来的。它很巧妙地夹在了我的腰间，我甚至都没有反应的时间，就被吊离了地面，在漆黑中划过一条弧线，被俘虏到了六七米高的洞壁口，跌在一块突出的岩石上。

那个俘虏我的黑影像壁虎一样伏在这块凸起的岩石上。隐隐约约中，我看它有着人类的轮廓，只不过，上半身缺少了一条横张的右臂，只在肩头的位置鼓起了一个大的凸起，像是个肉瘤，看着有点别扭。

这块岩石就像是一个鸟巢，我此时就置身在这个鸟巢里，可以探出头看到下面的动静。

这个俘虏我的家伙在离我一尺远的地方背着身向下探视，我看不到它的面貌，但从它黏糊糊的赤裸后背来看，恐怕不是什么善类。

它把我俘虏到这里之后，既没有立即攻击我，也没有跟我打招呼，就这么背对着我，向下探着滚圆的一颗头颅，石雕一样不声不响。

估计它是害怕马上就要追过来的那群骷髅人，但等这些索命鬼走过去之后，它恐怕就会向我发起攻击，独自享用我这份鲜肉大餐吧！

所以我打算先下手为强。于是，我轻轻地向它身边挪了挪，想一下子掐住它的脖子。

“嘘——别出声！”这个家伙用娴熟的中文向我轻声提醒道。

我的手立即停在了空中，因为这是人类的语言，还是无比亲切的中文！虽然无法从这蚊蝇一样细小的声音中听出他是谁，但在这种充满了恐惧与异类的地方突然听到人类的声音，这让我感到一丝惊喜。

我立即打消了暗算他的念头，也开始专心致志地观察下面的动静。

没过多久，下面的黑暗中出现了一条蛇状的条形亮点，飞快地从我眼前蜿蜒而过。在我们置身的位置连停顿一下的意思都没有。

就在这条蛇形亮点就要消失的时候，我面前这位失去了一条手臂的同类仅剩的那条左臂突然悄无声息地甩动了一下。下面位于最后面的那个亮点突然微微一颤，便被定在了那里，像随风摇曳的烛光一样，在黑暗中来回晃动着。

过去了十几秒钟之后，我的这位同类突然长身而起，手臂轻轻一抬，那个骷髅朽尸就像皮影人一样，直挺挺地被拉了上来，啪的一声扔在了我面前。然后他才转过了头，目光炯炯地看着我。

“你……你是……”我在他那张涂得一片血红的脸孔上仔仔细细地辨认了一会儿，才嗫嚅着开了口。

那人用仅剩的一只左掌在胸前竖起，道：“正是老衲！”

没错，他就是在登上大陆的第一晚神秘消失在莽林中的印度僧人——摩纳法师。几天不见，这位德高望重的慈悲老僧已经完全变了样子，身体比之前更加瘦弱，上半身也完全赤裸着，满身上下涂满了看着令人作呕的血污，一条右臂也不知去向。到这时候我才看清楚他右肩那个像肉瘤一样的东西正是包裹伤口的绷带。

“您怎么……”我指了指他的右臂问道。

摩纳法师略显狰狞的脸上浮起一丝平静的笑意，向下指了指，说：“你看看这是什么东西。”

我低头向他摔在地上的东西看了一下。那确实是一具狰狞的枯骨，只是头颅上的血肉还未曾全部分解掉，黏糊糊地糊在骨盖上，但这具四肢健全的骷髅架子并没有再次跳起来，而是成为了一具真正的枯骨，直挺挺地扭在地上。

我疑惑地抬起头：“这到底是什么东西？”

摩纳法师弯下身子，伸手在那具骨架头颅的顶门轻轻捏了一把，将腐肉抚去，露出了骨头本来的惨白颜色，隐藏在腐肉下面的细密空洞就露了出来。

“和我们刚刚登上这块陆地时发现的那个骷髅一样？”

摩纳法师点了点头，道：“有别的生物通过这些孔洞侵入了这具尸体，所以它就具有了生命。”

“什么生物能控制它们？”

摩纳法师苦笑着摇了摇头：“如果我们知道了那是什么，恐怕这块大陆的秘密也就可以解开了。这种生物拥有相当的智慧，至少不比我们人类差，我隐身在这个石洞中好几天了，也曾经不止一次地捕捉过几具尸体，但一旦它们被我俘虏，这种生物就会神不知鬼不觉地离开它们，我至今未见到它们的真实面目。”

我沉默了一会儿，问道：“法师，您是怎么来到这里的？”

摩纳法师道：“你有没有见到过介川？”

我嗯了一声，偷眼向他瞥去，心里却在嘀咕是否应该把介川向我描述的情景讲给他听。

“他还好吗？”

“刚刚我和他在外面过一座树桥的时候失散了，他被几个人面怪兽追进了丛林里，不知道现在情况怎么样。我被一个怪兽撞落到一条污水河中，漂到了这里……”

摩纳法师叹了口气，道：“你能从尸坑中跑出来实在是万幸，你一定看到那些腐烂的尸体了吧？”

我点了点头。

“他们恐怕都是历年来到这里探险的探险家，但不知道什么原因，都不幸死了。”

我点了点头，继续追问道：“您还没告诉我，您是怎么来到这里的？那天在丛林中到底发生了什么事情？您的一条胳膊怎么没了？”

摩纳法师发了一会儿呆，道：“这事说来话长，等以后有机会我再告诉你。我们现在还有更重要的事情要做，先走出这里再说。如果那群骷髅兵转回来的话，我们可就麻烦了。”

我便又问道：“您知道出去的路吗？”

摩纳法师皱了一下眉头，道：“试试吧，我估计我能凭着某些指引走出去。”

他的话令我感到很奇怪，不知道他所说的指引来自哪里。但此时摩纳法师已经转过了身，将手中那条攀岩索挥舞起来，缠在了不远处更低一些的石头上，接着道：“你先溜下去吧！”

我说：“您先来吧，我对这个不太熟悉，要看您演示一遍才能依样画葫芦。”

他微笑着点了点头，一只手圈在软索上，身子轻轻一溜，消失在了黑暗中。

我在他做这些动作的时候仔细留意了一下，心中的疑虑更重了，虽然我并没有从他脑后看到介川所说的附着生物，却依稀看到他耳孔中有什么东西在轻轻蠕动。

难道正如介川所说，摩纳法师真的已经被什么生物控制了？就像我面前的这具枯骨，现在的法师已经不再是我们熟悉的那个人？

四

我稍微迟疑了一下，还是学着他的样子慢慢跟了上去。

虽然法师只剩下了一条左臂，但行动的速度和身体的敏捷程度并未因此大打折扣。在黑暗中，他就像一只目能视物的暗夜幽灵，准确地抛掷着软索，灵巧地飞来飞去，如同蝙蝠一样。这样来回折了三次之后，我们已经站在了石洞的地面上。然后他左右打量了一下，就带着我向石洞的深处走去。

没有了逃命的急切心理，我现在可以借助自己慢慢适应了黑暗的眼睛打量这座石洞的大体样貌。

这里应该是一座石灰岩经过腐蚀后变成的钟乳石洞，到处都是裂开的巨大窟窿和一条条突出来的奇形怪状的乳白色石块。一根根巨大的圆形石笋高高耸立着，也有的像是仙人棒，密密麻麻地生满石刺……这里就像是一座能够吞噬亿万生灵的巨大迷宫。

我亦步亦趋地跟在摩纳法师身后，丝毫也不敢大意，如果在这里不小心走丢了，单凭我自己可能永远也走不出去。

在叮咚的滴水声中钻过了十几个石洞之后，我对法师刚才所说的关于那些役使一具具白骨的神秘生物具有相当智慧的说法开始深信不疑，因为要想在这种迷宫一样的黑暗环境中找到正确的路径十分不容易，如果没有强大的记忆力和灵敏的触觉感知，根本办不到。

我们路经的周围环境一直是死气沉沉的，除了不停滴落的水珠敲击岩石发出的悦耳响声之外，就是我们两个人一重一轻此起彼伏的喘息声和四只脚踩踏地面发出的踢踏声。在跟着他跋涉的半个小时内，我未曾听到哪怕是一丁点生物发出的声响。这里完全是一片死地。再联想到刚刚遭遇的那些魔鬼一样的骷髅人，这里更像是一座深埋地下的千年古墓，我们正行走在通向地狱的黄泉小道上。

一路上摩纳法师没有跟我交谈，我也尽量保持着沉默。虽然我心里对他装满了各种疑问，但也只是自己暗地里翻来覆去地思考。我没打算去问他，原因很简单，因为我无法判断我眼前的这个人是不是真正的摩纳法师。换句话说，我不能确定，在他的大脑中是否也存在着一个陌生的智慧中枢。

又拐了几个弯，钻过了几条钟乳石洞之后，摩纳法师突然放慢了脚步，并轻声对我说：“如果指引没错的话，我们再向左走出四五里地，就能够走出这条山洞了！”

我轻轻地哦了一声，也放慢了脚步，以便使自己和他保持一定的距离。

但在此时，他却停在了一个刚刚出现在我们眼前的洞口前面，转头冲我低声提醒道：“等等！”

未等我问句“为什么”，摩纳法师已经抛出那根软索，身子轻飘飘地向我荡来，十分准确地用两条腿夹在了我腋窝下面，如同老鹰捉小鸡一样，再次将我的身子提了起来，在离开地面五六米的空中荡来荡去。

我知道一定发生了什么状况，但却不知道到底出了什么事，只能眼巴巴地瞅着他的脸。

摩纳法师的表情变得异常凝重，一双微微凹陷进去的瞳孔闪烁着警惕的光芒。

没过多大会儿，我就听到了自我们开始找寻出洞之路起遇到的第一声响动，不过，这听起来不像是什么动物发出的叫声，声音有点沉闷。

声音很明显是从我们下面这个石洞中传出来的，音量也不大，应该是离得比较远的缘故。

我很想探出头往里面瞧瞧，但此时我们已经置身在这个洞上面超过一米的高度，就算我有胆量去看，脖子也没有那么长，只能耐着性子侧耳倾听里面的动静。

声音慢慢地大了起来，笃笃地响个不停，从杂乱不清的声音来判断，发出这种声音的生物一定十分急迫。又过了一两分钟，这个声音已经十分清晰地传过来，这次我听清楚了，那是什么硬东西敲击岩石发出的响声，而且还不止一个。从它的杂乱程度和声音所引起的岩石轰鸣来看，这个数量恐怕远比追逐我的那群家伙多上好几倍，看来我们要遇到大麻烦了。

摩纳法师向我靠近了一些，一双精光闪烁的眸子几乎趴到了我的脸上。我微微吃了一惊，身子不由自主地向后仰了仰，但法师却只轻声说了句："它们又回来了！"

我当然知道"它们"是指谁，就是那群骷髅人，一群真正的行尸走肉！可是，听它们奔跑的杂乱声音，这些完全不可能有疼痛感觉的家伙很明显是在被什么东西追赶，肯定不会是回头来捉我们的，更可能是在逃跑。可是，什么东西会把一群完全不知道疼痛和恐惧的家伙吓得集体逃命呢？

没过多久，这种笃笃的响声就演变成一种轰鸣，万马奔腾一样。现在这个时候，恐怕就算我跟摩纳法师扯着喉咙对唱情歌也没有关系，我们所发出的声音完全会被这种隆隆的鸣响掩盖下去。一想到这群骷髅死命狂奔的画面，我心里就禁不住打寒颤。

我的目光已经下移到朦胧的洞口，并死死地盯着那里。

不到三十秒的时间，黑黢黢的洞口里开始有白色的影子窜出来。先是一条，然后两条，四条，八条……不一会儿，原先一片死寂的洞口就变得拥堵起来，像发大水一样，一条白色的"洪流"从里面奔涌而出，然后四散进一个个裂开的石窟中，很快消失得无影无踪。

我暗暗咋舌，原以为骷髅人只有活跃在尸坑中的那数十个，但现在看来，这片黑暗的石缝中完全是它们的世界，单单就这数十秒的时间里，已经何止有上千的数量。看着越来越急促的白色"洪流"，还不知道后面到底有多少！当然，我也应该感到庆幸，从它们争先恐后奔跑的速度来看，我们眼前这个石洞构造很可能与其他地方不一样——它可能就只是直通通的一条，而且是唯一的一条。如果我们真的撞进去了，大约不用它们攻击，就单是被它们硬邦邦的脚掌践踏，我们恐怕也已经变成一堆烂肉了。

是什么东西能驱赶这种成千上万具有强大攻击力的骷髅军团？我的疑问变得更强烈起来。

这显然不是我曾经见到过的人面怪兽，虽然从我的遭遇来看，那些有血有肉的怪东西肯定比这些骷髅具有更灵活多变的攻击能力，但从我和那个人面兽过招的经历来看，它们应该不具有压倒性优势，除非，这些怪物有克制骷髅的绝招。

想到这一点，我不禁暗暗兴奋起来，如果后面的这群家伙真是骷髅的天敌，我恐怕会有幸目睹这些骷髅的庐山真面目。

这时候，从洞口涌出来的骷髅渐渐稀疏了一些，有的在仓皇地跑出洞口之后就摔倒在地，将自己摔成一堆四分五裂的烂骨头。

我想要瞧一瞧这些给我报仇的敌人的敌人长什么样子，但很可惜，下面除了一片白刷刷的骨头之外，我并没有看到任何特别的活物跟出来。

我不禁疑惑地向摩纳法师瞧了一眼，只见老僧人的脸上那种如同刀刻的平静不见了，而是变得一片惨白，焦躁不安起来。

他满目凶光地看了我一眼，突然抬起左手，发疯一样将右肩伤口处的绷带扯了下来。那个还露着白森森骨茬子的伤口发出一阵刺耳的撕拉声，刚刚结出的那层薄薄的硬痂带着鲜血被扯了下来。看得我心里一阵战栗。

老僧人迫不及待地抖开肮脏的绷带，一下套在了脑袋上，将眼耳口鼻全部遮掩了起来。然后才惶急地向我提醒道："快把脑袋蒙起来！"

我只好如法炮制，急忙退下肮脏的衣服，将脑袋死死地埋进衣服里。

眼前变成了完全的黑暗，耳朵反而变得灵敏了，我开始在杂乱无章的脚步声中听出一种比蚊子还细小的嗡嗡声，到这时，我终于恍然大悟了！

按照摩纳法师的说法，那些智慧生物是藏身在骷髅的头盖骨里面，是通过我们曾经见过的那些细小孔洞钻进去的，就像人类的大脑一样。它们躲在坚硬的头骨下面，因而不害怕任何外力打击。能引起它们极度恐惧的天敌就只能是轻而易举地钻进去的东西，那么，拥有形如蚊蝇的细小身体就变得异常重要。我想摩纳法师一定是由于想到了这一点才变得如此惊慌，因为面对千千万万小如蚊蝇的生物，我们人类和那些骷髅一样，半点辙也没有。

但是接下来我赤裸的上身却并没有遭受到预料中的疯狂蜇咬，甚至连那阵刚才听到的嗡嗡声也没有变大。

更奇怪的是，在十几秒钟之后，我居然听到了说话声！

实话说，这种交谈的语言我根本就听不懂，我之所以一听到声音就能判断这是有东西在说话，是因为这些声调完全不一样，有高有低，声线也有轻有重，仅此而已！这些声音有点耳熟，我有百分之五十的把握断言，这些说话的东西是那个曾经将我撞入水中的人面怪兽！

我很想揭开头罩验证一下自己的判断是否正确，但一想到摩纳法师那种不顾一切扯下绷带时的情景，我就不寒而栗。能让一位修持多年佛法的老僧人如此紧张的敌人，恐怕不仅仅是死亡那么简单，一种比死亡还可怕的结果，会是什么？

这种夹杂着好奇、紧张和恐惧的等待实在十分煎熬人，好在这种忍耐没能坚持多久，不是因为我年轻气盛，也不是因为我对比死亡还可怕的结果做好了心理准备，而是因为我听到了两个字：白枫！

当我接下来又听到不同的声音将这两个字用怪异的音调发出来的时候，我终于忍不住一下子揭开了面罩。

幸好黑暗中的那些家伙都不在我的正下方了，它们已经走出了洞口，正在分成六七支不同的小队向不同的方向走去，看轮廓应该就是那个人面怪兽的同类。我可以隐约看到它们撅着屁股迈着古怪的步伐不紧不慢地行走的别扭动作。在它们毛茸茸的背后，好像有长长的头发在背上晃来晃去。

看它们的数量也就十几个，三三两两地像林间漫步一样迈进不同的裂缝中，好整以暇，完全不像追杀敌人的样子。不过，就这几分钟的时间，地上已经堆满了累累白骨，像是铺上了一层洁白的大理石。

我很想立即追上去，但鼓了好几次勇气，还是打住了，因为我不可能是它们的对手，这是确凿无疑的。我自己莽莽撞撞地冲过去除了送死之外不可能有其他结果。另外，我猜测白枫并没在它们手上，或者这只是它们闲聊时提到了她，或者它们正在寻找她。

当然，无论是哪种可能，都透着十足的古怪，因为在异类眼里，似乎不应该出现白枫这两个字。那么，白枫的名字怎么会出现在它们嘴里？又是谁将这个名字告诉了它们？

我打算征求一下摩纳法师的意见，毕竟他的见闻比我要广，思虑也比我周全得多。

但当我转过头时被吓了一大跳，因为摩纳法师头上几乎被蠕蠕而动的小虫子完全覆盖住了，整个身体蜷缩在一起，抖得跟筛糠一样。

看到这幅情景，我急忙扑了上去，真担心法师被这些幼小的生物给吃掉了！

第二十章

恐怖的虫子

一

那些虫子的样子极为可怖，从它们身体的大小和柔软程度来看有点像肉蛆，但仔细看，就会发现它们生着四条像触须一样的脚，随着身体的不停蠕动像纺车一样旋转，这使它们的身体罩上了一层光晕，透着无比的邪恶气息。

它们似乎对沾满了乌黑血浆的绷带有着浓厚的兴趣，不停地在上面爬来爬去。

看到这一幕我吓了一跳，急忙伸手将那块板结的遮挡物揭了下来，扔到一边。

摩纳法师脸如死灰，从额头向上的部分爬满了这种恶心的虫子，光秃秃的脑壳像戴上了一个白色的肉盔一样。但奇怪的是，这些虫子只是在他的头顶爬来爬去，额头以下却一只也没有。

我沉吟了片刻，便伸手在他头顶来回抹了抹。

像是捅了马蜂窝，这些诡异的虫子突然从他头顶飞了起来，只见它们倒转了身体，四只如同触须一样的细腿加速旋转。而在我抹过的地方，留下了一层黄色的黏稠液体，许多未曾及时起飞的“直升机”全部报废在法师光秃秃的脑壳上。

我摇晃了两下摩纳法师，他身体瘫软，脑袋歪向一边。我伸手探了探他的鼻息，他的呼吸很粗重，频率也很快。这不是好的征兆，因为以他这样的修为，如果是气若游丝，若有若无，反而说明并无大碍，但如果突然变得粗重起来表明可能出了大问题。

那些逃过一劫的古怪虫子在我试探法师鼻息的这个空当又嗡嗡地向他头顶聚集过来。

我只好将自己的衣服蒙到法师头上，先离开这里再说。事情已经很明显，这些虫子正是刚刚过去的那几个人面怪兽带来的，也正是它们的紧追不舍，才迫使那些好像刀枪不入的“骷髅兵”疯狂逃窜。

我找到那根缠绕在岩石上的软索，然后将它抛了出去。那个漫长恐怖的噩梦给了我一项独特的技能，使我能轻而易举地将软索缠绕在十几米外的一个石块上。

我一边用嘴咬住软索一端将它扯直，防止另一端滑落，一边蹲下身将摩纳法师背起来扛在肩头，然后抓住软索，轻轻地荡了下去。

下到地面后，我双脚踩在那些散落在地的累累白骨上，向石洞深处走去。先前法师说过这条石洞能走出去，我祈祷他那不知道来自于哪里的指引没有出现偏差。

石洞中到处都是散落的骨头和头颅，这些骷髅头上面都覆盖着一层不停蠕动的古怪虫子。我很担心摩纳法师的到来会招惹这些家伙群起而攻之，一路上也不敢有丝毫停顿，只是扛着他向前狂奔。

这条石洞和刚才我们的停留地果然不是同一种材质，里面很少有裂开的口子，我面前只有直通通的一条道，而且这里也没有奇形怪状的突兀岩石，我只要看好别被地上的累累白骨绊倒就行了。

这里的地势是缓缓向上延伸的，没有太大的起伏和断层，只是一个平滑的斜坡通向黑暗中。这使我觉得这条洞穴可能并非天然形成，而是被什么智慧生物出于某种用途而刻意开凿的。

这个感觉给了我莫大的动力。如果真是这样的话，这条洞穴就很可能使我们脱离地下世界，重见天日。

一想到马上就能沐浴在温煦的暖阳下，我向前奔跑的速度就更快了。

在地上的白骨渐渐变得稀少之后，在我已经远远望见久违的阳光，好像马上就能拥抱到它的时候，我面前的道路却被一面壁立如刃的悬崖挡住了。

我一眼就能断定这面悬崖并非天然形成的，因为它面向我的“脸孔”十分干净，甚至有涂脂抹粉之嫌。整面高度超过十米的石壁都被打磨过，光溜溜的，连曾经被斧凿刀刻过的尖锐痕迹都被打磨成了圆角。别说用手抠，就是用牙恐怕都咬不住。

而我之所以判断这是一面悬崖而不是一堵石墙是因为在它的下面有好几个陷进去将近一米深的石穴，里面是断成一截一截的白骨和缺损严重的头骨。

我能想象这些石穴形成的过程，那是成百上千的骷髅用头颅硬撞出来的结果。一想到这些可怕的家伙拖着残肢断臂拿脑袋撞墙的悲壮景象，我就感到不寒而栗。

从这里可以看出，这些藏身于白骨之内的生物的智慧其实高不到哪里去，因为除了这种惨烈的方式之外，有一种更简单的方法可以帮助它们逃出去。只要它们懂得叠罗汉就完全可以办到。

现在，要想让我学蜘蛛侠那样背着摩纳法师爬出去根本不可能，所以我只好将他放在地上，看着崖顶透过来的朦胧亮光发愁。

这面悬崖的高度至少有十米以上，我站在它下面根本看不到上面是什么情况，所以我没有信心把软索抛上去挂住。但面临这种困境，就算没信心也得试一试，于是我将套在手臂上的软索拿下来，费力地把它往上面扔。

这样试了几次都没能成功，其中有一次好像挂住了什么东西，但当我拉住它试探牢固程度的时候，却没想到拖下来一堆已经完全朽烂的碎骨头，像干树枝一样从十多米高的地方摔下来，摔成碎块。

我望着这堆烂骨头一筹莫展，再回头看看摩纳法师。他依然瘫软在地，好像连喘息声都变微弱了。

如果这面悬崖是有人刻意布置成绝路，以此来阻挡那群骷髅人逃出去的话，那么我刚刚见到的那些人面怪兽又是从哪里下来的呢?

或者这面悬崖并不是一条绝路，更或者有其他的路可以从上面走下来。

想到这里，我开始沿着这面悬崖向两边查看。这面悬崖横宽足有二十米。我从一边仔仔细细地搜寻到另一边，却什么也没有发现。

就在我返身回到摩纳法师身边，坐在地上查看他的伤势时，静谧的黑暗中却突然有了轻微的响动。

那声音极为微弱，而且两声之间相隔的时间也很长，我在听到第一声响动后马上就停止了动作，并凝神屏气地愣了一两分钟，才又听见轻轻地响了第二声。

咔！就这么一声短促而微弱的响声，在漆黑的环境中，我不能仅凭这种短促的声音捕捉到它发出的源头。

我缓缓站起身子，警惕地向四周的黑暗中张望着，那个声音又一次消失了。

又过了一会儿，第三声响声如期而至。

我一听到这个声音，不知道哪根神经被猛地触动了一下，头皮开始发麻。因为这次的声音不但比上两次都要清晰，而且拖得也很长。

咔——咯!

随着那声音的尾声消散，我脑子里突然浮现出一个无比真切的场景：在累累白骨下面，有一个模糊的黑影正在睁着一双野兽般凶残的眼睛猛地向我瞄了一眼。他恶狠狠地盯着我，嘴巴还在缓缓地动着，像是在嚼一块黏牙的橡皮糖，但从他裂开的嘴巴缝隙中可以真切地看出，和他的牙齿一起蠕动的是白森森的骨头渣子。那是一个正在咀嚼白骨的黑影!

于是我缓缓转过身子，将目光锁定在那几个石穴上，这里的每一个石穴都覆盖着白骨，原料充足。

这个想法虽然恐怖恶心，但却绝非空穴来风，更不是我疑心病重，因为在我将目光落在从左数第三个洞穴上的时候，突然有一个只剩下一半的头骨从上面毫无征兆地滚落下来，在地上滚了几下之后，将一只黑黢黢的空洞眼窝朝向了我，好像里面正有一只邪恶的眼睛正在贪婪地偷窥着我。

我没有再犹豫，而是迈开大步走到它面前，抬起一只脚，狠狠地将它踢向了那面石壁，大声咒骂道："去你娘的！"

那半个头骨在石壁上炸响的时候，第四声熟悉的响动也紧随而至，与之相伴的是一阵哗啦咔嚓的响声。那堆白骨像是被推倒的多米诺骨牌，一下子全部坍塌下来，许多圆滚滚的头盖骨滚到了我的脚下。

二

我已经快被这些乱七八糟的事情逼疯了。先前的恐惧情绪被恼怒和暴躁统统赶出了身体，我毫不犹豫地跑到那堆坍塌的白骨前，一阵乱踢，并大声咒骂："你出来啊？你个狗日的东西，我管你是什么狗杂种，有本事就站出来跟爷爷拼命，出来啊……"

不知道是我的叫嚣将藏身其间的那个东西激怒了，还是我的神经真的被连环的重压弄出了问题，在我不管不顾的一阵乱踢之后，果真有一个高大的黑影从白骨堆中摇摇晃晃地站起来，并张牙舞爪地向我扑过来。

我猝不及防，在一怔之间，就被这个身影撞了个满怀。我倒退了两步，黑暗中不知道是踩在什么东西上，脚下一溜，身子向后摔在地上。

那个黑影丝毫不给我站起来的机会，在我仰面摔倒的时候，它那像铁塔一样的硕大身躯重重地压在了我身上。

这个家伙像一头暴怒的狮子，就像跟我有什么深仇大恨一样。它用两只粗糙的大手紧紧地摁住我的头颅，发疯般向地面上狠狠地撞着。

刚开始两下我还能勉强忍受得住，但到了第三下的时候，我已经有点头晕目眩，后脑上有了黏糊糊湿嗒嗒的感觉。就在它第四次抱着我的头向地上撞去的时候，我才从惊愕中反应过来，并马上采取了行动。

我飞快地抱住了它的脖子，尽量减弱它发力按我的势头，并曲起一只腿，狠狠抵在了这个家伙的要害部位。

这样一来，它狠命发出的力道就成了我们两个人共同承担，第四下的撞击就弱了许多，我的后脑只是和地面轻轻碰了一下，而我猛然曲起的膝盖也结结实实地顶在了应该顶到的位置，于是它停顿了一下。

这给了我一个机会，我不等它作出应对，用自己的额头不顾一切地向它的鼻梁撞了过去。

只听嘭的一声响，那家伙歪着身子从我身上翻了下去，捂住了自己的鼻子。我趁机站了起来。

那个黑影弯成了一个龙虾的形状，在地上来来回回地滚动着。

我扑到它面前，抬脚向它身体上胡乱地踢着，直到这个家伙一边痛叫着一边抬起双手做了个投降的动作为止。

到了这个时候，我已经看出这个黑影并不是什么妖魔鬼怪，而是一个活生生的人。只不过在我刚刚臆想出那个恐怖的画面时正巧他突然从白骨堆中冲过来，让我误认为这是一个妖魔而已。

看到他投降了，我快速向后退了两步，摸着自己的后脑沉声问道："你是谁？为什么袭击我？"我的后脑勺正在向外流血，我只好用手紧紧捂住，防止大脑因供血不足而晕厥过去。

黑影挣扎着从地上站起来，低着头盯视着我，因为这里的光线依然十分昏暗，加上他脸上黑乎乎的极为肮脏，我根本就瞧不清楚他长什么样子，但他那双阴郁幽深的瞳孔在黑黢黢的脸上却十分显眼，那里面仿佛装满了对我的仇恨。

他这样瞪着我足有一两分钟的时间，突然发出一阵阴森的怪笑，然后将右手缓慢地伸进怀里。

看到他这个动作，我猛然一惊。我完全能预料到接下来的情节——在一阵爆闪的亮光之后，一声锐响，我便应声倒地。

所以我不等他将那个东西掏出来，便飞身抢上。当我离他只有不到一米的距离时，他那只黑黢黢的大手已经拿着一个直筒筒的东西几乎要抵在了我的额头上。我来个"急刹车"，盯着他的眼睛。

我完全可以从他那双瞳孔中看到他的内心，这里面装着的不是恫吓，而是仇恨和怨毒。看到他的这双眼睛，我的心顿时沉到了谷底，估计这一次，我说什么也逃不掉了。

"嘿嘿嘿……"黑影裂开白森森的嘴巴，又发出一阵阴郁的冷笑，突然开口用地道的英式英语说道："可怜的弗兰克，我那血脉纯正的英俊贵族，现在，你的死期到了！"

这是他第一次开口说话，但却并非我第一次听到这个声音，而且在他的这句临终告慰的话语中，我似乎听出了一些苗头，于是赶紧辩解道："慢着，我不是……"

但此时他的瞳孔中闪过一丝复仇的快感，手掌微微一抖。

我知道事情不妙，就再也顾不得什么了，右手猛然抬起夹住他的手臂，同时头颅往下一低，整个身子都向他扑了过去。

可这已经来不及了，因为我明显感觉到他抵住我额头的那个东西猛然一颤，接着砰的一声闷响。

我的心变成了一片死灰，我的身体也在那声闷响中完全失去了力量，凭着一股惯性，我一头撞在了他的胸口，这个我已经隐约猜出身份的家伙被我撞得向后趔趄了两步，后背砰的一声抵在了石壁上。

但奇怪的是，我既没有脑袋瞬间爆掉的痛感，也没有一下子栽倒在他面前，而是直挺挺地站在地上，我甚至看到了他撞到石壁上的样子。

我完全懵了。

那个黑影整个身子抵在石壁上，抬起右手，用嘴巴吹了吹那根直通通的东西，再次发出一阵嘿嘿的笑声，自言自语道："梅尔，我亲爱的梅尔，现在，我终于替你报仇了！"

我怔怔地目睹他做的这一切，身体上那层刚刚冒出来的汗水变得凉丝丝的。我木然地用手摸了摸自己的额头，一颗怦怦乱跳的心慢慢恢复了正常。

我没有死，也没有受伤。这说起来很不可思议。

黑暗不但令我辨认不出眼前这人的真实模样，也令我演了一场无比逼真的戏。

从始至终我都被黑暗和惊慌蒙蔽了双眼，我一直在寻找脱身的办法，而忽略了一个最为关键的问题，那就是我眼前这个人并不是正常人，他手里拿着的致命武器其实是他拇指和食指组合的产物。他把自己的手指当成了一只可以发射的手枪，而我却在两根手指下惊慌失措。

我重新向前走了两步，和他迎面相对，放缓了声音问道："艾维洛兹，你为什么会在这里？"

是的，我眼前这位就是和我乘坐同一艘船在海上漂泊数日，却和我失散在那片丛林中的鼎鼎有名的大侦探——艾维洛兹先生。

从他飘忽不定的眼神可以看出，在这数日的离别时光里，这位心思缜密，逻辑推理能力超强的侦探，其精神方面的疾患并未减轻，从他煞有介事地把我当成弗兰克并郑重其事地用两根手指想干掉我的行径来看，他的病情加重了。令我想不通的是，以他现在的精神状态，他是怎样到达这里，并逃过那些凶残的骷髅人追杀的呢？

艾维洛兹向我靠近了两步，在我脸上来来回回打量着，眼中的凶光渐渐隐去，取而代之的是迷茫和不解。他再次将右手伸进怀里，将他那只一直未曾离开嘴巴的烟斗拿出来，叼在嘴巴上，吧嗒吧嗒地抽了两口，随即发出一阵傻笑："嘿嘿……这是我的秘密，我不会告诉你的。"

"那你知道我是谁吗？"我继续问道。

"当然，你不就是那个自认为了不起却连狗屁都不如的中国侦探吗？我记得你的名字，你叫异度侠，嘿嘿……和你的思维一样没有创意，不过，倒是十分容易让人记住。"

我苦笑了一声，继续问道："那么，你刚才为什么把我当成了弗兰克？"

艾维洛兹的脸上顿时又浮现出一层凶光，他恶狠狠地说道："弗兰克，弗兰克，无论你逃到哪里，我都会将你抓住。我一定会在梅尔面前将你处死，让她眼看着你在我脚下如何跪地求饶，如何像狗一样做垂死挣扎。我会让梅尔知道，到底是你那些所谓的贵族血统优秀，还是我艾维洛兹的头脑更加聪明。"

我看着他疯疯癫癫的样子，不禁暗暗叹息，我问道："你是怎么来到这里的，在那场地震之后，你到底遇到了什么事情？"

"地震，地震……"艾维洛兹轻声重复了好几遍这两个字，像是在回忆很久以前的事情，"……那真是一场能毁灭所有生灵的大地震。我知道要想逃过一劫，只有藏在一个不会发生地震的地方才成……于是我就飞到了空中，躲过了这场浩劫，嘿嘿……我知道，所有人都会在地震中死掉，除了我之外，没人可以逃过这一劫，哈哈……没人可以逃过！"

他的话令我摸不着头脑，我曾经和许多精神病患者打过交道，知道他们的话不但跳跃性强，而且支离破碎。我根本猜不出他话中要表达的意思。

不过他的这种疯癫状态暴露了他性格的一个弱点。这位一向喜怒不形于色的家伙实际上是一位自恋中夹杂着强烈自卑的可怜角色，他的内心并不像他的外表那样成熟稳重，因为事事想高人一头的想法本身就带着严重的自卑倾向，一个心理成熟的人首先应该做到的一点就是正确认识自己，正确认识别人。

艾维洛兹说到这里停顿了一下，继续说道："哈哈……别人都说东方男人含蓄内敛，富有正气，东方女人品德高尚，讲究操守，这次我算是真正见识了……"

他说着向我探过了头，一脸神秘地低声说道："你知道吗？那个自命不凡的中国侦探的老婆跟别人跑了！"

我脸上发烧，这个家伙正在向我讲述关于我的"老婆"跟人私奔的花边新闻，但我却不能出声打断他，也不能堵住耳朵不听，因为精神病人不会撒谎，他既然提到了白枫，那就肯定见到过她。

"你知道吗？这个东方美女在船上的时候一边跟异度侠卿卿我我，一边却和那个陆华暧昧不清。我都知道的，船上的人都知道，就异度侠这个傻瓜还蒙在鼓里。"

我咬着牙不吭声，听他继续往下说。

"然后她就跟那位中国探险家住到了一起，我看到过他们搂在一起的情景，呸呸……令人恶心。"

我想他形容的这个场景应该就是罗西告诉我他在失散后与陆华碰面时的情景。我知道，那时白枫断了一条腿，是陆华背着她走出丛林的，但我不知道艾维洛兹所说的事情是在罗西见到白枫之前还是之后。

艾维洛兹接下来的话更加不堪："可是，谁又能想到这个外表看起来矜持正经的女子却是世界上最水性杨花的一个？她不但跟那个探险家偷情，而且还跟不知道是人还是禽兽的东西粘粘连连的，啧啧……要不是我的梅尔冲过来搭救我逃出狼穴，我恐怕就会死在这个东方荡妇的那群禽兽情夫手上了！”

我听到这里吃了一惊，这当然不是因为他讲到的这些明显诋毁白枫的污蔑言语。如果说白枫和陆华在和我失散的这段时间里，关系有了突飞猛进的发展，我并不怀疑，但如果说连那些禽兽（我想艾维洛兹指的应该是我曾见到的人面怪兽）都和白枫不清不白，我绝对不会相信。我相信白枫的为人，更了解她的性格，而且我还知道艾维洛兹此时是一个逻辑推理能力比正常人发达很多的精神病患者，所以他那些细描细绘的情节可能绝大部分只不过是他一厢情愿的想象产物。当然，这其中有一点应该是真实的，那就是白枫很可能已经落在了人面怪兽的手上，但它们并未对她下毒手，好像对她还很客气，再联想到刚刚听到的那几个人面怪兽交谈时嘴里曾经提到过的极似“白枫”的发音，这种可能性就几乎可以确定了。但是，为什么那些怪兽会对白枫客客气气的？

还有一点令我十分不解，那就是艾维洛兹所说的关于梅尔救他的事情，难道梅尔还活着？而且就生活在那群人面怪兽中间？

一提到梅尔这个名字，艾维洛兹立即变得兴奋起来：“你不知道，我的梅尔依然还是那样清纯可爱，依然那样圣洁美丽，是她把我从那群怪物手中救出来的，而且她还连自己最心爱的项链都送给了我……”他洋洋得意地说到这里，突然用异样的目光看着我，继续道，“你不相信吗？我就知道你不会相信我的，但我能够证明给你看，来，你快看！”说着他再次将手伸进怀里，不知道从哪个口袋中掏出了一根金光灿灿的玛瑙项链，紧紧攥着举到我眼前。

这条项链上的玛瑙呈琥珀色，从色泽和大小来看属于中上水平，一条金光闪烁的项链也并非纯度很高，但从它的整体搭配和形状来看，应该是少女佩戴之物，而且整个链子磨损严重，本来圆润的金链已经变成了不规则的椭圆形，大概是长期佩戴的结果。只不过，我不能确认这条项链真的是梅尔刚刚送给他的，还是梅尔的父亲在女儿跟人私奔之后可怜艾维洛兹的遭遇送给他的纪念物。当然，我对这些并不关心，我关心的是白枫现在的情况，于是追问道：“那白枫呢？她现在怎么样了？”

“嘿嘿嘿嘿……”艾维洛兹发出一阵怪笑，那表情看起来一点也不单纯。我攥紧了好几次拳头，真想一拳挥过去打掉他几颗牙齿，但一想到他现在是一个精神出了问题的病人，还是强自忍住了。

艾维洛兹没有继续和我讨论白枫的意思，他盯着我的眼睛，急切地问：“现在你相不相信，嗯？信不信？”

我看着他可怜巴巴的神情，只好黑着脸挤出一丝微笑，勉强点了点头。

艾维洛兹终于心满意足了，他小心翼翼地将项链收进怀里。

可就在他的手掌伸进怀里的时候，他本来藏身的那堆摊成一片的白骨中，突然又“咔”地轻轻响了一下，这使我情不自禁地转头去看。

三

这时，我看到了更加诡异的一幅画面，这令我本来略略松懈的神经重新紧张起来。因为我明明白白地看到有一颗左边缺了一块颧骨的头骨，突然从骨头堆里晃晃悠悠地飘了起来，就飘在离那堆骨头十几公分的半空中，不停地上下浮动，右边那个黑黢黢的眼窝正好对着我们这边。

一颗没有丝毫支撑的骷髅头突然悬浮在空中，这实在是一件匪夷所思的事情。

所以在看到这个情景后我并没有立即采取行动，而是目不转睛地盯着它，看它接下来会采取怎样的行动。

但我等来的并不是骷髅头的行动，而是艾维洛兹，这个正常时从来不冲在最前面的旁观者这次一改常态，像一头勇敢的猎犬般冲了上去，并大声叫道：“哦，弗兰克，原来你这个狗杂种藏在这里！”

可是，那个骷髅头却好像害怕这个精神失常的家伙，在艾维洛兹向前走出了几步之后，突然像是失去了支撑一样，咔的一声掉回到骨头堆里。

艾维洛兹并未因为对方的退却而饶恕它，他大步向前，将那个几乎朽烂的骷髅头拎在手中，狠狠地扇了对方两记耳光，然后像丢一颗定时炸弹一样，猛然将它扔向了不远处的石壁上。

那个骷髅头在空中好像突然又有了生命，还未碰到石壁，就飞快地返回，以更大的力道，撞在了艾维洛兹的脸上。

艾维洛兹猝不及防，眼睁睁地看着这个小东西硬生生地撞击在自己脸颊上，继而捂着脸蹲了下去。与此同时，那颗诡异的骷髅头也应声跌进骨头堆中。

我目睹着这一幕的发生，感到有些好笑，当然，我想到更多的是为什么。

眼前这个场景的发生十分突兀，那颗骷髅头就像具有真实的生命一样，在别人玩弄它的时候，把别人狠狠地玩弄了一把。当然，抛去了非自然因素之外，还有一种解释能让这个场景合理化。

所以当艾维洛兹再度愤怒地站起来，疯疯癫癫地打算第二次向它发动进攻的时候，我抢在他的前面将这个小东西拿在了手中。

它并未躲闪，也没有在我手中做逃脱的挣扎。我凑近了仔细观察，其实这就是一颗再普通不过的头骨，里面既没有别的生物藏身其间，我也未曾感觉到有什么不干净的东西附着在上面。

但是，我从它空洞的眼窝中发现一根十分纤细的丝状物，从右侧那个眼窝中伸进去，从后脑一个孔洞中穿出来。我顺着这根细丝的一端轻轻一扯，那堆让我好几次感到惊慌的白骨堆又发出喀喇一声响，完全坍塌成白花花的一片。

我继续扯着这条细线，直到扯不动为止，而此时，它盘绕在我手臂上的长度已经超过了十米。

这条细线是向上延伸的，它消失在离我两三米高的虚空中。

于是我放脱了这一端，又开始扯另一端。我这边用力一拉，离我不远处的艾维洛兹伸手向怀中捂了一下，有什么东西啪的一声掉在了地上，于是他俯下身子去抓。

我不等他抓住那个东西，猛然加快了拉扯的力道，那个东西很快就到了我手中，就是那个被艾维洛兹视为宝贝的项链。

我这才看清楚，原来这根细线就拴在那根链坠的玛瑙上，结了一个死结。

“快还给我！”艾维洛兹疯狂地冲我叫喊起来，并再次把他那个“双指手枪”顶在了我的额头上，目射凶光，“不然，我就开枪了。”

我苦笑着了看这个疯子，只好摆摆手，使劲将这根细线从项坠上扯断，将它丢给了艾维洛兹。

虽然这根细线是否直接通到上面我还不能确定，而且要想凭着它爬上峭壁也完全不可能，但有胜于无，这至少给了我一丝希望。

我看了一眼不停把弄项坠的艾维洛兹，问道：“这根项坠到底是谁给你的？”

“当然是梅尔，这是她的东西。”

“是谁交到你手上的？”

“当然是她本人。”

我看他又想过来对我的怀疑进行辩解，赶紧向他摆了摆手，走到一边继续拉扯通向高处的细线另一端。

无论这个项坠是谁交给艾维洛兹的，目的都十分明确，那就是想为这个疯子留一条活路，也就是说，这条细线是为了帮助艾维洛兹逃出去而特意布置的。

要是这么说的话，这条细线后面一定还隐藏着什么东西，因为无论是谁都能一眼看出，没有人能够凭借它爬上悬崖。

想到这一点，我便开始继续拉扯这根细线，在遇到阻力时我也依然缓缓增加着力道。

细线的另一端好像松了一下，我继续往下拉扯，不紧不慢，不轻不重。我真怕它在猛然拉扯中突然松脱下来，或者直接从中间断掉，这就连最后的希望都没有了。

向下又扯了五六米后，细线再次遇到了阻力，我试探了好几下，它竟然就此卡住了，我费了很大力气，依然不能将它再扯下来一分。

我有点失望，力气微微松了松，蓦然感到像是有一条刀子从我手掌中割了过去，那根细线突然以巨大的拉力向回扯动。

一个念头在我脑子里电光般闪过，我兴奋地向摩纳法师叫起来："大师，快将那根软索扔给我！"

可话一出口，我才意识到摩纳法师此时已经完全昏迷，生死未卜。我只好一边将细线扯过来紧紧地圈在手臂上，一边向摩纳法师所在的地方跑去。

如果我没有猜错的话，上面一定有一个诸如齿轮一样的回牵装置，先前遇到的阻力是打开这个装置的机括，而现在它已经启动，我只需要将粗一点的绳索接上去，就能逃出生天了。

我飞扑到法师身边，将那根软索和细线打了个死结，然后圈住绳索的另一端，将它放脱了。

软索在地面上飞速滑动，很快就到了头，但向上的力道依然没有终止，看来它本身的长度根本不够。

脱下衣服结成绳索？显然不可能。我们身上朽烂不堪的衣服估计承受不了两个人的重量，而且加长不到两米，也远远不能解决问题，我现在需要一条新的绳索才行。

艾维洛兹对我跑来跑去地不停忙活根本就不关心。他现在只关心梅尔留给他的项链，像一个顽童一样坐在地上左右端详着。

我扫了他一眼，终于下定决心了，然后抬头惊声叫道："梅尔小姐！"

这比任何求助都管用，艾维洛兹一跃而起，他向我飞奔而来，不迭声地叫着："在哪？梅尔在哪？我的梅尔在哪？！"

我等他跑到了我身边，就伸手向上面指了指，道："你看，就在那里。"

艾维洛兹顺着我的指引仰头向上看，一脸的期盼。我向后移动了一下身了，突然飞起一脚，重重地踢在他的下巴上，他应声倒地。我不等他站起来，又紧跟着在他后脑上补了一脚。艾维洛兹连呼喊都没有发出就晕厥过去，瘫在地上不动了。

于是我拉过绳索拴在他的腰间，然后跑到他突然现身的那个石穴中，在散落的层层白骨中寻找着。

如果有人想让他自己爬上去的话，送他一根项链后再送一根绳索的可能性很大，因为凭借着艾维洛兹现在的精神状态，要想让他自己在凶险的黑暗中找到一根绳索几乎是不可能的。那个人在费了这么大力气安排好这一切后不可能疏忽了这一点。刚才我已经留心到艾维洛兹身上没有绳索，那这根绳索遗落的地方最有可能会在那些白骨中。

当然，我突然对艾维洛兹下手，考虑的是在我找到那根绳索后如何爬出去。

考虑到艾维洛兹现在的精神状态，无论是让他先上去还是留在最后都不稳妥，我不敢保证他会做出什么事情来。如果他在爬出去后解下绳索或者在我们爬上去后不听我的安排，到时候麻烦可就大了，所以最稳妥的办法就是让他在不给我添乱的同时服从安排，要达到这个目的，只有打晕他。

不出所料，那根绳索确实被艾维洛兹遗失在了白骨下面，盘绕成很大的一堆，比我们的那根要长许多，看来那个安排下这一切的人已经仔细计算过高度了。

我拖回那根绳索，然后将瘫软的艾维洛兹放脱下来，把这根绳索接上，踩住一头后就放脱了。

随着绳索在地上发出一阵嗤嗤的响声，那堆绳索在迅速减少，在它大约缩短了一半之后，便蓦然停住了。

我捡起绳索往下拉了拉，上面固定得十分牢固，估计承受两个人的重量完全没有问题。

直到此时，我才终于吁了一口气，真是天无绝人之路。

经过这一番折腾，时间已经过去了大约两小时。我不知道摩纳法师的身体情况到底怎样了。我只能先把他送出去再说，如果此时那群骷髅人或者人面怪兽突然出现，我们可就要功亏一篑了。

我先将艾维洛兹的身体重新拴好，又走过去把摩纳法师绑在后背上，长舒了一口气后，便向那根绳索发起了冲锋。

现在的情况依然不容乐观，我的左臂经过一系列的激烈动作之后已经严重错位，稍微动一下就是钻心地疼，更别说用它拉扯绳索了。面对如此陡峭的石壁，要想单凭一只右手的力量拖拽起两个成年人实在有点为难。

可我根本没有第二个选择。所以我深吸了几口气，开始了这项艰难的征程。

这时我的牙齿派上了用场，真是谢天谢地，我的这副牙齿虽然经常被用来开启酒瓶，但它的咬合力并未受到多少损害，尽管用它不如手臂方便灵活，但借助双腿的夹绞辅助，我的身体在一寸寸地向上移动着。

坚持中，终于爬到了六七米的高度，我此时已经累得眼冒金星，浑身汗如雨下，但我没有停下来歇一会儿的打算，因为我很清楚，这一停下来，我的身体可能会马上虚脱掉，我和摩纳法师会从六七米的半空中直接摔下去。

此时，发生了一件令我不得不停下来的事情，因为绳子突然动了一下。我刚开始以为艾维洛兹苏醒了过来，但回头看时才发现情况比这更加糟糕。那些不知道被驱赶到什么地方躲起来的骷髅人赫然出现在我们的下方，那些东西正在缓缓地向我们这边移动。

看来经过那场生死追逐之后，这群白骨受到了很大的惊吓，它们在危险解除之后，也变得小心翼翼起来，因为它们移动的速度很缓慢。

虽然这些能移动的白色斑点数量并不是很多，但从刚才绳索微微晃动来看，已经有人走到了艾维洛兹所在的地方。我十分担心这位尚未走出失恋阴影的精神病患者的安危。

可现在身处在这个上不去下不来的位置，我只能干着急却没有办法，我唯一能做的就是加快自己爬行的速度，然后迅速将他从危险中救出来。但现在我却到了精疲力竭的边缘。我只能强忍着身体的极度不适，扭头继续向前爬，我别无他法。

剩下的两米就如同身处十八层地狱一样痛苦和漫长，我耗费了比下面的八米几乎多了一倍的时间，将近一个小时。当我爬上来后瘫软在地上的时候，我知道搭救艾维洛兹的希望已经完全没有了。一个小时的时间，已经完全够把他五马分尸后再重新缝合起来，我估计此时绳子下面恐怕只剩下了一根血淋淋的脊柱骨。

我也发了狠，喘息了几分钟后就解下摩纳法师，摇摇晃晃地站了起来，拉起绳索，反背在背上，一步三晃地向上拖着。就是只剩下一根脊柱骨，我也要将他拉上来。

我每迈动一步都十分吃力，都感觉自己马上就会倒在地上，被反拖着摔回刚刚逃出的地狱。

我觉得自己的每一个毛孔都已经严重缺氧，我把嘴巴咧开到最大限度，依然感到天旋地转，眼冒金星，我真想放弃了。

不过，每当我心里生出这种绝望的念头的时候，脑海中就会浮现出自己和摩纳法师被撕成碎块的景象。我不怕死，却忍受不了自己的身体被凌迟的惨状，推己及人，我想艾维洛兹也不想自己的尸体遭受这种摧残。

我一边用这个念头安慰着自己，一边吃力地往前迈步，到了最后，我干脆把眼睛也闭上了，全身的力气都用在了拖动绳索上。

这其间到底耗费了多少时间，连我自己都记不住了，从始至终我都是在用意志支撑几乎不属于自己的身体……当我感觉到身后的千钧重拖突然消失的时候，便眼前一黑，咚的一头栽在生硬的石地上。

很快，我就被头部的疼痛惊醒，从昏迷中回到了现实，身体感到一阵阵发冷，耳朵中也响起了杂乱的声音。

我摇了摇脑袋，意识到这不是我的幻觉，而是确实有什么声音在我周围响起。

我闭着眼睛强撑着翻了个身，然后缓缓掀开眼帘。但一睁开眼睛，我浑身打了个哆嗦，因为，我看到三个白色的高大身影直挺挺地站在我面前，像是三座陡峭的大山一样。那是三具骷髅，它们低着头，用空洞漆黑的眼洞冷冰冰地俯视着我。

四

看到这三个白森森的东西，我浑身如坠冰窟，连支撑身体的那一丝力气都消失了，脑袋再次重重地跌回地面，眼看着它们越来越清晰恐怖的身影一阵阵迷糊。

人真的不能太善良了，一丝善念往往就会让那些邪恶的魔鬼有机可乘，如果我稍微狠下心来，这些家伙就不会被我带上来。

我已经没有了半点反抗的念头，凭我现在几乎虚脱的身体，要想和这三个怪物对抗，那简直是痴人说梦。于是，我平静地躺在地上，睁大眼睛看着它们，等它们将我的身体一块块撕裂开。

半分钟后，这场酷刑就开始了。其中一个站在我左边的骷髅将盘绕着黑糊糊肌肉的手掌伸过来，将我那条已经错位的严重变形的左臂抓住了，硬邦邦的手指像五根铁钳一样，陷进了我的肉里。

预料中的疼痛并没有如期而至，我甚至都没感到骨头的断口处相互触碰时那种撕心裂肺的疼痛，这不是由于麻木了，因为我隐隐能听到两处断骨摩擦时发出的咯咯声。

有一个骷髅钳住了我的脖子，完全阻止了我呼吸的通道。

接着，我的右臂也被十根凉丝丝的硬物夹住了。

死期已经来临，我却感到无比安详。现在，我突然体会到弗兰克平静地接受凌迟之苦的心境了，人们常说，哀莫大于心死，我想现在我的心已经死了。

我目不转睛地看着他们，当我被撕裂的时候，我能否看到自己的心脏在体外继续跳动的场面?

身体慢慢被拉紧，肢体开始响起咯咯的声音……

我想自己身体首先被撕开的部位应该是左臂吧，因为它本来就已经折断了，它们只需要将还粘连在一起的肌肉组织扯断就行了。

当浑身泛起极度的痛楚时，我还是忍不住叫出了声。我能听到自己的声音沙哑中带着凄厉,这就是我临终时在世间留下的最后声音,真难听！我在心底苦笑了一下。

意识逐渐开始模糊，眼前的世界变得光怪陆离，那三颗恐怖的面孔变得愈加狰狞。再见吧，摩纳法师，再见吧，我遗失了的白枫，但愿你能逃过一劫，和陆华双宿双飞。

我没有死的原因，并非这三个骨架突然心生怜悯放了我一条生路，而是有人救了我。

你可能会想到是昏死的摩纳法师或者可能变成了一堆骨头的艾维洛兹救了我一命，我也希望是这样。但事情往往并不能尽如人愿，摩纳法师没有醒过来，我也没见到支离破碎的艾维洛兹。当我渐渐被痛苦抽离了生命的时候，身体突然从空中跌回地上，有什么东西在我朦胧的视野中一闪而过。

当我再次有了知觉之后，时间已经过去了两三分钟。我睁开眼睛打量，双臂还被四只白森森的枯手抓着，脑袋上的两只“耳暖”却已经掉在了地上，不过这三对枯手已经没有了连接的部分。

我挣扎着摇摇晃晃地站了起来，将钳住我手臂的那四只“白骨爪”弄下来丢在地上，并向四周打量。

一个熟悉的身影正背对着我，趴在地上不停地摇晃着脑袋，像是在啃噬着什么东西。那三具白骨却已经全部碎裂在地上。

我犹豫了一下，从一边绕到了它的前面。

这个家伙正抱着一个骷髅头不停地舔食着，在它嘴里有面条状的东西在翻滚。它吸溜一声将嘴里的东西吸进喉咙里，挑衅般地和我对视着。

我勉强挤出一丝苦笑，用微弱的声音说道：“多谢你救了我！”

它歪着头打量我一会，站起身，像一只黑瞎子似的慢慢从我身边走了过去。

我叫道：“你等一下！”但它好像没有听到，在通向外面的光线中笨拙地用四肢挪动着，渐渐消失掉了。

我吁了一口气，心里暗想，自己被一只人面怪兽撞进了污水河，我的这些悲惨遭遇都是拜其所赐，现在我在生死关头又被一个它的同类救了性命，这难道就是人们常说的轮回因果？

是的，救了我性命的就是一只人面怪兽，只不过它比先前见到的要肥胖一些，加上身上灰不拉几的毛色，不仔细看的话，一定会将其当成一只黑瞎子，不过它的头发很长，像野人一样。

我猜不透这个家伙是从哪里来的，它到此的目的又是什么，难道仅仅是为了救我的性命吗？我不得而知。可这家伙为什么任何表示都没有就离开了呢？

我脚步蹒跚地走过去，捡起那颗被人面怪兽抱着啃食了半天的头骨仔细看。除了在它储存脑浆的位置发现了一些黏液之外，没发现别的任何东西。想到刚才它嘴里那些像面条一样的东西，我明白了：那些东西应该就是役使这堆白骨的生物，现在已经被那个人面怪兽吃掉了。

我只是看到了一点点细节，无法判断那会是什么生物，但很明显是一只软体动物，但到底是什么，我就猜不出来了。

我找到摩纳法师，他还是死尸一样躺在地上，值得庆幸的是，他的身体除了缺少的那条右臂之外并没有明显的损伤。我又找到艾维洛兹的身体，令我万万没有想到的是，艾维洛兹居然也没有任何损伤，就连呼吸都很均匀。

看来那三个借着绳子跟上来的骷髅人并没有伤害他的意图，这实在是一件蹊跷的事情，它们会向我下死手，为什么却会放过艾维洛兹呢？

找到他们之后，我瘫坐在地上休息了一会儿，然后背着一个拖着另一个，沿着光线传过来的方向走去。

这里的石洞比下面的干爽许多，石块也比较坚硬。我向前走了七八米，发现了一个由巨大石块组成的东西。那根细线拴在一块吊起很高的石头上，然后通向一个条形石块的凹槽里，顺着凹槽七拐八拐之后通向了悬崖。

我一时难以搞清楚这个装置的功能原理，或许在条状石块的内部还隐藏着某种机关，应该就是通过滑轮的基本原理实现固定绳索的作用。

这很明显是智能生物的杰作。如果这是那些人面怪兽弄出来的话，我出去后就要更加小心，因为除了和我们言语不通之外，它们完全是一个媲美人类的智能生命。

沿着山洞走出一里多路，中间休息了四次之后，我们终于重见天日了。洞口所在的地方是一个结着奇异果实的林子。我拖拽着两人走出洞口后，就把他们扔在地上，仰面躺在渐渐西沉的阳光下大口地喘气。

将他们带出地下魔窟的目的已经达到，我可不想再拖着两个人走路了，至于摩纳法师是否能醒过来，艾维洛兹下一步怎么办，我也不想再操心了。

休息了半小时，我重新坐起来，将错位的手臂忍着疼痛恢复了原位，然后折了两根树枝将断臂重新固定了一下。这条残臂肿起很高的伤口开始化脓，骨头的接触面也有了些碎骨，如果再经过一次错位的话，我想它就真的要报废了。

我饥肠辘辘，只好摘了两只椰子一样大小的果子充饥。

这些果子虽然看起来很大，但果肉其实很少，除掉了核桃皮一样坚硬的外壳之后，里面就是像柚子一样的果肉，但颜色发乌，我试了试，味道还不错，但不知有没有毒。

一个小时后，艾维洛兹醒了过来，他看着我愣怔了好一会儿，像是完全想不起来我是谁。我跟他解释了半天，他才懵懵懂懂地点了点头，然后就拿着那根项链发呆。

摩纳法师的情况要严重很多，出了好几次汗，在太阳的照射下，脑袋上有那种长着触手的虫子不停地爬出来，我替他抹了一遍又一遍，到了天渐渐黑下来的时候，他的呼吸才慢慢均匀了。（我专门查看过他的脑袋，发现他脑袋的顶门上有许多针尖一样的小细孔，那些虫子就是从里面爬出来的。这令我很是担心，如果这些孔洞直接通到了大脑，那摩纳法师能再次醒过来的几率微乎其微。）

天色完全黑下来后，我在艾维洛兹的帮助下将摩纳法师挪到了一个山坳里，喂了他一些山果，然后就稀里糊涂地睡着了。直到太阳升起老高，我才被人摇醒了。

第二十一章

兽　族

一

摇醒我的人居然是摩纳法师，此时他瘦削的脸孔苍白得没有一丝血色，身形比先前也佝偻了许多。我见到他的模样，吓了一大跳。

“你醒了？”摩纳法师向我发出一声苦笑，嗓子无比沙哑。

我干咳了一声，慢慢坐起身，问：“大师，您身体好些了吧？”

法师点了点头，用枯槁的左手劈开一枚果子，将其中的一半递给我，道：“没事了，我完全醒过来了。”

我看他眼神中闪过一丝失落，不禁诧异地问：“大师，您怎么了？”

他盯着我的眼睛看了一会儿，眼神透着一种异样，但又瞬间恢复如常，向我和蔼地笑笑。

他的这个笑容无比亲切，竟使我恍然觉得极为熟悉，仿若故人。不过，我也从中看出他似乎有什么难言之隐。

我转过话题问道：“大师，现在我们应该怎么办？”

法师回答道：“我醒来后曾四处看了一下，离此往下五十余里的地方是那种人面土著的聚居城堡，但在这片果林中我却未发现它们的踪迹，估计这里可能是它们的一块禁地。”

“这条石洞或许是这些怪兽的墓地，跟人类先祖的埋葬地一样，不容许后辈子孙随便进入。”

摩纳法师点了点头：“有这种可能，不过有一点令我想不通，为什么那些骷髅是两条腿走路，而不是四条腿？”

我想了一下，苦笑道：“可能附着在那些白骨上的东西就是一种两足动物，它们不喜欢用四条腿走路。”

摩纳法师微笑着点点头。

“大师，您是怎么知道这个洞口能够通到外面的？我看您对下面迷宫一样的环境好像很了解，是不是在那里待了很长一段时间？”

“是的，我爬上这座山峰后到达的第一个地方就是这个地下洞穴，在这里我待了八天。”

“那您又是怎么走出丛林的呢？那天晚上到底发生了什么事情？”我又把盘踞在心里的疑问提了出来。现在，他应该没有理由再向我隐瞒了。

这好像是一块伤疤，摩纳法师没有揭开它的打算，他摇了摇头，道：“出家人不打诳语，但这件事关系重大，我想现在你还是不知道的好。等一切结束之后，我会毫不隐瞒地将所有事情讲给你听，行吗？”

我只好点了点头，说：“对不起，大师，有时候我就是管不住自己的好奇心，您别见怪。”

老僧人说：“好奇心在佛家来看是一种魔障，所有的欲念都是魔障，人类本身就是一种魔障，别说是像你这种年纪，就是我苦苦修行了四十多年，依然无法参破。”

在我们说话的这会儿，艾维洛兹也醒了过来，他躺在地上眯着眼睛来回打量着我们俩，低沉着嗓子问道：“法师，异度侠，你们怎么在这里？”

我微微一惊，没想到一觉醒来，艾维洛兹的精神状态好像恢复了正常。

艾维洛兹狠狠地摇了摇脑袋，道：“我的头怎么这么疼……现在我们是在哪里？”

摩纳法师在胸前竖起手掌，道：“阿弥陀佛！是我用针灸术在你头部的各个穴位进行了点刺，看到你有所好转，我的功夫总算没有白费。”

直到此时，我才注意到艾维洛兹周围的地上有许多用树枝削成的拇指粗的尖木锥，估计这就是法师使用的“银针”了。但我想造成艾维洛兹头疼的原因还是我昨天的那一脚，不过我只好装聋作哑。

按说摩纳法师治好了他的精神紊乱，艾维洛兹应该心怀感激才对，但他在听到法师的话后只是淡淡地说了一句没事，就扭过了头，好像法师倒是欠了他一个人情。

我向摩纳法师瞥了一眼，老僧人毫不在意地向我一笑。我也只好收起了责问的打算。

“艾维洛兹,你是怎么来到这里的？”我对他的遭遇比对摩纳法师还要感兴趣。

艾维洛兹瞪了我一眼，颇为厌烦地回答道：“这和你有关系吗？”

我一时哑口无言，想要回应两句，却不知道如何措辞。

摩纳法师这时插嘴道：“咱们不能待在这里，应该向下走。”

“去干吗？”艾维洛兹将矛头对准了摩纳法师，硬邦邦地问。

我觉得艾维洛兹有些不可理喻，他的精神已经恢复正常，却用充满敌意的语气跟我们说话，这实在让人生气。

但摩纳法师却对这个家伙保持了极大的忍耐力，他心平气和地解释道："看来白小姐已经落到了那群怪人手里，我想他们抓住她一定有什么阴谋，我们应该赶紧去把她救出来。"

看来，摩纳法师在昏迷的这段时间里，至少听觉还是正常的。

艾维洛兹显然不为白枫的安危担心，似乎还有点幸灾乐祸的味道，只听他阴阳怪气地说道："那好像并不是我们此行的目的。"

艾维洛兹的大名我耳闻已久，知道他是一个聪明绝顶的大侦探，听闻的也都是他那些如何侦破奇案的精彩故事，至于他的为人和性格我却只能凭心猜测。这次探险之行是我和他第一次谋面，接触的也都是他冷静机智的一面，不过那时候的他是经过了层层包装的，我不可能了解一个真实的艾维洛兹。可一次不知什么原因的精神失常，却让他完全变了个人。

艾维洛兹看到我鄙夷的目光，向我冷笑道："怎么，异先生很着急？我劝你大可不必，有陆先生在白小姐身边，他会把白小姐照顾得好好的，你完全可以放心。"

我被他这句话刺激得眼睛都快冒出火来了，大声喝叫起来："你说什么？"

艾维洛兹却闭上了嘴，用食指摩挲着自己的鼻尖嘿嘿冷笑。

我感到浑身的血液已经顶到了脑袋，仅剩的一只手也攥成了拳头，气势汹汹地喝道："艾维洛兹，你有种再把刚才的话说一遍！"

艾维洛兹冷笑着向一边退了两步，使得摩纳法师横在我们中间："怎么？想对我动武吗？你应该拼命的人不在这里，而在白小姐身边，他们正在一起……"

我忍无可忍，像一头暴怒的猎豹般蹿了过去，拳头在空中划过一条直线，向他那张比科恩更令人讨厌的破嘴猛击过去。

在我的拳头即将打在艾维洛兹那张破嘴上的时候，摩纳法师那只削瘦的手掌突然从半道上伸了出来，并且准确地抓在了我的手腕上。

我拼尽全力的一拳就在中途戛然而止了。

我心里的惊讶就不用说了。自打我从少林寺里出来，被人一把拉住我使出浑身力气的舍命一击的，这是第一次。

可我如果不能随机应变，那就不能叫练过中华武术。所以在他攥住我的手腕并牢牢把它凝固在空中的时候，我已经借着这股稳如泰山的力道作为支撑，整个身体都飞了起来，两只脚在空中使了个"鸳鸯踢"，在艾维洛兹胸前的衣襟上留下了两个大脚印子。

我和艾维洛兹是同时飞出去的，一个向左，一个向右。摩纳法师用一只手的力量将我抛向了左边，艾维洛兹被我两股胶着在一起的力量踢向了右边。不同的是，我在空中翻了个身，稳稳地站在了地上，而艾维洛兹却仰面摔倒在地，向后滚了两滚，才咳嗽着爬起了身子。

艾维洛兹站起来后就冷冷盯着我，我也狠狠地瞪着他。

“你们都冷静一下！”挡在我们中间的摩纳法师沉声说道。

艾维洛兹冷哼了一声。

我也用恶毒的话刺激着艾维洛兹：“我现在明白梅尔小姐为什么会跟着一个魔鬼跑掉了，因为魔鬼比自私恶毒的小人要讨人喜欢得多。”

艾维洛兹显然也被我刺到了痛处，只见他浑身哆嗦了一下，旋转着身子找了一根手臂粗细的木棍，目露凶光，死死盯着我。

摩纳法师大喝一声“住口”，像是在训斥自己顽劣的徒弟，那种严厉的眼神让我不敢仰视，本来已经涌到喉头的更恶毒的词语被硬生生地咽了回去。那个激怒对方，让他乖乖来送死的阴谋也被迫中止。

摩纳法师向我们摆了摆手，用不容置疑的口吻命令我们坐下。几近疯狂的我和艾维洛兹都不得不坐了下来。

摩纳法师盘膝坐在我们中间，平和地说道：“两位都平静一下，听我给你们念一段佛经。”

摩纳法师用空灵的声音开始念诵一段丝毫也听不懂的咒语，声音缓慢。我极力想用自己的耳朵辨别这些音节组成的汉字，但却抓不住一个音节，我明明听清楚了那个音节的发音，刚生出伸手去抓的欲望时，那个声音却跳出了我的掌握，飘到了空中，随风舞动。

到了后来，我只好闭上了眼睛，凝神静气地去听，听他声音的抑扬顿挫，听那些梵音在空中舞蹈的优美姿态。

我虽然无法听懂这段经文的意思，却知道它的全名叫作《观世音菩萨大悲心陀罗尼经》，后世称之为《大悲咒》。

传说常念此咒不但能除一切灾难以及诸恶病苦，且能成就一切善法，远离一切怖畏。当然，佛经中自然有神话此咒作用的地方，但常常念诵它确实能使人凝神静气，心地平和。

当摩纳法师开始念诵时，我就感觉满腔的愤恨和恼怒像被吸尘器缓缓吸去一样，刚才气冲斗牛，想把对方碎尸万段的牢固意念也开始慢慢瓦解。我从自己的心魔中挣脱了出来，开始心向善念，为自己曾经生出杀死对方的邪恶想法感到后怕。

但这段神奇的经咒却在不应该结束的地方停了下来，只见这位老僧人警惕地皱起了眉头，侧耳倾听着什么。

我和艾维洛兹都惊异地看着他，法师突然低声对我们说：“有东西走过来了！”然后缓缓站起身，带着我们躲到几株纠缠在一起的果树后面。

二

直到时间过去了四五分钟后，我才隐隐约约地听到那种夹杂在风丝里的脚步声。

要不是摩纳法师先前提醒过我们，我根本不可能听出那是一种脚步声。这声音听起来太奇特了，不但完全没有节奏，甚至连一丁点脚掌接触地面时应该发出的那种笃笃声都没有。在我听来，好像在细微的风丝后面又有一股强劲的风势紧随其后，并在不停地追赶前面的风。那真是一股风的声音，呜呜地响。

在我紧张地想着那东西到底是什么的时候，呜呜的响声已经变得大起来，不一会儿，就到了离我们不到一百米的地方。但由于这里的果树都是天然生长的，极不规则，生得又很稠密，在遮遮掩掩的枝叶间隙，我们根本就瞧不到它们的真实形象。

可它们的声音却传了过来，并让我大吃一惊，因为第一个发出声音的东西居然说了一句英文，一句很地道的英文，它说：“一定要找到那个老僧人，他对我们接近圣首至关重要！”

它的这句话透出了两个信息：第一，这个被法师称为“东西”的生物是一个人，或者说是一个能发出人类声音的类人生物；第二，他们要找的“老僧人”很可能是摩纳法师。

不过，“圣首”又应该作何解释呢？

这句话刚停下来，另一个有些熟悉的声音紧跟着响了起来：“我们一路上跟摩纳法师都待在一起，除了他那听起来有些玄乎的冥想之外，我真的没发现他有什么特异的地方，为什么圣首一定要找到他呢？”

听到这句话后，我看到艾维洛兹的身体突然动了一下，瞧那架势很想手舞足蹈地冲出去，然后和对方热情拥抱一下。

一向冷静自信独来独往的艾维洛兹先生也需要同盟了，至少和我在一起，他一定感到前途危机四伏，说不定什么时候我就会趁他不注意，将他的脖子扭断。我能看得出来，他认为我有这个实力。

但摩纳法师却将他的行动消灭在了萌芽中，在他刚想有所动作的时候，老僧人的手掌就已经如刀锋一样横在了这位大侦探面前。

我斜眼向法师打量了一眼，看到他脸上闪过一丝犹疑。

两个人的对话声渐渐变得清晰起来，我也渐渐能判断出这两个人的身份。

只听第一个说话的人道："话是这么说，但你要知道能受邀请参加这次探险活动的每个人都不是普通人，尤其这个印度僧人，我总觉得他并不像我们这个时代的人。"

"什么意思？"另一个问道。

"你听说过佛祖涅槃吗？"

"嗯，据说佛祖涅槃之后会留下一堆舍利子，在他舍弃自己肉身的时候，他就会不生不灭，永世长存。你是说……"

"我觉得摩纳法师就是一位已经达到涅槃境界的存在。"

"什么？"后者显然被对方的话吓了一跳，惊骇溢于言表。

我偷偷打量了一眼这位枯瘦的老人，突然也恍惚觉得他身影有点虚幻，不像是一个活生生的人。

"那么，找到他之后呢？凭借我们的力量，你认为能擒获他吗？如果他真的到了不生不灭的境界……"

"我们不行，但他们肯定行。"前者满怀信心地说。

看来摩纳法师的决定是对的，从这两个人的谈话中可以看出他们已经完全和我们分道扬镳了，而且来的不只有他们两个。

后者讨好似的说："无论如何，我听你的就是了，反正我的命是你救的……"

先前那个声音粗暴地打断他的话，说："错，你不是听命于我，我和你一样，只听命于唯一应该绝对服从的人。"

两人的对话到此告一段落，他们还在向我们靠近，那阵呜呜的响声也变得出奇的大，像是就贴着我的耳朵在"吹"一样。

我看到摩纳法师身影微微向后缩了缩，自己也跟着低了低头，就在这一瞬间，透过枝叶的间隙，我已经隐约看清了这两个的真实面貌。当然，也包括和他们一起到来的东西。

三

摩纳法师第一次的形容真是无比贴切，尽管我在听到他们的谈话之后曾经对他的形容产生过怀疑，但现在，我不得不佩服这位番僧异乎寻常的判断能力。

在枝叶摇曳中向我们走来的确实不是我们的同类，尽管他们长着一张极为熟悉的脸孔。

走在最前面的是陆华，他还穿着和我失散时穿的那件破衣服，背上依然牢牢固定着他那根从美洲丛林带回来的长筒子，被里三层外三层地紧紧裹着。这是我能够一眼将他认出来的原因。我之所以说他不再是我们的盟友的原因是在他的头上紧紧箍着一个头盔一样的黑玩意，严丝合缝地跟脑袋结合在一起，看起来跟天生的差不多，但这个头盔状的东西并非用钢铁等物浇筑出来的，质地看起来一点也不光滑，上面疙疙瘩瘩的跟趴着个癞蛤蟆差不多。但在他这颗头颅下面却有另一颗脑袋冒出来，蓬乱的头发像个鸡窝一样。在这些乱发的缝隙中，我看到两个白森森的瞳孔，白多黑少，看起来阴森森地透着鬼气，而这个脑袋下面就是章鱼一样的触手，像百足蜈蚣一样乱舞，和地面摩擦出呜呜的响声。离得近了我才发现，陆华的身体竟然是坐在上面的，这个长着两颗白眼珠的东西竟然是驮着他的坐骑！

而另一个我们熟悉的面孔下面却支撑着一个我曾经见过的身体，后面拖着长长的尾巴，四足着地，亦步亦趋地跟在后面。他原先的名字叫作韩成殊！

紧随其后的就是人面怪兽，只不过它们的面孔看起来都极为陌生，我一个也不认识。这支队伍浩浩荡荡，成员约有上百个。

在我们失散的这段时间里，他们两人到底发生了什么事我不得而知，但从现在的情势来看，这两位显然已经加入到了和我们完全对立的阵营当中，对方正在利用他们一个个清理我们这几个幸存的闯入者，由于某种需要，摩纳法师成为首当其冲的清理对象。

我无法判断陆华是在登上这块陆地后变节的，还是一开始就是混进我们队伍中的奸细。而我最想知道的是白枫的下落，曾经和陆华在一起的白枫现在何处？

以我们三个人四只手的力量显然不是这群怪物的对手，但我真的有点忍耐不住了。我很想一下子跳出来，指着陆华的鼻子向这位曾经的刑警大队长厉声质问。

摩纳法师显然看出了我的意图,他冲我摇了摇头。这实在是毫无胜算的一场仗。

本想等他们走过去后再作计较，可有件事情的发生却令我们不得不孤注一掷地冲了出去。

在陆华就要从我们身边走过去的时候，对面突然有几条黑影快速地“飞”了过来，并停在了陆华面前。

我向那几个黑影瞥了一眼，心里暗叫一声糟糕。我看得很清楚，它们就是在山洞里将那群骷髅人驱赶得走投无路的人面兽，而它们手中就拿着一条我们赖以逃出生天的绳索。

我暗自后悔自己的疏忽，爬出山洞后，竟然忘记了将绳子这么明显的痕迹收拾干净。

那几个人面兽其中的一个叽里呱啦地向陆华说了些什么，陆华疑惑地向韩成殊看去，韩成殊说道："这是它们从血洞的出口处发现的，摩纳法师很可能逃出血洞了！"

陆华惊哦了一声，低着头陷入了沉思。再度抬起头来的时候，他脸上竟是兴高采烈的表情，口气也变得轻松起来："看来我们的准备有点多余。我刚才还在头疼如果那群骷髅阴兵被逼无奈，孤注一掷的话，单凭我们这点力量，恐怕控制不住局面，现在看来完全不用担心了，就算他真的已经达到不寂不灭的境界，也不可能在这么短的时间内逃出多远的，他一定还在这片林子里，我们马上展开搜索。"

陆华俨然成为了这群怪物的首领。他命令一下，韩成殊又用叽里呱啦的言语说了一通，这群人面兽就立即四下散开，开始搜山。

这群怪物的行动速度很快，而且动作敏捷，它们从地上跳起来，像猿猴一样上了树，在枝桠间飞快地跳来跳去。

我们和它们离得并不远，而且我们藏身的地方只是在一株稍微粗壮点的果树后面，并不隐蔽，要想瞒天过海简直不可能，迟早会被发现的。

我向摩纳法师身边靠了靠，低声问他："大师，怎么办？"

摩纳法师一脸平静地对我和艾维洛兹说道："你们藏在这里别出来，他们要找的人是我。"

我刚想出声阻止，这位老者已经像风一样闪了出去，飞快地向远离我们的方向跑去。

这是第二次了。第一次是在睡梦中，摩纳法师舍命救护我们逃出丛林，而这一次，他又担当了同样的角色，作为一枚引蛇出洞的棋子，把自己抛进了茫茫林海。

不一会儿，它们就发现了摩纳法师的形迹，林中响起了尖细而单调的招呼声，像是吹起的口哨。更多的人面兽向摩纳法师逃去的方向追去。

我焦躁不安地等了一会儿，然后向艾维洛兹看了一眼，他也正用警惕的目光打量着我。我向他报以一个友善的微笑，就矮着身子向骑在"多脚章鱼"上的陆华掩过去。

我已经打定了一个主意，既然陆华现在成为了这群人面兽的首领，我只要能将他制住，不但可以帮到法师，或许还能打听出白枫的下落。这是一举两得的事情，不过如果这个计划失败了，我就只能听天由命，任由对方宰割了。

我借着他们追捕摩纳法师的机会，在果树之间来回转移着身体。我想如果我能靠近到距离陆华四五米的地方，就能借助一跃而起的力量扑到他身上，至于是我将他制服，还是被他弄断另一条胳膊，就只能看自己的造化了。

为了避开韩成殊不必要的纠缠，我选择了在他背后下手。我一步步小心翼翼地靠近了陆华。还好，这家伙正在兴致勃勃地向一边张望，给了我乘虚而入的机会。

于是我在离他接近十米的地方飞奔起来。等陆华和韩成殊听到声音转头看我时，我的身体已经跃到了半空中。

面对惊讶不已的陆华和犹疑不定的韩成殊，我没有大声叫喊，这不单单是因为怕惊扰更多的人面兽围过来，是因为面对两个叛徒没有什么好说的。相比于义愤填膺地怒斥一顿，还不如狠狠地为他们脸上留下耻辱的印记来得更为实际有用。

应该说，作为探险家的陆华远远没有作为刑警大队长的陆华反应灵敏。我从半路上突然杀出，确实吓了这家伙一大跳。他惊慌失措，很想从自己的坐骑上跳下来闪躲，却只是左右看了看，浑然忘了应该从哪个方向跳下地来。

眼看在我就要一把搂住陆华脖子的时候，那个驮着他的不知道是人是怪的长满触手的“章鱼”突然从中间插了一杠子，一根手臂粗细的触手敏捷地翻转上来，拦腰缠住了我，并顺着我扑击的力道将我远远地甩了出去，像扔一块石头。

我重重地摔在地上。很不幸，我的伤臂首先接触到了地面，清晰地听到咯的一声响，剧烈的疼痛差点使我晕过去，好不容易接上的断臂再一次错位了。我想，这条胳膊恐怕真的要报废了。

我在地上来回翻滚了几下，才颤颤巍巍地站起来，但这时已被五六个人面兽紧紧围住，我已经没有任何机会了。

我低头看了一眼自己抖成筛糠的手臂，它弯成了一个S形，白森森的骨茬子从肉里戳了出来。我嘿嘿苦笑了两声。

“还是把他扔进血洞，和艾维洛兹一样，让他自生自灭吧！”韩成殊提议道。

在我们这一行十几个人中，唯独一个让我几乎忽视的人就是韩成殊，我既不讨厌他，也不可怜他，更不会敬重他。所以对他的恶毒提议我都装着没听见。

我盯着陆华，平静地问道：“白枫呢？”

陆华皱着眉头盯视着我，脸上的表情异常古怪，是兴奋还是失望，是关心还是幸灾乐祸，好像都有，又好像都不是。他低沉着声音反问我：“想见到她吗？”

“当然！”我不假思索。

“可以。”陆华答应了我的请求，只不过附加了一个条件，“你们都不许动他，让我来……只要你能过得了我这一关，我就带你去见她，或者，带你的尸体去见她。”

他说着就从“章鱼”上跳了下来，缓慢地向我走来。

一场期盼已久的战斗终于要上演了。我和陆华将为同一个女人展开你死我活的较量。尽管我已经快死了半截，没有丝毫胜算，但我想自己会奋战到底的，这不光是为了白枫，也是为了我自己，为了一个男人的尊严。

四

陆华走到离我三米远的地方，像一个古代的剑客一样镇定地站在我对面，平视着我。我却瞪视着他。

“为什么？”我问。

陆华冲我苦涩地一笑，说：“我也不想这样做，但我是有苦衷的。”

“什么苦衷？”我把眼神从他脸上移开，向他身后那两个长着人类脸孔的怪兽扫了一眼，它们就像是两个摆设，一动不动地站在那里。

陆华轻轻地摇摇头：“对不起，这个我不能告诉你，但我可以向你保证的是，我并未伤害过白枫。自从我第一次见到她，我就发过誓，无论如何，我都会用自己的生命来保护她的安全，可惜……”

“可惜什么？”我微微一惊，从他话中我好像听出了不祥的意味。

陆华像是有难言之隐，他抚摸了一下自己的额头，说：“可惜……以后我可能无法再保护她了，可惜你也不可能再见到她了。”

陆华的这番话透着蹊跷。他说自己并未伤害过白枫，但又说自己不可能再保护她，还说我不可能再见到她，他或许想对我说些什么，但可惜我却参悟不透其中的意思。

“哦，它们回来了！”只听韩成殊兴奋地叫起来，他抬起头向我身后张望着。

我转过头，就看到不远处正走来一群人面兽，在它们前面，摩纳法师正平静地向我走来。

糟糕！没想到摩纳法师也落在了他们手中。

法师走到我身边，看到我时微微一怔，脸上浮现出一股愕然，继而苦笑一声。

“好吧！”我转过了头，正视着陆华，慢慢说道，“无论你有任何苦衷，我们这场对决都是不可避免的，这不只是为白枫，也为了生存。”

陆华表情凝重地点了点头：“是的，你说得没错，即便是我们还站在一起，这场争斗也在所难免，既然如此，倒不如尽早解决的好。”他微微停顿了一下，续道，“不过，如果你这样和我对决的话，你根本就没有任何取胜的希望，咱们还是公平一些，先把你的断臂接好吧！”

确实，我断臂上传来的疼痛已经让我有点支持不住了，额头上一阵阵地冒虚汗，浑身发抖。

陆华指了指自己，意思是问我是否允许他帮我一把，我没有理他，而是把头转向了摩纳法师。

陆华伸手向那群押解法师的人面兽示意了一下。法师走过来，单手扣在了我弯曲的手臂折断处，飞快地一扭。就在我感到眼冒金星的刹那间，手臂已经恢复原状。摩纳法师又飞快地为我点了几处穴道，而后念了一句“阿弥陀佛”，就退回了原处。

我转过头，对陆华说：“好了，现在我们可以开始了！”

陆华静静地点了点头，身体蓦然一动，像一头豹子似的向我蹿了过来。

我看着他气势汹汹地向我撞过来，只等他离我不到半米的时候，才蓦然一侧身子，让过了他的来势，伸出一只脚轻轻一勾，将他摔出老远。

陆华被摔了个灰头土脸，站起来后向两边甩了甩头，再一次向我冲过来。

看起来陆华像是一个孔武有力的莽夫，硬冲硬撞，但我却知道这一次我只能改变策略，等他身体再度靠近了时，突然飞起一脚，往他脖子上狠狠踹去。

陆华果然有所防备，他在我腾身而起的时候，突然刹住了身子，双手往胸前一迎，一下子攥住了我的脚踝，并扭身将我甩了出去。

我在落地的时候用仅剩的那只胳膊一撑，来了一个车滚翻，双脚牢牢地站在了地上。可这时陆华像一只扑下来的雄鹰，飞脚向我踢了过来。

我来不及应付，只好顺势向一边一闪，想先躲过这一招再说。可陆华的应变速度也是极快，刚看到我闪身，已经在空中扭了个身，前面那只脚贴着我的脸颊擦了过去，后面那条腿却变直为曲，一下子勾住了我的脖子，将我猛然掀翻在地。

我滚了两下，还没等站起来，陆华又紧随而至，并用膝盖抵在我胸脯上，抡开双拳，在我下颌骨上左右开弓，来来回回猛击四下，我感觉呼吸为之一滞，脑子就失去了意识，这下，我是毫无悬念地彻底惨败了。

五

我醒了过来。却不知道自己身处何处。

被陆华暴打过的下颌肿起老高，我伸手摸了摸，像生了一个大肉瘤。

其实这正是我想要的结果。在听到陆华那些欲言又止的话后，我就打算用苦肉计先混进来再说，正好那时摩纳法师就在身边，凭着他高强的功夫修为，用点穴的方法帮我闭住气并不是什么难事，再加上陆华这四下重击，我想当时自己暴死的假象一定演得很到位。

当然，这有个前提，那就是陆华的意图和我一样，还要在不知不觉中让置身事外的摩纳法师领会我们的意思。应该说，这件事我们做得很完美，在我转身向这位铁打一样的老僧人使眼色的时候，他很快就明白了我的意思，为这个假象加重了一个不可或缺的砝码。

虽然这很值得庆幸，可有一个问题却是现在必须搞清楚的，那就是，我现在到底置身何处？

睁眼看去，四周漆黑一团，触手处是湿漉漉硬邦邦的石头，这和韩成殊口中的血洞，我曾经拼命逃出来的地方极为相似。这令我心里一阵失落，难道，在我假死的这段时间里，自己又被人当成尸首丢进了血洞里？

我感到有点口干，张开嘴嘶哑地问了一句：“有人吗？”

黑暗中响起了笃笃的脚步声，像是骷髅人发出的一样。

有什么东西停在了我面前，并靠近了我，朦胧中我看到一双闪着兽性的眼睛，然后一阵似是而非的阴冷声音：“不许说话！”

我吓了一跳，身子不由自主地向后挪去，却一下子顶在了一根手臂粗细的木柱上，碰出咚的一声响。可我也恍惚看清楚了眼前这个东西的大体轮廓。它是一个长着一张满是皱纹的老人脸孔的人面兽，除了脸上之外，浑身上下都披着毛茸茸的灰毛。

“你是谁？”我压低了声音问。

它没有再向我靠近，只是举起它毛茸茸的手掌，把一个东西交到我手中。

那是一颗重新粘合的黑珍珠，有玻璃球一样大小，上面连接着一根金黄色的链子。

这东西对我来说太熟悉了，因为这正是我费了好几个晚上的工夫重新把它粘合起来的。是的，这就是那颗数月前差一点要了白枫性命的黑珍珠。在那种五五组合的外星虫子将它钻开之后就落到我手中。在将金冠湖中的外星入侵者重新送回老家后，我将它重新粘合在了一块，并在里面藏了一滴自己的鲜血，把它重新挂到了白枫的脖子上。

在我的生命中并不是随处都能见到浪漫，而那一次，在几乎失去了白枫之后，我突然想浪漫一把。在我把它挂回白枫脖子上的时候，我还曾经动情地说过一段每曾想起都会令自己感到脸红的话：亲爱的，我在里面滴了一滴自己的鲜血，这代表我将用自己的生命来呵护你，爱你！请你一定不要将它摘下来，因为你丢掉的不是一根项链，而是我的命！

可是现在，这颗我浇灌了自己生命的项链又重新回到了我手中，由一个丑陋的人面兽交给了我。

这是不是一件很令人伤感的事情？

我就是一个敏感的人，而且还多疑，可我不愿意把它往坏了去想，我现在只想在伤感的可能之外，是不是还有令人鼓舞的理由。

如果白枫不方便见我，或者说她现在并不是完全自由，那么，她会不会把一件自己很看重的东西留给我，向我传递消息？

这不是没有可能，而是完全有可能。虽然她将我送她的东西还给我似乎带着很不祥的意味，似乎在告诉我，她和我缘分已尽，但我宁愿相信她是想以此来慰藉我，或者向我求救，可是，为什么会是一个人面兽将它交到我手里呢？

我瞥了一眼这个人面兽，将珍珠项链塞进自己胸口的衣兜里，压低了声音问：“你到底是谁？”

老怪物咧开嘴，露出稀疏肮脏的牙齿，做了一个笑的模样，看得我起了一身白毛汗。

它指了指我胸口，然后匍匐在地，做出一副无比恭敬的样子，撅着屁股磕了几个头，脑袋和地面碰触出咚咚的声音。

或许是它使用人类语言的能力很差，所以干脆用更简捷的肢体语言向我表明自己的身份。这个举动虽不能使我清楚它是谁，可至少表明，对于白枫，它奉如天神，因此对我并无恶意。

“这里是什么地方？”我大体明白了它的身份之后，又问道。

老兽人睁着一双苦恼的人眼看了看我，突然站起身，用如同人手一样的前肢狠狠捶了一下自己的胸脯，然后咚的一声栽倒在地，如同死了一样翻着白眼珠。它回头看我明白了它的意思，就又站了起来，弯下腰，用两个前肢在它刚刚趴着的地方向虚空中一抓，像是抬起什么东西一样，狠狠地往一边一丢，继而又重新躺在地上，骨碌碌翻了两个滚，横在我的脚下。

我看着它滑稽的表演，微微一笑，总算明白了它的意思。

这里应该是一个类似坟地的地方，所有死亡的人面兽都会被丢在这里，但至于是任凭尸体自然消亡还是等待其他处理措施，就不得而知了。

可以看出，我确实是被这群人面兽当成了尸体进行处理，应该说我的演技还不错。

但是，我来到这里是为了打探白枫的下落，而不是让它们把我当尸体一样丢掉，而且，这也无法解释那颗珍珠的来历。于是我只好将手在胸口按了按，又问出一个问题：“这根项链你是从哪里得来的？”

老兽人从地上骨碌一下跳起来，突然扑过来将我一把按倒在地，并用带着利爪的毛茸茸前掌在我脸上抹了一把，示意我闭上眼睛。

如果闭上眼睛，就看不到它的精彩表演了，所以我只有苦笑着迷小了眼睛看着它。

老兽人走过来拽着我肩头的衣服像拖一具死尸一样在地上将我向前拖了两步，然后站起来，朝一边的黑暗中匍匐下跪，重新站起身后，背着手一瘸一拐地走到我身边，用一种伤痛的眼神俯瞰着我，接着半跪在我身边，抱起我的脑袋。

现在他的丑脸离我近在咫尺，我对他的狰狞面孔看得愈加清晰，那上面的皱纹层层叠叠的像是能夹死蚂蚁，厚唇两边有两根獠牙探出指甲长短，只不过一根已经从中间断掉了，鼻子里喷出的腥气差一点将我熏晕过去。

老兽人就这么抱着我的脑袋端详了半天，突然将我的头向怀里抱了抱，一张臭脸慢慢地伏了下来。

我突然意识到它想要做什么，赶紧伸手想要阻止它，可这位“表演欲望”十分强的老家伙好像已经入戏了，它伸出一条前肢将我伸出的手臂紧紧圈住，另一条前肢更是不顾我的拼力挣扎，将我的脑袋死死地箍住，咧着嘴探下了头。

这下我的眼睛终于很不情愿地闭上了。我无心再欣赏它动情的表演，为了保险起见，我连嘴巴也紧紧地闭住了。

感觉嘴唇被两根软绵绵的香肠碰了一下，那根断了的獠牙更是刮得我脸颊生疼。

老家伙不管我的死活“强吻”了后，终于“心满意足”地放开了我，然后做了一个在脖子上摘项链的动作，并把那个完全不存在的东西挂到了我脖子上。

我已经明白了事情的全过程，但老兽人的表演还未结束，只见它蹲在地上做了一个极其古怪的动作。

它依然半蹲着身子，脸朝我，只是微微闭了闭眼睛，然后站起身，用一只毛茸茸的前掌从刚才自己蹲着的位置扯住了什么东西向一边拉扯，然后往离这里五六米远的地方扯去，在空中画了一个弧线，落在那里的黑暗中，最后自己又跪在那里，用双手恭敬地从虚空中捧着什么东西放在自己胸脯上，抬起头，用熠熠放光的眼睛瞧着我。

应该说，这位老兽人的肢体表演十分到位，从白枫一瘸一拐的走姿（白枫腿骨折断的事我早已经知道），到看到我身亡后那种悲痛欲绝的表情，表现得都十分逼真，但这个动作却令我摸不着头脑。

按照它的意思，应该是白枫给了它什么东西，而且这个东西还是可以自己在空中飞行的，在白枫跪在我身边的时候，这个东西就自己飞到了它身上，并令这位丑陋的老兽人感激涕零。

可是，这个东西会是什么呢？

它可能已经看出了我的疑惑，往一个地方指了指。

我还是不明白，只好问道：“去哪？”

老兽人用前掌团了一个圈，然后对着这个圈用同样恭敬的姿势跪下来磕头。

我突然好像明白了它的意思，似乎是在说，它要带我到一个山洞，在那里，我可以见到白枫。

那这还有什么好犹豫的？我赶紧让它前面带路。

它拉着我向一边的黑暗中跑去。我被它拉着踉踉跄跄地走了十几步远，就看到了五个十字架一样的木桩和四个已经被绑在木桩上的生物。

那四个看起来依然是人面兽，只不过被牢牢地绑着，身上光秃秃的没有一点皮毛。

这四个赤条条的东西被绑在木桩上，摆成一个耶稣受难的姿势，它们赤裸的身体可以看出，这些全都是雄性，一个个都目光安详地看着我，不言不动。我靠近了才看清楚，这些兽人的嘴巴都用什么黏东西粘在了一起，两根弯曲的獠牙从紧紧闭合的嘴角处伸出来。

老兽人向那个还空着的十字木桩指了指，冲我点了点头。

我终于明白了它的意思，这根空着的木桩原来是为我准备的，我要像它们一样被赤条条地绑在上面。

我下意识地摇了摇头，身不由己地向后倒退着。

但老兽人已经一把抓住了我的手，满目狰狞地逼视着我，用另一只手朝空中虚抓了一把，再次放在胸口，然后指了指我，又指了指那根木桩。

我满腹疑问，它难道是在告诉我，这个安排完全是白枫的意思？

突然，那个无比恐怖的噩梦再一次袭上心头，记得在那个梦中，我也是被绑在了十字架形状的木桩上，任凭白枫一块一块地割下我身上的肉！

难道，梦中的情景要在现实中发生？

我很想挣脱老兽人的抓握仓皇逃命，可是它好像也发了狠，连前掌上的利爪都伸了出来，刺进了我的肌肉里。此时它的面孔也变得无比狰狞，它用另一只手重复做着那个向空中虚抓的动作，然后狠狠地敲在胸脯上，反手掐住了我的脖子，用疑问的眼睛盯着我。

我又开始窒息了，并且眼冒金星，我想如果我不答应，可能很快就会再次晕过去，只好勉强点了点头。如果那个梦中的惨剧会真实发生，我想自己也一定会不惜撕破嘴唇，用鲜血质问白枫为什么要这么折磨我。

接下来我完全变成了一个木偶，听任凶巴巴的老兽人的摆布。它先把我身上破烂不堪的衣服剥了个干净，并用冰凉的清水从头浇到脚底，然后又迫使我咬住两根还残留着血丝的獠牙，又用一种黏性很强的液体把嘴唇完全封闭了起来，把我的双臂用一根粗绳牢牢绑在木棍上，像是一只等待开膛破腹的野兔。因为我的头发比较短，它还把一个带着长发的头皮粘在我头上，我只能从乱发的缝隙中看外面的世界。这还没有完，不知道这个老畜生从哪里又弄来一根如同腊肠一样的尾巴，将它粘在了我的尾骨上。估计现在就是白枫出现在我面前，也一定不会认出来。

等一切收拾完毕，它像是突然又想起了什么，从被丢在地上的我那摊烂衣服中找到那根珍珠项链，将它仔细地盘在我被乱发完全遮住的耳朵上。

最后，老人满意地发出一阵怪笑，一边端详着自己的“杰作”，一边撮起厚唇，发出一阵凄厉的尖叫。这之后它就俯下身，用四足着地，一动不动地站在我们面前等待着什么。

不一会儿，有杂乱的脚步声响起，有人举着火把带着五个人面兽走了进来。

突然到来的光明使我一下子瞧清楚了这里的情景。这里依然是个山洞，只不过比较浅，我们所在的位置已经是山洞的头上。四周的地上层层叠叠地堆满了尸首和一副副白森森的骨架，一堆堆切好的肉块被分门别类地摆放着，在这些东西的不远处是被剥下来的毛皮。

我完全能想到这些尸体被分解后的用途，皮毛大约会用来做被褥，完整的骨架会被丢入血洞，而那些被切割好的尸体的用途就更不用说了，这令我感到无比恶心，要不是嘴巴给紧紧封住了，估计马上就会吐出来。

这些人面兽虽然长着一张人类的面孔，有着丝毫不比人类逊色的智慧，但依然脱不了茹毛饮血的禽兽本性。

在我想着这些的时候，身子已经开始移动，有一个人面兽走到我身后，我只觉得身体向前倾了倾，被推着往前走。原来这根木桩竖立在一个如同囚车一样的小车上，我就要被推赴刑场。

直到被推出了这个洞穴，见到了一幅完全陌生又奇诡无比的兽人生活图景，还有一个问题我依然想不通：难道陆华苦心暗示我做一个死亡的假象，目的就是为了将我绑赴刑场吗？如果是这样的话，他这么做的目的又是什么呢？

第二十二章

怪脸生物

一

那些人面兽生活的地方是一个峡谷，大约处在那座中心山脉的半山腰的位置。南面被陡峭的高山完全遮住了阳光，使得这里十分阴冷，而山谷的另外三面却是由灰白色的石灰岩层组成的“围墙”，高度超过了一百米。我置身其中，只能看到一片三角形的天空，看不到一缕阳光。那三面石灰岩壁上像蜂巢一样布满了大大小小的石洞，有些形状规整，估计是外力开凿的，而另外绝大部分却都奇形怪状，看得我心惊肉跳。

聚集在山谷中的人面兽大约得有上千之众，放眼望去，全是黑压压的四足怪物，扬着一颗颗长发飘飘的人类脑袋，说不出的怪异。

这个山谷的面积很大，即便是这些人面兽的数量再增加十倍并全部整齐划一地排列在山谷中，依然绰绰有余。

从山谷中各种各样的石质设施来看，这里已经被打造成了一座坚固的城堡，三面石灰岩围成的墙壁顶端都有用木头搭建起的瞭望台，许多卫兵在上面来回巡逻着。

山谷被刻意划分成了三块大的区域，左面是练兵场，许多精壮的士兵正在那里捉对训练，不过它们的训练实在太过于逼真，完全是充满血腥的杀戮——它们彼此用尖牙利爪攻击着对方，直到其中的一个伤痕累累地倒伏在地，另一个才尖叫着漫步到一边休息。当然，这些长着人类脑袋的家伙也并非完全赤手空拳，它们有属于自己的武器，那是一种状如长矛的削尖了的树枝，斜背在背上。每当攻击的时候它们就会像人般立起，用一条灵活的前臂将长矛投掷出去，和人类投掷长矛的动作极为相似。不过这些人面兽的体力非常强，它们可以将长矛投出两百多米远，并能将它插进灰白色的石灰岩壁。

谷中靠右的地方是生活区，有许多年老的人面兽正在逗引年幼的小崽子玩耍。从这些小崽子光滑的肢体和笨拙的爬行动作来看，它们并不像其他兽类一样天生长毛，也不是一生下来就用四条腿走路，它们好像更习惯于用两条后腿直立行走，这要比它们四足着地容易得多。每当有小崽子从地上站起来，躺在它们身边的年老看护员就会冲过去用头将它们重新掀翻在地，迫使它们练习这个动作。除了这些之外，这里还有垒起来的高塔状的建筑，像煤窑一样，上面烟气腾腾，我能嗅到烤肉的香气，估计是做饭用的灶台。其他用石块垒起的建筑都是奇形怪状的，我一时瞧不出做什么用途。

在我的正前方，留有一块空旷的区域，在这块区域的尽头就是高高耸立的中央山脉，而中间位置则是一眼幽深的石洞，黑黢黢的看不到尽头，不知道通向哪里。

这里应该是一片禁区，因为山洞周围的石墙上悬挂着许多像人体一样的骨架——但我无法确定那是不是人体骨骼，因为在它们身体后面好像还拖着一截尾巴状的节骨。这些人体骨骼排成一朵五瓣梅花的形状，将洞口围在中心。我特意数了一下，每一瓣梅花形状都由六副完整的“人体”骨架围成，也就是说这个石洞被三十副完整的枯骨围拢在中间。

山洞前面是一片清澈的小池塘，水平如镜，幽深清澈，正好将石洞和白骨映射出来，组成一幅阴森而诡异的画面。

池塘并不大，和整个山谷比起来，简直不值一提，但它的地位显然十分重要，因为在它周围，是用层层叠叠的头骨紧密垒砌的一圈矮墙，面孔朝外，脑袋朝后，看起来相当恐怖。

池塘中的水十分清澈，但却看不到底，我怀疑里面可能隐藏着某种被这支人面兽族视为圣物的水生生物。但水面一直很平静，没有看到什么怪异生物游弋的影子。

当然，山谷中除了占绝对统治地位的人面兽之外还有其他物种，其中有一种鸟类，羽毛的颜色如同乌鸦一样漆黑，却比乌鸦大了好几倍，而且嘴巴像是两个挂钩一样，从喙的中间位置分为两半，向两边斜分开。它们从半空中掠过，钻进那些数不清的石洞中，和黑暗融为一体。这里还有一种宠物，既不像猫也不像狗，我根本就叫不上名字……

整个山谷给我的感觉就是光怪陆离，我好像到了一个外星球，置身于一群外星生物中间。

从这里森严戒备的状况来看，这座中央山脉中应该并不止生存着人面兽这一种生物。不过，这还有另外一种可能，那就是这里的世界和我们人类世界一样充满了侵略和战争，不同的人面兽之间由于争夺领地而相互攻伐，大肆杀戮。

当我们五个“人”被五花大绑地推出来后，热闹的山谷一下子寂静了下来，所有人面兽都暂时放下了手头的工作，将注意力集中到我们身上。这使我感到很害臊。成年后的我，从来不曾这么赤条条地暴露在光天化日之下。不过值得庆幸的是，这些“观众”可能对此已经司空见惯了，从它们的表情中我没有看到一点嘲笑的意味，相反，它们每一个都满脸肃穆，眼神中竟然装满了希望和兴奋。

前方的兽群给我们让出了一条笔直的大路，一直通向那条幽深的看不到头的石洞。

我们的目的地就在那里，只不过我不清楚自己会在洞外被处决还是被推进石洞让黑暗吞噬。

当我的身体进入那片空地的时候，脑子里突然生出一种被窥觑的异样感觉，好像有一双眼睛从洞里冷森森地睁开了，自己无可遁形地暴露在它面前，包括我的内心。我感到一阵晕眩，心跳也不由自主地加快了。

可这毕竟只是一种感觉，其实石洞里并没有什么东西探出头来，或许是那个池塘给了我这种错觉。

那些人面兽在我们身后堵上了那条大道，我已经没有了退路，它们朝这里涌过来，停在了那片空地之外，远远地看着我们。

等我接近那个小池塘的时候，情不自禁地向里面瞧了一眼，也就在我眼睛刚刚和水面接触的一刹那，平静的水面上突然毫无来由地起了一阵涟漪，从水面中心向四周扩散，如同一只眼睛突然眨了一下，这令我的内心又跟着颤动了一下。

这一回我完全可以确定这个石洞以及这个池塘非同一般，当人类的第六感接二连三地感应到某种异样的时候，那说明肯定有不平常的东西存在。

不知道为什么，它们没有绕开池塘从一边将我们推过去，而是停在了池塘边，然后朝着洞口匍匐在地，无比虔诚地叩拜起来。

这是我第二次见到这个动作。第一次是那个老兽人向我描述见到白枫时做出过这个举动，而这一次是面对幽深的石洞。

这令我不得不重新打量这个黑黢黢的石洞，我甚至怀疑白枫就在里面，或者在这些怪兽恭敬地朝拜过之后，她就会从黑暗中闪出来，俏生生地出现在我面前。但很可惜，没有。

这时候，那些人面兽却开始动了。打头的那个慢慢将用石球和石板组合而成的平板车推入了池塘中。

更为诡异的场景接着发生了。

我本以为车子会扑通一声掉进水里，然后从深水中突然伸出一只诸如触手一样的东西一下子将它卷进去。可是没有，水中什么东西都没有冒出来，水面上甚至连一丁点涟漪都没有，但小车却好像被一只看不见的巨大手掌托着，平平稳稳地从离水面一尺多高的空中飘了过去。

一切发生得十分平静，就像飞碟悬浮在空中一样无声无息。

我彻底惊呆了。如果说我先前的感觉都是受到了那些先入为主的白骨的诱导而产生的错觉的话，那这一次，不可思议的事情却真实地发生在我面前。一个完全由石头组合成的小车加上一个被剥了皮的人面兽，就这样平平稳稳地从池塘上面飘了过去。

但更令我吃惊的事情，是当这辆石车稳地落在对面后，那个推着小车的人面兽突然伸出两只硕大的前掌，将蜷缩在皮肉里的利爪完全伸展出来，面朝着石洞，毫不犹豫地抬手插进了自己的脖子，并在还未断气的一刹那，利爪利索地在颈部一切，一颗圆滚滚的脑袋就应声落进了池塘中，激起一圈大大的涟漪，向四周慢慢扩散。

远处的兽群中发出一阵尖叫。虽然我不懂它们的语言，但能听出那不是惊呼，而是欢呼，一种发自肺腑的欢呼声。

接着第二辆小车跟着飞了过去，第二颗头颅也紧随其后落入水中，接着是第三个……

我是在最后面，眼看着这一幕幕血淋淋的场面重复发生，我似乎隐约明白了它们这样做的原因。

如果你曾见过一些人类先民遗留下来的描绘当时祭祀场景的壁画，大约会明白现在发生的事情的。如果把飘过池塘看作一种神灵检验的仪式，那割下自己的头颅应该就是一种庆祝。在尚处于原始状态的民族看来，死亡并不是一种生命的结束，恰恰相反，它们认为这是一种回归，是一件值得庆贺的事情，而在它们朴素的观念里，神灵也喜欢鲜血，杀戮并不代表残忍。

我现在看到的情景大约与此类似。我们无论是作为祭品或者别的什么被送给山洞中的“神灵”享用，那么送祭的人就要用自己的死亡来换取宽恕，因为它们触犯了“神灵”的禁忌，闯入了完全不属于它们的领地，只有用自己的鲜血才能换取灵魂的解脱。

可这样做并非万无一失，第四个就发生了意外。在它飘浮到池塘之间的时候，那股托力突然消失了，那个小车在空中晃动了一下，突然翻转了过来，连车带“人”一起落入水中。

兽群中发出一阵惊呼声，就在这阵惊呼还未完全消散的时候，那个已经掉入池塘的兽人重新回到了岸上，回到我所置身的这一边。

我曾经领教过人面兽快如风急如电的行动能力，所以对此并未感到如何惊诧。令我感到好奇的是，这个被“神灵”淘汰的家伙会落一个怎样的下场？

不用等多久，答案就揭晓了。那个负责送它的人面兽突然暴怒起来，十根利爪全部伸了出来，然后我只看到它面前腾起一阵虚幻的叠影，等停止下来后，这个被剥得赤条条的人面兽已经只剩下一副完整的骨架。送祭者也耷拉着脑袋，黯然退回到了兽群中。

我亲眼目睹了剔肉刮骨的全过程，紧张极了，因为第四个结束之后就轮到了我，我是第五个。

我原先一直想逃脱这种任人宰割的被动命运，可现在我希望自己能平安飘过去,因为退回来的命运更加凄惨,虽然被成功送过去也只不过是苟延残喘一时半刻。

二

在担惊受怕中，载着我的车子开始移动了，那个强壮的人面兽用两根前肢将小车抬离了地面，就像往前推一条漂在水面上的小木舟一样将我往前推了一下。我只觉得自己像是置身于气垫上，连同脚下的小车都在空中一浮一沉地开始了这段短暂但却无比惊心动魄的旅程。

我低头向下看去，清澈的潭水中映出了我那张连自己都感到陌生的脸孔。但水面上除了这张丑陋肮脏的脸孔和那块黑乌乌的小车倒影之外，什么东西也没有。我能感觉到这种托力柔中带刚的力道，却半点也看不出它的发源。

真是谢天谢地，在我心中念了无数遍的阿弥陀佛的佑护下，这场惊险的短暂旅程终于宣告结束，小车平稳地飞越了池塘，我也依然结结实实地绑在木桩上。

隔着水潭，我清晰地看到将我推过来的人面兽干净利索地将自己的头颅丢进水潭里。

随着我的安全“着陆”，围观的兽群逐渐散去，偌大一个区域就只剩下了我们四个被绑着的人。它们三个的喘息声都很均匀，我吃力地扭着头看了看，它们脸上都很平静，目光低垂，心平气和地等待着，但我却不知道它们在等待什么。

随着时间的流逝，我苦苦思索的大脑终于在未取得任何进展的苦闷中渐渐模糊了起来，不知不觉中我进入了梦乡。

当我再度睁开眼睛的时候已经是夜幕降临，辽阔的山谷被黑夜所遮盖——连同那些稀奇古怪的生物。

现在可以确定这群长着人类面孔的兽族是穴居生物。随着夜幕的降临，它们都钻进了那一个个幽深的石洞里，只留下站在高处放哨的几名哨兵。

山谷中的夜晚出奇的冷，没有只丝片缕遮掩的我感到寒冷难耐，浑身抖成了筛糠。我歪头瞧了瞧那三位仁兄，它们赤条条的身体隐隐闪烁着湿漉漉的柔光，那是因为没有了皮毛的掩护，体液外渗的结果。我想它们所承受的寒冷应该比我更甚，不过我并未看到它们做出任何颤抖的反应，更接近于死尸。

此时，我清楚地知道，我，异度侠，曾经无比自信的一个偏执狂，如今彻底变成了一具玩偶，但却不知道我的主人是谁。

在寒冷的夜里，我可怜巴巴地等待着这位“主人”的降临。

为了转移身体上难以忍受的寒冷，我开始回忆我“短暂”的一生……

就在我回忆自己的过往时，周围发生了某些不平常的变化。最先是有什么东西从空中掠过，发出一阵刺耳的声音，那不是羽翼带起的风声，也不是什么机器轰鸣的声音，而是什么生物发出来的叫声，我只能隐约地看到一个巨大的物体像乌云一样从夜空中迅速掠过，然后就听到了这声凄厉的叫声。

此时天色已经完全黑了下来，我无法看到那些放哨的人面兽做出了什么反应，但那种生物的体型明显要大过这些兽人好多倍，我估计它们正是这个兽群的天敌，那些卫兵放哨提防的就是它们。

这个生物掠过去半个小时后，我隐约听到了脚步声，嚓嚓地响，有什么东西走进了禁区，正在向我们靠近。

三

我以为是那些哨兵听到了叫声，过来查看这里的状况，但这个想法立即又被我否定了，因为我突然想到这里被整个兽群视为禁地，它们不敢贸然走进来。

于是我又想到可能是陆华，他在我履行了假死之约后过来救我。这令我有些兴奋，如果他真能冒死过来救我的话，我宁愿将自己遭受的这些折磨全部忘掉。

不一会儿，他就走进了我的视野，是一个人类的身影，而不是只长了一颗人类脑袋的四足动物。

我真想冲他大叫一声，可惜我的嘴巴已经被紧紧地粘了起来。

那个身影看起来很高大，用有条不紊的步伐向我走来，由于天太黑，我无法看清楚他的相貌。

在靠近那个池塘时，他并没有绕过来，而是助跑了几步，试图跳过来，像是一个顽皮的孩子。

他的这个动作令我很是失望，因为这个池塘少说也有七八米宽，如果不是运动健将，不可能凭借一跃之力跳过来，这说明这个黑影的智商并不高。可一转念，我又醒悟到自己的疏忽，既然我都能从池塘上面自由飞过，更别说已经相当熟悉环境的陆华了。

令我大跌眼镜的是，这个黑影在跳了两三米后，冲过来的势能已经用尽，竟然通的一声掉进了平静的水潭中。

这个黑影显然不大会游泳，在掉进去之后，居然发出一声响亮的惊呼声，这令我再度紧张起来，在这地方大呼小叫无异于自杀。他挣扎着往上爬，幸好这个池塘并不大，在他胡乱抓扯的时候居然扳住了岸边的骷髅头，十分笨拙地爬了上来，弄了满身的水，跟个落汤鸡一样。

他从地上一滑一跌地爬起来，站到了我眼前，我也将他那张脸孔辨认了出来。

这个人不是陆华，而是已经处于半疯癫状态的艾维洛兹。

我不知道这个疯子是怎样混进山谷却没有被发现的，我记得在我昏厥过去的时候，他还在树后面隐藏着，为什么会到了这里？

但无论如何这都是我的一个希望，虽然此时我嘴巴张不开，但身子还能扭动，鼻孔还能喘气，于是我使劲弄出了一些动静，又用鼻孔向外发出一个英语单词："Save……"

我发出的含糊声音居然引起了这个大侦探的注意。他惊奇地看着我，站在原地一动不动。

我晃动着下巴，示意他把我从木桩上解下来。

艾维洛兹好像明白了我的意思，点点头，目光从我脸上移开了，可接下来他没有采取行动，而是好像用心思索了一会儿，突然又抬起了头，幽深的眼睛中闪过一丝亮光。

我心里打了一个突。这种眼神我相当熟悉，那不是善意，而是一种将人恨入骨髓的凶光。直到这时，我才突然意识到一个既定的事实，此时的艾维洛兹已经神经错乱，他只记得令自己痴迷的梅尔小姐，和从他手中将梅尔小姐抢走的弗兰克，而且，弗兰克就是被绑在一根十字架上烧死的！

果然，艾维洛兹开始说话了："弗兰克，没想到我们在这里又见面了。我就知道你不会让我见到梅尔，你一定会百般阻挠，但我可以告诉你，我之所以漂洋过海来到这里，为的就是将梅尔带走，你能怎么样？"说完，他看着我嘿嘿笑起来。

我赶紧使劲摇了摇头，用鼻孔哼出一个模糊的英文单词："NO！"

"NO？"艾维洛兹歪着头打量着我，"我知道你会说NO，可惜你现在被绑在了十字架上，你不可能下来把我怎么样，你无法阻止我走进洞里，更无法阻止我将梅尔带走。"说到这里，他已经走到了我身后，我只感到后面粘连了半截尾巴的皮肤被扯得生疼。

"哦！"艾维洛兹嘲笑起来，"快来看啊，我们令人尊敬的贵族长出了一条尾巴，一条比绵羊还短的尾巴，哈哈，我想你不介意我帮你把它扯下来吧？"

于是，我便感到身后一阵疼痛，估计自己的皮肤已经给撕开了。

“看吧，快来看吧！这条丑陋的尾巴居然让你流血了。我想你一定不舍得失去它，不过，你不会把它看得比自己的命根子还宝贵吧？那只不过是一条尾巴。”

他从我身后转了出来，手里摇晃着那根血淋淋的东西，满脸讥讽地看着我。

接着，他从衣兜里拿出一把匕首，在我胸前作势要一下子刺进去，当我已经完全绝望时，他突然停了下来，一副恍然大悟的样子：“哦，现在还不是时候，我想等我把梅尔带回来的时候，我再当着她的面将这把刀插进你的心脏，你猜她会怎么样？”

我对这个疯子已经不抱一丝侥幸的希望，我只想他赶紧滚开，最好从我的面前永远消失，所以我只是恨恨地瞪着他。

突然，我看到在艾维洛兹背后，出现了几个恐怖而又熟悉的身影。

四

那是几具骷髅，无声无息地从黑暗中冒了出来，并缓缓地向艾维洛兹靠近。

我吃了一惊，摇晃着脑袋提醒着他。可艾维洛兹只是冷森森傻乎乎地看着我发笑。

那几具骷髅慢慢走近艾维洛兹，最前面的一个伸出白森森的枯手，向艾维洛兹抓去。

我眼看着那只枯手碰到了他，心里不由叹了口气，这个一心只想找回旧爱的可怜男人，恐怕要稀里糊涂地死在这里了。

艾维洛兹似乎也感觉到身后的异样，他转过了身，并一下待在了当地。

在艾维洛兹转过身的时候，不知道是由于恐惧还是出于本能，他居然踉跄地让开了那只枯手。

令我无比惊诧的是，这具骷髅并未继续向艾维洛兹扑去，而是将凉丝丝硬邦邦的爪子伸到了我身上，并顺着我的皮肤向上面滑行。

艾维洛兹终于从懵懂中反应过来，发出一声鬼哭狼嚎似的惊呼，连滚带爬地逃进了山洞。他的声音拖得很长，从洞里闷声闷气地传出来。

其实现在我的身体已经快被冻僵了，当那五根白森森的手指从我皮肤上缓缓滑过时，我只能隐约感觉到有冰冷的东西在上面“走”，却感觉不到骨头特有的那种不适。

它顺着我的胸脯向上滑到了我的脖子，并未在上面做任何停留，又继续滑过我的脸颊，直到我的头皮上，停在了那里。

我不知道他要干什么，但他的这个动作令我想起《射雕英雄传》中梅超风的成名绝技“九阴白骨爪”，据说她在修炼这种阴毒功夫的时候，就好像现在这个动作，然后一爪下去，就在别人脑门上留下五个黑窟窿。

实际上，在它将那只枯手按在我脑袋上的时候，我隐约感觉到有什么柔软的东西伸进了我的头颅内，但这个感觉也只是刹那间的事。等我想仔细确认的时候，这只枯手已经拿开了。

涌到我面前的骷髅越来越多， 不一会儿，我周围已经密密麻麻地站了许多骷髅，我恍然觉得又一次回到了那个恐怖的血洞。

然后，我感觉到自己的身体在慢慢移动，那些骷髅居然推起了小车，将我向洞中推去。

看来这个石洞中果然藏着怪物，它被人面兽奉为神明，能够役使一群白骨，这明显不是善类，我祈祷那不是白枫，虽然一切的迹象都在显示这种可能性。

石洞内无比昏暗，我隐约看到里面有东西在活动，却分辨不出它们的形状。而且里面也很潮湿，每隔数秒钟，就有水滴从上面滴落下来，啪嗒啪嗒地响，像是下起了小雨。我身上和头脸也滴了许多，黏糊糊的，透着一股腥气。

这个石洞非常古怪，不光是因为那种憋闷的气味和湿漉漉的感觉，而是它好像本身就是活的，我似乎能听到它悠长的喘息声，在一呼一吸之间，地面发出微微的颤动。

山洞极为幽深漫长，那些骷髅拉着我们四部小车在漆黑一团中不停地向前走，无声无息，我感觉可能我们已经走到了山腹。

沿途我没有再听到艾维洛兹的声音，不知道是他早已经跑得没影了，还是被什么东西抓住吃了。

越往里走，我感觉到越是异样，到后来我甚至想大声叫出来，耳边一阵紧过一阵地嗡鸣。我知道，藏在洞里的东西绝对不同寻常，或许整个大陆的秘密都藏在这个黏糊糊的洞里面。

估计过去了两个小时，我终于感觉到自己脚下的小车停了下来，那些恍恍惚惚的骨影也慢慢从我模糊的视野中消失了。

我睁大眼睛打量着周围，也倾听着四周的动静。这里静悄悄的，是那种极不正常的死寂。

过了一会儿，我似乎听到细小的嗞嗞声，就好像我们用舌头舔嘴唇时所发出的那种声音。

我惊恐地四处打量，但这里黑得太彻底了，我几乎变成了一个盲人，什么东西也看不到。

又过了几分钟，这种嗞嗞的声音变得强烈起来，像是有人正在用舌头舔我的耳朵，再然后，黑暗中隐约传来骨头碎裂的声音。

我大吃一惊，将眼睛睁到最大限度，并挣扎着伸头向声音的来处张望。

黑暗中，我隐约看到和我一同被推进石洞的一位同伴的身体正发出微微的颤抖，脖子也扭转成古怪的弧度，像是有什么东西扯着它的头发往地上拽一样。

我想骷髅人摸我们的脑袋和这种古怪的形状一定有很大的联系，或许，那些骷髅在我们脑袋上摸的这个东西，正是洞里的怪物所需要的。

此时我害怕到了极点，明知道自己不可能从束缚中解脱出来，还是忍不住开始了挣扎，断臂处的疼痛已经不重要了。

但这无济于事，那条紧绑的绳索依然牢牢地将我固定在木桩上，别说挣脱它，就是想使自己扭动的幅度大一点也没有可能。

危险在我不顾一切的挣扎中继续靠近，几分钟后，这种嗞嗞的声音已经离得很近。那个“同伴”的脖子被向下扯得变了形，杂乱的头发几乎耷拉到了地上，并不停地颤抖着。好像现在正有一只隐形的大手，抓住了它的脑袋向下死命拉扯。

接着，只听空气中荡起一阵令人心惊胆战的咯咯声，然后，那颗拖着长长乱发的头颅就变成一个被悬吊在空中没有任何支撑的皮球，在我眼前荡来荡去。它的脖子已经断掉了。

看到这一幕，我心里恐惧到了极点，像这样无声无息的死法真是很窝囊。我想在还能控制自己身体器官的时候，最后一次发出自己的声音。

所以我忍着嘴唇被撕裂开的痛苦狠狠地张开嘴巴，用被鲜血沾染得黏糊糊的嘴巴大叫起来：“救命啊！”

五

就在这时，那声嗞嗞的声音突然停顿了下来，与此同时，黑暗中突然有了亮光。

“快抓住它！”本来死气沉沉的山洞里突然发出一声清晰的声音，居然是我所熟悉的中文！

我向恍惚的光亮处看去，就见到有一条人影突然跳在了半空中，双臂死死地抱着一条比大腿还粗的东西，迅速缩进了山洞深处的黑暗中。

“快追！”又有人叫了一声，然后站在火把处的两条人影也跟着消失在了石洞里。

我突然傻住了，我根本没想到在我周围居然隐藏着好几个同类，而这些人居然一直眼睁睁地看着那条粗藤一样的东西将我们其中的两个活活扯断了脖子，如果不是我忍着疼叫出声来，这些家伙恐怕还不会现身。

可这根黑黢黢的发着油光的粗藤又是什么东西？从它的粗细程度和表面的光滑质地来看，有些像是那片莽林中曾出现的藤蔓，但从它在空中灵活的翻转弯折的动作来看，这显然又不是植物，更像是一条灵活的大蛇。

这时，光亮处有一个身影向我走来，因为她背对着火把，我看不清她的容貌，但从她一瘸一拐的走路姿势来看，我一下子就知道了她是谁。

随着她向我靠近，我也看清了她一身稀奇古怪的打扮。只见她身上裹着一条插满了各种羽毛的毯子，额头上扎着一根白森森的骨头，骨头被弯成了圆形，将头发紧紧地束住了。她手持着一把锋利的匕首向我走来。

我嘿嘿苦笑了一声，略带苦涩地问道：“你在这等很久了吧？”

她目光炯炯地看着我，轻轻嗯了一声，然后走过来将绑在我身上的绳索轻轻割断了。

我几乎完全僵硬的身体随即倒了下去。

她想伸手扶住我，可由于右腿使不上力气，跟着我一起倒在了地上。

她倒在我怀里，抬起头用明亮的大眼睛看着我，然后伸出温软的手掌，轻柔地帮我揩拭着嘴唇上的鲜血。

“白枫，几天不见，你憔悴了。”我看着她苍白的有些凹陷的脸颊，心疼地说。

白枫苦苦一笑，挣扎着从我身上爬起来，伸手扶起我，用半嗔半羞的语调埋怨道：“这还不全怪你，谁让你非要来参加这次探险。”

我只好再次苦笑。

白枫走到火把处，从地上扯起一条皮毯，轻轻地裹在我身上，白了我一眼。

我有些尴尬，赶紧问道：“你怎么会在这里？”

白枫心有余悸地向那条黑黢黢的“粗藤”逃逸的黑暗中瞥了一眼，道：“没什么。”

她的样子绝对不像没什么，只不过不想告诉我罢了。

“咱们快跟过去看看，要是法师他们制不住它，那可就麻烦了！”

“摩纳法师也在这里？”我惊异地问，但心里平稳了一些。无论如何，只要他在我们身边，就算遇到再大的危险，我都不会太害怕，我已经不止一次见识过这位印度僧人的本事。“好！”我点了点头，转身就想往里走，但突然想到白枫行动不方便，又转回来在地上拾起一根绳索，系在腰上，走到她面前，半蹲了下来。

白枫居然咯咯地笑了，然后用两条手臂圈住我的脖子，趴在了我背上。

耳边好像又隐约响起了我们之前那段在压龙山石洞中的对话。那一次后，我和白枫步入了甜蜜的爱情殿堂。人们常说历史不会重演，这对白枫来说是第一次，但对于我，却是一次重温。

在我们经过火把旁边的时候，白枫伸手将它拿了起来，高高举在我的头顶上，为我照亮前方的道路。

“这是你们设的一个局吧？”我轻声问她。

白枫在我耳边嗯了一声。

“我就是那颗引蛇出洞的棋子？”

白枫又嗯了一声，反问道：“你不乐意吗？”

我嘿嘿讪笑两声，道：“我哪敢不乐意，只不过有点郁闷，我被折腾了个半死，却一直被蒙在鼓里。”

白枫没有回答。她伸出另一只小手，将我嘴唇上渗出来的鲜血小心地抹在了自己的掌心。我的不快便在这一抹之间消失得无影无踪。

“你知道吗？”白枫吐气如兰，“我以为再也见不到你了，我只是想在我生命的尽头能再见你一面……”

“为什么这么说？”我听她话里透着绝望，不禁出声打断了她，“你现在不是好好的吗？”

白枫看着我的眼睛，笑了笑。

她的笑容带着一丝苦涩，我心里猛然一动，赶紧问：“你到底怎么啦？”

白枫的双臂在我脖子上慢慢收紧，将脸颊紧紧贴在了我脸上：“对不起，在船上的时候，我只是想不通。在看到惠子死在我面前以后，我突然觉得没有信心了！”

“是对我吗？”

“是对爱情。我突然觉得在你们男人眼里，爱情和理想比起来可能一文不值。一个女人可以心甘情愿地为自己的男人去死，而那个男人却只是将她当作一块实现理想的垫脚石，这真是女人的悲哀。”

“并不是每一个男人都这样。”我坚定地说。

白枫嗯了一声：“我遇到了……两个肯为我舍弃生命的男人，作为女人，我知足了！”

我心里咯噔了一下子，陆华这个家伙果然在我的后院点了一把火，并在上面盖起了另外一所房子。

我没有继续追问在我和陆华之间，她会作何选择。人们常说天道循环，在另一个世界里，我做了相同的事情，现在报应来了。

一路上全是黏糊糊的液体，而在昏暗的角落里，经常可以见到一个个已经被腐蚀得面目全非的骷髅头，发出乌黄的色泽。这条石洞越往前延伸，就变得越是狭窄局促，看来距离尽头不远了。但我们走了十几分钟，竟然一点声音都没有听到，不知道摩纳法师是否取得了胜利。

白枫的脸色越来越难看，我忍不住问了她好几遍，可她一直对我苦笑，就是不告诉我自己到底在忧虑什么。

又前进了一分多钟，随着火光的照射，我终于见到了他们：摩纳法师、陆华、韩成殊，以及先于我进入石洞的艾维洛兹。此时韩成殊已经恢复了原来的样子，看来他那四足着地的行走姿态也是假扮的，像我一样。

他们都被悬在了半空中，被乱糟糟的藤蔓缠绕着，而在这些杂乱却漫天飞舞的藤蔓后面，我看到了这辈子从未见过的一张丑陋脸孔。

六

这张脸孔的丑陋程度甚至都不能用“脸孔”这个词来形容。因为那就是由无数细小的触须纠结在一起，排布成的一张脸孔状的东西。随着那些粗壮的触手的舞动，那张“脸孔”做着各种古怪的表情。

“啊！”白枫吓得大叫一声，火把跟着晃动了一下，差点失手落在地上。

我轻轻将白枫放了下来，将她挡在我身后，然后盯着那张脸。

它隐藏在无数触须后面的眼睛状的突起也“看”到了我们，一条已经缠绕住陆华的触须像见到了猎物一样，在空中翻转了几下，就朝我们伸了过来。

我不等它飞到身边，已经向前跑了两步，从半途中截住了它，用仅剩的那条手臂紧紧抱住。

但这没有用，我的力气和它的力量比起来简直就是蚂蚁撼树。它突然卷曲起来，将我缠住了。

我只好张开嘴巴，一口咬住了它。

占满山洞的全部触须都猛地颤动了一下，就连山洞也跟着晃了晃。缠住我的那根触须在空中甩起来，像扔垃圾一样，将我狠狠地扔向了十几米高的洞顶。

我的身体撞上了黏糊糊的石壁，又坠落下来。

“小心！”白枫大声提醒我，声音都变了。

好在洞里横亘着一条条触须，我在上面撞了好几下，才咚的一声落在地上。

这时候，那条曾经卷住我的触须已经飞过来把白枫卷住了，并迅速地向那个面孔状的东西回缩。

我冲了过去，可另外一条触须伸了过来，我再次被当成纸鸢一样放飞了。

但奇怪的事情也在它卷住我的时候发生了。在我来到这里时，我以为法师他们都已经遭了毒手，可当那条触手放脱我的那一刻，我脑子里突然听到了摩纳法师的声音：快去捡匕首！

我知道在武侠小说中有一种功夫叫做传音入密，能够不用嘴巴而把自己的声音送到别人耳中，由于这种功夫传播的距离很远，也被叫作千里传音。许多武侠小说中都言辞凿凿地说这是少林寺七十二绝技之一。我在少林寺做俗家弟子的时候，曾向师傅请教过，却被他老人家一巴掌扇了回去，并严厉地告诫我，不许看这种没有任何用处的闲书。我没想到摩纳法师居然会！

落地之后，我立即弓着腰满地去找，果然，在白枫曾经站立的地方，那根就要熄灭的火把旁边，竟然真有一把明晃晃的匕首！

我不顾一切地扑过去，先将掉在地上的火把插好，然后拿起匕首，向那些漫天飞舞的触手切了下去。

现在可以确定，这些触手不是我们曾在莽林中见到的藤蔓，因为它们很软，刀锋到处，就喷出一股黏液，然后迅速收回去，有几条被我斩落在地上，像被斩断的壁虎尾巴一样，在地上垂死扭动。

也就在此时，被触须悬在空中的几个人纷纷掉落在地，其中的三个一动不动地躺在地上，另外一个在空中翻了个身，稳稳地站在了地上，没错，他就是摩纳法师。这位铁筑一样的老僧人，再一次展现了令人咋舌的身手。

“快，别停下来！”老僧人冲我大叫一声，接着抱住身边一条挥舞而过的触手翻身而起，在空中灵活地展开腾挪，向几乎被收缩到那张怪脸旁边的白枫靠了过去。

看来这个长着一张怪脸的家伙的目标只有一个，那就是白枫。

明白过来后，我哪敢有丝毫松懈，紧跟在法师后面，向那张怪脸冲去。

这个生物显然很害怕我们救出白枫，只见它用三根触手将白枫包裹起来，白枫只露出头，脸色苍白，眉毛因为痛苦而扭曲到了一起。

又一根触须挡住了我的路，我把匕首高高举起，胡乱地向上面砍了起来。

我每砍一下，都能听到一声人类的痛叫。我觉得这个声音很熟悉，忙向白枫看去。这下我真傻了，只见白枫正张着小嘴用让我心颤的声音叫喊着。我每砍一刀，她那种让我撕心裂肺的叫喊都会明显提高数倍，好像我每一刀都砍在了她的身上。

我停了下来，就在我愣怔的一刹那，它也开始了反扑，不但将我扔到了一边坚硬的石壁上，也用两根触手分别圈在了摩纳法师的脚踝和脖子上，只要它轻轻一扯，法师的身体就会变成两截。

我挣扎着爬起身，已经管不了白枫的叫喊，挥舞着匕首，向离我最近的那条触须冲了过去，并在它拦腰向我撞过来的时候，将匕首高举过顶，向它狠命地斩下。我很明白，只要摩纳法师被撕成两段，我和白枫全部都得玩完，所以，拼了！

在我接二连三的砍剁中，那条触须被我剁了下来，缠绕在我腰上，跟我一起摔倒在地。

一声凄厉的哀嚎瞬间在山洞中荡漾开来，聒得我耳鼓发疼。只见白枫的脸颊扭曲到了一起，脸色惨白。

我暗叫一声不好，这样下去，白枫会被勒死的。这时只听摩纳法师叫道："躲开它们，去把她身上的触须斩断！"

想要靠近白枫谈何容易？此时她已经被触须紧紧裹着拉到了距离怪脸不足五米的地方，不知什么时候，那张怪脸上居然慢慢裂开了一个洞，就在嘴巴的位置。

我们都看出了它的意图，如果等到触须弯折到这个怪脸前，一定会把白枫一口"吞下"，到那时候，再想救她恐怕已经不可能了。

在这危急关头，摩纳法师突然做了一个极其怪异的举动，只见他将手攥成拳头，一下接一下地狠狠捶打着自己的额头。

我以为他疯掉了，不禁惊叫着他的名字。

摩纳法师向我转过头来，大声命令道："快去！"我很清楚地看到他的鼻孔和眼眶中正在缓缓向外渗着鲜红的血丝。

我不敢再做丝毫的犹豫，忙向白枫冲了过去。

说也奇怪，在摩纳法师不停地猛击自己额头的时候，那个长着一张怪脸的家伙居然像是疯掉了一样，几乎所有的触须都狂乱地挥舞起来，偌大一个山洞顿时响起呼呼的风声，唯独紧紧缠住白枫的那一根在不停地抖动着继续向自己的"嘴巴"靠近。

虽然这些触须几近疯狂地甩动起来，可已经完全失去了准头，我只要避免不被扫过我身边的触须划拉到，就能够全速靠过去。

时间在我的左闪右躲中飞快流逝，等我靠近了白枫身边时，已经是五分钟之后了，而此时的摩纳法师已经快变成了一个血人，满头满脸都糊着黏糊糊的血液。

我不忍心再看下去，大声叫起来："大师，停下吧，我过来了！"随即将匕首疯狂地向缠绕住白枫的那根触须劈砍了起来。

摩纳法师终于停止了"自虐"行径，像行尸走肉一样，艰难地向我这边走来。

就在摩纳法师刚刚停下来时，这个怪脸生物突然又像回了魂儿，用紧紧裹住白枫被我劈砍得支离破碎的触须狠狠地向我撞了过来。

这时我的匕首刚刚插进那根触须上，它猛然一动，我猝不及防，身子在腾起的那一刻，已经变得赤手空拳了。

当我往后飞出去的时候，白枫突然睁大眼睛看着我身后，惊恐地尖叫起来。

我不由自主地转过了头。原来我不偏不倚地向裂开的能吞下一个人的怪脸嘴中跌了过去。

我已经身不由己，于是发了狠，就算不能摧毁这张怪脸，也要在它嘴里掰下两颗牙来。

就在我就要撞进那张大嘴中的时候，突然有一个身影从旁边向我飞快地撞了过来。他虽然很瘦，但撞向我的力道却大得出奇，我被撞得改了道，向左边趔趔趄趄地退去，而撞上我的身影反而成了替罪羊，身子一闪就跌进了那张黑黢黢的大嘴里。还没等我反应过来是怎么回事，那张大嘴已经迅速闭上了。

这是摩纳法师第三次救我的命，前两次他都能扭转乾坤，找出脱身的办法，但这一次，他成功地救了我，却被我害死了。

我从地上爬起来，想要冲过去将那张大嘴重新撬开，但白枫撕心裂肺的叫声却又使我不得不去搭救她。此时，我插在那条触须上面的匕首已经倒转过来，随着触须扭动，正在白枫后背上越刺越深，恐怕用不了多长时间，白枫就得惨死在那把匕首之下。

我只好重新扑了过去，在白枫的一次惨叫声中将匕首拔出来，然后咬着牙继续疯砍那条触须。

已经快断了一半的触须也到了“濒死”的边缘，在我不停的砍剁中慢慢失去了力量，只是依然缠绕着白枫。

我又狠狠地劈了十几下之后，那根粗壮的触须终于和母体断开，随着白枫的身体一起翻到了地上。

我来不及喘口气，立即返身到那张怪脸旁边，挥起匕首，向它那两只死鱼眼一样的凸起刺了下去。

这时，它那些在空中挥舞的触须突然像拉出的弹簧一样，呼的一声全部缩了回来。

当我意识到这个变故，想要趴在地上躲开时已经晚了，我只觉得自己的整个身子都被软绵绵肉乎乎的东西包裹了起来，千钧之力一下子压迫到自己身上。我只觉眼前一黑，顿时失去了知觉。

第二十三章

一所房子

一

当我迷迷糊糊地睁开眼睛时，发现自己正躺在一滩黏糊糊的黄色液体中，口鼻好像都被糊住了，身体周围全是一截截的断须。

搭救我的是陆华和白枫，韩成殊和艾维洛兹坐在离我不远的地上，一个惊恐地东张西望，一个看着我身后发呆。

我咳嗽了两声，拉住陆华伸过来的手掌颤巍巍地站起来，顺着艾维洛兹的目光向身后看去。

那张怪脸已经不复存在，取而代之的是一个面目全非的肉团，像一个经过千揣百揉的硕大面团。

陆华看着我说道：“对不起，让你受苦了！”

“虽然我对你的安排很有意见，但我谢谢你让我重新见到了我女朋友。”我向他勉强一笑，一本正经地说道。

陆华和白枫对视了一眼，两人都发出一阵苦涩的微笑。这让我看着很不舒服。

“你没事吧？”我看向白枫，关切地问。

白枫摇了摇低垂的头，有些委屈地说道：“你吓死我了，我以为你再也醒不过来了呢！”

我故作轻松地微微一笑，伸手摸了摸她的脸颊：“你应该相信我不会那么轻易地就死掉……”说到这里我突然想起了什么，往一片狼藉的石洞中看了看，“大师呢！”

白枫扁着小嘴像要马上哭出来：“大师为了救我们，已经……已经……”

我心里一惊，打断她的话：“他的尸首呢？”

陆华接过白枫的话回答道：“我们还没有发现他老人家的尸体，但从我苏醒过来到现在已经过去了两个多小时，我想……”

“你想？”我粗暴地打断他的话，“你想有什么用，在没有见到大师的尸首之前，任何猜测都是一厢情愿。”

我没有再理会他，而是将手伸向了身后，冷冷地说：“匕首！”

在听到我的命令后，陆华将匕首交到了我手里。

我举起匕首，想要刨开“面团”，把这位令人敬仰的老人的尸首抱出来。

可有人用粗鲁的英语阻止了我：“我不许你动她！”

我转过头向声音来处瞧去，只见刚才呆呆地坐在一边的艾维洛兹，正气冲冲地跑过来，横在我和那个吃人的“面团”中间，伸手推了我一把，恶狠狠地说：“滚开！”

我向后退了两步，也跟着提高了声音：“你说什么？”

“我让你滚开，没听到吗？”

我嘿嘿冷笑两声，道：“听是听到了，可我不明白你是什么意思。”

艾维洛兹伸开双手，将那团令人恶心的肉团护在身后，像是在保卫自己视为生命的恋人一样：“我让你滚开，离她越远越好！”

他的这种蛮不讲理的举动令我更加生气，自从这位大名鼎鼎的侦探神经错乱之后，就成了一只令人讨厌的臭虫，每当我要做什么事情的时候他就会跳出来横加阻挠，而且是没有任何理由，这实在很让我恼火。

陆华附在我耳边轻声说：“他说这张脸长得很像他的初恋情人，我觉得我们最好搞……”

“哦？”我打断他的话，瞧着眼前这位疯疯癫癫的侦探，阴阳怪气地挖苦道，“这会是梅尔小姐吗？就算这块面团就是你一直念念不忘的梅尔小姐，可她是你的初恋情人吗？据我所知，艾维洛兹，这个东西根本就没有爱过你，你们的关系充其量是一个怯懦的暗恋者和一个根本没把你当回事的暗恋对象的关系，你有什么资格阻止我？”

像这种直接将别人的伤疤血淋淋撕开的事情，我这是第一次做。

疯狂的艾维洛兹显然被我的话激怒了，他的脸孔涨成了紫酱色，像一只发怒的猎犬一样，向我猛冲了过来。

我从鼻孔里哼出一口气，双脚在溜滑的地上往一边一闪，随即伸出一只脚在他必经的地方一横。艾维洛兹那条硕大的身躯就扑通一声摔在地上，啃了一嘴“浆糊”。

接着我不等他站起来，一刀飞快地挥了下来，十分响亮地插在那个肉团上。

“我跟你拼了！”重新爬起来的艾维洛兹像是彻底疯掉了，两只拳头在空中胡乱舞动着，再次向我冲了过来，却被中途迎上去的陆华抱住了。

“冷静一下，艾维洛兹，你看清楚了，那根本就不是一张脸，更不是你的恋人！”陆华抱住艾维洛兹，大声劝说着。

白枫低垂着眼帘瞥了我一眼，低声叫道：“异哥！”

我看了看白枫，随即向艾维洛兹摊了摊手，压低音量道：“好吧，我的大侦探，我对绊你一跤表示歉意，你应该看到现在我们的困难境地。我们慈悲的、英勇的、无畏的摩纳法师被这个肉团吞掉了，你要知道他对我们这些人有多重要。如果没有他，我们这些人可能早就全部死掉了，别捣乱了行吗？如果你们能少挖一下墙脚，多干点正事，我们的处境可能不会这么悲惨！”说到这里，我向陆华扫了一眼，他尴尬地抿了抿嘴。

这时候，一直在冷眼旁观的韩成殊也走过去，帮陆华将艾维洛兹拉住了。

我叹了口气，转回头，开始为这个肉乎乎的东西剥皮。白枫也走过来，默默帮我清理着被我剁下来的碎肉。

拿匕首要剥开一个比人体还大的肉球实在十分勉强。在我卖力地剜割了足足半小时之后，这个肉球也只是被切出了一个一尺大小的缺口，而我已经感到手臂酸麻了。

白枫看我的手臂有点打颤，就默默地接过匕首来，替我切割起来。

这时候的艾维洛兹虽然不像刚才那样狂暴，但我每次回头看时，都能看到他那双血红的眼睛死死地盯着我，如果不是陆华和韩成殊还在一边一个地抓着他的手，我想他一定会冲过来干掉我。

这个枯燥的切肉工作又进行了十几分钟，当我打算让白枫歇一会儿时，终于有了发现。

我先是听到一声沉闷的撞击声，刀刃好像碰到了什么硬物，把白枫吓得哆嗦了一下，她惊恐地抬起头看着我。

我将一只手从那个肉缝里伸进去摸了摸。那是一个表面有点柔软，里面却很结实的硬东西，摸上去圆乎乎的，我心里吃了一惊，这不会是一个脑袋吧？

我从白枫的手中接过匕首，向她微笑了一下，将匕首伸进肉缝，往下一划，使得这个洞变大了一些，然后再次将手伸了进去，摸到那个圆乎乎的东西下面，一把将它拽了出来。

这果然是一颗人头，黏黏糊糊的没有一根头发。

我将这个脑壳上的污物用衣服擦了擦，想仔细看看是不是摩纳法师。

但那张栩栩如生的脸孔根本就不属于一位五六十岁的老僧人，从她高挺的鼻梁和秀丽的眼帘来看，这很可能是一位西方人，而且还是女性。

但这个脑袋也有一些不属于人类的特征。首先她的头皮上虽然没有头发，但却有头发状的须状物，比头发粗了许多，跟毛线差不多，现在缩成一卷一卷的小旋，紧紧地附在头皮上，而且这颗脑袋也不是孤零零的只有脖子以上的部分，在下面脖子的位置有一条软绵绵的东西伸进下颌骨的开口处。我握着那个东西试了试，它和头颅连接得很紧密，像是天生长在一起。令我奇怪的是，这个软东西并不是闭合的，下面的缺口很不规则，既不会是自然形成的，也不会是用什么锋利的东西切下来的，竟然像是有人用牙齿硬生生咬断的一样。

我看这个脑袋并不是摩纳法师，心里微微松了口气，将那个头颅托在掌心使她的脸孔朝向艾维洛兹，用戏谑的口吻问："敬爱的大侦探，这是不是你念念不忘的梅尔小姐？"

艾维洛兹只向那个头颅扫了一眼，就猛然立起了身子，一抬手，将紧紧抓住自己手臂的两个人一下子甩到了一边，暴怒地向我冲了过来，嘴里还阴恻恻地念叨着："异度侠，我非杀了你不可！"

二

我看艾维洛兹恶狠狠的样子十分可怖，心里为刚才的冒失举动感到后悔，看着他那双血红的眼睛瞪着我，双脚禁不住向后退了两步。

白枫也发觉艾维洛兹不大对劲，赶紧迎过去想要拦住他："艾维洛兹先生，你不要激动，他只是跟你……"

"滚开！"随着一声暴喝，艾维洛兹一脚将她踢倒在地，半天爬不起来。

他不等我从震惊与犹豫中回过神来，已经冲到了我面前，双手一把抢过我托在掌心的头颅，一歪头重重地撞在我脸上。

我感到鼻梁骨一阵剧痛，脚下踉跄了五六步，就倒在湿滑的地上，并翻了两个跟头。

艾维洛兹怒不可遏，他捡起匕首来，不管不顾地冲向我，不等我爬起身，一刀就狠狠地向我心口扎了下来。

我慌乱地翻了个滚，躲过他这致命的一刀，不等我站起来，他又从地上翻滚了一下，挥舞着匕首朝我的脖子刺来。

虽然我许多次和人近身肉搏过，但从来没遇到过像他这样的，死缠烂打，毫无章法，誓死拼命。他只在乎怎样一刀将我捅死，就这么简单，却无比可怕。

我尽力避免和他做身体上的接触。但在如此湿滑的污物中想逃过一名疯子的追击实在不容易，很快，我身体上已经被他的匕首割破了好几个地方，心情慌乱至极，身体也疲惫至极。可他好像没有丝毫的疲倦，一只手紧紧地将那个头颅抱在胸前，另一只手向我猛刺疯砍，嘴里咬牙切齿地嚷着："我要杀了你，我要杀了你……"

陆华等人都在旁边大声叫喊他的名字，让他住手，却没人敢冲过来拦住他。

我在忙乱的躲闪中一筹莫展，虽然我有许多一招制敌的机会，但我实在是被他的可怖样貌吓到了。

和我同样慌乱的是白枫，但由于她的一条腿还固定着木板，行动很不方便，只等跟在艾维洛兹后面大声劝解。

在慌乱中我不小心踩上了一截断掉的触须，来不及反应就一头栽在了地上，耳边听到一阵狂叫，回头看时，艾维洛兹已经扑跳过来，像一截倒掉的铁塔，向我压了下来。

我顿时感到心如死灰，心里安慰自己说，任何人都要为自己所做的错事承担后果，我对他说过那些恶毒言语，就是死在他的刀下，又有何怨言呢?

白枫在远处看到这样，用哭腔喊了一声："异哥！"声音里满是绝望。

就在这时候，我听到陆华、韩成殊同时发出惊叫声，恍恍惚惚地，空中突然有一个黑影横扫过来，将马上就要扑到我身上的艾维洛兹撞飞出去。他发出一声惨叫，摔倒在一边，匕首和抱在胸前的头颅脱手而出，一个撞在墙壁上，一个像西瓜般滚出老远。

这次变故发生得十分突然，我都做好了赴死的准备。看到眼前这幅情景，我顿时呆住了。等看向救我一命的东西时，才发现那竟然是半截触须，挥舞过来的那一头和那个肉球还连在一起。

"它又活了？"韩成殊怪叫一声，转身就跑，跑了几步之后，见后面没什么动静，又停下来睁着惊恐地打量着那个一塌糊涂的肉球。

我摇摇晃晃地从地上站起来，伸手扶住白枫的肩头，脑袋晕乎乎的，我再次死里逃生了。

艾维洛兹摔倒后久久不能爬起来，最后还是在陆华的帮助下颤巍巍地站起了身，值得庆幸的是他没有再次扑向我，而是低着头在地上找那颗不知滚到哪里了的头颅。

这颗头颅，真是艾维洛兹一直痴恋的梅尔小姐的?

我不再管这个疯癫的家伙，在白枫的帮助下走到了那个肉球旁边，向那个黑乎乎的裂缝中狐疑地张望着。

我不相信这个肉球会再一次复活，或许是像死鱼一样的普通神经反应，如果真是这样的话，我的这条命算是白捡的。但我从来不相信奇迹，更不相信奇迹会发生在自己身上。一个古怪生物的偶然神经痉挛，居然出其不意地救了我一条命，你相信吗? 反正我不相信。

那就只有一种解释，这条突然横扫过来的触须并不是神经痉挛，而是有意为之，我相信是有人借助它帮了我一把。那会是谁呢?

当我伸手撕开那个裂缝的时候，答案和我预料的完全一样，我看到一个光光的脑袋就抵在这个裂缝后面，我叫了一声大师。这位久经磨难却依然活着的老僧人睁开一双异常疲惫的眼睛看了我一眼，手臂颤抖着从缝隙中伸了出来，就不再动了。

白枫赶紧照招呼陆华和韩成殊过来帮忙，在我们四个人的努力下，终于将这位老僧人拖出了肉球。

我们将他抬到了火把旁边干爽一点的地面上，白枫为他掐着人中，陆华则在他胸前轻抚着帮他顺气，过了约有十几分钟，老人家才再次睁开了虚弱的眼睛，向两人点了点头，轻声说："谢谢你们救我出来！"

白枫苦笑了一声，道："要不是您，我们早就没命了，应该是我们谢您才对。"

摩纳法师苍白的脸上掠过一丝慈祥，道："那没有什么的，里面其实并不是很可怕。"

他让我们将他扶起来，盘膝坐好，然后闭着眼睛养了一会儿神，神情才慢慢好转了一些。

等他再度睁开眼睛的时候，目光转向了艾维洛兹紧紧抱在胸前的头颅，转头问我们："你们知道那是谁吗?"

"梅尔小姐，艾维洛兹一直苦苦思念的初恋情人。"为了不再次激怒这个坐在一边发呆的疯子，我将声音压低了一些。

摩纳法师点了点头，道："刚开始我不明白这个生物是什么，现在我终于知道了！"

我们异口同声地问道："什么?"

老僧人叹了口气，用悲悯的声音说："其实这就像一台现代化的机器，所有的控制力量都来自于那个头颅，那群兽人的命名是很贴切的，圣首！一部由人类的大脑控制的机器，用来传达'神灵'的谕示。"

"圣首?"我吃惊地重复了一遍。

摩纳法师若有所思地点了点头。陆华看我还不是太明白，便向我解释说："这是那群兽人给它的称呼，就相当于我们人类原始部落中神巫的职责。它直接接受神灵的指示，然后传达给兽人部落。这个洞外的池塘就是用以显示圣首意志的神谕池。而我们能够活着走进这里也多亏了它的那道命令。不知道为什么，这个兽人部落得到一个奇怪的命令，那就是抓住白枫，将她打造成新一代的圣首，用来取代自己。"说着他向我伸手指了指艾维洛兹抱着的那颗头颅。

我向白枫看了一眼，她苦涩地冲我眨了眨眼睛。

虽然我不清楚打造圣首的步骤是怎样的，但从这个栩栩如生的头颅可以看出，这是一件再残酷不过的事情。既然称作圣首，顾名思义，能够保留下来的就只能是一颗还能思考的头颅，身体上的其他多余部分，都会被剔除掉。

“为什么是白枫？”我吃惊地问道。

白枫冲我苦笑了一下，幽幽地说：“这个你已经想到了，因为我确实掌握了你现在想到的那种能力。”

“读心术？”我睁大眼睛瞧着白枫，因为我此时想到的确实是在S市时她所拥有的这种令人咋舌的奇异能力。那时是因为她脑子里生出了一只“眼睛”，而这一次，大概来源于不久前那场延续了三天三夜的怪异噩梦，“所以，你们想到了大师，才试图将它从血洞中找回来。”

陆华点了点头，眉头紧锁：“说起来非常奇怪，既然梅尔小姐的头颅能控制这个长满触须的肉球，那就说明她还能思考，只要是还能够思考的生命都不可能心甘情愿被人替代，所以说这个命令很奇怪。而且更矛盾的是，在兽群按照这个命令将我们从山下抓回来之后，兽群又得到了另一道自相矛盾的命令：把白枫就地处死。要不是白枫用她掌握的读心术探知了兽群的这个意图，并急中生智地展示出自己这种接近圣首的超能力，把兽人全部吓住了，恐怕我们早就死了。”

从他的叙述中我理清了整件事的大体脉络。在陆华和白枫游过腰带河踏上中央山脉时，不幸被等在那里的兽群俘虏了，本来兽群是想将白枫打造成新一代的圣首，但后来却接到了新的指令，处死白枫。幸亏白枫已经掌握了读心术才逃过一劫，然后白枫利用读心术让兽群坚固了对第一道命令的服从，役使兽群寻找摩纳法师，帮自己渡过难关，再然后他们就来到了这里。但这还有两个问题我想不明白，于是问道：“为什么要寻找摩纳法师？”

大师接口说：“因为我能够和侵入大脑的那种生物共存，它不但控制不了我的思想，我反而能通过它接收到不知道来自于何处的神秘指令，要不然我也不可能带你走出血洞。”

我似乎听明白了，但心中还有疑惑：“可是我们走出血洞的时候你曾经被那群能飞的生物袭击过，如果你脑子里真的和那些骷髅一样有一个附着生物的话，不是也应该被它们摧毁了吗？”

大师点了点头，向我解释说：“是的，第一次侵入我大脑的生物确实被那群虫子吃掉了，但在见到白小姐之后，我们又暗地里种植了一个，要不然，我也不可能通过它扰乱圣首的感知系统，偷偷地溜进来。”

我点了点头，看来摩纳法师的修持真的到了极高的境界。要想不被附着生物控制已经十分困难，更别说反过来利用它来扰乱圣首了。

“这种生物长什么样子？”我好奇地问。

摩纳法师苦笑了一声，道：“那是一种软体动物，身上长满了触须，你看！”他说着低下了头，让我看他光秃秃的脑壳，“它们就是通过这些孔洞进入大脑的！”

我仔细查看了他的脑门，上面密密麻麻地分布着许多小黑点，心里蓦然一动，突然想到我们在莽林中捡到的那颗头骨，上面也有许多和这种黑点差不多大小的小孔。

“那么我呢？你们安排我到这里又是为了什么？”

陆华瞄了一眼白枫，道：“这都是她的主意。”

我记起了刚才初次和白枫碰面时，她向我说过的话，心里突然升起一阵暖意。

“而且，圣首的能力和它脑浆的大小程度成正比，它要不断吸食其他生物的脑浆才能维持自己的能力发挥，在它进食的时候，是警惕性最差的。所以我们要麻痹它只能用这个办法，并且……我们的人手确实不足，很需要你的帮忙。”陆华咳嗽了一声，向我解释道。

我终于也放缓了声音，说：“如果你能早点告诉我这些的话，就不用这样麻烦了。”

陆华嘿嘿苦笑道：“其实那些兽群的一举一动，包括听到的事情都会一丝不漏地被圣首感知到，不是我不想向你说明，只是不方便这样去做。”

我点了点，想向他说一句抱歉，但当一想到他和白枫此时的暧昧关系，这句话又立即缩了回去，于是我转了一个话题，说：“在我昏过去之后，你们是怎么制服这个怪物的。”我说着向那个肉球扫了一眼。

陆华苦笑着摇了摇头，道：“其实我跟你一样感到稀里糊涂，我醒来的时候这场战斗已经结束了。”

我再次将目光转向摩纳法师，他笑了笑，轻描淡写地说：“我只是将那颗头颅从肉球中剥离了出来，也算是误打误撞。”

我很想好好感谢他一番，他不但数次救过我的命，如果没有他，我们这个探险队根本走不到这一步，可是，像这样的莫大恩情，又怎么是一两句感谢的话所能表达的?

摩纳法师长舒一口气，突然又站了起来，道：“好了，我们该上路了。”

“去哪？”韩成殊心有余悸地问。

“圣首只是一枚小小的棋子，在它后面还有更强大的力量控制这块陆地上的一切。要想彻底把事情搞清楚，我们只能找到这股力量的源头，现在，是我们揭开谜底的时候了！”

三

为了避免我和艾维洛兹再次发生冲突，在开始继续前行的时候，我走在了摩纳法师身后，并主动担起了背负白枫的任务，而艾维洛兹则被陆华和韩成殊夹在了中间。

陆华看着我背起白枫，嘴唇动了动，却没有说话，只要是个人都能看出我对他和白枫之间的关系很是恼怒，他不是傻瓜，当然也能看得出来，虽然此时他的身体状况比我要好一些，可他心里清楚，如果和我争抢背白枫，那么冲突肯定一触即发。

自从见到了梅尔小姐的头颅，艾维洛兹的神情似乎比以前有了些好转，眸子中也清亮了许多，只是整个人都陷入悲戚绝望的情绪中，让他走他就走，让他停他就停，只是一声都不吭。

在绕过那个肉球时，我蹲下来让白枫把火把凑近了看了看。这个肉球确实和一根手指粗细的条状物连在了一起，从肉球上伸展出来，在地上歪歪扭扭地向里延伸，不知道通向石洞的什么地方。

我们顺着这根细细的如同脐带一样的条状物向里走去，一路上小心翼翼地注意着四周的动静，一刻也不敢放松。

这个石洞越往里越狭促，也就走了一两百米的距离，已经像是钻进了一条烟筒里，走路的时候都必须弯着腰，而且洞里也越来越湿滑，我们浑身上下几乎都湿透了，黏黏糊糊的很难受。

又往前走了一会儿，火把慢慢烧到了头，火光在昏暗中晃了两晃，完全熄灭了。我们再一次陷入了漆黑中，但前面的道路似乎根本就没有到头的迹象。

“大师，怎么办？”陆华在我身后轻声问道。

摩纳法师并没有停下来，一边继续向前摸索，一边镇定地回答道：“还是再往前走走看吧！要是现在就返回去，那就半途而废了。”

又走了一会儿，跟在队伍最后面的韩成殊沉不住气了，只听他气喘吁吁地嚷道：“不行了，我快喘不上气来了。”

其实此时每个人都已经疲惫不堪。这里的地面不但湿滑难行，前面的空间也已经快缩成老鼠洞了，我们早就从弯腰徐行的姿势变为匍匐前进，白枫也从我背上下来了。尽管减少一个重负，断掉的那条手臂还是迫使我每前进一步都要费很大力气，再这么前进几分钟，我非给累趴下不可。

更严重的问题是这里空气中的氧气含量明显比外面稀薄，而且还腥臭难闻。在这种情况下，就是韩成殊不打退堂鼓，我也必须停下来歇歇才行。

“大家先原地坐下来休息一下吧！”摩纳法师也有些气喘，他跟我的情况差不多，单凭一条胳膊匍匐前进，就是铁打的人也坚持不了多长时间。

我们如蒙大赦，一个个沮丧地瘫在地上呼呼喘气，像是要抢着把越来越宝贵的氧气全部吸入自己肺里。

“大师，前面还有多远？”韩成殊喘了两口气，问了一个很幼稚的问题。

摩纳法师沉吟了一下，还是回答道：“前面黑漆漆一团，我也不知道还有多远，估计……不会太长了。”

“无论怎么样，我们都要走下去，如果那群兽人看到我们从山洞里退出去，你想会是怎样一个结果？”这话是陆华说的。想到那几个人面兽在我面前利索地割下自己脑袋的事情，我就发怵。

韩成殊轻声嘟囔了两声，可声音很小，我听不清他在说什么。

“如果白枫的读心术还能起作用的话，我想我们也并非完全对付不了那群人面兽。”我想了想，开始为我们找寻万不得已退回去之后的办法。

“我怕前面的石洞会越变越小。如果到了里面变成一条只能通过绳索的小窟窿，咱们总不能都变成小老鼠爬过去吧？”韩成殊忧心忡忡地说。

“如果真是那样，我们只好认命了。”陆华也叹了口气。

其实这种可能相当大。我们脚下这个黏糊糊的条状物很像是某种生物身体上的筋脉，它的用途也只会有一个，就是控制圣首或者传输圣首获得的信息，那么为了这个用途来开凿一条阔大的石洞，无论是从安全性还是必要性来说都是多余的。我们很可能会在越来越狭小的前方被迫返回，无功而退。

“可是……”白枫有些犹豫地说，“我感觉，我们好像离那个东西不远了，因为……我的脑子里很乱，就好像有什么东西想要侵入我的大脑一样。这种感觉在刚刚走进这个石洞的时候很强烈，但在我们毁掉肉球之后它曾经消失过。刚开始我以为是自我暗示的原因，但现在我想不是，或许，我突然获得的这种强烈感知能力能够感应到它发出来的电磁波。”

“那么，你能不能感觉到它的意图？”陆华低声问。

我看到白枫模糊的影子微微晃了晃，才道：“不行，我只是感觉像是有人在我脑子里敲鼓，心烦意乱，别的什么也触摸不到。”

我伸手在地上摸了摸，终于将那根黏糊糊的“绳子”抓在手中，并使劲在上面掐了一下。

“你在干什么？”摩纳法师提高了声音问我，可能听到了动静。

“我试试它是不是真的有感觉？”

“别胡来，在没有确定这是一只什么生物之前，贸然刺激它对我们并没有什么好处。”

我哦了一声，心有不甘地将它扔在地上。

可就在这时候，我们都听到了一种嗤嗤的声音。韩成殊和白枫都惊慌地哦了一声。

摩纳法师立即从地上跳了起来，然后大声说："不好，它有反应了！"

我赶紧又向地上摸了摸，果然，它现在正在缓缓移动，像是里面有人接收到了我发过去的"信号"，正在把这根"绳子"往回抽。

"这可怎么办？这可怎么办？"韩成殊急迫地叫起来，好像有什么怪兽已经在他面前张开了血盆大口。

"它既然想抽回去，我们就偏偏不让他抽回去！"我已经站了起来，也没有再征询摩纳法师的意见，一伸手将这条线攥在手里，想抓住它。

可这个东西太滑了，上面的黏液就像专门涂上去的润滑油，别说减缓它滑动的速度，甚至就连将它抓紧都不可能。

"大家一起上！"摩纳法师沉吟了片刻，发动大家过来帮我的忙。

六个人十只手一起抓住了这根"细绳"，才将它前进的速度勉强放缓了下来。

过了一会儿，我感觉那股往前拖拽的力量好像消失了，于是我说："大家先松开手看看！"

于是大家都放松了力气，将手掌从它上面挪开，只剩下我的一只手半松半紧地抓着的时候，这根滑溜的细绳也没有再动。

"是谁在前面拽的？"韩成殊又问了一个谁也无法回答的问题。

摩纳法师没有回答他的问题，而是疑惑地说："这股力量并不是很大，不像是什么大型生物拖拽的结果。"

我嗯了一声，说："凭它本身的滑溜程度来看，如果前面拖动它的是一个生长这种东西的生物的话，我们的力气不可能和它较量。"

陆华问："你是说，是别的东西在拉它？"

"很有可能。"

"那会是什么东西？"韩成殊惊恐地问。

"这也就是说，前面的空间并不是十分狭小，一个能和我们六个人较上力气的生物体型怎么样也不可能比老鼠还小吧！"陆华有些振奋。

我点了点头，补充道："它不仅不会是一只老鼠，可能还有相当的智商，如果那是头大蛮牛的话，拼死也会和我们一较高下。"

大家都被我的话逗笑了。

笑声未落，我手上又传过来一股拖拽的力量，这一次这股力量发生得很突然，势头也很强劲，我想要一把攥住的时候，它已经跳出了我的抓握，落回地上，嗖嗖地向前急窜。

我惊叫了一声，忙俯下身子在地上乱摸，好几次我都摸到了，可就是抓不住。

就在这时候，我突然听到白枫惊叫了一声，黑暗中同时响起嘭的一声，一个人的身体已经碰到了我的双脚。

我大吃一惊，急忙弯过身子想要抓住她，可是这股力量太过强大，我一只手都牢牢抓住了白枫的手臂，依然无法阻止她被向前拖拽的势头，我也跟着被拉倒在地。

一直紧紧跟在白枫身后的陆华也立即扑过来，我只觉得身体上一沉，就被他压在了身下。

艾维洛兹也在韩成殊的推搡下一起加入了战团，一个像叠罗汉一样压住了陆华，另一个则死死地在后面抓着我们。

黑暗中的怪兽好像已经完全苏醒了，这一次的力量和上一次根本就不可同日而语，我们五个成人依然不能阻止它滑行的势头。

“大师，快来帮忙！”我大声叫道。

可是黑暗中却没有任何声息传来。我感觉自己随着那股力量向前滑动了十几米远之后，依然没有遇到任何阻拦，就在这恍惚间，摩纳法师好像已经不在了。

又向前滑了十几米，韩成殊首先退出了“拔河比赛”，跟在我们后面惶急地提醒：“快让白小姐把拴住的地方解下来。”

谁都知道最好的方法就是将这根油乎乎的“细绳”从缠绕的地方解下来，可这里几乎是完全的黑暗，我们几个人又乱成了一团，想要安下心来解套谈何容易。

于是我提高声音叫起来：“白枫，你哪里被拴住了？”

可下面一点回声也没有。

可能由于惊慌中失足跌倒，撞在了脑袋的什么位置，再加上我们三个人的体重压迫，白枫已经闭住了气。于是我又大声叫道：“都起来，白枫可能昏过去了！”

随着艾维洛兹的惊叫声，陆华连同艾维洛兹一起歪倒在后面。我感到身上一轻，也翻身歪了下来，不过一只手还紧紧抓着她的手臂。

但我不能靠断臂去为她解开绳索，我本想招呼陆华过来帮忙，可山洞到了这里仅有一尺左右的直径，我们的距离也已经在五六米开外，我只能听到他的叫喊声，根本帮不上忙。

单凭这一晃之间，我和陆华拉开的距离来看，我们被拖动的速度很快。到现在为止，我却一直没发现摩纳法师的身影，他无缘无故地从我们身边蒸发掉了。

被快速拖动的这股力量十分均匀，如果那是一个有血有肉的生物，不可能连气都不换一口。

幸亏石洞表面十分湿滑，也没有突出的棱角。我躺在上面就像小孩子玩滑梯一样，不然后果不堪设想。

渐渐地，我已经听不到陆华他们的叫喊声，估计我们之间的距离已经在百米之外。越往前滑，我越是吃惊。虽然我们已经想到了这里的地势可能并非喇叭的形状，可实在想不到这截石洞如此之长。再联想到我们刚才的推断，如果前面真是一个生命体的话，它又会长一副什么模样？而这根细线又是什么？

再想到摩纳法师的突然消失，事情就显得更加蹊跷。既没有任何征兆，我也没有听到他的任何求救信号，他怎么会平白无故地从我们身边消失了呢？难道在这个漆黑一团的狭仄空间里，居然还生存着什么古怪的巨型生物，能够将一个大活人无声无息地一口吞下？这太不可思议了！

想着这些的时候，我渐渐有些麻木的身体感到前进的势头突然停了下来，我伸出脚撑住了两边的石壁，我们停了下来。

也就是一怔愣的工夫，更加不可思议的事情发生了，一直拖着我们不停跑的这根细绳突然在黑暗中渐渐亮了起来，像是一根被点燃的超长荧光棒，从我们前方缓缓向我们这里延伸。

四

这真是一个比下水管道还肮脏的地方，到处湿嗒嗒黏糊糊的，岩石的表面像涂上了一层厚厚的润滑油，黑乎乎的，在柔光的映射下闪烁着油腻的光亮。

很明显，这条石洞这样布置完全是为了眼前这根不足食指粗细的细线，只有在湿滑平坦的环境中，它才能灵活自如地为圣首传输指令。

我弓着腰翻了一下白枫的身体，使她面朝上。她的脸孔已经被涂抹得一塌糊涂，像一个深山老林中的野人，不过鼻息还算平稳，只是晕了过去。我抬头再去看前面的路径，再往前大约还有一百多米的距离就陷入了深深的黑暗中，我不知道是窄洞拐了弯，还是已经到了尽头，只有走过去才能看清楚。于是我轻轻迈过她，伸手拽住她肩头的衣服，艰难地向前拖动着。

我几乎耗费了比刚才多出五六倍的时间，也只是走出不到一半的距离。

这个时候，陆华呼哧呼哧地喘着粗气跟了上来，我向他身后一瞧，那两位却没跟着。

“他们返回去了？”我轻声问道。

陆华涨红着脸回答：“不是，我怕你们出事，所以先赶了过来。”

我微微点了点头，将抓住白枫衣襟的手拿开，轻声说：“你帮我一把吧！我实在快撑不住了，这样咱们的速度还能快一点，我想摩纳法师可能就在前面，咱们不能老是让一位老人家冲锋陷阵！”

陆华略显吃惊地瞥了我一眼，轻轻走了过来，默然地接替了我的工作。

在他接替了我的义务之后，我依然直愣愣地补充了一句：“等一切都结束之后，我想在我们之间还会有一场决斗！”

陆华轻轻哦了一声，便不再出声。

比起只剩下一条手臂的我，陆华确实能让白枫少受点罪，因为他却能够将白枫背起来，像壁虎一样贴着地面往前爬，而且速度并不比我慢多少。

前进的速度明显加快了。等我们借着地面上散落的光亮走进黑暗中时，四周突然豁然开朗，我们终于从那条令人作呕的石洞中爬了出来。

但迎接我们的并非摩纳法师，而是我完全想不到的一个人。

“陆华君，异先生，你们终于走出来了！”我们刚跳出石洞，就迎面看到一个矮小的黑影，他向我们弓了弓身子，恭恭敬敬地向我们表示问候。

“介川，你怎么会在这里？”陆华吃惊地问道。

那个黑影向我们走近了几步，几乎和我们迎面相对，他的脸孔也在微微的光亮中隐约显现了出来。

介川微微一笑，解释道：“说来实在惭愧，自从在那条树桥上跟异先生失散之后，我就一直在逃亡之中。那些长着人脸的四足怪兽的嗅觉实在太过敏锐。好几次我都差点被它们抓住了，如果不是后来我逃进了一条山洞里……还好，咱们又碰到了一起。”

“你也是从这条山洞里进来的？”我不解地问道，因为在这条石洞中，我好像没有发现什么岔路口，而且根据石洞的用途来看，似乎也不可能有岔路口。

介川苦笑一声，道：“当然不是，请两位看一下。”说着他抬起头向上指了指。

我们都顺着他的指引抬头看去，这一看，让我们大吃一惊。

实际上我们头顶并没有什么怪异的生物，也没有多么奇诡的景象，而全是黑黢黢的山洞，像蜂巢一样密集，我们走出来的只是其中的一条而已。而在这些山洞中延伸出来的就是一直陪伴我们走完全程的那种细线，只不过这些细线并没有发光，看上去影影绰绰密密麻麻的，不可计数。

介川轻声解释道：“我不知道你们遭遇了什么，但这些细线恐怕不会只是摆设，因为它连接的地方是你们根本无法想象到的！”

“哪里？”我和陆华异口同声地问道。

介川微微苦笑了一下，身子慢慢从我们眼前闪开，将刚才被自己的身影遮挡住的东西展露出来。

这些密密麻麻的细线在他身后纠结到一起，互相缠绕成一根比我们三个人绑在一起还粗的线团，一直向前延伸，越过介川身后的那处断崖，向另一边一直延伸过去。在那里，我们能隐约看到有一所黑黢黢的房子似的东西。

“难道真的有人类操纵着大陆上的一切？可是……它又是怎么做到的呢？”陆华呆呆地问道。

介川的声音再次响了起来，只是相当困惑：“那所房子根本就没有进出的门户，像是铁打的一块，所以我也不知道里面有什么，而且单凭我一个人的力量，可能就是发现了什么，也根本改变不了，这也是我一直期盼有人找到这里的原因……这下好了！”他像是放下了心头的一块大石头，看着我们俩轻松地笑了笑。

我诧异地看了一眼介川，觉得这个曾经只身横渡太平洋的家伙似乎变了。从他一路上给我的印象来看，这个小个子一直是一个为达目的不惜生命的家伙，可能在他心里，高度的自信已经超越了对自身力量的冷静思考，让他感到力不从心的时候，实在很不多见。

“那么，就让我们一起去为这所铁打的房子开一眼窗户吧！我想是它需要好好通通风的时候了！”说到这里，陆华紧了紧身上的包袱，抢先迈开脚步，向断崖处走去。介川握紧拳头在空中举了一下，紧随其后。我只好背起白枫跟着他们。

细线汇集到一起的地方就像一座小山丘，耸起老高，我们必须手足并用才能爬上去，如果没有陆华和介川的帮助，单靠我一个人，在背着白枫的情况下，根本抵达不了目的地。

走在软绵绵的线团上，就像走在铁索桥上，老是觉得它在一起一伏中左摇右摆，使我们每迈出一步都要十分小心。

断崖下面是沉沉的黑暗，但黑暗中有波涛撞击岩石的声音，我们也能偶尔听到一两声某种动物奇异的叫声，从下面卷上来的风中透着湿润的腥气。下面可能直通海洋，我不晓得这里距离海面有多高，但估计如果掉下去的话，肯定有死无生。

这里并不像石洞里那样黑得彻底，在适应了一会儿之后，感觉有点像深秋六七点钟时的黄昏，天已经完全黑了下来，但隐隐约约中，还能模糊地看到一点东西。

陆华走在最前面，介川在中间，我跟在介川身后。说实话，我不太相信这个小个子，无数的惨败告诉我，对于这种人，还是留一个心眼比较稳妥。

时间在平静中飞快地流逝，我们小心翼翼地走到对岸时，大约已是半个小时后。按照我们行进的速度来算，这段横在断崖上的线团约有一公里长短，也就是说这个断崖几乎接近一千米，算得上是一处天堑了。

过了断崖从软绵绵的线团上跳下来，就到了那个远看像是房子的建筑物面前。

实际上它并不像一处建筑，除了外形看上去四四方方，顶端有向中间翘起的弧度之外，和我们平常见到的建筑很不相同。它既没有门窗，也无法看出是何材质。这个高度达到六七米的凸起物浑然一体，外面涂满了像泥巴一样的黑东西，但用手摸上去却又十分坚硬，也没有粉尘落下来。

那团丝线确实直接通到了里面，从三四米高的地方刺入“墙壁”，结合的地方十分紧密，没有一点缝隙，就像是从它上面长出来的一样。

我们围着这座奇特的建筑转了两圈，在拐角处以及“屋顶”和“墙壁”的结合处，都没有发现缝隙。

在地面和房屋的结合线上，由于下面的岩石并非平板一块，虽然能摸出有一些大大小大的缝隙，可这对我们没多大作用，因为就是再加上我们三个人十倍的力量，也不可能将这座建筑撬起来爬进去。

“怎么办？”陆华一筹莫展地看着我俩问。

在这个蛮荒之地，我是一点办法都没有，只好问道：“介川先生，你发现这个东西有多长时间了？”

“我感觉应该是一天之前，可这里黑白不分，我也不知道具体时间。”

“那你有没有发现什么破绽？”

介川苦笑着摇了摇头，道：“我想过一百种办法，但最后都因为不可能实现而被我否掉了。不然的话，我怎么会对你们的到来如此惊喜？”

我点了点头，我能理解他的这种心理。

“如果能够确定这是一个什么东西，应该能想到打开它的办法，可这到底是个什么呢？”介川挠了挠头皮，苦笑道。

“如果摩纳法师在的话，这个问题或许能解决！”我感叹道，突然想起了一件事，“在我们出来之前，你有没有见到摩纳法师？”

介川吃惊地说：“大师也和你们在一起？”

陆华解释道：“我们也是偶尔碰到一起的，如果不是他，可能我们早就死了，可他在半途中突然消失了……”

“还会有这样奇怪的事情？真是难以想象……要不是因为通向你们那条山洞的细线突然亮了起来，我根本就不会走过去查看……很抱歉，我没有见到他老人家。”

“大师受伤了，他丢了一条胳膊！”我用低沉的声音补充道，并盯着介川的脸孔，想看看他是什么反应。因为在莽林度过的那漫长一晚中发生了很多事情，介川曾向我讲过当时的情节，虽然基本属实，却丝毫没有提到大师受伤的事情，而大师本人也对这件事讳莫如深，我不知道他在向我隐瞒什么。

介川脸上闪过一丝伤感，声音也低沉起来：“我实在想不到会是这种情况。虽然他老人家曾经差一点杀掉我，但我丝毫不怪他，如果不是他的开导，我估计自己也振作不起来，实际上这和救我一命没什么两样。”

他说话时目光低垂，眼眶好像已经湿润了，看样子不像在故意隐瞒什么。

“这可怎么办？我们总不能就站在这里干等着，无论什么办法，我们得先试试吧！”陆华焦急地说。

我问道：“陆华，你这个长筒中到底装着什么东西，让你像宝贝一样背着？”

“……这真的没有什么。”陆华嗫嚅道。

“陆华君，恕我直言，咱们都到了这步田地，你还有什么不能告诉我们的？”介川眼巴巴地瞧着陆华，正色说。

陆华抬头在我们脸上扫了一圈，终于妥协道：“好吧，我就告诉你们吧！其实这里面并没有什么特别的东西，只是几千只铁齿蚁……”

“铁齿蚁？”我和介川同时表示了惊异。

“这到底是什么东西？”介川继续问道。

陆华将那个包裹解开了，里面是一根闪着金属亮光的长条圆筒。陆华小心翼翼地拧开盖子，从地上拾起一块长条形的小石头，迅速伸进去，又快速提了出来，并飞快地重新将盖子拧死了。他把石头伸过来让我们看。

在这个石头的下面，正有几只毛茸茸的小东西蠕动着，为了看得更清楚，我和介川都把眼睛凑了上去，陆华却突然把那块石头抽走了。

“千万别离得太近！”陆华一本正经地告诫我们，“它们会咬住任何东西不松口，就算是骨头，也能钻一个洞出来。”说着，他就打算把石头丢到悬崖下面去。

我赶紧阻止他：“你再给我看一眼。”

“那你可千万小心，要是弄到眼睛里，它们能直接钻进你的大脑里去。”

我小心地接过石头，偏着头看那几个小东西。它们都长着六条腿，看起来跟蚂蚁差不多，只是外壳比蚂蚁坚硬，口唇显得很大，和它们的身体极不成比例。我越看越觉得似曾相识，仔细回忆了一下，突然想到数日前在沙漠中首次发现胎衣时的情景，当时就是因为被这种生物咬住了手指，才发现了地底下的胎衣。没错，它们长得一模一样。我问陆华：“你登上陆地之后，有没有打开过盖子？”

“在沙漠中的时候我曾经打开过一次，因为我怕桶内长时间缺氧，它们会死掉，虽然这种生物对氧气的需求很小，也能在缺氧的情况下生存很长时间，但从我们开始登船到进入沙漠，中间已经过去有二十多天，我害怕它们会闷死。”

我哦了一声，说：“这就对了，我说怎么看着这么眼熟，你带它们做什么？”

陆华苦笑了一声，道：“说实话，我真不知道它们是用来干什么的，因为在决定开始美洲丛林之行前，我一直不知道世界上有这么一种生物。是大卫委托我前往热带丛林的，因为以前我们曾经一起做过一次丛林探险，对那里还不算太陌生。”

“也就是说，你那次美洲丛林之行的目的就是为了这些小蚂蚁？”介川诧异地问。

陆华点了点头。

“可它们有什么用呢？”

“很可惜，他并没有告诉我。这是我参加这次探险的条件，也正因为此，他才同意你和白枫的加入。当时在船上我也曾经问过他，但他只是说让我好好保护着，将来会有用的，而且还让我一定要对大家保密，说这是一位高人的指引，关乎我们这次探险的生死成败，多余的就没说什么。很可惜，还没有等登上大陆，大卫就死了，这个秘密也不可能有人知道了！”

“那这些蚂蚁平时以什么为食？”我问他。

“一种生活在热带雨林的乔木，我们称其为橡皮树，是一种表皮柔软，中心坚硬的奇特植物，看起来像是牛皮糖一样，但树心比铁树还要坚硬，它们只能生存在美洲丛林，其他地方都未曾发现，数量相当稀少……”

陆华说到这里，突然好像明白了什么，抬起头，对着那些纠缠成一团的细线呆呆出神。

“这或许就是爱德华让你带它们登上大陆的目的！”我出了一口气说。我先前以为爱德华只是一个性情乖张，脾气火爆的偏执狂，现在看来，他的城府之深远远超出了我的想象。也就是说，我们一直想探寻的秘密在还没起航之前，爱德华就已经知晓了，只不过我们都蒙在鼓里。

“那就开始吧，为了揭开这里面的真相，我早就等得不耐烦了，陆华君，拜托了！”介川兴奋地向陆华深鞠一躬，迫不及待地说。

五

陆华踌躇了一下，看向我征询意见，我点了点头：“先放几只试试。”

于是，陆华和介川在远一点的地方再次爬上那团纠缠的线团，向屋顶而去，我则留在下面守着白枫。

他们慢慢走到屋顶和线团的结合处，缓缓蹲下了身子。

由于他们背对着我，这里又相当昏暗，我只能看到他们黑乎乎的后背。

“你小心一点！”只听介川轻声提醒着陆华。陆华则唔了一声。

介川刚发出提醒没多久，我突然发现眼前这个“房子”好像晃动了一下，随即就听到陆华和介川同时发出一声惊呼，然后从高处飞下来一个什么东西，叮当一声砸在离我不远的岩石上，发出叮铃铃一阵乱响，滚到了一边。

与此同时，有一条人影从上面直直地摔了下来，我想过去帮忙，却已经来不及了，惊呼声中，那人在地上骨碌碌翻了好几个滚，刚刚站起来，就又一跤摔倒了。

我意识到可能发生了什么事，急忙快步跑到第一次落下来的东西旁边，看到那根一直被陆华紧紧捆在背上的东西安静地躺在岩石上，开口处已经有许多毛茸茸的东西爬了出来。

我来不及多想，赶紧伸手捡起那根铁桶，竖着快速地晃了几下，从岩石上找到那个磕飞出的盖子捡回来，死死地把它重新拧紧。这才来得及回头去看。

地上那个人影已经重新站了起来，跑到我身边，盯着我吃惊地说道："陆华掉进去了！"

"什么？"我心里一沉，抬头向屋顶上扫了一眼，那上面没有任何人类的影子。

"怎么回事？"我提高了声音问介川。

介川一脸死灰，沮丧地说："太不可思议了，就在陆华准备倒出几只蚂蚁出来的时候，他脚下突然出现了一个洞，他只叫了一声就掉了下去，那个洞口又快速地合上了。我……我根本来不及救他。"介川说完，伸手向我指了指攥在我手里的桶问，"里面还有吗？"

"还有一些，不过大部分都爬出来了！"

介川叫了一声"糟糕"，立即转身向白枫躺着的地方跑去。

经他这一提醒，我也意识到危机，抢先一步跑到白枫身边，赶紧将她抱了起来。还好，那些小生物爬行的速度并不是很快，她躺着的地方并没有它们蠕动的身影。

就在这时，对岸的黑暗中突然有人大声喊道："陆华，你们在哪里？"

是韩成殊的声音，他在这里大呼小叫实在很不明智，但我还是答应了一声，让他们赶紧过来。

就在此时，我突然感到脑后起了一阵风声，回头去看，只见一块黑黢黢的东西迎面砸了过来。我只好一偏头，想要躲过去，但为时已晚，在我眼睛的余光绕过迎面袭来的石块，并看到了藏在它后面那张阴险可怕的面孔的时候，那块石头已经结结实实地砸在了我脑袋上。

我甚至连一声呼救都来不及发出，就和白枫重新摔倒在地。

在我的意识慢慢模糊的瞬间，感觉到有几根软绵绵的触须钳住了我的身体，然后我就闭上了眼睛。

等我醒转过来的时候，我几乎见到了我们这个团队里的所有人，古洛博士、刘天杰、艾维洛兹、韩成殊、陆华，还有摩纳法师和白枫。只不过少了将我砸昏过去的介川和沉入河底的罗西以及"大话王"科恩。

我发现自己正躺在白枫怀里，于是挣扎了两下，白枫惊喜地叫了一声"异哥"，慢慢扶着我坐了起来。

我的目光从这些人脸上一一扫过，他们脸上都挂着沮丧和苦恼。

“这是哪？”我轻声问道。

陆华苦笑一声，回答道：“这里就是我们试图打开的那所房子。”

我向四周扫了一圈，疑惑地看着摩纳法师：“大师？”

摩纳法师露出一丝歉意：“真对不起大家，我应该一开始就提醒你们小心介川才对，我疏忽了。”

韩成殊埋怨道：“不是疏忽，是妇人之仁。大师，您的慈悲心不应该施舍给一个亲手杀死自己爱人的阴谋家，他跟狼一样不可饶恕。”

摩纳法师将单手竖在胸前，低低地念了一声佛号。

其实远在介川抛出惠子作为诱饵的时候，法师就已经敏锐地发现他是一个阴谋家，而那晚他们在丛林中一起守夜时，介川加入探险队的真正意图被摩纳法师猜到了，法师因此丢掉了一条胳膊。

当时的情景前半部分跟介川向我讲述的差不多，摩纳法师确实在用佛祖的那两个典故来开导他，只不过其中他向我隐瞒了一些情节。

在摩纳法师郑重地将两个典故讲完之后，他曾经推心置腹地剖析了介川做出这种事情的原因。正是这个剖析差点为他惹来了杀身之祸。

因为介川舍弃惠子为的并不是成就一位大探险家的抱负，这其实很简单，因为两者没有必然的联系，他这么做是为了在大卫遭遇不幸后，自己尽快填补首领的空缺，用捉住弗兰克这件事奠定他作为团队首领的野心，进而控制整个探险队，实现他更大的阴谋。

但人算不如天算，他的这步棋走得并不成功。探险队中不光有介川这个野心家，科恩也迫切想要攫取这个空头衔。而且无论是论年龄资质，还是在大家心目中的地位，都轮不到他。再加上他杀死妻子的事，没有人会让一个冷血动物决定自己的前途，单从这个角度来说，惠子死得十分委屈，她为一个蹩脚的野心家牺牲了自己美丽的性命。

介川虽然内心很疯狂，但他绝对不是一个疯子，他这么做只是为了进一步利用探险队揭开这块大陆的秘密，然后进而控制这块土地上的生灵，实现一个不属于探险家的野心。

介川嘉男的祖父是一位军人，曾经参加过那场罪恶的侵略战争，当时已经是大佐军衔，并且在罄竹难书的南京大屠杀中因为功劳显著，得到过陆军参谋部的大力嘉奖。日本战败后，在遣返之前剖腹自杀。我有理由相信，他祖父的邪恶幽灵已经在他体内死灰复燃。

这确实是一个战争狂人求之不得的契机，单从我们遇到的那群强大的人面兽就已经是一股不可小觑的力量，而且据我们后来的发现推测，人面兽只不过是这片诡谲大陆上一支最弱小的种族，比他们远远强大的部落数不胜数，那一条条像马蜂窝一样的石洞，每一条都连接着一支野兽部落，这对于一个疯狂的想统治地球的好战分子来说，实在是千载难逢的绝佳机遇。

正是因为摩纳法师探知了介川的这种意图，在法师被软体生物袭击后，介川对他动了手。正如介川曾经向我讲述的，一个人在受了重伤之后被另一个人追杀，只不过中间调了个个儿，前者换成了摩纳法师，后者换成了介川嘉男。

再然后，逃往莽林深处的摩纳法师在僵持中和侵入大脑的生物共存了下来，并因此可以接收到来自中央山脉的信号。正是靠着这个指引，法师找到了血洞，并在那里继续养伤，并期望能发现役使骷髅兵团的办法，但很可惜他失败了。接着就阴差阳错地救了我一命。

我们迷失在那条窄洞中遭遇突变时，他为何离奇消失了呢？原来，当时他已经抢先一步借助不停移动的细线爬出了石洞，也正是因为他的干涉，那条不停拖动的细线才停了下来。

迅速跳出石洞的摩纳法师和我们一样遇到了等候多时的介川嘉男。介川再次利用他的痛悔面具骗过了宅心仁厚的老僧人。在介川假惺惺的眼泪中，法师饶恕了他，并在他的欺骗下来到了这个“房子”面前。尽管他武功高强，还是被这个东西上伸出的诡异触须俘虏了，成为了第三个被关了禁闭的不幸者。他之前被俘虏的是我们这支探险队中一老一少最弱小的两个人，他们甚至连反抗都没有，就被连骗带哄地自己走了进来。而疯疯癫癫的艾维洛兹和胆小如鼠的韩成殊根本不是介川的对手，在那些不停蠕动的铁齿蚁的围攻下，不情愿地成为了俘虏。

而此时，我们已经被这所“房子”带着滚进了那条万丈深渊，漂浮在水中，像是被困在皮球中的蚂蚁一样。至于会被水流带到何处，只有老天才知道。

听他们断断续续地讲完这些，我不禁有些唏嘘。我想不明白，我们到底比介川缺少了什么，在这个阴谋家面前如此不堪一击？

而至于介川在出发前是怎么获知这块陆地的秘密以及用什么方法役使这个“大房子”张合攻击的，我就不得而知了。或许，在追杀摩纳法师不成之后，他也有一段离奇的遭遇，使他具有了比白枫的读心术更强大的超能力。

而现在，我们只能呆坐在一个皮球里，等待它自己停下来，或者被什么海洋巨兽咬开后获得释放，但想要阻止介川的阴谋得逞，就只能靠不知是死是活的罗西和牛皮吹得震天响的科恩了，但对此我不抱太大希望。

一场全人类的浩劫，或许在不久之后就会开始了！

第二十四章

水晶头骨

一

隔着一层柔软的皮层，我们可以模糊地看到翻波涌浪的海面，并能隐约听到轰鸣的浪涛声。

从我们掉入悬崖到现在，估计已经过去了大半天的时间，但这个皮球好像没有停下来的意思，也没有碰到岩石搁浅。如果我的方向感没有出现偏差的话，我们是一直在向西漂流。也就是说，我们一直认为的中央山脉可能只是一个空壳，里面另有玄机。

经过了大半天的漂泊，皮球里面相当气闷，氧气含量已严重不足，情况很危险。我们虽然能凑出三把匕首，可没人敢把这个皮球捅破，那样意味着会死得更快。

大家大眼瞪小眼地等待着，直到这种局面被其他事情打破。

当时我正向刘天杰询问他的遭遇，突然听到韩成殊怪叫一声，一下从呆坐中站了起来。由于皮球是圆的，他一站起来就使得内部平衡被打破了，他还没站稳，皮球一阵猛烈晃动，使他又重新一跤摔倒在地，把皮球撞得一阵乱晃，大家都跟着往一边翻滚着，局面乱作一团。

“你干什么？”离他最近的陆华厉声责问道。

韩成殊脸孔涨得通红，鼻子眼睛都扭到了一块，用手摸着屁股“哎哟哎哟”地不停叫着。

“你到底怎么了？”陆华看他不像是故意捣乱，就伸手将他扶了起来，放缓了声音问。

韩成殊脸上冒出几滴豆大的汗珠，用颤抖的声音勉强回答道：“我……的屁股，屁股！”

“你屁股怎么了？”陆华让他撅起屁股，伸手将他的裤子褪下来一点。

白枫本来好奇地盯着韩成殊看，这时赶紧扭过了头。

陆华帮韩成殊仔细检查了一下，睁大眼睛看着摩纳法师，惊叫道：“铁齿蚁！”

法师此时正盘膝坐在一边皱着眉头想对策，一听到陆华的惊叫声，立即靠近了去看，其他人也好奇地探出了脑袋。

陆华忧心忡忡地说："已经到骨头了。"

摩纳法师略一沉吟，向韩成殊道："你忍一下疼。"然后向刘天杰要来匕首。

法师接刀在手，跟着刀光一闪。就听韩成殊发出一阵杀猪般的嚎叫，摩纳法师的刀尖上已经剜出一个血淋淋的小东西，它正在缓缓蠕动着。法师伸出拇指和中指，将那个血肉模糊的小东西捏在手中。

"大师小心。"正在帮韩成殊止血的陆华提醒法师。

法师的这个手法很像是少林寺七十二绝技之一的"拈花指"，我小时候也曾经修习过，但由于很难练，一直没有成功。

眼见摩纳法师将那个血糊糊的铁齿蚁捻在指尖，两指微微一颤，咯吱一声，那个小生物就成了一个肉片。

陆华诧异地问："这里怎么会有铁齿蚁？"

我突然想到陆华在被这个皮球俘虏的时候，曾经失手将铁桶丢在了地上，当时有许多铁齿蚁从里面爬了出来，感到有些不妙，赶紧招呼大家："大家快看看有没有漏水的地方。"

大家纷纷站了起来，在这个直径约有四米的皮球里四处寻找。

很快，就听到白枫惊叫起来："这里还有一只！"

接着刘天杰和古洛博士也跟着叫道："这里也有！"

大家一阵慌乱，摩纳法师也成了救火队员，不停在皮球中踩着光滑的斜壁跑来跑去，没过多久，就已经找到了七八只正在啃噬皮球的铁齿蚁。

此刻，皮球上已经有海水透了进来，尤其是当一个海浪拍过来的时候，我们就能看到有十几个小水柱激射而出。用不了多长时间，我们就会跟着皮球一起沉入海底。

这些缺口的数量还在快速增加着，没过多久，海水已经到了我们的脚踝，整个皮球在海浪拍打下猛烈地晃动着，好像一条风雨飘摇中马上就要散架的朽船。

这时，我捂住一个破口的手掌突然传来钻心的刺痛，拿到眼前查看时，只见中指指肚上已经被一个湿淋淋毛茸茸的小东西咬住了，它正在咬开我的皮肤往里钻。

我赶紧忍着疼用两根手指小心翼翼地夹住它的身体，将它猛然往下一拽，连着自己的一块肉扯了下来，然后捏着它放在牙齿上咬成两段。

可这一点用处也没有，随着水流的不断涌入，更多的小黑点夹杂在水流中向里不停灌入，我们根本就用不着等到里面被水灌满，就会被这些小东西吃掉的。

就在这危急关头，只听喀喇一声响，摩纳法师一刀将皮球划开一道大口子，大声命令道："快游出去！"

巨大的水流从这个破口像泄洪一样猛灌进来，我们被冲得东倒西歪，纷纷被卷入了水流中。

不到一分钟的时间，球内已经被海水灌满，我泅入水中，在人群中找到白枫，此时她正拉着陆华的一只手往外游，我也只好跟在后面向外游去。

我刚刚从水中探出头来，立即愣住了。我实在没想到，在中央山脉的内部，居然有这么一块明亮的天地。在我们头顶上百米的空中，像是夜空一样闪烁着诡异的光点，比夏天的夜空还要璀璨夺目。

而在我们置身的冰凉海水中，也有一个接一个的亮点在闪烁。那些亮点忽明忽暗，在水中不停地移动着，在我周围和脚下游来游去。这些亮点的数量极为庞大，根本数不清，我一时之间都忘了自己身处何地。

也就在这个时候，离我不远的海面上突然掀起一个大浪，一个闪烁着奇异光彩的生物从水里猛然冒出了头，挥舞着无数的触须向离我几米远的白枫和陆华扑了过去。

二

这种生物看着极为眼熟，接近透明的身体像是点亮的罩纱灯，它的那些触须呈乳白色，再经过位于中心的那个亮点的照射，如真似幻，像是由烟雾组成的一样缥缈。

这些触须是实实在在的东西。它们在缠绕到人身上后能把人整个提起来。陆华跟白枫就首先做了俘虏。

它如果再缩小几百倍的话，我应该能叫出它们的名字——水母，一种低等的海洋浮游生物。不过，像这种体型的水母，我从来没有在现实中见到过，所以我不知道再用这个名字称呼它是否合适。

令我感到奇怪的是白枫和陆华好像木偶一样任凭它们抓住自己，连一点反抗的动作都没有。或许是被吓住了。

我忍不住一个猛子扎过去。虽然我知道，就算是一只智力低下的浮游生物，在长到这种体型后，人类也不是其对手。

但当我从那个如梦似幻的漂亮水母身边露出头来的时候，却突然听到白枫平静的声音："不要攻击它，跟着它走。"

我吃惊地抬头看向白枫，她那双明亮有神的眼睛正向我眨动出亮晶晶的光芒。

那个水母已经开始移动了，随着身体的一张一缩，向一边迅速游去。

只一愣神的工夫，我腰间就被一根轻柔的“丝带”圈住了，接着身体离开了水面。我向身后看了一眼，另外一只更大一些的水母已经将我抓住了，而在另一条触须上的是一脸镇定的摩纳法师。

“大师……”我大叫着。

法师向我一笑，道：“这是我坐过的最特别的一条船。”

我苦笑一声，放弃了挣扎的打算。随着身体越升越高，我能俯瞰到很远的海面，在我目力所及的范围内，海面几乎被这种浮游生物乳白色的身体占满了，它们就像隐藏在水下的照射灯一样，将整片海域照射出一片祥和的光彩。这里就是水母的领地，它们的数量多得无法计数。

“这到底是什么地方？哪来这么多水母？”我不解地问摩纳法师。

“一花一世界，一叶一菩提。”法师平静地说出一句偈语。

我点了点头：“您说得对，在我们人类眼里，水母是很低等的生物，我们甚至都没有注意过它们，可它们世界的精彩并不比我们人类差。”

“在我们出发前，那个展览中曾经有一幅水母的照片，你还记得吗？”

那是一个巨大的水母用触须缠绕住一只大白鲨的照片，我当然记得。当时我被这张照片惊呆了，总认为这幅照片中出现的情景太过匪夷所思，根本不可能发生，可没想到现在竟然应验到我们身上。我疑惑地问道：“难道这个大陆的智慧竟然是来源于这些低等生物？”

摩纳法师意味深长地笑了笑，反问道：“你觉得这不可能吗？”

“这简直太不可思议了！就算是水母能长成巨大的身体，我也不相信它们的智慧能达到这种高度。世界上没有生物能有这样的智慧，除非像佛祖一样的大罗神仙。”

摩纳法师叹了口气，道：“神仙其实也是很渺小的存在。”

我颇有感触地点了点头。

说话间，从我们身后陆续浮上来几只同样巨大的水母，它们都重复着一项工作——将在海水中挣扎的其他人捞上来，然后跟在我们身后，向白枫他们漂浮的方向游去，一切进行得有条不紊。

由于上下都闪烁着点点亮光，我也终于可以第一次清楚地看到我们所置身的空间。

这里很明显还是在中央山脉的内部空隙里，远处就是慢慢向上收紧的石壁，还有头顶上渐渐清晰起来的水母。很奇怪，我所知道的水母基本上都是水生生物，可我们头顶上的那些层层叠叠的水母却是生存在空气中。从它们身体内部不停闪烁的诡谲光影来看，那并不是水母的尸体，它们和在海水中自由游弋的生物属于同一物种。

陆华他们首先被送到了一面石壁下面，随着他们的身体被水母往高处缓缓举起，石壁上也伸出两根同样的触须接了过去，然后继续向上举起，又被更高一点的水母接过传递给更上面的一只，以此类推，真是一场别开生面的接力赛。

当我的身体被举起来时，我才发现那面像是镶满了巨型鹅卵石的石壁竟然全是由水母组成的，只不过它们的身体非常粗糙，看起来更像是坚硬的石头，可每当我的身体在水母中间被传递的时候，缠住我的那个水母就开始闪起了亮光，显示它们仍然具有生命。这实在像极了一部奇特的电梯，它们用身体的亮光来显示我身处的位置。

越往上升，我心底的震惊越甚。当我的身体升到了上百米的空中时，往下俯瞰的眼睛都瞪圆了，并久久不敢眨动一下。

下面海域中的场面简直太让人震撼了！巨大的水母在水中自由地游弋着，五光十色的亮光使整片海域放射出异彩纷呈的光彩。这才是自然之美，这才是生命之美！

随着身体的上升，我也渐渐看清楚了头顶的情景，那种震撼就不用说了，我只想说令我感到不解的地方。这些水母并不像海水中的水母一样悠闲，它们挤得很紧密，硕大的身体已经不再是圆形，而是被压成了四方形，像一块块被垒叠着的砖块。它们向下伸展的触须也密密麻麻的，如同被挂起来的面条，要不是每一只水母都在不停地闪烁着不同的光亮，根本就分辨不出相邻两只中间的分割线在哪里。

陆华和白枫首先到达了接近穹顶的地方，我以为会被上面密密麻麻的触须接住，可是并没有，在他们的身体抵到一只水母上的时候，那里突然裂开了一个口子，我只觉得有丝丝的水流淋在我身上，他们的身体就被水母吞了进去。

此时，我大吃一惊，向比我高出三四米的摩纳法师叫道：“大师，他们被吞进去了！”

摩纳法师低下头看了我一眼，没有说话，但表情却十分坚决地告诫我不要莽撞行动。

随着又一阵水流浇落下来，摩纳法师也心甘情愿地成了水母的腹中之物，眼看着他的身体消失在我模糊的视野中，我也下定了忍耐下去的决心。

我在狂泻下来的水流中被塞进了水母嘴里，接着就到了一个高空中的水下，只好勉强闭住了呼吸。

我迅速向上游着，很快就窜出了水面，呼吸到了一口带着很大腥味的空气。

这里虽是水母的肚里，但却是一块不完全充溢着海水的所在，水面之上有三四米的空间没有水。

在我露出水面后，双脚居然踩到了什么东西，我低头一看，是一个跟人体差不多大小的水母。

在大水母的肚里，居然生存着小水母！

接着，这只水母带着我的身体，像一只橡皮艇一样开始向前游动。

我总算理解了白枫不让我攻击它们的原因。很显然，这些浮游生物并没有什么恶意，虽然我搞不清楚它们想将我带到哪里去，但我相信，在这些低等生物的背后，一定有一个接近神灵的智慧在操纵着这一切。

这些紧密拥挤在一起的水母可能已经存在了很长时间，因为它们身体之间的区隔已经消失了。如果不是我脚下的水中有着一闪一闪的亮光，根本看不出这是由成千上万的水母组成的，它们已经融合为一，变成了一个超大型的生命体。

在一直向前游了数千米之后，我脚下的水母终于缓缓沉了下去，留下我一个人在水中挣扎，我知道它会抽身而去的，因为离我不远处已经有一个高出水面的平台，从质地上看也是由无数略小的水母挤在一起形成的，先后到达的那三个人就站在台子上向我招手。

我快速游过去，拽着摩纳法师的手爬上了台子，呆呆地说："这太像是在做梦了！"

不一会儿，紧随其后的四个人也踏上了台子。

"你为什么心甘情愿地被它们俘虏？"我问白枫。

"很简单。"陆华替白枫回答道，"因为她掌握了读心术。"

我瞪了一眼陆华，提高了声音问白枫："是这样吗？"陆华这个家伙总是插在我和白枫中间,而且还不时表现出他对白枫拥有比我更大的默契,真的厌烦透顶。

白枫点了点头，道："我不但能探知到你们任何人的想法，也能很快捕捉到其他生物的心理活动。我知道这些水母正在执行一个命令，就是将我们平安地带到这里。所以我才不让你动手，无论出于什么目的，在这里总比在海水中泡着要安全得多。"

"可是将我们带到这里又是为了什么呢？"刘天杰不解地问道。

"这我就不知道了！"白枫摇了摇头。她的这种能力只能用来捕捉周围生物的心理活动，却不能遥感到那个智慧的意图。

但不久之后，我们就知道了它的意图，因为当我们在这里待着无聊，顺着这个平坦的台子向一边漫无目的地走了几分钟之后，就遇到它这个意图的目标。

三

我们和那个目标是不期而遇的，当时他正一瘸一拐地往这块由水母组成的小“陆地”深处行走，而我们也在往那个方向探寻，正好碰在了一起。

第一个冲上去的人是韩成殊，只听他大叫了一声“介川嘉男”，就以从未有过的勇气飞扑过去。但很不幸，他的勇气只能诠释身上那仅存的一点血性，在介川的一个背摔下，韩成殊像沙袋一样，被扔在了软绵绵的水母地面上。

我们都没有过去救他，介川看到我们一起出现，就没有再为难韩成殊，看着他从地上站起来，退回我们的阵列。

“真是冤家路窄，介川先生，我们又碰到一起了。”我笑着讽刺道。

介川道：“确实很不幸，我们又碰到了一起。”

“我们都被你骗了，可是这一次，你无路可逃。”陆华说，并向他伸出手，“还给我吧！”

介川向自己挂在腰间的那个金属筒扫了一眼，缓缓将它拽了出来，竟然一脱手，把它丢给了陆华。

“你倒是很识相。”我笑道。

介川笑了笑，道：“虽然我把你们困在了那个水母内，但无意要你们的命，这只是我为了实现目标而采取的必要手段，对此，我并不后悔。我唯一感到对不起的人是摩纳法师，我砍掉了他的一条胳膊，等这件事情结束之后，我宁愿还他一条。”

本来我们已经准备向他动手了，可是听到他这番不卑不亢的话，大家都有些犹豫。

“你一定知道这些铁齿蚁的用途，如果你将这个秘密告诉我们，我们可以考虑放你一马。”我向白枫瞥了一眼，心里突然一动，便开口问道。

介川平静地笑了笑，连眼睛都没有眨一下就拒绝了我，说道：“对不起，我不知道。”

我暗自窃喜，我想在他蒙骗我们说不知道的时候，他脑子里已经将答案过滤了一遍，这对于我来说当然毫无用处，但对于白枫却完全不同。所以在听了他的回答之后，我转头去看白枫，但奇怪的是，白枫却向我摇了摇头。

她可能认为是因为距离太远的缘故，所以紧接着向前走了两步，站在比我还靠前的位置上，目不转睛地盯着介川。可她回过头来的时候还是一脸茫然。

“那我们就杀了你！”我正色说。既然白枫的读心术对他不起作用，我现在只能硬逼了。

听到我这句话，韩成殊和刘天杰都向前走了两步，和我并排站在一起，打算随时跟着我冲过去。

介川一脸平静，还冲我们笑了笑，说："不是我不告诉你们，而是我确实不知道。"

"都到了这个时候，你还在骗我们，你以为我们是三岁小孩吗？"韩成殊满脸怒容地瞪着他。

"我知道自己不是你们这些人的对手，但我没有说谎，如果你们认为我罪大恶极，确实该死的话，我决不反抗。"说到这里，他居然闭上了眼睛。

他的这个做法令我们大部分人都愤怒起来，与其说他是在心安理得地说谎，不如说他是在嚣张地向我们挑衅，他可能认为我们没用勇气杀掉他。

哧的一声响，韩成殊从刘天杰腰间将匕首拔了出来，像杀一只恶狼般向介川心口捅了过去。

突然，有一条胳膊抓住了他的手臂，使那柄匕首停在了离介川心口四五公分的地方。

是摩纳法师，那个被介川伤害最严重的老僧人。只听他轻声道："放了他吧！"

"为什么？"韩成殊大叫起来。

摩纳法师苦笑着念了一句佛号，道："你不觉得这件事很奇怪吗？"

"哦？"这次，韩成殊和介川第一次达成了共识，异口同声地发出疑问。

法师和蔼地看着韩成殊，问："我们为什么会在这里？"

"这还用说，因为那些水母捉到了我们，将我们带了过来。"

"那些水母为什么帮助自己的敌人？"

"因为……因为……"韩成殊嗫嚅了两声，眼睛渐渐睁大，惊疑不定地说，"你是说……"

摩纳法师点了点头，道："那个智慧想让我们阻止介川，这就意味着它可能惧怕介川。如果我们把介川杀了，不是正合了那个智慧的心意了吗？"

他的这番话使我们都冷静了下来。他说得没错，如果那个智慧将我们费尽心机的带到这里就是为了借我们的手置介川于死地，那么，它一定惧怕这个人。虽然我们不明白为什么，但敌人的敌人就是我们的朋友，为了尽快找到这块大陆的神秘中枢，我们应该暂且把彼此的仇怨搁置起来，共同对外——虽然没有人想和这个阴险的日本人打交道。

介川听到摩纳法师这句话，先是微微愣了一下，然后恭敬地向他鞠躬，用沉重的声音说道："大师，谢谢您为我开脱。我知道自己对您犯下了不可饶恕的过错，对此我愿意承担您对我的任何处罚，但我不能欺骗您。我没有携带任何秘密武器，也没有超出任何人的特异功能，所以我认为这可能只是一个误会，我不可能制服能够一夜之间摧毁一片丛林的那个东西，而且我也不知道它是什么。”

“大师，您听到了吗？”韩成殊得意地向法师叫起来，胳膊翻了一下，想要挣脱法师的控制，将匕首戳进介川的心脏。

但摩纳法师作为一位深藏不露的“武林高手”，如果不是他自己愿意，任何人想要摆脱他都不容易，所以韩成殊也只是红着脸挣扎了两下，刀尖想要往前挺进一寸都不可能。

摩纳法师微笑着将他手里的匕首接过来，转头对介川语重心长地说道：“任何人都不可能决定未来，上天赐给一个人生命，都已经为他安排了使命，我们不能违背命运的安排，介川君，请你好自为之！”

介川抬起头，用迷离惶恐的眼睛盯着法师愣了一会儿，又弯下腰，鞠了一躬。

“好吧！我们听大师的，现在开始干正事吧！”陆华问摩纳法师，“大师，我们现在要往哪走？”摩纳法师转头向介川说道：“介川君，我们下一步的行程，就要靠你来安排了。”

介川说了一句“愿意效劳”，就走到了我们前面，向四周打量了几眼之后，迈步向闪着诡谲光影的陆地深处走去，边走边说：“虽然我也不知道是否应该向这个方向走，但直觉告诉我，这块由水母组成的陆地可能就是关键所在。”

陆华紧跟着补充道：“自从我们在下面遭遇了数以万计的水母后，我也一直在思考那么多水母到底是从何而来。”

“有结果了吗？”刘天杰好奇地问。

“我也不知道自己的这个想法到底对不对，从我这一路上的见闻和感觉来看，这块陆地其实就是由无数的水母构成的。出发前我们都曾经在那个展览中见到过那幅水母玩弄大白鲨的照片，但却被大卫掺杂进无数令人不可思议的照片中，没有引起我的注意。可现在来看，其实这个答案早就放在我们面前，一块能够自由沉浮的陆地，如果没有能自由在海水中漂浮的东西作为支撑，根本就不可能。而放眼整个海洋环境，能够做到这一点的，水母无疑是首选。”

“而且我们一直以为的丛林也只是由无数的水母触须纠结在一起形成的假象。那些植物只是掩人耳目的木棍篱笆，那些能够发出不同光彩的像是藤蔓的水母触须才是关键所在。我们都被这些道具给欺骗了。”白枫苦笑着接口说。

刘天杰沉吟了一下，突然又皱着眉头说道：“可是我们为什么会在里面昏睡了三天三夜呢？”

“很简单！”我插嘴解释道，“我们现在知道这块陆地是由一个不知道是什么的智慧体控制的，而这些大大小小的水母就是它的神经末梢，所以它能依靠这些水母控制大陆上的每一块石头。因为这个智慧体想让我们做一个漫长的噩梦，所以我们就做了一个噩梦，虽然至今为止，我们还不知道它这样做的目的是什么。”

“或许是在检验！”走在最前面的介川瓮声瓮气地说，“它想在我们的睡梦中深入到我们的思想深处，捕捉到我们的性格特点，然后加以改造。我怀疑我们曾经遭遇的人面兽族以及陆地上的其他生命，都是由人类变异来的。许多像我们一样的探险队和不幸遭遇的失事船只都成为了这个陆地的俘虏，只不过，不知道什么原因，我们被异化得并不成功。”

我听着他的这种推测，不禁暗暗点头。从那次噩梦后的遭遇来看，这种设想完全说得通。正是由于这次不成功的探测，深藏在陆地内部的智慧体感到了恐惧，在毁掉莽林未将我们消灭后，又派出了人面兽等族群对我们展开堵截，目的也很明确，就是将我们全部杀掉。

白枫不自然笑了笑，道：“我觉得原因可能出在我和大师身上，因为在睡梦中我似乎探寻到了这个智慧体的意图和所在，但和大家都不同的是，你们苏醒后都对梦境记忆犹新，但我好像全部忘掉了。我觉得这是它故意抹掉了我的这段记忆。而摩纳法师凭借着自己的高深修为，不但能和侵入大脑的软体生物共存，而且还能通过它探测到智慧体的意图，这无疑使它感觉到了威胁。”

一直默默地跟在队伍后面的古洛博士突然停下了脚步，大叫起来：“我明白了！”

“你明白什么了？”我惊奇地看了他一眼。

“我一直以为埋藏在沙漠地下的那些生物只是胎死腹中的小生命，但现在我有了一个完全不同的结论。那些看起来像胎衣的干皮其实是干掉的水母，而那些完全和我们现实世界不一样的生物其实是正在发生变异的动物！”说到这里，古洛博士张大了嘴巴看着我们。是的，如果那些尚未完全干掉的尸体真的是普通动物尚未变异而成的躯体的话，那么一旦它们成型后苏醒过来，将是多么恐怖的一支力量!

“也有可能那些全都是尸体，只是因为进化得不成功，被丢弃了。”他想了一下，又补充道。

“但无论如何，这块陆地的存在和壮大都是我们人类的一种潜在威胁。随着这块陆地的不断扩大，会有更多的人类和动物被它俘虏，然后被改造成恐怖的杀人武器。一旦它们的力量强大的一定程度，我们人类文明就很可能会被摧毁掉！”陆华叹了口气，忧心忡忡地说。

刘天杰睁着一双惊骇的眼睛在我们脸上来回扫视，最后道：“这真的就像是一个神话，在我们现实生活中怎么会发生这种事？这简直太难以置信了！我突然想起了《指环王》，而我们也变成了那支深入末日火山的人类探险队，摩纳法师，您就是白袍巫师甘道夫！”

大家难得地发出一阵大笑。摩纳法师用仅存的一只手做了个握拐杖的姿势，说了一句玩笑话：“我是独臂甘道夫。”

大家再次大笑起来，都为摩纳法师这副滑稽的神态逗乐了。连前面离开我们四五米远的介川也回头嘿嘿干笑了两声。可能在他内心深处，真的对曾经伤害过摩纳法师这件事感到了愧疚。

我看着介川弓着腰在前面带路的背影，突然想到，如果我们算得上《指环王》中前往末日火山毁灭魔戒的护戒队的话，那在前面带路的介川就应该是咕噜，那个一直想将魔戒据为己有，备受半兽人折磨，最后与魔戒同归于尽的霍比特人。

四

前方一直很开阔，我们不停地向前走了半个多小时后，眼前依然空旷得令人心生不安。这里其实算得上是一块平坦辽阔的平原，头顶上乳白色的水母像漂浮的白云，近在咫尺，如果不是这块由水母组成的平原踩上去软绵绵的，我们真以为已经走出了这段噩梦般的探险之旅，回到人间，正在天高地阔的草原上漫步。

大家互相之间开着玩笑，沉重的心情得到些缓解，仿佛回到了刚刚起航时在太平洋中那段惬意自在的时光。

我们开心地度过了轻松的半个小时，接下来，我们的神经又再次绷紧了，因为我们一直在寻找的目标出现在了我们面前。

那个我们一直认为的目标就在前方星星点点的闪光中出现在我们面前，在见到它的那一刻，我顿觉眼前一亮。

实在难以想象，那个东西竟然是一个头骨！不，准确地说，应该是一个水晶头骨。

与它一同出现的是密密麻麻缠绕在一起的触须，它们乱糟糟地纠缠在一起，拱起了一个高出水母地面三米左右的高台，供托着它，就像坐在神龛里的神像一样庄严肃穆，透着一股神圣不可侵犯的气势。

这个水晶头骨不是被放在上面的，而是悬浮在离这堆触须状的供桌一尺高的空中，并不停地闪烁着奇异的光彩。

而在它周围的空中，有许多手掌大小的水母环绕着，纤细的触须随着头骨光彩的变换轻轻舞动，它们环绕成一个圆环的形状，在头骨周围飞来舞去，使整个头骨看起来如真似幻，充满着诱惑。

我们被眼前的情景惊呆了！

“古时候有13个水晶头骨，能说话，会唱歌。这些水晶头骨里隐藏了有关人类起源和死亡的所有秘密，能帮助人类解开宇宙生命之谜。根据传说，人们必须在2012年12月21日之前找到全部头骨。那一天是已经循环了5126年的玛雅历法的终结。除非13个头骨聚集在一起并按正确的位置摆放，否则地球将飞离轴心。只有那样做，头骨的超自然力量才能挽救地球……”不知道是谁在喃喃念诵着印第安人流传下来的这段耳熟能详的传说。

“那这是第几个？”陷入疯癫状态的艾维洛兹第一次问出了一个我们能听懂的问题，但却没谁能回答出来。

第一眼看到这颗水晶头骨，我首先想到就是这个玛雅传说，而且以我们这些天的经历和见闻来看，也只有这么一颗藏满了秘密的神奇之物才能承担起左右大陆，控制那些奇异生命的资格。

局势在看到它的第一眼时就完全失控了，几乎所有人，包括我在内，都在呆呆地愣了一分多钟后疯狂地向那颗头骨冲了过去，唯一一个还保持清醒的人是修持多年，曾被陆华称为已经修炼成不死之身的摩纳法师。这位老僧人在竭力阻止大家疯狂的举动。但这无济于事。相对于发现一颗能解开宇宙秘密的水晶头骨来说，一个独臂僧人根本左右不了局势。

陆华说得没有错，这确实是一个足以震惊世界的发现，就算没有这块陆地的存在，我们九死一生的经历也是完全值得的！

当我们冲到了那个头骨悬浮的地方之后，场面就陷入了完全的混乱当中。我毫不犹豫地从一双双大手中争抢着它，并向旁边的手掌进行毫不留情的攻击，我不知道这里面有没有白枫的那双小手，也根本无暇顾及。

我的脑子里完全屏蔽了周遭发生的事情，屏蔽了所有的声音，所有的影像。我眼睛里只能看到那个头骨，我心里只有一个信念，将它据为己有，聆听它发出的声音，聆听人类和宇宙的终极秘密。

当我抢到了那个头骨，并将它抱在怀里，跑到一边安全的地方为自己暗自窃喜的时候，才有空闲用余光去打量其他人。

但是，令我更加目瞪口呆的事情出现了。我看到每一个人怀里都抱着一个晶莹的水晶头骨，每个人都在惊疑不定暗暗窃喜中抬头张望，而刚才那个水晶头骨悬浮的地方依然有一颗头骨安安稳稳地在那里悬浮着。它的周围环绕着漂亮的水母，它下面依然缠绕着杂乱的触须。我们得到了各自的头骨，但它依然存在！

我觉得那颗悬浮头骨在向我发出微笑，在向我唱歌，在用它那个镶嵌着珠贝的漂亮大嘴向我述说着什么。

一条人影缓缓地走入了我的眼帘，伫立在它面前。那个枯瘦的身影无比可恶，他用他残缺而肮脏的躯体阻挡住了我和那颗水晶头骨之间的交流。

那位老人缓缓将手伸向了面前那颗头骨，并在离它十几公分的地方凝在了空中。

说也奇怪，当他的手掌在空中翻转过来，手心朝上之后，那颗神圣不可侵犯的头骨居然缓缓飘浮到他的手中，站在他的掌心与这位独臂老人迎面相对。

也就是在这个时候，我紧紧抱在怀里的那颗水晶头骨突然起了变化，它从晶莹光滑的实物突然变得柔软起来，然后慢慢变得透明，转瞬，就完全消失掉了。

我的内心涌起了无限的恼怒和怨恨，在这一瞬之间，已经到手的那把解开宇宙之谜的钥匙就凭空消失了，我又变得一无所有。

无比的失落加上无比的愤恨使我血气上涌，我从地上站起来，和其他人一起，向这位一动不动地站在那里和水晶头骨“四目”相对的老僧人走去。

老僧人好像已经进入了冥想中，对我们不怀好意的靠近举动连正眼都没有看一下。

我们很快将他围在中心，狠狠地盯着他，不知道是谁大叫了一声，所有人都向这位老人发起了攻击。

摩纳法师在一把匕首已经刺进他的腰间的时候，突然从沉思中苏醒了过来，并立即采取了行动。他的身子往前冲了半步，一下将迎面挥拳向他打来的陆华的身子撞得离地飞了起来，同时来了个利索的前空翻，双脚在空中准确无误地踢中了两个目标，手拿匕首的刘天杰被踢中了手腕，匕首脱手飞向了空中，和他并排站着的古洛博士被踢中了下巴，哎哟一声，双脚往后趔趄了两步，嘭的一声倒在地上，没能再站起来。

而摩纳法师的身子落在那个触须纠结而成的台子上，目光炯炯地环视着我们，那些闪闪发光的小水母就围绕在他周围，水晶头骨依然托在他的掌心。

我大喝一声，向前助跑了两步，身子也跟着腾空而起，双脚不顾一切地连环踢出，向这位我一直心怀崇敬和感激的老人心口脖颈胡乱踢了过去。这是在少林寺学习的功夫——连环飞踢。

与此同时，介川已经爬上了那个高台的对面，手里拿着一柄匕首，对着摩纳法师的后背，无声无息地扎了下去。

艾维洛兹和韩成殊也一左一右地站在台子两边，做好了随时冲过去争抢头骨的准备。

这位老僧人已经是腹背受敌，连左右逃逸的退路都给封死了。

我以为这一次他不会再逃脱了，因为在我凌厉的正面攻势掩护下，介川手里的匕首已经令他没有了后退的空间。可万万没想到，他竟然在这严密的围攻下轻松脱身了。

在我两只脚就要踢到摩纳法师身上的时候，他突然将手中的头骨抛向了空中，单手拽住我的一只脚往后一扯，很不幸，我两只脚结结实实地踢在介川身上，紧接着我们两个人就从高台上滚落下来。幸好他的匕首刺在了我两只脚之间的空隙中，不然我一只脚也废了。

站在左右两边等待着渔翁得利的两个人，就更加不是对手。一向慈悲为怀的摩纳法师这次好像也发了狠，他不等艾维洛兹和韩成殊攻上来就首先动手了，只见他一只脚在左右两边分别踢了两下，就将两人踢倒在地。

还没等他们站起来，摩纳法师已经跳下了高台，黑着脸做出了更凶残的行为。他飞快地靠近了艾维洛兹，像踢一只皮球一样，反复地踹他的脑袋……直到艾维洛兹鼻孔里都冒出了血还不放弃。

也不知道他踢了多少下之后，这位凶残的佛门高僧开始转向了韩成殊，然后是介川、陆华、刘天杰、古洛博士，直到白枫。

当他打算对白枫施虐的时候，我忍着疼站了起来，好几次冲过去想阻止他，都被疯子一样的老僧人顺手摔到了一边，我眼看着白枫慢慢昏了过去，倒在血泊中。

最后他来到我身边，一双装满了假惺惺的慈悲的眼睛和我对视着。我向他凄然一笑，没打算做任何反抗，等着他来捶打我的脑袋。

老人终于动手了，他擎起血淋淋的拳头，狠狠重击在我的额头，我感到脑子一阵晕眩，但意识却有了片刻的清晰。我感到很奇怪，但却来不及思考是怎么回事，他的第二拳又虎虎生风地砸了下来，然后是第三拳，第四拳……在第六拳的时候，我渐渐失去了知觉，逐渐模糊的视野中只残留下一个枯瘦狰狞的脸孔和慢慢变了形状的身影。

我想这一次，我恐怕再也醒不过来了。

五

像是又做了一场恐怖的噩梦，我感到头痛欲裂，耳朵里如同数千只蚊子在嗡嗡叫个不停。我从昏昏沉沉中睁开眼帘，看到一个个东倒西歪地坐在地上的身体，像是刚经过了一场惨烈的大战一样，每个人脸上都血迹斑斑，一颗颗脑袋比平时都大了许多，脸颊浮肿，眼圈发乌。

摩纳法师在我们身边来回走动，在每个人身边俯下身子查看大家的伤势，当他关切地问我哪里不舒服的时候，我特别注意了一下他的手掌，上面沾满了颜色发乌的血迹，整个手掌也比平时肿大了几乎一倍，跟熊掌差不多，和他枯瘦的身体很不相称。

看到眼前这一幕，我确认了刚才并不是在做噩梦，我们确实和他经过了一场惨烈的生死对决。

头越来越疼，只要稍微想进行一下思考，就感到里面有无数的蚂蚁在爬，我想大脑一定受到了严重的震荡，不知道有没有出现淤血。

“大伙儿的大脑都受到了伤害，尽量不要去过多地想什么东西。”摩纳法师用平缓柔和的声音对我们说道。

韩成殊双手抓着自己的头发，脸上的痛苦无以复加，声音也说不出的暴戾：“大师，请问你对我们做了什么？”虽然他的用语很客气，可口气已相当不善。

摩纳法师刚想解释，白枫却接过来回答道：“我们应该谢谢大师，他再一次救了我们的命。如果不是他及时将侵入我们大脑的东西清除，恐怕现在我们已经互相残杀全死掉了，一个也别想再醒过来！”

我隐约听明白了白枫话里的意思。记得不久前，我曾经目睹过摩纳法师自己捶打自己脑袋的情景，当时的情状比现在还要惨烈许多，他当时七窍流血，我都以为他疯掉了。我想我们现在可能碰到了和他相同的命运。

“那个水晶头骨呢？”介川有些失落地抬头四处张望。

摩纳法师叹了口气，郑重地说：“那不是什么水晶头骨，是很多变异的水母组合而成的虚幻景象，目的就是让我们大家自相残杀。”

“也就是说，这又是那个什么狗屁智慧体安排的陷阱？”艾维洛兹冷冰冰地问道。

我向艾维洛兹打量了几眼，这个家伙深邃的眼孔中放射着熠熠的光彩，终于恢复了往日的冷漠和镇定。真是因祸得福，他的精神居然恢复了。

既然他说了“又”，那就是说他对疯癫状态下遭遇的事情也许还记得，至少在不久前我们被安排着和介川碰到一块的这件事他会记得。

“那这个东西到底长什么样子？”刘天杰表示着惊疑。

摩纳法师向自己面前的地上指了指，我们都围过去看。原来那是一个长满了触须的东西，相比于其他的水母，它的躯体缩成了很不成比例的一小团，整个身子都被线头一样的触须遮盖住了。

韩成殊上去踢了一脚，那个东西翻了个身，另一边和我们刚才看到的一模一样。

“也就是说，我们看到的那个水晶头骨是假的，根本就不存在？”古洛博士极为失望地说道。对于一位醉心于科学研究的学者来说，否定他的科学发现远比杀了他还让他无法接受。

我看着这个恶心的小生物说：“这也不是全没有用处，这至少证明了一点，我们离那个智慧体越来越近了，不然的话，它不会这么急迫地想消灭我们。”

“看来我们的方向是对的，它离这里已经不远了。”介川抬起头，目视远方。

“那还等什么？赶快赶路吧，别给它再来伤害我们的机会，要是再有这么一次的话，我们全都得玩完儿。”韩成殊摇摇晃晃地站了起来。

时间确实已经不等人了，现在我们都疲惫到了极点，大家还能够站起来只是因为一股不服输的劲头在支撑着，如果真的再碰到什么麻烦的话，我们根本应对不了。虽然摩纳法师那具枯瘦的身体就像铁筑的一样坚实，在无数次的危难关头力挽狂澜，使我们转危为安，可是我看出这具身体已经严重超负荷了，走起路来不像以前那样轻盈，双脚有些拖沓。这不是好兆头，如果他倒下去，我们非但失去了一个强有力的支柱，恐怕连继续下去的勇气都没有了。

接下来的路程依然是介川带路，摩纳法师跟在他后面，我断后，艾维洛兹走在倒数第二的位置。

我赶上几步追上他：“艾维洛兹，你终于恢复正常了！”

这位大侦探只是回头瞥了我一眼，嘴里轻轻地嗯了一声，就又转过头去，不再搭理我。看来他不但记住了在疯癫状态时发生的事情，恐怕连我们之间的激烈冲突都记得一清二楚，要想和这么一位心思很重的顽固分子冰释前嫌，实在很不容易。

前面终于出现了一个分岔口，这是我们踏上这块平坦的水母陆地后第一次碰到。大家都兴奋起来，虽然没有任何迹象，但我们都愿意相信，这表明我们离目标不远了。

介川在前面停了一下，也没有和后面的摩纳法师做任何商量，就转头向右边的那块陆地走去。

“介川！”韩成殊硬邦邦地大声问道，“你为什么走这条路？”

介川停下来，摇了摇头：“我不知道。”

“我觉得你带的路不对。”韩成殊又叫起来。

“为什么？”

“因为……跟着你我们刚刚差一点全军覆没，谁知道你会把我们带到一条怎样的绝路上去？”

“那么，你可以走另外一条。”介川向旁边那一条指了指，“我又没勉强你一定得跟着我。”

韩成殊被呛了一口，却不知用什么话来回敬他，只好眨着眼睛满怀怨恨地看着他。

陆华这时也开了口：“介川君，你选择这条路的理由是什么？我们实在经不起更多的折腾了。”

介川沉吟了一下，向我们摇了摇头，道：“很抱歉，我真的说不出任何理由，走这条路只是我下意识的一种选择。我早就说过，你们肯定误会了，没有任何迹象表明那个智慧体惧怕我，我也不能保证带你们找到它。”

没错，他从来没说过会带我们找到秘密，或许只是一种误解，使我们误以为介川身上藏有那个智慧体惧怕的东西。可到现在为止，我们没有发现任何蛛丝马迹。

大家都将目光投向了摩纳法师，现在他是我们这群亡命徒无可争议的精神领袖，如果他决定错误下去，我们也只能跟着。

这位老僧人只说了三个字，就把我们的嘴堵上了，他说：“继续吧！”

我们只能默默地跟在这个日本人后面。如果前面是一个陷阱的话，我们只能在临死前先将他咬死。

从分岔口开始，我们和另外一个分出去的陆地越离越远，中间出现了大面积的水泽。我们选择的这条道路也在前行了几百米后渐渐出现了抬升的迹象。我向前看去，这块陆地确实在慢慢升高，伸展向越来越黑暗的前方。

走了很久，我们终于走到了这块陆地的尽头，前面豁然开朗起来，往上看，像是高高的天空一样深邃，而往下看，像是有着无底深渊，在庞大的如同虚空一样的空间中，只有星星点点光点在缓缓浮动，我们好像走进入深邃的宇宙中。

第二十五章

毁灭 or 重生

一

看到这幅场景，大家都怔在当地，你看我我看你，全傻眼了。

韩成殊一屁股瘫坐在地上，最先抱怨起来：“完了，这个小日本真把我们带到绝路上来了。”

这种失望的情绪像瘟疫一样瞬间传染给了其他人，大伙儿或坐或躺地倒在地上，不停地唉声叹气。

悬崖边上只剩下了我、摩纳法师、陆华和将我们引到这里的介川嘉男。

介川似乎也感到抱歉，低着头向大师说道：“对不起，我……”

摩纳法师伸出单臂阻止他说下去，双眼却在盯着虚空中不停闪动着的点点“繁星”发愣。

我问道：“大师，您在看什么？”

摩纳法师用缓慢的声音答道：“你看那些星星。”

我再次向虚空中一颗颗的闪光点看去，却并没有发现任何异样，于是疑惑地看向大师。

摩纳法师的目光仿佛已经被定住了，幽幽地说道：“它们好像在动。”

我把目光牢牢锁定在其中一颗星星上。是的，它在动，且是毫无规律地移动，像是手里提着的一盏灯笼，飘忽不定地移动着。我忍不住惊叫道：“它们是活的？”

介川跟陆华也是一脸的惊诧。

大师似乎想通了其中的关节，慢慢转过身，向大伙儿说道：“歇一会儿吧！”说完盘膝坐下。

这时陆华跟白枫各自从怀里掏出一点肉干分给大家吃，只是数量有限，每人也就分到了烟盒大小的一块。

当白枫递给我时，我摇了摇头。白枫也没有吃，把手里剩下的最后一块递给了陆华。对方向我瞄了一眼，我故意将头扭向一边，装作没看见。

不知道是出于出家人的修持还是跟我同样的原因，摩纳法师也拒绝了这远比黄金还贵重的食物，闭上双目养起了神。

大家都没有说话，已经被失望情绪左右了精神，几乎没有人再去想下一步该怎么办，当然，摩纳法师除外。这位老者虽然一脸祥和，但在他心头，或许一个计划已经成形。

过了大约十几分钟，在大家百无聊赖地躺在地上快要睡着的时候，老僧人缓缓睁开了眼睛，在人群中扫视了一眼：“我们还有多少武器？”

经过这番磨难，我们只剩下一根铁桶（陆华失而复得的那根）和两柄匕首。

摩纳法师点了点头，嘱咐道：“大家留在这里，派两个人守在洞口，防止有什么东西攻击过来，在我们回来之前，不可贸然行动。”

大伙儿点了点头，疑惑地瞧着他，陆华问道：“那您呢？”

摩纳法师在腰间一扯，一条软索刷的一声甩了出来。

“大师，我陪你去。”介川自告奋勇地站起来。

摩纳法师看着他愣了片刻，然后点了点头。

我看了摩纳法师跟介川一眼，也站起来：“我也去吧！”

摩纳法师转头向我看看，我冲他别有意味地笑笑。摩纳法师似乎明白了我的意思，点头答应。

“我也去！”陆华跟着站了起来，用不容置疑的口吻说道，“异先生受了伤，还是我去吧！”

摩纳法师在我跟陆华脸上扫了两眼，最后看向陆华：“你还是留下来，这里也必须留下一把好手。”

陆华有点不情愿地将那根铁桶交到法师手里。法师将软绳在空中舞动了一下，说道：“走吧！”他话音未落，身子已经站在了悬崖边，然后又挥动了一下绳索，身影倏然而逝。

介川向我看了一眼，我用下巴示意他先行，他也知道我的意思，于是扯出绳子跟了过去。

我也接过白枫递来的软索，转身要走，白枫却突然拉住了我：“等等！”

她低着头帮我将手臂上的绷带扎紧。

看着她的秀发，我心里突然泛起一股酸意，如果我们能活着离开这里，不知道眼前这个女人在我和陆华之间会做何选择？

白枫一边绑着绷带一边轻声说：“你自己要小心，一定要……活着回来，小心介川。”

我伸手托起她的下巴，看着她亮晶晶的眼睛："等咱们回去后，我就跟你结婚。"

白枫似乎有点勉强地笑笑，抿着嘴使劲点点头。

我毅然转过头，走到悬崖边，甩手将绳索套在头顶石壁的一个凸起上，身子跟着在空中一荡，向离我不远的介川追去。

但就在这个时候，本来一团漆黑的头顶上突然发生了变化。

二

头顶的虚空突然像是变了天，在中间的位置似乎有某种怪兽惊醒了。刚开始是微微地泛起一层淡淡的亮光，随着亮光的逐渐加强，那里卷起一阵漩涡，一道道明暗相间的雾气开始纠缠凝结。不一会儿，原先还天晴星朗的空中已经变得乌云密布，一场龙卷风似乎马上就要降临。

冰凉的冷风也随之吹起来。

随着头顶亮光的加剧，我也看清楚了周遭的环境。这一看清不要紧，我差点惊得掉进下面的万丈深渊。

摩纳法师说得没错，那些亮点确实是活物，而且还是水母，一种我们不曾见过的水母。

它们几乎已经脱离了水母的范畴，除了团团舞动的触须和闪闪发光的身体外，和其他水母已经没有了一点相似之处。它们不但长着如同葫芦一样上下两半的身体，还生出了眼睛跟嘴巴，在空中自由游弋。

而在我们身体的正下方，就是波涛汹涌的海面。海水中正有无数的鲨鱼在仰着头贪婪地看着我们，期盼着我们用自由落体的优美动作掉进它们嘴里。

而我们攀爬的却是一个圆筒状的黑色墙壁。这时我突然想到陆华铁桶内装着的那些铁齿蚁，现在我们就跟它们一样，面对着溜滑的墙壁做着无谓的努力。

而此时，那些在空中悬浮的水母似乎受到了某种刺激，全部加快了运动的频率，向我们三人疯狂地扑过来。

介川在我头顶大叫起来："大师，它们来了！"

摩纳法师此时也停止了上爬的动作，找了一个勉强可以蹲身的地方靠在墙上，催促着："你们快点，快点。"

介川显然有点慌乱，在磕磕绊绊中爬了四五米之后，再次甩出的绳索似乎没套牢，在他刚要交换着双手使劲向上拖动身体的时候突然脱扣，介川发出一声惊叫，身子跟着坠下。

摩纳法师赶紧甩出绳子，想缠住介川飞舞在空中的绳索，可惜两根绳子只是碰了一下，却没办法缠在一起。

摩纳法师冲我大叫一声：“接住他。”

实际上我一直以为这个鬼子掉进鲨鱼嘴里是最好的归宿，可手臂还是不由自主地甩了出去,就在他从我身边划过的时候缠在他腰上,往回一扯,将他拉了回来。

摩纳法师也紧跟着飞扑到我们身边，帮我一起将介川抱住了。

介川心有余悸地看着我俩：“谢谢你们。”

我没有搭理他，而是问摩纳法师：“它们是冲我们来的，还是先退回去吧！”

摩纳法师摇了摇头：“已经来不及了。”

没错，我们现在离洞口已经超过了一百米，而向我们冲来的那些水母的先头部队已经到达了我们身边。

摩纳法师向我看了一眼，我立即明白了他的意思，于是往头顶上面看了看，瞅准了一个突出的石块。

冲在最前面的那只水母在离我们不到一米的地方突然张开大嘴，它嘴里虽然没有牙齿，可红白相间的颜色还是令我的肠胃忍不住一阵痉挛。

“走！”摩纳法师大叫一声。

我猛地一下甩出绳索，在另一端刚套在头顶那块石头上时，身子已经腾空，紧跟着飞快地旋转身体，随着绳索在我腰上快速缠绕，上升了三四米。

摩纳法师也用双腿夹着介川飞到了离我两米远的地方。

最前面的那只水母一下撞在墙上，将一张嘴巴撞扁了，身子也紧跟着爆出一股汁液，整个身子糊在墙上。

后面的水母反应倒是极快，在就要撞到墙上的时候突然转向，再次向我们扑来。

我只好再次往上爬。可当我抬头看了一眼头顶旋转得越来越快的亮光时，心里不禁一沉。我们离那里起码还有上千米的距离，单凭我们的行进速度，恐怕只有三种结果，不是被这些水母撞死，就是掉下去被鲨鱼囫囵吞掉，再不然就得给活活累死。

我向摩纳法师瞧了一眼，他也满脸担忧，估计也在为我们的命运发愁。

在这片刻之间，第二波水母大军像洪水一样涌来，而且队形也在瞬间起了变化。如果刚才的它们用一把锥子来形容的话，那么这次看起来更像是一堵墙，带着呼啸和杀气而来。

此时我已经将软索缠在了头顶另一块突起的岩石上，看到它们这瞬间的调整不禁呆住了。

摩纳法师也急迫地冲我大叫：“找空隙钻进去！”

虽然我完全明白了大师的话，可在慌手忙脚地摘绳索的时候却遇到了小麻烦，绳索另一端缠得很紧，根本摘不下来。

我拽了两下，只好咬咬牙，双足一蹬，身子腾空，快速向头顶升去。现在这条绳索比我的一条胳膊还重要，离开它我将寸步难行。

可已经没有时间了，在我刚刚向上升起不到两米时，水母大军已经到了我面前。我正前方的那只已经张开大嘴准备享用我这个难得的人类美味。

我来不及细想，一只脚伸了出去，在这家伙头上轻轻点了点，硬生生地把自己塞进了它和周围“战友”之间的缝隙里。

接着，我被来势汹汹的力道推着向石壁上撞了过去。虽然我拼尽了全力往里挤，可背部还是实实在在感觉到了石壁带给我的痛楚，还没等我叫出声，令人窒息的挤压便接踵而至。我完全失去了在这些东西中见缝插针的勇气和力量，任由身体承受着源源不绝的撞击。

这下我必死无疑了！可在我的身体跟神经都开始麻木的时候，这种压力却慢慢开始松解了。我的身体也开始快速坠落。

耳边的风声提醒我自己正在迅速下坠，等待我的是一群仰面朝天张着血盆大口的鲨鱼。

这迫使我恢复了一些知觉，胳膊也神经质地拉了一下，想阻止下坠之势，却没有了一点力气。

我大吃一惊，勉强睁开眼睛看去。绳索正卷着一小块石头在我头顶不即不离地跟我保持着同样的速度下坠。

我苦笑着叹了口气，除了闭目等死外，唯一能做的就是放开喉咙大声呼救，可谁来救我呢？

我只能另想他法。

脚下迅速向我靠近的是一只水母，错了，是我在向它靠近。我在心底给自己加了把劲，奢望能掉到它身上。

可这家伙似乎早就料到了我的想法，在我还没有采取行动的时候，就迅速地躲开了。

我不等自己掉到和它平行的位置，已经挥舞起绳索，连同那块完全可以给它磕出一个明显伤痕的石块向它抛了过去。

凭借着我犹如天神下凡的神速，在这家伙还没完全闪开的时候，我的绳索准确地缠在了它身上。我下坠的速度跟着一顿，我不禁暗吁了一口气。

可绳子还没有缠牢，这家伙就用一个我完全没想到的方式表明了它宁死不屈的立场。伴随着轰的一声巨响和一阵爆闪，它像是一个被刺破的气球一样爆掉了。我的身体立即被一股冲击波往离墙壁更远的地方扔了过去。而这位很有性格的水母兄也顶着残肢断臂向下坠去。

我有点哭笑不得，实在没想到它会这么决绝，可转念一想，突然又明白了其中的道理。

三

刚见到它们时，我就疑惑它们为什么能在空中比小鸟还惬意地待着。现在看来，它们之所以能在空中悬浮，靠的是气流保存。

打个简单的比方，它们就像是气球，气球之所以能飞上天空是因为我们给它充入了足够多的氢气，因为氢气比空气轻，所以它们可以飞得很高，而这些水母估计也是靠调整身体内的氢气含量来让自己升高或者下降。我推测它们葫芦状的身体的上半部分就是一个储存氢气的气囊，而获取氢气的途径就是过滤空气，将其中本来不多的氢气截留下来。

而刚才这位仁兄之所以不打算跟我合作也不是因为它生性刚烈，宁死不屈，而是绳子另一端的石块把这个气囊磕破了。

明白了这个道理后，我不敢再浪费自救机会，在下一个目标向我迅速靠近的时候，尽量使自己变得温柔起来，瞅准机会一下将它纤细的小蛮腰“抱”住。

这一招还真管用，它果然没再做出什么过激行为，只是在空中来回飞了两下，见我不是虚情假意，也就不再反抗，任凭我搂着。

接下来，我翻身爬到最上面，幸好它的头顶呈椭圆形，我小心一点还算能坐住。

在勉强控制住它之后，我开始想办法让它飞上去，可这东西并不通人性，更不可能听懂我的话，我用那些驾驭骏马的方法来控制它显然不行。

我在它身上找了找，很快发现两个如同嘴唇一样蠕动的小孔，明显是交换空气用的。我伸手试了试，找到那个吐气的，撕下一块布条，团成团从出气孔里塞了进去。

很快，随着这个气囊慢慢增大，我的水母座驾开始向上升起来，而且越升越快。

在马上就要上升到白枫他们待着的那个洞口的时候，我冲上面喊了几声，到了洞口后抛出绳子，被站在洞口的陆华抓住。我让他将我拉过去后，跳进了石洞里。

大家惊奇地看着我身后怪异的新座驾，似乎对它的凶相心有惧意。

“走吧，我想咱们都得离开这里。”我扫了一圈大伙儿。

白枫怯怯地问：“它咬人吗？”

我摇了摇头，但我不知道它这张嘴只是一个摆设还是真的能咬断东西。

古洛博士走过来饶有兴致地研究着这个水母，伸长了脑袋往它嘴里看，我真怕他一不小心将脑袋伸进去。他观察了一会儿，转头看着我们：“我可以确定，这张嘴没有咬合功能。”

我摇摇头纠正道：“可它却是能张合。”

古罗博士说：“那没用，它只是一张由柔软的尚没有发育成肌肉的组织组合的形状而已，假以时日或许能发育成肌肉并长出牙齿，但现在不行。”说着古罗博士将胳膊伸了进去。

在大家连声的提醒下，水母恶狠狠地咬下来，但古洛博士却很轻松地将胳膊收了回来：“看，只能这样。”

大家都松了一口气，我也将自己刚才的结论告诉大家。每个人似乎都对能在空中飞翔颇为感兴趣，于是我驾驶着自己的“飞行器”如法炮制，又捉回几只水母。可在此期间，我一直没发现摩纳法师跟介川嘉男。我对大师倒不是很担心，以他的修为应该不至于掉下去，唯一让我放心不下的是介川还在他身边。老和尚什么都好，就是心慈手软，容易被骗。

接下来我让大家捡了一些小石块,自己也捡了一些,就领着大伙一起向上飞去。

我本来是想让白枫跟我坐同一只水母，可她很渴望享受一番在空中自由飞翔的乐趣，我只好顺着她，只是将绳索的一端缠在她腰上，万一有什么危险也好及时援手。

当我们开始上升的时候，头顶上闪电一样的漩涡已经占满了整个天宇，十分可怖，估计那里就该是神秘主宰居住的宫殿了。经过重重磨难，我们终于可以一睹这个恶魔的真面目，希望它不要做缩头乌龟。

在拥有了小石块这种武器之后，我们立即变得所向披靡。尽管那些水母像洪水一样朝我们涌来，可却是那样不堪一击。我们只要能将石块砸到它上面硕大的气囊上，那些家伙就会像炸弹一样爆掉，带着火光和焦煳的味道去做鲨鱼的美味。有时候这种爆炸还能引起连锁反应，只需要投出一枚石子，数百只水母就会变成一片火海，然后下雹子一样掉下去。

当然，我们的坐骑也不例外，但幸亏大家身上都带着绳索，离得也不是很远，总能在自己的坐骑发生危险时及时逃出来。

不知道它们是接到了撤退的命令还是惧怕了我们兴奋的杀戮，终于远离了我们，闪出了一条道路。我们一直向上飞着，终于到达了漩涡下面。伴随着狂风，那个漆黑中时不时有亮光闪动的漩涡中心近在咫尺，触手可及。

终点，已近在眼前！

四

随着越来越靠近漩涡，那种骇人的景象越发真切，紧跟着狂风大作，我们都变成了被卷到空中的落叶，别说控制方向，就连身下的水母也不再听使唤，数次打着哆嗦要撤回来，但这已经晚了，它们像我们一样，只能听任摆布。

我一边紧紧地趴在水母上，一边大声叫喊大家抛出绳索把我们连接在一起，在这种情势下靠单枪匹马战天斗地等于自寻死路。

大家相互呼喊着就近抛出绳索，那已经不能叫抛，因为扔出去的力量在狂风下根本起不了任何作用。我们唯一能做的就是拴牢一端，让另一端随风舞动，至于谁抓住哪根，只能听天由命。

等我们马上就要被卷入雷电交加的飓风中时，大伙儿把自己“织”成了一朵不知道叫什么的花，花心是纠缠成节的绳索，花瓣是我们。

然后我们借用来的坐骑在我们身下一个接一个爆掉，如果不是飓风瞬间就把这股爆破力吞噬，我们早变成了一堆堆烂肉。

再后来我们闭上了眼睛，把自己交给飓风和自己的运气，再后来，我们就真的被绑在了一起，成了一个硕大的粽子，再往后就实在记不住了，因为灌进耳朵里的狂风几乎要把耳鼓撞破，身上更像是有无数只大手在揉捏。

……

等我的感觉回到身上的时候，已经置身于安静的环境中，看到有两个人正搏杀在一起。

摩纳法师已经是一个绝顶高手了，可这一次，他明显处于下风，被对手压着疲于应付。而与他激斗的，正是在沙漠之湖消失掉的罗西，罗西·莫科！那个一路上沉默寡言的墨西哥人。

此时的罗西好像换了一个人，双目赤红，表情乖戾，行动迅捷，出手狠辣，即便是面对摩纳法师这样的高手，也显得游刃有余，反而是法师在他的步步紧逼下有些左支右绌。

我虽然功夫不济，但对世界上几大搏击术还是有一些了解，不过老实说，我对他使的是什么功夫却一点也瞧不出来。或者那只是他本能的反应动作，但却令我看得咋舌不已。

他的身体可以发生 360° 的扭转，像是根本没有骨头的软体动物，而他稍稍一跃，就有七八米的高度，并能在瞬间移动到十几米开外，却一点风声都没有。与其说这个人是罗西，倒不如说是一个长得像罗西的怪物。他此时正挡在一个由层层水母组成的洞口前，很明显是在阻止摩纳法师进入。

在两人旁边躺着一个高大的白人，已经昏迷在血泊中，是自丛林一别后再也未曾见到过的科恩。很明显，这个白人是在试图进入洞口的时候被罗西打伤的，只是不知道这个自大的家伙是否还活着。

在我呆呆地看着两人搏斗的时候，其他人也醒了过来，并纷纷投去诧异的目光。

“罗西！快住手，你到底在干什么？”陆华大声叫道。

“他已经不是罗西了。”介川说。

“我们应该去帮帮大师。”这是白枫的声音。

我刚摇摇晃晃地站起来，就见到像是一条蟒蛇一样缠在摩纳法师身上的罗西突然大喝一声，身体跟着撑得笔直，而一直巍然站立的摩纳法师却被掰弯了，整个身体变成了别扭的 Σ 字形。我大叫一声不好，急忙向前冲去。

“大家一起上！”不知道是谁大叫了一声。我听到身后传来一阵杂乱的脚步声，有人一个健步蹿到了我前面，手中的匕首向罗西的咽喉刺去，却是一直令我心生防备的介川。

在介川的逼迫下，罗西终于放开了摩纳法师的身体。老僧人的身体如一滩烂泥似的委顿下来。我赶紧一把将他抱住：“大师！”

摩纳法师身体上的骨头似乎被扭断了，气息微弱，他伸手向罗西身后指了指，昏厥过去。我只好将他身体放在地上，站到了包围罗西的队列中。

“罗西,原来你才是我们队伍中隐藏最深的危险分子。”韩成殊气愤地叫起来。

罗西目光如炽，他环视了一圈我们，声音森冷得可怕：“这里是我的领地，不容许任何人踏入。”

他的声音听起来十分奇怪，似乎并非从嘴里发出来的。我上前一步，道：‘你是谁？”

罗西看向我，说道：“你说呢？”

“你是这块大陆的智慧中枢。”艾维洛兹接口说，语气镇定自若，看来他的精神已经完全恢复正常，“梅尔是被你杀的。”

罗西似乎陷入了深切的回忆中，喃喃说道：“梅尔，梅尔……喔，许多年前我是遇到过一对溺死在海上的恋人。我看那个小姑娘大脑并未完全死亡，于是就做了件好事，将她还活着的部分保留了下来。她本来可以永生不灭的，可惜被你们这帮无知的闯入者杀掉了。”

“那弗兰克呢？”介川问道。

“他是我第一件作品，可惜很不成功。他从我眼皮底下逃掉了，于是我筑起了一道篱笆，从那以后再没有一个人能逃出去过。”罗西洋洋自得地说道。

“你在撒谎。”我愤怒地质问道，“据我所知，你的地狱使者在此之前就出现过。”

大卫死后，艾维洛兹曾经给我看过一些照片，上面都有长相酷似大卫的形象出现，而照片的历史却可以上溯到二三十年前。我想不到用更贴切的词语来形容这些人，只好用“地狱使者”来称呼他们。

“地狱使者？这个名字真是对我最大的污蔑，想想我们所生活的世界，到处都是战乱，人类的贪婪将我们变成地球的掠夺者，我们杀戮任何阻止我们实现愿望的物种和同类。而在这里，却是一片祥和，怎么会是地狱？”

从他这些话中我捕捉到一个重要信息，他在提到人类世界的时候使用了“我们”，那么是否表明这个不知道为何物的智慧体也来自我们的世界？这不禁令我联想到在太平洋遇到的那艘灵柩船和丢失的那个头骨。难道，它居然和那个头骨有关系？

我转头向艾维洛兹看去，他此时也正朝我看了一眼。看来他也想到了这一点，不过大侦探似乎很记仇，跟我目光相碰，就冷哼一声将头转过去了。

“怎么不是地狱？这块陆地上充满了杀戮和野蛮，人类世界中还有最起码的正义，但在这里呢？除了死亡还有什么？”古洛博士反驳道。

“正义？”罗西冷哼一声，道，“当你跟你的女助手偷情的时候，你想过正义吗？当你将同伴的科研成果据为己有的时候，你想到过正义吗？”

古洛博士似乎被问住了，张大了嘴巴看着罗西，但表情却表明刚才的话并非污蔑。看来三天三夜的噩梦不但使我们变得邪恶，还将我们每一个人的秘密都贡献了出来。

“尽管人类都有私心，都做过一些愧对别人的事情，但起码我们还坚守着人类的底线。”白枫接口说道。

罗西看向白枫，笑道：“如果不是你的突然干预，你们这些人不会在丛林中苏醒过来，以后的事情也不会发生。所以，白枫小姐，要论起罪过来，你应该是第一个被惩处的人。”

他这句话还没说完，我已经站到了白枫前面，与此同时，另一个身影也并排跟我站在了一起。陆华冲我干笑了一下。

艾维洛兹说道：“现在不是讨论正义与邪恶的时候，我们就想知道，你到底是谁？你做这些到底为了什么？”

“那还用问，成立自己的王国，霸占整个地球。”一个声音从身后传来。大家都转头看去，只见一个男人正摇摇晃晃地向我们走来。他表情冷峻，跟以前留给我们的滑稽印象判若两人，不是科恩是谁？

科恩一步步地向我们走来，大家为他闪开了一条路。他走到罗西面前站住，道：“知道我们这帮人为什么会来到这里吗？因为你惹恼了一个愣头愣脑的黑家伙。”

五

黑家伙，我却可以确定科恩是在指一个人，而且是那个令全世界的人类一半仰慕一半厌恶的人。他来自非洲，却在美洲建功立业。

“哦？”罗西吃惊地看向科恩，问道：“什么黑家伙？”

“这次探险行动的真正组织者，和他身后所依靠的三亿自由主义战士。”科恩双臂环抱在胸前，一副有恃无恐的样子，仿佛他的那三亿战士就站在他身后一样。

“我不明白你在说什么？”罗西疑惑地看着科恩，仿佛根本听不懂他的语言。

我推测隐藏在罗西身体内的这个生物并不知道外面的世界现在是什么样，最起码它对二战后的世界格局一无所知。另外也表明一点，在我们被丛林捕捉到的那四天四夜里，科恩的记忆并未被偷窃出来，不知道那个黑家伙在这个白人脑袋里装上了什么高科技防御武器。

科恩冷笑了一声，说道：“你不用明白我在说什么，你只要知道，无论你是什么东西，今天都是你的死期就行了。”说到这里，科恩突然一扬手，一个鹌鹑蛋大小的金属球突然向上面飞出。

也就在这时，另一个身影也立即采取了行动。只见人影一闪，那个长着东方脸孔的小个子突然纵身而出，身体跳起了足有两三米的高度，向空中的那颗金属球抓去。但那金属球去势很疾，他的手指还是差了那么几公分，等他的身体落地后 想要再次跃起的时候，金属球已经距离我们二三十米高了，想要抓住已经不可能。

“介川，你到底想要……”

科恩的一句呵斥还没有说完，就见介川左手中的匕首突然一闪，一股血光飞溅而出，一只带血的手掌便落在了我们面前。他居然将自己的右手齐腕切下，接着举着还在流血的残臂瞄准了越飞越高的金属球。

只听到嗖的一声响，一颗飞镖大小的炮弹旋转着向天空射出。只一眨眼的工夫便追上了那颗金属球。

“快趴下！”不知道是谁惊叫一声。天空中立即爆发出一声振聋发聩的巨响，我们所在的区域立即被冲击波覆盖。我来不及细想，本能地向白枫扑了过去，但陆华似乎要跟我竞赛一样，早就抢先将白枫扑倒在地，而我只能隔着一个男人的身体去保护自己的女人。

剧烈的摇晃导致许多黏糊糊的水母掉落下来，我们头顶洞开了一个幽深的洞口，外边星光璀璨，看来此时正是深夜时分。

如果说当初介川为了夺取探险队的首领宝座，而不惜牺牲自己的爱人有些牵强，那么他的这个动作就为那次孤注一掷的行动提供了最好的注解。我不想把人往坏了去想，但是对于介川的这个行动，除了更阴险的目的之外，我找不到其他解释。而且他在身体里预先装上了能射出炮弹的假肢这件事本身就不是一个探险家所为。

等一切平静下来之后，我们面前已经堆积了许多水母的尸体，将那个洞口完全堵上了，四周变得一片狼藉，我和几个首先爬起来的人搬开水母的尸体将被压在下面的同伴救出来，这里面却唯独缺少了介川和罗西，不知道是谁把谁抓走了。

在我的推拿下，摩纳法师慢慢醒了过来，告诉了我们发生的事情。在我们昏迷的时候，摩纳法师正看到科恩和罗西搏斗，于是上前帮忙，但罗西的身手又岂是科恩能对付得了的？很快，科恩就被打昏在地，摩纳法师也疲于应付，再后来的事情就不再重述了。

这时候，科恩也在陆华和韩成殊的拖拽下爬了出来，开口第一句话就是："这个小日本鬼子，我早就看他来头不对。"

我心中暗笑了一声，转头问："他来头不对，你呢？"

科恩瞪了我一眼，道："虽然我隐瞒了一些事情，但最起码我并没有什么恶意。我们的目的是一致的，干掉这个人类的巨大威胁。"

"你是美国政府派来的？"艾维洛兹问道。

"明知故问。"科恩白了这个大侦探一眼，道，"老实说吧，这次探险就是为了接近这座大陆的大脑中枢。你们也看到了，这个邪门的地方能够改造任何生物，将它们变成邪恶的杀人武器，不把它摧毁掉，将来肯定会成为全人类的威胁。你们可以不管，但我们美国人不能不管。"

他的话令我们大家都很不服气，我在大家的脸上都捕捉到了忿忿不平的味道，于是说道："好吧，既然你们美国人这么热心，那还是你们来管吧，我们可以离开了。"

"你太让我失望了，异度侠。"科恩显然对我的提议很是紧张，但语气中却还是放不下那股趾高气扬的劲头，"丹尼曾经告诉过我，说你是一个很讲义气的人，所以知道你会在这次行动中出现，我还高兴了一阵子……再说了，上次你们寻找罗克我也帮过不少忙，就算是报恩，你也应该帮我完成这次任务。"

我看他抛出了丹尼，于是纠正道：“你不要搞反了，上一次是我帮了你们，而不是你们帮了我。”

“好吧，好吧。”科恩立即妥协了，“算美国政府欠你一个人情，咱们还是别纠缠在这些事情上了，应该马上行动起来。如果介川控制了大陆之脑，我们都得玩完。我还想完成这次任务后好好去度个假呢！”

“那你必须把知道的事情全部说出来，不能再有任何隐瞒。”我紧追着问道。

其实我心里确实有些不满，上一次，我替美国人卖了一回命，可他们却只等到我转了大半个地球之后才把事情的真相告诉我，这一次又重蹈覆辙。如果一开始我们就知道这次任务的最终目的，并且知道我们应该了解的事情真相，可能局面会改观，我们也不会经过如此九死一生的磨难。

“你想知道什么？我全部告诉你就是了。”科恩说道，“但不应该是现在，我们必须马上找到这块陆地的神经中枢，并将它彻底摧毁。大家只需要知道，这里不是什么伊甸园，只是一个生命改造工厂就足够了。如果你们不想将来变成别人的杀人武器，就跟我一起干掉它。”

我看向摩纳法师。他向我点了点头，说道：“现在不是纠缠这个问题时候，越到了这个时候，我们越不能离心离德。”

既然摩纳法师都发话了，大家只好暂时收起心中的疑惑，开始清理堵在那个洞口的水母尸体。

在清理的时候，我问科恩那个金属球的用处。科恩告诉我，那是一个信号发射器，只要将它射出去，就能利用高科技手段对这里进行精准定位，用不了几个小时，洲际导弹就会向这里涌来，到那时候，别管它是人脑还是神脑，都会灰飞烟灭。但当我问他等导弹打来的时候我们怎么办的时候，科恩支吾了半天，最后反问我，你有手有脚，不会找个地方躲起来吗？这让我在心里将那个黑家伙大骂了一通，什么狗屁自由主义战士，不就是让我们这些人当炮灰吗？

在经过一个多小时的清理后，我们终于打开了一条勉强能容得下一个人挤过去的通道，钻入了那个由层层叠叠的水母组成的幽深洞穴。我想，大陆之脑可能就在前面了。

六

穿过一条狭长的甬道，我终于来到了被我们认为隐藏着大陆之脑的地方。可令我们大失所望的是，那只是一个类如穹顶的所在。这里既没有恐怖的怪物，也没有任何令我们感到惊奇的东西，四周静谧得没有丝毫声响，到处充斥着五颜六色的辉光。而先一步来到这里的介川正抬头看着头顶上的一缕辉光发着呆，在他脚下躺着胸前被打了一个血窟窿的罗西，看来已经死去多时。

我小心地注意着介川的右臂，伸手拦住了大家。

“介川君，是该醒悟的时候了。”摩纳法师向前一步，走到了大家身前，轻声说道。

“这不可能，这不会是真的。”介川似乎丝毫没有防备我们的意思，抬着头喃喃自语。

摩纳法师叹了口气，续道：“空不异色，色不异空，空即是色，色即是空。介川君，万物苍穹本来就是一个空，你又何必一直执迷不悟呢？”

介川慢慢转过了身，看着不远处的摩纳法师。老僧人一动没动，但站在他身后的其他人却不由自主地倒退了一步。我也移动身子挡在了白枫面前，盯着介川那根血肉模糊地垂在身侧的右臂。此时的介川已经完全处于不正常的状态，我可不想稀里糊涂地死在他那条手臂上。

“难道控制这座大陆的生命体本来就是不存在的，那怎么可能？”介川呆呆地问道。

摩纳法师苦笑了一下，回答道：“生命本来就是不存在的，又哪里来的控制与被控制。”

“那倒也不一定。”我上前一步说道。两人都把目光转向了我。

当年我在少林寺的时候，就对老师傅们那一套空来空去的说教很不以为然。随着年龄的增长，我虽然领悟了所谓的空只是佛家放下自己，获得圆满的一种法门，也对生命和宇宙来源于虚空的说法颇为认同，但是我依然相信生命不会无缘无故地来，更不会无缘无故地去。一片凭空出现的陆地，向我们展现了那么多的恐怖与诡谲，将一波波的人引到这里加以改造，这绝不会没有目的，更加不会没有源头。当然，我想摩纳法师之所这样说，只不过是要劝说介川放下心里的邪恶执念，回归本性。

“你什么意思？”介川显然对我颇为戒备，目光冰冷地看着我。

我在距离他五六米的地方站住，尽量保持着语气的舒缓，生怕刺激到他给我一炮：“你不用紧张，罗西已经成为了这个生命体的傀儡，你杀掉他对于我们大家来说没有任何危害，你想要干什么也不关我的事情。我现在只想离开这里，而要离开这里只有干掉那个生命体才行。所以，现在我们依然属于同一阵营。”

摩纳法师诧异地看着我，似乎不知道我到底想要干什么。我也无暇向他解释，继续按自己的套路出牌：“从我们一路的经历来看，这里确实是被一个不知道是什么的生命体控制着，它一直试图阻止我们靠近。所以这里绝对不会像我们现在看到的样子，或者说，这个家伙就隐藏在我们周围，只不过我们没有发现而已。”

说到这里，介川似乎明白了我的意思，沉吟着向自己的右臂看去。

“他说得没错。”艾维洛兹大约也猜透了我的意思，自从清醒后第一次跟我站在了同一战线，接口说道，“唯一能够让它现身的方法就是激怒它。”

大家纷纷表示着赞同。当然，摩纳法师是个例外，这位慈悲的老僧人大约并不忍心看到介川在我们的怂恿下走向一条死路，他不再言语，而是转过头看向别处。

介川嘿嘿冷笑两声，道：“我知道你想要我干什么，如果放在以前我不会中你的计，但是这一次我打算听你的。如果我死了，你们也不会活着离开这里。”

说着话，介川突然抬起右臂，将一枚炮弹射向了头顶上洒下那股辉光的源头。

说实话，这一点我并没有想到。我光顾着让介川去激怒那个生命体，并想冷眼旁观鹬蚌相争的好戏，却全然忘记了，不管介川是鹬是蚌，我们都不是那个渔翁。介川生，我们不一定能活下来；介川死，我们却一定会成为陪葬。但当我想到这一点时已经晚了，只见那颗炮弹轻飘飘地飞向了辉光中，并很快被吞噬。

也就过了一两秒钟的时间，只听头顶传来一声响亮的爆炸声，辉光跟着突然大亮，眼前的世界顿时被照射成蓝盈盈的一片，然后是一声怒吼，有什么东西带着一股激烈的风响，从我们头顶直扑下来。

大家都吃惊地向后退着，抬起头看着那个生物。那像是一条盘曲的巨蟒，将一个麻袋一样粗细的身体伸得笔直，向介川直扑下来。不过，与这个身体相连的部位却并非一个冷血动物的面孔，而是一个长发乱舞、面目狰狞的人类脸孔。是的，那是一张跟我们长相极为类似的脸，只不过异常狰狞，异常硕大，一张脸足有我们的身体那么大。

它速度飞快，当我刚大致看清楚这张脸的大体轮廓时，它的一张大嘴已经到了介川的头顶。介川应该已经吓懵了，还呆呆地站在那里，望着这张恐怖的怪脸在自己头顶张开了血盆大口。

这时候，只听嗖的一声轻响，一根纤细的绳索突然从我身体左侧被扔了出来，一下圈住了那个怪物的脖子——最靠近这张脸孔的身体部分，然后绳索伸得笔直，拉扯着这张怪脸向旁边挪动了一尺多长的距离。

我转头看去，绳索另一头连接的是一个瘦削的身体。他两只脚牢牢地钉在地上，光秃秃的脑门在诡谲的辉光映照下，显得极为怪异。

“大师！”我吃惊地看了一眼这个印度僧人，向他冲了过去，因为他此时只剩下了一条手臂，绝对不可能是这个怪物的对手。

佛家认为，人生有七大苦，所谓生、老、病、死、怨憎会、爱别离、求不得，如果一个人能够通过自身修持将这七大苦看淡看清，也就达到了佛陀的境界，超脱无常，获得自在。而在我看来，佛家是在追求一种生命根本不可能达到的境界。这个观念一直牢牢占据着我的内心，直到这次见到了摩纳法师，这个观念终于产生了动摇。所以我对这位外来僧人怀着一种巨大的崇敬。

眼见尊敬的摩纳法师有危险，我便冲上去用自己仅剩的手臂帮他抓住了绳索。

那个怪物显然被激怒了，只见它摇摆了几下脑袋没有挣脱之后，突然像一根弹开的弹簧一样缩了回去。

"闪开！"摩纳法师大喝一声，身子被拖拽而起的刹那，手臂一震，将我紧紧抓住绳索的右手甩开了。当我想要抓住他的身体的时候，老僧人已经像一只纸鸢一样飞向了空中。

那颗脑袋在将摩纳法师拖到空中时，整个头颅开始了狂暴的晃动，大师的身体跟随着在空中狂舞起来。

我着急地看了一眼还在怔怔发呆的介川，大声叫道："介川！"

介川反应过来后，伸出右臂瞄准了十几米的空中不停晃动的脑袋，然后就将一枚炮弹射了出去。

炮弹去势很快，也正好瞄准了那颗摇晃的脑袋，但还是没有打中，因为此时在那股辉光中另一颗脑袋迅速地蹿了出来，长着一张巨大的嘴巴一口咬住了炮弹，接着就听砰的一声响，炮弹炸开了那颗脑袋，将片片碎肉从我们头顶撒下来。

我脑子里突然灵光乍现，却又被眼前的情景惊呆住了，因为这时候，像是章鱼的触手一样，许多同样的脑袋从辉光中直蹿下来，并以迅雷不及掩耳之势来到了我们头顶。我来不及细想，身体条件反射地向空中跳起，一只手抓住了一颗脑袋上飞舞乱晃的"头发"，跟随它向空中飞去。

直到我骑到了那颗脑袋的脖子上，才有空向下去寻找一片哀嚎中慌乱奔走中的白枫。此时的场面已经乱到了极点，剩下的人乱跑着躲避狂舞乱窜的那些怪脸。我费了好大劲才看到白枫被挤到了墙角，陆华站在她面前，正用那根铁桶作为武器痛击着一次比一次猛烈袭来的怪脸。

而其他人却没了这样的好运，我看到科恩的上半身已经完全被一颗脑袋吞进了嘴里，双脚还在努力地挣扎着，随着脑袋的舞动，在空中晃来晃去；古洛博士已经倒在地上的血泊中不动了，正如前不久在我的那场梦境中一样；刘天杰正抱着头在地上乱跑，我想他应该很快就闭上了眼睛，因为他正迎着一颗朝着他冲过去的脑袋跑；而我们的侦探大人艾维洛兹却不知道藏到了哪里，不见了踪影……

这时候突然听到下面传来介川瓮声瓮气的声音："来吧，想撕碎我，那就来吧！"

我急忙低头看去，就见到介川已经被四五个脑袋咬住了四肢和脑袋将身体扯得笔直。眼看着要被分尸了，但是很奇怪的是，尽管那五颗脑袋看样子已经使出了全力，却根本撕不动他的身体。

正在我吃惊的时候，却发现其中一个咬住他右腿的脑袋似乎换了一种路子，不紧不松地咬住了他的那条腿，向后猛然拉扯，然后他腿上的皮肉就被撸光了，一根血肉模糊的腿骨便出现在我面前，在辉光的映射下放射出金属的光泽。

介川的一根被改造成炮管的臂骨已经令我大吃一惊，想不到这个日本人的腿骨也是金属做的。要是照此推演下去，他的全身骨骼都被替换成了金属的嫌疑也变得大起来。我不知道现在的科技水平到底发展到了什么程度，因为许多尖端科技都不会向普通人公开，但是我可以确定，如果这个日本探险家的骨骼都被替换成了金属，那么他还是不是介川就值得商榷了。或许这本来就是一个伪装成人类的机器人。如果是那样，把一个机器人派到这里来的那帮人肯定没安什么好心。这让我倍感震惊！

正在我想着这些的时候，介川的身体开始向里收紧，那五颗脑袋也跟着靠向了一起。我下意识地感到介川将会有进一步的动作，但还没等我想出个所以然来，就听到一声巨大的爆炸声。介川的身体像是一颗炮弹般爆掉了，跟着他一起化为碎片的是那五颗脑袋。

这一下对这个生物的伤害显然十分巨大，我感觉到胯下的这个家伙一阵痛苦的抽搐后，猛然向后缩着，正在横行飞舞的那些头颅也跟着都缩了回去，连同被炸掉了脑袋但却依然死而不僵的那五根“脖子”。

“陆华，是时候了！”我头顶传来摩纳法师的声音，急忙抬头看去，见他此时像壁虎一样将身体贴在墙壁上，手中还扯着那个跟他角力的脑袋。

“异度侠，接住！”陆华大叫一声，将手中沾满了鲜血的那根铁桶扔了过来。

这次变故发生得十分突然，当我伸手去接的时候，才发现胯下的这颗脑袋正在向上缩去，正好到了距离陆华最近的距离。

我伸手接过那根铁桶，想要扔给摩纳法师，但已经失去了最好的时机，距离他越来越远。

“跳过去，快点跳过去！”陆华在下面冲我大叫起来，像是在命令一只手脚敏捷的猴子。

我向下面狂舞乱卷的那些残缺的“脖子”看了一眼，心中有些害怕，要是被它们扫到，我可能立即就会筋断骨折，死于非命。我拿着那根铁桶犹豫着，思索有没有更好的解决办法。

就在这时候，一个女子的声音急迫地响了起来：“异哥，你快跳，快跳啊！”

我向声音来处望去，白枫正躲在陆华身后，一只小手扶着他壮硕的肩膀，一脸着急地看着我。

看到这个女人丝毫不关心我的死活而是坚定地跟陆华站在一起的架势，我心中不禁血气上涌：跳就跳，大不了就是一死，你既然这么喜欢看我玩命，那我就死给你看好了。

想到这里，我一咬牙，奋不顾身地向摩纳法师所在的方向扑了过去。

这个幼稚的动作并未让我立即没命，因为当我合身扑下的时候，所有残缺的和完整的脖子都向我涌来，像是如来佛的手掌一样，将我围了起来，并向一起攥紧。

这一下我突然明白了白枫的意思。她现在拥有可以窥破人心的超能力，或许她已经感知到了这个生物的恐慌。

“异哥，左边，左边的要来了！”白枫的声音透过层层包围再一次传进我的耳中。

她的话音刚落，在我身体左边的那两根粗大的“象鼻”已经弯曲了下来，向我兜头砸下。我急忙在右边一根“象鼻”上踩了一脚，身体跟着跳向另一边，躲了过去。

白枫继续声嘶力竭地提醒着：“它们要……抓住你了！”

我看着这些变成了两堵墙的 “象鼻”向我挤压过来，想要找个空隙钻出去却已经没有可能了。

此时我身体还在极速下落，那两堵“肉墙”从上面垂下来，超过了我身体五六米的距离跟我并排下探，两根“象鼻”之间的空隙也只有不到十公分。我就算找到了借力点想要挤出去也不可能。

眼看着两堵肉墙就要将我挤成肉饼，我突然想到：它们的目的并非杀死我，而是我手里的铁桶，更精确一点说，是桶内的铁齿蚁。

一想到这个关节，我不再犹豫，将那个铁桶从一个空隙中猛地扔了出去。

也就在一瞬之间，我的耳边响起一阵风声。原本铜墙铁壁一样的囚笼立即解除，像是看到了骨头一样的疯狗，向那根铁桶扑了过去。我来不及细想，右臂伸出，抓住了其中一根，跟着它向前冲去。

眼看着这跟铁桶就要被这些“象鼻”卷走，我也不顾一切地将身体向前甩出，抢在前面将铁桶抓在手中，继而使足了力气，向十几米开外的摩纳法师扔了过去。

“大师！”我大叫一声，将危险的接力棒传给了他。

被摩纳法师用绳子紧紧捆住的那颗头颅再起狂暴地摆动起来，法师的身子终于被拽离了墙壁，似一个陀螺般围着披头散发的怪物转了起来，并在被甩到最近距离的时候，将那根铁桶接住了。他两只脚轻轻一夹，就将滑溜的铁桶夹住了。

我惊叹地看着摩纳法师，然后像炮弹一样砸在了地面上，落在了介川的尸体旁边，幸好身下是黏糊糊的碎肉，这一下尽管摔得很疼，但至少没要了我的命。

接下来的危机就只能靠这个独臂老和尚来应付了，因为我们都落在了地面上，只有他还在空中与之周旋。

所有的“象鼻”呈花瓣状，以摩纳法师牵引住的那个头颅为核心，向中间继续蜷缩。老和尚的身躯被渐渐遮住，缩成了一个奇大无比的肉球。

“尘归尘，土归土，一切就在这里结束吧！”摩纳法师的声音从肉球中传出来，继而在虚空中回荡。

随着一声巨大的嚎叫，那些本来缩成一团的“象鼻”像被滚油烫了一下，刷的一下向四周绽开，敲击着四周的墙壁，引得整个空间一阵战栗，继而又快速收回，如同鲜血一样的脓液雨点一样从我们头顶落下。肉球在痛苦地颤抖，死命地紧缩。

突然间，又一声响彻天地的嚎叫传来，肉球“砰”的一声，炸裂成一块块黏糊糊的碎肉掉落下来。

头顶的辉光慢慢消散，最终变成黑黢黢的虚空。我怔愣地看着头顶，感到疑惑不解，因为在那声长长的嚎叫中，我似乎听到了一声隐藏其中的无比凄惨的人类叫声。我希望那不是摩纳法师留给我们的最后声音，我希望他会像以前一样神兵天降，铁打一样落在我们身边。

等到白枫和陆华将我从地上搀扶起来，我还在仰望着头顶，等待那个老和尚回来。

“异哥，一切都结束了。”白枫神色黯然地说道。

我转向她，只见她一脸悲凄，似乎在为这位老僧人的壮举感动。

“是啊，我们战胜它了。”陆华看着我，勉强笑了笑。

“战胜它了吗？”我呆呆地问，心里的疑问一个也没有解除。

一个没有答案的结果，我不认为这是战胜。

陆华说道：“是的，我们胜利了，虽然付出的代价非常惨痛。现在，我们该离开这里了。”

这时候，什么东西落地的声音引起了我的注意。我扭头看去，在距离我不足十米的地上，一个糊满了鲜血的东西掉在那里。我推开两人的搀扶，独自走过去。

那是一颗白森森的头骨，上面还沾着鲜嫩的血肉，我不愿相信这是摩纳法师的遗骸，所以我再次抬头看去，头顶的虚空中仍然是一团漆黑，一无动静。我低头看向那个头骨，它似乎在冲着我微笑，一副安详的样子。

“佛家常说功德圆满，摩纳法师，这算得上圆满吗？”我在心里问道。

七

我们收拾东西打算离开。其实也没有什么好收拾的，在到达这里之前，我们已经是伤痕累累，身无长物，唯一可以收敛的就是同伴的遗骨。摩纳法师只剩下了一颗头骨，罗西也变成了一堆碎肉，我们只能将他那块手表捡起来带走，可我们找遍了所有地方，也没有找到介川的头颅，只好将他的一段金属臂骨包起来带走。

我们踩着满地的碎肉走出了那个不知道该怎么称呼的空间，带着满腹疑窦。科恩则喋喋不休地向我们讲述事情的来龙去脉。

这次美其名曰“寻根之旅”的探险活动最初的发起者并非爱德华，而是他所在国家的政府。因为种种原因，他们只能以民间组织的方式来招募志愿者，这个爱德华只不过是一个被推到前台的傀儡，而具体操纵这一切的是玛亚·琼斯。爱德华直到死还蒙在鼓里。科恩自然也不是一个什么狗屁热气球爱好者，他的身份和跟我一起去过神农架的丹尼同属于一个部门。而我们这些所谓的探险家，只不过是另外一群更加被蒙在鼓里的局外人。当然，这其中也混杂进来一些别有用心的阴谋家。不过，我们这些人中也是有区别的，起码在出发之前，爱德华、琼斯、陆华以及摩纳法师是知道这次探险的真正目的。

至于介川的真实身份，科恩没有告诉我，但我能大略猜出他的来历，能够毫不犹豫地将自己的爱人送给魔鬼的家伙，除了热衷于权势的阴谋家，我想没几个人能干得出来，而至于他身上的秘密武器，就没有人知道是谁给他装上去的了。

在这里有必要提一下罗西，这个一路上沉默寡言的墨西哥小伙的来历很值得说一下。他是墨西哥少有的贵族莫科家族的后裔，古利人。而我们在太平洋上见到的那个幽灵船上的骸骨就属于这个家族，他在世时的名字叫卡拉尔·莫科，是罗西的直系先祖。这也就能让我理解为什么他会被那个魔鬼左右了。至于罗西为什么会参加到这次探险中来，到底是发起者有意为之，还是他自愿参加，就没人能回答了，反正科恩对前一种可能矢口否认。

至于这个大陆的形成原因，科恩一直在说是一种巧合，但不肯说明白巧合在哪里。他似乎在有意向我们隐瞒什么。只是说，不过是一只水母捕获了一个尚未完全死亡的大脑，然后利用大脑的智慧构筑了一个陆地，然后对来到这里的生物进行改造，仅此而已。

我们一路聊着一路向前走，试图寻找来时的道路，但是走了半天却找不到回去的路了，当我看到仍然在有序工作的那些水母时，突然意识到一个很不好的可能。

“科恩，你是说，这块大陆是一个水母控制了人脑的结果，对吗？”我回头向科恩问道。

科恩点了点头：“当然，不过，这个人脑已经被我们伟大而崇高的摩纳法师毁掉了。”

“既然毁掉了，大陆应该不会再有智慧了，对吗？”

科恩犹豫了一下，道：“理论上是这样，可是……”

“可是它们还是在正常运转。”我指着面前像霓虹灯一样有序闪烁的水母说道。

白枫失望地看了我一眼，说：“或许我们杀掉的并不是真正的大陆之脑。”

“我们杀死的肯定是大陆之脑，只不过是大陆让我们杀掉的大陆之脑。”我进一步解释说，“当我们干掉罗西，并穿过那条隧道时，首先想到的是什么？”

“大陆之脑应该就在这里。”独自站在一边的艾维洛兹说道。

“所以，大陆之脑就出现了，我们也把它杀掉了。”白枫怔怔地接口说道。

我看着大家恐惧的表情，不由得再次环顾着这块由水母构筑的空间：“真正的大陆之脑并不存在，或者说，这块大陆就是我们在寻找的大脑。我们根本没有办法毁掉它。”

这实在是一个令人绝望的消息，如果真是这样，那说明我们的一切努力都是徒劳的，而我们将永远也不可能从这里走出去。

当这个念头涌上我的脑袋时，我看出的世界瞬间也变了样子，那些本来安安静静的水母亮光，像是突然变成了一张张大嘴，向我们张狂地大笑着。

“那我们现在该怎么办？”刘天杰紧张地问道。

谁知道怎么办呢，或许只能等死了。我心中苦笑，但却没有说出来。

这时候，整个地面突然发生了一阵颤动，我们正惊愕间，就看到头顶许多水母像冰雹一样掉落下来，接着是第二次颤动，比第一次来得还要猛烈，所有的水母都发出亮光，将我们的视野全部照亮了，像是睁开的一双双愤怒的瞳孔，怒视着我们。

突然，我看到一只水母从一边冲了过来，从背后扑向了白枫。我来不及提醒，急忙纵身将白枫撞开，迎面抱住了这个硕大的生物。

我的身子被撞得飞离了地面，继而是更大的一阵震动，好像这里发生了九级的大地震，地面裂开了一条条的缝隙，头顶上的水母更像是下起了瓢泼大雨。

我眼看着白枫渐渐远离我的身影淹没在水母的洪流中，而我已经掉进了地面上裂开了一条巨大缝隙里。

“异哥——”白枫带着哭腔的呼喊声传进我的耳朵，又钻进我的心里，然后我就通的一声，掉进了冰凉的海水中。

耳朵很快被海水塞满，鼻孔也是。我刚开始还闭着嘴巴使劲往上游，但是最后发现自己向下沉的速度远比向上要快，只好放弃了徒劳的动作，任凭自己沉溺其中。紧闭的嘴巴也因为缺氧缓缓张开，很快便失去了知觉。

尾　声

等我再次有了知觉的时候，发现自己正漂浮在大海上，躺在一堆垃圾中。

那确实是一个垃圾堆，里面有塑料袋报纸甚至还有女性用品，不过它们此时已经凝结成板结的块状物。我就躺在它们上面，漂浮在海上。

烈日使我的皮肤干燥龟裂，我哈出的每一口气都带着干燥的火气，我想我的五脏六腑应该也跟皮肤一样，成了不含一点水分的沙漠。而我的一条腿似乎也已经断掉了，动一下就撕心裂肺地疼。

在我身边，是一座座大大小小的垃圾岛，小的像是一副棺材板，大的足有一个足球场那么大。它们无一例外地板结在一起，像是刚从地下挖掘出来的化石。

我游目四顾，发现那块大陆已经消失了，一切居然像极了一场噩梦。

看着眼前这些大大小小的垃圾，我似乎明白了这块大陆之所以形成的另外一个原因。

这样坐以待毙地漂了一天一夜后，我终于看到了人影，一个瘦削的身影正撑着一只用几根树干扎起的木筏向我漂来。

我急忙瘸着一条腿站起来向他招手，并张大了嘴巴喊着他的名字。但是我的喉咙已经不能蠕动，竟然一点声音也发不出，只有自己能够听到破风箱一样的呵呵声。

不过，我的招手动作还是引起了他的注意。他将木筏停在一个垃圾岛旁边，踩着大大小小的“岛屿”向我跑来。当他站在我面前时，我终于用快要裂开的喉咙发出了一个声音：“摩纳法师！”

老和尚冲我安慰地笑笑，单手将我提起来扛在肩头，向那个木筏大步走去，像极了武侠小说中的铁掌水上漂。

他撑着木筏将我带到了一个小岛上。我发现白枫正拄着拐杖站在沙滩上等着我，当然陆华和其他人也在那里。

后来我才知道，那个头颅并非摩纳法师的，而是属于真正的大陆之脑的源头——卡拉尔·莫科，那个幽灵船的主人。而之后的那场地震却完全得益于科恩发射的那颗信号球。我们以为他没有将这个东西发射出去，但介川无意间却用自己的炮弹打开了水母构筑的铜墙铁壁，使那个密闭的空间吹进了一丝外面的海风，当然也让一些微弱的信号传播了出去。于是一支整装待发的军事力量开始了一场狂轰滥炸。我们得救了，虽然这并非他们的主要目的。

而关于科恩避而不谈的原因，我也在摩纳法师这里得到了一些解释。原来一些排放到海洋中的垃圾中并非只有一些生活垃圾，还有一些废弃的药品，而这些废弃的药品中有一种是专门修复人体器官的化学制剂。这些制剂可以帮助残缺的器官快速生长修复，但当被作为垃圾倾倒在海上时，却让一些生物得以生长壮大，例如水母。而在此期间，一艘船柩在这些垃圾中搁浅，水母便窃取了他的大脑据为已有……

摩纳法师没有讲这个邪恶的肇始点发生在什么时候，我想就算他想说也可能并不知道。但有一点却可以确认，如果任凭这块大陆扩张下去的话，垃圾中迟早会冲出毁灭人类的力量。

假如那些科学家能停下带领人类走向灭亡的脚步，就当这是一个妄想狂的一场噩梦吧！

这块小岛离大陆并不是很遥远。在古洛博士根据植被和洋流大体判断了位置后，一帮探险家就砍伐树木造了一个木筏，准备离开这里，但我却走不了，因为我的伤势还没有完全恢复，经不起长时间的大洋颠簸。摩纳法师留下来照顾我。白枫也要留下来，但我还是劝她跟大家一起走了，因为我看得出来，她和陆华之间的感情已经发酵到了可以喝的程度，我应该放手让她自由选择了。

在感情上，我从来都不是一个自私的人，或者说，我的理智在大多数情况下都能战胜自己的情感，至于在那块大陆上的表现，我想更大的原因是被它将我性格中恶的一面放大了。我已经离开了那里，应该让理性站出来说话。

他们离开的那天清晨，我窝在山洞中没有出去。摩纳法师也看出了我情绪不大好，一直陪着我。

“你真的舍得让白姑娘一起离开？”经过了很久的沉默后，摩纳法师终于打破了沉寂。

“一个人有选择跟谁在一起的权力，就像小时候的玩伴一样，谈得来就在一起玩耍，不对付就分道扬镳，舍不舍得有那么重要吗？”

摩纳法师冲我微微一笑：“其实能看得出来，白姑娘对你也是很依恋，如果……”

我打断他的话说：“大师，我的性格您应该了解。我是一个很固执的人，我一直相信一句话：是你的永远也跑不了，不是你的留下来也没意思。”

摩纳法师念了一句阿弥陀佛，不再说话。

又等了一会儿后，我估计航船已经起航，于是起身一瘸一拐地向外走去。摩纳法师似乎看出了我想静静，也就没跟过来。

海滩上凉风习习，放眼望去早已不见了那个大木筏的影子。我望着空荡荡的海面，眼眶不禁有些湿润。陆华是一个探险家，作为一个探险家的女友，白枫可能会跟着他走遍世界各地，但却不大可能再回中国了，更加不会回到那个算不上大城市的S市。人海茫茫，我们可能这辈子都没有再见面的机会了。

我伫立良久，不禁悲从中来。或许摩纳法师说得对，我真应该再做一次努力，在她还没有做出最后决断的时候，我也许能够将她争取回来。

“后悔了吗？站在这里跟木头桩子一样。”背后响起银铃般的声音。

我愕然转头，发现一个身材高挑，皮肤略黑的女孩正在向我走来。她嘴角微微向上翘起，在唇边勾勒出一条性感的曲线。

“看什么看？没见过美女吗？”她高傲地看着我，看得我心花怒放。

我吃惊地叫起来：“白枫！”

“亏你还记得我的名字，我以为你早就把我忘了呢！”白枫白了我一眼，一瘸一拐地走到我面前。

我这才发现我瘸了一条左腿，而她却瘸了一条右腿。

我伸手想要抱住她，却被她推开了。

“约法三章，你要不答应，今后我再也不会搭理你。”

我赶紧说道：“你说，我全都答应。”

“第一，以后不管我喜欢上了谁，你都要把我抢回来，因为这是你的义务。”白枫慢条斯理地说道，“第二，不管我心情多糟糕，对你多冷淡，你可以冲我发脾气，但是不准将我推给别人。你要向我证明，爱情，不管到了什么时候都是存在的。”

我鸡啄米一样点着头，这些条件任何一个男人都不会拒绝，现在如果她让我去死，我想我也会义无反顾地服从。

“第三，也是最重要的一点，回去就跟我结婚，一天也不要耽搁，前提是退出你现在干的什么狗屁侦探行业，永远也不要去沾，以后我养着你。”

听到她的第三个条件，我有些愣怔，目不转睛地看着她。

“怎么？你不答应？”白枫一脸幽怨地看着我，显然对我的反应颇为失望。

我走过去将她慢慢揽进怀里，然后猛地将她抱了起来，大声叫道：“我保证，这三个条件，我统统答应！”

白枫在我怀里紧张地拍打着我的肩膀；“放下来，放下来，你腿还没好呢……”

我不等她把话说话，就用自己的嘴巴将她的小嘴堵上……。

（本书完）